BESTSELLER

Brian Herbert, hijo de Frank Herbert, es autor de numerosas y exitosas novelas de ciencia ficción, y de una esclarecedora biografía de su célebre padre, el creador de la famosa saga Dune, que cuenta con millones de lectores en todo el mundo.

Kevin J. Anderson ha publicado más de una treintena de novelas y ha sido galardonado con los premios Nebula, Bram Stoker y el SFX Reader's Choice.

Durante los últimos años, y a partir de las cuantiosas notas que dejó Frank Herbert, Brian Herbert y Kevin J. Anderson han reconstruido y ampliado con notable éxito capítulos desconocidos del universo mítico de Dune en dos novelas que completan la saga, *Cazadores de Dune* (Las crónicas de Dune 7) y *Gusanos de arena de Dune* (Las crónicas de Dune 8), así como en dos trilogías adicionales: el Preludio de la saga (compuesto por *Dune: La Casa Atreides*; *Dune: La Casa Harkonnen*, y *Dune: La Casa Corrino*) y Leyendas de Dune (integrada por *Dune: La Yihad Butleriana*; *Dune: La cruzada de las máquinas*, y *Dune: La batalla de Corrin*). Todos estos títulos se encuentran disponibles en Debolsillo.

Biblioteca

BRIAN HERBERT
KEVIN J. ANDERSON

Dune
La Casa Atreides

Traducción de
Eduardo G. Murillo

DEBOLS!LLO

Papel certificado por el Forest Stewardship Council®

Título original: *Dune: House Atreides*

Primera edición con esta cubierta: mayo de 2022

© 1999, Herbert Limited Partnership
© 2000, 2022, Penguin Random House Grupo Editorial, S. A. U.
Travessera de Gràcia, 47-49. 08021 Barcelona
© 2000, Eduardo G. Murillo, por la traducción
Diseño de la cubierta: Penguin Random House Grupo Editorial
basado en el diseño original de Jim Tierney para Penguin Random House
Imagen de la cubierta: © Jim Tierney

Printed in Spain – Impreso en España

ISBN: 978-84-9759-316-8
Depósito legal: B-5.423-2022

Compuesto en Lozano Faisano, S. L.
Impreso en Liberdúplex
Sant Llorenç d'Hortons (Barcelona)

P 8 9 3 1 6 C

*Este libro es para nuestro mentor, Frank Herbert,
que fue tan fascinante y complejo como el maravilloso
universo de Dune que creó.*

AGRADECIMIENTOS

Los autores quieren expresar su agradecimiento a:

Ed Kramer, por ser el puente que nos puso en contacto.

Rebecca Moesta Anderson, por su inagotable imaginación y sus denodados esfuerzos para que la novela fuera la mejor posible.

Jan Herbert, por permitir que la continuación de este proyecto continuara durante un viaje de aniversario de bodas por Europa, y por muchas cosas más.

Pat LoBrutto, nuestro editor de Bantam Books, por ayudarnos a lograr el mejor enfoque y claridad en este libro.

Robert Gottlieb y Matt Bialer, de la agencia William Morris, Mary Alice Kier y Anna Cottle de Cine/Lit Representation, por su fe y dedicación, al comprender las posibilidades del proyecto.

Irwyn Applebaum y Nita Taublib, de Bantam Books, por su apoyo y entusiasmo en una empresa tan enorme.

Penny y Ron Merritt, cuyo entusiasta apoyo hizo posible este proyecto.

Beverly Herbert, por su entusiasmo y contribuciones editoriales a los libros de Dune escritos por Frank Herbert.

Marie Landis-Edwards, por su estímulo.

The Herbert Limited Partnership, que incluye a David Merritt, Byron Merritt, Julie Herbert, Robert Merritt, Kimberly Herbert, Margaux Herbert y Theresa Shackelford.

En WordFire Inc., gracias en especial a Catherine Sidor, que invirtió muchas horas de trabajo denodado en la preparación y revisión del manuscrito, y a Sarah Jones por su ayuda en dar forma a muchos libros y documentos antiguos.

Y a los millones de devotos fans de DUNE, que han preservado la popularidad de la novela original durante tres décadas y media.

Transmisión de la Cofradía Espacial a la corporación mercantil galáctica Combine Honnete Ober Advancer Mercantiles:

«Nuestra responsabilidad específica en esta misión extraoficial ha consistido en explorar los planetas deshabitados con el fin de encontrar otra fuente de la preciosa especia melange, de la cual tanto depende el Imperio. Hemos documentado los viajes de muchos de nuestros Navegantes y Pilotos, que han inspeccionado cientos de planetas. Sin embargo, hasta la fecha no hemos obtenido el menor éxito. La única fuente de melange que existe en el Universo Conocido sigue siendo el planeta desierto de Arrakis. La Cofradía, la CHOAM y todos los demás elementos dependientes han de seguir sujetos al monopolio de los Harkonnen.

»No obstante, el esfuerzo de explorar territorios lejanos en busca de nuevos sistemas planetarios y nuevos recursos da sus frutos. Las exploraciones detalladas y los mapas orbitales contenidos en las hojas adjuntas de cristal riduliano serán de suma importancia comercial para la CHOAM.

»Tras haber cumplido con las especificaciones pactadas en el contrato suscrito previamente, solicitamos a la CHOAM que deposite la cantidad acordada en nuestra sede oficial del Banco de la Cofradía de Empalme.»

«*A su Alteza Real el emperador Padishah Elrood IX, regente del Universo Conocido:*

»*De su fiel súbdito el barón Siridar Vladimir Harkonnen y Señor Supremo de Giedi Prime, Lankiveil y planetas aliados.*

»*Señor, permitidme una vez más que reafirme el compromiso de serviros con lealtad en el planeta desierto de Arrakis. Durante los siete años posteriores a la muerte de mi padre, me avergüenza decir que mi incompetente hermanastro Abulurd ha permitido que la producción de especia se redujera. Las pérdidas de equipo han sido elevadas, y las exportaciones han descendido a niveles abismales. Debido a la dependencia del Imperio de la especia melange, esta coyuntura podría acarrear graves consecuencias. No dudéis que mi familia ha tomado medidas para rectificar tan infortunada situación: Abulurd ha sido relegado de sus funciones y deportado al planeta Lankiveil. Se le ha retirado su título de nobleza, aunque es posible que algún día reclame el gobierno de algún distrito.*

»*Ahora que la supervisión directa de Arrakis depende de mí, permitidme que os dé mi garantía personal de que utilizaré todos los medios necesarios (dinero, dedicación y mano de hierro) para conseguir que la producción de melange alcance o exceda nuestros anteriores niveles de producción.*

»*Como ordenásteis sabiamente, la especia ha de fluir.*»

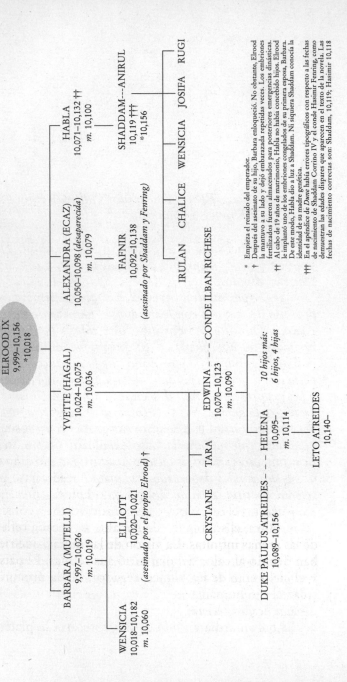

FONDIL III («El Cazador»)

ELROOD IX
9,999–10,156
*10,018

* Empieza el reinado del emperador.
† Después del asesinato de su hijo, Barbara enloqueció. No obstante, Elrood la mantuvo a su lado y dejó embarazada repetidas veces. Los embriones fertilizados fueron almacenados para posteriores emergencias dinásticas.
†† Al cabo de 19 años de matrimonio, Habla no había concebido hijos. Elrood le implantó uno de los embriones congelados de su primera esposa, Barbara. De este modo, Habla dio a luz a Shaddam. Ni siquiera Shaddam conocía la identidad de su madre genética.
††† En el apéndice de *Dune* había errores tipográficos con respecto a las fechas de nacimiento de Shaddam Corrino IV y el conde Hasimir Fenring, como demuestran las edades dispares que aparecen en el texto de la novela. Las fechas de nacimiento correctas son: Shaddam, 10,119; Hasimir 10,118

La melange es el elemento económico pri-
mordial de las actividades de la CHOAM. Sin
esta especia, las reverendas madres de la Bene
Gesserit no podrían llevar a cabo sus gestas de
observación y control humano, los Navegantes de
la Cofradía no podrían localizar senderos seguros
a través del espacio, y millardos de ciudadanos
imperiales morirían debido al síndrome de absti-
nencia. Cualquier necio sabe que tal dependen-
cia de una sola sustancia degenera en abusos.
Todos corremos un grave peligro.

Análisis económico de pautas de circulación de
materiales de la CHOAM

El barón Vladimir Harkonnen, esbelto y musculoso, estaba inclinado hacia adelante, al lado del piloto del
ornitóptero. Escudriñó con ojos negros como arañas a
través del cristal cóncavo, al tiempo que su olfato percibía el olor de la arena y el polvo omnipresentes.

Mientras el ornitóptero acorazado volaba a considerable altura, el sol blanco de Arrakis arrancaba reflejos
de las arenas infinitas. La visión de las dunas, que riela-
ban debido al calor del día, hirió sus retinas. El paisaje
y el cielo eran de un blanco cegador. Nada procuraba
solaz al ojo humano.

Un lugar infernal.

El barón ardía en deseos de regresar a la placidez

industrializada y la complejidad civilizada de Giedi Prime, el planeta central de la Casa Harkonnen. Tenía mejores cosas que hacer en el cuartel general de la familia, situado en la ciudad de Carthag, y sus gustos exigentes anhelaban otras diversiones.

Pero la recolecta de la especia tenía prioridad absoluta. Siempre. Sobre todo cuando se había declarado una huelga tan salvaje como sus rastreadores habían informado.

En la atestada cabina, el barón estaba repantigado con aire de confianza absoluta, indiferente a las oscilaciones producidas por las turbulencias de aire. Las alas mecánicas del ornitóptero batían rítmicamente, como las de una avispa. El cuero negro de su peto se ajustaba a la perfección sobre sus pectorales bien desarrollados. Adentrado en la cuarentena, era atractivo, con un punto de fanfarronería en sus facciones. Llevaba el pelo rojodorado cortado y peinado siguiendo instrucciones precisas, para que destacara su característico pico de viuda. El rostro del barón era lampiño, los pómulos altos y bien esculpidos. A lo largo de su cuello y mandíbula destacaban unos músculos muy pronunciados, dispuestos a deformar su cara en una expresión arisca o en una dura sonrisa, según las circunstancias.

—¿Cuánto falta?

Miró de reojo al piloto, que estaba dando señales de nerviosismo.

—El lugar se encuentra en las profundidades del desierto, barón. Todo indica que se trata de una de las concentraciones de especia más rica jamás excavada.

El aparato se estremeció cuando se pasaron sobre un afloramiento de lava negra. El piloto tragó saliva y se concentró en los controles del ornitóptero.

El barón se relajó en su asiento y reprimió su impaciencia. Estaba satisfecho de que el nuevo tesoro estuviera a salvo de ojos inquisidores, lejos de funcionarios imperiales o de la CHOAM que pudieran llevar registros engorrosos. El senil emperador Elrood IX no tenía por qué saber nada sobre la producción de especia de los Harkonnen en Arrakis. Gracias a informes falseados con sumo cuidado y a libros de cuentas manipulados, por no hablar de sobornos, el barón contaba a los supervisores extraplanetarios tan sólo lo que quería que supieran.

Pasó una fuerte mano por el sudor que perlaba su labio superior, y luego ajustó los controles de la cabina del ornitóptero para gozar de una temperatura más fresca y un ambiente más húmedo.

El piloto, nervioso por tener a su cargo a un pasajero tan importante y de carácter tan tornadizo, aumentó la velocidad. Echó un vistazo a la proyección cartográfica de la consola, y estudió los contornos del terreno desierto que se extendía hasta perderse de vista.

Tras haber examinado las proyecciones cartográficas, su escasez de detalles desagradó al barón. ¿Cómo podía alguien orientarse en aquel planeta desierto? ¿Cómo era posible que un planeta tan vital para la estabilidad económica del Imperio apenas hubiera sido cartografiado? Otro fallo de su débil hermanastro menor, Abulurd.

Pero Abulurd se había ido, y el barón estaba al mando. *Ahora que Arrakis es mío, pondré todo en orden.* En cuanto regresara a Carthag, pondría gente a trabajar en trazar nuevos mapas y planos, si los malditos Fremen no mataban una vez más a los exploradores, o destruían los puntos cartográficos.

Durante cuarenta años este mundo desierto había sido el cuasifeudo de la Casa Harkonnen, un acuerdo político garantizado por el emperador, con la bendición de la poderosa CHOAM. Aunque sórdido y desagradable, Arrakis era una de las joyas más importantes de la corona imperial, en virtud de la preciosa sustancia que proporcionaba.

Sin embargo, tras la muerte del padre del barón, Dmitri Harkonnen, el viejo emperador había concedido el poder, debido a alguna deficiencia mental, al blando Abulurd, que había logrado arruinar la producción de especia en sólo siete años. Los beneficios cayeron en picado, y perdió el control por culpa de los contrabandistas y el sabotaje. Caído en desgracia, el muy imbécil había sido depuesto y exiliado sin título oficial a Lankiveil, donde ni siquiera él podía perjudicar demasiado a las actividades balleneras que se desarrollaban en el planeta.

En todo el Imperio, Arrakis (un infierno que algunos consideraban un castigo más que una recompensa) era la única fuente conocida de la especia melange, una sustancia mucho más valiosa que cualquier metal precioso. En este mundo sediento valía incluso más que su peso en agua.

Sin especia, los viajes espaciales serían imposibles… y sin viajes espaciales, el Imperio se derrumbaría. La especia prolongaba la vida, protegía la salud y añadía vigor a la existencia. El barón, que la consumía con moderación, agradecía sobremanera la sensación que le producía. Claro que la melange, por otra parte, era ferozmente adictiva, lo cual mantenía su precio alto…

El ornitóptero acorazado sobrevoló una cordillera que parecía una mandíbula rota llena de dientes podridos. A lo lejos, el barón vio una nube de polvo que se extendía como un yunque hasta el cielo.

—Eso son los trabajos de recolección, barón.

Ornitópteros de ataque semejantes a halcones aparecieron como puntos negros en el cielo monocromo y se precipitaron hacia ellos. El comunicador sonó, y el piloto envió una señal de identificación. Los defensores, mercenarios con la orden de mantener alejados a merodeadores indeseables, describieron un círculo y adoptaron una posición protectora en el cielo.

En tanto la Casa Harkonnen alimentara la ficción de progreso y beneficios, la Cofradía Espacial no tenía por qué enterarse de ningún hallazgo de especia. Ni el emperador ni la corporación de comercio galáctico CHOAM. El barón se quedaría la melange y aumentaría sus ya enormes depósitos.

Después de los años de decadencia de Abulurd, si el barón conseguía al menos la mitad de lo que era capaz, la CHOAM y el Imperio notarían una inmensa mejora. Si les contentaba, no repararían en sus considerables tejemanejes, nunca sospecharían la existencia de sus reservas secretas. Una estratagema peligrosa, si era descubierta... pero el barón sabía cómo tratar a los ojos curiosos.

Mientras se acercaban a la nube de polvo, sacó unos prismáticos y enfocó las lentes de aceite. La ampliación le permitió ver la fábrica de especia en funcionamiento. Con sus gigantescos neumáticos y enorme capacidad de carga, la monstruosidad mecánica era increíblemente cara, y valía todos los solaris que costaba su mantenimiento. Sus excavadoras expulsaban polvo rojizo, arena gris y astillas de pedernal a medida que ahondaban y levantaban la superficie del desierto, en busca de la aromática especia.

Unidades terrestres móviles recorrían la arena destripada en las vecindades de la fábrica, hundían sondas bajo la superficie, recogían muestras, trazaban el plano de la vena de especia sepultada. En el cielo, maquinaria más pesada transportada por ornitópteros jumbo daba vueltas, esperando. En la periferia, aparatos de observación recorrían de un lado a otro las arenas, con vigías a bordo concentrados en divisar señales de gusanos. Cualquiera de los gigantescos gusanos de arena de Arrakis podía engullir todo el complejo.

—Señor barón —dijo el piloto al tiempo que le pasaba el comunicador—, el capitán de la cuadrilla de trabajo desea hablar con vos.

—Soy tu barón. Ponme al corriente. ¿Cuánta habéis encontrado?

El capitán contestó con voz hosca, por lo visto indiferente a la importancia del hombre con quien estaba hablando.

—Hace diez años que dirijo cuadrillas de especia, y este depósito supera todo cuanto había visto hasta ahora. El problema reside en que está enterrado a una gran profundidad. Por lo general, los elementos dejan al descubierto la especia, y así la encontramos. Esta vez se halla muy concentrada, pero...

El barón sólo aguardó un momento.

—Sí, ¿qué pasa?

—Aquí está sucediendo algo extraño, señor. En los aspectos químicos, quiero decir. Hay dióxido de carbono que se filtra desde abajo, una especie de burbuja formada bajo nuestros pies. El recolector está excavando a través de capas exteriores de arena para acceder a la especia, pero también hay vapor de agua.

—¡Vapor de agua!

Era algo inaudito en Arrakis, donde la proporción de humedad del aire era mínima, incluso en el mejor de los días.

—Tal vez hemos topado con un antiguo acuífero, señor, sepultado bajo una capa de roca.

El barón jamás había imaginado que se encontraría agua bajo la superficie de Arrakis. Consideró la posibilidad de explotar un curso de agua a base de venderla a la población. Eso irritaría sin duda a los mercaderes de agua existentes, que ya se estaban dando excesivos aires de importancia.

Su voz de bajo retumbó.

—¿Crees que está contaminando la especia?

—No lo sé, señor —dijo el capitán—. La especia es una materia extraña, pero nunca había visto un yacimiento semejante. No parece... normal.

El barón miró al piloto del ornitóptero.

—Ponte en contacto con los rastreadores. Pregunta si han localizado señales de gusanos.

—No hay señales de gusanos, mi señor —dijo el piloto al ver la respuesta en la pantalla. El barón observó gotas de sudor en la frente del hombre.

—¿Cuánto tiempo lleva ahí abajo el recolector?

—Casi dos horas normales, señor.

El barón frunció el entrecejo. Ya tendría que haber aparecido un gusano.

Sin darse cuenta, el piloto había dejado abierto el sistema de comunicaciones, y el capitán de la cuadrilla confirmó la circunstancia por el altavoz.

—Nunca habían tardado tanto, señor. Los gusanos siempre vienen. Siempre. Pero algo está pasando ahí abajo. Los gases van en aumento. Se huelen en el aire.

El barón absorbió el aire reciclado de la cabina y detectó el olor almizclado a canela de la especia bruta recogida del desierto. El ornitóptero se encontraba sólo a unos cientos de metros del principal recolector.

—También hemos detectado vibraciones subterráneas, una especie de resonancia. No me gusta, señor.

—No te pagan para que te guste —replicó el barón—. ¿Es un gusano profundo?

—No creo, señor.

Examinó los cálculos estimados que transmitía el recolector de especia. Las cifras obnubilaron su mente.

—Lo que estamos obteniendo de esta excavación equivale a la producción mensual de mis demás yacimientos.

Tamborileó con los dedos sobre su muslo.

—Sin embargo, señor, sugiero que nos preparemos para recogerlo todo y abandonar el yacimiento. Podríamos perder...

—De ninguna manera, capitán —dijo el barón—. No hay señales de gusanos, y casi has recogido la carga de toda una factoría. Si lo necesitas, te bajaremos un recolector vacío. No voy a abandonar una fortuna en especia porque te estés poniendo nervioso... sólo porque tengas una sensación extraña. ¡Ridículo!

Cuando el jefe de la cuadrilla intentó abundar en su punto, el barón le interrumpió.

—Capitán, si eres un cobarde nervioso, has escogido mal la profesión y la Casa que te da empleo. Continúa.

Cerró el comunicador y tomó nota mentalmente de despedir a aquel hombre lo antes posible.

A más altura flotaban los transportadores preparados para recoger el recolector de especia y a su tripulación en cuanto apareciera un gusano. Pero ¿por qué tardaba tanto? Los gusanos siempre protegían la especia.

La especia. Saboreó la palabra en sus pensamientos y sus labios.

La sustancia, rodeada de supersticiones, existía en una cantidad desconocida, como un cuerno de unicornio moderno. Por otra parte, Arrakis era tan inhóspito que nadie había descubierto todavía el origen de la melange. En la inmensa extensión del Imperio, ningún explorador ni prospector había encontrado melange en ningún otro planeta, ni nadie había logrado sintetizar un sustituto, pese a siglos de intentos. Desde que la Casa Harkonnen detentaba el gobierno de Arrakis, y por lo tanto controlaba toda la producción de especia, el barón no deseaba que se desarrollara un sustituto o se encontrara otra fuente.

Cuadrillas del desierto expertas localizaban la especia, y el Imperio la utilizaba pero, por lo demás, los detalles no le concernían. Siempre existía riesgo para los trabajadores, el peligro de que un gusano atacara demasiado pronto, de que un transportador se estropeara, de que una factoría de especia no fuera izada a tiempo.

Tormentas de arena inesperadas estallaban con sorprendente velocidad. Las cifras de bajas y de pérdidas de equipo eran abrumadoras... pero la melange pagaba casi cualquier coste, ya fuera en dinero o en sangre.

Mientras el ornitóptero describía círculos a un ritmo constante, el barón estudió el espectáculo industrial. El sol abrasador se reflejaba en el casco polvoriento de la factoría de especia. Los rastreadores continuaban surcando el aire, mientras vehículos terrestres iban tomando muestras.

Todavía no se veían señales de ningún gusano, y cada momento que pasaba permitía a la cuadrilla recoger más especia. Los trabajadores recibirían bonificaciones, excepto el capitán, y la Casa Harkonnen se enriquecería todavía más. Los registros serían tergiversados más adelante.

El barón se volvió hacia el piloto.

—Llama a nuestra base más cercana. Ordena que preparen otro transportador y otra factoría de especia. Esta vena parece inagotable. —Bajó la voz—. Si aún no ha aparecido ningún gusano tal vez haya tiempo...

El capitán de la cuadrilla de tierra volvió a llamar, retransmitiendo en una frecuencia general desde que el barón había cerrado su receptor.

—Señor, nuestras sondas indican que la temperatura se está elevando en las profundidades... ¡Un pico drástico! Algo está pasando ahí abajo, una reacción química. Además, uno de nuestros grupos de exploración terrestre acaba de toparse con un nido de truchas de arena.

El barón gruñó, furioso con el hombre porque se había comunicado mediante un canal no codificado. ¿Y si espías de la CHOAM estaban escuchando? Además, a nadie le importaban las truchas de arena. Aquellos animales gelatinosos que vivían bajo la arena eran tan irrelevantes para él como un enjambre de moscas alrededor de un cadáver abandonado.

Tomó nota mental de castigar al hombre con algo más que despedirle y negarle la bonificación. *Debió ser Abulurd en persona quien había elegido a ese bastardo acojonado.*

El barón vio las diminutas figuras de los exploradores avanzar por la arena, correteando como hormigas enloquecidas por vapor ácido. Corrieron de vuelta hacia la factoría de especia principal. Un hombre saltó de su vehículo incrustado de arena y se precipitó hacia la puerta abierta de la enorme máquina.

—¿Qué están haciendo esos hombres? ¿Están abandonando sus puestos? Bajemos un poco para verlo mejor.

El piloto inclinó el ornitóptero y descendió como un escarabajo ominoso hacia la arena. Los hombres se agacharon, tosieron y sufrieron arcadas, mientras intentaban colocarse filtros sobre la cara. Dos cayeron sobre la arena. Otros retrocedieron a toda prisa hacia la factoría de especia.

—¡Traed el transportador! ¡Traed el transportador! —gritó alguien.

Todos los rastreadores informaron.

—No veo señales de gusanos.

—Todavía nada.

—Todo despejado por aquí.

—¿Por qué están evacuando? —preguntó el barón, como si el piloto lo supiera.

—¡Algo está pasando! —chilló el capitán—. ¿Dónde está el transportador? ¡Lo necesitamos ya!

La tierra osciló. Cuatro obreros cayeron de bruces en la arena antes de llegar a la rampa de la factoría de especia.

—¡Mirad, mi señor! —El piloto señaló hacia abajo, con voz trémula de terror. Cuando el barón dejó de concentrarse en los hombres acobardados, vio que la arena temblaba alrededor del yacimiento, y vibraba como un parche de tambor golpeado.

El recolector de especia se ladeó y resbaló a un lado. Se abrió una grieta en la arena, y todo el yacimiento empezó a alzarse en el aire como una burbuja de gas en una olla de barro salusana hirviente.

—¡Larguémonos de aquí! —gritó el barón. El piloto le miró por una fracción de segundo, y el barón le propinó un revés en la mejilla con su mano izquierda, veloz como el rayo—. ¡Muévete!

El piloto aferró los mandos e inició el ascenso. Las alas articuladas batieron furiosamente.

Abajo, la burbuja subterránea alcanzó su apogeo y después estalló. El recolector de especia, las cuadrillas móviles y todo lo demás saltó por los aires. Una gigantesca explosión de arena se elevó hacia el cielo, arrastrando roca destrozada y la volátil especia anaranjada. La gigantesca factoría quedó hecha añicos, que quedaron dispersos como trapos perdidos en una tormenta de Coriolis.

—¿Qué demonios ha pasado?

Los oscuros ojos del barón se abrieron de par en par, incrédulos, al contemplar la magnitud del desastre. Toda la preciosa especia desaparecida, engullida en un instante. Todo el equipo destrozado. Apenas pensó en la pérdida de vidas, excepto por los gastos de adiestrar a las cuadrillas.

—¡Sujetaos, mi señor! —gritó el piloto. Sus nudillos se tiñeron de blanco sobre los mandos.

Una potentísima ráfaga de viento les alcanzó. El ornitóptero acorazado invirtió su posición en el aire, mientras las alas se agitaban frenéticamente. Los motores zumbaron y gruñeron, al tiempo que intentaban mantener la estabilidad. Proyectiles de arena se estrellaron contra las portillas de plaz. Obstruidos por el polvo, los motores del ornitóptero carraspearon. El aparato perdió altitud y cayó hacia el revuelto estómago del desierto.

El piloto gritó palabras ininteligibles. El barón agarró sus protectores contra colisiones, y vio que la tierra se precipitaba hacia él como el tacón invertido de una bota, dispuesto a aplastar un insecto.

Como cabeza de la Casa Harkonnen, siempre había pensado que moriría a manos de un asesino traidor... pero ser víctima de un desastre natural impredecible le resultó casi divertido.

Mientras caían, vio la arena abierta como una herida supurante. Las corrientes de convección y las reacciones químicas absorbían el polvo y la melange en bruto. La rica vena de especia de momentos antes se había transformado en una boca leprosa dispuesta a engullirlos.

Pero el piloto, que había parecido débil y distraído durante el vuelo, adoptó una rigidez total, debida a la concentración y la determinación. Sus dedos volaban sobre los mandos, con el fin de aprovechar las corrientes, cambiaba el flujo de un motor a otro para aliviar la estrangulación producida por el polvo en los tubos de recepción de aire.

Por fin, el ornitóptero se niveló, se estabilizó y voló a baja altura sobre la llanura de dunas. El piloto emitió un suspiro de alivio.

El barón vio sombras translúcidas relucientes en el gran desfiladero abierto en la arena, sombras similares a gusanos sobre una carcasa: truchas de arena que corrían hacia la explosión. No tardarían en acudir los gigantescos gusanos. Aquellos monstruos no resistirían la tentación.

Por más que lo intentaba, el barón no podía comprender la especia. Ni por asomo.

El ornitóptero ganó altitud y les condujo hacia los rastreadores y transportadores, que habían sido pillados por sorpresa. No habían conseguido recuperar la factoría de especia y su precioso cargamento antes de la explosión, y no podía culpar a nadie por ello. Sólo a él. El barón les había dado órdenes explícitas de mantenerse alejados.

—Acabas de salvar mi vida, piloto. ¿Cómo te llamas?

—Kyrubi, señor.

—Muy bien, Kyrubi. ¿Habías visto algo semejante? ¿Qué ha pasado ahí abajo? ¿Cuál ha sido la causa de la explosión?

El piloto respiró hondo.

—He oído a los Fremen hablar acerca de algo que llaman explosión de especia. —Ahora parecía una estatua, como si el terror le hubiera transformado en algo mucho más fuerte—. Ocurre en las profundidades del desierto, donde muy poca gente puede presenciarlo.

—¿A quién le importa lo que digan los Fremen? —Su labio se curvó desdeñoso cuando pensó en los sucios nómadas indígenas del gran desierto—. Todos hemos oído hablar de explosiones de especia, pero nadie ha visto ninguna. Supersticiones estúpidas.

—Sí, pero las supersticiones suelen tener una base. Se han visto muchas cosas en el desierto.

El barón admiró al hombre por su determinación de hablar, aunque Kyrubi debía conocer su temperamento y espíritu vengativos. Tal vez sería prudente ascenderle…

—Dicen que un estallido de especia es una explosión química —continuó Kyrubi—, tal vez el resultado de una masa de preespecia bajo las arenas.

El barón pensó en la información recibida. No podía negar la evidencia de sus propios ojos. Algún día, quizá alguien descubriría la verdadera naturaleza de la melange y sería capaz de evitar desastres como éste. Hasta el momento, como la especia parecía inagotable para aquellos dispuestos a llevar a cabo el esfuerzo, nadie se había molestado en efectuar análisis detallados. ¿Para qué perder el tiempo en pruebas, cuando aguardaba una fortuna? El barón tenía el monopolio de Arrakis, pero era un monopolio basado en la ignorancia.

Apretó los dientes y comprendió que, en cuanto volviera a Carthag, se vería obligado a relajarse un poco, a liberar sus tensiones acumuladas mediante algunas «diversiones», tal vez con más vigor de lo imaginado. Esta vez tendría que encontrar a un candidato especial, en lugar de uno de sus amantes habituales, alguien a quien nunca más volvería a utilizar. Eso le libraría de trabas.

Ya no es preciso ocultar este yacimiento al emperador, pensó. Lo registrarían, como si fuera un hallazgo, y documentarían la destrucción de la cuadrilla y el equipo. Tampoco sería necesario manipular los registros. El viejo Elrood no se sentiría nada complacido, y la Casa Harkonnen debería asumir el revés económico.

Mientras el piloto daba media vuelta, los miembros supervivientes de la patrulla examinaban los daños sufridos, y más tarde informaron por el comunicador sobre la pérdida de hombres, equipo y carga de especia. El barón sintió bullir la rabia en su interior.

¡Maldito Arrakis! ¡Maldita sea la especia, y maldita sea nuestra dependencia de ella!

Somos generalistas. No se pueden delimitar con nitidez problemas de alcance planetario. La planetología es una ciencia hecha a la medida.

PARDOT KYNES, *Tratado sobre la recuperación ambiental de Salusa Secundus después del holocausto*

En el planeta imperial Kaitain, inmensos edificios besaban el cielo. Magníficas esculturas y opulentas fuentes de pisos, como visiones de un sueño, flanqueaban las avenidas de suelo acristalado. Una persona podía contemplar el espectáculo durante horas.

Pardot Kynes sólo logró vislumbrar el espectáculo urbano, mientras los guardias reales le escoltaban a paso vivo hasta el palacio. No tenían paciencia para la curiosidad de un simple planetólogo, ni tampoco ningún interés en las maravillas de la ciudad. Su trabajo consistía en escoltarle al inmenso salón abovedado del trono, y sin más dilación. No se podía hacer esperar al emperador del Universo Conocido por una tontería.

Los miembros de la escolta de Kynes llevaban uniformes grises y negros, impecablemente limpios y tachonados de galones y medallas, todos los botones y adornos relucientes, hasta la última cinta alisada y planchada. Quince de los hombres escogidos en persona por el emperador, los Sardaukar, le rodeaban como un ejército.

Aun así, el esplendor de la capital del planeta sobrecogía a Kynes. Se volvió hacia el guardia más cercano y dijo:

—Suelo trabajar al aire libre, o atravesando pantanos de planetas a los que nadie más quiere ir.

Nunca había visto, o imaginado, nada parecido a esto en los paisajes abruptos y alejados que había estudiado.

Los guardias no contestaron al larguirucho forastero. Los Sardaukar estaban adiestrados para ser máquinas de combate, no conversadores.

—Aquí me han restregado hasta la tercera capa de piel y me han vestido como un noble.

Kynes tiró de la gruesa tela trenzada de su chaqueta azul oscuro, olió el jabón y el aroma de su piel. Tenía la frente despejada, con el cabello escaso y rubio peinado hacia atrás.

La escolta ascendió a toda prisa una cascada, al parecer interminable, de escalones de piedra adornados con filigranas de oro y piedras soo centelleantes de color crema.

Kynes se volvió hacia el guardia de la izquierda.

—Éste es mi primer viaje a Kaitain. Supongo que si se trabaja aquí siempre, al final ni te fijas en las vistas.

Sus palabras se apoyaron en una sonrisa anhelante, pero una vez más cayeron en oídos sordos.

Kynes era un experto y respetado ecologista, geólogo y meteorólogo, especializado además en botánica y microbiología. Constituía un placer para él desentrañar los misterios de planetas enteros, pero la gente era muy a menudo un misterio insondable para él, como estos guardias.

—Kaitain es mucho más… confortable que Salusa Secundus. Crecí allí —continuó—. También he estado en Bela Tegeuse, y es casi igual de espantoso, apenas iluminado por soles enanos.

Por fin, Kynes miró al frente y murmuró para sí:

—El emperador me ha hecho venir desde la otra mitad de la galaxia. Me gustaría saber por qué.

Ninguno de los hombres le ofreció la menor explicación.

El cortejo pasó bajo una arcada de roca de lava carmesí, que soportaba la pesada opresión de una edad muy avanzada. Kynes alzó la vista, y con su experiencia de geólogo reconoció la curiosa e inmensa piedra: una antigua arcada del planeta destruido Salusa Secundus.

Le asombró que alguien conservara una reliquia tan antigua de un austero planeta, donde Kynes había pasado muchos años, un planeta prisión aislado con un ecosistema destruido. Pero entonces recordó, y se sintió como un idiota por haberlo olvidado, que Salusa había sido en otro tiempo la capital imperial, milenios antes... antes del desastre que lo alteró todo. Sin duda la Casa Corrino había traído intacta la arcada como un recuerdo de su pasado, o como una especie de trofeo para demostrar que la familia imperial había superado la adversidad de la devastación de su planeta.

Mientras el cortejo atravesaba el arco de lava y entraba en el resonante esplendor del palacio, sonó una fanfarria ejecutada por instrumentos de viento que Kynes no reconoció. Nunca había dedicado demasiado tiempo al estudio de la música y las artes, ni siquiera de niño. ¿Para qué, cuando había tanta ciencia natural que asimilar?

Justo antes de pasar bajo el techo refulgente de joyas de la inmensa estructura real, Kynes contempló una vez más el cielo despejado y azul.

Durante el viaje, dentro de una sección acordonada del Crucero de la Cofradía, Kynes había aprovechado el tiempo para aprender algo sobre el planeta capital, si bien nunca había aplicado sus conocimientos sobre los planetas a un lugar tan civilizado. Kaitain estaba planificada y construida con gusto exquisito, y contaba con avenidas flanqueadas de árboles, arquitectura espléndida, jardines bien regados, murallas de flores y mucho más.

Los informes imperiales afirmaban que el clima siempre era templado. Las tormentas no existían. Ninguna nube mancillaba el cielo. Al principio pensaba que la información era pura propaganda turística, pero cuando la engalanada nave escolta de la Cofradía descendió, observó la flotilla de satélites meteorológicos, la tecnología que, mediante la fuerza bruta, domeñaba el clima y conservaba Kaitain como un lugar plácido y sereno. Los ingenieros del clima podían modificar el tiempo, para que fuera lo que un loco había decidido óptimo, pero estaban expuestos a otro peligro al crear un entorno que, a la larga, afectaba negativamente a la mente, el cuerpo y el espíritu. La familia imperial nunca lo había entendido. Seguía relajada bajo sus cielos soleados y paseaba por sus espléndidos viveros, indiferente a la catástrofe ecológica que algún día se desataría ante sus ojos vendados. Sería todo un reto quedarse en el planeta y estudiar los efectos, pero Kynes dudaba que el emperador Elrood IX le hubiera convocado para eso.

La escolta se adentró en el palacio, pasaron ante estatuas y pinturas clásicas. La amplia sala de audiencias bien habría podido ser una arena de antiguas luchas de gladiadores. El suelo se extendía ante ellos como una llanura de cuadrados de piedra pulida y multicolor, cada uno procedente de los distintos planetas del Imperio. Se iban añadiendo hornacinas y alas a medida que el Imperio crecía.

Los funcionarios de la corte, ataviados con vestiduras deslumbrantes y brillantes plumas, iban de un lado a otro exhibiendo telas tejidas con hilos de metal precioso. Cargados con documentos, se dedicaban a asuntos inextricables, corrían a celebrar reuniones, susurraban entre sí como si sólo ellos comprendieran sus funciones reales.

Kynes era un extraño en este mundo político. Prefería la desolación. Aunque el esplendor le fascinaba, anhelaba la soledad, los paisajes inexplorados, y los misterios de la flora y la fauna. Aquel lugar tan ajetreado iba a provocarle dolor de cabeza de un momento a otro.

Los guardias Sardaukar le condujeron por un largo paseo bajo luces prismáticas, con enérgico paso marcial que resonaba al unísono. Los tropezones de Kynes constituían la única disonancia.

Más adelante, sobre un estrado elevado de cristal verdeazulado, descansaba el Trono del León Dorado translúcido, tallado de una sola pieza de cuarzo de Hagal. Y sobre la deslumbrante silla estaba sentado el viejo en persona: Elrood Corrino IX, regente imperial del Universo Conocido.

Kynes le miró. El emperador era un hombre muy flaco, casi esquelético, con una cabeza enorme sobre un cuello delgado. El anciano regente, rodeado de un lujo tan increíble y una riqueza tan inmensa, parecía insignificante. Sin embargo, con un movimiento de su dedo de grandes nudillos, el emperador podía condenar a planetas enteros a la aniquilación y matar a millones de personas. Elrood había ocupado el Trono del León Dorado durante casi siglo y medio.

¿Cuántos planetas había en el Imperio? ¿A cuántas personas gobernaba aquel hombre? Kynes se preguntó si era posible que alguien poseyera tal cantidad de información.

Mientras le guiaban hasta la base del estrado, Kynes sonrió con vacilación a Elrood; luego tragó saliva, desvió la vista y agachó la cabeza. Nadie le había explicado cuál era el protocolo de palacio, y no estaba acostumbrado a modales y frivolidades sociales. El tenue olor a canela de la melange llegó a su nariz, procedente de una jarra de cerveza de especia que el emperador tenía sobre una mesita contigua al trono.

Un paje se adelantó, saludó con un cabeceo al jefe de la escolta de Sardaukar, se volvió y tronó en galach, el idioma común:

—¡El planetólogo Pardot Kynes!

Kynes cuadró los hombros y trató de enderezarse, mientras se preguntaba por qué le habían presentado de una forma tan vocinglera y ostentosa, cuando era evidente que el emperador sabía quién era. De lo contrario no le habría convocado. Kynes se preguntó si debía decir hola, pero decidió dejar que la corte determinara el discurrir de los acontecimientos.

—Kynes —dijo el viejo emperador con voz aguda y áspera, aquejada de demasiados años de dar órdenes firmes—, vienes a mí muy bien recomendado. Nuestros consejeros han estudiado a muchos candidatos, y te han elegido a ti por encima de los demás. ¿Qué tienes que decir?

El emperador se inclinó y enarcó las cejas, de forma que su frente se arrugó hasta lo alto del cráneo.

Kynes murmuró algo acerca de sentirse honrado y complacido, después carraspeó y formuló la verdadera pregunta.

—Pero, señor, ¿para qué he sido elegido exactamente?

Elrood chasqueó la lengua y se reclinó en el trono.

—Reconforta ver a alguien más preocupado por satisfacer su curiosidad que por decir lo correcto, o por halagar a estos estúpidos lameculos y bufones. —Cuando sonrió, el rostro de Elrood pareció adquirir la textura de la goma y las arrugas se ensancharon. Su piel poseía el tono grisáceo del pergamino—. El informe dice que creciste en Salusa Secundus, y que escribiste informes complejos y definitivos sobre la ecología del planeta.

—Sí, señor... majestad. Mis padres eran funcionarios, enviados a trabajar en vuestra prisión imperial de allí. Yo era muy pequeño y me llevaron con ellos.

En verdad, Kynes había oído rumores de que su padre o su madre habían disgustado en algo a Elrood y habían sido desterrados a aquel planeta. Pero Pardot Kynes había encontrado fascinante aquella desolación. Después de que los profesores terminaron su educación, pasaba sus días explorando las tierras yermas, tomaba notas, estudiaba los insectos, las malas hierbas y los animales que habían logrado sobrevivir al antiguo holocausto atómico.

—Sí, lo sé —dijo Elrood—. Al cabo de un tiempo tus padres fueron trasladados a otro planeta.

Kynes asintió.

—Sí, señor. Fueron a Harmonthep.

El emperador agitó la mano para desechar la referencia.

—Pero más tarde regresaste a Salusa. ¿Por tu propia voluntad?

—Bien, tenía muchas cosas que aprender en Salusa —contestó, y reprimió un encogimiento de hombros.

Kynes había pasado años solo en entornos desiertos, descifrando los misterios del clima y los ecosistemas. Había padecido muchas privaciones, soportado muchas incomodidades. En una ocasión, había sido perseguido por tigres Laza y sobrevivido. Después, Kynes había publicado un extenso tratado sobre sus años allí, abriendo notables ventanas de comprensión al planeta capital imperial, antes tan encantador y ahora abandonado.

—La salvaje desolación del planeta estimuló mi interés por la ecología. Es mucho más interesante estudiar un… mundo desolado. Me cuesta aprender algo en un lugar demasiado civilizado.

Elrood rió el comentario y miró alrededor, para que los demás miembros de la corte lo imitaran.

—¿Como Kaitain, quieres decir?

—Bien, estoy seguro de que también ha de cobijar lugares interesantes, señor —dijo Kynes, rogando no haber cometido una torpeza inexcusable.

—¡Bien dicho! —tronó Elrood—. Mis consejeros han actuado con sabiduría al elegirte, Pardot Kynes.

Sin saber qué decir ni hacer, el planetólogo ejecutó una torpe reverencia.

Después de los años pasados en Salusa Secundus, había ido a los pantanosos e intrincados terrenos del oscuro Bela Tegeuse, y después a otros lugares que le interesaban. Podía sobrevivir en cualquier sitio. Sus necesidades eran escasas. Lo más importante para él era acumular conocimientos científicos, estudiar las rocas y ver qué secretos habían legado los procesos naturales.

Pero ahora le picaba la curiosidad. ¿Por qué había llamado la atención de una forma tan rotunda?

—Si me permitís preguntarlo de nuevo, majestad... ¿Qué misión me destináis? —Y se apresuró a añadir—: Por supuesto, me siento muy complacido de serviros en lo que deseéis.

—Tú, Kynes, has sido reconocido como un verdadero hombre capaz de analizar complejos ecosistemas con el fin de aprovecharlos para las necesidades del Imperio. Te hemos elegido para que vayas al planeta desierto de Arrakis y obres tu magia allí.

—¡Arrakis! —Kynes no pudo disimular su estupor y júbilo—. Creo que los habitantes nómadas Fremen lo llaman Dune.

—Llámese como se llame —dijo Elrood con cierta brusquedad—, es uno de los planetas más desagradables, aunque importantes, del Imperio. Como sabrás, Arrakis es la única fuente de la especia melange.

Kynes asintió.

—Siempre me he preguntado por qué ningún explorador ha encontrado especia en otros planetas. Y por qué nadie sabe cómo se crea o deposita la especia.

—Tú lo averiguarás para nosotros —dijo el emperador—. Ya es hora.

De pronto, Kynes comprendió que tal vez se había pasado de la raya, y sintió un leve temor. Se encontraba en el salón del trono más importante de un millón de planetas, y estaba hablando con el emperador Elrood IX de tú a tú. Los demás miembros de la corte le miraban, algunos con desaprobación, otros con horror, y los menos con expresión de perversa alegría, como si intuyeran su inminente castigo.

Pero Kynes imaginó de inmediato el paisaje de arenas calcinadas por el sol, dunas majestuosas y monstruosos gusanos de arena, imágenes que sólo había visto en videolibros. Olvidó su insignificante falta de tacto, contuvo el aliento y esperó a escuchar los detalles de su misión.

—Es de vital importancia para el futuro del Imperio que conozcamos los secretos de la melange. Hasta hoy, nadie ha dedicado tiempo ni esfuerzos a desentrañar sus misterios. La gente piensa que Arrakis es una fuente inagotable de riquezas, y nadie se preocupa por la mecánica o los detalles. Craso error. —Hizo una pausa—. Éste es el desafío al que te enfrentarás, Pardot Kynes. Te nombramos planetólogo imperial oficial de Arrakis.

Mientras Elrood hablaba, examinó a aquel hombre de edad madura, curtido por la intemperie. Comprendió que Kynes no era un hombre complicado. Sus sentimientos y afinidades se traslucían en su rostro. Los consejeros de la corte habían indicado que Pardot Kynes carecía de ambiciones políticas y obligaciones. Su único interés verdadero residía en su trabajo y en la comprensión del orden natural del universo. Albergaba una fascinación casi infantil por los planetas lejanos y los entornos hostiles. Ejecutaría su tarea con un entusiasmo ilimitado, y proporcionaría respuestas sinceras.

Elrood había pasado casi toda su vida política rodeado de lacayos necios, aduladores descerebrados que decían lo que, en su opinión, él quería escuchar. Pero este hombre tosco, poco acostumbrado a las convenciones sociales, era distinto.

En ese momento era fundamental que comprendieran los hechos inherentes a la especie, con el fin de mejorar la eficacia de las operaciones, operaciones que eran vitales. Después de siete años del gobierno inepto de Abulurd Harkonnen, y tras los accidentes y errores cometidos por el ambicioso barón Vladimir Harkonnen, preocupaba al emperador que se paralizaran la producción y distribución de especia. La especia debía fluir.

La Cofradía Espacial necesitaba ingentes cantidades de melange para llenar las cámaras herméticas de sus Navegantes mutantes. Él, y el conjunto de la clase alta del Imperio, necesitaban a diario (y cada vez más) dosis de melange para conservar la vitalidad y prolongar sus vidas. La Orden de la Bene Gesserit la necesitaba para crear y adiestrar a más reverendas madres. Los Mentat la necesitaban para concentrar su mente.

Si bien desaprobaba la torpe administración del barón Harkonnen, Elrood no podía apoderarse de Arrakis. Tras décadas de manipulaciones políticas, la Casa Harkonnen había tomado el control después de expulsar a la Casa Richese.

Desde hacía mil años el Imperio concedía el gobierno de Arrakis a una familia elegida, para que arrancara las riquezas de la arena durante un período que no debía exceder de un siglo. Cada vez que el feudo cambiaba de manos, un diluvio de súplicas y peticiones inundaba el palacio. El apoyo del Landsraad implicaba muchos compromisos, algunos de los cuales eran demasiado onerosos para Elrood.

Aunque era el emperador, su poder dependía de un equilibrio, cauteloso e inestable, con numerosas fuerzas, incluidas las Grandes y Menores Casas del Landsraad, la Cofradía Espacial y monopolios comerciales como la CHOAM. Aún era más difícil lidiar con otras fuerzas, fuerzas que preferían actuar en la sombra.

He de desequilibrar la balanza, pensó Elrood. *Este asunto de Arrakis ha durado demasiado.*

El emperador se inclinó hacia adelante y vio que Kynes estaba henchido de alegría y entusiasmo. Ardía en deseos de ir al planeta desierto. ¡Tanto mejor!

—Averigua todo cuanto puedas sobre Arrakis y envíame informes regularmente, planetólogo. La Casa Harkonnen recibirá instrucciones de facilitarte todo el apoyo y la colaboración que necesites.

Aunque no les haga ninguna gracia que un observador imperial husmee en su territorio.

De momento, como el barón Harkonnen acababa de acceder al gobierno del planeta, dependía por completo del emperador.

—Te proporcionaremos todo lo necesario para tu viaje. Redacta una lista y entrégala a mi chambelán. Cuando llegues a Arrakis, los Harkonnen recibirán órdenes de atender todas tus peticiones.

—Mis necesidades son escasas —dijo Kynes—. Sólo necesito mis ojos y mi mente.

—Sí, pero espero que el barón pueda ofrecerte algunas comodidades más.

Elrood sonrió de nuevo y despidió al planetólogo con un ademán. El emperador observó que al salir de la sala de audiencias Kynes andaba con un paso mucho más vivo.

No construirás una máquina a semejanza de la mente humana.

Primer Mandamiento resultante de la Jihad Butleriana, tal como consta en la Biblia Católica Naranja

«El sufrimiento es el gran maestro de los hombres», recitaba el coro de viejos actores en el escenario. Si bien los cómicos eran simples ciudadanos del pueblo cobijado a la sombra del castillo de Caladan, se habían preparado bien para la representación anual de la Obra oficial de la Casa. Los trajes eran coloridos, aunque no del todo auténticos. Los decorados (la fachada del palacio de Agamenón, el patio enlosado) exhibían un realismo basado sólo en el entusiasmo y en algunas secuencias filmadas de la antigua Grecia.

Ya hacía rato que se representaba la larga pieza de Esquilo, y hacía calor en el teatro. Globos de luz iluminaban el escenario y algunas filas de asientos, pero las antorchas y los braseros que rodeaban a los actores perfumaban el edificio con un humo aromático.

Pese a los ruidos de fondo, los ronquidos del viejo duque amenazaban con llegar a oídos de los actores.

—¡Despertad, padre! —susurró Leto Atreides, al tiempo que daba un codazo en las costillas al duque Paulus—. Ni siquiera hemos llegado a la mitad de la obra.

Paulus se removió y desperezó en el asiento de su palco, y sacudió imaginarias migas de pan de su amplio pecho. Danzaron sombras sobre su rostro estrecho y arrugado y su barba canosa. Llevaba el uniforme negro de los Atreides, con el emblema del halcón rojo.

—Todo se reduce a hablar y posar, muchacho. —Parpadeó en dirección al escenario, donde los ancianos apenas se habían movido—. Y cada año vemos lo mismo.

—Ésa no es la cuestión, Paulus, querido. —Al otro lado del duque estaba sentada la madre de Leto, lady Helena, vestida con sus mejores galas y concentrada en las solemnes palabras del coro griego—. Presta atención al contexto. Al fin y al cabo, es la historia de tu familia, no de la mía.

Leto paseó la mirada entre sus padres, consciente de que la historia familiar de la Casa Richese de su madre poseía tanta grandeza y miseria como la de la Casa Atreides. Richese había caído desde una «edad de oro» colmada de beneficios a su actual fragilidad económica.

La Casa Atreides se jactaba de que sus raíces se remontaban a más de doce mil años de antigüedad, hasta los hijos de Atreus en la Vieja Terra. La familia se enorgullecía de su larga historia, pese a los numerosos incidentes, trágicos y deshonrosos, que la jalonaban. Los duques habían convertido en una tradición anual la representación de la tragedia clásica *Agamenón*, el hijo más famoso de Atreus y uno de los generales que habían conquistado Troya.

Leto Atreides, de cabello negro como ala de cuervo y nariz aguileña, se parecía mucho a su madre. Contemplaba la función, ataviado con incómodos ropajes, vagamente consciente del trasfondo extraterrestre de la historia. El autor de la obra había dado por sentado que el público captaría las referencias esotéricas. El general Agamenón había sido un gran militar de una de las guerras legendarias de la historia humana, mucho antes de la creación de las máquinas pensantes que habían esclavizado a la humanidad, mucho antes de que la Jihad Butleriana hubiera liberado a la humanidad.

Por primera vez en sus catorce años, Leto sintió el peso de la leyenda sobre sus hombros. Intuyó una relación con los rostros y personalidades del infortunado pasado de su familia.

—Es mejor la fortuna no envidiada —recitaron a coro los ancianos—. Preferible a saquear ciudades, mejor que seguir las órdenes de los demás.

Antes de zarpar hacia Troya, Agamenón había sacrificado a su propia hija para que los dioses le concedieran vientos favorables. Su desdichada esposa, Clitemnestra, había dedicado los diez años de ausencia de su marido a planear su venganza. Ahora, después de la batalla final de la guerra de Troya, se había encendido una hilera de hogueras a lo largo de la costa, con el fin de comunicar la victoria al país.

—Toda la acción transcurre fuera del escenario —murmuró Paulus, aunque nunca había sido un buen lector ni crítico literario. Vivía el momento, exprimía cada gota de la experiencia y el éxito. Prefería pasar el tiempo con su hijo o sus soldados—. Todo el mundo se queda quieto ante el decorado, a la espera de la llegada de Agamenón.

Paulus aborrecía la inacción, siempre repetía a su hijo que era mejor una decisión equivocada que no tomar ninguna. En la obra, Leto pensaba que el viejo duque se identificaba con el gran general, un hombre de su agrado.

El coro de ancianos siguió recitando, Clitemnestra salió del palacio para pronunciar un discurso, y el coro continuó de nuevo. Un heraldo, que fingía haber desembarcado, llegaba al escenario, besaba el suelo y recitaba un largo soliloquio.

—¡Agamenón, glorioso rey! Mereces nuestra gozosa bienvenida por haber aniquilado Troya y la patria de los troyanos. Los altares de nuestros enemigos yacen en ruinas, ya no confortan a sus dioses, y sus terrenos están yermos.

Guerra y destrucción. Leto pensó en la juventud de su padre, cuando había luchado por el emperador, aplastando una sangrienta rebelión en Ecaz y vivido aventuras con su amigo Dominic, ahora conde de la Casa Vernius, de Ix. Cuando se encontraba a solas con Leto, el viejo duque hablaba a menudo de aquellos tiempos con nostalgia indisimulada.

En las sombras de su palco, Paulus exhaló un sonoro suspiro, sin ocultar su aburrimiento. Lady Helena le fulminó con la mirada, devolvió su atención a la obra y compuso una sonrisa más plácida todavía, por si alguien la miraba. Leto dedicó a su padre una mueca de compasión, y Paulus le guiñó un ojo. El duque y su esposa interpretaban sus papeles a la perfección.

Por fin, el victorioso Agamenón llegó al escenario en un carro, acompañado por su amante, botín de guerra, la profetisa medio loca Casandra. Entretanto, Clitemnestra se preparaba para la aparición de su odiado esposo, al tiempo que fingía amor y devoción.

El viejo Paulus hizo ademán de aflojarse el cuello del uniforme, pero Helena le apartó la mano. Su sonrisa no varió un ápice.

Leto sonrió para sí al presenciar aquel ritual, tan frecuente entre sus padres. Su madre se esforzaba siempre por conservar lo que llamaba «sentido del decoro», mientras el viejo se comportaba con bastante menos formalidad. Mientras su padre le había enseñado numerosas cosas sobre el arte de gobernar y el liderazgo, lady Helena había educado a su hijo en protocolo y estudios religiosos.

Richese por nacimiento, lady Helena Atreides había nacido en una Casa importante que había perdido casi todo su poder y prestigio por culpa de ambiciones económicas fracasadas e intrigas políticas. Después de haber sido expulsada del gobierno de Arrakis, la familia de Helena había salvado parte de su respetabilidad gracias a un matrimonio de conveniencia con los Atreides. Varias de sus hermanas habían contraído matrimonio con miembros de otras Casas.

A pesar de sus evidentes diferencias, en cierta ocasión el viejo duque había confesado a Leto que había amado con todo su corazón a Helena durante los primeros años de su unión. Con el tiempo, la relación se había degradado, y había tenido muchas amantes y tal vez algunos hijos ilegítimos, aunque Leto era su único heredero oficial. A medida que transcurrían las décadas, se cimentó una enemistad entre marido y mujer, lo cual provocó profundas desavenencias. Ahora, su matrimonio era una estricta cuestión política.

—Para empezar, me casé por política, muchacho —le había dicho—. Nunca se me habría ocurrido otra cosa. En nuestra posición, el matrimonio es una herramienta. Si intentas añadir amor a la mezcla, todo se estropea.

A veces Leto se preguntaba si Helena había amado en algún momento a su padre, o sólo su posición y título. Últimamente daba la impresión de que había asumido el papel de asesora de imagen oficial de Paulus. Siempre se esforzaba en mantenerle elegante y presentable. Significaba mucho, tanto para su reputación como para la de él.

En el escenario, Clitemnestra dio la bienvenida a su marido y extendió tapices púrpura sobre el suelo para que caminara sobre ellos. Rodeado de una gran pompa, al son de las fanfarrias, Agamenón entró en su palacio, mientras la profetisa Casandra, muda de terror, se negaba a entrar. Preveía su propia muerte y el asesinato del general. Nadie le hacía caso, por supuesto.

Por mediación de canales políticos cultivados con sumo tacto, la madre de Leto mantenía contactos con otras Casas poderosas, en tanto el duque Paulus tejía sólidos vínculos con el pueblo llano de Caladan. Los duques Atreides se dedicaban al servicio de sus súbditos, y cobraban sólo lo que era justo, a partir de sus negocios familiares. Era una familia acaudalada, aunque no en exceso, y no expoliaba a sus ciudadanos.

En la obra, cuando el general recién llegado iba al baño, su traicionera esposa le aderezaba con una bata púrpura y le cosía a puñaladas, junto con su amante.

—¡Dioses! ¡Me han asestado una puñalada mortal! —se lamentaba Agamenón desde fuera del escenario.

El viejo Paulus sonrió y se inclinó hacia su hijo.

—He matado a muchos hombres en el campo de batalla, pero nunca he oído decir eso a ninguno mientras moría.

Helena le hizo callar.

—¡Los dioses me protejan, otra puñalada! ¡Moriré! —gritaba Agamenón.

Mientras el público estaba absorto en la tragedia, Leto intentó analizar la situación y cómo se relacionaba con su vida. Al fin y al cabo, se suponía que era la herencia familiar.

Clitemnestra admitió el asesinato, proclamó el derecho a vengarse de su marido por el sangriento sacrificio de su hija, por acostarse con putas en Troya y por haber traído a su amante, Casandra, a su propia casa.

—Glorioso rey —lloriqueó el coro—, nuestro afecto es ilimitado, nuestras lágrimas interminables. La araña os ha atrapado en la siniestra red de la muerte.

El estómago de Leto se revolvió. La Casa Atreides había cometido horribles maldades en el pasado lejano. Pero la familia había cambiado, tal vez instigada por los fantasmas de la historia. El viejo duque era un hombre de honor, respetado por el Landsraad y amado por su pueblo. Leto confiaba en estar a su altura cuando llegara el momento de tomar las riendas de la Casa Atreides.

Se recitaron los últimos versos de la obra, los actores se adelantaron hasta el borde del escenario y dedicaron una reverencia a los líderes políticos y económicos congregados, ataviados con sus mejores galas.

—Bien, me alegro de que haya terminado —suspiró Paulus, mientras se encendían las luces del teatro. El viejo duque se puso en pie y besó la mano de su esposa, al tiempo que salían del palco real—. Adelántate, querida. He de hablar con Leto. Espéranos en la sala de recepciones.

Helena miró un momento a su hijo y se alejó por el pasillo del antiguo teatro de piedra y madera. Su mirada denotaba que sabía muy bien las intenciones de Paulus, pero se plegaba a la arcaica tradición de que los hombres hablaban de «asuntos importantes» mientras las mujeres se ocupaban de otras cosas.

Mercaderes, hombres de negocios importantes y otros respetados miembros de la comunidad empezaron a invadir el pasillo, mientras bebían vino de Caladan y comían canapés.

—Por aquí, muchacho —dijo el duque, al tiempo que se internaba por un pasadizo que corría detrás del escenario.

Leto y él pasaron ante dos guardias, que saludaron. Después subieron cuatro pisos en ascensor, hasta llegar a un camerino dorado. Globos de cristal de Balut flotaban en el aire y proyectaban un cálido resplandor anaranjado. En otro tiempo vivienda de un legendario actor caladano, la cámara estaba reservada ahora para el uso exclusivo de los Atreides y sus consejeros más íntimos, en momentos que exigían privacidad.

Leto se preguntó por qué su padre le había llevado allí.

Después de cerrar la puerta a su espalda, Paulus se

acomodó en una butaca flotante verde y negra, e indicó a Leto que tomara asiento delante de él. El joven obedeció y ajustó los controles para que la butaca se elevara en el aire, hasta que sus ojos quedaron a la misma altura de los de su padre. Leto sólo hacía esto en privado, ni siquiera delante de su madre, que habría tachado aquel comportamiento de inapropiado e irrespetuoso. Por contra, el viejo duque consideraba que la audacia y arrojo de su hijo constituían un divertido reflejo de su personalidad cuando era joven.

—Ya eres mayor, Leto —empezó Paulus, y extrajo una trabajada pipa de madera de un compartimiento en el brazo de la butaca. No perdió el tiempo con vaguedades—. Has de aprender más cosas de las que hay aquí. Por lo tanto, voy a enviarte a Ix a estudiar.

Examinó al joven de cabello negro tan parecido a su madre, pero de una piel más olivácea. Tenía la cara estrecha, de ángulos pronunciados y profundos ojos grises.

¡Ix! El pulso de Leto se aceleró. *El planeta máquina. Un lugar extraño y misterioso.* Todo el Imperio conocía la increíble tecnología e innovaciones del intrigante planeta, pero pocos forasteros lo habían pisado. Leto se sintió desorientado, como si estuviera de pie sobre el puente de un barco en plena tormenta. A su padre le encantaba dar sorpresas de ese estilo, para ver cómo reaccionaba Leto ante una situación inesperada.

Los ixianos guardaban un estricto secreto acerca de sus actividades industriales. Se rumoreaba que operaban en los límites de la legalidad, que fabricaban aparatos casi susceptibles de violar las prohibiciones de la Jihad contra las máquinas pensantes. *¿Por qué me envía mi padre a semejante lugar, y cómo lo ha arreglado? ¿Por qué nadie me ha pedido la opinión?*

Una robomesa emergió del suelo al lado de Leto, con un vaso escarchado de ácido cítrico. Los gustos del joven eran conocidos, de la misma manera que se sabía que el viejo duque sólo querría la pipa. Leto tomó un sorbo de la bebida y frunció los labios.

—Estudiarás allí un año —prosiguió Paulus—, acorde con las tradiciones de las Grandes Casas aliadas. Vivir en Ix significará un contraste con nuestro bucólico planeta. Aprende de él.

Contempló la pipa que sostenía. Tallada en madera de jacarandá elaccana, era de un marrón intenso y destellaba a la luz arrojada por los globos.

—¿Habéis estado allí, señor? —Leto sonrió cuando recordó—. Para ver a vuestro camarada Dominic Vernius, ¿verdad?

Paulus tocó el botón de combustión situado en un costado de la pipa, el cual encendía el tabaco, que era en realidad un alga marina rica en nicotina. Dio una larga bocanada y exhaló humo.

—En muchas ocasiones. Los ixianos forman una sociedad aislada y desconfían de los forasteros. En consecuencia, tendrás que soportar muchas precauciones de seguridad, interrogatorios y escaneos. Saben que bajar la guardia, siquiera un instante, podría ser fatal. Tanto las Grandes Casas como las Menores codician lo que Ix posee, y querrían arrebatárselo.

—Richese, por ejemplo —dijo Leto.

—No digas eso a tu madre. Richese sólo es una sombra de lo que fue, porque Ix los derrotó en una guerra económica total. —Se inclinó hacia adelante—. Los ixianos son unos maestros del sabotaje industrial y las apropiaciones de patentes. En la actualidad, los richesianos sólo saben hacer copias baratas carentes de innovaciones.

Leto reflexionó sobre estos comentarios, que eran nuevos para él. El viejo duque exhaló humo, con los carrillos hinchados y un temblor en la barba.

—En deferencia a tu madre, muchacho, hemos filtrado la información que acabas de oír. La Casa Richese fue una pérdida de lo más trágica. Tu abuelo, el conde Ilban Richese, tenía familia numerosa, y pasaba más tiempo con su prole que vigilando los negocios. No es sorprendente que sus hijos crecieran muy mimados y dilapidaran su fortuna.

Leto asintió, atento como siempre a las palabras de su padre. No obstante, ya sabía más de lo que Paulus imaginaba. Había visto en privado holograbaciones y videolibros que sus profesores habían dejado a su alcance por descuido. Sin embargo, ahora pensó que tal vez todo se trataba de un plan preconcebido para abrirle la historia de la familia de su madre como una flor, de pétalo en pétalo.

Junto con su interés familiar por Richese, Leto siempre había considerado a Ix igualmente intrigante. En otro tiempo competidor industrial de Richese, la Casa Vernius de Ix había sobrevivido como centro tecnológico. La poderosa familia real de Ix era de las más ricas del Imperio, y él iba a estudiar allí.

Las palabras de su padre interrumpieron sus pensamientos.

—Tu compañero de aprendizaje será el príncipe Rhombur, heredero del noble título de Vernius. Espero que os llevéis bien. Sois de la misma edad.

El príncipe de Ix. Ojalá que no fuera un crío mimado, como tantos hijos de las poderosas familias del Landsraad. ¿Por qué no podía ser una princesa, con la cara y la figura de la hija del banquero de la Cofradía que había conocido el mes anterior en el Baile del Solsticio de la Marea?

—Bien… ¿cómo es el príncipe Rhombur? —preguntó.

Paulus rió, insinuando toda una vida de anécdotas picantes.

—Pues no lo sé. Hace mucho tiempo que no veo a Dominic ni a su esposa Shando. —Sonrió, como por obra de un chiste privado—. Ay, Shando... Era una concubina imperial, pero Dominic se la robó al viejo Elrood ante sus mismísimas narices. —Lanzó una sonora carcajada—. Ahora tienen un hijo... y también una hija. Se llama Kailea.

El duque continuó, con una sonrisa enigmática.

—Tienes mucho que aprender, hijo mío. Dentro de un año, los dos vendréis a estudiar a Caladan, un intercambio de servicios pedagógicos. Rhombur y tú seréis trasladados a los campos de arroz pundi de los pantanos del continente sur, viviréis en cabañas y trabajaréis en los arrozales. Viajaréis bajo el mar en una cámara de Nells, y bucearéis para extraer gemas coralinas. —Sonrió y palmeó el hombro de su hijo—. Hay cosas que las aulas y los videolibros no enseñan.

—Sí, señor.

Inhaló la dulzura del tabaco de alga marina. Frunció el ceño, y confió en que el humo hubiera ocultado su expresión. Aquel drástico e inesperado cambio en su vida no le hacía ninguna gracia, pero respetaba a su padre. A base de muchas duras lecciones, Leto había aprendido que el viejo duque sabía muy bien de qué hablaba, y que sólo albergaba el deseo de procurar que su hijo siguiera sus pasos.

El duque se reclinó en su butaca flotante, que osciló en el aire.

—Muchacho, sé que esto no te complace en demasía, pero será una experiencia vital para ti y para el hijo de Dominic. Aquí, en Caladan, aprenderéis nuestro mayor secreto: cómo ganarse la total lealtad de nuestros súbditos, por qué confiamos en nuestro pueblo implícitamente, al contrario que los ixianos.

Paulus se puso serio.

—Hijo mío, esto es más esencial que cualquier cosa que hayas aprendido en un mundo industrial: la gente es más importante que las máquinas.

Era un adagio que Leto había escuchado con frecuencia, una frase tan importante para él como respirar.

—Por eso nuestros soldados luchan tan bien.

Paulus se inclinó y dio una última chupada a la pipa.

—Un día serás duque, muchacho, patriarca de la Casa Atreides y respetado representante en el Landsraad. Tu voz será igual a la de cualquier otro gobernante de las Grandes Casas. Es una gran responsabilidad.

—Estaré a la altura.

—Estoy seguro, Leto… pero relájate un poco. El pueblo sabe cuándo no eres feliz, y cuando su duque no es feliz, la población no es feliz. Has de dejar que la presión fluya por encima y a través de ti. De esa forma no podrá perjudicarte. —Extendió un dedo admonitorio—. Diviértete más.

Diviértete. Leto pensó una vez más en la hija del banquero de la Cofradía, imaginó la redondez de sus pechos y caderas, el mohín húmedo de sus labios, la forma incitadora en que le había mirado.

Tal vez no era tan serio como su padre pensaba…

Tomó otro sorbo de zumo.

—Señor, con vuestra lealtad demostrada, con la reconocida fidelidad de los Atreides a sus aliados, ¿por qué los ixianos nos someten a sus procedimientos de interrogatorio? ¿Creéis que un Atreides, con todo lo que ha sido inculcado en él, podría convertirse en un traidor? ¿Podríamos llegar a ser algún día como… como los Harkonnen?

El viejo duque frunció el entrecejo.

—En una época no fuimos tan diferentes de ellos, pero hay historias que aún no estás preparado para escuchar. Recuerda la obra que acabamos de ver. —Alzó un dedo—. Las cosas cambian en el Imperio. Las alianzas se forman y disuelven a capricho.

—Nuestras alianzas no.

Paulus miró los ojos grises del joven, y después desvió la mirada hacia el rincón donde el humo de su pipa remolineaba.

Leto suspiró. Quería saber muchas cosas, y cuanto antes, pero se lo administraban a pequeñas dosis, como los *petit fours* que su madre ofrecía en las fiestas.

Oyeron a la gente abandonar el teatro antes de la siguiente representación de *Agamenón*. Los actores descansarían, se cambiarían de vestimenta y se prepararían para otro público.

Leto, sentado en la sala privada con su padre, se sintió más hombre que nunca. Tal vez la siguiente vez también encendería una pipa. Tal vez bebería algo más fuerte que zumo de cidrit. Paulus le miraría con orgullo en los ojos.

Leto sonrió y trató de imaginarse como duque Atreides, pero experimentó un intenso sentimiento de culpa cuando reparó en que su padre tendría que morir antes de poder ponerse en el dedo el anillo de sello ducal. No deseaba esa circunstancia, y dio gracias de que todavía faltara mucho tiempo. Demasiado para pensar en ello.

Cofradía Espacial: una columna del trípode político que sustenta la Gran Convención. La Cofradía fue la segunda escuela de adiestramiento fisicomental (véase Bene Gesserit) después de la Jihad Butleriana. El monopolio de la Cofradía de los viajes y transportes espaciales, así como de la banca internacional, se considera el punto de arranque del Calendario Imperial.

Terminología del Imperio

Desde la posición privilegiada que le dispensaba el Trono del León Dorado, el emperador Elrood IX miró con ceño al hombre de anchas espaldas y expresión confiada que se erguía al pie del estrado real con una bota apoyada en el primer peldaño. Calvo como la bola de mármol de una balaustrada, el conde Dominic Vernius aún se comportaba como un héroe de guerra popular y condecorado, pese a que sus días de gloria habían pasado hacía mucho tiempo. Elrood dudaba que alguien los recordara.

El chambelán imperial, Aken Hesban, se plantó junto al visitante y ordenó con tono brusco que apartara el pie ofensor. Hesban tenía la cara demacrada, y la boca enmarcada por un largo bigote. Los últimos rayos del sol del atardecer arrojaban franjas sobre la parte superior de una pared, brillantes ríos dorados que se colaban por las estrechas ventanas en forma de prisma.

El conde Vernius de Ix apartó el pie, tal como le habían ordenado, pero siguió mirando con cordialidad a Elrood. El emblema ixiano, una hélice púrpura y cobre, adornaba el cuello del manto de Dominic. Si bien la Casa Corrino era muchísimo más poderosa que la familia regente de Ix, Dominic tenía la enloquecedora costumbre de tratar al emperador como a un igual, como si su historia pasada (buena y mala) le permitiera prescindir de las formalidades. El chambelán Hesban no lo aprobaba en absoluto.

Décadas atrás, Dominic había mandado legiones de tropas imperiales durante las cruentas guerras civiles, y desde entonces no había respetado al emperador como era debido. Más tarde, Elrood se había metido en problemas políticos con ocasión de su impulsivo matrimonio con Habla, su cuarta esposa, y varios líderes del Landsraad se habían visto obligados a utilizar el poderío militar de su Casa para imponer de nuevo la estabilidad. La Casa Vernius de Ix se contaba entre esos aliados, al igual que la de Atreides.

Dominic sonrió bajo su extravagante bigote y miró a Elrood con expresión cansada. El viejo buitre no se había ganado el trono por obra de grandes hazañas ni por compasión. En cierta ocasión, el tío abuelo de Dominic, Gaylord, había dicho: «Si has nacido para detentar el poder, has de demostrar que lo mereces mediante buenas obras… o renunciar. Hacer menos es actuar sin conciencia.»

Dominic, plantado sobre el suelo de cuadrados de piedra pulidos, que en teoría procedían de todos los planetas del Imperio, aguardaba con impaciencia a que Elrood hablara. *¿Un millón de planetas? Es imposible que haya tantas piedras aquí, aunque no quiero ser el que las cuente.*

El chambelán le miró como si su dieta se redujera a leche agria. No obstante, el conde Vernius conocía las reglas del juego y se negó a impacientarse, se negó a preguntar el motivo de que le hubieran convocado. Se mantuvo inmóvil y sonrió al anciano. La expresión y los ojos chispeantes de Dominic implicaban que conocía muchos más secretos vergonzosos del anciano de los que su mujer, Shando, le había confesado, pero sus propias sospechas irritaban a Elrood, como si tuviera hincada en el costado una espina de Elaccan.

Algo se movió a la derecha, y Dominic distinguió en las sombras de una puerta arqueada a una mujer ataviada de negro, una de aquellas brujas Bene Gesserit. No vio su cara, oculta en parte por una capucha. Famosas acaparadoras de secretos, las Bene Gesserit siempre acechaban en las cercanías de los centros de poder, espiaban y manipulaban sin cesar.

—No te preguntaré si es cierto, Vernius —dijo por fin el emperador—. Mis fuentes son de absoluta solvencia, y sé que has cometido este terrible acto. ¡Tecnología ixiana! ¡Puaj!

Fingió escupir con sus labios arrugados. Dominic no puso los ojos en blanco. Elrood siempre sobrestimaba la eficacia de sus gestos melodramáticos.

Dominic no borró su sonrisa, una espléndida demostración de buena dentadura.

—No soy consciente de haber cometido un «acto terrible», señor. Preguntad a vuestra Decidora de Verdad, si no me creéis. —Desvió la vista hacia la Bene Gesserit vestida de negro.

—Pura retórica. No te hagas el tonto, Dominic.

El aludido se limitó a esperar, para que el emperador se viera obligado a acusarle de algo concreto.

Elrood resopló, y el chambelán le imitó.

—¡Maldita sea, el diseño de tu nuevo Crucero permitirá que la Cofradía, gracias a su abusivo monopolio del transporte espacial, aumente el volumen de sus cargamentos en un dieciséis por ciento!

Dominic hizo una reverencia sin dejar de sonreír.

—De hecho, mi señor, hemos conseguido un aumento del dieciocho por ciento. Se trata de una mejora sustancial respecto al diseño anterior, que no sólo implica un casco nuevo sino una tecnología de los escudos que pesa menos y ocupa menos espacio. Por lo tanto, aumento de eficacia. Ése es el meollo de la innovación ixiana, que por lo demás ha cimentado la grandeza de la Casa Vernius a lo largo de los siglos.

—Tu alteración reduce el número de vuelos que ha de hacer la Cofradía para transportar la misma cantidad de cargamento.

—Naturalmente, señor. —Dominic miró al anciano como si su estupidez fuera infinita—. Si aumentáis la capacidad de cada Crucero, reducís el número de vuelos necesarios para transportar la misma cantidad de material. Una sencilla cuestión de matemáticas.

—Vuestro nuevo diseño ha causado grandes contratiempos a la Casa Imperial, conde Vernius —dijo Aken Hesban, mientras aferraba el collar de su cargo oficial como si fuera un pañuelo. Sus bigotes caídos parecían los colmillos de una morsa.

—Bien, imagino que soy capaz de comprender los miopes motivos de vuestra preocupación, señor —repuso Dominic, sin dignarse a mirar al pomposo chambelán. Los impuestos imperiales se basaban en el número de vuelos, no en el volumen de la carga, y el nuevo diseño del Crucero aparejaría una reducción en los ingresos de la Casa Corrino.

Dominic abrió sus manos surcadas de cicatrices, al tiempo que componía su expresión más razonable.

—¿Cómo podéis pedir que detengamos el progreso? Ix no ha violado los términos de la Gran Revolución. Contamos con el pleno apoyo de la Cofradía Espacial y el Landsraad.

—¿Lo hiciste a sabiendas de que incurrirías en mi ira?

Elrood se inclinó hacia adelante, cada vez más parecido a un buitre.

—¡Por favor, señor! —sonrió Dominic, desdeñando las preocupaciones del emperador—. Los sentimientos personales no pueden interferir en la marcha del progreso.

Elrood se levantó del trono. Sus ropajes oficiales colgaron como toldos sobre su cuerpo esquelético.

—No puedo volver a negociar con la Cofradía un impuesto basado en el tonelaje métrico, Dominic. ¡Ya lo sabes!

—Y yo no puedo cambiar las sencillas leyes de la economía y el comercio. —Dominic sacudió su cabeza reluciente y se encogió de hombros—. Se trata de negocios, Elrood.

Los funcionarios de la corte lanzaron una exclamación ahogada, debido a la familiaridad con que Dominic Vernius tuteaba al emperador.

—Id con cuidado —advirtió el chambelán.

Dominic no le hizo caso y continuó.

—Esta modificación de diseño afecta a mucha gente, y a casi toda de manera positiva. Lo único que nos preocupa son nuestros progresos y trabajar lo mejor posible para nuestro cliente, la Cofradía Espacial. El coste del nuevo Crucero equivale a más de lo que muchos sistemas planetarios ganan en un Año Estándar.

Elrood le miró fijamente.

—Tal vez ha llegado el momento de que mis administradores y concesionarios de licencias inspeccionen tus fábricas —dijo con tono amenazador—. He recibido informes de que los científicos ixianos están desarrollando máquinas pensantes ilegales, que violan la Jihad. Y también he recibido quejas de la represión desatada contra tu clase obrera suboide. ¿No es así, Aken?

El chambelán asintió con semblante sombrío.

—Sí, alteza.

—No han corrido semejantes rumores —sonrió Dominic, aunque con cierta vacilación—. Tampoco existen pruebas.

—Ay, hubo informes anónimos, pero no se han guardado registros. —El emperador chasqueó sus dedos de largas uñas, mientras una sincera sonrisa cruzaba su rostro—. Sí, creo que lo mejor sería una inspección sorpresa de Ix, antes de que puedas enviar aviso y ordenar que se oculte todo.

—El acceso a las instalaciones internas de Ix os está vedado, según un antiguo acuerdo suscrito entre el Imperio y el Landsraad.

Dominic estaba furioso, pero intentaba conservar la compostura.

—Yo no he suscrito tal acuerdo. —Elrood se miró las uñas—. Y he sido emperador durante muchísimo tiempo.

—Lo hizo vuestro antecesor, y eso os compromete.

—Poseo el poder de hacer y deshacer acuerdos. Tal vez no recuerdas que soy el emperador Padishah, y puedo hacer lo que me apetezca.

—El Landsraad tendrá la última palabra al respecto, Roody. —Dominic se arrepintió de haber utilizado el mote, pero ya era demasiado tarde.

El emperador, rojo de furia, se puso en pie de un brinco y extendió un dedo, tembloroso y acusador, hacia Dominic.

—¿Cómo te atreves?

Los guardias Sardaukar prepararon sus armas.

—Si insistís en una inspección imperial —dijo Dominic con un ademán desdeñoso—, presentaré una protesta oficial ante el tribunal del Landsraad. Carecéis de argumentos, y lo sabéis. —Hizo una reverencia y retrocedió—. Estoy muy ocupado, señor. Si me excusáis, debo marcharme.

Elrood le fulminó con la mirada, furioso por el mote

que Dominic había utilizado. Roody. Ambos hombres sabían que aquel mote sólo lo había usado una ex concubina de Elrood, la hermosa Shando... que ahora era lady Vernius.

Después de la rebelión de los Ecazi, el emperador Elrood había condecorado al valiente y joven Dominic, aparte de concederle una expansión de su feudo que incluía otros planetas del sistema Alkaurops. A invitación de Elrood, el joven conde Vernius había pasado mucho tiempo en la corte, un héroe de guerra utilizado como adorno en banquetes imperiales y solemnidades estatales. El fogoso Dominic había sido muy popular, un invitado recibido con agrado, un compañero orgulloso y humorístico en el comedor.

Pero allí fue donde Dominic conoció a Shando, una de las numerosas concubinas del emperador. En aquel tiempo, Elrood no estaba casado con nadie. Su cuarta y última esposa, Habla, había fallecido cinco años antes, y ya tenía dos herederos varones (aunque el mayor, Fafnir, moriría envenenado aquel mismo año). El emperador siempre estaba rodeado de bellas mujeres, sobre todo para guardar las apariencias, puesto que en muy escasas ocasiones se acostaba con Shando o las demás concubinas.

Dominic y Shando se habían enamorado, pero conservaron su relación en secreto durante muchos meses debido al peligro que entrañaba la situación. Estaba claro que Elrood había perdido todo interés en ella después de cinco años, y cuando solicitó que la exoneraran del servicio para abandonar la corte imperial, Elrood, aunque perplejo, accedió. La apreciaba, y no encontró motivos para rechazar una solicitud tan sencilla.

Las otras concubinas habían pensado que Shando era una necia por renunciar a una vida de lujos y caprichos, pero ella estaba harta de aquella existencia y aspiraba a un verdadero matrimonio y a tener hijos.

En cuanto fue liberada del servicio imperial, Dominic Vernius se casó con ella, y habían jurado sus votos con el mínimo de pompa y ceremonia, pero dentro de la más estricta legalidad.

Tras enterarse de que otro hombre la deseaba, el orgullo masculino de Elrood le impulsó a cambiar de idea, pero ya era demasiado tarde. Había guardado rencor a Dominic desde aquel momento, paranoico por los secretos de alcoba que Shando confesaría a su marido.

Roody.

La bruja Bene Gesserit que acechaba cerca del trono se fundió en las sombras, detrás de una columna moteada de granito de Canidar. Dominic se quedó con la duda de si los acontecimientos la complacían o desagradaban.

Dominic se obligó a no acelerar el paso ni a vacilar. Pasó con aire confiado ante dos guardias Sardaukar y salió al vestíbulo exterior. A una señal de Elrood, le ejecutarían al instante.

Dominic caminó más deprisa.

Los Corrino eran conocidos por su comportamiento irreflexivo. En más de una ocasión se habían visto obligados a pagar por sus reacciones precipitadas y mal aconsejadas, echando mano de la inmensa riqueza familiar. Matar al jefe de la Casa Vernius en el curso de una audiencia imperial podría ser uno más de esos actos irreflexivos… de no ser por la implicación de la Cofradía Espacial. La Cofradía había favorecido a Ix con crecientes atenciones y beneficios y había adoptado el reciente diseño del Crucero, y ni siquiera el emperador y sus brutales Sardaukar podían oponerse a la Cofradía.

Era una circunstancia irónica, teniendo en cuenta el poderío militar de la Casa Corrino, porque la Cofradía carecía de fuerzas armadas, incluso de armamento propio. Pero sin la Cofradía y sus Navegantes, que se orientaban con seguridad por los espaciopliegues, no existirían los viajes espaciales, ni la banca interplanetaria, ni imperio que gobernar. En un abrir y cerrar de ojos, la Cofradía podía rehusar sus favores, disolver ejércitos y poner fin a las campañas militares. ¿De qué servirían los Sardaukar si se quedaban restringidos a Kaitain?

Dominic llegó por fin a la salida principal del palacio imperial, pasó bajo el arco de lava salusano y esperó a que tres guardias le sometieran a un escaneo de seguridad.

Por desgracia, la protección de la Cofradía sólo llegaba hasta allí.

Dominic sentía muy poco respeto por el anciano emperador. Había intentado disimular su desprecio por el patético regente de un millón de planetas, pero había cometido el error de pensar que se trataba de un simple hombre, el antiguo amante de su esposa. Elrood, humillado, era capaz de aniquilar a todo un planeta en un arranque de ira. El emperador era un individuo vengativo. Como todos los Corrino.

Tengo mis contactos, pensó Elrood, mientras veía alejarse a su adversario. *Puedo sobornar a algunos de los obreros que están fabricando componentes para esos Cruceros optimizados, aunque sea difícil, porque se dice que esos suboides son unos imbéciles. Y si eso no funciona, Dominic, puedo localizar a otras personas con las que te has propasado. Tu error consistirá en no concederles importancia.*

Elrood recreó mentalmente a la encantadora Shando, y recordó los momentos más íntimos que habían compartido, hacía décadas. Sábanas de seda merh púrpura, la enorme cama, los incensarios, los globos de luz acristalados. Como emperador, podía poseer a todas las mujeres que deseara, y había elegido a Shando.

Durante dos años había sido su concubina favorita, incluso en vida de su esposa Habla. Menuda y de silueta delicada, tenía una apariencia frágil, como de muñeca de porcelana, que la joven había cultivado durante los años pasados en Kaitain. No obstante, también poseía una gran energía y adaptabilidad. Habían disfrutado componiendo juntos rompecabezas gramaticales multilinguales. Shando había susurrado «Roody» en su oído cuando la había invitado al lecho imperial, y lo había gritado durante los momentos de máxima pasión.

Oyó su voz en la memoria. *Roody... Roody... Roody...*

Sin embargo, como era una plebeya no podía casarse con Shando. Ni siquiera había barajado la posibilidad. Los jefes de las Casas reales muy pocas veces contraían matrimonio con sus concubinas, y un emperador nunca. El joven y arrojado Dominic había logrado, con sus ardides y agasajos, que Shando obtuviera la libertad, que engañara a Elrood, y después se la había llevado a Ix, donde se habían casado en secreto. La estupefacción se extendió más tarde al Landsraad, y pese al escándalo habían continuado casados durante todos estos años.

Y el Landsraad, pese a la petición de Elrood, se había negado a hacer nada al respecto. Al fin y al cabo, Dominic se había casado con la muchacha, y el emperador no albergaba la menor intención de hacerlo. Todo de acuerdo con la ley. Pese a sus celos, Elrood no podía afirmar que Shando había cometido adulterio.

Pero Dominic Vernius conocía su mote íntimo. ¿Qué más le había contado Shando? Le corroía como una llaga.

Vio a Dominic en la pantalla del monitor de seguridad sujeto a la muñeca. Había llegado a la puerta principal, y una serie de pálidos rayos de seguridad le estaban recorriendo, rayos procedentes de un escáner que era otra máquina sofisticada ixiana.

Si enviaba una señal, las sondas borrarían la mente del hombre, le convertirían en un vegetal. *Una subida de potencia inesperada, un terrible accidente...* Sería irónico que Elrood utilizara un escáner ixiano para matar al conde de Ix.

Ardía en deseos de hacerlo. Pero ahora no. No era el momento apropiado, se formularían preguntas molestas, tal vez se abriría una investigación. Tal venganza exigía sutileza y planificación. De esa forma, la sorpresa y la victoria serían mucho más satisfactorias.

Elrood apagó el monitor.

De pie junto al trono, el chambelán Aken Hesban no preguntó por qué el emperador sonreía.

La principal función de la ecología es la comprensión de las consecuencias.

PARDOT KYNES, *Ecología de Bela Tegeuse*,
informe inicial al Imperio

Sobre el horizonte, afilado como una navaja, los colores pastel del amanecer teñían la atmósfera. Al cabo de un breve instante, una luz cálida iluminó el rugoso paisaje de Arrakis, un repentino baño de calor y luminosidad. El sol blanquecino colgaba sobre el horizonte, permitiendo que aquel resplandor se insinuara en la árida atmósfera.

Ahora que por fin había llegado al planeta desierto, Pardot Kynes respiró hondo, y después recordó que debía ponerse la mascarilla para impedir una extrema pérdida de humedad. Una leve brisa agitaba su ralo cabello rubio. Sólo llevaba cuatro días en Arrakis y ya había intuido que aquel planeta yermo albergaba más misterios de los que podría descifrar en toda una vida.

Habría preferido que le abandonaran a sus propios recursos. Ansiaba vagar solo por el Gran Bled con sus instrumentos y cuadernos de bitácora, para estudiar las características de la roca de lava y las capas estratificadas de dunas.

Sin embargo, cuando Glossu Rabban, sobrino del barón y heredero teórico de la Casa Harkonnen, anunció su intención de adentrarse en el desierto para cazar uno de los legendarios gusanos de arena, Kynes no quiso perderse semejante oportunidad.

Como simple planetólogo, un científico en lugar de un guerrero, se sentía fuera de lugar. Las tropas del desierto de los Harkonnen se habían pertrechado con armas y explosivos de la fortaleza blindada central. Subieron a un transporte de tropas conducido por un hombre llamado Thekar, que afirmaba haber vivido tiempo atrás en una aldea del desierto, aunque ahora era un mercader de agua de Carthag. Parecía más un Fremen de lo que admitía, aunque daba la impresión de que ningún Harkonnen se había dado cuenta.

Rabban no había pensado en ningún plan concreto para seguir el rastro de aquellos enormes animales. No quería ir a ningún yacimiento de especia, por si su equipo estorbaba los trabajos. Quería acosar y matar a una de tales bestias con sus propios medios. Se había provisto de todas las armas imaginables, y confiaba en su talento instintivo para la destrucción.

Días antes, Kynes había llegado a Arrakis a bordo de una lanzadera diplomática, y aterrizado en la polvorienta ciudad, de construcción bastante reciente. Ansioso por empezar, había presentado sus credenciales imperiales al barón en persona. El hombre delgado y pelirrojo había examinado los documentos de Kynes con atención, y después verificado el sello imperial. Se humedeció sus gruesos labios, antes de prometer su colaboración a regañadientes.

—Siempre que tengas la prudencia de mantenerte alejado de los lugares donde se trabaja.

Kynes había hecho una reverencia.

—No albergo otro deseo que estar solo y alejado de las actividades laborales, mi señor barón.

Había pasado los dos primeros días en la ciudad, dedicado a comprar indumentaria apropiada para el desierto, a hablar con gente de las aldeas fronterizas, a aprender todo cuanto pudo sobre las leyendas del desierto, las advertencias, las costumbres, los misterios inexplorados. Como comprendía la importancia de esas cosas, Kynes había invertido una suma sustancial en la adquisición del mejor destiltraje para sobrevivir en el desierto, así como una parabrújula, destiltiendas y aparatos de funcionamiento certificado para guardar notas.

Se rumoreaba que muchas tribus de los enigmáticos Fremen vivían en el corazón del desierto. Kynes quería hablar con ellos, comprender cómo sobrevivían en un entorno tan hostil. No obstante, los desplazados Fremen parecían incómodos dentro de los límites de Carthag, y se escabullían siempre que intentaba hablar con ellos.

A Kynes no le entusiasmaba mucho la ciudad. La Casa Harkonnen había erigido excesivas sedes oficiales cuando, cuatro décadas antes, las manipulaciones de la Cofradía les habían adjudicado Arrakis en cuasifeudo. Carthag había sido construida con la rapidez propia de la mano de obra humana inagotable, sin prestar atención a los detalles: bloques de edificios erigidos con materiales de segunda mano, para propósitos estrictamente funcionales. Ni un ápice de elegancia.

Daba la impresión de que Carthag había sido trasplantada sin el menor escrúpulo a aquel entorno. Su arquitectura y emplazamiento ofendían la sensibilidad de Kynes. El planetólogo poseía una capacidad innata para percibir el entramado de un ecosistema, para comprender cómo encajaban las piezas en un entorno natural. Y aquel centro demográfico era un error, como una pústula en la piel del planeta.

Arrakeen, otro puesto fronterizo situado en el sudoeste, era una ciudad más primitiva que había crecido poco a poco, con naturalidad, acurrucada bajo una barrera montañosa llamada la Muralla Escudo. Tal vez

Kynes tendría que haberla visitado en primer lugar, pero las conveniencias políticas le habían obligado a establecer su base con los gobernantes del planeta.

Al menos, eso le había concedido la oportunidad de ir en busca de uno de los gigantescos gusanos de arena.

El amplio ornitóptero que transportaba a la partida de caza de Rabban despegó, y Kynes no tardó en vislumbrar el verdadero desierto. Miró por la ventanilla el paisaje ondulado. Gracias a su experiencia en otras regiones desérticas, pudo identificar formaciones de dunas, formas y curvas sinuosas que revelaban pautas de vientos estacionales, corrientes de aire dominantes y la severidad de las tormentas. Había mucho que aprender de las líneas y ondulaciones, como huellas dactilares del clima. Apoyó la cara contra el cristal. Ningún otro pasajero parecía interesado en el paisaje.

Los soldados Harkonnen se removían, muertos de calor dentro de sus pesados uniformes blindados azules. Sus armas matraqueaban entre sí y arañaban las planchas del suelo. Los hombres parecían incómodos con sus escudos corporales, pero la presencia de un escudo y su campo Holtzman despertaría los instintos asesinos de los gusanos cercanos. Hoy, Rabban quería encargarse de la matanza.

Glossu Rabban, veintiún años, hijo del anterior y desafortunado gobernador del planeta, iba sentado muy erguido cerca del piloto, y escudriñaba la arena en busca de objetivos. Era un joven de cabello castaño muy corto, ancho de hombros, voz profunda y mal genio. Unos gélidos ojos azul claro miraban desde un rostro bronceado. Daba la impresión de que hacía todo lo posible por ser lo contrario de su padre.

—¿Veremos rastros de gusanos desde el cielo? —preguntó.

Thekar, el guía del desierto, estaba muy cerca de él, como si quisiera compartir el espacio personal de Rabban.

—Las arenas cambian de forma y ocultan el paso de un gusano. Casi siempre se desplazan a gran profundidad. No lo veréis acercarse hasta que salga a la superficie y se disponga a atacar.

El alto y anguloso Kynes escuchaba con atención y tomaba nota mentalmente. Quería grabar todos los detalles en su cuaderno de bitácora, pero tendría que esperar un poco.

—Entonces, ¿cómo vamos a encontrar uno?

—No es tan sencillo, mi señor Rabban —contestó Thekar—. Los grandes gusanos tienen sus propios dominios, algunos de los cuales abarcan cientos de kilómetros cuadrados. Dentro de esas fronteras, cazan y matan a los intrusos.

Rabban, cada vez más impaciente, se volvió en su asiento. Su semblante se ensombreció.

—¿Sabremos encontrar el dominio de un gusano?

Thekar sonrió y sus ojos oscuros y profundos adoptaron una mirada lejana.

—Todo el desierto es propiedad de los Shai-Hulud.

—¿Quiénes? Deja de darme largas.

Kynes pensó que Rabban iba a abofetear al hombre del desierto.

—Tanto tiempo viviendo en Arrakis, ¿y no sabíais esto, mi señor Rabban? Los Fremen piensan que los gusanos de arena son dioses —contestó en voz baja Thekar—. Les llaman Shai-Hulud.

—Entonces hoy mataremos a un dios —anunció Rabban con orgullo, lo cual provocó las burlas de los demás cazadores que viajaban en la parte posterior del compartimiento. Se volvió hacia el guía—. Dentro de dos días parto hacia Giedi Prime y quiero llevarme un trofeo. Nuestra cacería será un éxito.

Giedi Prime, pensó Kynes. *El planeta natal de la Casa Harkonnen. Al menos no tendré que preocuparme por él cuando se haya marchado.*

—Conseguiréis vuestro trofeo, mi señor —prometió Thekar.

—Ni lo dudes —dijo Rabban en un tono más ominoso.

Kynes, sentado a solas en la parte posterior del transporte de tropas y embutido en su indumentaria del desierto, se sentía incómodo en semejante compañía. No le interesaban en absoluto las ambiciones gloriosas del sobrino del barón, pero si la excursión le permitía echar un buen vistazo a uno de los monstruos, compensaría meses de esfuerzos en solitario.

Rabban tenía la vista clavada al frente. Gruesos pliegues de piel rodeaban sus ojos. Escrutaba el desierto como si se tratara de un plato suculento, sin ver ninguna de las bellezas paisajísticas que Kynes observaba.

—Tengo un plan, y vamos a ponerlo en práctica.

Rabban se volvió hacia los soldados y abrió el sistema de comunicación con los ornitópteros que volaban en formación alrededor del transporte. Las dunas se ondulaban bajo ellos como arrugas en la piel de un anciano.

—Ese afloramiento —lo señaló y leyó en voz alta las coordenadas— será nuestra base. Aterrizaremos en la arena a unos trescientos metros de la roca. Thekar bajará con un aparato martilleador. Después buscaremos refugio en los afloramientos rocosos, adonde el gusano no se acercará.

El hombre del desierto levantó la vista, alarmado.

—¿Dejarme ahí? Pero, mi señor, yo no…

—Tú me has dado la idea. —El joven se volvió hacia las tropas uniformadas—. Thekar dice que este ingenio Fremen, el martilleador, atrae a los gusanos. Clavaremos uno en el suelo, junto con explosivos suficientes para dar buena cuenta del monstruo cuando llegue. Thekar, te dejaremos ahí para que prepares los explosivos y actives el martilleador. Serás capaz de correr a refugiarte entre nosotros antes de que llegue un gusano, ¿verdad?

Rabban le dedicó una sonrisa complacida.

—Yo… yo… —balbuceó Thekar—. Parece que no me queda otra alternativa.

—Aunque no lo logres, es muy probable que el gusano se dirija antes al martilleador. Los explosivos se encargarán de él antes de que tú te conviertas en su siguiente objetivo.

—Eso me consuela, mi señor —dijo Thekar.

Kynes, intrigado por el aparato Fremen, pensó que debía conseguir uno. Ojalá pudiera presenciar de cerca cómo aquel nativo escapaba del gusano. No obstante, el planetólogo tuvo la prudencia de guardar silencio para no llamar la atención de Rabban, con la esperanza de que el fogoso Harkonnen no le destinara como voluntario para ayudar a Thekar.

En el compartimiento de personal, situado en la parte posterior de la nave, el bator —jefe de un pequeño destacamento—, y sus subordinados se proveían de fusiles láser. Montaron explosivos en el ingenio similar a una estaca que Thekar había traído. El martilleador.

Kynes vio que se trataba de un simple mecanismo de relojería provisto de resorte que emitía una fuerte vibración rítmica. Una vez hundido en la arena, el martilleador enviaba sus ecos hasta los confines del desierto, donde los Shai-Hulud podían oírlas.

—En cuanto aterricemos, será mejor que conectes esos explosivos a toda prisa —dijo Rabban a Thekar—. Los motores de esos ornitópteros bastarán para atraer al gusano, sin la ayuda de tu juguete Fremen.

—Lo sé muy bien, mi señor —dijo Thekar. Su piel olivácea se había teñido de un tono grisáceo y aceitoso de terror.

Las aletas de los ornitópteros besaron la arena y levantaron nubes de polvo. Se abrió la escotilla, y Thekar agarró el martilleador y saltó. Dirigió una mirada anhelante al aparato, antes de encaminarse hacia la dudosa seguridad de la línea de roca sólida, a unos trescientos metros de distancia.

El bator tendió los explosivos al desventurado hombre del desierto, mientras Rabban les indicaba con un ademán que se apresuraran.

—Espero que no te conviertas en pasto de gusano, amigo mío —dijo con una carcajada.

Antes de que las puertas del ornitóptero se volvieran a cerrar, el piloto alzó el vuelo y Thekar se quedó solo.

Kynes y los demás soldados Harkonnen se precipitaron hacia el lado de estribor del transporte, con el fin de presenciar los desesperados movimientos del guía. Mientras miraban, el hombre del desierto se había transformado en un ser humano diferente, primitivo.

—Perdonad. ¿Qué cantidad de explosivos se necesita para matar a un gusano? —preguntó Kynes.

—Thekar debería tener de sobra, planetólogo —contestó el bator—. Le hemos proporcionado suficientes para volar una manzana de ciudad.

Kynes devolvió su atención al drama que se estaba desarrollando en la arena. Mientras el aparato se elevaba, Thekar trabajaba con frenesí, concentrado en conectar los explosivos mediante cables de hilo shiga. Kynes vio que parpadeaban lucecillas. Después, el hombre esquelético hundió el martilleador en la arena, junto a la mortífera trampa, como si clavara una estaca en el corazón del desierto.

El ornitóptero se dirigió en línea recta hacia el baluarte rocoso donde el gran cazador Rabban esperaría sano y salvo. Thekar accionó el mecanismo de relojería del martilleador y echó a correr.

Algunos soldados intercambiaron apuestas sobre el resultado.

Al cabo de unos momentos, el aparato aterrizó sobre el saliente de una roca ennegrecida y llena de agujeros, que semejaba un arrecife en el desierto. El piloto apagó los motores, y las puertas del transporte se abrieron. Rabban apartó a empujones a sus soldados para ser el primero en bajar. Los demás le siguieron. Kynes esperó a que le tocara el turno.

Los guardias ocuparon sus posiciones y dirigieron sus prismáticos hacia la diminuta figura que corría. Rabban estaba inmóvil, sujetando el fusil láser de alta potencia, aunque Kynes ignoraba qué pretendía hacer con el arma. El sobrino del barón centró la mira telescópica en el martilleador y los explosivos acumulados.

Uno de los ornitópteros de rastreo informó de posibles señales de un gusano de arena a unos dos kilómetros al sur.

Thekar corría frenéticamente, levantando nubecillas de arena. Avanzaba hacia el archipiélago de seguridad, las islas rocosas en el mar de arena, pero todavía se encontraba a bastante distancia.

Kynes se fijó en la extraña manera de correr de Thekar. Daba la impresión de que brincaba y bailaba de una forma errática, como un insecto espástico. Kynes se preguntó si se trataba de una especie de triquiñuela para engañar al gusano de arena que se acercaba. ¿Era una técnica que aprendían los viajeros del desierto? En ese caso, ¿quién podría enseñarla a Kynes? Era preciso que averiguara todo lo concerniente a ese lugar y esa gente, los gusanos, la especia y las dunas. No sólo era una orden imperial. Pardot Kynes quería saberlo. En cuanto se implicaba en un proyecto, detestaba las preguntas sin respuesta.

El grupo esperó, y el tiempo transcurrió con lentitud. Los soldados hablaban. El hombre del desierto continuaba su peculiar huida, y se iba acercando muy lentamente. Kynes notó que las microcapas de su destiltraje absorbían las gotas de sudor.

Se arrodilló y estudió la roca ámbar que había a sus

pies. Era lava basáltica y contenía bolsas erosionadas formadas a partir de burbujas gaseosas sobrantes en la roca fundida, o de una piedra más blanda corroída por las legendarias tormentas de Coriolis de Arrakis.

Kynes recogió un puñado de arena y dejó que se escurriera entre sus dedos. Comprobó, sin sorprenderse, que los granos de arena eran partículas de cuarzo y destellaban al sol junto con algunas partículas de un material más oscuro, tal vez magnetita.

Había visto en otros lugares coloraciones rojizas en la arena, estriaciones de tonos tostados, naranja y coral, lo que revelaba la existencia de diversos óxidos. Algunos tonos tal vez se debían a depósitos de la especia melange, pero Kynes nunca había visto especia sin procesar en el desierto. Todavía no.

Por fin, los ornitópteros de rastreo confirmaron que se acercaba un gusano. Grande y veloz.

Los guardias se pusieron en pie. Kynes distinguió una ondulación en la arena, como si un dedo gigantesco se moviera bajo la superficie y alterara las capas superiores. El tamaño le asombró.

—¡Un gusano se acerca por el costado! —anunció el bator.

—¡Se dirige en línea recta hacia Thekar! —gritó Rabban con cruel regocijo—. El hombre se halla entre el martilleador y el gusano. Vaya, qué mala suerte.

Incluso desde aquella distancia, Kynes vio que Thekar abandonaba su curso errático y empezaba a correr como un poseso, al darse cuenta de que el gusano se precipitaba hacia él a toda velocidad. Kynes imaginó su expresión de horror y desesperación.

Entonces, con sombría resolución, Thekar se detuvo y cayó de bruces sobre la arena, completamente inmóvil, con la vista clavada en el cielo, tal vez rezando con fervor a los Shai-Hulud.

Ahora que las ínfimas vibraciones de los pasos habían cesado, el lejano martilleador parecía tan estruendoso como una banda imperial. *Tump, tump, tump.* El gusano paró, y después se desvió hacia los explosivos acumulados.

Rabban se encogió de hombros, como si aceptara con indiferencia una derrota irrelevante.

Kynes oyó el siseo subterráneo de las arenas, la llegada del monstruo. Cada vez estaba más cerca, como un hierro atraído por un imán mortífero. A medida que se aproximaba al martilleador, el gusano se hundía más en el subsuelo, para luego describir un círculo, emerger y engullir lo que le había atraído, irritado o despertado cualquier otra reacción instintiva que experimentaran aquellos colosos ciegos.

Cuando el gusano surgió de la arena, dejó al descubierto una boca lo bastante grande para engullir una nave espacial, mientras sus fauces se abrían como los pétalos de una flor. Al cabo de un instante se tragó el insignificante punto negro del martilleador y todos los explosivos. Sus dientes de cristal brillaron como diminutas espinas aguzadas que descendieran en espiral por su gaznate sin fondo.

Desde trescientos metros de distancia, Kynes vio lomas de piel arcaica, pliegues superpuestos de blindaje que protegían al monstruo cuando se movía bajo tierra. El gusano engulló el cebo cargado de explosivos y empezó a desaparecer en la arena.

Rabban se irguió con una sonrisa diabólica en el rostro y manipuló los pequeños controles de transmisión. Una brisa caliente cubrió de polvo su cara, moteó sus dientes de granos de arena. Oprimió un botón.

Un estruendo lejano hizo temblar el desierto. Diminutas avalanchas de arena se desprendieron de las dunas. La bomba secuenciada desgarró los conductos internos del gusano, destrozó sus entrañas y resquebrajó sus segmentos blindados.

Cuando el polvo se dispersó, Kynes vio la monstruosidad agonizante que se retorcía en un charco de arena, como una ballena peluda varada.

—¡Esa cosa mide más de doscientos metros de largo! —gritó Rabban, entusiasmado por el tamaño de su presa.

Los guardias le vitorearon. Rabban se volvió y palmeó la espalda de Kynes con fuerza suficiente para dislocarle un hombro.

—Eso sí es un trofeo, planetólogo. Me lo llevaré a Giedi Prime.

Thekar llegó por fin, casi desapercibido, sudoroso y jadeante, y se izó hasta la seguridad de las rocas. Miró hacia atrás con sentimientos encontrados, hacia la criatura tendida en la arena.

Cuando el gusano dejó por fin de retorcerse, Rabban dirigió la expedición. Los impacientes guardias corrieron entre gritos y exclamaciones de júbilo. Kynes, ansioso por ver de cerca el espécimen, también corrió detrás de los soldados.

Minutos después, jadeante y acalorado, Kynes se detuvo ante la masa imponente del anciano gusano. Tenía la piel escamosa, cubierta de grava, erizada de callos a prueba de erosiones. No obstante, entre los segmentos desgarrados por las explosiones vio una piel tierna y rosada. La boca del gusano era como el pozo de una mina, flanqueada por cuchillos de cristal.

—¡Es el animal más temible de este miserable planeta! —graznó Rabban—. ¡Y yo lo he matado!

Los soldados observaban desde una distancia prudencial, poco deseosos de correr riesgos imprevistos. Kynes se preguntó cómo pensaba el sobrino del barón llevarse el trofeo. Considerando la propensión a la extravagancia de los Harkonnen, supuso que Rabban imaginaría una forma.

El planetólogo se volvió y vio que el agotado Thekar se había materializado junto a ellos. Sus ojos despedían un brillo plateado, como si un fuego ardiera en su interior. Tal vez a causa de haber estado tan cerca de la muerte, y de haber visto al dios del desierto aniquilado por los explosivos de los Harkonnen, su perspectiva del mundo había cambiado.

—Shai-Hulud —susurró. Y se volvió hacia Kynes, como si intuyera un alma gemela—. Éste es muy viejo. Uno de los gusanos más viejos.

Kynes avanzó para examinar la piel costrosa, los segmentos, y se preguntó cómo iba a analizar y diseccionar el espécimen. Supuso que Rabban no se opondría. En caso necesario, Kynes invocaría la misión recibida del emperador para hacerlo entrar en razón.

Pero cuando se acercó más, con la intención de tocarlo, vio que la piel del viejo gusano se movía. La bestia ya no vivía, sus funciones nerviosas habían cesado, pero sus capas exteriores temblaban y mudaban de forma, como si se estuvieran fundiendo.

Mientras Kynes contemplaba el espectáculo, asombrado, una lluvia de fragmentos celulares translúcidos se desprendieron del cuerpo del gusano, como escamas entregadas a la arena ardiente, donde desaparecieron.

—¿Qué está pasando? —gritó Rabban.

Daba la impresión de que el gusano se estaba evaporando ante sus ojos. La piel se transformaba en diminutos jirones similares a amebas, que se agitaban y después se aglutinaban con la arena. El anciano coloso se fundió con el desierto. Al final sólo quedaron costillas cartilaginosas y dientes de leche. Después, incluso esos restos se fueron hundiendo poco a poco hasta disolverse en pequeños montones de gelatina cubierta de arena.

Los soldados Harkonnen retrocedieron unos metros.

Kynes tuvo la sensación de haber presenciado mil años de putrefacción en escasos segundos. Entropía acelerada. El hambriento desierto parecía ansioso por borrar hasta la última huella, por ocultar el hecho de que un humano había derrotado a un gusano de arena.

Mientras Kynes pensaba en estos términos, cada vez más confuso y estupefacto, pese a haber perdido la oportunidad de diseccionar el espécimen, se dijo que el ciclo vital de aquellas bestias debía de ser muy extraño.

Tenía mucho que aprender sobre Arrakis…

Rabban se irguió, furioso. Su cuello se tensó como un cable de hierro.

—¡Mi trofeo!

Giró en redondo, cerró los puños y derribó de un golpe a Thekar. Por un momento Kynes pensó que el sobrino del barón iba a matar al hombre del desierto, pero Rabban desvió su furia hacia los restos del gusano, que se iban hundiendo en la arena.

Lo maldijo a voz en grito. Luego, mientras Kynes observaba, una expresión decidida apareció en los ojos fríos y amenazadores de Rabban. Su rostro tostado por el sol enrojeció un poco más.

—Cuando regrese a Giedi Prime, cazaré algo mucho más satisfactorio.

Y acto seguido, como si ya se hubiera olvidado del gusano, dio media vuelta y se alejó.

El que observa a los supervivientes, aprende de ellos.

Doctrina Bene Gesserit

De todos los miles de mundos legendarios del Imperio, el joven Duncan Idaho nunca había conocido otro que Giedi Prime, un planeta rebosante de petróleo, cubierto de industrias, plagado de construcciones artificiales, ángulos rectos, metal y humo. A los Harkonnen les gustaba que su hogar fuera así. Duncan nunca había conocido otra cosa en sus ocho años de vida.

En este momento, hasta los callejones oscuros y mugrientos de su hogar perdido se le habrían antojado un espectáculo espléndido. Después de meses de encarcelamiento con el resto de su familia, Duncan se preguntaba si algún día saldría de la enorme ciudad prisión de Barony. O si viviría para ver su noveno cumpleaños, para el cual ya debía faltar poco. Se pasó una mano por su rizado cabello negro, palpó el sudor.

Y siguió corriendo. Los cazadores se estaban acercando.

Duncan se encontraba ahora debajo de la ciudad prisión, con sus perseguidores en los talones. Atravesó agachado los estrechos túneles de mantenimiento, y se sintió como el roedor erizado de púas que su madre le había permitido conservar como mascota cuando tenía cinco años. Se agachó todavía más, se deslizó por espacios diminutos, pozos de aireación malolientes y tubos de conducción de energía. Los adultos, debido a su tamaño y sus armaduras, nunca podrían seguirle hasta allí. Se arañó el codo con las paredes de metal, se internó en lugares donde ningún ser humano podría desplazarse.

El niño había jurado que no se dejaría atrapar por los Harkonnen, al menos hoy no. Odiaba sus juegos, se negaba a ser la mascota o la presa de nadie. Se orientó en la oscuridad guiándose por el olor y el instinto, notó una brisa viciada en la cara y advirtió la dirección de la corriente.

Sus oídos registraban ecos mientras avanzaba: los sonidos de los otros niños prisioneros que huían, también desesperados. En teoría eran sus compañeros de equipo, pero Duncan había aprendido, gracias a fracasos anteriores, que no debía confiar en personas cuyos instintos salvajes no estaban a la altura de los suyos.

Juró que esta vez se libraría de los cazadores, pero sabía que nunca lo conseguiría por completo. En este entorno controlado, las partidas de caza le atraparían de nuevo y le pondrían a prueba, una y otra vez. Lo llamaban «entrenamiento». Ignoraba de qué.

Aún notaba molestias en el costado derecho por culpa del último episodio. Como si fuera un animal preciado, sus torturadores habían pasado su cuerpo por una máquina de coser piel y un reparador acucelular. Sus costillas aún no se habían recuperado del todo, pero mejoraban a cada día que pasaba. Hasta ahora.

Con el localizador implantado en su hombro, Duncan jamás podría escapar de la metrópoli prisión. Barony era una construcción megalítica de plastiacero y plaz blindado, de 950 pisos de altura y 45 kilómetros de largo, sin entradas a nivel del suelo. Siempre encontraba muchos sitios donde esconderse durante los juegos practicados por los Harkonnen, pero nunca libertad.

Los Harkonnen tenían muchos prisioneros, y métodos sádicos para obligarles a cooperar. Si Duncan ganaba esta cacería de entrenamiento, si eludía a los perseguidores durante el tiempo suficiente, los carceleros habían prometido que él y su familia podrían reintegrarse a sus vidas anteriores. Habían prometido lo mismo a todos los niños. Los novatos necesitaban un objetivo, un premio por el que luchar.

Atravesaba por instinto pasadizos secretos, al tiempo que procuraba ahogar sus pasos. No muy lejos, a su espalda, oyó el estampido y el siseo de un fusil aturdidor, el chillido de dolor de un niño, y después espasmos escalofriantes, cuando otro de los pequeños fue abatido.

Si los buscadores te capturaban, te hacían daño, a veces en serio y a veces peor, según el suministro de «novatos». No era como jugar al escondite. Al menos no para las víctimas.

Incluso a su edad, Duncan ya sabía que la vida y la muerte tenían un precio. Los Harkonnen eran indiferentes al número de candidatos que sufrieran durante el curso de su entrenamiento. Así jugaban los Harkonnen. Duncan comprendía las diversiones crueles. Había visto a otros complacerse en ellas, en especial a los niños con los que compartía su reclusión, cuando arrancaban las alas de los insectos o prendían fuego a las crías de roedores. Los Harkonnen y sus soldados eran como niños adultos, sólo que con mayores recursos, mayor imaginación y mayor maldad.

Sin hacer el menor ruido, encontró una estrecha y oxidada escalerilla de acceso y subió en la oscuridad, sin pararse a pensar. Duncan tenía que decidirse por lo inesperado, esconderse donde les costara localizarle. Los escalones, agrietados y cubiertos de surcos por la edad, lastimaron sus manos.

Esta sección de la antigua Barony todavía funcionaba. Conductos de energía y tubos elevadores surcaban el edificio principal como madrigueras de gusanos, rectos, curvos, torcidos en ángulos oblicuos. El lugar era como una enorme carrera de obstáculos, donde los soldados de los Harkonnen podían disparar sobre su presa sin el peligro de dañar edificios más importantes.

En el corredor principal, sobre su cabeza, oyó pies que corrían, voces filtradas por los comunicadores de los cascos, y después un grito. Un pitido cercano indicó que los guardias habían localizado su implante.

El fuego blanco de un fusil láser barrió el techo sobre su cabeza y fundió las planchas de metal. Duncan se soltó de la escalerilla y cayó. Un guardia armado le apuntó. Los demás dispararon de nuevo, alcanzaron los puntales, y la escalerilla cayó a continuación del niño.

Aterrizó en el suelo de un pozo inferior, y la pesada escalerilla se derrumbó sobre él. Pero Duncan contuvo un grito de dolor. Sólo habría servido para que los perseguidores se acercaran más, aunque no albergaba esperanzas de eludirlos durante mucho rato, debido al implante de su hombro. ¿Quién, sino los Harkonnen, podían ganar este juego?

Se puso en pie y corrió con un nuevo y frenético deseo de libertad. Decepcionado, vio que el pequeño túnel daba paso a un pasadizo más amplio. Más amplio significaba problemas. Los adultos podrían seguirle hasta allí.

Oyó gritos detrás, más pies que corrían, disparos, y después un chillido estrangulado. Se suponía que los perseguidores utilizaban fusiles aturdidores, pero Duncan sabía que, en una fase tan avanzada de la cacería del día, casi todos los demás habrían sido capturados... y las apuestas eran altas. A los cazadores no les gustaba perder.

Duncan tenía que sobrevivir. Tenía qué ser el mejor. Si moría, no volvería a ver a su madre. Pero si vivía y derrotaba a esos bastardos, tal vez su familia obtendría la libertad, al menos la libertad de que podían disfrutar los funcionarios de los Harkonnen en Giedi Prime.

Duncan había visto a otros novatos derrotar a los perseguidores, pero esos niños después habían desaparecido. Si había que creer en las proclamas, los ganadores y sus familias cautivas habían obtenido la libertad. Duncan carecía de pruebas, y tenía muchos motivos para dudar de lo que los Harkonnen decían. Pero quería creerles, no podía abandonar la esperanza.

No entendía por qué habían encarcelado a sus padres. ¿Qué habían hecho unos funcionarios gubernamentales de poca monta para merecer tal castigo? Sólo recordaba que un día su vida era normal y relativamente feliz, y al siguiente todos estaban allí, esclavizados. Ahora, el joven Duncan se veía obligado casi cada día a huir y luchar por su vida, y por el futuro de su familia. Estaba mejorando.

Recordó aquella última tarde normal, en un jardín de césped bien podado, situado en una de las terrazas de Harko City, uno de los raros parques con vistas que los Harkonnen permitían a sus súbditos. Los jardines y los setos eran atendidos y fertilizados con mimo, porque las plantas no enraizaban bien en el suelo impregnado de residuos de un planeta ya explotado en exceso.

Los padres y otros familiares de Duncan estaban practicando frívolos juegos al aire libre, arrojaban bolas autoimpulsadas hacia blancos diseminados en la hierba, mientras mecanismos internos de alta entropía provocaban que las bolas rebotaran y saltaran al azar. El muchacho había observado que los juegos de los adultos eran muy diferentes, aburridos y estructurados, comparados con los espontáneos que practicaba con sus amigos.

Una joven se hallaba cerca de él, y observaba los juegos. Tenía el pelo de color chocolate, la piel negruzca y pómulos altos, pero su expresión tensa y mirada dura empañaban su notable belleza. No sabía quién era, aparte de que se llamaba Janess Milam y trabajaba con sus padres.

Mientras Duncan contemplaba los juegos de los adultos y oía las carcajadas, sonrió a la mujer y observó:

—Se están entrenando para ser viejos.

Por lo visto, a Janess no le interesaba su opinión, porque le contestó de mala manera.

Duncan siguió contemplando los juegos a la luz caliginosa del sol, pero cada vez sentía más curiosidad por la desconocida. Intuyó que estaba tensa. Janess miraba con frecuencia hacia atrás, como si esperara algo.

Momentos después irrumpieron soldados Harkonnen, que detuvieron a sus padres, a él, incluso a su tío y dos sobrinos. Comprendió de manera intuitiva que Janess había sido la causante de todo, por motivos que desconocía. Nunca había vuelto a verla, y su familia llevaba encarcelada ya medio año...

Detrás de él, una trampilla se abrió en el techo con un siseo. Dos perseguidores con uniforme azul se dejaron caer, le apuntaron y lanzaron una carcajada de triunfo. Duncan se lanzó hacia adelante, corriendo en zigzag. Un rayo láser rebotó en las planchas de la pared, y dejó una marca en el pasillo, similar a la de un rayo.

Duncan percibió el olor a ozono del metal chamuscado. Si un rayo le alcanzaba, moriría. Detestaba las risas burlonas de los perseguidores, como si estuvieran jugando con él.

Un par de cazadores surgieron de un pasillo lateral, a un metro escaso delante de él, pero Duncan fue más rápido. Ellos tampoco reaccionaron con celeridad. Golpeó a uno en la rodilla y le empujó a un lado, antes de pasar entre los dos a toda velocidad.

El hombre se tambaleó y después gritó, cuando un rayo láser chamuscó su armadura.

—¡Dejad de disparar, idiotas! ¡Podéis alcanzarnos a nosotros!

Duncan corrió como nunca había corrido, consciente de que sus piernas infantiles no podían superar a los adultos entrenados para luchar. Pero rehusaba rendirse. No lo llevaba en la sangre.

Más adelante, donde el pasillo se ensanchaba, vio luces brillantes en un cruce de pasadizos. Cuando se acercó, paró un momento y comprobó que el pasillo transversal no era un túnel, sino un tubo elevador, un pozo cilíndrico con un campo Holtzman en el centro. Trenes bala levitantes recorrían el tubo sin resistencia, viajando desde un extremo al otro de la enorme prisión.

No había puertas ni pasadizos abiertos. Duncan no podía seguir corriendo. Los hombres aparecieron cerca de él y apuntaron con los fusiles. Se preguntó si le abatirían en caso de rendirse. *Probablemente*, pensó, *pues les he proporcionado una buena descarga de adrenalina.*

El campo antigravitatorio brillaba tenuemente en el centro del pozo horizontal. Sabía más o menos cómo funcionaba. Sólo le quedaba un sitio adonde ir, y no estaba seguro de lo que pasaría, pero sí sabía que si los guardias lo capturaban le castigarían, o tal vez le matarían.

Dio media vuelta y clavó la vista en el campo antigravitatorio. Respiró hondo y saltó al interior del pozo.

Su negro pelo rizado ondeó cuando cayó. Gritó, un sonido a medio camino entre un aullido de desesperación y un grito de liberación. Si moría aquí, al menos sería libre.

Entonces, el campo Holtzman le envolvió de súbito. Duncan, con el estómago subido al pecho, se encontró a la deriva en una red invisible. Flotaba sin caer, colgado en el centro neutral del campo. Esta fuerza mantenía suspendidos los trenes bala cuando atravesaban la gigantesca Barony. No era asombroso que le suspendiera a él. Vio que los guardias corrían hacia el borde de la plataforma y le gritaban encolerizados. Uno de ellos agitó un puño. Dos más apuntaron sus armas.

Duncan movió frenéticamente brazos y piernas, intentó nadar, cualquier cosa con tal de alejarse.

Un guardia lanzó un grito de alarma y desvió el fusil de otro de un manotazo. Duncan había oído hablar de los efectos de pesadilla que ocasionaba un rayo láser cuando cruzaba un campo Holtzman. Generaban un potencial destructivo interactivo en teoría tan mortífero como los ingenios atómicos prohibidos.

En consecuencia, los guardias dispararon sus fusiles aturdidores.

Duncan se retorció en el aire. Aunque carecía de todo punto de apoyo, al menos no sería un blanco fijo. Los rayos pasaron de largo.

Pese a la protección del campo Holtzman, notó que la presión del aire cambiaba a su alrededor e intuyó las corrientes. Giró en el aire, hasta que vio las luces de un tren bala que se acercaba.

¡Y él se encontraba en el centro del campo!

Duncan se revolvió con desesperación. Derivó hacia el borde opuesto de la zona de levitación, lejos de los guardias. Continuaron disparando, pero el cambio en la presión de aire desvió todavía más los rayos. Los hombres uniformados ajustaron los controles.

Debajo de él había otros portales, rampas y plataformas que conducían a las entrañas de Barony. Quizá podría llegar a uno… si conseguía escapar del campo que le confinaba.

Un rayo aturdidor rozó su espalda, cerca del hombro, y Duncan experimentó la sensación de que un millar de insectos le aguijoneaban.

Por fin, se liberó del campo y cayó cabeza abajo. Vio la plataforma justo a tiempo. Extendió el brazo que no estaba entumecido y aferró una barandilla. El tren bala pasó de largo con un estruendo y envió hacia él una masa de aire que no le alcanzó por centímetros.

No había tenido tiempo para adquirir mucha aceleración en su caída. De todos modos, la repentina parada casi le arrancó el otro brazo. Duncan se izó a duras penas y se metió en un túnel, pero sólo encontró un diminuto nicho con paredes de metal. No vio ninguna salida. La escotilla estaba cerrada. La golpeó con los puños, pero no podía ir a ninguna parte.

Entonces, la puerta exterior se cerró a su espalda, y quedó encerrado en el nicho. Atrapado. Esta vez, todo había terminado.

Momentos después, los guardias abrieron la escotilla posterior. Sus miradas, cuando alzaron las armas, expresaban una mezcla de ira y admiración. Duncan esperó con resignación a que le abatieran.

No obstante, el capitán sonrió y dijo:

—Felicidades, muchacho. Lo has conseguido.

Duncan, agotado y de regreso a su celda, estaba sentado con sus padres. Tomaban su colación diaria a base de cereales insípidos, bizcochos ricos en fécula y hojuelas de proteína, una comida satisfactoria desde el punto de vista dietético, pero carente de todo sabor. Hasta el momento, sus captores no habían dicho nada más al muchacho, aparte de «lo has conseguido». Eso debía significar la libertad. Al menos, eso esperaba.

La celda de la familia estaba muy sucia. Aunque sus padres intentaban mantenerla limpia, carecían de escobas, estropajos o jabón, y contaban con muy poca agua, que no podía ser desperdiciada.

Durante los meses de confinamiento, Duncan había sido sometido a un «entrenamiento» vigoroso y violento, mientras la familia permanecía en su celda, temerosa, sin nada que hacer, sin trabajo ni diversiones. Habían adjudicado un número a todos ellos, así como direcciones de celdas de esclavos. Aguardaban con temor algún cambio en su sentencia.

Duncan relató a su madre sus aventuras, con entusiasmo y orgullo, cómo había superado en astucia a sus perseguidores, cómo había vencido a los mejores rastreadores Harkonnen. Ninguno de los demás niños lo había logrado aquel día, pero Duncan estaba seguro de que se había ganado la libertad.

Les liberarían de un momento a otro. Intentó imaginar a su familia libre de nuevo, fuera de la cárcel, contemplando una noche clara y estrellada.

Su padre miraba con orgullo al niño, pero a su madre le costaba creer que aquello pudiera ser verdad. Tenía buenos motivos para no confiar en las promesas de los Harkonnen.

Al poco, las luces de la celda parpadearon y el campo opaco de la puerta se hizo transparente, para luego abrirse. Un grupo de guardias uniformados de azul apareció junto al sonriente capitán que le había atrapado. El corazón de Duncan le dio un vuelco. *¿Nos van a dejar en libertad?*

Los hombres uniformados se apartaron en deferencia a un hombre de anchas espaldas, labios gruesos y marcados músculos. Su rostro estaba tostado por el sol y rubicundo, como si pasara mucho tiempo lejos del tenebroso Giedi Prime.

El padre de Duncan se puso en pie como impulsado por un resorte e hizo una reverencia desmañada.

—¡Mi señor Rabban!

Sin hacer caso de los padres, los ojos de Rabban sólo se fijaron en el joven novato de rostro redondeado.

—El capitán de los cazadores me dice que eres el mejor —dijo a Duncan. Cuando entró en la celda, los guardias se aglutinaron detrás de él. Rabban sonrió.

—Tendríais que haberle visto en el ejercicio de hoy, mi señor —dijo el capitán de los cazadores—. Nunca he tenido un pupilo más pletórico de recursos.

Rabban asintió.

—Número 11.368, he visto el historial de tus cacerías. ¿Tus heridas han sido graves? ¿No? Eres joven, no tardarán en cicatrizar. —Sus ojos se endurecieron—. Prometes mucho. Vamos a ver cómo te las arreglas contra mí.

Giró en redondo.

—Ven conmigo para empezar la cacería, muchacho. Rápido.

—Me llamo Duncan Idaho —replicó el niño con tono desafiante—. Y no soy un número.

Su voz era débil y aguda, pero denotaba una valentía que sobresaltó a sus padres. Los guardias, sorprendidos, se volvieron hacia él. Duncan miró a su madre como para pedirle apoyo, o como si esperara una recompensa. En cambio, ella intentó callarle.

Rabban arrebató el fusil láser a un guardia. Sin titubear, disparó un rayo mortal al pecho del padre de Duncan. El hombre salió proyectado hacia la pared. A continuación, Rabban movió el arma y vaporizó la cabeza de la madre de Duncan.

Duncan chilló. Sus padres cayeron al suelo, montoncitos sin vida de carne quemada y burbujeante.

—Ahora ya no tienes nombre, 11.368 —dijo Rabban—. Ven conmigo.

Los guardias le sujetaron y no dejaron que corriera hacia sus padres. Ni siquiera le concedieron tiempo para llorar.

—Estos hombres te prepararán antes de que empecemos la siguiente ronda de festejos. Necesito una buena cacería de una vez.

Los guardias lo sacaron de la celda a rastras, mientras Duncan pataleaba y chillaba. Se sentía muerto por dentro, salvo por una llamada helada de odio que floreció en su pecho y quemó todos los vestigios de su infancia.

El populacho ha de creer que su gobernante es un hombre mejor que ellos, de lo contrario no le seguirían. Sobre todo, un líder ha de ser alguien que da a su pueblo todo el pan y circo que necesita.

Duque PAULUS ATREIDES

Las semanas de preparativos para su estancia en Ix transcurrieron como una exhalación, mientras Leto intentaba asimilar y almacenar todo un año de recuerdos, y grabar en su mente todas las imágenes de su casa natal. Echaría de menos el aire salado y húmedo de Caladan, sus mañanas envueltas en niebla y las sonoras tormentas del atardecer. ¿Cómo podía compararse con eso un planeta máquina, árido y sin color?

De los muchos palacios y villas de vacaciones del planeta, el castillo de Caladan, enclavado en lo alto de un acantilado que dominaba el mar, era el lugar que Leto llevaba en su corazón, la sede del gobierno. Algún día, cuando por fin se pusiera el anillo de sello ducal, sería el vigésimo sexto duque Atreides que tomaría posesión del castillo.

Su madre, Helena, dedicaba mucho tiempo a mimarle, veía presagios por todas partes y citaba pasajes de la Biblia Católica Naranja. La disgustaba perder a su hijo un año, pero no se opondría a las órdenes del duque, al menos de puertas afuera. Había una expresión preocupada en su rostro, y Leto comprendió que la alarmaba en especial el hecho de que Paulus hubiera escogido, de entre todos los lugares, Ix.

—Es un semillero supurante de tecnología sospechosa —le dijo cuando su marido no pudo oírla.

—¿Estáis segura de que no reaccionáis así porque Ix es el principal rival de la Casa Richese, madre? —preguntó Leto.

—¡Claro que no! —Sus dedos largos y ahusados interrumpieron por un momento la tarea de coser un elegante cuello a su camisa—. La Casa Richese se atiene a la tecnología antigua, fiable y verdadera, aparatos instituidos que cumplen las normas prescritas. Nadie duda de la fidelidad de Richese a las normas de la Jihad.

Le miró con sus ojos oscuros, que al poco se humedecieron. Acarició su hombro. Debido a un reciente estirón, casi era tan alto como ella.

—Leto, Leto, no quiero que pierdas tu inocencia allí, ni tu alma —le dijo—. Te juegas demasiado.

Más tarde, en el comedor, durante una tranquila comida familiar a base de caldereta de pescado y bollos, Helena había rogado una vez más al viejo duque que le enviara a otro lugar. Paulus se limitó a reír de sus preocupaciones, pero al final, el sereno pero firme rechazo de su mujer a entrar en razón le enfureció.

—Dominic es amigo mío, ¡y por Dios que nuestro hijo no podría caer en manos de mejor hombre!

Leto, que intentaba concentrarse en su plato, estaba inquieto por las protestas de su madre, pero apoyó a su padre.

—Quiero ir allí, madre —dijo. Dejó la cuchara junto al cuenco y repitió la frase que ella siempre le decía—: Es por mi bien.

Durante la educación de Leto, Paulus había tomado muchas decisiones que Helena no había compartido:

poner a trabajar al muchacho con aldeanos, relacionarse con los ciudadanos de igual a igual, permitir que hiciera amistad con niños de clases inferiores. Leto comprendía el sentido común de esto, puesto que algún día sería el duque de esa gente, pero Helena aún se oponía en diversos frentes, y citaba con frecuencia pasajes de la Biblia Católica Naranja para justificar sus opiniones.

Su madre no era una mujer paciente, poco afectuosa con su hijo único, aunque se revestía de una fachada impecable durante las reuniones importantes y los acontecimientos públicos. Siempre se quejaba de su apariencia, y repetía que nunca tendría más hijos. Educar a un hijo y dirigir la casa ducal ya ocupaba la mayor parte de su valioso tiempo, que de otra manera habría dedicado al estudio de la Biblia Católica Naranja y otros textos religiosos. Era evidente que Helena había engendrado un hijo sólo por obligación con la Casa Atreides, pero no por el deseo de criar a un hijo.

No era de extrañar que el viejo duque buscara la compañía de mujeres menos quisquillosas.

A veces, de noche, tras las enormes puertas de teca elaccana, Leto oía las discusiones a voz en grito de sus padres. Lady Helena podía protestar todo cuanto quisiera sobre el hecho de que su hijo fuera enviado a Ix, pero el viejo duque Paulus era la Casa Atreides. Su palabra era ley, en el castillo y en Caladan, por más que su disgustada esposa intentara convencerle de que cambiara de opinión.

Es por tu bien.

Leto sabía que el de sus padres había sido un matrimonio de conveniencia, un trato comercial cerrado entre las Casas del Landsraad para satisfacer las exigencias de las familias importantes. Había sido una acción desesperada por parte de la arruinada Richese, y la Casa Atreides siempre podía confiar en que la antigua grandeza de aquella casa innovadora y tecnológica renaciera de nuevo. Entretanto, el viejo duque había recibido sustanciales concesiones y recompensas por aceptar a una de las numerosas hijas de la Casa Richese.

—Una casa noble no puede permitirse los arrebatos y el romanticismo que la gente inferior experimenta cuando las hormonas guían sus actos —le había dicho en una ocasión su madre, cuando le explicaba la política de los matrimonios. Sabía que un destino similar le aguardaba.

Su padre se mostraba de acuerdo con ella a ese respecto, y aún era más inflexible.

—¿Cuál es la primera regla de la Casa? —repetía el viejo duque.

Y Leto la citaba, palabra por palabra:

—Nunca casarse por amor, porque arruinaría nuestra Casa.

A los catorce años, Leto nunca se había enamorado, si bien había experimentado los ardores del deseo. Su padre le animaba a flirtear con las muchachas de la aldea, a jugar con todas las que encontrara atractivas, pero sin prometer nunca nada. Leto dudaba, dada su posición como heredero de la Casa Atreides, de que alguna vez tuviera la posibilidad de enamorarse, sobre todo de la mujer que un día sería su esposa.

Una semana antes de la partida de Leto, su padre le agarró por el hombro y le llevó a confraternizar con el pueblo, insistiendo en que debía saludar incluso a los criados. El duque fue acompañado de una pequeña guardia de honor a la ciudad marítima situada al pie del castillo, compró cosas, vio a sus súbditos y se hizo ver. Paulus solía ir acompañado de su hijo en estas salidas, y Leto siempre se lo pasaba muy bien.

Bajo el cielo azul claro, el viejo duque reía con facilidad, transmitía su buen humor contagioso. La gente sonreía cuando el robusto hombre pasaba entre ellos. Leto y su padre pasearon por el bazar, dejaron atrás los puestos de verduras y pescado fresco y se detuvieron a inspeccionar hermosos tapices tejidos con fibras ponji y otros géneros exóticos. Paulus Atreides solía comprar fruslerías o recuerdos para su esposa, sobre todo después de sus trifulcas, si bien el duque, al parecer, no conocía muy bien los gustos de Helena y elegía cosas poco apropiadas para ella.

El duque se detuvo ante un puesto de ostras y observó el cielo azul, sorprendido por lo que consideraba una brillante idea. Miró a su hijo, y una amplia sonrisa hendió su frondosa barba.

—Ah, es preciso despedirte con un espectáculo adecuado, muchacho. Convertiremos tu partida en un acontecimiento memorable para todo Caladan.

Leto se encogió por dentro. Ya había escuchado en ocasiones anteriores las locas ideas de su padre, y sabía que el viejo duque las llevaría a la práctica, sin obedecer al sentido común.

—¿Qué tenéis en mente, señor? ¿Qué debo hacer?

—Nada, nada. Anunciaré una celebración en honor de mi hijo y heredero. —Cogió la mano de Leto y la alzó en el aire, como en un saludo triunfal, y después su voz se impuso a la muchedumbre—. Vamos a celebrar una corrida de toros, un espectáculo anticuado para el populacho. Será un día de celebración para Caladan, con holoproyecciones transmitidas a todo el globo.

—¿Con toros salusanos? —preguntó Leto, que imaginó a las monstruosas bestias de lomo arqueado, sus negras cabezas erizadas de múltiples cuernos, los ojos faceteados. De pequeño había visitado con frecuencia los establos para echar un vistazo a aquellos monstruosos animales. Yresk, el responsable de los establos, uno de los antiguos empleados de su madre en Richese, preparaba los toros para los ocasionales espectáculos de Paulus.

—Por supuesto —dijo el viejo duque—. Y como de

costumbre, yo los lidiaré. —Movió el brazo con donaire, como si imaginara una capa de colores—. Estos viejos huesos están lo bastante ágiles para esquivar a esas bestias. Ordenaré a Yresk que prepare uno, a menos que quieras escogerlo tú personalmente, muchacho.

—Pensaba que nunca más lo haríais —dijo Leto—. Casi ha pasado un año desde que...

—¿De dónde has sacado esa idea?

—De vuestros consejeros, señor. Es demasiado peligroso. ¿No es por eso que otros os han sustituido en las corridas?

El anciano rió.

—¡Qué tontería! Sólo me he mantenido alejado del ruedo por una razón: los toros fueron a menos durante un tiempo, algún desequilibrio genético no los hacía aptos para las corridas. Eso ha cambiado, y los nuevos toros son más salvajes que nunca. Yresk dice que están preparados para la lidia, y yo también. —Rodeó los estrechos hombros de Leto—. ¿Qué mejor ocasión para una corrida de toros que la partida de mi hijo? Asistirás a esta corrida, la primera de tu vida. Tu madre ya no podrá decir que eres demasiado pequeño.

Leto asintió a regañadientes. Una vez tomaba una decisión, su padre nunca se retractaba. Al menos, Paulus era diestro, y utilizaría un escudo personal.

Con la ayuda de escudos personales, Leto había luchado contra muchos contrincantes humanos, consciente de las ventajas y limitaciones del escudo. Un escudo podía parar fuego de proyectiles y armas mortíferas de alta precisión, pero cualquier hoja que se moviera bajo la velocidad de umbral podía atravesarlo. Un toro salusano furioso, con sus cuernos afilados, podía moverse con la lentitud suficiente para atravesar el escudo mejor sintonizado.

Tragó saliva, intrigado por los nuevos toros. Los viejos que Yresk le había enseñado ya parecían bastante peligrosos. Habían acabado con la vida de tres matadores, que Leto recordara...

Entusiasmado por su idea, el duque Paulus la anunció en el bazar, mediante la megafonía instalada en los puestos. Al oírlo, el populacho congregado en el mercado prorrumpió en vítores, con los ojos brillantes. Rieron, en parte ante la perspectiva del espectáculo en sí, y también por el día de descanso y celebración que se les acababa de conceder.

Leto sabía que a su madre no le haría ninguna gracia el hecho de que Paulus toreara y Leto presenciara el acontecimiento, pero también sabía que, en cuanto Helena empezara a protestar, la resolución del viejo duque sería más inquebrantable que nunca.

El recinto de la plaza de toros se extendía bajo el sol del mediodía. Las gradas conformaban una inmensa parrilla, tan abarrotada de gente que, en los extremos, parecían diminutos pixeles de colores. El duque había declarado gratis el espectáculo. Estaba orgulloso de su destreza y era un exhibicionista nato.

Grandes banderas verdinegras ondeaban en la brisa, mientras una fanfarria atronaba desde los altavoces. Columnas engalanadas con los halcones de los Atreides centelleaban con emblemas que habían sido pulidos y pintados para el acontecimiento. Miles de ramos de flores recogidas en campos y tierras bajas estaban esparcidos por el ruedo, una insinuación muy poco sutil de que al duque le gustaba que la gente lanzara flores a la arena cada vez que mataba un toro.

En los aposentos destinados a los matadores, Paulus esperaba el momento de la verdad. Leto estaba de pie detrás de un burladero, y escuchaba a la multitud impaciente.

—Padre, estoy muy preocupado por el peligro que

vais a correr. No deberíais hacerlo... y mucho menos por mí.

El viejo duque desechó el comentario con un ademán.

—Leto, muchacho, has de comprender que gobernar gente y ganar su lealtad consiste en algo más que firmar papeles, recaudar impuestos y asistir a las reuniones del Landsraad.

Alisó su capa magenta, extendida delante de un espejo.

—Dependo de esa gente para producir todo cuanto Caladan pueda proporcionar. Han de hacerlo de buen grado, trabajando hasta deslomarse, y no sólo para sacar provecho sino por su honor y su gloria. Si la Casa Atreides fuera a la guerra de nuevo, esa gente derramaría su sangre por mí. Entregarían su vida bajo nuestras banderas. —Tocó su armadura—. ¿Quieres tensarla?

Leto cogió las cintas del peto de cuero negro, tiró de ellas y las ató. No dijo nada, pero asintió para indicar que comprendía.

—Como duque de mi pueblo, necesito darles algo a cambio, demostrar mi valía. Y no sólo para que se diviertan, sino para grabar en sus mentes que soy un hombre de suma importancia, de heroicas dimensiones... alguien a quien Dios ha concedido la bendición para gobernarles. No podré conseguirlo a menos que lo demuestre. El liderazgo no es un proceso pasivo.

Paulus comprobó el cinto del escudo y sonrió.

—Nunca se es demasiado viejo para aprender —citó—. Es una frase de *Agamenón*... sólo para demostrarte que no siempre estoy dormido cuando lo parece.

Thufir Hawat, el especialista en armas de rostro severo, se acercó al duque. Como Mentat leal, Hawat no criticaba las decisiones de su superior. Dio el mejor consejo que pudo, susurrándole a Paulus las pautas que había observado en los movimientos de la nueva manada de toros salusanos mutantes.

Leto sabía que su madre estaría en el palco ducal. Iría vestida con sus mejores galas, interpretaría su papel, saludaría al pueblo. La noche anterior, una vez más, se había producido una acalorada discusión tras las puertas del dormitorio. Al final, el duque Paulus la había silenciado con una orden terminante y se había ido a dormir; necesitaba descansar con vistas a las pruebas que le aguardaban al día siguiente.

El duque se puso su capa ribeteada de verde y cogió los instrumentos que iba a necesitar para vencer al toro salvaje: los puñales y una larga *vara* adornada con plumas, con una toxina nerviosa en el extremo. Thufir Hawat había sugerido que el responsable de los establos tranquilizara al toro un poco para apaciguar sus impulsos asesinos, pero al duque le encantaban los desafíos. No deseaba enemigos drogados.

Paulus ciñó el grupo de activación al cinto de su escudo y conectó el campo. Era un simple medio escudo para proteger su costado. El duque utilizaba una capa de colores brillantes, llamada *muleta*, para proteger su otro costado.

Paulus hizo una reverencia a su hijo, a su Mentat y a los preparadores que esperaban en la entrada del ruedo.

—Que empiece el espectáculo —dijo.

Leto le vio salir a la plaza de toros, emperifollado como un ave ansiosa por aparearse. Cuando apareció, resonó una ovación de vítores.

Leto se situó detrás del burladero, y parpadeó debido al brillo del sol. Sonrió cuando su padre describió un lento círculo alrededor del ruedo, al tiempo que agitaba su capa y dedicaba una reverencia a su pueblo arrobado. Leto percibió con orgullo el amor y admiración que sentían por aquel hombre valiente.

Mientras esperaba a la sombra, Leto juró que intentaría aprender todo acerca de los triunfos de su padre, para que un día el pueblo le demostrara igual respeto y admiración. Triunfos... Éste sería uno más en la larga lista de su padre, supuso Leto. Pero no podía evitar sentirse preocupado. Demasiadas cosas podían cambiar en el parpadeo de un escudo, en el destello de un cuerno afilado, en el golpe de una pezuña contra el suelo.

Sonaron las trompetas y la voz del presentador glosó los detalles de la inminente corrida de toros. El duque Paulus señaló con un elegante gesto de su guante adornado con lentejuelas las amplias puertas reforzadas que había al otro lado del ruedo.

Leto se trasladó a otra arcada para gozar de mejor perspectiva, y se recordó que no iba a presenciar una farsa. Su padre iba a luchar por su vida.

Los mozos de cuadra habían atendido a las feroces bestias, y el responsable de los establos en persona había seleccionado una para la corrida. Tras inspeccionar al animal, el duque había quedado satisfecho, seguro de que su bravura complacería a la muchedumbre. Ansiaba entrar en liza.

Las puertas macizas se abrieron con un crujido de los goznes elevadores, y el toro salusano salió en tromba, meneando su cabeza erizada de cuernos y deslumbrado por la luz. Sus ojos faceteados refulgían de rabia. Las escamas del lomo, negro como ala de cuervo, reflejaban colores iridiscentes.

Paulus silbó y agitó la capa.

—¡Ven aquí, estúpido!

Los espectadores rieron.

El toro se volvió hacia él, bajó la cabeza y emitió un potente resoplido.

Leto observó que su padre aún no había encendido el escudo protector. Paulus movió su capa de colores para provocar la ira de la bestia. El toro salusano pateó el suelo, resopló y cargó. Leto quiso gritar, advertir a su padre. ¿Había olvidado encender su protección? ¿Cómo esperaba sobrevivir sin escudo?

Pero el toro pasó de largo y Paulus dio un capotazo, para que el animal arremetiera. Sus cuernos retorcidos desgarraron la parte inferior de la tela hasta hacerla trizas. El viejo duque dio la espalda al toro, confiado en exceso. Dedicó una reverencia burlona al público, se enderezó y después, con calma, sin prisas, encendió su escudo personal.

El toro atacó de nuevo, y el duque utilizó el puñal para aguijonearlo en su costado escamoso, antes de causarle una leve herida en el flanco. Los ojos faceteados del animal captaron múltiples imágenes de su torturador ataviado con vivos colores.

Cargó de nuevo.

Se mueve con demasiada rapidez para penetrar el escudo, pensó Leto. *Pero se cansa y disminuye la velocidad, podría ser muy peligroso...*

Mientras la corrida continuaba, Leto observó que su padre procuraba enriquecer el espectáculo para que el público se divirtiera. El viejo duque habría podido matar al toro en cualquier momento, pero prefería saborear la experiencia.

A juzgar por la reacción de los espectadores, Leto sabía que se hablaría durante años de aquel acontecimiento. La vida de los arroceros y pescadores era muy aburrida y dura, pero esta celebración grabaría en sus mentes una orgullosa imagen de su duque. ¡Fijaos en lo que hacía el viejo Paulus, a pesar de su edad!, dirían.

Por fin, el toro llegó al borde del agotamiento, con los ojos inyectados, pesados y cansados estertores, mientras su líquido vital se derramaba sobre la arena. Paulus decidió poner fin a la lid. Había prolongado el espectáculo durante casi una hora. Aunque cubierto de sudor, aún conservaba su apariencia noble, y no permitía que sus movimientos denotaran cansancio ni que sus ropas se desaliñaran.

En su palco, lady Helena continuaba moviendo sus banderines, con una fría sonrisa en la boca.

A aquellas alturas, el toro era como una máquina enloquecida, un monstruo rabioso con escasos puntos vulnerables en su blindaje de escamas negras. Cuando el animal cargó contra él, los cuernos centelleantes enhiestos como lanzas, Paulus hizo una finta a la izquierda y dio media vuelta. A continuación Paulus tiró la capa al suelo y agarró el asta de su *vara* con ambas manos. Concentró toda su fuerza en una potente estocada lateral. Ejecutada sin el menor fallo y de una belleza sin parangón, la hoja de la lanza penetró por una hendidura de la piel blindada del toro, atravesó una intersección de hueso y cráneo, y perforó los dos cerebros separados del animal: la forma más difícil y sofisticada de matarlo.

El toro se detuvo en seco, resolló, bufó y cayó fulminado sobre la arena.

Paulus plantó el pie sobre la cabeza erizada de cuernos, se apoyó en la lanza, la extrajo de un tirón y la arrojó al suelo. A continuación, desenvainó su espada y la hizo girar sobre su cabeza en un gesto de triunfo.

Los espectadores se pusieron en pie como un solo hombre, gritaron, aullaron y vitorearon. Agitaron las banderas, se apoderaron de los ramos que adornaban los maceteros y los lanzaron al ruedo. Corearon el nombre de Paulus una y otra vez.

El patriarca Atreides, recreándose en la adoración que despertaba, sonrió, dio media vuelta y se abrió la chaquetilla, para que los espectadores viesen su torso manchado de sangre y cubierto de sudor. Ahora era el héroe. Podía prescindir de finuras.

Cuando los largos vítores enmudecieron, el duque alzó la espada y la descargó repetidas veces hasta cortar la cabeza del toro. Finalmente, clavó la espada ensangrentada en el suelo de la plaza y con ambas manos agarró los cuernos del toro y levantó su cabeza.

—¡Leto! —gritó sin mirar atrás, y su voz retumbó en la plaza de toros—. ¡Leto, hijo mío, ven aquí!

Leto, todavía protegido por las sombras de la arcada, titubeó un momento y después avanzó. Cruzó el ruedo con la cabeza bien erguida, hasta detenerse junto a su padre. La multitud le aclamó con renovado entusiasmo.

El viejo duque ofreció a su hijo la cabeza ensangrentada del animal.

—¡Os entrego a Leto Atreides! —anunció al público señalando a su hijo—. ¡Vuestro futuro duque!

La muchedumbre continuó aplaudiendo y gritando hurras. Leto aferró uno de los cuernos del toro. Su padre y él sostuvieron el trofeo en alto, del cual se desprendían gruesas gotas rojas.

Cuando Leto oyó que el pueblo coreaba su nombre, notó que algo se agitaba en su interior y se preguntó por primera vez si era eso lo que sentía un líder de hombres.

N'kee: veneno de acción lenta que se concentra en las glándulas suprarrenales; una de las toxinas más insidiosas permitidas bajo los acuerdos de la Paz de la Cofradía y las restricciones de la Gran Convención (véase Guerra de Asesinos).

Manual de Asesinos

—Hummmm, el emperador nunca morirá, como bien sabes, Shaddam. —Hasimir Fenring, un hombre menudo de grandes ojos oscuros y cara de comadreja, estaba sentado al otro lado de la consola y delante de su visitante, el príncipe heredero Shaddam—. Al menos mientras seas lo bastante joven para disfrutar del trono.

Fenring observó con mirada penetrante que la bola negra se posaba sobre un punto de escaso valor. El heredero del Imperio, que había terminado su turno de la partida, no estaba nada satisfecho con el resultado. Habían sido compañeros íntimos durante casi toda su vida, y Fenring sabía muy bien cómo distraerle en el momento preciso.

Desde la sala de juegos del lujoso ático de Fenring, Shaddam podía ver las luces del palacio imperial de su padre, que brillaban sobre la ladera de la colina a un kilómetro de distancia. Con la ayuda de Fenring se había librado de su hermano mayor Fafnir hacía muchos años, pero el Trono del León Dorado parecía tan fuera de su alcance como siempre.

Shaddam salió al balcón y exhaló un largo y profundo suspiro.

Era un hombre de facciones pronunciadas, adentrado en la treintena, de barbilla firme y nariz aguileña. Llevaba el cabello rojizo corto, engominado y en forma de casco. Recordaba a los bustos de su padre esculpidos un siglo antes, durante las primeras décadas del reinado de Elrood.

Empezaba a anochecer, y dos de las cuatro lunas de Kaitain colgaban bajas en el cielo, al otro lado del gigantesco edificio imperial. Planeadores iluminados surcaban los calmos cielos del ocaso, perseguidos por bandadas de pájaros cantores. En ocasiones, Shaddam necesitaba alejarse del enorme palacio.

—Ciento treinta y seis años de reinado —continuó Fenring con su tono nasal—. Y el padre de Elrood gobernó durante más de un siglo. Piénsalo, ¿hummmm? Tu padre accedió al trono cuando sólo tenía diecinueve años, y tú casi doblas esa edad. —El hombre de rostro alargado miró con sus grandes ojos a su amigo—. ¿No te resulta molesto?

Shaddam no contestó y fijó la vista en la línea del horizonte, consciente de que debía reanudar la partida, pero su amigo y él estaban enfrascados en juegos mucho más importantes.

Tras largos años de estrecha asociación, Fenring sabía que el heredero imperial era incapaz de concentrarse en problemas complicados cuando otras diversiones le distraían. *Sea, pues, acabaré con esta distracción.*

—Es mi turno —dijo.

Fenring alzó una varilla en su lado del globo escudo y la pasó a través del escudo para activar un disco interior, lo cual provocó que una bola negra situada en el centro del globo levitara. Con un cálculo del momento perfecto, Fenring retiró la varilla y la bola cayó en el centro de un receptáculo oval, consiguiendo así la máxima puntuación.

—Maldito seas, Hasimir, otra partida perfecta para ti —dijo Shaddam mientras volvía del balcón—. No obstante, cuando sea emperador, ¿serás lo bastante prudente para dejarte ganar?

Los ojos de Fenring eran despiertos y feroces. Eunuco genético, incapaz de engendrar hijos debido a sus deformaciones congénitas, era uno de los guerreros más mortíferos del Imperio, más feroz que cualquier Sardaukar.

—¿Cuando seas emperador? —Fenring y el príncipe heredero compartían tantos secretos mutuos que ninguno de ambos ocultaba nada al otro—. Shaddam, ¿escuchas lo que te estoy diciendo, hummmm? —Emitió un suspiro de exasperación—. Tienes treinta y cuatro años y aún estás esperando a que empiece tu vida, lo que te corresponde por derecho de nacimiento. Elrood podría vivir otras tres décadas, como mínimo. Es un viejo burseg empecinado, y teniendo en cuenta la cantidad de cerveza de especia que engulle, es capaz de enterrarnos a los dos.

—En tal caso, ¿para qué hablar de ello? —Shaddam jugueteaba con los controles de la máquina, demostrando que quería jugar otra ronda—. Tengo aquí todo cuanto necesito.

—¿Prefieres jugar hasta que seas viejo? Pensaba que anhelabas cosas mejores, ¿hummm? El destino de tu sangre Corrino.

—Ah, sí. Y si no cumplo mi destino —dijo Shaddam con amargura—, ¿qué será de ti?

—Me irá muy bien, gracias.

La madre de Fenring había sido adiestrada en la Bene Gesserit antes de entrar al servicio imperial como dama de compañía de la cuarta esposa de Elrood. Le había educado bien, preparándole para grandes empresas.

Pero Hasimir Fenring estaba disgustado con su amigo. En cierto momento, poco antes de cumplir los veinte años, Shaddam había ambicionado mucho más el trono imperial, hasta el punto de alentar a Fenring a envenenar al hijo mayor del emperador, Fafnir, que en aquella época tenía cuarenta y seis años y aguardaba con ansia el momento de la coronación.

Hacía quince años que Fafnir había muerto, pero el viejo buitre no daba señales de morir jamás. Como mínimo, Elrood debería abdicar por su propia voluntad. Entretanto, Shaddam había perdido la energía, y se contentaba con disfrutar de los placeres que le deparaba su posición. Ser príncipe heredero facilitaba la vida. Pero Fenring quería mucho más, para su amigo y para él.

Shaddam lo fulminó con la mirada. Habla, la madre del príncipe heredero, le había rechazado cuando era pequeño (el único hijo que había tenido con Elrood), y había dejado que su dama de compañía, Chaola Fenring, ejerciera de nodriza. Desde niños, Shaddam y Hasimir habían hablado de lo que harían cuando el príncipe ocupara el Trono del León Dorado. Emperador Padishah Shaddam IV.

Pero para Shaddam, tales conversaciones ya no contenían la magia de su infancia. Habían pasado demasiados años de realidad, una excesiva espera sin objetivo. La esperanza y el entusiasmo habían dado paso a la apatía. ¿Por qué no pasar los días jugando?

—Eres un bastardo —dijo Shaddam—. Vamos a hacer otra partida.

Fenring cerró la consola sin hacer caso de la sugerencia de su amigo.

—Tal vez, pero hay demasiados asuntos graves en el Imperio que exigen atención, y sabes tan bien como yo que tu padre es un chapucero. Si el director de una empresa condujera sus negocios como tu padre gobierna el Imperio, le destituirían. Piensa en el escándalo de la CHOAM, por ejemplo, la operación de extracción de piedras soo.

—Ah, sí. Tienes toda la razón, Hasimir.

Shaddam exhaló un profundo suspiro.

—Impostores nobles: un duque, una duquesa... Toda una familia de farsantes, ante las mismísimas narices de tu padre. ¿Quién vigilaba? Ahora han desaparecido en un planeta que no se halla bajo el control imperial. Eso no tendría que haber ocurrido jamás, ¿hummm? Imagina los beneficios perdidos para Buzzell y los sistemas anexos. ¿En qué estaba pensando Elrood?

Shaddam apartó la vista. No le gustaba discutir sobre asuntos imperiales serios. Le daban dolor de cabeza. Teniendo en cuenta el vigor aparente de su padre, esos detalles parecían lejanos e irrelevantes para él.

Pero Fenring insistió.

—Tal como están las cosas, tus posibilidades son remotas. Ciento cincuenta y cinco años, y todavía goza de una salud excelente. Fondil III, su predecesor, vivió ciento setenta y cinco años. ¿Cuál es la edad máxima que ha alcanzado un emperador Corrino?

Shaddam frunció el entrecejo y lanzó una mirada anhelante al aparato de juego.

—Sabes que no presto atención a esas cosas, ni siquiera cuando el preceptor se enfada conmigo.

Fenring le apuntó con un dedo.

—Elrood vivirá doscientos años, no te quepa duda. Tienes un grave problema, amigo mío... a menos que me escuches.

Enarcó sus finas cejas.

—Ah, sí, más ideas tomadas del *Manual de asesinos*, supongo. Vigila que no te sorprendan leyéndolo. Ya sabes el castigo que se impone por la tenencia de un libro prohibido.

—La gente tímida sólo está destinada a trabajos tímidos. Nuestros futuros, Shaddam, son mucho más amplios. Piensa en las posibilidades, hipotéticas, por supuesto. Además, ¿qué tiene de malo el veneno? Funciona muy bien y sólo afecta a la persona elegida, tal como dictamina la Gran Convención. Ni muertes colaterales, ni pérdida de ingresos, ni destrucción de propiedad heredable. Limpio y pulcro.

—Los venenos se emplean para los asesinatos entre las Casas, no para lo que estás pensando.

—No te quejaste cuando me encargué de Fafnir, ¿hummmm? Ahora tendría más de sesenta años, y aún no habría saboreado el trono. ¿Quieres esperar tanto tiempo?

—Basta —insistió Shaddam, aunque resignado—. Ni te atrevas a imaginarlo. No es justo.

—¿Lo es negarte lo que te corresponde por derecho de nacimiento? ¿Cuál sería tu eficacia como emperador si no pudieras detentar el poder hasta que fueras un anciano senil como tu padre? Mira lo que ha pasado en Arrakis. Cuando sustituimos a Abulurd Harkonnen, el daño ya era irremediable. Abulurd no sabía manejar el látigo, así que los trabajadores no le respetaban. Ahora el barón lo utiliza con excesiva prodigalidad, y la moral ha caído en picado, lo cual ha conducido a deserciones y sabotajes cada vez más frecuentes. Claro que no se culpan a los Harkonnen. Todo apunta a tu padre, el emperador Padishah, y a las decisiones erróneas que ha tomado. —Bajó la voz—. Has de hacerlo por la estabilidad del Imperio.

Shaddam alzó la vista hacia el techo, como si buscara ojos-espía u otros aparatos de escucha, aunque sabía que Fenring escaneaba con regularidad su ático y lo protegía con escudos impenetrables.

—¿En qué clase de veneno estás pensando? Sólo hablando desde un punto de vista hipotético, por supuesto.

Una vez más, miró hacia el palacio imperial. El edificio resplandeciente semejaba un grial legendario, un botín inalcanzable.

—Acaso algo que actúe con lentitud, ¿hummmm? Dará la impresión de que Elrood está envejeciendo. Nadie se preguntará qué ocurre, pues ya es muy viejo. Deja que me encargue yo. Como futuro emperador, no deberías preocuparte por los detalles de tales asuntos. Siempre he sido tu coordinador, ¿recuerdas?

Shaddam se mordisqueó el labio inferior. Nadie en el Imperio sabía más cosas sobre ese hombre que él. ¿Cabía la posibilidad de que su amigo le traicionara algún día? Sí... aunque Fenring sabía muy bien que su mejor camino hacia el poder era Shaddam. El reto consistía en controlar a su ambicioso amigo, en ir siempre un paso por delante de él.

El emperador Elrood IX, sabedor de las habilidades mortíferas de Fenring, le había utilizado en cierto número de exitosas operaciones clandestinas. Elrood había llegado a sospechar el papel jugado por Fenring en la muerte del príncipe heredero Fafnir, pero lo había aceptado como algo inherente a la política del Imperio. A lo largo de los años Fenring había asesinado a unos cincuenta hombres y una docena de mujeres, y algunas de sus víctimas habían sido también sus amantes, sin distinción de sexo. Se enorgullecía de ser un asesino capaz de mirar a su víctima cara a cara o de matarla por la espalda, sin el menor remordimiento.

Había días en que Shaddam deseaba que el ambicioso Fenring y él nunca hubieran forjado una amistad desde la infancia, porque así no tendría que enfrentarse a elecciones difíciles. Shaddam tendría que haber abandonado a su compañero de cuna desde que aprendió a andar. Era peligroso relacionarse con un asesino tan implacable, y en ocasiones se sentía vejado por su relación.

Pero Fenring era su amigo. Existía una atracción mutua, algo indefinible de lo que habían hablado alguna vez sin llegar a concretarlo. De momento, Shaddam consideraba más fácil aceptar la amistad (y por su propio bien, confiaba en que fuera amistad) en lugar de intentar cortarla, lo cual podría ser extremadamente peligroso.

Una voz a su lado interrumpió sus pensamientos.

—Tu coñac favorito, mi príncipe.

Fenring le ofrecía una copa de coñac kirana oscuro.

Aceptó la copa, pero contempló el líquido con suspicacia, mientras le daba vueltas. ¿Detectaba otro color que no había terminado de mezclarse? Acercó la nariz, inhaló el aroma como si fuera un experto, aunque lo que intentaba era detectar algún agente químico extraño. El coñac olía normal. Pero Fenring habría tomado toda clase de precauciones. Era un hombre sutil y tortuoso.

—Puedo hacer llamar al catador si quieres. Yo nunca te envenenaría, Shaddam —dijo Fenring con una sonrisa de poseso—. Sin embargo, tu padre se encuentra en una posición muy diferente.

—Ah, sí. ¿Un veneno de acción lenta, has dicho? Sospecho que ya tienes alguna sustancia en mente. ¿Cuánto tiempo vivirá mi padre después de que hayas iniciado el proceso? Si nos ponemos de acuerdo, quiero decir.

—Dos años, quizá tres. Lo suficiente para que su declive parezca normal.

Shaddam alzó la barbilla en un esfuerzo por componer una pose majestuosa. Su piel estaba perfumada, su cabello rojizo untado con pomada y peinado hacia atrás.

—Has de saber que sólo abrigaría una idea tan traicionera por el bien del Imperio… para evitar que mi padre siga cometiendo tropelías.

Una sonrisa taimada se insinuó en los bordes de la cara de comadreja.

—Por supuesto.

—Dos o tres años —musitó Shaddam—. Tiempo suficiente para prepararme con vistas a las grandes responsabilidades del liderazgo, supongo... mientras tú atiendes algunas de las tareas más desagradables del Imperio.

—¿No vas a beber el coñac, Shaddam?

Shaddam sostuvo la dura mirada de aquellos ojos enormes y notó un escalofrío de miedo en su espina dorsal. A aquellas alturas estaba demasiado comprometido para no confiar en Fenring. Inhaló una temblorosa bocanada de aire y bebió el sabroso licor.

Tres días después, Fenring se deslizó como un fantasma entre los escudos y detectores de palacio y se detuvo ante el emperador dormido, que roncaba a pierna suelta.

No le importas a nadie en el universo.

Ninguna otra persona habría podido entrar en el dormitorio del anciano emperador. Pero él tenía sus métodos: un soborno aquí, un horario manipulado allí, una concubina indispuesta, un portero distraído, el chambelán enviado a un recado urgente. Lo había hecho muchas veces, preparando lo inevitable. Todo el mundo estaba acostumbrado a que Fenring anduviera a sus anchas por el palacio, y sabían que era mejor no hacer demasiadas preguntas. Ahora, según su cálculo preciso (del cual se hubiera sentido orgulloso hasta un Mentat), Fenring contaba con tres minutos. Cuatro, con suerte.

Tiempo suficiente para cambiar el curso de la historia.

Con el mismo cálculo de tiempo exacto que había demostrado durante la partida con Shaddam, así como con sus ensayos con maniquíes y dos infortunadas criadas de las despensas de la cocina, Fenring esperó inmóvil, en tanto estudiaba la respiración de su víctima como un tigre Laza a punto de saltar. En una mano sostenía una larga aguja del tamaño de un microcabello entre dos esbeltos dedos, y en la otra sostenía un tubo opaco. El viejo Elrood estaba de espaldas, en la posición correcta, como una momia, con la piel tensa sobre el cráneo.

Guiado por una mano segura, el tubo opaco se acercó. Fenring contó para sí, a la espera…

Entre dos aspiraciones de Elrood, Fenring accionó una palanca del tubo y roció el rostro del anciano con un potente chorro anestésico.

No se produjo un cambio discernible en Elrood, pero Fenring sabía que el amortiguador nervioso había obrado un efecto inmediato. A continuación, una aguja autoguiada, fina como una fibra, ascendió por la nariz del hombre, atravesó sus cavidades nasales y se alojó en el lóbulo frontal del cerebro. Fenring no esperó más de un instante para lanzar la bomba de tiempo química. Todo acabó en cuestión de segundos. Sin pruebas ni dolor. La maquinaria interna, indetectable y provista de múltiples capas, se había puesto en acción. El diminuto catalizador crecería y multiplicaría los daños, como la primera célula podrida de una manzana.

Cada vez que el emperador consumiera su brebaje favorito (la cerveza de especia), su cerebro liberaría diminutas dosis del veneno catalizador en su flujo sanguíneo. En consecuencia, un componente normal de la dieta del anciano se transformaría químicamente en chaumurky: veneno administrado en una bebida. Su mente se pudriría poco a poco… una metamorfosis que sería muy agradable de contemplar.

A Fenring le encantaba la sutileza.

Kwisatz Haderach: el camino más corto. Es la etiqueta aplicada por las Bene Gesserit al desconocido para el que buscaron una solución genética: un Bene Gesserit varón cuyos poderes mentales y orgánicos pudieran hacer de puente en el espacio y el tiempo.

Terminología del Imperio

Era otra mañana gélida. El pequeño sol blancoazulado de Laoujin bañaba los tejados de terracota y disipaba la lluvia.

La reverenda madre Anirul Sadow Tonkin había cerrado el cuello de su hábito negro para protegerse del viento húmedo que soplaba del sur y humedecía su cabello castaño corto. Caminó a paso vivo sobre los adoquines mojados, en dirección a la puerta arqueada del edificio administrativo de las Bene Gesserit.

Llegaba tarde y corría, pese a que era un espectáculo indigno de una mujer de su categoría, como si fuera una colegiala ruborizada. La madre superiora y su consejo selecto estarían esperando en la cámara del capítulo, con el fin de celebrar una reunión que no podría empezar sin Anirul. Sólo ella poseía las proyecciones de reproducción de toda la Hermandad, así como el conocimiento total de la Otra Memoria.

El enorme complejo de la Escuela Materna de Wallach IX era la base de las operaciones de la Bene Gesserit en todo el Imperio. Aquí se había erigido el histórico primer santuario de la Hermandad, en los días posteriores a la Jihad Butleriana, cuando se fundaron las grandes escuelas de la mente humana. Algunos de los edificios ubicados en el enclave de aprendizaje tenían miles de años de antigüedad, y los ecos de fantasmas y recuerdos resonaban en sus paredes. Otros habían sido construidos en épocas más recientes, con estilos muy similares a los originales. La apariencia bucólica del complejo de la Escuela Materna obedecía a uno de los preceptos principales de la Hermandad: mínima apariencia, máximo contenido. Las facciones de Anirul eran largas y estrechas, lo cual proporcionaba a su rostro la apariencia de un gamo, pero sus grandes ojos contenían la sabiduría de milenios.

Los edificios de estuco y madera, una combinación de estilos arquitectónicos clásicos, contaban con tejas de tierra color siena cubiertas de musgo, así como con ventanas biseladas, diseñadas para aprovechar al máximo el calor y la luz naturales del diminuto sol. Las calles y callejuelas, sencillas y angostas, en combinación con la apariencia arcaica del centro de enseñanza, desmentían las sutiles complejidades y el peso de la historia que se impartían en el interior. Los visitantes altivos no quedaban impresionados, lo cual importaba un pimiento a la Hermandad.

A lo largo y ancho del Imperio, las Bene Gesserit pasaban casi desapercibidas, pero siempre intervenían en asuntos vitales, inclinaban el equilibrio político en momentos cruciales, observaban, actuaban, conseguían sus objetivos. Era mucho mejor que los demás las subestimaran. De esa forma, las hermanas se topaban con menos obstáculos.

Pese a sus deficiencias y dificultades superficiales, Wallach IX seguía siendo el lugar perfecto para desarrollar los músculos psíquicos exigidos por las reverendas madres. El complejo entramado de estructuras y trabajadores del planeta era demasiado valioso, demasiado enraizado en la historia y la tradición para ser sustituido. Sí, había climas más benignos en planetas más hospitalarios, pero cualquier acólita que no fuera capaz de soportar estas condiciones no tenía lugar entre las dificultades, los ambientes hostiles y, con frecuencia, las dolorosas decisiones que una verdadera Bene Gesserit debía afrontar.

La reverenda madre Anirul controló su respiración entrecortada y subió los peldaños, resbaladizos a causa de la lluvia, del edificio administrativo y luego se detuvo para echar un vistazo a la plaza. Mantuvo la espalda bien erguida, pero sentía todo el peso de la historia y la memoria, y para una Bene Gesserit existía poca diferencia entre ambas. Las voces de anteriores generaciones despertaban ecos en la Otra Memoria, una cacofonía de sabiduría, experiencia y opiniones asequibles a todas las reverendas madres, en especial a Anirul.

En aquel mismo lugar, la primera madre superiora, Raquella Berto-Anirul (cuyo apellido había adoptado Anirul), había dirigido sus legendarias alocuciones al embrión de la Hermandad. Raquella había forjado una nueva escuela a partir de un grupo de acólitas desesperadas y dóciles que todavía no se habían sacudido el yugo de siglos de máquinas pensantes.

¿Fuiste consciente de lo que estabas iniciando hace tanto tiempo?, se preguntó Anirul. *Tantos designios y tantos planes que basaste en una única y secreta esperanza.* En ocasiones, la presencia enterrada de la madre superior Raquella le contestaba desde su interior. Mas hoy no.

Gracias a la capacidad de acceder a la multitud de memorias vitales enterradas en su psique, Anirul sabía cuál era el peldaño exacto que su ilustre antecesora había pisado, y pudo oír sus palabras exactas. Un escalofrío la obligó a detenerse. Si bien era joven en años y de piel suave, albergaba cierta Vejez, como todas las reverendas madres vivas, pero en ella las voces hablaban en voz más alta. Resultaba tranquilizador contar con aquel tropel de recuerdos que le proporcionaban consejo en tiempos de necesidad. Impedían que cometiera errores garrafales.

Pero Anirul sería acusada de distracción y retraso imperdonables si no acudía a la reunión. Algunas decían que era demasiado joven para ser la Madre Kwisatz, pero la Otra Memoria le había revelado más que a cualquier otra hermana. Comprendía la preciosa búsqueda, que se remontaba a muchos siglos, del Kwisatz Haderach mejor que las demás reverendas madres, porque las vidas anteriores se lo habían revelado todo, al tiempo que ocultaban los detalles a la mayor parte de las Bene Gesserit.

La idea de un Kwisatz Haderach había sido el sueño de la Hermandad durante miles y miles de años, concebido en reuniones clandestinas aun antes de la victoria de la Jihad. La Bene Gesserit tenía muchos programas de reproducción dirigidos a seleccionar y potenciar diversas características de la humanidad, y nadie los comprendía en su totalidad, pero las líneas genéticas del programa mesiánico constituían el secreto mejor guardado en la historia documentada del Imperio, tan secreto que hasta las voces de la Otra Memoria se negaban a divulgar los detalles.

Sin embargo, habían revelado a Anirul el proyecto en su totalidad, y la mujer comprendía todas las implicaciones. Había sido elegida la Madre Kwisatz de esta generación, la guardiana del objetivo más importante de la Bene Gesserit.

No obstante, el prestigio y el poder no la excusaban de llegar tarde a las reuniones del consejo. Había muchas madres que aún la consideraban joven e impetuosa.

Abrió una pesada puerta, cubierta de jeroglíficos en una lengua que sólo las reverendas madres recordaban, y entró en un vestíbulo donde otras diez hermanas, vestidas con hábitos aba negros provistos de capucha como el suyo, aguardaban congregadas. Un murmullo de conversaciones resonaba en el edificio. «Es posible ocultar tesoros en el interior de una concha deslustrada y carente de pretensiones», rezaba un dicho popular de la Bene Gesserit.

Las hermanas se apartaron para dejar paso a Anirul. Pese a que su cuerpo era alto y huesudo, Anirul conseguía conferir gracia a sus movimientos, pero no le resultaba fácil. La siguieron entre susurros cuando entró en la cámara octagonal, el lugar de reunión de las dirigentes de la antigua orden. Sus pasos arrancaron crujidos del suelo de madera y la puerta se cerró a sus espaldas.

Bancos de madera blanca de Elacca bordeaban la sala. La madre superiora Harishka estaba sentada en uno, como una vulgar acólita. De ascendencia mestiza, que revelaba linajes diversos de la humanidad, la madre superiora era vieja y encorvada, y sus ojos de color almendra vigilaban desde debajo de su capucha negra.

Las hermanas se dirigieron hacia los lados de la sala y tomaron asiento en bancos, al igual que la madre superiora. Al punto cesó el roce de los hábitos y nadie habló. El viejo edificio crujió. Fuera, caían silenciosas cortinas de agua que cubrían la luz blancoazulada del sol.

—Anirul, espero tu informe —dijo por fin la madre superiora, con un levísimo tono de irritación debido a su tardanza. Harishka era la superiora de toda la Hermandad, pero Anirul estaba investida de toda la autoridad para tomar decisiones sobre el proyecto—. Nos has prometido tu resumen y proyecciones genéticas.

Anirul ocupó su puesto, en el centro de la sala. El techo abovedado se abría como una flor hasta el extremo superior de las vidrieras góticas. En cada sección de ventana, los vitrales albergaban los emblemas familiares de las grandes líderes históricas de la orden.

Anirul respiró hondo para combatir el nerviosismo y enmudecer la multitud de voces que parloteaban en su interior. A muchas hermanas no les gustaría lo que iba a decir. Si bien las voces de vidas pasadas le ofrecerían consuelo y apoyo, iba a exponer su análisis particular de la situación, y debería defenderlo. Al mismo tiempo, tendría que ser sincera. La madre superiora era una especialista en no pasar por alto el menor engaño. La madre superiora tomaba nota de todo, y sus ojos almendrados brillaban de expectación, al igual que de impaciencia.

Anirul carraspeó e inició su informe con un susurro que llegó a todos los oídos de la sala pero a ningún sitio más. Nada escapaba para que fuera captado por aparatos de escucha ocultos. Todas conocían su trabajo, pero les proporcionó todos los detalles, para subrayar la importancia de su anuncio.

—Miles de años de cuidadosa reproducción nos han acercado más que nunca a nuestro objetivo. Durante noventa generaciones, un plan iniciado incluso antes de que los guerreros butlerianos nos condujeran a la liberación de las máquinas pensantes, la Hermandad ha planeado crear nuestra propia arma. Nuestro propio superser, que tenderá puentes en el tiempo y el espacio con su mente.

Sus palabras resonaron. Las demás Bene Gesserit no se movieron, pese a que parecían aburridas por su resumen escueto del proyecto. *Muy bien, les daré algo que alimentará sus esperanzas.*

—Mediante el ADN he determinado que nos encontramos a sólo tres generaciones del éxito. —Su pulso se aceleró—. Pronto tendremos nuestro Kwisatz Haderach.

—Sé cauta cuando hables de la madre de todos los secretos —advirtió la madre superiora, pero su severidad no consiguió ocultar su satisfacción.

—Soy cauta con todos los aspectos de nuestro programa, madre superiora —replicó Anirul en un tono altivo en exceso. Se reprimió, borró toda expresión de su rostro, pero las demás ya habían advertido el desliz. Correrían murmullos sobre su insolencia, su juventud, su falta de preparación para un papel tan importante—. Por eso estoy tan segura de lo que debemos hacer. Las muestras genéticas han sido analizadas, todas las posibilidades proyectadas. El camino se ve más libre de obstáculos que nunca.

Muchas hermanas antes que ella habían trabajado en pos de aquel objetivo increíble, y ahora su deber consistía en administrar las decisiones finales sobre la reproducción, así como supervisar el nacimiento y educación de una nueva niña, que sería con toda probabilidad la abuela del Kwisatz Haderach.

—Tengo los nombres de los consortes genéticos finales —anunció Anirul—. Nuestro índice de emparejamientos indica que cuentan con las mayores probabilidades de éxito.

Hizo una pausa para saborear la atención absoluta de todas las demás hermanas.

Cualquier forastero habría pensado que Anirul era una reverenda madre más, que no se distinguía en nada de las demás hermanas ni poseía ningún talento en especial. Las Bene Gesserit eran especialistas en guardar secretos, y la Madre Kwisatz era uno de los más importantes.

—Necesitamos un linaje en particular de una Casa antigua. Éste producirá una hija, nuestro equivalente a la madre de la Virgen María, que luego deberá aceptar al varón que elijamos. Estos dos serán los abuelos y su descendencia, también una hija, será preparada aquí, en

Wallach IX. Esta mujer Bene Gesserit será la madre de nuestro Kwisatz Haderach, un niño al que nosotras educaremos, bajo nuestro completo control.

Anirul dejó escapar estas últimas palabras con un lento suspiro, y reflexionó sobre la enormidad de lo que había dicho.

Tan sólo unas décadas más, y el asombroso nacimiento tendría lugar, probablemente en vida de Anirul. Mientras retrocedía al pasado por mediación de los túneles de la Otra Memoria y se hacía cargo del lienzo temporal extendido en preparación de dicho acontecimiento, Anirul se dio cuenta de lo afortunada que era por vivir en esa época. En el interior de su mente, sus predecesoras formaban una cola espectral que observaba y aguardaba con ansia.

Cuando el programa de reproducción diera sus frutos por fin, ya no sería preciso que las Bene Gesserit continuaran existiendo como una presencia sutil y manipuladora en la política del Imperio. Todo les pertenecería, y el arcaico sistema feudal galáctico se derrumbaría.

Aunque nadie habló, Anirul detectó preocupación en los ojos de halcón de sus hermanas, acosadas por una duda que ninguna se atrevía a expresar.

—¿Y cuál es este linaje? —preguntó la madre superiora.

Anirul no vaciló y se irguió todavía más.

—Hemos de obtener una hija del... barón Vladimir Harkonnen.

Leyó sorpresa en los rostros. ¿Los Harkonnen? Habían sido incluidos en los programas de reproducción, por supuesto, como todas las Casas del Landsraad, pero nadie había imaginado que el salvador de las Bene Gesserit procediera de la semilla de semejante hombre. ¿Qué presagiaba tal linaje para el Kwisatz Haderach? Si nacía un superhombre de la estirpe Harkonnen, ¿serían capaces las Bene Gesserti de controlarlo?

Todas estas preguntas, y muchas más, circularon entre las hermanas, sin que ninguna emitiera el menor sonido, ni siquiera un susurro directo. Anirul lo comprendió con claridad.

—Como todas sabéis —dijo por fin—, el barón Harkonnen es un hombre taimado y manipulador. Si bien estamos seguras de que se encuentra informado de los numerosos programas de reproducción de las Bene Gesserit, no podemos revelarle nuestro plan, sino que hemos de imaginar una fórmula que deje embarazada a la hermana elegida sin explicarle el motivo.

La madre superiora frunció sus labios agrietados.

—Los apetitos sexuales del barón se concentran exclusivamente en hombres y muchachos. No tendrá interés en aceptar una amante femenina, sobre todo si nosotras se la imponemos.

Anirul asintió.

—Nuestras capacidades de seducción serán puestas a prueba como nunca antes. —Dirigió una mirada desafiante a la reverenda madre—. Pero no me cabe duda de que, con todos los recursos de las Bene Gesserit, hallaremos una forma de doblegarle.

Como reacción al estricto tabú butleriano contra las máquinas que realizan funciones mentales, cierto número de escuelas desarrollaron seres humanos perfeccionados, con el fin de que asumieran la mayoría de funciones que antes ejecutaban los ordenadores. Algunas de las principales escuelas que nacieron de la Jihad incluyen a las Bene Gesserit, con su preparación física y mental intensiva, la Cofradía Espacial, con su capacidad presciente de localizar senderos seguros entre los espacipliegues, y los Mentats, cuyas mentes similares a ordenadores son capaces de proezas de razonamiento extraordinarias.

IKBHAN, *Tratado sobre la mente,* volumen I

Mientras se preparaba para ausentarse de su hogar durante un año entero, Leto intentaba aferrarse a su confianza en sí mismo. Sabía que era un paso muy importante y comprendía por qué su padre había elegido Ix como centro de estudios. Pero echaría de menos Caladan.

No era el primer viaje del joven heredero ducal a un sistema estelar diferente. Leto y su padre habían explorado los múltiples mundos de Gaar y el planeta Pilargo, envuelto en nieblas perennes, que se consideraba el origen de los primitivos caladanos, pero no habían sido más que meras excursiones, aunque siempre emocionantes.

Sin embargo, la perspectiva de ausentarse durante tanto tiempo, y solo, le angustiaba más de lo que esperaba, aunque no se atrevía a revelarlo. *Algún día seré duque.*

Vestido con sus mejores galas, Leto aguardaba en el espaciopuerto municipal de Cala, acompañado del viejo duque, la llegada de la lanzadera que le transportaría hasta un Crucero de la Cofradía. Dos maletas antigravitatorias flotaban cerca de sus pies.

Su madre había sugerido que llevara criados, cajas llenas de ropa y juegos, y provisiones de buena comida caladana, pero Paulus, entre carcajadas, había explicado que cuando tenía la edad de Leto había sobrevivido meses en un campo de batalla con el escaso contenido de su mochila. No obstante, insistió en que Leto llevara uno de los cuchillos de pesca tradicionales caladanos en una funda sujeta a su espalda.

Leto accedió a los deseos de su padre, como de costumbre, y decidió ser parco en su equipaje. Además, Ix no era un planeta yermo sino una potencia industrial. No sufriría excesivas privaciones mientras estudiaba.

En público, lady Helena soportaba la decisión con elegancia y estoicismo. Se había incorporado al grupo que despedía a Leto ataviada con sus mejores galas y una capa resplandeciente. Aunque el futuro duque sabía que su madre sufría por su bienestar, lady Atreides no traicionó en ningún momento sus sentimientos.

Leto ajustó las lentes de los prismáticos de su padre y las enfocó hacia los vestigios de la noche. Un punto brillante se movía delante de las estrellas. Cuando ajustó el teleobjetivo, el punto creció hasta que Leto reconoció un Crucero en órbita baja, rodeado por la mancha temblorosa de un sistema defensivo protector.

—¿Lo ves? —preguntó Paulus, de pie junto a su hijo.

—Está allí, con todos los escudos activados al máximo. ¿Les preocupa alguna acción militar? ¿Aquí?

Teniendo en cuenta las gravísimas consecuencias políticas y económicas, Leto no podía imaginar que alguien se atreviera a atacar a una nave de la Cofradía. Si bien la Cofradía Espacial carecía de poder militar propio, podía debilitar cualquier sistema solar, mediante la anulación de los servicios de transporte. Con sus complejos mecanismos de vigilancia, la Cofradía era capaz de seguir el rastro e identificar a cualquier atacante y enviar mensajes al emperador, quien a su vez mandaría a los Sardaukar imperiales, según los acuerdos de un tratado mutuo.

—Nunca subestimes las tácticas de la desesperación, muchacho —dijo Paulus, sin dar más explicaciones. En ocasiones había contado a su hijo historias de falsas acusaciones contra particulares, situaciones tramadas en el pasado para eliminar a enemigos del emperador o de la Cofradía.

Leto pensó en todo lo que iba a abandonar, y lo que más iba a echar de menos sería la perspicacia de su padre, las breves pero sagaces lecciones que el viejo duque le impartía cuando menos lo esperaba.

—El Imperio funciona más allá de las leyes —continuó Paulus—. Una base igualmente fuerte es la red de alianzas, favores y propaganda religiosa. Las creencias son más poderosas que los hechos.

Leto contempló la nave, magnífica y lejana, y frunció el ceño. A veces resultaba difícil diferenciar la verdad de la ficción...

Vio que un punto anaranjado aparecía debajo de la enorme nave. El color se resolvió en una franja de luz descendente, que adoptó la forma de una lanzadera, la cual no tardó en flotar sobre el campo de aterrizaje de Cala. Cuatro gaviotas blancas revolotearon a su alrededor, aprovechando las corrientes de aire producidas por la lanzadera en su descenso, y después se dirigieron hacia los acantilados.

Un escudo brilló y se apagó alrededor de la lanzadera. La brisa salada de la mañana agitaba los estandartes que adornaban los setos del espaciopuerto. La lanzadera, una nave blanca en forma de bala, flotó hacia la plataforma de embarque, donde Leto y su padre se erguían alejados de la guardia de honor. Una multitud de curiosos saludaba y gritaba desde el perímetro de la pista de aterrizaje. La nave y la plataforma conectaron, y una puerta se abrió en el fuselaje.

Su madre avanzó para despedirse y le abrazó sin decir palabra. Había amenazado con presenciar su partida desde una torre del castillo, pero Paulus la había convencido de que acudiera al espaciopuerto. La muchedumbre vitoreó y le despidió a voz en grito. El duque Paulus y lady Helena se cogieron de la mano y saludaron.

—Recuerda lo que te he dicho, hijo —dijo Paulus, en referencia a los numerosos consejos que le había dado durante los últimos días—. Aprende de Ix, aprende de todo.

—Pero usa la cabeza para discernir lo que es verdad —añadió su madre.

—Siempre —contestó—. Os echaré de menos a los dos. Procuraré que os sintáis orgullosos de mí.

—Ya nos sentimos, muchacho.

El anciano retrocedió hacia la escolta. Intercambió saludos Atreides con el muchacho (la mano derecha abierta junto a la sien), y todos los soldados le imitaron. A continuación Paulus avanzó para abrazar a Leto.

Momentos después, la lanzadera robopilotada se elevó sobre los acantilados negros, el mar rugiente y las tierras fértiles de Caladan. Leto estaba sentado en una mullida butaca del salón de observación, y miraba por una ventanilla. Cuando la nave alcanzó la oscuridad añil del espacio, vio la silueta metálica del Crucero de la Cofradía, en cuya superficie centelleaba el sol.

Cuando se acercaron, un agujero se abrió en la parte inferior. Leto respiró hondo, y la inmensa nave engulló a la lanzadera. Pensó en lo que había visto una vez en un videolibro sobre Arrakis, la escena de un gusano de arena tragando un recolector de especia. La metáfora le inquietó.

La lanzadera se deslizó con suavidad en el muelle de acoplamiento de una nave de pasajeros Wayku, que colgaba en su amarradero dentro de la cavernosa bodega del Crucero. Leto subió a bordo, seguido de sus maletas flotantes, y decidió seguir las instrucciones de su padre. *Aprende de todo.* Su decidida curiosidad ahuyentó sus temores, y Leto subió por una escalerilla hasta el salón de pasajeros principal, donde encontró asiento en un banco junto a otra ventana. Dos mercaderes de piedras soo estaban sentados cerca, y su veloz conversación estaba salpicada de argot. El viejo Paulus había querido que Leto se valiera por sí solo, y para enriquecer la experiencia Leto viajaba como un pasajero normal, sin lujos especiales, pompa ni séquito, ni la menor indicación de que era hijo de un duque.

Su madre se habría horrorizado.

A bordo de la nave, vendedores Wayku provistos de gafas oscuras y auriculares pasaban de pasajero en pasajero, vendiendo platos preparados y brebajes perfumados a precios exorbitantes. Leto rechazó con un ademán a un vendedor persistente, aunque los caldos especiados y las brochetas de carne asada olían que alimentaban. Oyó la música que sonaba en los auriculares del hombre y vio que su cabeza, hombros y pies se movían al ritmo de la música que recibía su cerebro. Los Wayku trabajaban y atendían a los clientes, pero conseguían vivir en su propia cacofonía sensorial. Preferían el universo interior a cualquier espectáculo exterior.

La nave, que controlaban los Wayku bajo contrato con la Cofradía, transportaba pasajeros de un sistema a otro. Los Wayku, una desafortunada Gran Casa cuyos planetas habían resultado destruidos durante la Tercera Guerra del Saqueo de Carbón, ahora eran gitanos y vivían como nómadas a bordo de los Cruceros de la Cofradía. Si bien antiguas condiciones de rendición prohibían a los miembros de su raza pisar cualquier planeta del Imperio, la Cofradía les había concedido asilo, por motivos ignorados. Durante generaciones, los Wayku no habían demostrado el menor interés en solicitar al emperador la amnistía o la revocación de aquellas severas restricciones.

Leto miró por la ventanilla del salón y vio la bodega de carga del Crucero, apenas iluminada, una cámara de vacío tan grande que, en comparación, la zona de pasajeros parecía un grano de arroz. Vio el techo sobre su cabeza, pero no así las paredes, a kilómetros de distancia. Otras naves, grandes y pequeñas, estaban aparcadas en la bodega, fragatas, cargueros, lanzaderas, gabarras y acorazados. Pilas de «cajas de vertido» atadas juntas (contenedores de carga sin piloto diseñados para arrojar material desde una órbita baja a la superficie de un planeta) colgaban junto a las principales escotillas exteriores.

Regulaciones de la Cofradía, grabadas en cristales ridulianos fijados a la pared principal de cada sala, prohibían a los pasajeros abandonar el aislamiento de su zona. Leto vislumbró por las ventanillas adyacentes a los pasajeros de otra zona, un popurrí de razas que se dirigían a todos los rincones del Imperio.

Los camareros Wayku finalizaron su primer turno de servicio, y los pasajeros esperaron. El viaje a través del espaciopliegue no duraba más de una hora, pero en ocasiones los preparativos de la partida exigían días.

Por fin, sin que se produjera el menor anuncio, Leto detectó un tenue zumbido que parecía provenir de muy lejos. Lo sintió en todos los músculos de su cuerpo.

—Debemos estar despegando —dijo a los mercaderes de piedras soo, que no parecían nada impresionados. A juzgar por la rapidez con que desviaron la vista y la forma estudiada en que no le hicieron caso, Leto pensó que debían considerarle un palurdo analfabeto.

En una cámara aislada situada sobre la nave, un Navegante de la Cofradía, sumergido en un contenedor de gas saturado de melange, empezó a abarcar el espacio con su mente. Vislumbró y urdió un paso seguro a través de la tela del espaciopliegue, que transportaría al Crucero y a su contenido hasta distancias inmensas.

La noche anterior, mientras cenaban en el comedor del castillo, la madre de Leto se había preguntado si los Navegantes violaban de alguna manera la interacción hombre-máquina prohibida por la Jihad Butleriana. Sabiendo que Leto pronto estaría en Ix y correría el riesgo de corromperse, formuló con tono inocente la sugerencia mientras masticaba un trozo de pescado a la parrilla aderezado con zumo de limón. Solía utilizar un tono más razonable para lanzar sus afirmaciones provocadoras. El efecto fue como dejar caer un peñasco en un estanque de aguas serenas.

—¡Qué tonterías, Helena! —saltó Paulus mientras se secaba la barba con una servilleta—. ¿Dónde estaríamos sin los Navegantes?

—Sólo porque te hayas acostumbrado a una cosa, eso no la convierte en justa, Paulus. La Biblia Católica Naranja no dice nada acerca de que las conveniencias personales definan la moralidad.

Antes de que su padre se enzarzara en una discusión, Leto intervino.

—Pensaba que los Navegantes sólo veían un camino, un camino seguro. De hecho, son los generadores Holtzman los que controlan la nave. —Decidió añadir una cita que recordaba de la Biblia—: «El amo supremo del mundo material es la mente humana, y las bestias del campo y las máquinas de la ciudad le han de estar subordinadas eternamente.»

—Por supuesto, querido —dijo su madre, y abandonó el tema.

No notó ningún cambio de sensación cuando entraron en el espaciopliegue. Antes de que Leto se diera cuenta, el Crucero llegó a otro sistema solar, Harmonthep.

Una vez allí, Leto tuvo que esperar cinco horas más, mientras entraban y salían de la bodega del Crucero naves de carga y lanzaderas, así como transportes e incluso una superfragata. Después, la nave de la Cofradía despegó de nuevo, plegó el espacio hasta llegar a un nuevo sistema solar (esta vez, Kirana Aleph), donde el ciclo se repitió.

Leto echó una siesta en los compartimientos de dormir, y después salió para comprar dos brochetas de carne humeante y una potente taza de stee. A Helena le habría gustado que le escoltaran guardias de la Casa Atreides, pero Paulus había insistido en que sólo había una manera de que su hijo aprendiera a cuidar de sí mismo. Leto tenía un programa y unas instrucciones, y había jurado ceñirse a ellas.

Por fin, en la tercera parada, una tripulante Wayku ordenó a Leto que descendiera tres cubiertas y subiera a una lanzadera automática. Se trataba de una mujer de aspecto severo, vestida con un uniforme chillón, y parecía no estar de humor para conversaciones. Música melódica surgía de sus auriculares.

—¿Estamos en Ix? —preguntó Leto mientras cogía sus maletas antigravitatorias. Le siguieron cuando se movió.

—Estamos en el sistema de Alkaurops —anunció la mujer. No podía verle los ojos, ocultos tras gafas oscuras—. Ix es el noveno planeta. Bajaréis aquí. Ya hemos lanzado las cajas de vertido.

Leto obedeció y se encaminó hacia la lanzadera indicada, aunque deseaba haber recibido más advertencias e información. No sabía muy bien qué debía hacer cuando llegara al planeta industrializado de alta tecnología, pero supuso que el conde Vernius le recibiría, o al menos enviaría a alguien en su lugar.

La lanzadera automática salió de la bodega del Crucero hacia la superficie de un planeta cubierto de montañas, hielo y nubes. La lanzadera funcionaba de acuerdo con un número limitado de instrucciones, y la conversación no estaba incluida en su repertorio de habilidades. Leto era el único pasajero de a bordo, al parecer la única persona que viajaba a Ix. El planeta recibía a muy pocos visitantes.

Mientras miraba por la portilla, Leto experimentó la horrible sensación de que algo había salido mal. La lanzadera Wayku se acercaba a una elevada meseta de bosques alpinos que crecían en valles resguardados. No vio edificios, ninguna de las grandes estructuras o fábricas que había esperado. No había humo en el aire, ni ciudades, ni la menor señal de civilización.

Aquél no podía ser el mundo industrializado de Ix. Miró en derredor, tenso, preparado para defenderse. ¿Le habían traicionado? ¿Le habían atraído hasta allí con engaños para luego dejarle abandonado?

La lanzadera se detuvo sobre una llanura árida, sembrada de rocas de granito y pequeños brotes de flores blancas.

—Debéis bajar aquí, señor —anunció el robopiloto con voz sintética.

—¿Dónde estamos? —preguntó Leto—. Mi destino es la capital de Ix.

—Debéis bajar aquí.

—¡Contéstame! —Su padre habría utilizado una voz atronadora para acallar cualquier réplica, incluso de aquella estúpida máquina—. Esto no puede ser la capital de Ix. ¡Mira alrededor!

—Tenéis diez segundos para bajar de la nave, señor, o seréis expulsado por la fuerza. Los horarios de la Cofradía son muy estrictos. El Crucero ya está preparado para partir hacia un nuevo sistema.

Leto maldijo para sí, dio un empujón a sus maletas y salió a la superficie erizada de peñascos. Al cabo de escasos segundos, la blanca nave en forma de bala se elevó y empequeñeció hasta convertirse en un punto de luz anaranjada en el cielo, antes de desaparecer de vista por completo.

El par de maletas le siguieron, y un viento limpio revolvió su cabello. Leto estaba solo.

—¿Hola? —gritó, pero nadie contestó.

Se estremeció cuando vio las escarpadas montañas espolvoreadas de nieve y hielo glacial. Caladan, un planeta oceánico en su mayor parte, tenía muy pocas montañas que alcanzaran aquella altitud. Pero no había venido para ver montañas.

—¡Hola! ¡Soy Leto Atreides, de Caladan! —gritó—. ¿Hay alguien aquí?

Un funesto presagio acongojó su pecho. Estaba lejos de su hogar, en un planeta desconocido, sin medios de averiguar dónde se encontraba. *¿Es esto Ix?* El viento era frío y penetrante, pero en la llanura reinaba un ominoso silencio.

Había pasado la vida escuchando el susurro del océano, las canciones de las gaviotas y el ajetreo de los aldeanos. Allí no veía nada, ningún comité de bienvenida, ni señales de civilización. El planeta parecía virgen y vacío.

Si me han abandonado aquí, ¿podrá alguien encontrarme?

Espesas nubes ocultaban el cielo y un sol lejano. Se estremeció de nuevo y se preguntó qué hacer, adónde ir. Si iba a ser duque, tenía que aprender a tomar decisiones.

Empezó a caer aguanieve.

El pincel de la historia ha plasmado a Abulurd Harkonnen de la forma más desfavorable posible. Juzgado por los patrones de su hermanastro menor, el barón Vladimir, y de sus hijos, Glossu Rabban y Feyd-Rautha Rabban, Abulurd era un tipo de hombre muy diferente. Sin embargo, debemos analizar las frecuentes descripciones de su debilidad, incompetencia y decisiones equivocadas a la luz del fracaso fundamental de la Casa Harkonnen. Aunque exiliado en Lankiveil y despojado de todo poder real, Abulurd consiguió una victoria que ningún miembro de su extensa familia logró igualar: aprendió a ser feliz con su vida.

Enciclopedia del Landsraad de Grandes Casas,
edición post Jihad

Si bien los Harkonnen eran formidables adversarios en el campo de las manipulaciones, el subterfugio y la desinformación, las Bene Gesserit eran las maestras indiscutibles.

Con el fin de dar el paso siguiente en su ambicioso programa de reproducción, un proyecto en el que habían trabajado durante diez generaciones antes de la caída de las máquinas pensantes, la Hermandad necesitaba encontrar algo que obligara al barón a plegarse a su voluntad.

No tardaron mucho en descubrir el punto débil de la Casa Harkonnen.

La joven hermana de la Bene Gesserit Margot Rashino-Zea se presentó como nueva criada en el frío e inhóspito Lankiveil, y así se infiltró en el hogar de Abulurd Harkonnen, el hermanastro mayor del barón. La bella Margot, seleccionada en persona por la Madre Kwisatz Anirul, había sido adiestrada en las formas de espiar y obtener información, de relacionar ínfimos datos inconexos para hacerse una idea más amplia.

También conocía sesenta y tres formas de matar a un ser humano sólo con los dedos. Las hermanas se esforzaban por mantener su apariencia de sesudas intelectuales, pero también tenían sus comandos. La hermana Margot era una de las mejores.

La casa principal de Abulurd Harkonnen se asentaba sobre una abrupta lengua de tierra que penetraba en el agua, bordeada por el estrecho fiordo de Tula. Un pueblo de pescadores rodeaba la mansión de piedra. Las granjas se encontraban tierra adentro, en los valles estrechos y rocosos, pero casi todos los alimentos del planeta procedían del gélido mar. La economía de Lankiveil se basaba en la fructífera industria de pieles de ballena.

Abulurd vivía en la base de las montañas, cuyas cumbres muy raras veces se veían, debido a las sempiternas nubes de un tono gris acero y la niebla perpetua. La casa principal y el pueblo circundante eran lo más parecido a una capital que aquel planeta fronterizo podía ofrecer.

Como llegaban pocos forasteros, Margot tomó precauciones para evitar que repararan en ella. Era más alta que la mayoría de los nativos, corpulentos y musculosos, de modo que iba un poco encorvada. Se tiñó de oscuro el pelo color miel y lo llevaba hirsuto y desgreñado, como muchos aldeanos. Aplicó productos químicos a su piel suave y pálida, hasta que adoptó un tono más oscuro y aparentó estar curtida por la intemperie. Se integró en el ambiente y todo el mundo la aceptó sin mirarla dos veces. Para una mujer adiestrada por la Hermandad, mantener el engaño fue fácil.

Margot sólo era una más de las numerosas espías Bene Gesserit enviadas a las posesiones de los Harkonnen, y su misión consistía en examinar toda la documentación referente a sus negocios. El barón carecía de motivos para sospechar una investigación en aquel momento (había tenido muy pocos tratos con la Hermandad), pero si alguna de las espías era descubierta, el malvado y vicioso hombre no dudaría en torturarla hasta recibir explicaciones. Por suerte, pensaba Margot, cualquier Bene Gesserit bien adiestrada podía detener su corazón mucho antes de que el dolor la obligara a revelar secretos.

Por tradición, los Harkonnen eran propensos a las manipulaciones y la ocultación, pero Margot sabía que encontraría la prueba acusatoria necesaria. Si bien otras hermanas habían propuesto indagar lo más cerca posible del corazón de sus operaciones, Margot había llegado a la conclusión de que Abulurd era el objetivo perfecto. Al fin y al cabo, el hermanastro menor del barón había dirigido las operaciones relacionadas con la especia de Arrakis durante siete años. Tenía que contar con alguna información. Si escondían algo, el barón lo haría aquí, ante las mismísimas narices de Abulurd.

Una vez las Bene Gesserit descubrieran algunos errores de los Harkonnen y consiguieran pruebas de las indiscreciones económicas del barón, dispondrían del arma decisiva para chantajearle y llevar adelante su programa de reproducción.

Margot, vestida como cualquier aldeana con pieles y lanas teñidas, se deslizó en el interior de la rústica mansión. Era un edificio alto, construido con madera oscura. En todas las habitaciones, los hogares encendidos impregnaban el aire de humo resinoso y los globos luminosos, de un tono naranja amarillento, hacían lo posible por imitar a la luz del sol.

Margot limpiaba, sacaba el polvo, ayudaba en la cocina… y buscaba informes económicos. Dos días seguidos, el hermanastro menor del barón la saludó con una sonrisa cordial. No notó nada extraño. Era un tipo confiado, al que por lo visto no preocupaba su seguridad, y permitía que aldeanos y forasteros entraran en las dependencias principales y cuartos de invitados de su mansión, incluso que se codearan con él. Tenía el pelo rubio grisáceo, largo hasta los hombros, y un rostro rubicundo y arrugado que siempre exhibía una media sonrisa. Se decía que había sido el favorito de su padre Dmitri, que había animado a Abulurd a hacerse cargo de las posesiones de los Harkonnen… pero Abulurd había tomado muchas decisiones erróneas, basadas en la gente antes que en las exigencias comerciales. Eso había provocado su caída.

Vestida con las gruesas y picajosas ropas de Lankiveil, Margot mantenía fijos en el suelo sus ojos verdegrisáceos, ocultos tras unas gafas que los hacían parecer castaños. Podría haberse transformado en una beldad rubia, y de hecho había considerado la posibilidad de seducir a Abulurd y tirarle de la lengua, pero al final había desechado el plan. El hombre parecía devoto en cuerpo y alma a su rechoncha y nativa esposa, Emmi Rabban, la madre de Glossu Rabban. Se había enamorado de ella en Lankiveil hacía mucho tiempo, contraído matrimonio para decepción de su padre y viajado con ella de planeta en planeta a lo largo de su caótica carrera. Abulurd parecía insensible a toda seducción femenina que no fuera la de su mujer.

Por ello, Margot utilizó encantos sencillos y una silenciosa inocencia para lograr acceso a informes económicos escritos, libros mayores polvorientos y salas de inventario. Nadie la estorbó.

Con el tiempo, y aprovechando cualquier oportunidad subrepticia, encontró lo que necesitaba. Utilizó técnicas de memorización instantánea aprendidas en Wallach IX y examinó cristales ridulianos grabados, absorbió columnas de cifras, manifiestos de carga, listas de equipo decomisado o puesto en servicio, pérdidas sospechosas y daños producidos por tormentas.

En habitaciones cercanas, grupos de mujeres despellejaban y destripaban pescado, troceaban hierbas, pelaban raíces y frutos agrios para las perolas humeantes de caldereta, que Abulurd y su esposa servían para toda la casa. Insistían en comer lo mismo y en la misma mesa que todos sus trabajadores. Margot acabó sus indagaciones justo antes de que la llamada a comer resonara en todos los aposentos de la casa...

Más tarde, en privado, mientras escuchaba la tormenta desatada en el exterior, revisó los datos en su mente y estudió los registros de producción de especia en las posesiones de Abulurd en Arrakis, así como la actual correspondencia del barón con la CHOAM, además de las cantidades de melange robadas de Arrakis por varias organizaciones de contrabandistas.

Habría guardado los datos hasta que las hermanas hubieran tenido la oportunidad de analizarlos, pero Margot quería descubrir la respuesta por sí sola. Fingió dormir y se sumergió en el problema, hasta caer en un profundo trance.

Las cifras habían sido manipuladas con maestría pero, después de que Margot eliminara las máscaras y pantallas, encontró la respuesta. Una Bene Gesserit podía verla, pero dudaba incluso que los consejeros económicos del emperador o los contables de la CHOAM detectaran la estafa.

A menos que alguien se lo indicara.

Su descubrimiento sugería que se habían falseado los datos de la producción de especia, muy por debajo de la realidad, en los informes enviados al emperador y la CHOAM. O los Harkonnen estaban vendiendo melange de manera ilícita (dudoso, porque sería fácil seguir la pista), o estaban acumulando reservas secretas para ellos.

Interesante, pensó Margot, al tiempo que enarcaba las cejas. Abrió los ojos, se acercó a una ventana batiente reforzada y miró hacia el mar de metal líquido, las olas salvajes atrapadas en el interior de los fiordos, las lúgubres nubes negras que colgaban sobre los escabrosos bastiones de roca. A lo lejos, las ballenas interpretaban una siniestra y triste canción.

Al día siguiente reservó un pasaje para el próximo Crucero de la Cofradía. Después se despojó del disfraz y subió a un carguero lleno de pieles de ballena procesadas. Dudó que alguien en Lankiveil hubiera reparado en su llegada o partida.

Hay cuatro cosas que no se pueden ocultar: el amor, el humo, una columna de fuego y un hombre corriendo a través del bled.

Sabiduría Fremen

Solo en el desierto silencioso y árido: tal como debía ser. Pardon Kynes descubrió que trabajaba mejor sin otra cosa que sus pensamientos y mucho tiempo para pensar. La gente distraía, y muy pocas personas poseían la misma concentración o el mismo estímulo.

Como planetólogo imperial de Arrakis, necesitaba absorber el inmenso paisaje por todos los poros de su ser. En otro tiempo había adoptado la mentalidad necesaria para sentir el pulso de un planeta. Ahora, de pie sobre una escarpada formación rocosa negra y roja que se había elevado de la depresión que le rodeaba, el hombre delgado y curtido por la intemperie miró en ambas direcciones. Desierto por todas partes.

El plano de su pantalla llamaba a la cordillera Borde de la Montaña Oeste. Su altímetro anunciaba que los picos más altos superaban con mucho la altitud de seis mil metros, pero no vio nieve, glaciares, hielo, ni señales de precipitación por ninguna parte. Incluso las cumbres más escabrosas de Salusa Secundus, que las explosiones atómicas habían arrasado, estaban cubiertas de nieve. Pero en esta zona el aire era tan desesperadamente seco que el agua no podía sobrevivir en ninguna forma.

Kynes miró hacia el sur, hacia la parte del desierto conocida como Llanura Funeraria. Sin duda los geógrafos habrían podido encontrar abundantes diferencias para clasificar el paisaje en subsecciones, pero pocos humanos que se habían aventurado en sus entrañas habían regresado. Aquél era el dominio de los gusanos. En realidad, nadie necesitaba planos.

Kynes, pensativo, recordó antiguas cartas de navegación de la Vieja Tierra, con sus misteriosas zonas inexploradas de las que se decía: «Aquí hay monstruos.» Sí, pensó, mientras recordaba la cacería del increíble gusano de arena que Rabban había llevado a cabo. *Aquí hay monstruos, en verdad.*

Sobre el risco dentado del Borde de la Muralla, se quitó los tampones de las fosas nasales del destiltraje y se frotó un punto dolorido de la nariz, que el filtro rozaba de manera constante. Luego apartó la protección de la boca para respirar el tenue aire abrasador. Según sus instrucciones para andar por el desierto, sabía que no debía exponerse de manera innecesaria a la pérdida de agua, pero Kynes necesitaba aspirar los aromas y vibraciones de Arrakis, tomarle el pulso al planeta.

Percibió el olor del polvo recalentado, de la sal de los minerales, los diversos sabores de arena, lava y basalto. Era un planeta desprovisto de los olores húmedos de la vegetación en crecimiento o podrida, de los olores que traicionaban los ciclos de la vida y la muerte. Sólo arena y roca y más arena.

Tras una inspección minuciosa, empero, hasta el desierto más cruel revelaba el bullir de la vida, con plantas exóticas y animales e insectos adaptados a entornos ecológicos hostiles. Se arrodilló para examinar bolsas ocultas en las rocas, diminutos huecos donde se refugiara el más ínfimo rocío de la mañana. Descubrió líquenes aferrados a la dura superficie de piedra.

Unas pocas pellas duras indicaban las deyecciones de un pequeño roedor, tal vez una rata canguro. Los insectos podían construir sus hogares a altitudes elevadas, junto con algo de hierba batida por el viento o malas hierbas solitarias. En los farallones verticales se refugiaban los murciélagos, y sólo salían al ocaso para cazar polillas y mosquitos. De vez en cuando divisaba en el cielo azul un punto oscuro, que debía de ser un halcón o un ave carroñera. Sobrevivir parecía muy difícil para animales tan grandes.

Pero entonces, ¿cómo sobreviven los Fremen?

Había visto sus formas polvorientas en las calles de las aldeas, pero la gente del desierto era reservada, se dedicaba a sus asuntos y luego desaparecía. Kynes había observado que los aldeanos «civilizados» les trataban de una forma diferente, pero no estaba claro si se debía a la admiración o al desprecio. «La cultura proviene de las ciudades; la sabiduría, del desierto», decía una antigua máxima Fremen.

Según algunas notas antropológicas que había encontrado, los Fremen constituían los restos de un antiguo pueblo nómada, los Zensunni, que habían sido esclavos arrastrados de planeta en planeta. Después de haber sido liberados, o quizá de haber escapado de su cautividad, habían intentado durante siglos encontrar un hogar, pero fueron perseguidos allá donde iban. Por fin, se habían instalado en Arrakis.

Kynes había oído rumores de que poblados Fremen enteros estaban ocultos en las depresiones y contrafuertes rocosos de la Muralla Escudo. Vivían de una tierra que no proporcionaba casi nada... ¿Cómo lo conseguían?

Kynes aún tenía mucho que aprender de Arrakis, y seguramente los Fremen podrían enseñarle muchas cosas. Si alguna vez los encontraba.

En la polvorienta Carthag, los Harkonnen se habían mostrado reticentes a proporcionar equipo extravagante al indeseable planetólogo. El responsable de suministros había mirado con el ceño fruncido el sello del emperador Padishah que garantizaba la solicitud de Keynes, y le había autorizado a llevarse ropa, una destiltienda, un equipo de supervivencia, cuatro litrojones de agua, algunas raciones de conservas y un baqueteado ornitóptero individual con abundante suministro de combustible. Eran artículos suficientes para una persona como Kynes, que desconocía los lujos. No le interesaban los atavíos oficiales ni las comodidades inútiles. Estaba mucho más interesado en el problema de comprender Arrakis.

Después de comprobar las pautas de las tormentas previstas y los vientos reinantes, Kynes despegó en el ornitóptero hacia el noreste, en dirección al corazón del terreno montañoso rodeado de regiones polares. Como las latitudes medias eran yermos calcinados por el sol, la mayoría de los centros de población se agrupaban alrededor de las tierras altas.

Mientras pilotaba el sobrecargado ornitóptero, prestaba oídos al potente zumbido de sus motores y a la vibración de las alas móviles. Desde el aire y solo: ésa era la mejor manera de tomar nota de las vistas, de conseguir una amplia perspectiva de las imperfecciones y pautas biológicas, los colores de la roca, los cañones.

A través de las ventanillas delanteras, arañadas por la arena, vio riachuelos y gargantas secos, ramales divergentes de abanicos aluviales de antiguos ríos. Daba la impresión de que la abrasión producida por el agua había tallado las empinadas paredes de los cañones, como una hebra de hilo shiga que aserrara estratos. En una ocasión creyó ver una destellante *playa* incrustada de sal que tal vez había sido un fondo seco de mar. Sin embargo, cuando voló hacia allí no pudo encontrarla.

Kynes quedó convencido de que aquel planeta había tenido agua en otro tiempo. Mucha. Cualquier planetólogo se habría dado cuenta. Pero ¿adónde había ido a parar?

La cantidad de hielo retenido en los casquetes polares era insignificante. Mercaderes de agua lo recogían y transportaban hasta las ciudades, donde se vendía a precios exorbitantes. Los casquetes no poseían suficiente hielo para justificar océanos desaparecidos o ríos secos. ¿Habían hecho desaparecer el agua, se la habían llevado del planeta... o estaba escondida?

Kynes siguió volando, con los ojos bien abiertos. Tomaba nota de todos los detalles interesantes que veía. Se necesitarían años para reunir información suficiente para escribir un tratado bien documentado, pero durante el mes pasado ya había transmitido dos informes sobre sus progresos al emperador, con el fin de demostrar que estaba cumpliendo su misión. Había entregado dichos informes a un Correo imperial y a un representante de la Cofradía, uno en Arraken, el otro en Carthag. Pero ignoraba si Elrood o sus consejeros los habían leído.

Kynes se extraviaba casi todo el tiempo. Sus mapas y planos eran de una inexactitud deplorable o de una falsedad absoluta, lo cual le desconcertaba. Si Arrakis era la única fuente de melange, lo cual convertía a ese planeta en uno de los más importantes del Imperio, ¿por qué se había cartografiado tan mal el terreno? Si la Cofradía Espacial hubiera instalado unos cuantos satélites de alta resolución más, casi todos los problemas se habrían solucionado. Nadie parecía saber la respuesta.

En cualquier caso, extraviarse no causaba grandes preocupaciones a un planetólogo. Al fin y al cabo, era un explorador, lo cual exigía que vagara casi sin rumbo. Incluso cuando su ornitóptero empezó a vibrar, siguió adelante. El motor de propulsión iónica era fuerte, y el aparato funcionaba bastante bien, incluso en baches y

ráfagas de aire caliente. Contaba con combustible suficiente para varias semanas.

Kynes recordaba muy bien los años pasados en el
duro Salusa, intentando comprender la catástrofe que lo
había asolado siglos antes. Había visto fotos antiguas,
supo lo hermosa que había sido su capital. Pero en su
corazón, siempre sería el lugar infernal que era ahora.

Algo terrible había ocurrido en Arrakis, pero no
habían sobrevivido testigos o grabaciones del antiguo
desastre. No creía que hubiera sido una guerra atómica, aunque sería fácil defender esa teoría. Las guerras
desatadas antes y durante la Jihad Butleriana habían sido
devastadoras, habían convertido sistemas solares enteros en escoria y polvo.

Pero aquí había sucedido algo diferente.

Más días, más vagabundeos.

En una cordillera silenciosa y yerma situada en mitad del planeta, Kynes trepó a la cumbre de otro pico
rocoso. Había posado su ornitóptero sobre una depresión sembrada de guijarros, y después había subido la
pendiente, cargado con parte del equipo.

Al estilo carente de imaginación de los primeros
cartógrafos, aquel curvo brazo de roca que formaba una
barrera entre el Erg de Habanya (al este) y la gran depresión del Ciélago (al oeste) había sido bautizado para
siempre como Falsa Muralla Oriental. Decidió que sería un buen lugar para establecer un puesto de recogida de datos.

Kynes, que notaba el agotamiento en los muslos y
oía el tintineo de su destiltraje, fue consciente de que
estaba sudando a mares. Aun así, su traje absorbía y
reciclaba toda su humedad corporal, y además estaba en
buena forma. Cuando ya no pudo soportarlo más, tomó
un sorbo calentujo por el tubo cercano a su garganta, y

luego continuó ascendiendo por la accidentada superficie. «El mejor sitio para conservar agua es tu propio cuerpo», decía la sabiduría popular Fremen, según el comerciante que le había vendido el equipo. Ya se había acostumbrado al destiltraje, una especie de segunda piel.

Al llegar a la escabrosa cima (unos 1.200 metros de altitud, según su altímetro), se detuvo ante un refugio natural formado por un saliente rocoso. Allí montó su estación meteorológica portátil. Sus aparatos analíticos registrarían las velocidades y direcciones de los vientos, las temperaturas, las presiones barométricas y las fluctuaciones de la humedad relativa.

Alrededor del globo, se habían instalado estaciones de análisis mucho antes de que se descubrieran las propiedades de la melange. En aquella época Arrakis no era más que un planeta árido, escaso de recursos y carente de interés, como no fuera para colonizadores desesperados. Muchas de aquellas estaciones se habían averiado, abandonado e incluso olvidado.

Kynes dudaba que la información procedente de dichas estaciones fuera fidedigna. De momento sólo quería los datos que suministraban sus instrumentos. Con la ayuda de un pequeño ventilador, un analizador de aire engulló una muestra de la atmósfera y dio las lecturas de su composición: 23% de oxígeno, 75,4% de nitrógeno, 0,023% de dióxido de carbono, junto con otros gases en proporción ínfima.

Las cifras eran muy peculiares. Se podía respirar sin problemas, por supuesto, y era lo que cabía esperar de un planeta normal con un ecosistema floreciente. Sin embargo, en ese reino abrasador aquellas presiones parciales suscitaban grandes interrogantes. Sin mares, sin tormentas de agua, sin masas de plancton, sin envoltura vegetal, ¿de dónde salía el oxígeno? Era absurdo.

Las únicas formas grandes de vida autóctona que conocía eran los gusanos de arena. ¿Habría tantos que su metabolismo influyera de manera cuantificable en la composición de la atmósfera? ¿Crecían algunas formas extrañas de plancton dentro de la arena? Se sabía que los depósitos de melange poseían un componente orgánico, pero Kynes no tenía ni idea acerca del origen. *¿Existe alguna relación entre los voraces gusanos y la especia?*

Arrakis era un muestrario de misterios ecológicos.

Una vez terminados sus preparativos, dio media vuelta. Entonces, advirtió con estupor que algunas partes de aquel nicho tan poco natural, situado sobre la cumbre de un pico aislado, habían sido modeladas.

Se agachó, asombrado, y recorrió con los dedos muescas ásperas. *¡Peldaños tallados en la roca!* Manos humanas los habían hecho poco tiempo antes, para facilitar el acceso a ese lugar. ¿Un puesto de avanzada? ¿Un mirador? ¿Un puesto de observación Fremen?

Un escalofrío lo recorrió, y el destiltraje absorbió con avidez un hilo de sudor. Al mismo tiempo sintió una oleada de emoción, porque los Fremen podían convertirse en aliados, un pueblo endurecido que albergara sus mismas intenciones, la misma necesidad de comprender y mejorar…

Cuando Kynes se volvió, se sintió desprotegido.

—¡Hola! —gritó, pero sólo el silencio del desierto le contestó.

¿Cómo está relacionado todo esto?, se preguntó. *¿Y qué saben los Fremen de ello?*

¿Quién puede saber si Ix ha ido demasiado lejos? Ocultan sus instalaciones, mantienen en la esclavitud a sus obreros y afirman su derecho al secretismo. Ante tales circunstancias, ¿cómo no van a sentirse tentados a violar las restricciones de la Jihad Butleriana?

Conde ILBAN RICHESE,
tercera apelación al Landsraad

«Utiliza tus recursos y tu ingenio», solía decirle el viejo duque. Ahora, solo y tembloroso, Leto analizó la situación.

Contempló su sombría e inesperada soledad sobre la superficie yerma de Ix, o de donde fuera. ¿Le habían abandonado por accidente o por traición? ¿Cuál era la peor posibilidad? La Cofradía estaría en posesión de los datos sobre el planeta en que le habían desembarcado sin contemplaciones. Su padre y las tropas de la Casa Atreides mandarían una expedición para encontrarle cuando no apareciera en su lugar de destino, pero ¿cuánto tardarían? ¿Cuánto tiempo podría sobrevivir aquí? Si Vernius era el responsable de la traición, ¿informaría al conde de su desaparición?

Intentó ser optimista, pero sabía que pasaría mucho tiempo antes de que la ayuda llegara. Leto no tenía comida ni ropas de abrigo, ni siquiera un refugio portátil. Tendría que solucionar el problema por sí solo.

—¡Hola! —gritó de nuevo. La inmensa extensión desierta engulló sus palabras sin tomarse la molestia de devolverle algún eco.

Consideró la posibilidad de explorar las cercanías, en busca de algún punto característico del paisaje o una aldea, pero decidió quedarse donde estaba, de momento. A continuación pasó revista mentalmente a las posesiones que llevaba en su equipaje, e intentó pensar en algo que sirviera para enviar un mensaje.

De pronto, oyó un crujido a un lado, entre un arbusto verdeazulado de plantas espinosas que se esforzaban por sobrevivir en la tundra. Sobresaltado, dio un salto atrás y después examinó el arbusto. ¿Asesinos? ¿Una banda que pretendía capturarle? El rescate por un heredero ducal podría reportar una montaña de solaris, además de la ira de Paulus Atreides.

Extrajo el curvo cuchillo de la funda que llevaba a la espalda y se dispuso a defenderse. Su corazón palpitaba mientras intentaba prepararse para lo que fuera. Un Atreides carecía de escrúpulos a la hora de derramar sangre necesaria.

Las ramas y hojas se abrieron para revelar una plataforma de plaz redonda sobre la tierra. Con un zumbido de maquinaria, un tubo elevador transparente emergió del subsuelo, incongruente por completo en aquel paisaje escabroso.

Dentro del tubo transparente había un joven corpulento, con una sonrisa de bienvenida en el rostro. Tenía el pelo rubio y rebelde, que parecía desgreñado pese a estar peinado con sumo cuidado. Llevaba anchos pantalones de estilo militar y una camisa de camuflaje que mudaba de color según el entorno. Su cara, pálida y franca, se veía fofa debido a la grasa infantil que ya tendría que haber desaparecido. Una pequeña bolsa colgaba de su hombro izquierdo, similar a la que sujetaba en la mano. Aparentaba la edad de Leto.

El ascensor transparente se detuvo y una puerta curva se abrió. Un chorro de aire caliente acarició la cara y las manos de Leto. Se agachó, preparado para atacar con su cuchillo, aunque era difícil que aquel joven de aspecto inocuo fuera un asesino.

—Leto Atreides, ¿verdad? —preguntó el desconocido. Hablaba en galach, el idioma común del Imperio—. ¿Qué tal si empezamos con una excursión?

Los ojos grises de Leto se entornaron y clavaron en la hélice ixiana púrpura y cobre que adornaba el cuello de la camisa del muchacho. Leto intentó disimular su alivio y procuró conservar una apariencia acorde con su condición. Asintió y bajó el cuchillo, en el que el desconocido había fingido no reparar.

—Soy Rhombur Vernius. He pensado que os gustaría estirar un poco las piernas antes de bajar. Sé que os complace el contacto con la naturaleza, aunque yo prefiero el subsuelo. Quizá después de pasar un tiempo con nosotros os sentiréis como en casa en nuestras ciudades subterráneas. Ix es muy bonito.

Alzó la vista hacia las nubes y la cellisca.

—Vaya, ¿por qué está lloviendo? ¡Infiernos carmesíes, odio los entornos impredecibles! —Rhombur meneó la cabeza—. Dije a control de tiempo que os preparara un día caluroso y soleado. Os pido disculpas, príncipe Leto, pero esto es demasiado triste para mí. ¿Qué os parece si bajamos al Grand Palais?

Rhombur dejó caer las dos bolsas en el ascensor y propinó un empujón a las maletas de Leto.

—Me alegro de conoceros por fin. Mi padre siempre habla de los Atreides. Estudiaremos juntos durante un tiempo, seguramente árboles genealógicos y política del Landsraad. Soy el octogésimo séptimo en la línea sucesoria al Trono del León Dorado, pero creo que vuestro rango es aún superior al mío.

El Trono del León Dorado. El rango de las Casas se

había elaborado según un complicado sistema pactado entre la CHOAM y el Landsraad. El rango de Leto era bastante más elevado que el del príncipe ixiano. Por parte de madre, era el biznieto de Elrood IX, descendiente de una de las tres hijas que había tenido con su segunda esposa, Yvette, pero la diferencia era insignificante. El emperador tenía muchos biznietos. Ninguno de ellos llegaría a ser emperador. Ser un duque de la Casa Atreides ya era honor suficiente, pensaba Leto.

Los dos jóvenes intercambiaron el semiapretón de manos del Imperio, y entrelazaron los dedos. El príncipe ixiano llevaba un anillo de joyas refulgentes como el fuego en la mano derecha, y Leto no sintió callos en su palma.

—Pensaba que me había equivocado de lugar —dijo Leto, y permitió que su inquietud y confusión se transparentaran por fin—. Creía que me habían abandonado en una roca deshabitada. ¿De veras Ix es esto? ¿El planeta máquina?

Señaló hacia los espectaculares picos, la nieve y las rocas, los bosques umbríos.

Leto observó la vacilación de Rhombur, y recordó los comentarios de su padre acerca de la obsesión ixiana por la seguridad.

—Oh, er, ya lo veréis. Procuramos ser discretos.

El príncipe indicó que entrara en el tubo, y la puerta de plaz se cerró. Descendieron a una velocidad alarmante por lo que parecía un kilómetro de roca, pero Rhombur continuó hablando como si tal cosa.

—Debido a la naturaleza de nuestras operaciones técnicas, Ix posee incontables secretos, y a muchos enemigos les gustaría destruirnos. Intentamos mantener ocultos a ojos curiosos nuestras actividades y recursos.

Los dos jóvenes atravesaron un panal luminoso de material artificial y se adentraron en una inmensa extensión de aire que reveló un enorme mundo subterráneo, un país de cuento de hadas hundido en la corteza planetaria.

Ante su vista aparecieron gigantescas coronas de gráciles vigas maestras, conectadas con columnas de celosía tan altas que no se divisaba la base. La cápsula de paredes de plaz continuó su descenso, flotando sobre un mecanismo antigravitatorio ixiano. El suelo transparente de la cápsula provocaba en Leto la inquietante sensación de caer por el aire. Se aferró a la barandilla lateral, mientras sus maletas flotantes evolucionaban a su alrededor.

Miró hacia arriba y vio lo que parecía el cielo nublado ixiano y el sol blancoazulado que se filtraba a través de las paredes. Proyectores ocultos en la superficie del planeta transmitían imágenes reales a pantallas de alta resolución que cubrían el techo de roca.

En comparación con el enorme mundo subterráneo, hasta el interior de un Crucero de la Cofradía parecía minúsculo. Leto vio edificios geométricos invertidos que colgaban del techo de la bóveda de piedra, como estalactitas de cristal habitadas, conectadas entre sí mediante pasarelas y tubos. Vehículos aéreos en forma de lágrima surcaban silenciosamente aquel reino subterráneo. Planeadores colgantes ocupados por pasajeros pasaban a gran velocidad, como franjas de colores brillantes.

En el suelo de la caverna divisó un lago y ríos, protegidos de los ojos del exterior.

—Vernii —dijo Rhombur—. Nuestra capital.

Mientras la cápsula se deslizaba entre los edificios colgantes, Leto vio vehículos terrestres, autobuses y un sistema de metro aéreo. Tuvo la sensación de hallarse en el interior de un copo de nieve mágico.

—Vuestros edificios son de una belleza increíble —dijo mientras absorbía todos los detalles—. Siempre había imaginado Ix como un ruidoso mundo industrial.

—Nosotros, er, fomentamos esa impresión de cara

a los forasteros. Hemos descubierto materiales estructurales que no sólo son agradables desde un punto de vista estético, sino muy ligeros y fuertes. Al vivir en el subsuelo, estamos protegidos y ocultos.

—Lo cual permite conservar la superficie del planeta en condiciones impecables —señaló Leto. La expresión del príncipe de Ix dio a entender que nunca había pensado en ello.

—Los nobles y los administradores viven en los edificios superiores —continuó Rhombur—. Obreros, capataces y las cuadrillas de suboides viven abajo, en sus barrios. Todo el mundo trabaja codo con codo por la prosperidad de Ix.

—¿Más niveles debajo de esta ciudad? ¿Hay gente que vive a mayor profundidad?

—Bien, en realidad no se trata de gente. Son suboides —matizó Rhombur con un ademán desdeñoso—. Los hemos creado para que realicen trabajos penosos sin quejarse. Un gran triunfo de la ingeniería genética. No sé qué haríamos sin ellos.

Su compartimiento flotante esquivó una línea de metro aéreo y continuó su descenso. Cuando se acercaron al palacio de techo invertido más espectacular, Leto dijo:

—Supongo que vuestros Inquisidores me aguardan. —Alzó la barbilla y se preparó para la prueba—. Nunca he sido sometido a un escaneo mental.

Rhombur se rió.

—Puedo conseguir que os sometan a un sondeo mental, si deseáis padecer sus rigores… —El príncipe ixiano lo estudió con atención—. Leto, Leto, si no hubiéramos confiado en vos desde el primer momento nunca habríais obtenido permiso para venir a Ix. La seguridad, er, ha cambiado mucho desde los tiempos de vuestro padre. No hagáis caso de esas siniestras historias que nosotros mismos hemos difundido. Sólo son para asustar a los curiosos.

La cápsula se posó por fin sobre una amplia galería construida a base de tejas entrelazadas, y Leto notó que un aparato de sujeción se ensamblaba por debajo. La cámara empezó a moverse lateralmente en dirección a un edificio de plaz blindado.

Leto procuró disimular su alivio.

—De acuerdo. Me someteré a vuestro juicio.

—Y yo haré lo mismo cuando vaya a vuestro planeta. Agua, peces y cielos inmensos. Caladan parece... er, maravilloso. —Su tono insinuaba justo lo contrario.

Personal de la Casa ataviado con libreas negras y blancas surgió del edificio de plaz blindado. Los hombres y mujeres uniformados formaron una fila a cada lado del sendero del tubo y se pusieron firmes.

—Esto es el Grand Palais —explicó Rhombur—, donde nuestro personal atenderá todos vuestros deseos. Como sois nuestro único visitante en estos momentos, os van a mimar como nunca.

—¿Toda esta gente sólo para servirme a mí?

Leto recordó los tiempos en que había tenido que descamar y filetear los peces que cogía, si quería comer.

—Sois un dignatario importante, Leto. El hijo de un duque, el amigo de nuestra familia, un aliado en el Landsraad. ¿Esperabais menos?

—La verdad, soy de una Casa que carece de grandes riquezas, de un planeta cuyo único encanto procede de los pescadores, los cosecheros de melones paradan flotantes y los cultivadores de arroz pundi.

Rhombur rió.

—¡No sois modesto ni nada!

Los jóvenes, seguidos de las maletas flotantes, subieron tres amplios y elegantes escalones y entraron en el Grand Palais.

Leto paseó la vista por el vestíbulo principal y contempló las arañas de cristal ixiano, el más hermoso de todo el Imperio. Copas y jarrones de cristal adornaban mesas de marmolplaz, y a cada lado de una mesa de recepción de blaquita había estatuas de lapisjade a tamaño natural del conde Dominic Vernius y su esposa, lady Shando Vernius. Leto reconoció a la pareja real por las trifotos que había visto.

El personal uniformado entró en el edificio y se colocó a la espera de recibir instrucciones. Al fondo del vestíbulo se abrieron unas puertas dobles y Dominic Vernius, calvo y de anchas espaldas, se aproximó con el aspecto de un *djinn* surgido de una botella. Llevaba un manto sin mangas plateado y dorado, con un reborde blanco en el cuello. Una hélice ixiana púrpura y cobre adornaba su pechera.

—¡Ah, con que éste es nuestro joven visitante! —tronó Dominic de buen humor.

Patas de gallo se dibujaron alrededor de sus vivaces ojos castaños. Sus facciones eran muy parecidas a las de su hijo, pero en su caso la grasa había conformado pliegues y arrugas rubicundos, y su bigote, oscuro y poblado, enmarcaba sus dientes. El conde Dominic era varios centímetros más alto que su hijo. Las facciones del conde no eran estrechas y pronunciadas como las de los linajes Atreides y Corrino, pues procedía de un linaje ya antiguo en tiempos de la Batalla de Corrin.

Shando, ex concubina del emperador y ahora esposa de Dominic, caminaba a su lado, vestida con un traje de aspecto oficial. Sus facciones bellamente cinceladas, su nariz puntiaguda pero delicada y su piel tersa le concedían una belleza majestuosa, que se habría revelado hasta vestida con andrajos. Parecía frágil y delicada a primera vista, pero su porte denotaba la energía de su carácter.

A su lado, su hija Kailea daba la impresión de querer superar a su madre, con un vestido lavanda de brocado que resaltaba su cabello cobrizo oscuro. Kailea parecía más joven que Leto, pero caminaba con gracia y concentración estudiadas, como si temiera perder los papeles de un momento a otro. Tenía cejas finas y arqueadas, unos asombrosos ojos color esmeralda y una boca generosa y gatuna, sobre una barbilla estrecha. Kailea ejecutó una reverencia perfecta y extravagante con una leve sonrisa.

Leto respondió a cada presentación, procurando no mirar a la hija de Vernius. Repitió los gestos que su madre le había inculcado, abrió una maleta y extrajo una caja incrustada de joyas, uno de los tesoros de la familia Atreides. Lo sostuvo ante sí, erguido en toda su estatura.

—Para vos, lord Vernius. Contiene objetos únicos de nuestro planeta. También traigo un regalo para lady Vernius.

—¡Excelente, excelente! —Como si el ceremonial le impacientara, Dominic aceptó el regalo e indicó a un criado que lo recogiese—. Disfrutaré de su contenido esta noche, cuando haya más tiempo. —Se frotó las manos. Aparentaba que se habría sentido más a gusto en una herrería o en un campo de batalla que en un lujoso palacio—. ¿Has tenido buen viaje, Leto?

—Sin incidentes, señor.

—Ah, me alegra saberlo.

Dominic rió.

Leto sonrió, inseguro de cómo causarle buena impresión. Carraspeó.

—Sí, señor, pero pensé que me habían abandonado cuando la Cofradía me dejó en vuestro planeta y sólo vi una extensión yerma.

—¡Ah! Pedí a tu padre que no te hablara de nuestra pequeña broma. Le hice lo mismo cuando nos visitó por primera vez. Habrás creído estar solo y perdido. —Dominic rebosaba de afabilidad—. Pareces bastante descansado, jovencito. A tu edad, el lag espacial no afecta demasiado. ¿Cuándo saliste de Caladan, hace dos días?

»Es asombrosa la rapidez con que los Cruceros recorren enormes distancias. Increíble. Estamos mejorando su diseño para que cada nave pueda transportar más carga útil. —Su voz resonante conseguía que los logros parecieran más grandiosos—. Nuestro segundo modelo será terminado a última hora de hoy, otro triunfo para nosotros. Te enseñaremos todas las modificaciones que hemos llevado a cabo, para que formen parte de tu aprendizaje.

Leto sonrió, pero ya sentía la cabeza a punto de explotar. Ignoraba cuánta información más podría asimilar. Cuando el año terminara, sería una persona diferente por completo.

Hay armas que no se pueden sostener en las manos. Sólo se pueden sostener en la mente.

Doctrina Bene Gesserit

La lanzadera de las Bene Gesserit descendió por el lado oscuro de Giedi Prime y aterrizó en el espaciopuerto bien custodiado de Harko City, justo antes de medianoche, hora local.

El barón, preocupado por lo que las malditas brujas querrían de él, ahora que había regresado del pozo infernal de Arrakis, salió a un balcón elevado de la fortaleza Harkonnen para ver las luces de la nave que llegaba.

Alrededor, las torres monolíticas de plaz negro y acero proyectaban luces chillonas hacia la oscuridad manchada de humo. Calles y pasarelas estaban cubiertas por toldos acanalados y cercas provistas de filtros para proteger a los peatones de los desechos industriales y la lluvia ácida. Con un poco más de imaginación y atención a los detalles durante su construcción, Harko City habría podido ser impresionante. En cambio, parecía vieja y agotada.

—Tengo los datos para vos, mi barón —dijo una penetrante voz nasal detrás de él, tan cercana como un asesino.

El barón, sobresaltado, dio media vuelta, al tiempo que flexionaba sus brazos musculosos. Frunció el entrecejo. La forma enjuta de su Mentat personal, Piter de Vries, se erguía en la puerta del balcón.

—Nunca vuelvas a hacerme esto, Piter. Te deslizas como un gusano. —La comparación trajo a su mente la expedición de caza por el desierto de su sobrino Rabban, así como sus nefastos resultados—. Los Harkonnen matan gusanos, ya lo sabes.

—Eso he oído —replicó con sequedad De Vries—. Pero a veces moverse con sigilo es el mejor método de obtener información.

Una sonrisa irónica se dibujó en sus labios, manchados de rojo debido al zumo de safo color arándano que los Mentat bebían para aumentar sus capacidades. El barón, siempre en busca de placeres físicos y armado de la curiosidad suficiente, había probado el safo, pero lo consideró una sustancia vil y amarga.

—Es una reverenda madre y su séquito —dijo De Vries, al tiempo que cabeceaba hacia las luces de la lanzadera—. Quince hermanas y sus acólitas, junto con cuatro guardias varones. No hemos detectado armas.

De Vries había sido adiestrado como Mentat por los Bene Tleilax, hechiceros genéticos que producían algunos de los mejores ordenadores humanos del Imperio. Pero el barón no había querido una simple máquina de procesamiento de datos con cerebro humano. Había querido un ser humano calculador e inteligente, alguien que no sólo comprendiera y computara las consecuencias de los planes de los Harkonnen, sino que también utilizara su imaginación corrupta para ayudar al barón a lograr sus propósitos. Piter de Vries era una creación especial, uno de los infames «Mentats pervertidos» de los Tleilaxu.

—Pero ¿qué quieren? —murmuró el barón, mientras contemplaba la lanzadera, que acababa de aterrizar—. Esas brujas parecen muy confiadas, viniendo aquí. —Sus soldados uniformados de azul irrumpieron como una manada de lobos antes de que las pasajeras salieran de la nave—. Podríamos desintegrarlas en un instante con nuestras defensas más elementales.

—Las Bene Gesserit no carecen de armas, mi señor barón. Algunos dicen que ellas mismas son un arma. —De Vries levantó un delgado dedo—. Nunca es prudente provocar la ira de la Hermandad.

—¡Ya lo sé, idiota! Bien, ¿cómo se llama esa reverenda madre y qué quiere?

—Gaius Helen Mohiam. En cuanto a sus deseos… la Hermandad se ha negado a revelarlo.

—Malditas sean ellas y sus secretos —gruñó el barón. Avanzó a grandes zancadas hacia el pasillo para ir al encuentro de la lanzadera.

Piter de Vries sonrió mientras le seguía.

—Cuando una Bene Gesserit habla, suele emplear adivinanzas e insinuaciones, pero sus palabras también contienen mucha verdad. Sólo es preciso desentrañarla.

El barón respondió con otro gruñido y siguió andando. Piter le siguió.

Mientras caminaba, el Mentat repasó sus conocimientos sobre las brujas de hábito negro. Las Bene Gesserit se dedicaban a numerosos proyectos de reproducción, como si cultivaran humanidad para sus oscuros propósitos. También poseían uno de los mayores almacenes de información del Imperio, y utilizaban sus abarrotadas bibliotecas para estudiar los movimientos de los pueblos, así como los efectos de las acciones de una persona en la política interplanetaria.

Como Mentat, a De Vries le habría gustado echar mano de aquel almacén de conocimientos. Con tal tesoro de datos podría realizar cálculos y proyecciones esenciales, tal vez los suficientes para acabar con la Hermandad.

Pero las Bene Gesserit no permitían el acceso de extraños a sus archivos, ni siquiera al emperador. Por lo tanto, un Mentat no tenía mucho en que basarse para efectuar sus cálculos. De Vries sólo podía tratar de adivinar las intenciones de las brujas recién llegadas.

Las Bene Gesserit eran muy aficionadas a manipular en secreto políticas y sociedades, para que muy poca gente pudiera rastrear las pautas exactas de influencia. Sin embargo, la reverenda madre Gaius Helen Mohiam sabía planificar y llevar a cabo una entrada espectacular. Con el hábito negro aleteando, flanqueada por dos guardias masculinos de inmaculado uniforme, y seguida por su cortejo de acólitas, entró en la sala de recepciones de la fortaleza Harkonnen.

El barón, sentado ante un reluciente escritorio de plaz negro, esperaba para recibirla, acompañado de su Mentat pervertido, que se erguía a un lado con algunos guardias personales escogidos para la ocasión. Con el fin de exhibir su desprecio y falta de interés por las visitantes, el barón llevaba un manto informal y desaliñado. No había preparado un refrigerio para ellas, ni fanfarrias ni ceremonia alguna.

Muy bien, pensó Mohiam, *tal vez será mejor que convirtamos este encuentro en un asunto privado.*

Se identificó con voz sonora y firme y avanzó un paso hacia él, dejando atrás a su séquito. Tenía un rostro sencillo que denotaba más energía que delicadeza. Ni fea ni atractiva. De perfil, su nariz se veía demasiado larga, aunque de frente no se notaba.

—Barón Vladimir Harkonnen, mi Hermandad tiene asuntos que tratar con vos.

—No me interesa hablar de ningún asunto con brujas —replicó el barón, y apoyó su fuerte barbilla sobre los nudillos. Sus ojos negros como arañas examinaron el séquito y se detuvieron especialmente en el aspecto físico de los guardias. Los dedos de su otra mano tabaleaban nerviosos sobre su muslo.

—No obstante, oiréis lo que tengo que decir. —La voz de la mujer era de hierro.

Al ver que el barón se enfurecía, Piter de Vries se adelantó.

—¿Debo recordaros, reverenda madre, dónde estáis? Nadie os invitó a venir aquí.

—Y tal vez yo debería recordaros —replicó la mujer al Mentat— que somos capaces de efectuar detallados análisis de todas las actividades relacionadas con la producción de especia en Arrakis... El equipo usado, la mano de obra empleada, todo ello comparado con la producción de especia informada a la CHOAM y cotejada con nuestras proyecciones precisas. Cualquier anomalía debería ser muy... reveladora. —Enarcó las cejas—. Ya hemos hecho un estudio preliminar basado en informes de primera mano de nuestras... —sonrió— fuentes.

—Querréis decir espías —terció el barón, indignado.

La mujer advirtió que se arrepentía de sus palabras tan pronto acabó de pronunciarlas, porque apuntaban a su culpabilidad.

El barón se levantó, flexionó sus brazos musculosos, pero antes de que pudiera replicar a las insinuaciones de Mohiam, De Vries intervino.

—Tal vez sería mejor que la reverenda madre y el barón se reunieran a solas. No hay necesidad de convertir una simple conversación en un espectáculo... y en algo susceptible de ser documentado.

—Estoy de acuerdo —se apresuró a aceptar Mohiam, mientras dedicaba al Mentat pervertido una mirada de aprobación—. ¿Nos retiramos a vuestros aposentos, barón?

El barón hizo una mueca con sus gruesos labios.

—¿Por qué debería llevar a una Bene Gesserit a mis aposentos privados?

—Porque no tenéis alternativa —replicó ella en voz baja e inflexible.

El barón se asombró de tamaña audacia, pero al punto lanzó una carcajada estentórea.

—¿Por qué no? No hay nada menos ostentoso que eso.

De Vries les observaba con ojos entornados. Estaba reconsiderando su sugerencia, repasando datos y calculando probabilidades. La bruja había aceptado la idea con excesiva rapidez. Quería estar a solas con el barón. ¿Por qué? ¿Por qué debía hacerlo en privado?

—Permitidme que os acompañe, mi barón —dijo De Vries, y se encaminó hacia la puerta que les conduciría por pasillos y tubos elevadores hasta la suite privada del barón.

—Se trata de un asunto entre el barón y yo —dijo Mohiam.

Harkonnen se encrespó.

—No deis órdenes a mi gente, bruja —dijo con tono amenazador.

—¿Cuáles son vuestras instrucciones, pues? —preguntó la mujer con insolencia.

Un momento de vacilación.

—Os concedo una audiencia privada.

Mohiam inclinó apenas la cabeza, y después miró a sus acólitas y guardias. De Vries captó un veloz movimiento de sus dedos, una especie de señal.

La mujer clavó sus ojos de ave en los del Mentat, y De Vries se quedó inmóvil cuando habló.

—Hay una cosa que sí podéis hacer, Mentat. Sed tan amable de procurar que mis acompañantes sean bien tratados y alimentados, porque no tenemos tiempo para fruslerías. Hemos de regresar cuanto antes a Wallach IX.

—Hazlo —ordenó Harkonnen.

Con una mirada de despedida a De Vries, como si fuera el sirviente más bajo del Imperio, la mujer siguió al barón fuera del salón...

Cuando entró en sus aposentos, el barón se alegró

de ver que había dejado diseminada su ropa sucia. Algunos muebles estaban fuera de su sitio, algunas manchas rojas en la pared no habían sido frotadas con suficiente entusiasmo. Quería subrayar que la bruja no merecía un tratamiento educado ni una cortés bienvenida.

Puso los brazos en jarras, cuadró los hombros y levantó su firme barbilla.

—Muy bien, reverenda madre, decidme qué deseáis. No tengo tiempo para más juegos de palabras.

Mohiam se permitió una leve sonrisa.

—¿Juegos de palabras? —Sabía que la Casa Harkonnen conocía los matices de la política; tal vez no el bondadoso Abulurd, pero sí el barón y sus consejeros—. Muy bien, barón. La Hermandad ha descubierto un uso para vuestra línea genética.

Hizo una pausa, y disfrutó de la expresión asombrada que apareció en el rostro del barón. Antes de que pudiera farfullar una respuesta, Mohiam explicó fragmentos cuidadosamente seleccionados del guión. Mohiam ignoraba los detalles y los motivos. Sólo sabía obedecer.

—Sin duda sabéis que durante muchos años nuestra Hermandad ha incorporado linajes importantes. Nuestras hermanas representan a todo el espectro de la humanidad noble, albergamos los rasgos deseables de casi todas las Grandes y Menores Casas del Landsraad. Incluso contamos con algunas representantes, erradicadas hace muchas generaciones, de la Casa Harkonnen.

—¿Queréis reforzar vuestra parte Harkonnen? —preguntó el barón con cautela—. ¿Es eso?

—Lo habéis comprendido. Hemos de concebir un hijo de vos, Vladimir Harkonnen. Mejor dicho, una hija.

El barón retrocedió unos pasos, estupefacto, y después soltó una carcajada.

—Tendréis que buscar en otra parte. Ni tengo hijos ni es probable que los tenga nunca. El proceso de reproducción, como necesita de mujeres, me repele.

Mohiam, que conocía muy bien las preferencias del barón, no dijo nada. Al contrario que muchos nobles, no tenía descendencia, ni siquiera hijos ilegítimos.

—No obstante, queremos una hija Harkonnen, barón. No un heredero, ni siquiera un pretendiente, de modo que no debéis preocuparos por... ambiciones dinásticas. Hemos estudiado los linajes con detenimiento y la mezcla deseable es muy específica. Debéis dejarme embarazada.

Las cejas del barón se enarcaron todavía más.

—¿Por qué querría hacer eso, por todas las lunas del Imperio?

La miró de arriba abajo, desnudándola con los ojos. Mohiam era una mujer de aspecto normal, de cara larga y lacio cabello castaño, sin rasgos destacables. Era mayor que él, cercana al final de sus años fértiles.

—En especial con vos —añadió.

—Las Bene Gesserit determinan estas cosas mediante proyecciones genéticas, no por la atracción física.

—Bien, pues me niego. —El barón dio media vuelta y se cruzó de brazos—. Marchaos. Llevaos a vuestras esclavas y salid de Giedi Prime.

Mohiam le miró unos momentos, al tiempo que asimilaba los detalles de la estancia. Como utilizaba técnicas analíticas Bene Gesserit, aprendió muchas cosas sobre el barón y su personalidad a partir de cómo mantenía su maloliente madriguera privada, un espacio que no estaba cuidado ni decorado para visitantes oficiales. Sin saberlo, revelaba mucho sobre su personalidad.

—Como deseéis, barón —dijo—. La próxima parada de mi lanzadera será Kaitain, donde ya tenemos una cita concertada con el emperador. Mi biblioteca personal de datos de la nave contiene copias de todos los registros que demuestran vuestras actividades de almacenamiento de especia en Arrakis, y documentación sobre vuestros métodos de alterar la producción para ocultar vuestros almacenes particulares a los ojos de la CHOAM y la Casa Corrino. Nuestros análisis preliminares contienen suficiente información para iniciar una auditoría global sobre vuestras actividades y deponeros como director provisional de la CHOAM.

El barón la miró fijamente. Ninguno de ambos se movió, pero leyó en sus ojos que decía la verdad. Sin duda aquellas malditas brujas habían utilizado sus diabólicos métodos intuitivos para determinar con exactitud lo que había hecho, cómo había engañado a Elrood IX. También sabía que Mohiam no dudaría en poner en práctica su amenaza.

Copias de todos los registros... De nada le serviría destruir su nave. La Hermandad infernal guardaría más copias en otra parte.

Era muy probable que la Bene Gesserit poseyera material para chantajear también a la Casa Corrino, tal vez datos indiscretos sobre negocios importantes pero subrepticios de la Cofradía Espacial y la poderosa CHOAM. Datos con los que poder forzar pactos. La Hermandad era especialista en averiguar las debilidades de sus enemigos en potencia.

El barón se enfureció, pero no podía hacer nada para evitar el chantaje. Aquella bruja podía destruirle con una sola palabra, y obligarle a obedecer su petición.

—Para facilitaros las cosas, poseo la capacidad de controlar mis funciones corporales —dijo Mohiam—. Puedo ovular a voluntad, y os garantizo que no será necesario repetir esta desagradable tarea. A partir de un solo encuentro con vos, puedo garantizar el nacimiento de una niña. No tendréis que preocuparos más por nosotras.

Las Bene Gesserit no cesaban de urdir maquinaciones, y con ellas nada era seguro. El barón frunció el entrecejo, mientras repasaba las posibilidades. Con esa hija que tanto deseaban, ¿intentaban las brujas crear un heredero ilegítimo y alegar derechos sobre la Casa Harkonnen en la siguiente generación? Era una posibilidad descabellada. Ya estaba educando a Rabban para tal cargo, y nadie se opondría.

—Yo... —Buscó las palabras—. Necesito un momento para reflexionar, y he de hablar con mis consejeros.

Mohiam estuvo a punto de poner los ojos en blanco, pero indicó con un gesto que no había prisa. Apartó una toalla manchada de sangre y se repantigó en el diván, para esperar con comodidad.

A pesar de su personalidad despreciable, Vladimir Harkonnen era un hombre atractivo, fornido y de facciones agradables, cabello rojizo y labios gruesos. Sin embargo, las Bene Gesserit inculcaban en todas las hermanas la creencia fundamental de que la cópula era una mera herramienta para manipular a los hombres y obtener descendencia que se integrara en la red, genéticamente interrelacionada, de la Hermandad. No obstante, le proporcionaba un gran placer tener al barón a su merced.

La reverenda madre se reclinó, cerró los ojos y se concentró en el flujo de hormonas de su cuerpo, en el funcionamiento interno de su sistema reproductivo...

Sabía cuál sería la respuesta del barón.

—¡Piter! —gritó el barón mientras recorría los pasillos—. ¿Dónde está mi Mentat?

De Vries surgió con sigilo de un pasillo adyacente, donde había intentado utilizar las mirillas de observación ocultas que había instalado en los aposentos privados del barón.

—Estoy aquí, mi barón —dijo, y tomó un sorbo de un diminuto frasco. El sabor del safo despertaba reacciones en su cerebro, disparaba sus neuronas y avivaba sus capacidades mentales—. ¿Qué ha pedido la bruja? ¿Qué se propone?

El barón giró en redondo, tras haber encontrado por fin el objetivo apropiado para su rabia.

—¡Quiere que la deje embarazada! ¡Quiere mi semen!

¿Dejarla embarazada?, pensó De Vries, y lo añadió a su base de datos mental. Volvió a analizar el problema a hipervelocidad.

—¡Quiere ser la madre de mi hija! ¡Es increíble!

De Vries estaba en modo Mentat.

Dato: no existe otra manera de que el barón tenga hijos. Odia a las mujeres. Además, desde una perspectiva política, es demasiado cauteloso para diseminar su estirpe indiscriminadamente.

Dato: las Bene Gesserit guardan numerosos registros genéticos en Wallach IX, numerosos proyectos de reproducción, cuyos resultados están abiertos a la interpretación. Si el barón tuviera un hijo (¿una hija?), ¿qué esperan lograr las brujas?

¿Existe algún defecto o ventaja en los genes de los Harkonnen que desean aprovechar? ¿Su único propósito es castigar de la forma más humillante al barón? En tal caso, ¿en qué las ha ofendido personalmente?

—¡La sola idea me repugna! Cubrir a esa clueca —gruñó el barón—. De todos modos, la curiosidad me vuelve loco. ¿Qué busca la Hermandad?

—No consigo establecer una proyección, barón. Datos insuficientes.

Dio la impresión de que el barón iba a abofetear a De Vries, pero se contuvo.

—¡No soy un semental de las Bene Gesserit!

—Barón —dijo con calma De Vries—, si es cierto

que poseen información sobre vuestras actividades ilegales, no podéis permitiros que salgan a la luz. Aunque se estuvieran echando un farol, no cabe duda de que vuestra reacción ya les ha revelado todo cuanto necesitaban saber. Si ofrecen pruebas a Kaitain, el emperador enviará aquí a sus Sardaukar para exterminar a la Casa Harkonnen y sustituirla por otra Gran Familia, como hicieron con los Richese antes de nosotros. A Elrood le complacería, sin duda. Él y la CHOAM pueden suspender sus contratos en cualquier momento. Hasta podrían entregar Arrakis y la producción de especia a la Casa Atreides, por ejemplo, sólo para humillaros.

—¡Los Atreides! Jamás permitiré que mis propiedades caigan en sus manos.

De Vries sabía que había tocado un punto sensible. La enemistad entre los Harkonnen y los Atreides se había iniciado muchas generaciones atrás, durante los trágicos acontecimientos de la Batalla de Corrin.

—Debéis hacer lo que la bruja exige, barón —dijo—. Las Bene Gesserit han ganado esta fase del juego. Prioridad: proteger la fortuna de vuestra Casa, vuestras posesiones de especias y vuestros almacenamientos ilegales. —El Mentat sonrió—. Ya os vengaréis más adelante.

El barón había palidecido.

—Piter, a partir de este mismo momento quiero que empieces a destruir pruebas y a dispersar nuestras reservas. Envíalas a lugares donde a nadie se le ocurrirá investigar.

—¿También a los planetas de nuestros aliados? Yo no lo recomendaría, barón. Demasiadas complicaciones. Y las alianzas cambian.

—Muy bien. —Los ojos del barón se iluminaron—. Concentra la mayor parte en Lankiveil, ante las narices de mi estúpido hermanastro. Nunca sospecharán de Abulurd.

—Sí, mi barón. Excelente idea.

—¡Pues claro que es una excelente idea! —Vladimir frunció el entrecejo. Pensar en su hermanastro le había recordado a su mimado sobrino—. ¿Dónde está Rabban? Quizá la bruja prefiera su semen.

—Lo dudo, barón. Sus proyectos genéticos suelen ser muy concretos.

—Bien, ¿dónde está, de todos modos? ¡Rabban! —El barón giró en redondo y recorrió el pasillo, como si buscara algo a lo que acosar—. No le he visto en todo el día.

—Ha ido a otra de sus estúpidas cacerías, al Puesto de Vigilancia Forestal. —De Vries contuvo una sonrisa—. Estáis solo ante el peligro, barón, y creo que lo mejor será que vayáis a vuestros aposentos. El deber os reclama.

La regla básica es no apoyar jamás la debilidad; apoyar siempre la fuerza.

El libro Azhar de la Bene Gesserit
Compilación de Grandes Secretos

La nave planeó sobre el yermo paisaje nocturno, carente de las luces de Giedi Prime y de gases industriales. Duncan Idaho, solo en una bodega de la nave, miraba por una portilla de plaz, mientras la prisión de Barony se alejaba de ellos como un bubón geométrico que se regodeaba en la humanidad atrapada y torturada.

Al menos sus padres ya no eran prisioneros. Rabban les había matado para enfurecerle y obligarle a luchar. Durante los últimos días de preparativos, la furia de Duncan no había hecho más que aumentar.

Las paredes desnudas de la bodega estaban cubiertas de escarcha. Duncan estaba aterido, con el corazón lleno de dolor, los nervios contenidos, la piel como un manto insensible. Los motores vibraban a través del suelo. Oía en las cubiertas superiores los movimientos de la partida de caza. Los hombres portaban fusiles con miras rastreadoras. Reían y charlaban, preparados para la cacería nocturna.

Rabban también estaba allí arriba.

Con el propósito de proporcionar a Duncan lo que llamaban una «buena probabilidad», la partida de caza le había armado con un cuchillo romo (diciendo que no querían que se hiciera daño), una linterna y una cuerda: todo lo que un niño de ocho años necesitaría para eludir a un escuadrón de cazadores profesionales Harkonnen en un territorio que conocían como la palma de su mano...

Arriba, en una butaca mullida y almohadillada, Rabban sonrió al pensar en el niño aterrorizado y enfurecido de la bodega. Si Duncan Idaho fuera más grande y fuerte, sería tan peligroso como un animal. El crío era resistente para su tamaño, Rabban tenía que admitirlo. La forma en que había eludido a los preparadores de elite Harkonnen en las entrañas de Barony era admirable, sobre todo el truco con el tubo elevador.

La nave se alejó de la ciudad-prisión, de las zonas industriales empapadas de petróleo, en dirección a una reserva de caza situada en una meseta elevada, un lugar en el que predominaban pinos oscuros y riscos de piedra arenisca, cavernas, rocas y ríos. La zona, diseñada a la medida, albergaba incluso algunos ejemplares de vida salvaje mejorada genéticamente, crueles depredadores tan ansiosos de la tierna carne de un niño como los propios cazadores Harkonnen.

La nave se posó sobre un prado sembrado de guijarros. Se inclinó en un ángulo pronunciado, pero se enderezó con la ayuda de los estabilizadores. Rabban envió una señal desde la banda de control de su cinturón.

La puerta hidráulica que había delante del muchacho se abrió con un siseo y le liberó de su cárcel. El aire frío de la noche cortó sus mejillas. Duncan consideró la posibilidad de echar a correr y refugiarse entre los gruesos pinos. Una vez allí, se escondería bajo el manto de agujas secas y se sumiría en un sueño autoprotector.

Pero Rabban quería que el chico huyera y se ocultara, y sabía que no llegaría muy lejos. De momento, Duncan tenía que actuar basándose en el instinto, compensado por la inteligencia. No era el momento adecuado para emprender acciones inesperadas e imprudentes. Todavía no.

Duncan esperaría en la nave hasta que los cazadores le explicaran las reglas, aunque intuía lo que debería hacer. El escenario era más grande, la caza más larga, las apuestas más elevadas… pero en esencia se trataba del mismo juego para el que le habían entrenado en la ciudad-prisión.

La escotilla superior se abrió a su espalda, y reveló dos formas rodeadas de un tenue halo: una persona que reconoció como el capitán de los cazadores de Barony, y el hombre de anchas espaldas que había matado a sus padres: Rabban.

El niño apartó la vista de la repentina luz y enfocó sus ojos, acostumbrados a la penumbra, en el prado y las espesas sombras de los árboles. Era una noche estrellada. Duncan todavía notaba dolor en las costillas, como resultado de su cruel adiestramiento.

—El Puesto de Vigilancia Forestal —dijo el capitán de los cazadores—. Como unas vacaciones en el desierto. ¡Disfrútalas! Esto es un juego, muchacho. Te dejamos aquí, te concedemos una ventaja y salimos a cazarte. —Sus ojos se entornaron—. Pero no te hagas falsas ilusiones. Esto es muy diferente de tus sesiones de preparación en Barony. Si pierdes, morirás, y tu cabeza disecada se sumará a los demás trofeos que adornan la pared de lord Rabban.

El sobrino del barón dedicó a Duncan una ancha sonrisa. Rabban temblaba de nerviosismo e impaciencia.

—¿Y si escapo? —preguntó Duncan con voz aflautada.

—No escaparás —replicó Rabban.

Duncan no insistió. Si forzaba una respuesta, el hombre le mentiría. Si lograba escapar, tendría que inventar sus propias reglas.

Le obligaron a bajar al prado, salpicado de rocío. Llevaba ropas ligeras y zapatos desgastados. El frío de la noche le zahirió como un cuchillo.

—¡Sobrevive lo que puedas, muchacho! —gritó Rabban desde la puerta de la nave, y se metió dentro mientras la vibración de los motores aumentaba su ritmo—. Concédeme una buena cacería. La última fue muy decepcionante.

Duncan permaneció inmóvil mientras la nave se elevaba en el aire, en dirección a un pabellón de caza custodiado. Desde allí, después de tomar unas copas, la partida de caza saldría en persecución de su presa.

Quizá los Harkonnen jugarían con él un rato y disfrutarían de su actividad… o tal vez cuando le atraparan estarían calados hasta los huesos, ansiosos por tomar una bebida caliente, y utilizarían sus armas para desmenuzarle a la primera oportunidad.

Duncan corrió hacia el refugio que ofrecían los árboles.

Sus pies dejaron un rastro de hierba aplastada. Rozó las gruesas ramas de árboles perennes y diseminó la alfombra de agujas secas mientras ascendía hacia salientes abruptos de piedra arenisca.

A la luz de la linterna, vio que exhalaba chorros de vapor, como latidos del corazón. Continuó subiendo hacia los riscos más empinados. Trepó aferrándose a la roca sedimentaria. En aquella zona, al menos, no dejaría muchas huellas de pisadas, aunque había bolsas de nieve cristalina en los salientes, como pequeñas dunas.

Los afloramientos sobresalían de la ladera de la colina, centinelas destacados sobre la alfombra del bosque. El viento y la lluvia habían practicado hoyos y muescas en los peñascos, algunos apenas suficientes para servir como madrigueras de roedores, y otros lo bastante grandes para ocultar a un adulto. Duncan, espoleado por la desesperación, subió hasta el límite del agotamiento.

Cuando llegó a la cumbre de una elevación rocosa, que su linterna tiñó de un tono oxidado y tostado, se acuclilló y miró alrededor. Se preguntó si los cazadores ya se habrían puesto en marcha. No andarían muy lejos.

Oyó aullidos de animales. Apagó la linterna. Le dolían las costillas y la espalda, así como el punto del brazo en que le habían implantado el localizador.

A su espalda, más riscos escarpados se alzaban en las sombras, sembrados de muescas y rebordes, erizados de árboles esqueléticos que recordaban pelos de verrugas. Le separaba una gran distancia de la ciudad más cercana y del espaciopuerto más cercano.

El Puesto de la Guardia Forestal. Su madre le había hablado de esta reserva de caza aislada, favorita del sobrino del barón. «Rabban es tan cruel porque necesita demostrar que no es como su padre», le había dicho en una ocasión.

El niño había pasado la mayor parte de sus nueve años en el interior de edificios gigantescos, respirando aire reciclado impregnado de lubricantes, disolventes y gases de combustión. Jamás había conocido el frío del planeta, sus noches heladas, la claridad de las estrellas.

El cielo era una inmensa bóveda de negrura, en la que se vislumbraban diminutos destellos de luz, una lluvia de alfilerazos que perforaban las distancias de la galaxia. En el espacio, los Navegantes de la Cofradía utilizaban su mente para guiar los Cruceros, grandes como ciudades, entre las estrellas.

Duncan nunca había visto una nave de la Cofradía, nunca había salido de Giedi Prime, y ahora dudaba que alguna vez lo consiguiera. Como había vivido en las entrañas de una ciudad industrial, nunca había tenido estímulos para aprender los dibujos que formaban las estrellas. No obstante, aunque hubiera sabido orientarse o reconocer las constelaciones, no tenía ningún lugar adonde ir…

Acuclillado sobre el reborde estudió su mundo. Se

encorvó y pegó las rodillas al pecho para conservar el calor corporal, pero siguió temblando.

A lo lejos, donde el terreno elevado se hundía en un valle boscoso en dirección a la austera silueta del pabellón de caza custodiado, vio una hilera de luces, globos luminosos que oscilaban como una procesión de hadas. La partida de caza, bien descansada y armada, seguía su rastro, sin apresurarse. *Se lo están pasando en grande.*

Duncan miró y esperó, aterido y desesperado. Tenía que decidir si quería vivir. ¿Qué haría? ¿Adónde iría? ¿Quién le cuidaría?

El fusil láser de Rabban había desintegrado la cara de su madre, que ya no podría besar, y su cabello, que ya no podría acariciar. Nunca más oiría su voz cuando le llamaba «dulce Duncan».

Los Harkonnen pretendían repetir la jugada con él, y no podía evitarlo. No era más que un niño con un cuchillo romo, una linterna y una cuerda. Los cazadores contaban con haces rastreadores richesianos, armaduras corporales climatizadas y armas potentes. Le superaban en una proporción de diez a uno. No tenía la menor posibilidad.

Sería más fácil esperar a que llegaran. A la larga, los rastreadores le localizarían, seguirían su señal implantada... pero podía estropearles su diversión. Si se rendía, demostrando así su desdén hacia diversiones tan bárbaras, conseguiría una pequeña victoria, la única que se le concedía.

O bien, Duncan Idaho podía pelear, intentar perjudicar en lo posible a los Harkonnen. Su madre y su padre no habían gozado de ninguna oportunidad de luchar por sus vidas, pero Rabban le estaba concediendo esa posibilidad.

Rabban le consideraba un niño indefenso. La partida de caza pensaba que acosar a un niño les proporcionaría cierta diversión.

Se puso de pie con las piernas entumecidas, se sacudió las ropas y dejó de temblar. *No me rendiré*, decidió. *Sólo para darles una lección, sólo para demostrarles que no se pueden burlar de mí.*

Dudaba que los cazadores llevaran escudos personales. Considerarían innecesaria tal protección, sobre todo contra un niño.

El tacto del cuchillo que guardaba en el bolsillo era duro y tosco, inútil contra una armadura. Pero podía conseguir algo más con la hoja, algo dolorosamente necesario. Sí, lucharía con todas sus fuerzas.

Duncan subió la pendiente, apoyándose en rocas y árboles caídos, hasta llegar a un hoyo excavado en la piedra arenisca. Rodeó los parches de nieve para no dejar huellas.

El implante trazador les conduciría hasta él, allá donde fuera.

Sobre la cavidad, un saliente de la pared casi vertical le proporcionó su segunda oportunidad: trozos de piedra arenisca sueltos, cubiertos de líquenes, enormes pedruscos. Tal vez podría moverlos...

Duncan se deslizó en el interior del hoyo, donde no encontró más calor sino más oscuridad. La entrada era tan baja que un adulto tendría que arrastrarse para poder acceder a su interior. No había otra salida. La cueva no ofrecía mucha protección. Tendría que darse prisa.

Encendió la pequeña linterna, se quitó la camisa y sacó el cuchillo. Notaba el bulto del implante trazador en su brazo izquierdo, en la parte posterior del tríceps.

Su piel ya estaba entumecida por el frío, y su mente aturdida por las circunstancias. Sin embargo, cuando manipuló el cuchillo, sintió la punta perforando su músculo. Cerró los ojos y hundió más la punta del cuchillo.

Clavó la vista en la oscura pared de la cueva y vio que la pálida luz arrojaba sombras esqueléticas. Su mano derecha se movía como dotada de vida propia, como una sonda que desenterrara el diminuto trazador. El dolor se retiró a un rincón remoto de su conciencia.

Por fin, el implante salió, un diminuto microfragmento de metal que cayó con un tintineo sobre el suelo de la cueva. Tecnología sofisticada de Richese. Duncan, muerto de dolor, cogió una piedra para destrozar el trazador. Pero lo pensó mejor: dejó la piedra y empujó el diminuto dispositivo hacia las sombras, para que nadie pudiera verlo.

Era mejor dejarlo allí como cebo.

Duncan se arrastró hacia fuera y cogió un puñado de nieve. Gotas rojas cayeron sobre el saliente de piedra arenisca. Aplicó un emplasto de nieve a la herida del hombro, y el frío atenuó el dolor del corte. Apretó el emplasto hasta que la nieve teñida de rosa se fundió entre sus dedos. Cogió otro puñado, indiferente a las marcas que dejaba en el suelo. De todos modos, los Harkonnen vendrían aquí.

Al menos, la nieve había detenido la hemorragia.

Luego trepó por encima de la cueva, procurando no dejar huellas. Vio que las luces oscilantes del valle se dividían. Los miembros de la partida de caza habían elegido diferentes caminos para subir a la loma. Un ornitóptero zumbó sobre su cabeza.

Duncan se movió a la mayor velocidad posible, pero procuró no volver a derramar sangre. Aplicó jirones de su camisa a la herida, hasta quedar con el pecho expuesto al frío, y después se cubrió con los restos de la prenda. Tal vez los depredadores del bosque olfatearían la sangre y le seguirían, no en busca de diversión sino de comida. Era un problema que no deseaba considerar en aquel momento.

Llegó al saliente que dominaba su anterior refugio. El instinto de Duncan le aconsejaba alejarse lo máximo posible de aquel lugar, pero se obligó a parar. Así sería mejor. Se acuclilló detrás de los trozos de roca sueltos, los tanteó para comprobar si tendría fuerzas para moverlos, y se dispuso a esperar.

Al poco, el primer cazador ascendió la pendiente que conducía a la cueva. Provisto de una armadura antigravitatoria, blandía un fusil láser. Echó un vistazo al aparato que recibía las señales del trazador richesiano.

Duncan contuvo el aliento, inmóvil. Un hilo de sangre resbalaba por su brazo izquierdo.

El cazador se detuvo ante el hoyo, observó la nieve removida, las manchas de sangre, el parpadeo de su trazador. Aunque Duncan no podía verle la cara, imaginó su sonrisa de triunfo.

El cazador se arrastró al interior de la cueva, con el fusil por delante.

—¡Te pillé, niñito!

Duncan empujó un peñasco cubierto de líquenes por encima del borde. Luego se desplazó hacia el segundo y le propinó una fuerte patada. Las dos piedras cayeron, dando vueltas en el aire.

Oyó el sonido del impacto y un crujido estremecedor. Y la exclamación ahogada del hombre.

Duncan se arrastró hacia el borde, vio que uno de los peñascos había caído a un lado y rodado por la empinada pendiente, arrastrando guijarros a su paso.

El otro peñasco había aterrizado sobre la espalda del cazador, destrozando su columna vertebral.

Duncan bajó a toda prisa. El cazador aún estaba vivo, aunque paralizado. Sus piernas se agitaban, y los tacones de sus botas golpeaban el suelo recubierto de escarcha helada. Duncan ya no le tenía miedo.

Apuntó su linterna a los ojos vidriosos y estupefactos del hombre. Aquello ya no era un juego. Sabía lo que los Harkonnen le harían, había visto lo que Rabban había hecho a sus padres.

Ahora, Duncan jugaría según sus reglas.

El cazador agonizante graznó algo ininteligible. Duncan no vaciló. Se agachó con ojos sombríos y entornados, unos ojos que ya no eran los de un niño. El cuchillo se deslizó bajo la mandíbula del hombre. El cazador se retorció, alzó la barbilla, más en señal de aceptación que de desafío, y el cuchillo se clavó. Un chorro de sangre brotó de la yugular y formó un charco oscuro y pegajoso sobre el suelo.

Duncan no perdió el tiempo pensando en lo que había hecho, no podía esperar a que el cadáver del cazador se enfriara. Registró el cinturón, encontró un pequeño botiquín y una barra alimenticia. Acto seguido cogió el fusil láser y con la culata destrozó el trazador richesiano manchado de sangre. Ya no lo necesitaba como señuelo. Que los perseguidores le siguieran valiéndose de su ingenio.

Supuso que hasta agradecerían el desafío, una vez su furia se hubiera aplacado.

Duncan se arrastró fuera. El fusil láser, casi tan alto como él, chacoloteó mientras tiraba de él. En la llanura, la hilera de luces de la partida de caza se iba acercando.

Ahora, mejor armado y animado, Duncan se perdió en la noche.

Muchos elementos del Imperio creen que detentan el poder absoluto: la Cofradía Espacial con su monopolio sobre los viajes interestelares, la CHOAM con su dictadura económica, la Bene Gesserit con sus secretos, los Mentats con su control de los procesos mentales, la Casa Corrino con su trono, las Grandes y Menores Casas del Landsraad con sus enormes posesiones. Pobres de nosotros el día en que una de estas facciones decida demostrar que tiene la razón.

Conde HASIMIR FENRING,
despachos desde Arrakis

Leto apenas tuvo una hora para refrescarse y descansar en sus aposentos del Grand Palais.

—Er, siento daros prisas —dijo Rhombur mientras salía al pasillo de paredes acristaladas—, pero no querréis perderos esto. Se tardan meses en construir un Crucero. Avisadme cuando estéis preparado para ir a la cubierta de observación.

Leto, todavía nervioso, pero agradecido de poder estar solo unos minutos, inspeccionó su equipaje y echó un vistazo a la habitación. Contempló sus pertenencias, guardadas con todo cuidado, muchas más de las necesarias, incluyendo baratijas, un paquete de cartas de su madre y una Biblia Católica Naranja. Le había prometido que cada noche leería unos cuantos versículos.

Pensó en el tiempo que necesitaría para sentirse como en casa (un año entero ausente de Caladan), y dejó todo como estaba. Ya tendría tiempo para ocuparse de ello. *Un año en Ix.*

Cansado después de su largo viaje, con la mente todavía aturdida por la extrañeza de aquella metrópoli subterránea, Leto se quitó su cómoda camisa y se tumbó sobre la cama. Apenas había conseguido probar la dureza del colchón y ahuecar la almohada, cuando Rhombur llamó a su puerta.

—¡Vamos, Leto! ¡Daos prisa! Vestíos, que vamos a coger un transporte.

Mientras intentaba meter su brazo izquierdo por la manga, Leto se reunió con el otro adolescente en el pasillo.

Un metro les condujo entre los edificios invertidos hasta las afueras de la ciudad subterránea, y después una cápsula elevadora les bajó hasta el segundo nivel de edificios, tachonados de cúpulas de observación. Rhombur se abrió paso entre las multitudes que abarrotaban las galerías y ventanales. Agarró a Leto del brazo mientras dejaban atrás a los guardias de Vernius y a los espectadores congregados. El príncipe tenía la cara enrojecida, y se volvió hacia los demás.

—¿Qué hora es? ¿Ya ha sucedido?

—Aún no. Faltan unos diez minutos.

—El Navegante llegará de un momento a otro. En estos momentos están escoltando su cámara a través del campo.

Rhombur murmuró agradecimientos y disculpas, al tiempo que guiaba a su confuso acompañante hasta un ventanal de metacristal situado en la pared inclinada de la galería de observación.

Se abrió otra puerta al fondo de la sala, y la muchedumbre se apartó para dejar paso a dos jóvenes de cabello oscuro, gemelos idénticos, a juzgar por su aspecto. Flanqueaban a la hermana de Rhombur, Kailea, como orgullosos escoltas. Durante el breve rato que la había perdido de vista, observó Leto, Kailea se había puesto un vestido diferente, menos frívolo pero no menos hermoso. Daba la impresión de que su presencia embriagaba a los gemelos, y parecía que sus atenciones constantes agradaban a Kailea. Sonrió a los dos y les guió hasta un punto estratégico del ventanal de observación.

Rhombur condujo a Leto hacia ellos, mucho más interesados en la vista que en los miembros de la multitud. Leto miró alrededor y supuso que los espectadores eran autoridades importantes. Miró hacia abajo, todavía ignorante de lo que iba a suceder.

Un inmenso recinto se perdía en la distancia, en el punto donde el techo de la gruta y el horizonte se confundían. Divisó un Crucero ya terminado, una nave del tamaño de un asteroide como la que le había transportado desde Caladan a Ix.

—Ésta es, er, la fábrica más importante de Ix —dijo Rhombur—. Es la única superficie del Imperio capaz de dar cabida a un Crucero. Todo el mundo utiliza diques secos en el espacio. Aquí, en un entorno terrestre, la seguridad y eficacia de la construcción a gran escala es muy rentable.

La reluciente nave ocupaba casi en su totalidad el cañón subterráneo. Un abanico de revestimientos dorsales decorativos brillaban en el lado más cercano. Sobre el fuselaje destacaba una centelleante hélice ixiana púrpura y cobriza, entrelazada con el analema blanco de la Cofradía Espacial, que simbolizaba el infinito.

La nave, construida en los subterráneos, descansaba sobre un mecanismo elevador, el cual alzaba la nave sobre el nivel del suelo para que grandes camiones terrestres pudieran circular bajo el casco. Obreros suboides, de uniformes blancos y plateados, examinaban el fuselaje con aparatos manuales y llevaban a cabo tareas mecánicas rutinarias. Mientras los equipos de obreros inspeccionaban la nave de la Cofradía, con el fin de ponerla a punto para salir al espacio, hileras de luces bailaban alrededor de la fábrica: barreras de energía para repeler a los intrusos.

Grúas y soportes elevadores semejaban diminutos parásitos que reptaban sobre el casco del Crucero, pero casi toda la maquinaria estaba retirada hacia las paredes inclinadas de la cámara, para no estorbar un... ¿lanzamiento? Leto pensó que era imposible. Miles de obreros hormigueaban como una pauta estática en el suelo, retiraban desperdicios y preparaban el despegue de la formidable nave.

Los murmullos del público aumentaron de intensidad, y Leto presintió que algo iba a suceder. Vio numerosas pantallas e imágenes transmitidas por cámaras ocultas.

—Pero... —preguntó, aturdido por el espectáculo— ¿cómo lo hacéis? ¿Una nave de este tamaño? El techo es de roca, y todas las paredes parecen sólidas.

Uno de los gemelos le miró con una sonrisa.

—Ya lo veréis.

Los dos jóvenes tenían grandes ojos hundidos en sus rostros cuadrados y expresión concentrada. Eran unos años mayores que Leto. Su piel pálida era una consecuencia inevitable de vivir en el subsuelo. No observó emblemas familiares en el cuello de su ropa, y decidió que no eran de la Casa Vernius.

Kailea carraspeó y miró a su hermano.

—Rhombur —dijo—, estás olvidando tus modales.

Rhombur recordó sus obligaciones.

—¡Ah, sí! Éste es Leto Atreides, heredero de la Casa Atreides de Caladan. Os presento a C'tair y D'murr Pilru. Su padre es el embajador de Ix en Kaitain, y su madre es banquera de la Cofradía. Viven en una de las alas del Grand Palais, de modo que les veréis a menudo.

Los jóvenes hicieron una reverencia y dio la impresión de que se acercaban aún más a Kailea.

—Nos estamos preparando para los exámenes de la Cofradía, que se celebrarán dentro de pocos meses —dijo C'tair—. Abrigamos la esperanza de pilotar una nave como ésta algún día.

Su cabeza morena indicó la enorme nave. Kailea les miró con preocupación en sus ojos verdes, como si su aspiración de ser Navegantes no la convenciera.

Leto se sintió conmovido por el entusiasmo que distinguió en los ojos castaños del joven. El otro hermano era menos sociable, y sólo parecía interesado en la actividad que se desarrollaba abajo.

—Aquí llega la cámara del Navegante —dijo D'murr.

Un voluminoso contenedor negro flotó sobre un camino despejado, alzado sobre elevadores industriales. Constituía una tradición que los Navegantes de la Cofradía ocultaran su apariencia tras espesas nubes de especia. Se creía que el proceso de convertirse en Navegante transformaba a una persona en algo más que humano, algo más evolucionado. La Cofradía no confirmaba ni negaba las especulaciones.

—No se ve nada dentro —dijo C'tair.

—Sí, pero lleva un Navegante. Lo intuyo.

D'murr se inclinó hacia adelante, como si deseara atravesar la ventana de observación de metacristal. Cuando los gemelos dejaron de hacerle caso, fascinados por la nave, Kailea se volvió hacia Leto y sostuvo su mirada con brillantes ojos esmeralda.

Rhombur indicó la nave y prosiguió su veloz conversación.

—Estos nuevos modelos de Crucero optimizados tienen muy emocionado a mi padre. No sé si habéis estudiado su historia, pero al principio los Cruceros

eran de fabricación, er, richesiana. Ix y Richese compe-
tían por conseguir los contratos de la Cofradía, pero
poco a poco les ganamos la mano, volcando todos los
aspectos de nuestra sociedad en el proceso: subsidios, er,
reclutamientos, recaudación de impuestos, lo que hiciera falta. En Ix no hacemos las cosas a medias.

—También he oído que sois unos maestros en el
sabotaje industrial y en las leyes sobre patentes —comentó Leto, recordando las palabras de su madre.

Rhombur meneó la cabeza.

—Mentiras propagadas por las Casas celosas. Infiernos carmesíes, nosotros no robamos ideas ni patentes.
Sólo sostuvimos una guerra tecnológica con Richese, y
ganamos sin disparar un tiro. Les asestamos golpes
mortales, tan definitivos como si hubiéramos utilizado
armas atómicas. Era o ellos o nosotros. Hace una generación, perdieron la administración de Arrakis, casi al
mismo tiempo que perdían su liderazgo tecnológico.
Un liderazgo familiar desastroso, supongo.

—Mi madre es richesiana —dijo Leto, tirante.

Rhombur se ruborizó, avergonzado.

—Oh, lo siento. Me había olvidado.

Se alisó el enmarañado pelo rubio para ocupar las
manos en algo.

—No pasa nada. No somos ciegos —dijo Leto—. Sé
de qué estáis hablando. Richese aún existe, pero a una
escala muchísimo menor. Demasiada burocracia y escasas innovaciones. Mi madre nunca ha querido llevarme
allí, ni siquiera para visitar a su familia. Demasiados
recuerdos dolorosos, supongo, aunque sospecho que
confiaba en que la boda con mi padre contribuiría a
recuperar la fortuna de Richese.

El contenedor que albergaba al misterioso Navegante entró por un orificio en el extremo delantero del
Crucero. La cámara negra desapareció en las entrañas de
la nave como un mosquito engullido por un pez.

Si bien era más joven que su hermano, Kailea habló en tono muy serio:

—El nuevo programa de Cruceros será para nosotros el más ventajoso de todos los tiempos. Gracias a este contrato, grandes cantidades ingresarán en nuestras cuentas. La Casa Vernius recibirá el veinticinco por ciento de todos los solaris que ahorremos a la Cofradía Espacial durante la primera década.

Leto, impresionado, pensó en las humildes actividades de Caladan: la cosecha de arroz pundi, las barcas que descargaban las mercancías de los buques... y los vítores que la población dedicaba al viejo duque después de las corridas de toros.

Los altavoces montados a lo largo y ancho de la inmensa cámara propagaron sirenas chirriantes. Los obreros suboides, como limaduras de hierro atraídas por un campo magnético, abandonaron las inmediaciones del Crucero. Parpadearon luces en los demás ventanales de observación de las torres estalactitas. Leto distinguió diminutas formas apretujadas contra ventanas lejanas.

Rhombur se acercó a Leto, mientras los espectadores guardaban silencio.

—¿Qué pasa? —preguntó Leto—. ¿Qué va a suceder?

—El Navegante va a despegar —dijo C'tair.

—Se alejará de Ix, para poder empezar su periplo —añadió D'murr.

Leto contempló el techo de roca, la barrera impenetrable de corteza planetaria, y comprendió que era imposible. Oyó un tenue zumbido, apenas perceptible.

—Sacar al exterior una nave de estas características no es difícil, er, al menos para ellos. —Rhombur cruzó los brazos sobre el pecho—. Mucho más fácil que introducir un Crucero en un espacio cerrado como éste. Sólo un Timonel avezado es capaz.

Mientras Leto miraba, con la respiración contenida como todos los demás espectadores, el Crucero refulgió fugazmente, perdió definición y desapareció por completo.

Un fuerte estampido resonó en la gruta, debido al repentino desplazamiento de aire. Un temblor recorrió el edificio de observación, y a Leto se le taparon los oídos.

Ahora, la cueva estaba vacía, un inmenso espacio cerrado sin el menor rastro del Crucero, sólo equipo abandonado y una pauta de brillos apagados en el suelo, paredes y techo.

—¿Recordáis cómo maneja el Navegante una nave? —preguntó D'murr, al advertir la confusión de Leto.

—Pliega el espacio —dijo C'tair—. El Crucero no ha atravesado la corteza rocosa de Ix en ningún momento. El Navegante se ha limitado a ir desde aquí... a su destino.

De entre el público se elevaron aplausos. Rhombur parecía muy complacido cuando indicó el inmenso vacío que se extendía bajo sus pies.

—¡Ahora tenemos sitio para empezar a construir otro!

—Pura y sencilla economía de medios. —Kailea miró a Leto—. No perdemos ni un segundo.

Las esclavas concubinas permitidas a mi padre gracias al acuerdo entre la Bene Gesserit y la Cofradía no podían, por supuesto, dar a luz un Sucesor Real, pero las intrigas eran constantes y agobiantes en su similitud. Mi madre, mis hermanas y yo nos convertimos en unas expertas en evitar sutiles instrumentos de muerte.

De *En la casa de mi padre*,
de la princesa IRULÁN

Las aulas destinadas al príncipe heredero Shaddam en el palacio imperial habrían bastado para albergar un pueblo en algunos planetas. El heredero de los Corrino meditaba con desinterés delante de su máquina de enseñanza, mientras Fenring le observaba.

—Mi padre aún quiere que reciba clases como un niño pequeño. —Shaddam miró con ceño las luces y los mecanismos giratorios de la máquina—. Ya tendría que haberme casado a estas alturas. Ya debería tener un heredero imperial.

—¿Para qué? —rió Fenring—. ¿Para que el trono pueda saltarse una generación y pasar directamente a tu hijo, cuando sea mayor de edad, hummmm?

Shaddam tenía treinta y cuatro años, y a tenor de las circunstancias se encontraba a una vida de distancia de coronarse emperador. Cada vez que el viejo tomaba un trago de cerveza de especia activaba más el veneno secreto, pero hacía meses que el *n'kee* obraba efecto y el único resultado visible era un comportamiento cada vez más irritable. ¡Como si no tuviese suficiente mal genio!

Aquella misma mañana Elrood había regañado a Shaddam por no prestar más atención a los estudios.

—¡Observa y aprende! —Una de las tediosas muletillas de su padre—. Imita a Fenring, por una vez.

Desde la infancia Hasimir Fenring había asistido a clase con el príncipe heredero. En teoría hacía compañía a Shaddam, al tiempo que adquiría conocimientos sobre política e intrigas cortesanas. En los estudios Fenring siempre destacaba más que su amigo. Devoraba todos los datos que podían ayudarle a mejorar su posición.

Su madre, Chaola, una dama de compañía introspectiva, se había establecido en una casa tranquila y vivido de su pensión, después de la muerte de la cuarta esposa del emperador, Habla. Al criar a los dos niños juntos mientras atendía a la emperatriz Habla, Chaola había proporcionado a Fenring la oportunidad de ser mucho más que un simple acompañante, casi como si lo hubiera planeado.

Ahora, Chaola fingía no entender lo que su hijo hacía en la corte, si bien había adquirido el adiestramiento Bene Gesserit. Fenring era lo bastante avispado para saber que su madre comprendía muchas más cosas de lo que su rango sugería, y que muchos planes y proyectos de reproducción se habían desarrollado sin que él lo supiera.

Shaddam soltó un suspiro de desesperación y se volvió.

—¿Por qué el viejo no muere y me facilita las cosas? —Se cubrió la boca, alarmado de sus propias palabras.

Fenring se paseaba de un lado a otro, al tiempo que observaba las banderas del Landsraad. El príncipe heredero debía saber de memoria los colores y emblemas de cada Grande y Menor Casa, pero a Shaddam ya le costaba recordar los nombres de todas las familias.

—Sé paciente, amigo mío. Todo a su tiempo. —Fenring encendió una varilla de incienso perfumado a la vainilla e inhaló el humo—. Entretanto, vérsate en temas que serán útiles a tu reinado. Necesitarás esa información en un futuro cercano, ¿hummmm?

—Deja de hacer ese ruido, Hasimir. Me pone nervioso.

—¿Hummmm?

—Ya me irritaba cuando era niño, y aún lo consigue. ¡Basta!

En la habitación contigua, tras unas supuestas pantallas de intimidad, Shaddam oyó las risitas de su profesor particular, el roce de ropas, de sábanas, de piel contra piel. El profesor pasaba las tardes con una mujer esbelta y extraordinariamente bella, adiestrada sexualmente para acceder a la Clase Experta. Shaddam había dado órdenes a la muchacha, y sus artes mantenían distraído al profesor, para que Fenring y él pudieran sostener conversaciones privadas, algo bastante difícil en un lugar plagado de ojos observadores y oídos atentos.

Sin embargo, el profesor ignoraba que la muchacha sería entregada como presente a Elrood, un complemento perfecto de su harén. Aquel pequeño engaño proporcionaba al príncipe heredero una buena amenaza que esgrimir contra el fastidioso profesor. Si el emperador llegaba a enterarse...

—Aprender a manipular a la gente es una parte importante del arte de gobernar —le decía con frecuencia Fenring después de sugerir una idea.

Eso, al menos, Shaddam lo comprendía. *Mientras el príncipe heredero escuche mis consejos*, pensaba Fenring, *será un buen gobernante.*

Las pantallas mostraban aburridas estadísticas de

medios de embarque, exportaciones fundamentales a los principales planetas, imágenes holográficas de todos los productos concebibles, desde las mejores pieles de ballena teñidas a tapices audiorrelajantes ixianos... hilo shiga, fabulosos objetos de arte Ecazi, arroz pundi y excremento de mulo. Todo surgía de la máquina de enseñanza como una fuente de sabiduría descontrolada, como si Shaddam debiera conocer y recordar todos los detalles. *Pero para eso están los expertos y los consejeros.*

Fenring lanzó una mirada a la pantalla.

—De todas las cosas del Imperio, Shaddam, ¿cuál consideras la más importante, hummmm?

—¿Ahora también eres mi profesor particular, Hasimir?

—Siempre —contestó Fenring—. Si llegas a ser un soberbio emperador, beneficiará al populacho... y a mí.

La cama de la habitación contigua produjo sonidos rítmicos.

—La paz y la tranquilidad es lo más importante —gruñó Shaddam.

Fenring pulsó una tecla de la máquina. Apareció la imagen de un planeta desierto. *Arrakis.* Fenring se sentó al lado de Shaddam.

—La especia melange. Eso es lo más importante. Sin ella el Imperio se derrumbaría.

Se inclinó y sus dedos ahusados volaron sobre los controles, convocando imágenes del planeta desierto y las actividades de recolección de especia. Shaddam contempló una secuencia en la que un gigantesco gusano del desierto destruía una factoría de recolección en las profundidades del desierto.

—Arrakis es la única fuente conocida de melange en todo el universo. —Fenring descargó el puño sobre la mesa—. Pero ¿por qué? Con todos los exploradores y prospectores imperiales, y la enorme recompensa que la Casa Corrino ha ofrecido durante generaciones, ¿por qué nadie ha encontrado especia en otro lugar? Al fin y al cabo, con mil millones de planetas en el Imperio, tiene que haber en otra parte.

—¿Mil millones? —Shaddam se humedeció los labios—. Hasimir, ya sabes que eso es una hipérbole para las masas. No habrá más de un millón.

—Un millón, mil, ¿qué más da, hummmm? Lo que quiero decir es que si la melange es una sustancia que se encuentra en el universo, deberíamos localizarla en más de un lugar. ¿Sabes algo del planetólogo que tu padre envió a Arrakis?

—Por supuesto, Pardot Kynes. Esperamos otro informe de él de un momento a otro. Han pasado varias semanas desde el último. —Alzó la cabeza con orgullo—. Los leo en cuanto llegan.

Oyeron jadeos y risitas procedentes de la habitación contigua, pesados muebles arrastrados, algo que caía al suelo con un golpe sordo. Shaddam se permitió una leve sonrisa. La concubina estaba muy bien entrenada, sin duda.

Fenring puso los ojos en blanco y se volvió hacia la máquina de enseñar.

—Presta atención, Shaddam. La especia es vital, y sin embargo una sola Casa de un solo planeta controla toda la producción. La amenaza de un racionamiento es muy seria, pese a la supervisión imperial y las presiones de la CHOAM. Para preservar la estabilidad del Imperio, necesitamos una fuente mejor de melange. Deberíamos crearla sintéticamente, si es necesario. Necesitamos una alternativa... —se volvió hacia el príncipe heredero con ojos centelleantes— que se halle bajo nuestro control.

A Shaddam estas discusiones le gustaban más que las programadas rutinas pedagógicas del profesor.

—¡Ah, sí! Una alternativa a la melange cambiaría el equilibrio de poder en el Imperio, ¿verdad?

—¡Exacto! Tal como están las cosas, la CHOAM, la

Cofradía, las Bene Gesserit, los Mentats, el Landsraad, hasta la Casa Corrino, todos compiten por la producción y distribución de la especia desde un solo planeta. Pero si existiera una alternativa, en manos de la Casa Imperial, los miembros de tu familia se convertirían en auténticos emperadores, no en simples marionetas bajo el control de otras fuerzas políticas.

—No somos marionetas —replicó Shaddam—. Ni siquiera mi decrépito padre. —Dirigió una nerviosa mirada al techo, como buscando cámaras espía ocultas, aunque Fenring ya había escaneado toda la estancia—. Larga vida tenga.

—Como digáis, mi príncipe —dijo Fenring, sin ceder un milímetro—. Si ponemos las ruedas en acción, recibirás esos beneficios cuando el trono sea tuyo. —Jugueteó con la máquina de enseñar—. ¡Observa y aprende! —dijo, imitando con un falsete la potente voz de Elrood.

Shaddam rió del sarcasmo.

La máquina mostró escenas de los logros industriales de Ix, de todas las nuevas invenciones y modificaciones llevadas a cabo durante el fructífero gobierno de la Casa Vernius.

—¿Por qué crees que los ixianos no utilizan su tecnología para encontrar una alternativa a la especia? —preguntó Fenring—. Se les ha ordenado una y otra vez que analicen la especia y desarrollen otra alternativa, pero lo único que hacen es jugar con sus máquinas de navegación y sus estúpidos medidores de tiempo. ¿A quién le hace falta saber la hora exacta en tal o cual planeta del Imperio? ¿En qué esos proyectos son más importantes que la especia? La Casa Vernius es un fracaso total, en lo que os concierne a vosotros.

—Esta máquina de enseñar es ixiana. El irritante diseño del nuevo Crucero es ixiano. Y también tu vehículo terrestre de alto rendimiento y...

—No importa —interrumpió Fenring—. No creo que la Casa Vernius dedique ninguno de sus recursos tecnológicos a solucionar el problema de la alternativa a la especia. Para ellos no es una cuestión prioritaria.

—Entonces mi padre debería guiarles con más firmeza. —Shaddam enlazó las manos a la espalda y trató de componer un porte imperial, enrojecido de indignación forzada—. Cuando sea emperador me encargaré de que la gente comprenda sus prioridades. Ah sí, yo en persona decidiré qué es lo más importante para el Imperio y la Casa Corrino.

Fenring rodeó la máquina de enseñar como un tigre Laza al acecho. Cogió un dátil azucarado de una bandeja de fruta que había en una mesa lateral.

—El viejo Elrood hizo afirmaciones similares hace mucho tiempo, pero hasta el momento no ha cumplido ninguna de ellas. —Agitó su mano de largos dedos—. Oh, al principio pidió a los ixianos que investigaran el asunto. También ofreció una generosa recompensa al primer explorador que descubriera preespecia en planetas inexplorados. —Se metió el dátil en la boca, chupó sus dedos pegajosos y engulló la fruta—. Nada de nada.

—En ese caso mi padre debería aumentar la recompensa —dijo Shaddam—. No se ha esforzado lo suficiente.

Fenring estudió sus uñas bien cortadas, y después miró a Shaddam a los ojos.

—¿No será que el viejo Elrood no desea considerar todas las alternativas necesarias?

—Es un incompetente, pero no tan estúpido. ¿Por qué lo haría?

—Imagina que alguien sugiriera utilizar a los Bene Tleilax, por ejemplo. Como única solución posible.

Fenring se apoyó contra una columna de piedra para observar la reacción de Shaddam.

Una expresión de asco cruzó el rostro del príncipe heredero.

—¡Los repugnantes Tleilaxu! ¿Quién querría trabajar con ellos?

—Podrían proporcionar la respuesta que buscamos.

—No hablas en serio. No se puede confiar en los Tleilaxu.

Recreó en su mente la raza de piel grisácea, el cabello grasiento y la estatura de enano, los ojos como cuentas, las narices respingonas, los dientes afilados. Se mantenían alejados de los forasteros, aislaban sus planetas centrales, cavaban una zanja social en la que pudieran revolcarse a gusto.

Sin embargo, los Bene Tleilax eran auténticos hechiceros genéticos. Utilizaban métodos poco ortodoxos y detestables desde el punto de vista social, manipulaban carne muerta o viva, desechos biológicos. Gracias a sus misteriosos pero poderosos contenedores de axlotl podían cultivar clones de células vivas y gholas de muertos. Un aura resbaladiza y furtiva rodeaba a los Tleilaxu. *¿Cómo alguien puede tomarlos en serio?*

—Piensa en ello, Shaddam. ¿Acaso no son los Tleilaxu maestros de la química orgánica y la mecánica celular, hummmm? —Fenring resopló—. Gracias a mi propia red de espionaje, he averiguado que los Bene Tleilax, pese a la repugnancia que nos despiertan, han desarrollado una nueva técnica. Yo mismo poseo... algunas de sus habilidades técnicas, y creo que esta técnica Tleilaxu se puede aplicar a la producción de melange artificial... nuestra propia fuente. —Clavó sus brillantes ojos en los de Shaddam—. ¿O es que no quieres considerar todas las alternativas, y permitir que tu padre conserve el control?

Shaddam se removió en su asiento, vacilante. Habría preferido estar jugando una partida de bola-escudo. No le gustaba pensar en aquellos seres enanos. Los Bene

Tleilax, fanáticos religiosos, eran muy reservados y no recibían invitados. Indiferentes a la opinión que suscitaban en otros planetas, enviaban a sus representantes para observar y firmar tratados al más alto nivel, ofreciendo sus productos únicos de bioingeniería. Corrían rumores de que ningún forastero había visto a una mujer Tleilaxu. Nunca. Pensó que debían de ser asombrosamente bellas... o increíblemente feas.

Al ver que el príncipe heredero se estremecía, Fenring le señaló con un dedo.

—Shaddam, no caigas en la misma trampa que tu padre. Como amigo y consejero, debo investigar posibilidades que han pasado desapercibidas, ¿hummmm? Olvida esos sentimientos y piensa en la posible victoria si esto funciona: una victoria sobre el Landsraad, la Cofradía, la CHOAM y la artera Casa Harkonnen. Es divertido pensar que todas las argucias empleadas por los Harkonnen para apoderarse de Arrakis después de la caída de Richese no les habrán servido de nada.

Su voz adquirió un tono más untuoso, más razonable.

—¿Qué más da si hemos de hacer un trato con los Tleilaxu, si con ello la Casa Corrino acaba con el monopolio de la especia y establece una fuente independiente?

Shaddam le miró, dando la espalda a la máquina de enseñar.

—¿Estás seguro de eso?

—No, no lo estoy —replicó Fenring—. Nadie estará seguro hasta que se haya logrado. Pero al menos hemos de considerar la idea, concederle una oportunidad. De lo contrario, a la larga alguien lo hará... Incluso puede que los Bene Tleilax. Hemos de hacerlo por nuestra propia supervivencia.

—¿Qué pasará cuando mi padre se entere? —preguntó Shaddam—. La idea no le hará gracia.

El viejo Elrood nunca pensaba por sí solo, y el chaumurky de Fenring ya había empezado a fosilizar su cerebro. El emperador siempre había sido un patético peón, manipulado por fuerzas políticas. Tal vez el buitre senil había hecho un trato con la Casa Harkonnen para confiarles el control de la producción de especia. No sería una sorpresa para Shaddam saber que el poderoso barón tenía al viejo Elrood atado de pies y manos. La Casa Harkonnen era fabulosamente rica, y sus medios de influencia eran legión.

Sería estupendo ponerles de rodillas.

Fenring puso los brazos en jarras.

—Puedo conseguir que todo esto suceda, Shaddam. Tengo contactos. Puedo traer aquí a un representante de los Bene Tleilax sin que nadie se entere. Puede defender nuestro caso ante la Corte Imperial, y si tu padre le rechaza, tal vez averigüemos quién controla el trono... El rastro estaría fresco. ¿Pongo la maquinaria en marcha, hummmm?

El príncipe heredero echó un vistazo a la máquina de enseñar, que seguía dando clases a un alumno inexistente.

—Sí, sí, por supuesto —dijo, impaciente ahora que había tomado una decisión—. No perdamos más tiempo. Y para de hacer ese ruido.

—Tardaré un poco en disponer todas las piezas en su sitio, pero la inversión valdrá la pena.

Se oyó un agudo gemido en la habitación contigua, y después un chillido de éxtasis, cada vez más fuerte, hasta que dio la impresión de que las paredes iban a derrumbarse.

—Nuestro profesor habrá aprendido a complacer a su palomita —dijo Shaddam con ceño—. O quizá la zorra está fingiendo.

Fenring rió y meneó la cabeza.

—Ésa no era ella, amigo mío. Era la voz de él.

—Me gustaría saber qué estarán haciendo ahí dentro —dijo Shaddam.

—No te preocupes. Todo se está grabando para que te entretengas más tarde. Si nuestro amado profesor colabora con nosotros y no causa problemas, miraremos para divertirnos. Si, al contrario, se pone difícil, esperaremos hasta que tu padre haya recibido como regalo a la nueva concubina para su placer personal… y entonces pasaremos al emperador Elrood una selección de estas imágenes.

—Y nos saldremos con la nuestra —dijo Shaddam.

—Exacto, mi príncipe.

El planetólogo tiene acceso a muchas fuentes, datos y proyecciones. Sin embargo, sus herramientas más importantes son los seres humanos. Sólo cultivando la cultura ecológica entre el pueblo podrá salvar a todo un planeta.

PARDOT KYNES
El caso de Bela Tegeuse

Mientras recopilaba notas para su siguiente informe dirigido al emperador, Pardot Kynes descubrió crecientes pruebas de sutiles manipulaciones ecológicas. Sospechaba de los Fremen. ¿Qué otros responsables podían existir en los eriales de Arrakis?

Llegó a la conclusión de que el número de habitantes del desierto era mucho mayor de lo que los Harkonnen suponían, y de que los Fremen alimentaban un sueño propio... pero el planetólogo que era se preguntaba si habían desarrollado un plan concreto para convertirlo en realidad.

Mientras meditaba sobre los enigmas geológicos y ecológicos del planeta desierto, Kynes adquirió la certidumbre de que estaba a su alcance insuflar vida en aquellas arenas calcinadas. Arrakis no era el pedrusco muerto que aparentaba en la superficie, sino una semilla capaz de dar frutos magníficos... siempre que el medio ambiente recibiera los cuidados apropiados.

Los Harkonnen no iban a tomarse tal molestia. Aunque gobernadores del planeta desde hacía décadas, el barón y su caprichosa cohorte se comportaban como simples invitados de paso, en absoluto dispuestos a efectuar inversiones a largo plazo en Arrakis. Como planetólogo, había observado las señales evidentes. Los Harkonnen estaban saqueando el planeta, lo despojaban de toda la melange posible sin pensar en el futuro.

Las maquinaciones políticas y las alternancias de poder podían desequilibrar las alianzas con facilidad. Dentro de unas décadas, sin duda, el emperador entregaría el control de las operaciones relacionadas con la especia a otra Gran Casa. Hacer inversiones a largo plazo en Arrakis no beneficiaba en nada a los Harkonnen.

Por lo demás, muchos de sus habitantes eran pobres: contrabandistas, mercaderes de agua, comerciantes a los que costaría poco cerrar el negocio y trasladarse a otro planeta. A nadie le interesaban los apuros del planeta. Arrakis no era más que un recurso a exprimir y desechar.

No obstante, Kynes pensaba que los Fremen tenían otros planes. Se decía que los solitarios habitantes del desierto se aferraban a sus costumbres. Durante su larga historia, habían vagado de planeta en planeta, pisoteados y esclavizados, antes de fundar su hogar en Arrakis, un planeta al que llamaban Dune desde tiempos remotos. Era la gente que se jugaba más en aquel lugar. Sufrían las consecuencias causadas por los explotadores.

Si Kynes pudiera ganarse la colaboración de los Fremen, y si existían tantos como él sospechaba, podrían obrarse cambios a gran escala. En cuanto hubiera acumulado datos suficientes sobre pautas climáticas, contenido atmosférico y fluctuaciones estacionales, podría desarrollar un calendario realista, un plan que transformaría Arrakis, a la larga, en un vergel. *¡Puede hacerse!*

Desde hacía una semana había concentrado sus actividades alrededor de la Muralla Escudo, una enorme cordillera que abarcaba las regiones del polo norte. La mayoría de los habitantes se habían establecido en terrenos rocosos y protegidos, de difícil acceso a los gusanos, según creía.

Para examinar el territorio de cerca, Kynes decidió viajar sin prisas en un vehículo terrestre individual. Rodeó la base de la Muralla Escudo, tomó medidas y recogió especímenes. Midió el ángulo de los estratos de las rocas para determinar el fenómeno geológico que había dado nacimiento a una barrera montañosa tan formidable.

Con el tiempo y meticulosos estudios, hasta podría encontrar capas de fósiles, masas de piedra caliza con conchas marinas o seres oceánicos primitivos petrificados, procedentes del pasado del planeta, mucho más húmedo. Hasta el momento, la sutil evidencia de agua primordial era evidente para el ojo entrenado. Descubrir aquel resto criptozoico sería la piedra angular de su tratado, la prueba incontestable de sus sospechas…

Una mañana, temprano, Kynes subió a su vehículo, dejando rastros en el erosionado suelo de la muralla montañosa. En aquella zona todos los poblados, desde el más grande hasta el más humilde, estaban señalados en los planos, sin duda para facilitar el cobro de impuestos y la explotación de los Harkonnen. Era una suerte contar con esos planos.

Llegó a los alrededores de un lugar llamado Windsack, donde habían instalado un puesto de guardia y barracones para los soldados Harkonnen, que vivían en una precaria alianza con los moradores del desierto. Kynes continuó su camino sobre el terreno desigual. Mientras canturreaba para sí, examinó las paredes de los riscos. El zumbido de los motores era como una canción de cuna, y se perdió en sus pensamientos.

Después, cuando coronó una cima y rodeó un saliente rocoso, se sobresaltó al ver un combate desesperado. Seis soldados ataviados con las mejores galas de los Harkonnen y provistos de escudos corporales blandían espadas ceremoniales contra tres jóvenes Fremen a los que habían acorralado.

Kynes frenó el vehículo. La deplorable escena le recordó al tigre Laza bien alimentado que había visto en una ocasión en Salusa Secundus, jugueteando con una pobre rata de tierra. El tigre no necesitaba más comida, sólo se divertía jugando al depredador. Había acorralado al aterrorizado roedor entre unas rocas, le arañaba con sus garras largas y curvas, abría heridas dolorosas y sangrientas, heridas no mortales, adrede. El tigre Laza jugueteó con la rata durante varios minutos, mientras Kynes observaba con sus prismáticos de alta potencia. Aburrido por fin, el tigre la decapitó de una dentellada y se alejó contoneándose.

En cambio, los tres jóvenes Fremen oponían una resistencia mucho más feroz que la rata de tierra, pero sólo contaban con cuchillos y destiltrajes. Los nativos del desierto no tenían la menor posibilidad ante la capacidad militar y las armas de los soldados Harkonnen.

Pero no se rindieron.

Los Fremen arrojaban piedras con precisa puntería, pero los proyectiles rebotaban contra los escudos. Los Harkonnen rieron y se acercaron más.

Kynes bajó de su vehículo, fascinado por la escena. Ajustó su destiltraje, aflojó las sujeciones para gozar de más libertad de movimientos. Comprobó que llevaba la mascarilla bien puesta, pero no cerrada. De momento no sabía si observar desde lejos, como había hecho con el tigre Laza, o intervenir de alguna manera.

Los soldados Harkonnen doblaban en número a los Fremen, y si Kynes acudía en defensa de los jóvenes sólo conseguiría salir malparado o ser acusado de resistencia a las autoridades Harkonnen. Un planetólogo imperial no debía mezclarse en incidentes locales.

Apoyó la mano en el cuchillo que llevaba al cinto. En cualquier caso, estaba preparado, pero esperaba ver tan sólo un intercambio de insultos, amenazas, y tal vez una pequeña refriega que terminaría con resentimiento y algunas contusiones.

Pero de pronto la naturaleza de la confrontación cambió, y Kynes comprendió su estupidez. No se trataba de un simple juego, sino de una reyerta muy seria. Los Harkonnen ansiaban sangre.

Los seis soldados se abalanzaron sobre los Fremen, que no cedieron terreno. Uno de ellos cayó al suelo, sangrando por una arteria cercenada del cuello.

Kynes estuvo a punto de gritar, pero se tragó sus palabras cuando una neblina roja empañó su visión. Mientras viajaba por el planeta había imaginado grandiosos planes para utilizar a los Fremen como una herramienta, un auténtico pueblo del desierto con el que compartir ideas. Pensaba utilizarles como mano de obra para su proyecto de transformación ecológica. Serían sus fieles aliados y entusiastas colaboradores.

Ahora, aquellos Harkonnen imbéciles intentaban, sin motivo aparente, matar a sus trabajadores, las herramientas con las que él pretendía transformar el planeta. No podía permitirlo.

Mientras el tercer miembro del grupo se desangraba sobre la arena, los otros dos Fremen, armados sólo con cuchillos, atacaron con una ferocidad asombrosa.

—*Taqwa!*[1] —chillaron.

Dos Harkonnen cayeron, y sus cuatro camaradas no acudieron en su ayuda con la celeridad necesaria. Los soldados de uniforme azul, vacilantes, avanzaron hacia los jóvenes.

1. Literalmente: «el precio de la libertad». Algo de gran valor. El requerimiento de un dios a un mortal (y el miedo provocado por este requerimiento). Así consta en la *Terminología del Imperio* que Frank Herbert añadió a su primer *DUNE*. (*N. del T.*)

Kynes, indignado por la patente injusticia de los Harkonnen, actuó guiado por un impulso. Se deslizó por detrás hacia los soldados, con sigilo y rapidez. Conectó su escudo personal y desenfundó su cuchillo de punta envenenada.

Durante los duros años vividos en Salusa Secundus, había aprendido a manejar aquel tipo de arma, y también a matar. Sus padres habían trabajado en una de las más infames prisiones del Imperio, y los ambientes que Kynes había conocido en sus exploraciones le habían exigido con frecuencia defenderse de temibles depredadores.

No emitió ningún grito de batalla, pues eso hubiera dado al traste con el factor sorpresa. Kynes sostenía el arma a baja altura. No era muy valiente pero sí impulsivo. Como por voluntad propia, el cuchillo atravesó poco a poco el escudo corporal del Harkonnen más cercano, y se hundió hacia arriba, hasta el hueso. La hoja penetró bajo la caja torácica del hombre, perforó sus riñones y cortó la columna vertebral.

Kynes extrajo el cuchillo, y lo hundió en el costado de un segundo soldado Harkonnen. El escudo detuvo la punta envenenada un segundo, pero cuando el Harkonnen se revolvió, Kynes le hundió el arma en el abdomen, con la punta hacia arriba.

Dos Harkonnen habían caído heridos de muerte. Los dos supervivientes contemplaron aturdidos aquel inesperado giro en los acontecimientos, y al punto aullaron de cólera. Se alejaron uno de otro, con la atención concentrada en Kynes, aunque los Fremen seguían dando muestras de valentía, preparados para luchar con uñas y dientes si era necesario.

Los Fremen se abalanzaron sobre sus atacantes.

—*Taqwa!* —gritaron de nuevo.

Uno de los Harkonnen lanzó un mandoble pero Kynes se movió con rapidez, envalentonado por la victoria sobre sus dos primeras víctimas. Describió un arco con el cuchillo, atravesó el escudo y cercenó la garganta de su atacante. Un *entrisseur*. El guardia dejó caer la espada y se llevó las manos al cuello en un inútil intento por contener la hemorragia.

El quinto Harkonnen mordió el polvo.

Mientras los dos Fremen atacaban al único superviviente, Kynes se inclinó sobre el joven herido y le habló.

—Mantén la calma. Voy a ayudarte.

El joven había sangrado copiosamente, pero Kynes llevaba un botiquín de urgencia en el cinturón. Aplicó un cicatrizador en la herida del cuello, y utilizó hipofrascos de plasma y estimulantes de alta potencia para mantener al joven con vida. Le tomó el pulso: un latido regular.

Kynes comprobó la gravedad de la herida y se asombró de que el joven no hubiera sangrado más. Sin atención médica, habría muerto al cabo de pocos minutos, pero Kynes estaba sorprendido de que hubiera sobrevivido tanto rato. *La sangre de este Fremen coagula con asombrosa rapidez*. Otro dato para archivar en su memoria. ¿Un proceso adaptativo de supervivencia para reducir la pérdida de humedad en el desierto más seco?

—¡Eeeeeaah!

—¡Nooo!

Kynes levantó la vista al oír gritos de dolor y terror. Los Fremen habían arrancado los ojos al Harkonnen superviviente y ahora se dedicaban a despellejarlo lentamente. Guardaron trozos de piel en unas bolsas que llevaban junto a la cadera.

Kynes se levantó, cubierto de sangre y jadeante. Tras contemplar aquella crueldad empezó a preguntarse si había obrado bien. Aquellos Fremen eran como animales salvajes. ¿Intentarían matarle ahora, pese a lo que había hecho por ellos? Era un completo desconocido para aquellos jóvenes desesperados.

Miró y esperó, y cuando los jóvenes terminaron con su horrenda tortura, les miró a los ojos y carraspeó antes de hablar en galach imperial.

—Me llamo Pardot Kynes, y soy el planetólogo imperial destinado a Arrakis.

Reparó en su piel manchada de sangre y decidió no tender la mano a modo de saludo. Tal vez podrían interpretar mal el gesto.

—Es un placer presentarme. Siempre he deseado conocer a los Fremen.

Es más fácil ser aterrorizado por un enemigo al que admiras.

THUFIR HAWAT, Mentat y
responsable de seguridad de la Casa Atreides

Oculto por los gruesos pinos, Duncan Idaho se arrodilló sobre las suaves agujas y sintió un poco de calor por fin. El aire frío de la noche amortiguaba el aroma resinoso de los árboles perennes, pero al menos aquí estaba protegido de la brisa, afilada como cuchillas. Se había alejado lo suficiente de la cueva para parar a descansar. Sólo un momento.

No obstante, sabía que los cazadores Harkonnen no descansarían. Se sentirían más motivados ahora que había matado a uno de los suyos. *Quizá disfruten más de la cacería*, pensó. *En especial Rabban.*

Duncan abrió el botiquín que había robado al cazador y sacó un pequeño paquete de ungüento de nueva-piel, que al aplicarlo sobre la incisión del hombro se endureció hasta formar una venda orgánica. Luego, devoró la ración nutritiva y guardó los envoltorios en los bolsillos.

Con la linterna examinó el fusil láser. Nunca había empuñado un arma semejante, pero había visto a los guardias y cazadores manejarlos. Acunó el arma y palpó sus mecanismos y controles. Apuntó el cañón hacia arriba e intentó comprender su funcionamiento. Si quería luchar, tenía que aprender.

De repente, un cegador rayo blanco salió disparado hacia las copas de los árboles. Estallaron en llamas, y grumos de aguja humeantes cayeron como nieve al rojo vivo.

Asustado, Duncan dejó caer el fusil al suelo y retrocedió a gatas, pero al punto recogió el arma y trató de memorizar la combinación de botones que había pulsado.

Las copas ardían como una hoguera y proyectaban volutas de humo acre. Duncan volvió a disparar, pero esta vez apuntó, para comprobar que podía utilizar el fusil para defenderse. La pesada arma no estaba hecha para un niño, sobre todo con el hombro y las costillas doloridas, pero podría utilizarla. Tenía que hacerlo.

Como sabía que los Harkonnen se precipitarían hacia el resplandor, Duncan corrió en busca de otro lugar donde esconderse. Se dirigió a terreno elevado, cerca del borde del risco, para continuar observando las luces dispersas de los cazadores. Sabía con exactitud cuántos eran y la distancia que les separaba de él.

¿Cómo pueden ser tan estúpidos, que ni siquiera se esconden?, se preguntó. Exceso de confianza… ¿Era ése su error? En tal caso, le sería útil. Los Harkonnen esperaban que se amoldara a su juego, para luego acobardarse y morir en el momento preciso. Duncan tendría que decepcionarles.

Tal vez esta vez jugaremos a mi manera.

Mientras corría, esquivaba las manchas de arena y se mantenía alejado de la maleza ruidosa. No obstante, la concentración de Duncan en sus perseguidores le distrajo de ver el peligro real. Oyó un crujido de ramas detrás y por encima de él, el chasquido de los arbustos, y a continuación un roce de garras sobre la roca, acompañado de una respiración pesada y ronca.

No se trataba de un cazador Harkonnen, sino de algún depredador del bosque que olfateaba su sangre.

Duncan se detuvo y miró hacia arriba en busca de unos ojos que brillaran en las sombras. Pero no se volvió hacia el afloramiento rocoso que se proyectaba sobre su cabeza hasta que oyó un gruñido. A la luz de las estrellas, distinguió la silueta acuclillada de un perro salvaje, con el lomo erizado como púas, las fauces abiertas con los colmillos al desnudo. Tenía los ojos clavados en su presa: un niño de carne tierna.

Duncan retrocedió y disparó el fusil. Falló, pero el rayo desprendió fragmentos de roca. El depredador aulló y retrocedió. Duncan disparó de nuevo, y esta vez abrió un agujero en su anca derecha. El animal desapareció en la oscuridad con un rugido de dolor.

El chillido del depredador, así como los destellos del fusil, atraerían a los cazadores Harkonnen. Duncan echó a correr de nuevo a la luz de las estrellas.

Rabban, con los brazos en jarras, contempló el cadáver de su cazador, tendido junto a la cueva. El astuto niño lo había atraído hacia una trampa. Muy ingenioso. Un pedrusco arrojado sobre su espalda y un cuchillo romo clavado en su garganta. El golpe de gracia.

Rabban reflexionó intentando analizar el reto. Percibía el olor acre de la muerte hasta en el frío de la noche. ¿No era eso lo que deseaba, un reto?

Uno de los cazadores reptó al interior del hueco y con su linterna iluminó las manchas de sangre y el destrozado trazador richesiano.

—Aquí está la explicación, mi señor. El crío se quitó el aparato de rastreo. —El cazador tragó saliva—. Un chico muy listo. Buena presa.

Rabban contempló el cadáver unos momentos más. La quemadura del sol todavía escocía sus mejillas. Sonrió poco a poco, y por fin estalló en sonoras carcajadas.

—¡Un niño de ocho años, con sólo su imaginación y un par de armas chapuceras ha acabado con uno de mis mejores hombres!

Rió de nuevo. Los demás le miraron con nerviosismo.

—Ese niño está hecho para la cacería —proclamó Rabban. Después, golpeó el cadáver con la punta de su bota—. Y este inútil no merecía formar parte de mi equipo. Dejadlo aquí para que se pudra. Que los carroñeros den cuenta de él.

Entonces, dos de los rastreadores captaron llamas en los árboles, y Rabban señaló.

—¡Allí! El crío intenta calentarse las manos. —Rió una vez más, y por fin sus hombres le corearon—. Será una noche muy emocionante.

Desde una elevación Duncan escudriñaba la distancia, lejos del pabellón custodiado. Una luz parpadeó y se apagó, y quince segundos después volvió a encenderse y apagarse. Algún tipo de señal que no procedía de los cazadores Harkonnen, muy alejados del pabellón, el puesto de guardia y las aldeas cercanas.

La luz destelló, y después se hizo la oscuridad. *¿Quién más anda por aquí?*

El Puesto de la Guardia Forestal era una reserva exclusiva de los miembros de la familia Harkonnen. Cualquier intruso era eliminado o utilizado como presa en alguna cacería. Duncan miró la luz, que se apagaba y encendía. Estaba claro que se trataba de un mensaje... ¿Quién lo estaba enviando?

Respiró hondo y se sintió pequeño pero desafiante en un mundo muy grande y hostil. No tenía adónde ir ni la menor oportunidad, pero de momento había conseguido eludir a los cazadores... ¿Podría resistir mucho más? Los Harkonnen no tardarían en llamar a más fuerzas, ornitópteros, trazadores vitales, incluso animales de caza que siguieran el olor de la sangre de su camisa, como había hecho el perro salvaje.

Duncan decidió dirigirse hacia las personas que emitían las misteriosas señales y confiar en su suerte. No esperaba encontrar a nadie dispuesto a ayudarle, pero no renunció a la esperanza. Tal vez descubriría algún medio de escapar, quizá como polizón.

Pero antes tendería otra trampa a los cazadores. Se le había ocurrido algo que les sorprendería, y le parecía bastante sencillo. Si podía matar algunos perseguidores más, sus posibilidades de escapar aumentarían.

Después de estudiar las rocas, las manchas de nieve y los árboles, eligió el mejor punto para su segunda emboscada. Encendió la linterna y dirigió el rayo al suelo, para que ningún ojo sensible distinguiera desde lejos su resplandor.

La distancia que le separaba de sus perseguidores no era muy grande. De vez en cuando oía un grito, veía los globos luminosos de la partida que iluminaban su camino a través del bosque, mientras los rastreadores intentaban adivinar el camino que tomaría su presa.

Duncan deseaba que lo adivinaran, pero jamás intuirían sus intenciones. Se arrodilló junto a un ventisquero ahuecado, introdujo la linterna en la nieve y la hundió.

El brillo que se proyectaba a través de la nieve era como agua diluyéndose en una esponja. Diminutos cristales de hielo refractaban la luz y aumentaban su brillo. El ventisquero resplandecía como una isla fosforescente en el claro a oscuras.

Corrió hacia el refugio de los árboles, con el fusil presto a disparar. Se tendió sobre una alfombra de agujas de pino, con cuidado de no presentar el menor blanco, y después apoyó el cañón del fusil sobre una pequeña roca.

Y esperó.

Los cazadores aparecieron, como era de prever, y Duncan pensó que los papeles se habían invertido: ahora él era el cazador y ellos la presa. Apuntó con los dedos tensos sobre el botón de disparo. Por fin, los cazadores llegaron al claro y dieron vueltas alrededor del ventisquero luminoso, intentando dilucidar qué significaba aquello.

Dos de ellos se volvieron hacia los árboles, como si temieran un ataque. Otros se silueteaban a la luz espectral, unos blancos perfectos, tal como Duncan había esperado.

En la retaguardia de la partida reconoció a un hombre corpulento de porte autoritario. ¡Rabban! Duncan pensó en sus padres brutalmente asesinados y disparó sin vacilar.

Pero en ese momento uno de los exploradores se plantó ante Rabban para comunicarle su informe. El rayo atravesó al hombre, que cayó inerte.

Rabban reaccionó con una agilidad sorprendente para un hombre de su tamaño y se lanzó a un lado, mientras el rayo surgía por el pecho del explorador y se hundía en el ventisquero. Duncan disparó de nuevo y alcanzó a un segundo cazador. Los restantes empezaron a disparar a ciegas hacia los árboles.

El siguiente blanco de Duncan fueron los globos luminosos. Estallaron uno tras otro, y los cazadores quedaron sumidos en la oscuridad. Abatió a dos más, mientras el resto se dispersaba para ponerse a cubierto.

Como la carga del fusil se estaba agotando, el muchacho retrocedió para ocultarse detrás de la loma desde la que había lanzado su ataque, y después corrió desesperadamente hacia la luz parpadeante que había visto. Fuera lo que fuera, era su única posibilidad.

Los Harkonnen se quedarían desorientados y desorganizados durante unos momentos. A sabiendas de que era su última oportunidad, Duncan olvidó toda precaución. Corrió, resbaló colina abajo, se golpeó contra las rocas, pero no dedicó tiempo a sentir el dolor de los arañazos y las contusiones. No podía disimular su rastro, ni tampoco lo intentó.

Detrás de él, a medida que aumentaba la distancia, oyó gruñidos ahogados, así como gritos de los cazadores: una manada de perros salvajes les había atacado. Duncan sonrió y continuó hacia la luz que parpadeaba de forma intermitente cerca del borde de la reserva forestal.

Cuando llegó por fin, corrió hacia un claro. Descubrió un ornitóptero silencioso, un aparato de alta velocidad que podía albergar a varios pasajeros. La luz provenía del techo del aparato, pero Duncan no vio a nadie.

Esperó en silencio unos momentos y avanzó con cautela. ¿Una nave abandonada? ¿La habían dejado para él? ¿Una trampa tendida por los Harkonnen? Pero ¿por qué iban a hacer eso? Ya le estaban cazando.

¿O se trataba de un milagroso salvador?

Duncan Idaho había logrado muchas cosas aquella noche y ya estaba agotado, aturdido por tantos cambios en su vida, pero sólo tenía ocho años y no sabía pilotar el aparato, aunque fuera su única esperanza de escapar. Aun así, quizá encontraría provisiones dentro, más comida, otra arma…

Se apoyó contra el casco, inspeccionó la zona, sin hacer el menor ruido. La escotilla estaba abierta pero el interior del misterioso ornitóptero se encontraba a oscuras. Avanzó con cautela y empuñando el fusil.

Entonces, unas manos surgidas de las sombras le arrebataron el arma de las manos. Duncan se tambaleó hacia atrás al tiempo que reprimía un grito.

La persona que aguardaba en el interior del vehículo lanzó el fusil sobre las planchas de la cubierta y agarró al niño por los brazos. Unas manos ásperas apretaron la herida del hombro, y Duncan lanzó una exclamación de dolor.

Pataleó y se revolvió, y cuando levantó la vista vio a una mujer de rostro amargado, cabello color chocolate y piel oscura. La reconoció al instante: Janess Milam, que había estado a su lado durante los juegos del jardín… justo antes de que los soldados Harkonnen capturaran a sus padres y enviaran a toda la familia a la ciudad prisión de Barony.

Esa mujer le había vendido a los Harkonnen.

Janess le tapó la boca antes de que pudiera gritar e inmovilizó su cabeza con firmeza. No podía escapar.

—Te pillé —dijo con voz ronca.

Había vuelto a venderle.

Consideramos los diversos planetas reservas genéticas, fuentes de enseñanzas y de enseñantes, fuentes de lo posible.

Análisis de la Bene Gesserit,
Archivos de Wallach IX

El barón Vladimir Harkonnen era un experto en actos despreciables, pero el hecho de verse obligado a aquella cópula le turbaba más que cualquier vil situación en la que hubiera participado. Le desarmaba por completo.

Y además, ¿por qué la reverenda madre tenía que comportarse con tanta calma y presunción?

Despidió a sus guardias y funcionarios, con el fin de eliminar todo posible espía de la ciudadela Harkonnen. *¿Dónde demonios está Rabban cuando le necesito? ¡De caza!* Volvió a sus aposentos privados, con el estómago revuelto.

Un nervioso sudor perlaba su frente cuando atravesó la arcada adornada, y luego conectó las cortinas de intimidad. Tal vez si apagaba los globos luminosos y fingía que hacía otra cosa...

Cuando entró, el barón experimentó cierto alivio al comprobar que la bruja no se había quitado la ropa ni se había reclinado seductoramente sobre las sábanas, a la espera de su regreso. Estaba sentada, vestida de pies a cabeza, una recatada hermana de la Bene Gesserit, pero con una insoportable sonrisa de superioridad en los labios.

El barón tuvo ganas de borrársela con un bofetón. Respiró hondo, asombrado de que aquella bruja le hiciera sentirse tan indefenso.

—Lo máximo que puedo ofreceros es un frasco con mi esperma —dijo intentando aparentar serenidad—. Fecundaos vos misma. Eso bastará para satisfacer vuestros propósitos. —Alzó su rotunda barbilla—. Las Bene Gesserit tendrán que conformarse con eso.

—No es procedente, barón —dijo la reverenda madre, sentada muy erguida sobre el diván—. Ya conocéis las normas. No criamos fetos en contenedores como los Tleilaxu. Las Bene Gesserit hemos de dar a luz mediante procedimientos naturales, sin intromisiones artificiales, por motivos que sois incapaz de comprender.

—Soy capaz de comprender muchas cosas —gruñó él.

—Esto no.

Tampoco había pensado que su truco funcionara.

—Necesitáis sangre Harkonnen. ¿Qué os parece mi sobrino Glossu Rabban? O mejor aún, su padre, Abulurd. Id a Lankiveil, y con él engendraréis tantos hijos como os plazca. No tendréis que tomaros tantas molestias.

—Inaceptable —dijo Mohiam y le clavó una fría mirada. Su rostro era vulgar pero implacable—. No he venido aquí a negociar, barón. He recibido órdenes. Debo regresar a Wallach IX embarazada de mi hija.

—Pero ¿y si...?

La bruja levantó una mano.

—He dejado muy claro lo que pasará si os negáis. Tomad una decisión. Conseguiremos nuestro propósito de una forma u otra.

De pronto, su habitación se convirtió en un lugar

desconocido y amenazador para el barón. Cuadró los hombros, flexionó los bíceps. Aunque era un hombre musculoso, de cuerpo esbelto y reflejos rápidos, su única escapatoria parecía ser someter a aquella mujer por la fuerza. No obstante, conocía las habilidades combativas de las Bene Gesserit, en especial sus extraños y ancestrales métodos... y dudó de quién sería la victoria definitiva.

Ella se levantó y cruzó la habitación con pasos silenciosos, para luego sentarse muy tiesa en el borde de la desordenada cama del barón.

—Si os sirve de consuelo, este acto me satisface tan poco como a vos.

Contempló el cuerpo bien proporcionado del barón, sus anchas espaldas, sus firmes pectorales y liso abdomen. Su rostro tenía una expresión altiva, que indicaba su cuna noble. En otras circunstancias, Vladimir Harkonnen habría sido un amante aceptable, como los preparadores masculinos con quienes la Bene Gesserit había emparejado a Mohiam durante sus años fértiles.

Ya había dado ocho hijos a la escuela de la Bene Gesserit, y todos habían sido criados lejos de ella en Wallach IX o en otros planetas de adiestramiento. Mohiam nunca había intentado seguir sus progresos. La Hermandad no lo permitía. Pasaría lo mismo con la hija que tendría del barón Harkonnen.

Como muchas hermanas bien adiestradas, Mohiam poseía la capacidad de manipular sus funciones corporales. Para llegar a reverenda madre había tenido que alterar su bioquímica mediante la ingestión de un veneno que ensanchaba los límites de la conciencia. Al transmutar la droga mortal con su cuerpo, se había internado en sus linajes anteriores, lo cual le permitía conversar con todas sus antepasadas femeninas, las vociferantes vidas interiores de la Otra Memoria.

Podía preparar su útero, ovular a voluntad, hasta

elegir el sexo de su hijo desde el momento en que esperma y óvulo se unían. Las Bene Gesserit querían una hija de ella, una hija Harkonnen, y Mohiam la daría a luz, tal como le habían ordenado.

Como sólo conocía limitados detalles de los numerosos programas de reproducción, Mohiam no entendía por qué las Bene Gesserit necesitaban aquella combinación de genes en particular, por qué la habían seleccionado para engendrar la niña y por qué ningún otro Harkonnen podía producir una descendencia adecuada a los intereses de la Bene Gesserit. Sólo estaba cumpliendo su deber. Para ella, el barón era una herramienta, un donante de esperma que debía resignarse a su papel.

Mohiam se recogió la oscura falda y se tendió sobre la cama, al tiempo que le miraba.

—Venga, barón, no perdamos más el tiempo. Al fin y al cabo, no es gran cosa. —Su mirada bajó hacia la entrepierna del barón.

Cuando éste enrojeció de rabia, ella continuó en voz baja.

—Poseo la capacidad de aumentar vuestro placer o de atenuarlo. En cualquier caso, los resultados serán los mismos. —Sonrió con sus delgados labios—. Pensad en las reservas escondidas de melange que podréis conservar sin que el emperador se entere. —Su voz se endureció—. Por otra parte, intentad imaginar la reacción del viejo Elrood contra la casa Harkonnen si descubre que le habéis engañado desde el primer momento.

El barón frunció el entrecejo y avanzó hacia la cama. Mohiam cerró los ojos y murmuró una bendición Bene Gesserit, una oración para calmarse y concentrar sus funciones corporales en su metabolismo interno.

El barón estaba más asqueado que excitado. No soportaba la visión de la forma desnuda de Mohiam. Por suerte, conservaba casi toda la ropa, al igual que él.

La mujer le manipuló hasta conseguir una erección, y Vladimir mantuvo los ojos cerrados durante todo el mecánico acto. No le quedaba otra alternativa que fantasear sobre anteriores conquistas, el dolor, el poder… cualquier cosa con tal de apartar su mente del repugnante y chapucero acto de la cópula entre hombre y mujer.

No se trataba de hacer el amor, ni mucho menos, sino de un aburrido ritual entre dos cuerpos con el objetivo de intercambiar material genético. Ni siquiera disfrutaron sexualmente.

Pero Mohiam consiguió lo que deseaba.

Piter de Vries se plantó con sigilo ante su ventana privada de observación. Como Mentat, había aprendido a deslizarse como una sombra, a ver sin ser visto. Una antigua ley de la física afirmaba que el mero acto de observación cambiaba los parámetros. Cualquier buen Mentat sabía contemplar una escena como si fuera invisible, sin que las personas sujetas a su escrutinio se dieran cuenta.

De Vries había presenciado con frecuencia las travesuras sexuales del barón mediante aquella mirilla. A veces los actos le repugnaban, en ocasiones le fascinaban… pero muy raras veces le proporcionaban ideas.

Ahora, mantenía los ojos pegados a los diminutos orificios de observación, absorbiendo los detalles, mientras el barón se veía forzado a copular con la bruja Bene Gesserit. La escena se le antojó muy divertida, y disfrutó con el desconcierto del hombre. Nunca había visto al barón tan superado por los acontecimientos. Oh, ojalá hubiera tenido tiempo de poner en marcha el aparato de grabación, para deleitarse con la escena una y otra vez.

En cuanto la mujer anunció sus exigencias, De Vries supo cuál sería el desenlace. El barón se había convertido en un peón perfecto, atrapado sin remisión, sin la menor posibilidad de elección.

Pero ¿por qué?

Incluso con sus grandes destrezas de Mentat, De Vries no podía comprender qué deseaba la Hermandad de la Casa Harkonnen o de su descendencia. La combinación genética no podía ser tan espectacular.

De momento, el Mentat se limitó a disfrutar del espectáculo.

> *Muchas invenciones han mejorado de forma selectiva habilidades o aptitudes concretas, han acentuado un aspecto u otro. Sin embargo, ningún logro ha llegado siquiera a rozar la complejidad o adaptabilidad de la mente humana.*

IKBHAN, Tratado sobre la mente, volumen II

Leto se erguía jadeante junto a Zhaz, el capitán de la guardia, en la sala de prácticas del Grand Palais. El instructor era un hombre anguloso de cabello castaño erizado, cejas pobladas y barba cuadrada. Al igual que sus pupilos, no llevaba camisa, sino pantalones cortos de lucha color beige. El olor a sudor y metal recalentado impregnaba el aire, pese a los esfuerzos de un aparato de extracción de aire. Como casi todas las mañanas, el instructor dedicaba más tiempo a mirar que a luchar. Dejaba que las máquinas de lucha se ocuparan del trabajo.

Después de sus estudios, a Leto le encantaba el cambio de ritmo, el ejercicio físico, el desafío. Ya se había adaptado a una rutina, a base de horas de adiestramiento físico y mental de alta tecnología, y más horas dedicadas a visitar las instalaciones tecnológicas y recibir instrucción sobre filosofía mercantil. Empezaba a simpatizar con el entusiasmo de Rhombur, aunque a menudo tenía que ayudar al príncipe ixiano a entender conceptos difíciles. Rhombur no era corto de entendederas, pero desconocía muchos asuntos prácticos.

Cada tres mañanas, los jóvenes salían de sus aulas y se ejercitaban en la sala de prácticas automatizada. Leto agradecía el ejercicio y la descarga de adrenalina, pero tenía la impresión de que Rhombur y el instructor de combate consideraban esta actividad como algo anticuado, exigido sólo por los recuerdos bélicos del conde Vernius.

Leto y el capitán de pelo erizado vieron que el corpulento príncipe Rhombur atacaba con una pica dorada a un bruñido mek de combate sensible. Zhaz no luchaba con sus pupilos. Opinaba que si las fuerzas de seguridad y él cumplían con su deber, ningún miembro de la Casa Vernius tendría que rebajarse jamás al bárbaro combate cuerpo a cuerpo. No obstante, colaboraba en la programación de los autómatas de combate autodidactas.

El mek, del tamaño de un hombre, se encontraba en posición de descanso, y consistía en un ovoide negro carente de rasgos distintivos, sin brazos, piernas ni cara. Sin embargo, en cuanto empezaba el combate, el ingenio ixiano generaba una serie de toscas prominencias y adaptaba diversas formas, basándose en la información de su escáner, que le indicaba la mejor forma de defenderse de un adversario. Podía proyectar puños de acero, cuchillos, cables de flexoacero y otras sorpresas desde de cualquier punto de su cuerpo. Su rostro mecánico podía desaparecer por completo o cambiar de expresión, desde una estupidez destinada a engañar al enemigo hasta una alegría diabólica, pasando por una mirada feroz de ojos febriles. El mek interpretaba y reaccionaba, aprendía a cada paso.

—Recordad, nada de pautas regulares —gritó Zhaz a Rhombur. Su barba sobresalía como una pala de su barbilla—. No dejéis que adivine vuestras intenciones.

El príncipe se agachó cuando dos dardos romos pasaron sobre su cabeza. Un cuchillo sorpresa arrojado por el mek causó un reguero de sangre en el hombro del joven. Pese a la herida, Rhombur hizo una finta y atacó, y Leto se sintió orgulloso de que su colega real no gritara de dolor.

Rhombur había pedido consejo a Leto en varias ocasiones, incluso críticas sobre su estilo de luchar. Leto contestó con sinceridad, pero sin olvidar que no era un instructor profesional, y tampoco quería revelar demasiado sobre las técnicas Atreides. Rhombur ya las aprendería con Thufir Hawat, el maestro de armas del viejo duque.

La punta de la espada del príncipe encontró un punto blando en el cuerpo negro del mek, y éste cayó «muerto».

—¡Bien, Rhombur! —gritó Leto.

Zhaz asintió.

—Mucho mejor.

Leto había peleado dos veces con el mek aquel día, y lo había derrotado en cada ocasión, con un grado de dificultad superior al utilizado por el príncipe Rhombur. Cuando Zhaz preguntó a Leto cómo había adquirido aquella destreza, el joven Atreides se mostró parco, porque tampoco deseaba fanfarronear. Sin embargo, ahora tenía pruebas de que el método de adiestramiento Atreides era superior, pese a la escalofriante cuasiinteligencia del mek. La preparación de Leto incluía cuchillos, estoques, aturdidores de balas lentas y escudos corporales, y Thufir Hawat era un instructor mucho más peligroso e impredecible que cualquier autómata.

Mientras Leto cogía su arma y se preparaba para el siguiente combate, las puertas se abrieron y entró Kailea, cubierta de joyas y de un cómodo vestido de fibra metálica cuyo diseño parecía calculado para dotarla de un aspecto espléndido pero informal. Llevaba un punzón y un cuaderno grabador riduliano. Arqueó las cejas y fingió sorpresa al encontrarles en la sala.

—¡Oh! Perdonad. He venido a echar un vistazo al diseño del mek.

La hija de los Vernius solía contentarse con empresas intelectuales y culturales, además de estudiar comercio y arte. Leto no podía apartar los ojos de ella. En ciertos momentos los ojos de la muchacha parecían flirtear con él, pero casi siempre le ignoraba con tal intensidad, que Leto sospechaba que compartía la misma atracción que él.

Durante el tiempo que llevaba en el Grand Palais, Leto se había cruzado con ella en el comedor, en las galerías de observación al aire libre y en bibliotecas. Le había contestado con fragmentos de conversación desmañada. Aparte del sugerente brillo de sus hermosos ojos verdes, Kailea no le había alentado de ninguna otra forma, pero Leto no podía dejar de pensar en ella.

No es más que una mocosa que juega a ser una dama, se recordó Leto. Lástima que no pudiera convencer a su imaginación de eso. Kailea creía a pies juntillas que estaba destinada a un futuro mucho más glorioso que vivir en el subsuelo de Ix. Su padre era un héroe de guerra, el jefe de una de las Grandes Casas más ricas, y su madre había sido concubina imperial debido a su gran belleza, y la muchacha tenía una cabeza excelente para los negocios. Era evidente que Kailea Vernius contaba con un sinfín de posibilidades.

La muchacha concentró toda su atención en el ovoide gris inmóvil.

—He convencido a nuestro padre de que piense en la posibilidad de comercializar nuestros meks de combate de última generación. —Examinó la máquina de adiestramiento, pero miraba a Leto con el rabillo del ojo, tomaba nota de su elegante perfil—. Nuestros aparatos de combate son los mejores, adaptables, versátiles y autodidactas. Lo más cercano a un adversario humano que se ha desarrollado desde la Jihad.

Leto sintió un escalofrío, y pensó en todas las advertencias de su madre. De haber estado presente, le estaría apuntando con un dedo acusador y asentiría satisfecha. Leto miró al ovoide.

—¿Estás diciendo que esta cosa tiene cerebro?

—Por todos los santos y pecadores, ¿insinuáis que viola las restricciones impuestas después de la Gran Revolución? —replicó el capitán Zhaz, estupefacto—. «No construirás una máquina a semejanza de la mente humana.»

—Somos muy, er, cuidadosos con eso, Leto —dijo Rhombur, mientras se secaba el sudor de la nuca con una toalla púrpura—. No hay nada de que preocuparse.

Leto no se conformó.

—Bien, si el mek escanea a la gente, si la adivina, como tú has dicho, ¿cómo procesa la información? Si no es mediante un cerebro de ordenador, ¿cómo? Esto no es sólo un aparato sensible. Aprende y adapta sus ataques.

Kailea tomó notas en el cuaderno de cristal y domeñó uno de los rizos dorados de su cabello cobrizo oscuro.

—Hay muchas zonas grises, Leto, y si procedemos con cautela la Casa Vernius obtendrá tremendos beneficios. —Pasó un dedo por sus labios curvos—. De todos modos, lo mejor sería ofrecer algunos modelos sin marca en el mercado negro, con el fin de sondear las perspectivas.

—No te preocupes, Leto —dijo Rhombur, con el fin de acabar con el incómodo tema. Caían gotas de sudor de su cabello rubio y tenía la piel rojiza a causa del esfuerzo—. La Casa Vernius cuenta con equipos de Mentats y consejeros legales que examinan la letra de la ley hasta el último detalle. —Miró a su hermana para que le apoyara.

Ella asintió con aire ausente.

En alguna de las sesiones de instrucción recibidas en el Grand Palais, Leto había aprendido sobre disputas de patentes interplanetarias, tecnicismos menores, añagazas sutiles. ¿Habían descubierto los ixianos una forma sustancialmente diferente de utilizar aparatos mecánicos para procesar datos, una forma que no conjuraba el espectro de las máquinas pensantes, como las que habían esclavizado a la humanidad durante tantos siglos? No entendía cómo la Casa Vernius podía haber creado un mek de combate autodidacta, sensible y adaptable sin haber violado la prohibición de la Jihad.

Si su madre se enteraba, le ordenaría volver a casa, por más que su padre se opusiera.

—Vamos a ver si es un producto tan bueno como dices —dijo Leto. Cogió un arma y dio la espalda a Kailea. Notó los ojos de la joven clavados en sus hombros desnudos, en los músculos de su espalda. Zhaz retrocedió para ver mejor.

Leto se pasó la pica de una mano a otra, adoptó una posición de combate clásica y gritó a la forma oval un grado de dificultad.

—¡Siete punto veinticuatro!

Ocho puntos más alta que antes.

El mek no se movió.

—Demasiado alta —dijo el maestro de entrenamiento, y adelantó su barbada mandíbula—. He desconectado los niveles altos a causa de su peligrosidad.

Leto frunció el ceño. El instructor de combate no quería que sus estudiantes sufrieran el menor percance. Thufir Hawat se habría reído a pleno pulmón.

—¿Intentáis presumir ante la joven dama, maese Atreides? Podríais acabar muerto.

Miró a Kailea, que también le miraba pero con una expresión burlona. Bajó la vista al cuaderno riduliano y garrapateó unas cifras más. Leto se ruborizó. Zhaz cogió una toalla de un estante y se la lanzó a Leto.

—La sesión ha terminado. Las distracciones de este tipo no son buenas para vuestro adiestramiento, y pueden causar heridas graves. —Se volvió hacia la princesa—. Lady Kailea, os pido que no entréis en la sala de entrenamiento cuando Leto Atreides esté combatiendo con nuestros meks. ¡Demasiadas hormonas sueltas en el aire! —El capitán de la guardia no podía disimular su diversión—. Vuestra presencia podría resultar más peligrosa que la de cualquier enemigo.

Hemos de hacer una cosa en Arrakis que jamás se ha intentado a escala planetaria. Hemos de utilizar al hombre como una fuerza ecológica constructiva, introduciendo vida terraformada y adaptada: una planta aquí, un animal allí, un hombre en tal lugar, con el fin de transformar el ciclo del agua y construir una nueva clase de paisaje.

Informe del planetólogo imperial
PARDOT KYNES, dirigido al emperador Padishah
Elrood IX (no enviado)

Cuando los Fremen manchados de sangre pidieron a Pardot Kynes que les acompañara, ya no sabía si era su invitado o, por el contrario, su prisionero. En cualquier caso, la perspectiva le intrigaba. Por fin tendría la oportunidad de experimentar en persona su misteriosa cultura.

Uno de los jóvenes transportó a su compañero herido hasta el pequeño vehículo terrestre de Kynes. El otro Fremen vació los compartimientos posteriores de las muestras geológicas que tanto le había costado recoger a Kynes, con el fin de dejar sitio. El planetólogo estaba demasiado estupefacto para protestar. Además, no quería enemistarse con aquella gente. Quería aprender mucho más sobre ellos.

En cuestión de momentos embutieron los cadáveres

de los soldados Harkonnen en los recipientes, con algún propósito ignoto. *Tal vez una profanación ritual de sus enemigos.* Descartó la improbable posibilidad de que los jóvenes quisieran enterrar a los muertos. *¿Ocultan los cadáveres por temor a represalias?* Eso tampoco acababa de convencerle, no encajaba con lo poco que sabía sobre los Fremen. *¿Se los llevan para obtener algo de ellos, tal vez el agua de sus tejidos?*

Entonces, sin preguntar, sin dar las gracias ni hacer comentarios, el primer Fremen se alejó a toda velocidad en el vehículo, con su compañero herido y los cadáveres de los soldados. Kynes lo vio marchar, junto con su equipo de supervivencia en el desierto y los planos, incluidos muchos que él había trazado.

Se encontró solo con el tercer joven. ¿Guardián o amigo? Si los Fremen pretendían abandonarle sin provisiones, no tardaría en morir. Quizá podría orientarse y volver a pie al pueblo de Windsack, pero había prestado poca atención al emplazamiento de los centros de población durante sus recientes vagabundeos. *Un final infausto para un planetólogo imperial*, pensó.

O tal vez los jóvenes a los que había salvado querían algo más de él. Debido a los sueños que había forjado para el futuro de Arrakis, Kynes anhelaba conocer a los Fremen y sus heterodoxas costumbres. Aquella gente representaba un valioso tesoro, oculto a los ojos imperiales. Pensó que le darían una bienvenida entusiástica cuando les contara sus ideas.

El joven Fremen utilizó un pequeño juego de parches para cubrir un desgarrón que se había hecho en la pernera del traje.

—Ven conmigo —dijo a continuación. Se volvió hacia una muralla de roca que se alzaba a escasa distancia—. Sígueme, o morirás aquí. —Le dirigió una breve mirada de sus ojos añil—. ¿Crees que los Harkonnen tardarán mucho en querer vengar a sus muertos? —ironizó.

Kynes corrió hacia él.

—¡Espera! Aún no me has dicho tu nombre.

El joven le miró de una manera extraña. Tenía los iris y las córneas azules, lo cual revelaba una larga adicción a la especia, y una piel curtida por la intemperie que le hacía aparentar más edad.

—¿Vale la pena intercambiar nombres? Los Fremen ya sabemos quién eres.

Kynes parpadeó.

—Bien, acabo de salvarte la vida, a ti y a tus compañeros. ¿No es eso importante para vuestro pueblo? En la mayoría de las sociedades se tiene en cuenta.

El joven se sobresaltó, pero pareció resignarse.

—Tienes razón. Has forjado un vínculo de agua entre nosotros. Me llamo Turok. Bien, hemos de irnos.

¿Un vínculo de agua? Kynes siguió a su acompañante.

Turok trepó por las rocas en dirección a la pared vertical. Kynes le seguía como mejor podía. Sólo cuando se acercaron observó el planetólogo una discontinuidad en los estratos, una hendidura que partía la roca levantada, formando una fisura camuflada por el polvo y los colores apagados.

El Fremen se internó en las sombras de la grieta con la velocidad de un lagarto del desierto. Kynes le siguió a buen paso, picado por la curiosidad y angustiado por la posibilidad de extraviarse. Esperaba conocer a más Fremen y aprender sus costumbres. Ni siquiera perdió tiempo en pensar que tal vez Turok le conducía a una trampa. ¿De qué serviría? El joven habría podido matarle con facilidad en cualquier momento.

Turok se detuvo para que Kynes le alcanzara. Señaló lugares concretos en la pared que se alzaba cerca.

—Aquí, aquí y aquí.

Sin esperar a ver si su acompañante le había entendido, el joven apoyó los pies en los lugares indicados, asideros para manos y pies casi invisibles. El joven trepó por la pared, y Kynes intentó imitarle. Daba la impresión de que Turok estaba jugando con él, o quizá poniéndole a prueba.

Pero el planetólogo le sorprendió. No era un burócrata repleto de agua ni un inepto. Como había explorado y recorrido los planetas más duros del Imperio, estaba en buena forma.

Kynes no se quedó atrás, y utilizó las puntas de los dedos para izar su cuerpo. Momentos después, el muchacho Fremen se detuvo y acuclilló sobre un estrecho saliente. Kynes se sentó a su lado y procuró no jadear.

—Aspira por la nariz y espira por la boca —dijo Turok—. Tus filtros son más eficaces así. Creo que podrás llegar al sietch.

—¿Qué es un sietch? —preguntó Kynes. Reconoció vagamente el antiguo idioma Chakobsa,[1] pero no había estudiado su arqueología o fonética. Siempre lo había considerado irrelevante para sus estudios científicos.

—Un lugar secreto donde refugiarse. Allí vive mi pueblo.

—¿Quieres decir que es vuestra casa?

—El desierto es nuestra casa.

—Ardo en deseos de hablar con los tuyos —dijo Kynes e, incapaz de contener su entusiasmo, añadió—: Me he formado ciertas opiniones sobre este planeta y también he desarrollado un plan que quizá os interese, que quizá interese a todos los habitantes de Arrakis.

—Dune —replicó el Fremen—. Sólo los imperiales y los Harkonnen llaman Arrakis a este lugar.

—De acuerdo. Que sea Dune.

---

1.   El llamado «lenguaje magnético», derivado en parte del antiguo Bhotani. Un compendio de antiguos dialectos modificados por la necesidad de conservar el secreto, pero principalmente el lenguaje de caza de los Bhotani, asesinos mercenarios de la Primera Guerra de Asesinos (según la *Terminología del Imperio* de *DUNE*). *(N. del T.)*

En el corazón de las rocas aguardaba un Fremen viejo y canoso, tuerto de un ojo. La cuenca inservible estaba cubierta por una masa arrugada de párpados correosos. Naib del sietch Fremen, Heinar también había perdido dos dedos en un duelo con cuchillos crys, cuando era joven. Pero había sobrevivido, y sus enemigos no.

Heinar había demostrado ser un líder severo pero competente. Con los años, el sietch había prosperado, la población no había disminuido y sus reservas ocultas de agua aumentaban con cada ciclo de las lunas.

En la caverna que hacía las veces de enfermería, dos ancianas atendían al imprudente Stilgar, el joven herido que había llegado en un vehículo terrestre unos momentos antes. Las ancianas comprobaron el vendaje que el forastero había aplicado, y lo mejoraron con algunos de sus medicamentos. Las brujas conferenciaron entre sí y luego asintieron al líder del sietch.

—Stilgar vivirá, Heinar —dijo una de ellas—. La herida habría sido mortal si no le hubieran atendido de inmediato. El forastero le salvó.

—El forastero salvó a un loco irresponsable —dijo el naib con la vista clavada en el joven tendido en el catre.

Durante semanas habían llegado a oídos de Heinar informes preocupantes sobre un forastero metomentodo. Ahora, ese hombre, Pardot Kynes, era conducido hasta el sietch por una ruta diferente, a través de pasadizos de roca. Las acciones del forastero eran desconcertantes. ¿Un servidor imperial que mataba Harkonnen?

Ommun, el joven Fremen que había acompañado a Stilgar hasta el sietch, esperaba angustiado junto a su amigo herido en las sombras de la cueva. Heinar miró al joven, y dejó que las mujeres continuaran atendiendo a su paciente.

—¿Qué íbamos a hacer, Heinar? —Ommun parecía

sorprendido—. Necesitaba su vehículo para traer aquí a Stilgar.

—Podías haber cogido el vehículo terrestre y todas las posesiones de ese hombre, y donado su agua a la tribu —dijo el naib en voz baja.

—Aún podemos hacerlo —dijo una de las mujeres con voz rasposa—, en cuanto Turok llegue con él.

—¡Pero el forastero atacó y mató a los Harkonnen! Los tres habríamos muerto de no ser por su intervención —insistió Ommun—. ¿Acaso no se dice que el enemigo de mi enemigo es mi amigo?

—No confío en la lealtad de este individuo, y ni siquiera la entiendo —dijo Heinar, mientras cruzaba sus nervudos brazos sobre el pecho—. Sabemos quién es, por supuesto. El forastero ha sido enviado por el Imperio. Dicen que es planetólogo. Está en Dune porque los Harkonnen se han visto obligados a permitirle trabajar, pero sólo responde ante el emperador en persona... si es que responde ante alguien. Hay muchas preguntas sin respuesta acerca de él.

Heinar se sentó en un banco de piedra tallado en la pared. Un colorido tapiz de fibras hiladas colgaba sobre la abertura de la puerta, lo cual proporcionaba una escasa intimidad. Los habitantes del sietch habían aprendido muy pronto que la intimidad estaba en la mente, no en el entorno.

—Hablaré con este Kynes y averiguaré qué quiere de nosotros, por qué ha defendido a tres jóvenes estúpidos y despreocupados contra un enemigo que no necesitaba. Después, trasladaré el asunto al Consejo de Ancianos y ellos decidirán. Hemos de adoptar las medidas que más beneficien al sietch.

Ommun tragó saliva y recordó la valentía con que Kynes había luchado contra los crueles soldados. No obstante, sus dedos se deslizaron hasta la bolsa guardada en su bolsillo, para contar las medidas de agua que contenía, anillos de metal que indicaban la riqueza acumulada que tenía en la tribu.

Si los ancianos decidían matar al planetólogo, Turok, Stilgar y él se dividirían el tesoro de agua a partes iguales, junto con la recompensa por los seis Harkonnen muertos.

Cuando Turok le guió por fin a través de las aberturas disimuladas y una puerta, y entraron en el sietch propiamente dicho, Kynes imaginó el lugar como una cueva de infinitas maravillas. Los aromas eran densos e impregnados de humanidad. Olores a vida, a población recluida, a comida cocinada, deyecciones ocultas, incluso a muerte aprovechada mediante procedimientos químicos. Confirmó sus sospechas de que los jóvenes Fremen no habían robado los cuerpos de los Harkonnen para proceder a alguna especie de mutilación supersticiosa, sino para apoderarse del agua de sus cuerpos. *De lo contrario los habrían abandonado...*

Kynes había supuesto que, cuando encontrara por fin un poblado Fremen escondido, éste sería primitivo, falto de comodidades. Pero allí, en esa gruta secreta, con cuevas laterales, pasadizos de lava y túneles que se extendían como una conejera a través de la montaña, Kynes comprobó que el pueblo del desierto vivía de una forma austera pero confortable. Los aposentos rivalizaban con los que disfrutaban los funcionarios Harkonnen en la ciudad de Carthag. Y eran más ecológicos.

Mientras Kynes seguía a su joven guía, su atención saltaba de una visión fascinante a otra. Fastuosas alfombras tejidas cubrían partes del suelo. Almohadones y mesas bajas hechas de metal y piedra pulida adornaban las habitaciones laterales. Los artículos de madera extraplanetaria eran escasos y muy antiguos: un gusano de arena tallado y un juego de mesa fabricado de marfil o hueso.

Una antigua maquinaria reciclaba el aire del sietch, e impedía que escapara la menor humedad. Percibió el penetrante olor a canela de la especia en bruto, como incienso, pero apenas disimulaba el hedor a cuerpos sudorosos en estancias estrechas.

Oyó voces de mujeres y muchachos, y el llanto de un niño, siempre en voz baja. Los Fremen hablaban entre sí y miraron al forastero con suspicacia cuando pasó acompañado de Turok. Algunos ancianos le dedicaron miradas maliciosas. Su piel parecía reseca y acartonada. Todos los ojos eran azules.

Por fin, Turok indicó a Kynes que se detuviera en el interior de una amplia sala de reuniones, una cripta natural dentro de la montaña. La gruta contaba con espacio suficiente para albergar a centenares de personas de pie. Además, bancos y galerías ascendían en zigzag hasta los muros de apoyo. *¿Cuánta gente vive en este sietch?* Kynes alzó la vista hacia un balcón elevado, tal vez una tribuna para pronunciar discursos.

Al cabo de un momento, un orgulloso anciano se adelantó y miró con desdén al visitante. El hombre sólo tenía un ojo y se movía con el porte de un líder.

—Éste es Heinar —susurró Turok a su oído—, el naib de nuestro sietch.

Kynes alzó una mano a modo de saludo.

—Es un placer conocer al líder de esta portentosa ciudad —proclamó.

—¿Qué quieres de nosotros, hombre del Imperio? —preguntó Heinar, inflexible. Sus palabras resonaron como acero contra la piedra.

Kynes respiró hondo. Había esperado esta oportunidad durante muchos días. ¿Para qué perder el tiempo? Cuanto más tardaban los sueños en materializarse, más difícil resultaba conformarlos a la realidad.

—Soy Pardot Kynes, planetólogo del emperador. He tenido una visión, señor, un sueño para vos y para vuestro pueblo. Deseo compartirlo con todos los Fremen, si me escucháis.

—Es mejor escuchar el viento cuando atraviesa un arbusto de creosota que perder el tiempo con las palabras de un necio —replicó el líder del sietch con autoridad, como si se tratase de un viejo adagio de aquel pueblo.

Kynes lo miró y, con la esperanza de causar impresión, replicó:

—Pero si alguien se niega a escuchar palabras de verdad y esperanza, ¿quién es más necio?

El joven Turok ahogó una exclamación. Los curiosos que observaban la escena desde pasillos laterales miraron a Kynes con los ojos desorbitados, asombrados de que hablara a su naib con tanta audacia.

El rostro de Heinar se ensombreció. Se encolerizó e imaginó al planetólogo degollado en el suelo de la caverna. Apoyó la mano sobre el mango de su cuchillo.

—¿Pones en duda mi liderazgo?

El naib desenvainó la hoja curva y fulminó con la mirada a Kynes, que no cedió.

—No, señor. Pongo en duda vuestra imaginación. ¿Sois lo bastante valiente para realizar la tarea, o estáis demasiado asustado para escuchar lo que tengo que decir? —El líder del sietch continuaba en tensión. Kynes sonrió con expresión sincera—. Es difícil hablar con vos mientras sigáis ahí arriba, señor.

Heinar lanzó una risita y contempló su cuchillo.

—Una vez desenvainado, el crys no puede envainarse de nuevo sin probar sangre.

Se hizo un corte en el antebrazo, donde apareció una delgada línea roja que se coaguló en segundos.

Los ojos de Kynes brillaron de entusiasmo, reflejaron la luz proyectada por los racimos de globos luminosos que flotaban en la amplia sala de reuniones.

—Muy bien, planetólogo. Hablarás hasta que el

aliento se agote en tus pulmones. Como tu destino todavía no está decidido, te quedarás en el sietch hasta que el Consejo de Ancianos decida qué hacer contigo.

—Pero antes me escucharéis —repuso Kynes.

Heinar dio media vuelta, se alejó un paso del balcón elevado y habló sin volverse.

—Eres un hombre extraño, Pardot Kynes. Un servidor imperial y un invitado de los Harkonnen. Por definición, eres nuestro enemigo. Pero también has matado a esbirros Harkonnen. ¡En menudo dilema nos has puesto!

El líder del sietch ordenó que prepararan una habitación para aquel alto y curioso planetólogo, que sería su prisionero e invitado al mismo tiempo.

Y mientras se alejaba Heinar pensó: *Cualquier hombre que desee decir palabras de esperanza a los Fremen, después de tantas generaciones de sufrimientos y peregrinajes... o está loco o es muy valiente.*

Creo que mi padre sólo tuvo un verdadero amigo. Fue el conde Hasimir Fenring, el eunuco genético y uno de los guerreros más implacables del Imperio.

De *En la casa de mi padre*,
por la princesa IRULÁN

Incluso desde la cámara más alta del observatorio imperial, el resplandor de la opulenta capital apagaba el brillo de las estrellas sobre Kaitain. Construido siglos antes por el culto emperador Padishah Raphael Corrino, sus recientes herederos habían utilizado poco el observatorio, al menos no para su propósito de estudiar los misterios del universo.

El príncipe heredero Shaddam recorría a pasos breves el frío suelo metálico, mientras Fenring jugueteaba con los controles de un estelarscopio de alta potencia. El eunuco genético canturreaba para sí, y emitía sonidos insípidos y desagradables.

—¿Quieres dejar de hacer ruidos? —dijo Shaddam—. Concéntrate en las malditas lentes.

Fenring continuó canturreando apenas más bajo.

—Los aceites han de conservar un equilibrio muy preciso, ¿hummmm? Preferirás que el estelarscopio sea perfecto antes que rápido.

Shaddam gruñó.

—No me has preguntado lo que prefería.

—Decidí por ti. —Se levantó y ejecutó una reverencia de una formalidad irritante—. Mi señor príncipe, os ofrezco una imagen desde la órbita. Vedla con vuestros propios ojos.

Shaddam aplicó el ojo al visor hasta que una forma adquirió una definición sorprendente. La imagen oscilaba entre una resolución sin mácula y oscuras ondulaciones provocadas por la distorsión atmosférica.

El gigantesco Crucero tenía el tamaño de un asteroide. Flotaba sobre Kaitain y aguardaba la llegada de una flotilla de naves pequeñas procedentes de la superficie. Un leve movimiento llamó la atención de Shaddam, que divisó los destellos de motores cuando las fragatas despegaron de Kaitain con diplomáticos y emisarios a bordo, seguidas por transportes repletos de artefactos y cargamento de la capital imperial. Las fragatas eran inmensas, flanqueadas por escuadrillas de naves más pequeñas, pero la curva del casco del Crucero empequeñecía todo lo demás.

Al mismo tiempo, otras naves abandonaron la bodega del Crucero y descendieron hacia la capital.

—Delegaciones —dijo Shaddam—. Llevan tributos a mi padre.

—Impuestos, en realidad... De tributos, nada —señaló Fenring—. Es lo mismo, en un sentido pasado de moda, por supuesto. Elrood aún es su emperador, ¿hummmm?

El príncipe heredero le fulminó con la mirada.

—Pero ¿durante cuánto tiempo más? ¿Es que tu maldito chaumurky va a tardar décadas? —Shaddam se esforzaba por hablar en voz baja, aunque generadores de ruido blanco subsónicos distorsionaban sus voces para frustración de todos los aparatos de escucha—. ¿No pudiste encontrar un veneno diferente, más rápido? ¡La espera me está enloqueciendo! ¿Cuánto tiempo ha pasado ya? No duermo bien desde hace un año.

—¿Te refieres a que tendríamos que haber planificado un asesinato más rápido? No es aconsejable. —Fenring volvió a apostarse ante el estelarscopio y ajustó los rastreadores automatizados para que siguieran la órbita del Crucero—. Ten paciencia, mi señor príncipe. Hasta que te sugerí el plan, te habías resignado a esperar durante décadas. ¿Qué son un año o dos, comparados con la longevidad de tu reinado, hummmm?

Shaddam apartó de un codazo a Fenring para no tener que mirar a su cómplice en la conspiración.

—Ahora que por fin hemos puesto el mecanismo en acción, aguardo con impaciencia la muerte de mi padre. No me concedas tiempo para reflexionar al respecto y arrepentirme de mi decisión. Moriré de impaciencia antes de ascender al Trono del León Dorado. Yo estaba destinado a regir los destinos del Imperio, Hasimir, pero algunos dicen que jamás gozaré de esa oportunidad. Hasta tengo miedo de casarme y tener hijos, por culpa de eso.

Si esperaba que Fenring intentara convencerle de lo contrario, su amigo le decepcionó con un silencio absoluto.

Fenring volvió a hablar al cabo de unos segundos.

—El *n'kee* es un veneno lento por definición. Hemos trabajado mucho para llevar a cabo nuestro plan. Tu impaciencia sólo puede perjudicarlo. Una acción más precipitada despertaría sospechas en el Landsraad, ¿hummmm? Se aferrarían a cualquier cabo suelto, a cualquier escándalo, con tal de socavar tu posición.

—¡Pero yo soy el heredero de la Casa Corrino! —dijo Shaddam, y bajó la voz hasta convertirla en un ronco susurro—. ¿Cómo pueden dudar de mi derecho?

—Y accedes al trono imperial con todo su bagaje, todas tus obligaciones, antagonismos pasados y prejuicios. No te engañes, amigo mío. El emperador no es más que una fuerza considerable entre las muchas que conforman el delicado tejido de nuestro Imperio. Si todas las Casas se aliaran contra nosotros, ni siquiera las poderosas legiones Sardaukar de tu padre podrían contenerlas. Nadie se atreve a correr ese riesgo.

—Cuando ascienda al trono, tengo la intención de fortalecer mi título.

Shaddam se alejó del estelarscopio.

Fenring meneó la cabeza con tristeza.

—Apostaría una bodega de carga llena de pieles de ballena a que casi todos tus predecesores han jurado lo mismo a sus consejeros desde la Gran Revolución. —Respiró hondo y enarcó sus grandes ojos oscuros—. Aunque el *n'kee* funcione como hemos planeado, te queda un año de espera, como mínimo... de manera que cálmate. Consuélate con los crecientes síntomas de envejecimiento que hemos visto en tu padre. Anímale a beber más cerveza de especia.

Shaddam, irritado, volvió al aparato y estudió las articulaciones del casco a lo largo de la panza del Crucero, la marca de los astilleros ixianos y la cartela de la Cofradía Espacial. La bodega estaba llena de flotas de fragatas de diversas Casas, cargamentos asignados a la CHOAM y preciosos registros destinados a los archivos bibliotecarios de Wallach IX.

—A propósito, a bordo del Crucero viaja alguien interesante —dijo Fenring.

—Ah, ¿sí?

Fenring cruzó los brazos sobre su estrecho pecho.

—Una persona que aparenta ser un simple vendedor de arroz pundi y raíz de chikarba, camino de una estación de tránsito Tleilaxu. Lleva tu mensaje para los Amos Tleilaxu, tu propuesta de reunirte con ellos y negociar una inversión imperial secreta en un proyecto a gran escala destinado a encontrar un sustituto de la especia melange.

—¿Mi propuesta? ¡Yo no he propuesto nada!
—Una expresión de asco cruzó la cara de Shaddam.

—Hummmm, sí que lo has hecho, mi príncipe. ¿La posibilidad de utilizar a los heterodoxos Tleilaxu no significa desarrollar una especia sintética? ¡Tuviste una magnífica idea! Demuestra a tu padre lo listo que eres.

—No me eches la culpa, Hasimir. La idea fue tuya.

—¿No quieres recibir el reconocimiento?

—En absoluto.

Fenring enarcó las cejas.

—Te propones en serio acabar con el monopolio de Arrakis y proporcionar a la Casa Imperial una fuente de melange particular e ilimitada, ¿verdad?

Shaddam sonrió.

—Claro que sí.

—Entonces traeremos a un Amo Tleilaxu en secreto para que presente su propuesta al emperador. Pronto sabremos hasta dónde piensa llegar el viejo Elrood.

*La ceguera puede adoptar muchas formas,
aparte de la incapacidad de ver. Sus pensamientos suelen cegar a los fanáticos. Sus corazones suelen cegar a los líderes.*

Biblia Católica Naranja

Durante meses, Leto había vivido en la ciudad subterránea de Vernii como invitado de honor de Ix. Ya se
había acostumbrado a la singularidad de su nuevo entorno, a la rutina y a la confiada seguridad ixiana, lo suficiente para olvidar toda precaución.

El príncipe Rhombur siempre se despertaba tarde,
mientras Leto, todo lo contrario, era un madrugador
como los pescadores de Caladan. El heredero Atreides
vagaba solo por los edificios similares a estalactitas, se
acercaba a los ventanales de observación y contemplaba los procesos de diseño de manufacturas o las cadenas
de montaje. Aprendió a utilizar los sistemas de tránsito y descubrió que la tarjeta de biopase que le había
proporcionado el conde Vernius abría muchas puertas.

Leto aprendió más de sus vagabundeos y su voraz
curiosidad que de las sesiones pedagógicas con sus diversos profesores. Como recordaba el consejo de su
padre de que debía aprender de todo, utilizaba los tubos de ascensión autoguiados. Cuando no había ninguno disponible, se acostumbró a las pasarelas, los mon-

tacargas o las escalerillas que comunicaban los niveles entre sí.

Una mañana, después de despertar descansado e inquieto, subió a uno de los atrios superiores y salió a una galería de observación. Si bien estaban cerradas herméticamente, las cavernas de Ix eran tan inmensas que contaban con sus propias corrientes de aire, aunque no resistían la comparación con las torres del castillo y los riscos azotados por el viento de su hogar. Respiró hondo. El aire siempre olía a polvo de roca. ¿O tal vez sólo era su imaginación?

Leto estiró los brazos y miró hacia la inmensa gruta que había albergado al Crucero de la Cofradía. Entre los restos del andamiaje y la maquinaria de apoyo, distinguió el esqueleto de otro inmenso casco, soldado por equipos de suboides. Reparó en que los habitantes de los niveles inferiores trabajaban con la eficacia de insectos.

Una plataforma de carga pasó bajo la galería en su descenso gradual hacia la zona de trabajo. Leto se inclinó sobre la barandilla y vio que la superficie de la plataforma iba cargada de minerales en bruto arrancados de la corteza del planeta.

Guiado por un impulso, se subió sobre la barandilla y saltó sobre un montón de vigas y planchas destinadas al Crucero. Supuso que encontraría una forma de ascender de nuevo hasta los edificios estalactita, utilizando su tarjeta de biopase y su sentido de la orientación. Un piloto, situado bajo la plataforma, guiaba la carga. No pareció reparar en su inesperado polizón, o quizá le fue indiferente.

Brisas frescas alborotaron el cabello de Leto mientras descendía hacia la superficie. Pensó en los vientos de los océanos y respiró hondo. Bajo la inmensa bóveda del techo sintió una libertad que le recordó la orilla del mar, y también una dolorosa añoranza de las brisas oceánicas de Caladan, del bullicio del mercado, de las estentóreas carcajadas de su padre, incluso de las preocupaciones de su madre.

Rhombur y él pasaban demasiado tiempo confinados en los edificios de Ix, y Leto echaba de menos la caricia del aire fresco y el viento frío en su cara. Quizá pediría a Rhombur que le acompañara a la superficie de nuevo. Los dos podrían vagar por los territorios desiertos y contemplar el cielo infinito, y Leto podría estirar los músculos y sentir el calor del sol, en lugar de la iluminación holográfica desplegada en el techo de la caverna.

Si bien el príncipe ixiano no era un guerrero comparable a Leto, tampoco era el típico niño mimado de las Grandes Casas. Tenía aficiones propias, y gustaba de coleccionar rocas y minerales. Rhombur era afable y generoso, y muy optimista, pero no había que malinterpretar su carácter. Bajo aquella fachada apacible bullía una fiera determinación y un deseo de destacar en todas las actividades.

En la gigantesca gruta dedicada a la fabricación se habían preparado soportes y grúas elevadoras para el nuevo Crucero, que ya estaba tomando forma. Equipo y maquinaria esperaban cerca, y planos holográficos brillaban en el aire. Incluso con todos los recursos y masas ingentes de obreros suboides, una nave de tales características necesitaba casi todo un año para su construcción. El coste de un Crucero equivalía al producto interior bruto de muchos planetas, de manera que sólo la CHOAM y la Cofradía podían financiar proyectos semejantes, mientras la Casa Vernius, como fabricante, recibía beneficios increíbles.

La dócil clase obrera de Ix superaba con mucho a los administradores y nobles. En el suelo de la gruta, arcadas bajas y cabañas construidas en la roca sólida servían de entrada a las viviendas. Leto nunca había visitado a los suboides, pero Rhombur le había asegurado que las clases bajas estaban bien atendidas. Leto sabía que las cuadrillas trabajaban todo el día en la construcción de las naves. Los suboides se dejaban la piel por la Casa Vernius.

La plataforma de carga descendió levitando hacia el suelo de la caverna, y cuadrillas de trabajadores fueron a descargar los materiales. Leto saltó y aterrizó a cuatro patas. Se levantó y sacudió la ropa. Los dóciles suboides tenían la piel pálida, moteada de pecas. Le miraron con ojos de cordero antes de proseguir sus tareas.

Por lo que Rhombur y Kailea le habían contado, Leto había imaginado que los suboides eran menos que humanos, musculosos trogloditas sin mente que se limitaban a trabajar y sudar. Pero las personas que le rodeaban habrían pasado por normales en cualquier lugar. Tal vez no eran científicos o diplomáticos, pero tampoco parecían animales.

Con los ojos abiertos de par en par, Leto caminó por la gruta mientras observaba los trabajos de construcción del Crucero desde una distancia prudencial. Admiró la organización de una obra tan increíble. El aire estaba impregnado del olor acre a soldadura láser y materiales fundidos.

Los suboides seguían un plan preciso, y utilizaban instrucciones minuciosas como si formaran un organismo múltiple. Concluían cada fase del proyecto sin dejarse abrumar por la cantidad de trabajo que todavía les quedaba. Los suboides no charlaban ni alborotaban como los pescadores, granjeros y obreros de Caladan. Estos trabajadores de piel pálida sólo se concentraban en sus tareas.

Imaginó un resentimiento bien disimulado, una ira latente bajo aquellas serenas caras pálidas, pero no tuvo miedo. El duque Paulus siempre había alentado a Leto a jugar con los niños de las aldeas, a salir en las barcas de pesca, a mezclarse con mercaderes y tejedores en el mercado. Hasta había pasado un mes trabajando en los arrozales pundi. «Para saber gobernar al pueblo —decía el viejo duque— antes has de comprenderlo.»

Su madre había desaprobado esas actividades, por supuesto, insistiendo en que el hijo de un duque no debía ensuciarse las manos con el barro de los arrozales, ni la ropa con el lodo de una captura de pescado. «¿De qué le servirá a nuestro hijo saber despellejar y destripar un pescado? Será el gobernante de una Gran Casa.» Pero los deseos de Paulus Atreides eran ley.

Y Leto debía admitir que, pese a los músculos doloridos y la piel quemada por el sol, aquellos momentos de duro trabajo le habían satisfecho de una forma que ni grandes banquetes o recepciones en el castillo de Caladan habían conseguido. Como resultado, creía comprender a la gente corriente, sus sentimientos y su dedicación al trabajo. Leto les estaba agradecido por ello. El viejo duque se sentía muy orgulloso de su hijo, por comprender algo tan fundamental.

Mientras paseaba entre los suboides, Leto intentó comprenderles de la misma manera. Potentes globos luminosos flotaban sobre el astillero. La gruta era tan enorme que los ruidos no despertaban ecos, sino que se desvanecían en la distancia.

Vio una de las entradas a los túneles inferiores, y decidió que sería una buena oportunidad para averiguar más cosas sobre la cultura suboide. Tal vez descubriría algo que incluso Rhombur ignoraba.

Cuando una cuadrilla de obreros salió por una arcada, vestidos con sus monos de trabajo, Leto entró. Vagó por los túneles descendentes, paseó ante viviendas excavadas en la roca, dependencias idénticas e incluso espaciosas que le recordaron las cámaras de una colmena. De vez en cuando, no obstante, distinguió toques hogareños: telas o tapices de vivos colores, algunos dibujos en las paredes de piedra. Percibió olor a comida, oyó conversaciones en voz baja, pero ninguna música y pocas risas.

Pensó en los días pasados estudiando en los rascacielos invertidos de las alturas, con sus suelos pulidos y ventanales de cristalplaz faceteados, las camas mullidas y las ropas cómodas, las sabrosas comidas.

En Caladan, los ciudadanos corrientes podían pedir audiencia al duque siempre que querían. Leto recordó que su padre y él paseaban por los mercados, hablaban con los mercaderes y artesanos, permitían que se les viera y tratara como a personas reales, en lugar de gobernantes sin rostro.

Pensó que Dominic Vernius ni siquiera era consciente de las diferencias que existían entre él y su camarada Paulus. El calvo y robusto conde dedicaba toda su atención y entusiasmo a su familia y a los trabajadores más próximos, prestaba atención a las operaciones industriales y la política económica que apuntalaban la fortuna de Ix, pero Dominic consideraba a los suboides simples recursos. Sí, les cuidaba bien, del mismo modo que cuidaba el mantenimiento de su preciosa maquinaria. Pero Leto se preguntaba si Rhombur y su familia trataban a los suboides como a personas.

Ya había descendido muchos niveles, y notó la incómoda sensación del aire estancado. Los túneles se veían más oscuros y desiertos. Los silenciosos corredores conducían a estancias abiertas, zonas comunales en las que oyó voces y roce de cuerpos. Estuvo a punto de retroceder, sabiendo que tenía por delante estudios y conferencias sobre operaciones mecánicas y procesos industriales. Era muy probable que Rhombur no hubiera desayunado todavía.

Leto se detuvo en la arcada y vio varios suboides en una sala de descanso. No había asientos ni bancos, de modo que todos estaban de pie. Escuchó las monótonas y desapasionadas palabras de un suboide bajo y musculoso que se erguía al fondo de la sala. En su voz y en el fuego de sus ojos detectó emociones peculiares, teniendo en cuenta lo que sabía sobre los suboides, es decir, que eran pacíficos y resignados.

—Nosotros construimos los Cruceros —dijo el suboide, y alzó un poco más la voz—. Fabricamos los objetos tecnológicos, pero no tomamos ninguna decisión. Hacemos lo que se nos ordena, incluso cuando sabemos que los proyectos son impíos.

Los suboides empezaron a murmurar.

—Algunas de las nuevas tecnologías violan lo que está prohibido desde la Gran Revolución. Estamos creando máquinas pensantes. No necesitamos comprender los planos y los diseños, porque sabemos para qué servirán.

Leto retrocedió hacia las sombras de la arcada. Como había convivido a menudo con gente corriente, no sentía miedo, pero algo extraño estaba pasando allí. Tuvo ganas de huir, pero necesitaba escuchar.

—Como somos suboides no gozamos de los beneficios de la tecnología ixiana. Vivimos con sencillez y escasas ambiciones, pero tenemos nuestra religión. Leemos la Biblia Católica Naranja y sabemos distinguir lo bueno de lo malo. —El orador alzó un puño—. ¡Y sabemos que muchas de las cosas que estamos fabricando aquí no son buenas!

El público se agitó de nuevo, a punto de enfurecerse. Rhombur había insistido en que los suboides no eran ambiciosos, pues carecían de capacidad para ello. Pero Leto estaba viendo algo muy distinto.

El orador entornó los ojos y habló con tono ominoso.

—¿Qué vamos a hacer? ¿Debemos exigir respuestas a nuestros amos? ¿Debemos hacer algo más?

Paseó la vista por los presentes y de repente, como dos flechas afiladas, sus ojos localizaron a Leto entre las sombras de la arcada.

—¿Quién eres?

Leto levantó las manos.

—Lo siento. Me he perdido. No quería molestar. —Por lo general, sabía causar buena impresión, pero la confusión le embargaba.

Los suboides se volvieron hacia él, y la comprensión alumbró en sus ojos. Asimilaron las implicaciones de lo que Leto había oído.

—Lo siento mucho —dijo Leto—. No quería entrometerme.

Su corazón palpitaba y el sudor perlaba su frente. Intuyó un peligro extremo.

Varios suboides avanzaron hacia él como autómatas. Leto les dedicó su sonrisa más cordial.

—Si queréis, hablaré con el conde Vernius en vuestro nombre y plantearé vuestras quejas…

Los suboides no se detuvieron. Leto echó a correr por los pasillos de techo bajo, perseguido por los suboides, que lanzaban rugidos de rabia. Leto no recordaba el camino de vuelta a la caverna…

El hecho de que se hubiera extraviado debió de salvarle. Los suboides intentaban interceptarle en los pasillos que conducían a la superficie, pero Leto iba a la deriva y se desviaba al azar. A veces se escondía en hornacinas vacías, hasta que al final llegó a una pequeña puerta que daba a la cámara iluminada por globos luminosos. Corrió hacia un ascensor de emergencia, pasó su tarjeta de biopase por el lector y subió a los niveles superiores.

Todavía tembloroso a causa de la descarga de adrenalina, Leto no daba crédito a lo que acababa de escuchar, y no sabía qué habrían hecho los suboides en caso de capturarle. Su indignación le había asombrado. Teóricamente no creía que le hubiesen dado muerte a él, el hijo del duque Atreides, el huésped de honor de la Casa Vernius. Al fin y al cabo, les había ofrecido su ayuda.

Pero estaba claro que los suboides albergaban una profunda violencia, un rencor aterrador que habían conseguido ocultar a sus indiferentes amos.

Leto se preguntó si habría otros grupos de disidentes, con oradores carismáticos como el que había escuchado, capaces de entender la insatisfacción de la inmensa población trabajadora.

Mientras subía en el ascensor, miró hacia abajo y contempló a los obreros, que interpretaban su papel con total inocencia. Debía informar sobre lo que había oído. ¿Alguien le creería? Desde luego estaba aprendiendo sobre Ix más de lo que deseaba.

*La esperanza puede ser el arma más pode-
rosa de un pueblo pisoteado, o el mayor enemigo de los que están a punto de fracasar. Hemos
de ser siempre conscientes de sus ventajas y limitaciones.*

Diario personal de
lady HELENA ATREIDES

Tras semanas de viajar sin destino aparente, la nave
de carga salió del Crucero y descendió hacia la atmósfera nubosa de Caladan.

Para Duncan Idaho, el final de su larga odisea parecía cercano.

En la bodega, Duncan empujó una pesada caja. Sus
esquinas metálicas arañaron el suelo metálico, pero al fin
consiguió apartarla y acercarse a una pequeña portilla.
Duncan contempló el planeta. Por fin, empezó a creer.

Caladan. Mi nuevo hogar.

Incluso desde una órbita elevada, el aspecto de Giedi
Prime era tenebroso y amenazador, como una herida
infectada. Pero Caladan, hogar del legendario duque
Atreides, enemigo mortal de los Harkonnen, parecía un
zafiro iluminado por el sol.

Después de todo lo que le había pasado, aún se le
antojaba imposible que la amargada y traicionera Janess
Milam hubiera cumplido su palabra. Le había rescatado

por misteriosos motivos, para vengarse, pero eso no importaba a Duncan. Estaba allí.

Había sido peor que la pesadilla que revivió durante los días pasados en el Crucero camino de Caladan.

En la oscuridad del Puesto de Guardia Forestal, cuando se había acercado al misterioso ornitóptero, la mujer le había inmovilizado. El niño se había revuelto, pero Janess, con una fuerza sorprendente, le había arrastrado hacia el interior del aparato y cerrado la escotilla. Duncan se debatió como un animal salvaje, intentando librarse de su presa, pero Janess le miró y dijo:

—Si no paras ahora mismo, Idaho, te entregaré a los cazadores Harkonnen.

Y encendió los motores del ornitóptero. Duncan sintió que un ominoso zumbido recorría la pequeña nave y vibraba en el asiento y el suelo.

—¡Ya me vendiste una vez a los Harkonnen! Tú fuiste la que enviaste a aquellos hombres a matar a mis padres. Tú eres el motivo de que me hayan entrenado con tanta crueldad, y de que ahora me den caza. ¡Sé lo que hiciste!

—Ya, pero las cosas han cambiado. —Se volvió hacia los controles—. Después de lo que me hicieron, ya no colaboro con los Harkonnen.

Duncan, indignado, apretó los puños. La sangre de la herida manchaba su camisa raída.

—¿Qué te hicieron? —No podía imaginar nada parecido a la angustia que su familia y él habían soportado.

—No lo entenderías. No eres más que un niño, otro de sus peones. —Janess sonrió mientras la nave despegaba—. Pero gracias a ti me vengaré de ellos.

—Tal vez sólo soy un niño, pero he pasado toda la noche luchando contra los Harkonnen. Vi a Rabban matar a mis padres. ¿Quién sabe lo que habrán hecho a mis tíos y primos?

—Dudo que alguien apellidado Idaho siga vivo en Giedi Prime, sobre todo después de la humillación que les has causado esta noche. Mala suerte.

—Si lo han hecho, han desperdiciado energías en vano. No conocía a mis parientes.

Janess aumentó la velocidad de la nave, que sobrevoló los árboles mientras se alejaba de la reserva de caza.

—Te estoy ayudando a huir de los cazadores, así que cierra el pico y alégrate. No tienes alternativa.

Gobernaba la nave sin luces, con el sonido de los motores amortiguado, pero Duncan no creía que pudiese escapar de los Harkonnen. Había matado a varios cazadores y, aún peor, había humillado y burlado a Rabban. Duncan se permitió una sonrisa de satisfacción y se derrumbó en el asiento contiguo a Janess, que se había puesto el cinturón de seguridad.

—¿Por qué debería confiar en ti?

—¿Te lo he pedido? —Le fulminó con la mirada—. Aprovecha la situación.

—¿Vas a contarme algo?

Janess guardó silencio unos momentos antes de contestar.

—Es verdad, sí, yo denuncié a tus padres a los Harkonnen. Había oído rumores, sabía que tus padres habían provocado la ira de las autoridades, y a los Harkonnen no les gusta la gente que les enfurece. Yo quería prosperar y comprendí que tenía la oportunidad al alcance de la mano. Pensaba que recibiría una recompensa por denunciarles. Además, fueron tus padres los que provocaron sus propios problemas. Cometieron equivocaciones. Yo sólo intenté aprovecharme de ello. No fue nada personal. En cualquier caso, si yo no lo hubiera hecho, otro les habría denunciado.

Duncan frunció el entrecejo y cerró los puños. Ojalá tuviera el valor de utilizar el cuchillo contra aquella mujer, pero eso provocaría la caída del aparato. Era su única forma de escapar. De momento.

El rostro de la mujer se demudó por la ira.

—¿Y qué me dieron los Harkonnen a cambio? ¿Una recompensa, un ascenso? Nada. Ni siquiera las gracias. Sólo una patada en la boca. —Hizo una mueca—. No es fácil hacer algo así. ¿Crees que me gustó? Pero en Giedi Prime las buenas oportunidades escasean, y ya había dejado pasar demasiadas.

»Eso tendría que haber cambiado mi situación, pero cuando fui a rogar un poco de consideración, me echaron a patadas y me ordenaron que no volviera. Todo por nada, lo cual es aún peor. —Las ventanas de su nariz se dilataron—. Nadie se porta así con Janess Milam sin pagarlo caro.

—Así que no haces esto por mí —dijo Duncan—. No te sientes culpable por lo que hiciste, ni por el dolor que causaste a tantos inocentes. Sólo quieres vengarte.

—Oye, chaval, aprovecha las oportunidades cuando se presentan.

Duncan guardó silencio y cogió dos barras de arroz con fruta y una burbuja de zumo cerrada. Empezó a comer. Las barras sabían un poco a canela, un potenciador de sabor utilizado para simular la melange.

—De nada —dijo Janess con sarcasmo.

El muchacho no contestó y siguió masticando.

Durante toda la noche el ornitóptero sobrevoló las tierras bajas en dirección a la ominosa ciudad de Barony. Por un momento, Duncan pensó que la mujer pensaba devolverle a la prisión, donde todo volvería a empezar. Introdujo la mano en el bolsillo y tocó su cuchillo. Sin embargo, Janess dejó atrás la prisión y continuó hacia el sur, pasando por encima de una docena de ciudades y pueblos.

Hicieron un alto de un día, se ocultaron durante la

tarde y renovaron sus provisiones en una pequeña estación de tránsito. Janess le proporcionó un mono azul, limpió su herida y le administró un tosco tratamiento médico. No lo hizo con especial cariño, sino para que no llamara la atención.

Partieron al anochecer, en dirección sur, hacia un espaciopuerto independiente. Duncan ignoraba los nombres de los lugares que visitaban, y tampoco los preguntó. Nunca le habían enseñado geografía. Siempre que aventuraba una pregunta, Janess le contestaba a gritos o no le hacía caso.

El espaciopuerto poseía un estilo más propio de la clase mercantil y la Cofradía que de los Harkonnen. Era funcional y eficiente, sin concesiones al lujo o al atractivo visual. Los pasillos y salas eran amplios, a fin de que se desplazaran por ellos los contenedores herméticos que transportaban a los Navegantes de la Cofradía.

Janess aparcó el aparato en un lugar del que sería fácil despegar, y activó los sistemas de seguridad.

—Sígueme —dijo a Duncan. Se internó en el bullicioso caos del espaciopuerto—. Ten cuidado, porque si te pierdes aquí no iré a buscarte.

—¿Y si huyo? No confío en ti.

—Voy a embarcarte en una nave que te llevará lejos de Giedi Prime y de los Harkonnen. —Le miró—. Tú eliges, chaval. No quiero que me des más problemas.

Duncan apretó los dientes y la siguió sin más comentarios.

Janess se detuvo ante un baqueteado carguero; varios trabajadores subían a bordo pesadas cajas.

—El segundo de a bordo es un viejo amigo mío —dijo Janess—. Me debe un favor.

Duncan no preguntó a qué clase de personas podía considerar amigos una mujer como Janess, ni lo que había hecho para merecer ese favor.

—No voy a pagar ni un solo solari por tu pasaje,

Idaho. Tu familia ya ha pesado bastante sobre mi conciencia y no me ha dado nada a cambio. No obstante, mi amigo Renno dice que puedes viajar en la bodega, siempre que no comas otra cosa que las raciones normales ni le cuestes tiempo o créditos.

Duncan observó las actividades que se desarrollaban a su alrededor. No tenía ni idea de cómo sería la vida en otro planeta. El carguero parecía viejo y vulgar, pero si le sacaba de Giedi Prime sería como un ave dorada de los cielos.

Janess le cogió del brazo y le arrastró hacia la rampa.

—Están subiendo materiales reciclables y otras mercaderías que llevarán a una estación de procesamiento de Caladan. Es la sede de la Casa Atreides, archienemigos de los Harkonnen. ¿Has oído hablar de la enemistad entre esas Casas? —Duncan negó con la cabeza y Janess rió—. Claro que no. ¿Cómo iba a saber un pequeño roedor como tú algo sobre el Landsraad y las Grandes Casas?

Detuvo a uno de los obreros que guiaban una plataforma elevadora.

—¿Dónde está Renno? Dile que Janess Milam está aquí y quiere verle ahora mismo. —Miró a Duncan, que esperaba muy tieso y trataba de componer un aspecto presentable—. Dile que he traído el paquete que prometí.

El hombre activó el comunicador que llevaba en la solapa y murmuró algo. Después, sin mirar a Janess, introdujo su carga en el transportador.

Duncan esperó, observando la actividad que se desarrollaba alrededor, mientras Janess se paseaba nerviosa. Al cabo de poco salió un hombre de aspecto descuidado, sucio de lubricantes, roña y sudor grasiento.

—¡Renno! —exclamó Janess—. ¡Ya era hora!

El hombre le dio un fuerte abrazo, seguido de un largo beso. Janess se apartó en cuanto pudo y señaló a Duncan.

—Es ése. Llévale a Caladan. —Sonrió—. No se me ocurre mejor venganza que dejarlo donde menos quieren que esté, y donde menos podrán encontrarle.

—Te metes en juegos muy peligrosos, Janess —dijo Renno.

—Me gusta jugar. —Le dio un leve puñetazo en el hombro—. No se lo digas a nadie.

Renno enarcó las cejas.

—¿Qué sentido tendría volver a este espaciopuerto repugnante, si tú no me estás esperando? ¿Quién me haría compañía en mi catre solitario? No, no me beneficiaría denunciarte. Pero aún estás en deuda conmigo.

Antes de irse, Janess clavó sus ojos en Duncan, mostrando cierta compasión.

—Escucha, chaval, cuando llegues a Caladan insiste en ver al duque Paulus Atreides en persona. El duque Atreides. Dile que has escapado de los Harkonnen y pide entrar al servicio de su casa.

Renno enarcó las cejas y murmuró algo ininteligible.

Janess mantuvo la expresión tensa y concentrada, mientras pensaba que le estaba gastando una última broma cruel al muchacho que había traicionado. No existía la menor posibilidad de que un pilluelo sucio y anónimo pudiera pisar el Gran Salón del castillo de Caladan, pero eso no impediría que lo intentara... quizá durante años.

Ya había obtenido una victoria al escamotear el muchacho a la partida de caza Harkonnen. Había averiguado que iban a llevarlo al Puesto de la Guardia Forestal y había realizado un gran esfuerzo por encontrarle, apoderarse de él y entregarle a los mayores enemigos de los Harkonnen. Lo que fuera del muchacho a partir de ese momento le resultaba indiferente, pero le divertía imaginar las tribulaciones que padecería Duncan antes de rendirse por fin.

—Vamos —gruñó Renno, y lo cogió del brazo—.

Te encontraré un sitio en la bodega donde podrás dormir y esconderte.

Duncan no miró a Janess. Se preguntó si la mujer esperaba que se despidiera de ella o le diera las gracias, pero se negó a hacerlo. No le había ayudado ni siquiera por remordimientos. No, no se rebajaría, y nunca perdonaría a Janess el papel que había desempeñado en la destrucción de su familia. Era una mujer muy extraña.

Subió a la rampa, con la vista al frente, sin saber a dónde iba. Confuso y huérfano, sin idea de lo que haría a continuación, entró en la nave…

Renno no le ofreció consuelo ni muchos alimentos, pero al menos le dejó en paz. Lo que más necesitaba Duncan era tiempo para recobrarse, algunos días para seleccionar sus recuerdos y aprender a vivir con los que no podría olvidar.

Durmió solo en la bodega de carga del baqueteado transporte, rodeado de chatarra y productos reciclables. Ninguno era blando, pero dormía bastante bien sobre el suelo, que olía a metal oxidado, con la espalda apoyada contra un frío mamparo. Fue su época más venturosa en los últimos tiempos.

Por fin, cuando la nave descendió hacia Caladan para entregar su carga y abandonarle en un planeta desconocido, Duncan estaba dispuesto a lo que fuera. Contaba con su instinto y su energía. Nada le desviaría de su objetivo.

Ahora, sólo tenía que encontrar al duque Paulus Atreides.

La historia nos permite ver lo evidente, pero, por desgracia, cuando ya es demasiado tarde.

Príncipe RAPHAEL CORRINO

Cuando examinó el despeinado cabello negro de Leto, sus ropas cubiertas de polvo y los regueros de sudor que resbalaban sobre sus mejillas, Rhombur lanzó una risita. No pretendía que su reacción fuera ofensiva, pero parecía incapaz de creer la descabellada historia que Leto había contado. Retrocedió y examinó a su amigo.

—¡Infiernos carmesíes! ¿No crees que estás, er… exagerando un poco, Leto?

Rhombur se acercó a uno de los amplios ventanales. En hornacinas distribuidas por toda la pared de la habitación se exponían curiosidades geológicas recogidas por él, su placer y su orgullo. La colección de minerales, cristales y gemas complacía mucho más a Rhombur que las comodidades de su posición como hijo del conde. Habría podido adquirir muchísimos especímenes más, pero el príncipe había encontrado cada roca en sus exploraciones de las cavernas y los pequeños túneles.

Pero durante todas sus exploraciones Rhombur, y de hecho toda la familia Vernius, había permanecido ciego al malestar de los trabajadores. Ahora, Leto comprendía por qué el viejo duque había insistido en que aprendiera a conocer a sus súbditos y a palpar el estado de ánimo del populacho. «En el fondo, muchacho, gobernamos a expensas de sus sufrimientos —le había dicho Paulus—, aunque por fortuna la mayoría de la población no se da cuenta. Si eres un buen gobernante, nadie pensará en eso.»

Como desconcertado por las dramáticas noticias y la apariencia desaliñada de Leto, el joven de cabello revuelto miró a las masas de obreros que se afanaban en los astilleros. Todo parecía tranquilo, como de costumbre.

—Leto, Leto… —Señaló con un dedo rechoncho a las masas inferiores, en apariencia satisfechas, que trabajaban como zánganos obedientes—. Los suboides ni siquiera son capaces de decidir por sí mismos lo que van a cenar, y mucho menos unirse e iniciar una rebelión. Eso exige demasiada… iniciativa.

Leto meneó la cabeza, todavía jadeante. El cabello sudado se le pegaba a la frente. Se sentía más tembloroso ahora que estaba a salvo, sentado en una cómoda butaca automoldeable de los aposentos de Rhombur. Cuando había huido para salvar la vida, sólo el instinto le había guiado. Ahora, mientras intentaba relajarse, no podía controlar su pulso. Tomó un largo sorbo de un vaso de zumo que encontró en la bandeja del desayuno de Rhombur.

—Sólo estoy informando sobre lo que vi, Rhombur, y no imagino amenazas. He experimentado suficientes en persona para saber la diferencia. —Se inclinó y sus ojos grises destellaron—. Te repito que algo está pasando. Los suboides estaban hablando de derrocar a la Casa Vernius, de destruirlo todo y de apoderarse de Ix. Se estaban preparando para acciones violentas.

Rhombur vaciló, como si aún esperara oír lo peor.

—Bien, se lo diré a mi padre. Puedes contarle tu

versión y estoy seguro de que, er, investigará el asunto.

Los hombros de Leto se hundieron. ¿Y si el conde Vernius hacía caso omiso del problema, hasta que fuera demasiado tarde?

Rhombur se alisó el manto púrpura y sonrió. Se rascó la cabeza, perplejo. Daba la impresión de que abordar el tema de nuevo le exigiría mucha energía. Parecía verdaderamente confuso.

—Pero... si has estado ahí abajo, Leto, habrás observado que tratamos bien a los suboides. Se les da comida, techo, familia, trabajo. Sí, puede que nos llevemos la parte del león, pero las cosas son así. Nuestra sociedad es así. Pero no oprimimos a nuestros obreros. ¿De qué pueden quejarse?

—Tal vez ellos lo vean de otra manera. La opresión física no es la única clase de maltrato.

Rhombur sonrió, se levantó y extendió la mano.

—Ven, amigo mío. Esto puede suponer un cambio interesante en nuestras clases de política de hoy. Podemos utilizarlo como un caso hipotético.

Leto le siguió, más entristecido que decepcionado. Tenía miedo de que los ixianos afrontaran el problema como una simple discusión teórica.

Desde la aguja más alta del Grand Palais, el conde Dominic Vernius gobernaba un imperio industrial oculto al mundo exterior. El hombretón se paseaba por el suelo transparente de su Despacho Orbital, que colgaba como una magnífica bola de cristal del techo de la caverna.

Las paredes y el suelo del despacho eran de cristal ixiano, sin junturas ni distorsiones. Daba la impresión de que caminaba en el aire, flotando sobre sus dominios. En ocasiones, Dominic se sentía como una deidad que observara su universo desde lo alto. Se pasó una palma callosa sobre su cráneo recién afeitado. Aún sentía un hormigueo en la piel debido a las lociones vigorizantes que Shando utilizaba cuando le masajeaba el cráneo.

Su hija Kailea estaba sentada en una butaca flotante y le miraba. El duque aprobaba que se interesara en los asuntos ixianos, pero hoy estaba demasiado preocupado para dedicar mucho tiempo a discutir con ella. Sacudió migas imaginarias del manto sin mangas recién lavado, dio media vuelta y volvió a pasearse alrededor de su escritorio.

Kailea continuó observándole en silencio, aunque comprendía el problema que afrontaban.

Dominic no esperaba que el viejo «Roody» aceptara sin más la pérdida de ingresos por impuestos causada por el diseño del nuevo Crucero ixiano. No, el emperador encontraría alguna forma de convertir una simple decisión comercial en una afrenta personal, pero Dominic no tenía ni idea de qué forma adoptaría el desquite, ni dónde se produciría. Elrood siempre había sido impredecible.

—Has de ir siempre un paso por delante de él —dijo Kailea—. Tú eres un experto en eso.

Pensó en las taimadas artes que su padre había utilizado para robar al emperador su concubina ante sus propias narices… y en que Elrood nunca lo había olvidado. Un toque de resentimiento apenas perceptible tiñó sus palabras. Habría preferido crecer en la maravillosa Kaitain, en lugar de aquí, bajo el suelo.

—No puedo adelantarme a él si ignoro en qué dirección se mueve —contestó Dominic. El conde ixiano parecía flotar cabeza abajo, con el techo de roca y las agujas del Grand Palais sobre su cabeza, y el aire bajo los pies.

Kailea arregló el encaje de su vestido, alisó los ribetes y estudió una vez más los registros de embarque y los manifiestos comparados, con la esperanza de decidir la forma más provechosa de distribuir la tecnología ixiana. Dominic no esperaba que lo hiciera mejor que sus expertos, pero dejaba que se entretuviera. Su idea de enviar meks de combate autodidactas a unos cuantos traficantes del mercado negro había sido un golpe de genio.

Se detuvo un momento y apareció una sonrisa nostálgica en su rostro, de forma que su largo bigote se hundió en las arrugas que rodeaban la boca. Su hija era de una belleza extraordinaria, una obra de arte en todos los sentidos, hecha para ser un adorno en la casa de algún gran señor... pero también era muy inteligente. Kailea era una mezcla extraña: fascinada por los ceremoniales y modales de la corte, y por todo lo relacionado con la grandeza de Kaitain, pero también decidida a comprender el funcionamiento interno de la Casa Vernius. A su edad ya era consciente de que las complejidades de los negocios entre bastidores constituían la verdadera clave de que una mujer adquiriera poder en el Imperio, a menos que ingresara en la Bene Gesserit.

Dominic creía que su hija no comprendía la decisión de Shando de abandonar la corte imperial e ir con él a Ix. ¿Por qué abandonaría la amante del hombre más poderoso del universo todo aquel esplendor, para luego casarse con un héroe de guerra curtido por la intemperie que vivía en una ciudad subterránea? En ocasiones, Dominic se formulaba la misma pregunta, pero su amor por Shando no conocía límites, y su esposa le había confirmado a menudo que jamás se había arrepentido de su decisión.

Kailea ofrecía un rudo contraste con su madre en todo, excepto en su aspecto. Era imposible que la joven se sintiera cómoda con sus ropas y galas extravagantes, pero siempre iba vestida de punta en blanco, como si temiera dejar pasar una oportunidad. Tal vez se sentía agraviada por las posibilidades perdidas de su vida, y habría preferido estar bajo la tutela de un patrocinador en el palacio imperial. Dominic había observado que jugaba con los afectos de los hijos gemelos del embajador Pilru, como si casarse con uno de ellos pudiera facilitarle el acceso a la embajada en Kaitain. Pero C'tair y D'murr Pilru iban a someterse a un examen para ingresar en la Cofradía Espacial, y si lo pasaban con éxito abandonarían el planeta dentro de una semana. En cualquier caso, Dominic estaba seguro de que podría arreglar un matrimonio más ventajoso para su única hija.

Tal vez incluso con Leto Atreides…

Un visicom lanzó destellos amarillos en la pared. Un mensaje importante, las últimas noticias sobre los alarmantes rumores que se habían esparcido como veneno en una cisterna.

—¿Sí? —dijo.

Sin esperar a que le preguntara, Kailea atravesó el suelo invisible y se puso a su lado para leer el informe, que apareció sobre la superficie del escritorio. Sus ojos esmeralda se entornaron mientras leía.

El aroma del tenue perfume de su hija y el brillo de su cabello broncíneo oscuro provocaron una sonrisa paternal en su rostro. Qué joven era. Tan joven y tan atenta a los asuntos de Estado.

—¿Estás segura de que quieres preocuparte con esto, hija? —preguntó, con el deseo de protegerla de las malas noticias. Las relaciones laborales eran más complicadas que las innovaciones tecnológicas. Kailea se limitó a mirarle, irritada por la pregunta.

El conde leyó más detalles sobre lo que le habían referido antes, aunque aún no daba crédito a todo cuanto Leto Atreides había visto y oído. Se estaban gestando disturbios en las dependencias subterráneas, donde los obreros suboides habían comenzado a quejarse: una situación sin precedentes.

Kailea respiró hondo y ordenó sus pensamientos.

—Si los suboides tienen tales motivos de queja, ¿por qué no han elegido a un portavoz? ¿Por qué no han entregado una petición oficial?

—Oh, lo único que hacen es refunfuñar, hija. Afirman que les están obligando a montar máquinas que violan la Jihad Butleriana y no quieren realizar «trabajos blasfemos».

La pantalla se oscureció en cuanto terminaron de leer el informe, y Kailea se levantó, con los brazos en jarras.

—¿De dónde han sacado una idea tan ridícula? ¿Cómo pueden siquiera empezar a cuestionar los matices y complejidades que suponen dirigir estas operaciones? Fueron creados y adiestrados en instalaciones ixianas. ¿Quién habrá metido esas ideas en sus cabezas?

Dominic comprendió que su hija había formulado una pregunta muy interesante.

—Tienes razón. Los suboides no habrían podido llegar a tales extrapolaciones sin ayuda.

Kailea continuaba indignada.

—¿No se dan cuenta de lo mucho que les damos y lo que cuesta? He mirado los costes y los beneficios. Los suboides no saben que su situación es excelente, comparada con los trabajadores de otros planetas. —Meneó la cabeza con expresión de desagrado. Miró a través del suelo a las fábricas de la caverna, allá abajo—. Quizá deberían visitar Giedi Prime, o Arrakis. Entonces no se quejarían de Ix.

Pero Dominic no dejó que se desviara del tema que ella misma había sacado a colación.

—Los suboides fueron creados para alcanzar una inteligencia limitada, la suficiente para realizar las tareas asignadas, y se supone que deben ejecutarlas sin quejarse. Forma parte de su estructura mental. —Miró el suelo de la gruta, donde hormigueaban los obreros encargados de la construcción del Crucero—. ¿Podría ser que nuestros biodiseñadores pasaran por alto algo importante? ¿Tendrán razón los suboides? La definición de mentes autómatas abarca un amplio campo, pero podrían existir zonas grises…

Kailea sacudió la cabeza y tabaleó sobre su cuaderno de cristal.

—Nuestros Mentats y asesores legales son meticulosos sobre las prohibiciones precisas de la Jihad, y nuestros métodos de control de calidad son eficaces. Pisamos terreno sólido, y pueden demostrar todas nuestras afirmaciones.

Dominic se mordisqueó el labio inferior.

—No es posible que los suboides posean datos específicos, puesto que no existen violaciones. Al menos, no hemos cruzado la frontera a sabiendas, bajo ninguna circunstancia.

Kailea observó a su padre.

—Tal vez deberías ordenar al capitán Zhaz y a un equipo de inspectores que no dejen piedra sin remover, que investiguen todos los aspectos de nuestros procesos de diseño y fabricación. Demuestra a los suboides que sus quejas carecen de motivos.

Dominic consideró la idea.

—No quiero ser demasiado duro con los obreros. Detesto las medidas enérgicas, y no deseo ninguna revuelta. Hay que tratar bien a los suboides, como siempre. —Miró a su hija, y le pareció que era ya una persona adulta.

—Sí —dijo Kailea—. Así trabajan mejor.

Al igual que el conocimiento de tu propio ser, el sietch forma una base firme, desde la cual saltas al mundo y al universo.

Enseñanza Fremen

Pardot Kynes estaba tan fascinado por la cultura, la religión y la rutina diaria de los Fremen que había olvidado el debate sobre su destino que tenía lugar en el sietch. El naib Heinar le había dicho que podía explicar sus ideas, así que hablaba y hablaba a la menor oportunidad.

Durante todo un ciclo de lunas, los Fremen contrastaron sus opiniones en privado y en las asambleas a puerta cerrada de los ancianos del sietch. Algunos de ellos incluso simpatizaban con aquel extraño forastero.

Si bien su suerte aún no estaba decidida, Kynes no perdió tiempo. Los guías del sietch le llevaron a todas partes y le enseñaron muchas cosas que podrían interesarle, pero el planetólogo también se paraba a hacer preguntas a las mujeres que trabajaban en las fábricas de destiltrajes, a los viejos que cuidaban de las provisiones de agua, y a las marchitas abuelas que se encargaban de los hornos solares o quitaban las rebabas a pedazos de chatarra.

La frenética actividad de las cavernas le asombraba. Algunos trabajadores pisoteaban residuos de especia para extraer combustible, otros cuajaban especia para que fermentara. Las hilanderas que trabajaban con telares mecánicos utilizaban su propio cabello, el pellejo de ratas mutantes, manojos de algodón del desierto, e incluso tiras de piel de animales salvajes para fabricar su resistente tela. Y, por supuesto, en las escuelas se enseñaba a los jóvenes Fremen las habilidades para sobrevivir en el desierto, así como técnicas de combate despiadadas.

Una mañana, Kynes despertó descansado, pese a haber pasado la noche sobre una esterilla en el duro suelo. Durante gran parte de su vida había dormido al raso, sobre terrenos incómodos. Su cuerpo encontraba descanso casi en cualquier parte. Desayunó fruta deshidratada y tortas secas que las mujeres Fremen habían preparado en hornos térmicos. Una barba incipiente cubría su cara.

Una joven llamada Frieth le llevó una bandeja con café de especia en una cafetera ornamentada. Durante todo el ritual mantuvo sus ojos azules clavados en el suelo, como había hecho todas las mañanas desde la llegada de Kynes al sietch. El planetólogo no había pensado en sus frías y eficientes atenciones hasta que alguien le había susurrado: «Es la hermana soltera de Stilgar, cuya vida salvaste de los perros Harkonnen.»

Frieth tenía hermosas facciones y una suave piel bronceada. Su pelo parecía lo bastante largo para llegarle hasta la cintura si alguna vez lo liberaba de sus anillos de agua y lo dejaba caer. Su carácter era apacible pero observador, al estilo de los Fremen. Corría a satisfacer hasta el más nimio deseo que Kynes se molestaba en expresar, a menudo sin que él se diera cuenta. De no haber estado tan concentrado en observar todo cuanto le rodeaba, habría reparado en lo hermosa que era.

Después de apurar hasta la última gota su café picante, al que se le había añadido cardamomo, Kynes sacó su libreta electrónica para tomar notas. Al oír un ruido, levantó la vista y vio al nervudo Turok en la puerta.

—Te llevaré adonde desees, planetólogo, siempre que no salgas del sietch.

Kynes asintió y sonrió, indiferente a las restricciones de ser un cautivo. No le amargaban. Se sobrentendía que nunca saldría vivo del sietch a menos que los Fremen le aceptaran y confiaran en él. Si se unía a la comunidad, no habría secretos entre ellos. Por otra parte, si los Fremen decidían ejecutarle, sería absurdo ocultar secretos a un muerto.

Previamente, Kynes había visto los túneles, las cámaras donde se almacenaban los alimentos, las provisiones de agua custodiadas e incluso los destiladores de muertos *Huanui*. Había contemplado fascinado a las familias de hombres endurecidos por el desierto, cada uno con varias esposas. Les había visto rezar a Shai-Hulud. Había empezado a compilar un esbozo mental de esta cultura y de los vínculos políticos y familiares en el seno del sietch, pero serían necesarias décadas para descifrar las sutiles relaciones y los matices de las obligaciones que habían recaído sobre sus parientes muchas generaciones antes.

—Me gustaría ir a lo alto de la roca —dijo, recordando sus deberes de planetólogo imperial—. Si pudiéramos recuperar parte del equipo que llevaba en mi vehículo terrestre, porque supongo que lo tendréis a buen recaudo, me gustaría establecer una estación meteorológica aquí. Es fundamental reunir datos climatológicos: variaciones de temperatura, humedad atmosférica y comportamiento de los vientos, de todos los lugares aislados posibles.

Turok se volvió hacia él, sorprendido. Se encogió de hombros.

—Como gustes, planetólogo.

Como conocía los hábitos conservadores de los ancianos del sietch, Turok era pesimista sobre la suerte de aquel hombre entusiasta pero no muy brillante. Era un esfuerzo inútil para Kynes proseguir su enérgico trabajo. Pero si le proporcionaba felicidad en sus últimos días...

—Vámonos —dijo Turok—. Ponte el destiltraje.

—Sólo estaré fuera unos minutos.

Turok le miró con ceño.

—Un solo hálito de humedad significa agua desperdiciada en el aire. No somos tan ricos para permitirnos ese lujo.

Kynes se encogió de hombros, se puso su uniforme de superficie bruñida y ajustó los cierres con torpeza. Turok suspiró y le ayudó, al tiempo que explicaba la forma más eficaz de ponerse el traje y ajustar los cierres para optimizar su eficiencia.

—Has comprado un destiltraje decente. Es de manufactura Fremen —observó—. Al menos, en esto has elegido bien.

Kynes lo siguió hasta la cámara de almacenamiento donde guardaban su vehículo terrestre. Los Fremen lo habían despojado de accesorios, y su equipo se encontraba distribuido en cajas abiertas sobre el suelo de la caverna, inspeccionado y catalogado. No cabía duda de que los habitantes del sietch habían intentado descubrir cómo podían utilizar aquellas cosas.

Aún piensan matarme, comprendió Kynes. *¿Es que no han escuchado ni una palabra de lo que he dicho?* Por extraño que pareciera, la idea ni le deprimió ni asustó. Aceptó la certeza como un desafío. No estaba dispuesto a rendirse. Aún quedaba mucho por hacer. Tendría que hacerles comprender.

Entre las piezas desordenadas encontró su aparato meteorológico y encajó los componentes, pero sin hacer comentarios sobre la suerte que habían corrido sus posesiones. Sabía que los Fremen tenían una mentalidad comunal: todo lo que poseía un individuo era propiedad también de toda la comunidad. Como había pasado casi toda su vida solo, dependiendo únicamente de sus propias habilidades, le resultaba difícil asimilar aquella mentalidad.

Turok no se ofreció a llevarle el equipo, sino que le precedió por unos empinados escalones practicados en el muro de piedra. Kynes jadeaba, pero no se quejó. Su guía iba apartando deflectores de humedad y sellos de puerta. Turok miró por encima del hombro para ver si el planetólogo le seguía, y luego caminó con más rapidez.

Salieron por una hendidura a la cumbre de los picos sembrados de cantos rodados. El joven Fremen se refugió a la sombra de las rocas, mientras Kynes se exponía al sol. La piedra era de un color pardo cobrizo, con manchas de líquenes. *Buena señal*, pensó. Huellas precursoras de sistemas biológicos.

Mientras contemplaba la amplia vista de la Gran Cuenca, vio dunas de rocas recién desintegradas, así como arena antigua y oxidada.

A juzgar por los gusanos de arena que había visto, así como por el plancton que abundaba en las arenas ricas en especia, Kynes sabía que Dune ya poseía la base de un complejo ecosistema. Estaba seguro de que bastarían unos empujoncitos en la dirección correcta para hacer florecer aquel lugar dormido.

Los Fremen podrían hacerlo.

—Hombre imperial —dijo Turok—, ¿qué ves cuando miras el desierto de esa manera?

Kynes contestó sin mirarlo.

—Un sinfín de posibilidades.

En una cámara sellada situada en las profundidades del sietch, el enjuto Heinar estaba sentado a la cabecera de una mesa de piedra, y su único ojo brillaba. El naib del sietch, que intentaba mantenerse al margen de la discusión, miraba a los ancianos del consejo mientras se gritaban unos a otros.

—Conocemos la lealtad de ese hombre —dijo Jerath—. Trabaja para el Imperio. Ya habéis visto su currículum. Está en Dune como huésped de los Harkonnen. —Llevaba un aro de plata en el lóbulo izquierdo, un tesoro arrebatado a un contrabandista al que había matado en duelo.

—Eso no significa nada —dijo Aliid—. Como Fremen, ¿acaso no tomamos prestadas otras ropas, otras máscaras, y fingimos adaptarnos? Es un método de supervivencia en determinadas circunstancias. Vosotros, más que nadie, deberíais saber que no se puede juzgar a la gente únicamente por la apariencia.

Garnah, un anciano de aspecto fatigado y cabello largo, apoyó su puntiaguda barbilla sobre los nudillos.

—Estoy furioso con esos tres jóvenes idiotas por lo que hicieron después de que el planetólogo les ayudara a derrotar a los Harkonnen. Cualquier adulto sensato se habría encogido de hombros y enviado la sombra de ese hombre a reunirse con las de las seis sabandijas caídas en tierra... con cierto remordimiento, por supuesto, pero eso es lo que deberían haber hecho. —Suspiró—. Son jóvenes inexpertos. Nunca tendrían que haberse aventurado solos en el desierto.

Heinar resopló.

—No puedes culparles, Garnah. Existía la obligación moral. Pardot Kynes les había salvado la vida. Hasta esos jóvenes imprudentes fueron conscientes de la carga de agua que había recaído sobre sus hombros.

—¿Y qué me dices de sus obligaciones para con el sietch y nuestro pueblo? —insistió el melenudo Garnah—. ¿La deuda contraída con un simple servidor imperial pesa más que su lealtad hacia nosotros?

—Es un loco —dijo Jerath—. ¿Le habéis oído hablar? Quiere árboles, cantidades ingentes de agua, irrigación, cosechas... Imagina un vergel en lugar de un desierto. —Resopló y se tocó el aro de su oreja—. Os digo que está loco.

Aliid apretó la boca en señal de escepticismo.

—Después de miles de años de errar de un lado a otro, que por fin nos trajeron aquí e hicieron de nuestro pueblo lo que somos, ¿cómo podéis despreciar a un hombre por soñar con el paraíso?

Jerath frunció el entrecejo, pero aceptó el razonamiento.

—Tal vez Kynes esté loco —dijo Garnah—, pero sólo lo suficiente para ser un santo. Tal vez está lo bastante loco para oír las palabras de Dios de una forma que nosotros no podemos.

—Ésa es una cuestión que no decidiremos nosotros —dijo Heinar, utilizando por fin la voz de mando de un naib, con el fin de reconducir la discusión hacia el tema que se estaba tratando—. La elección a la que nos enfrentamos no está relacionada con la palabra de Dios, sino con la supervivencia de nuestro sietch. Pardot Kynes ha visto nuestras costumbres, ha vivido en nuestro lugar secreto. Por orden imperial, envía informes a Kaitain siempre que llega a una ciudad. Pensad en el peligro que esto supone para nosotros.

—Pero ¿y todo lo que ha dicho sobre el paraíso en Dune? —preguntó Aliid, que aún intentaba defender al extranjero—. Agua por doquier, dunas rodeadas de hierba, altas palmeras datileras, qanats abiertos a través del desierto.[1]

—Fantasías —gruñó Jerath—. El hombre sabe demasiado sobre nosotros y sobre Dune. No podemos permitir que conozca tantos secretos.

1. Canales al aire libre para transportar el agua de irrigación bajo condiciones controladas (véase *Terminología del Imperio* de *DUNE*): *(N. del T.)*

Aliid insistió de nuevo.

—Pero mató a esos Harkonnen. ¿Eso no supone para nosotros, para nuestro sietch, una deuda de agua? Salvó a tres miembros de nuestra tribu.

—¿Desde cuándo debemos algo al Imperio? —preguntó Jerath.

—Cualquiera puede matar a los Harkonnen —añadió Ganath con un encogimiento de hombros, apoyando la barbilla sobre el otro puño—. Yo mismo lo he hecho.

Heinar se inclinó.

—De acuerdo, Aliid. ¿Qué opinas sobre ese renacimiento de Dune? ¿Dónde está el agua para todo eso? ¿Existe alguna posibilidad de que el planetólogo pueda conseguir lo que dice?

—¿Le habéis oído? —replicó Garnah con tono burlón—. Dice que el agua está aquí, en una cantidad muy superior a la que poseen nuestras miserables existencias.

Jerath enarcó las cejas y resopló.

—Vaya. Ese hombre lleva en nuestro planeta un mes o dos, y ya sabe dónde encontrar el preciado tesoro que ningún Fremen ha descubierto tras generaciones y generaciones de vivir en el desierto. ¿Quizá encuentre un oasis en el ecuador? ¡Bah!

—Salvó a tres de los nuestros —insistió Aliid.

—Tres idiotas que se cruzaron en el camino del puño Harkonnen. No me siento obligado con él por el hecho de que les salvara. Además, ha visto nuestros cuchillos crys. Ya conocéis nuestra ley: quien ve ese cuchillo ha de ser purificado o sacrificado...

—Eso es cierto —admitió Aliid.

—Todo el mundo sabe que Kynes viaja solo y explora zonas inhóspitas —dijo Heinar con un encogimiento de hombros—. Si desaparece, desaparece. Ni los Harkonnen ni las autoridades imperiales sospecharán de nosotros.

—Lo interpretarán como un simple accidente. Nuestro planeta no es un lugar acogedor —dijo Garnah.

Jerath se limitó a sonreír.

—A decir verdad, es posible que los Harkonnen se alegren de librarse de ese entrometido. Si le matamos, no correremos ningún riesgo.

El silencio colgó en el aire polvoriento durante un momento.

—Lo que ha de ser, será —sentenció Heinar al tiempo que se ponía en pie—. Todos lo sabemos. No puede haber otra respuesta, no podemos cambiar de opinión. Debemos proteger el sietch por encima de todo, cueste lo que cueste, sin importarnos el peso que deposite en nuestros corazones. —Cruzó los brazos sobre el pecho—. Está decidido. Kynes ha de morir.

Doscientos treinta y ocho planetas explorados, muchos de habitabilidad sólo marginal (ver cartas estelares adjuntas en archivo separado). Estudios de recursos enumeran materiales en bruto valiosos. Muchos de estos planetas merecen una segunda ojeada, ya sea para explotación de minerales o para posible colonización. No obstante, como en anteriores informes, no se ha encontrado especia.

Informe de peritaje independiente, tercera
expedición, entregado al emperador FONDIL
CORRINO III

Hasimir Fenring había sobornado a los guardias y criados del viejo Elrood con el fin de preparar lo que había llamado «un encuentro secreto con un importante, aunque inesperado, diplomático». El hombre con cara de comadreja había utilizado su lengua de oro y su voluntad de hierro para manipular los horarios del emperador y dejar un hueco. Fenring, como un accesorio del palacio durante más de tres décadas, en virtud de su amistad con el príncipe heredero Shaddam, era un hombre influyente. Gracias a diversos métodos de persuasión, convencía a todos cuantos necesitaba convencer.

El viejo Elrood no sospechaba nada.

A la hora señalada para la llegada del delegado Tleilaxu, Fenring se ocupó de que Shaddam y él estuvieran presentes en la sala de audiencias, en teoría como tenaces estudiosos de la burocracia, concentrados en convertirse en líderes útiles del Imperio. Elrood, quien gustaba de pensar que estaba instruyendo a sus protegidos en importantes temas de Estado, no tenía ni idea de que los dos jóvenes se reían a sus espaldas.

Fenring se acercó al príncipe heredero y le susurró:

—Esto va a ser muy divertido, ¿hummmm?

—Observa y aprende —dijo Shaddam, para luego alzar la barbilla y sonreír en tono burlón.

Las enormes puertas talladas se abrieron, centelleantes de piedras soo y cristales de lluvia. Los guardias Sardaukar, inmóviles con sus uniformes grises y negros, se pusieron firmes para recibir al recién llegado.

—Empieza el espectáculo —dijo Fenring. Shaddam y él rieron para sus adentros.

Pajes vestidos con libreas se adelantaron para presentar al visitante de otro planeta y le ofrecieron una pompa procesada y traducida electrónicamente.

—Mi señor emperador, Alteza de un Millón de Mundos, el maestro Hidar Fen Ajidica, representante de los Bene Tleilax, llegado a petición vuestra para celebrar un encuentro privado.

Un hombre enano de piel grisácea entró con orgullo en el salón, flanqueado por guardias de rostro pálido y sus propios servidores. Sus pies calzados con zapatillas se deslizaron como susurros sobre las piedras pulidas del suelo.

Una oleada de sorpresa y desagrado recorrió a los cortesanos. El chambelán Aken Hesban, con los bigotes caídos, se alzó indignado detrás del trono y clavó la vista en los consejeros de audiencias del emperador, como si fuera una especie de broma.

Elrood IX se inclinó hacia adelante en su enorme trono y pidió ver su calendario.

Así, pillado por sorpresa, tal vez el viejo réprobo se

quede lo bastante sorprendido como para escuchar, pensó Fenring. Con sorprendente astucia, los ojos de águila del chambelán Hesban se posaron sobre él, pero Fenring le devolvió la mirada con una expresión de inocencia.

Ajidica, el representante Tleilaxu, esperó con paciencia, dejando que los susurros y murmullos fluyeran a su alrededor. Tenía una cara estrecha, nariz larga y barba negra puntiaguda, que sobresalía como una paleta de su mentón partido. Ropajes marrones le concedían un aire de cierta importancia. Su piel parecía curtida por la intemperie, y en sus manos, sobre todo en las palmas y los dedos, destacaban manchas pálidas y descoloridas, como si la frecuente exposición a productos químicos virulentos hubiera neutralizado la melanina. Pese a su diminuta estatura, el Maestro Tleilaxu avanzó como si tuviera perfecto derecho a estar en la sala del trono de Kaitain.

Shaddam estudió a Ajidica desde un lado del salón, y su nariz se arrugó, debido a los olores persistentes a comida tan característicos de los Tleilaxu.

—Que el único y verdadero Dios os ilumine desde todas las estrellas del Imperio, mi señor emperador —dijo Hidar Fen Ajidica, al tiempo que juntaba las palmas, hacía una reverencia y citaba la Biblia Católica Naranja. Se detuvo ante el enorme trono de cuarzo de Hagal.

Los Tleilaxu eran famosos por manipular a los muertos y conservar cadáveres para aprovechar los recursos de las células, pero nadie podía negar que eran unos genetistas brillantes. Una de sus primeras creaciones había sido un notable recurso alimenticio nuevo, el bacer («la carne más sabrosa a este lado del paraíso»), un cruce entre una babosa gigante y un cerdo terráqueo. El conjunto de la población todavía pensaba que los baceres eran mutaciones engendradas en depósitos, seres de una fealdad insufrible que excretaban residuos viscosos y malolientes, y cuyas múltiples bocas se afanaban incesantemente entre la basura. Éste era el contexto en el cual la gente imaginaba a los Bene Tleilax, incluso mientras saboreaban medallones de bacer macerados en salsas preparadas con sabrosos vinos de Caladan.

Elrood cuadró sus huesudos hombros. Miró con ceño al visitante.

—¿Qué hace… esto aquí? ¿Quién ha dejado entrar a este hombre? —El viejo emperador paseó la vista por la sala, con ojos centelleantes—. Ningún Maestro Tleilaxu ha entrado en mi corte para celebrar una audiencia privada. ¿Cómo puedo saber que no es un Danzarín Rostro? —Elrood miró a su secretario personal y luego a su chambelán—. Y como ha sido incluido en mi agenda, ¿cómo puedo saber que tú no eres un Danzarín Rostro? Esto es indignante.

El secretario personal retrocedió, ofendido por la insinuación. El diminuto Ajidica miró al emperador, y dejó que el resentimiento y los prejuicios le resbalaran, sin dejarse afectar por ellos.

—Mi señor Elrood, pueden llevarse a cabo análisis para demostrar que ninguno de nuestros metamorfos ha asumido la identidad de un miembro de vuestra corte. Os aseguro que no soy un Danzarín Rostro. Ni tampoco un asesino, ni un Mentat.

—¿Para qué has venido? —preguntó Elrood.

—Mi presencia aquí fue solicitada, por ser uno de los principales científicos de los Bene Tleilax. —El enano no se había movido ni un centímetro, y seguía inmóvil al pie del Trono del León de Oro, envuelto en sus ropajes marrones—. He desarrollado un ambicioso plan que puede beneficiar a la familia imperial, al igual que a mi pueblo.

—No estamos interesados —replicó el emperador Padishah. Desvió la mirada hacia sus Sardaukar y alzó una mano engarfiada para ordenar una expulsión forzosa. Los sirvientes de la corte contemplaban la escena, divertidos y ansiosos.

Hasimir Fenring se adelantó, consciente de que sólo tenía un instante para interceder.

—¿Puedo hablar, emperador Elrood? —No esperó a recibir el permiso, pero intentó adoptar una expresión inocente e interesada—. La increíble audacia de este delegado Tleilaxu ha despertado mi curiosidad. Ardo en deseos de saber qué ha venido a decirnos.

Clavó la vista en el inexpresivo rostro de Hidar Fen Ajidica. El Maestro de piel grisácea parecía indiferente al trato grosero que le deparaban. Nada en su comportamiento traicionaba su relación con Fenring, quien le había sugerido la idea de la especia sintética, una idea que no había tardado en encontrar apoyo entre los científicos Tleilaxu.

El príncipe heredero Shaddam tomó la alternativa y miró a su padre con expresión inocente y ansiosa.

—Padre, tú me has ordenado que aprenda todo cuanto pueda del ejemplo de tu liderazgo. Sería muy útil para mí observar cómo manejas esta situación con imparcialidad y firmeza.

Elrood alzó una mano adornada con anillos que temblaba a causa de espasmos tenues pero incontrolables.

—Muy bien, escucharemos un momento lo que este Tleilaxu ha venido a decir. Un sólo momento, so pena de recibir un severo castigo si decidimos que ha malgastado nuestro precioso tiempo. Observa y aprende. —El emperador miró de reojo a Shaddam, y después tomó un sorbo de la cerveza de especia que tenía al lado—. Será breve.

Tienes mucha razón, padre. No te queda mucho tiempo, pensó Shaddam, sin borrar su sonrisa inocente.

—Mis palabras exigen privacidad, mi señor emperador —dijo Ajidica—, así como la mayor discreción.

—Yo decidiré eso —replicó Elrood—. Habla de tu proyecto.

El Maestro Tleilaxu enlazó sus manos dentro de las voluminosas mangas de sus vestiduras marrones.

—Los rumores son como una epidemia maligna, señor. Una vez escapan, se propagan de persona a persona, a menudo con efectos mortíferos. Es mejor tomar unas simples precauciones iniciales, que verse obligado a adoptar medidas de erradicación más tarde.

Ajidica permaneció inmóvil y se negó a hablar hasta que la sala de audiencias se vaciara.

El emperador, impaciente, despidió con un ademán a todos los funcionarios, pajes, embajadores, bufones y guardias. Los hombres de seguridad Sardaukar se apostaron ante las puertas, desde las cuales podían proteger el trono, pero todos los demás presentes se marcharon, murmurando y arrastrando los pies. Se alzaron pantallas de intimidad para impedir que nadie escuchara.

Fenring y Shaddam se sentaron al pie del trono, fingiendo ser estudiantes absortos, aunque ambos sobrepasaban ya la treintena. El viejo emperador, de aspecto frágil y enfermizo, indicó que se quedaran como observadores, y el Tleilaxu no protestó.

Durante todo el tiempo, la mirada de Ajidica no se apartó de Elrood. El emperador miró al enano y fingió aburrimiento. Satisfecho por fin de sus precauciones, y sin hacer caso del asco que sentía el emperador por él y su raza, Hidar Fen Ajidica habló.

—Nosotros, los Bene Tleilax, hemos realizado experimentos en todos los campos de la genética, la química orgánica y las mutaciones. En nuestras fábricas hemos desarrollado recientemente técnicas heterodoxas para sintetizar, digamos, sustancias poco usuales. —Sus palabras eran concisas y eficientes, sin proporcionar más detalles de los necesarios—. Nuestros resultados iniciales indican que podría crearse un producto sintético que, en todas sus propiedades químicas importantes, sería idéntico a la melange.

—¿Especia? —Elrood dedicó al Tleilaxu toda su atención. Shaddam observó un tic en la mejilla derecha de su padre, debajo del ojo—. ¿Creada en laboratorio? ¡Imposible!

—No es imposible, mi señor. Contando con tiempo suficiente y condiciones adecuadas para su desarrollo, esta especia artificial podría dar lugar a una reserva inagotable, producida en cantidades industriales y barata... destinada en exclusiva a la Casa Corrino, si así lo deseáis.

Elrood se inclinó como un ave rapaz momificada.

—Eso nunca ha sido posible.

—Nuestros análisis demuestran que la especia es una sustancia de base orgánica. Gracias a experimentos minuciosos, creemos que nuestros depósitos de axlotl pueden modificarse para producir melange.

—¿De la misma forma que creáis gholas a partir de células humanas muertas? —dijo el emperador con cara de asco—. ¿Y clones?

Shaddam, intrigado y sorprendido, miró a Fenring. *¿Depósitos de axlotl?*

Ajidica no apartó la vista de Elrood.

—En... efecto, mi señor.

—¿Por qué has acudido a mí? —preguntó Elrood—. Imaginaba que los diabólicos Tleilaxu crearían un sustituto de la especia para su uso exclusivo, y dejarían el Imperio a su merced.

—Los Bene Tleilax no son una raza poderosa, señor. Si descubriéramos la forma de producir nuestra propia melange y guardáramos el secreto, desencadenaría sobre nosotros la ira del Imperio. Vos enviaríais a los Sardaukar, nos arrancaríais el secreto y nos destruiríais. La Cofradía Espacial y la CHOAM os prestarían su colaboración de buen grado y, por otra parte, los Harkonnen defenderían su monopolio de especia a toda costa.

Ajidica le dedicó una leve sonrisa desprovista de humor.

—Me alegra saber que comprendéis vuestra posición subordinada —dijo Elrood, y descansó su huesudo codo sobre el brazo del pesado trono—. Ni siquiera la Grande Casa más rica ha desarrollado una fuerza militar capaz de oponer resistencia a mis Sardaukar.

—Por ello, hemos decidido prudentemente congraciarnos con la más poderosa presencia de la galaxia: la Casa Imperial. De esa forma cosecharemos los mayores beneficios de nuestra nueva investigación.

Elrood apoyó un largo dedo sobre sus labios, delgados como el papel, mientras reflexionaba. Esos Tleilaxu eran listos, y si podían fabricar la sustancia en exclusiva para la Casa Corrino, a precio de coste, el emperador contaría con una poderosa moneda de cambio.

La diferencia económica sería enorme. Podría hundir en la bancarrota a la Casa Harkonnen. El planeta desierto de Arrakis perdería casi todo su valor, porque era muy caro extraer el producto de la arena.

Si aquel enano podía hacer lo que insinuaba, el Landsraad, la CHOAM, la Cofradía Espacial, los Mentats y la Bene Gesserit se verían obligados a suplicar el favor del emperador con el fin de conseguir suministros. Casi todos los vástagos importantes de las familias nobles ya eran adictos a la melange, y el propio Elrood podría convertirse en su suministrador. Se sintió entusiasmado.

Ajidica interrumpió los pensamientos de Elrood.

—Permitidme subrayar que no será una tarea sencilla, señor. Es extraordinariamente difícil analizar la estructura química concreta de la melange, y hemos de separar los componentes necesarios de la sustancia de los irrelevantes. Con el fin de alcanzar este objetivo, los Tleilaxu necesitamos enormes recursos, así como libertad y tiempo para proseguir nuestras investigaciones.

Fenring se removió sobre los escalones y miró al emperador.

—Mi señor, me doy cuenta ahora de que el Maestro Ajidica tuvo razón al solicitar que la audiencia fuera privada. Hay que llevar en secreto tal empresa, si la Casa Corrino desea conseguir la exclusiva. Ay, ciertos poderes del Imperio harían lo imposible por impedir que crearais un suministro independiente e inagotable de especia, ¿hummmm?

Fenring advirtió que el anciano comprendía las enormes ventajas políticas y económicas que la propuesta de Ajidica podía proporcionarles, pese al aborrecimiento instintivo de todo el mundo hacia los Tleilaxu. Intuyó que la balanza se estaba decantando, que el senil emperador estaba llegando a la conclusión que Fenring deseaba. *Sí, aún es posible manipular al viejo chocho.*

El propio Elrood era consciente de las numerosas fuerzas puestas en la balanza. Dado que los Harkonnen eran ambiciosos e intratables, habría preferido poner al frente de Arrakis a otra Grande Casa, pero el barón conservaría el poder durante muchas décadas más. Por razones políticas, el emperador se había visto forzado a conceder aquel valioso cuasifeudo a la Casa Harkonnen, después de descartar a Richese, y los nuevos propietarios del feudo se habían aferrado a él. Demasiado. Ni siquiera la debacle del período de gobierno de Abulurd (nombrado a petición de su padre, Dmitri Harkonnen) había logrado el resultado deseado. De hecho, el efecto había sido el contrario, cuando el barón se había instalado en el poder mediante maniobras de toda índole.

Pero ¿qué haremos con Arrakis después?, pensó Elrood. *Me gustaría conseguir su control total. Sin su monopolio de la especia, sería un lugar barato. Al precio justo, sería útil para otras cosas... ¿Una zona de maniobras militares increíblemente dura, tal vez?*

—Exponer tus ideas ante nosotros ha sido muy

acertado, Hidar Fen Ajidica. —Elrood enlazó las manos sobre el regazo, con un tintineo de anillos de oro, pero se negó a pedir disculpas por su anterior grosería—. Haz el favor de entregarnos un resumen detallado de vuestras necesidades.

—Sí, mi señor emperador. —Ajidica se inclinó de nuevo, sin sacar las manos de las mangas—. Lo más importante es que mi pueblo necesitará equipo y recursos... y un lugar donde llevar a cabo las investigaciones. Yo estaré al mando del proyecto, pero los Bene Tleilax necesitan una base tecnológica apropiada e instalaciones industriales. A ser posible, unas que ya funcionen y que estén bien protegidas.

Elrood reflexionó. Entre todos los planetas del Imperio, tenía que existir algún lugar, un planeta con alta tecnología y aptitudes industriales...

Las piezas del rompecabezas encajaron, y lo vio con meridiana claridad: una forma de borrar del mapa a su viejo rival, la Casa Vernius, vengarse de Dominic por haberle robado su concubina imperial Shando, y por el nuevo diseño de los Cruceros, que amenazaba con causar estragos en los beneficios que obtenía el Imperio. *¡Oh, esto será magnífico!*

Hasimir, que seguía sentado en los peldaños del pedestal de cristal del trono, no entendió por qué el emperador sonreía con tal satisfacción. El silencio se prolongó un largo momento. Se preguntó si aquella pausa estaba relacionada con los lentos efectos del chaumurky, que devoraba el cerebro. Dentro de poco, el viejo se convertiría en un ser irracional y paranoico. Y después moriría. *De una forma horrible, espero.*

Pero antes, todos los mecanismos se habrían puesto en movimiento.

—Sí, Hidar Fen Ajidica. Tenemos el lugar que necesitáis para vuestros trabajos —dijo Elrood—. Un lugar perfecto.

Dominic no ha de enterarse hasta que sea demasia-do tarde, pensó el emperador. *Y luego ha de saber quién lo hizo. Justo antes de morir.*

El momento, como en tantos asuntos del Imperio, tenía que ser el preciso.

La Cofradía Espacial ha trabajado durante siglos para rodear a nuestra elite de Navegantes de un halo místico. Son reverenciados, desde el Piloto más inferior hasta el Timonel de más talento. Viven en contenedores de gas de especia, ven todos los senderos que recorren el espacio y el tiempo, guían naves hasta los confines del Imperio. Pero nadie sabe el costo humano de convertirse en Navegante. Hemos de conservarlo en secreto, porque si supieran la verdad, nos compadecerían.

Manual de Entrenamiento de la Cofradía
Espacial para Timoneles (secreto)

El austero edificio de la embajada de la Cofradía contrastaba con el resto del esplendor ixiano en la ciudad de las estalactitas. Era de color pardusco, utilitario, muy diferente de las deslumbrantes y ornamentadas torres de la caverna. Las prioridades de la Cofradía Espacial no eran precisamente la ornamentación y la ostentación.

Aquel día, C'tair y D'murr Pilru serían examinados, con la esperanza de convertirse en Navegantes de la Cofradía. C'tair no sabía si estar emocionado o aterrorizado.

Mientras los gemelos atravesaban hombro con hombro una pasarela acristalada que desembocaba del

Grand Palais, C'tair consideró tan repulsivo estéticamente el edificio de la embajada, que sopesó la posibilidad de marcharse. Teniendo en cuenta la enorme riqueza de la Cofradía, la falta de esplendor le resultó extraña, hasta el punto de sentirse incómodo.

Como si pensara lo mismo, pero para llegar a una conclusión diferente, su hermano se volvió hacia C'tair y dijo:

—Una vez las maravillas del espacio se hayan abierto a la mente de un Navegante de la Cofradía, ¿qué otros adornos son necesarios? ¿Puede cualquier ornamentación rivalizar con los prodigios que un Navegante ve durante un solo trayecto a través del espaciopliegue? ¡El universo, hermano! Todo el universo.

C'tair asintió.

—Tienes razón, a partir de ahora habrá que utilizar criterios diferentes. «Abre tu mente.» ¿Recuerdas lo que nos decía el viejo Davee Rogo? Las cosas van a ser muy... diferentes.

Si aprobaba los exámenes tendría que dar la talla, aunque no tenía ningún deseo de abandonar la hermosa ciudad subterránea de Vernii. Su madre, S'tina, era una importante banquera de la Cofradía, su padre un respetado embajador, y, con la ayuda del propio conde Vernius, habían coincidido en proporcionar a los gemelos aquella trascendental oportunidad. Ix se sentiría orgulloso de él. Tal vez erigirían una estatua en su honor algún día, o darían el nombre de él y su hermano a una gruta...

Mientras su padre atendía a sus deberes diplomáticos con el emperador y un millar de funcionarios en Kaitain, sus hijos gemelos se preparaban en la ciudad subterránea para «cosas más importantes». Durante su infancia, que habían pasado bajo tierra, C'tair y su hermano habían ido a la sede de la Cofradía para ver a su madre. Siempre habían sido invitados en el edificio, pero esta vez los gemelos iban al encuentro de una prueba mucho más dura.

Dentro de unas horas se decidiría el futuro de C'tair. Banqueros, interventores y expertos en comercio eran seres humanos, burócratas. Pero un Navegante era mucho más.

Por más que intentaba darse ánimos, C'tair no estaba seguro de superar las difíciles pruebas. ¿Quién era él, para pensar que podía llegar a ser un Navegante de la Cofradía? Sus padres sólo habían concedido a los gemelos una oportunidad, no una garantía. ¿Podría lograrlo? ¿Era tan especial? Se mesó su oscuro cabello y sintió el sudor en los dedos.

«Si superáis la prueba os convertiréis en representantes importantes de la Cofradía Espacial —había dicho su madre, sonriendo con orgullo—. Muy importantes.»

C'tair sintió un nudo en la garganta, y D'murr se alzó en toda su estatura.

Kailea Vernius, la princesa de la casa de Ix, también les había deseado lo mejor. C'tair sospechaba que la hija del conde les estaba tomando el pelo, pero tanto a su hermano como a él les gustaba flirtear con ella. De vez en cuando hasta fingían ponerse celosos cuando Kailea mencionaba al joven Leto, heredero de la Casa Atreides. Intentaba que los gemelos compitieran por su afecto, y ellos se plegaban de buen grado a su deseo. En cualquier caso, C'tair dudaba que sus familias accedieran a consentir un matrimonio, así que no veía ningún futuro por ese camino.

Si C'tair ingresaba en la Cofradía, sus deberes le llevarían lejos de Ix y de la ciudad subterránea que tanto amaba. Si se convertía en un Navegante, muchas cosas cambiarían...

Llegaron a la sala de espera de la embajada con media hora de antelación. D'murr paseó detrás de su nervioso hermano, que estaba absorto y nada comunicativo, como concentrado en sus pensamientos y deseos. Aunque el aspecto de los dos hermanos era casi idéntico, D'murr parecía mucho más fuerte, más entregado al desafío, y C'tair se esforzaba por imitarle.

Tragó saliva en la sala de espera, mientras se repetía las palabras que su hermano y él habían compartido como un mantra aquella mañana, en sus habitaciones. *Quiero ser Navegante. Quiero ingresar en la Cofradía. Quiero abandonar Ix y surcar los caminos estelares, con mi mente vinculada al universo.*

A los diecisiete años, ambos se sentían capaces de soportar un proceso de selección tan riguroso, que les ligaría permanentemente a una forma de vida, aunque luego se arrepintieran. La Cofradía quería mentes flexibles y maleables, dentro de cuerpos maduros. Los Navegantes que se preparaban a edades tempranas habían demostrado ser los mejores, y algunos alcanzaban incluso el rango superior de Timoneles. No obstante, esos candidatos aceptados con excesiva antelación podían transformarse en sombras fantasmales, aptas únicamente para tareas secundarias. Se aplicaba la eutanasia a los fracasados.

—¿Estás preparado, hermano? —preguntó D'murr. C'tair extraía entereza y entusiasmo de la confianza de su hermano.

—Por completo —dijo—. Tú y yo vamos a ser Navegantes de la Cofradía.

C'tair dejó a un lado sus recelos y se convenció de que deseaba aquel destino. Sería un reconocimiento a su talento, un honor para la familia... pero no podía alejar el espectro de la duda que le atormentaba. En el fondo de su corazón, no deseaba abandonar Ix. Su padre, el embajador, había inculcado en sus dos hijos un profundo afecto por los prodigios de la ingeniería subterránea, las innovaciones y la agudeza tecnológica de este planeta. Ix era un planeta sin parangón en todo el Imperio.

Y por supuesto, si se marchaba, perdería a Kailea para siempre.

Cuando les indicaron que se adentraran en el laberinto de la embajada, los gemelos atravesaron el portal sintiéndose muy solos. No tenían acompañantes, nadie que les vitoreara en el triunfo o les consolara en el fracaso. Ni siquiera su padre estaba presente para ofrecerles su apoyo. El embajador había partido en fecha reciente hacia Kaitain, con el fin de preparar otra reunión del subcomité del Landsraad.

Aquella mañana, mientras el reloj desgranaba los minutos de forma ominosa, C'tair y D'murr se habían sentado en la residencia del embajador a tomar el desayuno, consistente en una selección de pasteles coloreados, mientras su madre reproducía un mensaje que su padre había holograbado. Tenían poco apetito, pero escucharon las palabras de Cammar Pilru. C'tair intentó captar algo especial en ellas, cualquier cosa que le fuera útil, pero la imagen del embajador se limitó a transmitirles ánimos y trivialidades, como ecos de un discurso muy manoseado que hubiera utilizado muchas veces durante su carrera diplomática.

A continuación, tras un abrazo final, su madre había mirado a ambos antes de salir a toda prisa hacia la sede del Banco de la Cofradía, una parte del aburrido edificio que ahora colgaba ante ellos. S'tina había manifestado el deseo de acompañar a sus hijos durante las pruebas, pero la Cofradía se lo había prohibido. Los exámenes de Navegante significaban algo muy íntimo y personal. Los gemelos tenían que enfrentarse solos y por separado a ellos, con la única ayuda de sus capacidades. Su madre estaría en su despacho, probablemente preocupada por ellos.

Cuando S'tina se despidió, logró borrar casi toda la desesperación y el horror de su rostro. C'tair había percibido un destello, pero D'murr no. Se preguntó qué les habría ocultado su madre durante los preparativos para la prueba. *¿No desea que triunfemos?*

Los Navegantes constituían la materia de que están hechas las leyendas, rodeados de secretismo y de supersticiones alentadas por la Cofradía. C'tair había escuchado rumores sobre deformaciones corporales, los daños que la inmersión constante e intensa en la especia podía infligir a la mente humana. Ningún forastero había visto jamás a un Navegante, de modo que ¿cómo iba a saber esa gente los cambios que se operaban en el cuerpo de alguien provisto de unas capacidades mentales tan fenomenales? Su hermano y él se habían reído de aquellas estúpidas especulaciones, y se convencieron mutuamente de que tales ideas eran injuriosas.

¿Lo son? ¿Qué teme madre?

—¡Manténte concentrado, C'tair! Pareces preocupado —dijo D'murr.

C'tair respondió con sarcasmo:

—¿Preocupado? Ya lo creo. Me pregunto por qué. Estamos a punto de pasar la prueba más importante de nuestra vida, y nadie sabe cómo prepararse para ella. Creo que todavía estamos un poco verdes.

D'murr le miró con enorme preocupación y aferró su brazo.

—Tu nerviosismo puede ser la clave de tu fracaso, hermano. El examen de Navegante no tiene nada que ver con la preparación o los estudios, sino con la vocación natural y la capacidad de expandir nuestras mentes. Hemos de atravesar el vacío sanos y salvos. Ahora te toca a ti recordar lo que nos dijo el viejo Davee Rogo: sólo triunfarás si dejas que tu mente supere las limitaciones que los demás se imponen. C'tair, abre tu imaginación y supera esas limitaciones conmigo.

La confianza de su hermano parecía inquebrantable, y C'tair se vio obligado a asentir. Davee Rogo. Hacía años que no pensaba en el tullido y excéntrico inventor ixiano. Cuando tenían diez años, los gemelos habían conocido al famoso innovador Rogo. Su padre se lo había presentado, grabado hologramas de ambos con el científico para el álbum de recuerdos de la embajada, y después se había alejado para saludar a otros personajes importantes. Los dos muchachos habían seguido hablando con el inventor, y él les había invitado a visitar su laboratorio. Durante los dos años siguientes, Rogo se había convertido en una especie de tutor extraoficial de C'tair y D'murr, hasta su muerte. Ahora, los gemelos sólo conservaban de Davee Rogo sus recuerdos, y la confianza en que triunfarían.

Rogo me reñiría por mis dudas, pensó C'tair.

—Piénsalo, hermano. ¿Cómo se prepara alguien para la tarea de trasladar naves enormes de un sistema a otro en un abrir y cerrar de ojos? —Para demostrarlo, D'murr guiñó un ojo—. Aprobarás. Los dos aprobaremos. Prepárate para sumergirte en el contenedor de especia.

Mientras caminaban hacia el mostrador de recepción interior de la embajada, C'tair echó un vistazo a la ciudad subterránea de Vernii, más allá de las hileras rutilantes de globos luminosos que iluminaban el emplazamiento donde estaban construyendo otro Crucero. Tal vez algún día pilotaría aquella misma nave. Al pensar en la forma en que aquel Navegante venido de otros mundos había salido con el nuevo Crucero al espacio, el joven se sintió embargado de entusiasmo. Le gustaba Ix, quería quedarse en el planeta, quería ver a Kailea por última vez... pero también deseaba ser Navegante.

Los hermanos se identificaron y esperaron en silencio ante el mostrador de marmolplaz, cada uno absorto en sus pensamientos, como si sumirse en un trance pudiera aumentar sus posibilidades de triunfo. *Mantendré mi mente abierta por completo, preparada para todo.*

Apareció una examinadora bien formada, vestida

con un traje gris holgado. El símbolo del infinito de la Cofradía estaba cosido en su solapa, pero no llevaba joyas ni adornos.

—Bienvenidos —dijo sin presentarse—. La Cofradía busca los mejores talentos porque nuestro trabajo es de una importancia decisiva. Sin nosotros, sin los viajes espaciales, el tejido del Imperio se desgarraría. Pensad en esto, y comprenderéis por qué hemos de ser tan exigentes.

Su cabello era de un castaño rojizo, muy corto. C'tair la habría considerado atractiva en otro momento, pero ahora sólo podía pensar en el inminente examen.

La examinadora comprobó sus identificaciones de nuevo y luego los acompañó hasta cámaras de examen separadas.

—Se trata de un examen individual, que debéis pasar solos. No hay forma de hacer trampas ni de ayudaros mutuamente —dijo.

C'tair y D'murr, alarmados por la separación, se miraron, y después se desearon suerte en silencio.

La puerta de la cámara se cerró detrás de D'murr con un ruido estruendoso y aterrador. Notó en los oídos la diferencia de presión de aire. Se sentía solo, muy solo, pero sabía que estaba a la altura de lo que se le iba a exigir.

La confianza significa tener ganada la mitad de la batalla.

Observó las paredes acorazadas, las grietas selladas, la falta de ventilación. Un gas siseante surgía de una sola boquilla del techo… Nubes espesas de un color anaranjado rojizo, con un olor picante que quemó sus fosas nasales. ¿Veneno? ¿Drogas? Entonces, D'murr comprendió lo que la Cofradía le había reservado.

¡Melange!

Cerró los ojos y percibió el inconfundible olor de la extraña especia. Melange, una increíble cantidad en el aire, que llenaba la cámara e impregnaba todos sus poros. D'murr, que conocía el valor de la especia de Arrakis debido al meticuloso trabajo de su madre en el Banco de la Cofradía, aspiró otra gran bocanada. ¡Lo que costaba aquello! No le extrañó que la Cofradía examinara sólo a unos pocos elegidos. El coste de un solo examen sería suficiente para comprar el complejo de una sede en otro planeta.

La riqueza controlada por la Cofradía Espacial (en bancos, transportes y exploraciones) le asombraba. La Cofradía llegaba a todas partes, lo tocaba todo. Quería ser miembro de ella. ¿Para qué necesitaban ornamentaciones frívolas, si tenían tanta melange?

Sintió que las posibilidades giraban como un detallado plano topográfico, con ondulaciones e intersecciones, un conglomerado de puntos, y senderos que entraban y salían del vacío. Abrió su mente para que la especia pudiera transportarle a cualquier punto del universo.

Cuando la niebla anaranjada rodeó a D'murr, ya no pudo ver las paredes monótonas de la cámara. Notó que la melange se introducía en todos sus poros y células. ¡Una sensación maravillosa! Imaginó que era un Navegante reverenciado, que expandía su mente hasta los confines del Imperio y lo abarcaba todo...

D'murr siguió surcando el espacio, sin abandonar la cámara de pruebas, o al menos eso pensó.

El examen fue mucho peor de lo que C'tair había imaginado.

Nadie le había dicho lo que debía hacer. No contó con la menor oportunidad. Se atragantó con el gas de especia, se mareó, luchó por conservar el control de sus facultades. La sobredosis de melange le aturdió, hasta el punto de no poder recordar quién era o qué hacía allí. Se esforzó por concentrarse, pero fue inútil.

Cuando recobró la conciencia, con la ropa limpia y el pelo y la piel recién lavados (¿tal vez para que la Cofradía pudiera recuperar hasta la última partícula de melange?), la curvilínea examinadora le estaba mirando. Dedicó a C'tair una sonrisa triste y meneó la cabeza.

—Bloqueaste tu mente a la acción del gas de especia, de modo que te reintegraste al mundo normal. —Sus siguientes palabras sonaron como una sentencia de muerte—: No eres de utilidad para la Cofradía.

C'tair se incorporó y tosió. Sorbió por la nariz, que aún le escocía debido al potente olor a canela.

—Lo siento. Nadie me explicó lo que debía…

La mujer le ayudó a levantarse, dispuesta a acompañarle fuera de la embajada.

Sentía una enorme congoja en el corazón. La examinadora no tuvo necesidad de contestarle cuando le sacó de la zona de recepción. C'tair paseó la vista alrededor, buscando a su hermano, pero la sala de espera estaba vacía.

Entonces, se dio cuenta de que su fracaso no era lo peor que debía afrontar.

—¿Dónde está D'murr? ¿Ha aprobado?

La examinadora asintió.

—Admirablemente.

Le indicó la salida, pero el joven miró hacia el pasillo interior y la cámara sellada donde su hermano había entrado. Necesitaba felicitar a D'murr, aunque la victoria fuera agridulce. Al menos, uno de los dos sería Navegante.

—Nunca más volverás a ver a tu hermano —dijo con frialdad la examinadora—. Ahora, D'murr Pilru es nuestro.

Tras un breve instante de confusión, C'tair corrió

hacia la puerta de la cámara sellada. La golpeó con los puños y gritó, pero no recibió respuesta. A continuación, guardias de la Cofradía le sacaron de allí con eficacia y rapidez.

Aún mareado por la sobredosis de melange, C'tair no se dio cuenta de a dónde le conducían. Parpadeando y desorientado, se encontró en la pasarela de cristal de la embajada. Debajo de él, otras calles y pasarelas bullían de tráfico y peatones que se trasladaban de un edificio a otro.

Ahora estaba más solo que nunca.

La examinadora se plantó en la escalinata de la embajada para impedir que C'tair volviera a entrar. Aunque su madre trabajaba en el interior, en la sección bancaria, C'tair sabía que las puertas de aquel edificio, así como las puertas del futuro en que había confiado, se le habían cerrado para siempre.

—¡Alégrate por tu hermano! —exclamó la examinadora desde la escalinata, y su voz expresó por fin algo de vida—. Ha entrado en otro mundo. Viajará a lugares inimaginables para ti.

—¿Nunca más le veré, ni podré hablar con él? —preguntó C'tair, como si le hubieran robado una parte de su ser.

—Lo dudo —dijo la examinadora, al tiempo que cruzaba los brazos sobre el pecho. Frunció el entrecejo—. A menos que... sufra una regresión. Tu hermano se sumergió tan completamente en el gas de especia que empezó el proceso de conversión en ese mismo momento. La Cofradía no puede renunciar a ese talento. Ya ha empezado el cambio.

—Devolvedle a lo que era antes —dijo C'tair con lágrimas en los ojos—. Aunque sea por unos minutos.

Quería sentirse feliz por su gemelo, y orgulloso. D'murr había superado la prueba que tanto había significado para ambos.

Los gemelos siempre habían estado muy unidos. ¿Cómo podrían vivir separados? Tal vez su madre podría aprovechar sus relaciones en la Cofradía para permitirles despedirse. O tal vez su padre esgrimiría sus privilegios de embajador para conseguir recuperar a D'murr.

Pero C'tair sabía que eso nunca ocurriría. Ahora lo comprendía. Su madre lo sabía, y había temido perder a sus dos hijos.

—En la mayoría de casos, el proceso es irreversible —dijo la examinadora.

Guardias de seguridad salieron y la flanquearon.

—Créeme —dijo la examinadora—. No te gustaría volver a ver a tu hermano.

El cuerpo humano es una máquina, un sistema de elementos químicos orgánicos, conductos de fluidos, impulsos eléctricos. Un gobierno es como una máquina de sociedades interactivas, leyes, culturas, recompensas y castigos, pautas de conducta. En último término, el universo es como una maquinaria, planetas alrededor de soles, estrellas congregadas en cúmulos, cúmulos y otros soles que forman galaxias enteras... Nuestro trabajo es mantener la maquinaria en funcionamiento.

Escuela Interior Suk, doctrina fundamental

El príncipe heredero Shaddam y el chambelán Aken Hesban, ambos ceñudos, vieron acercarse a un hombre diminuto y esquelético que, no obstante, caminaba como si fuera un gigante mutelliano. Tras años de adiestramiento y condicionamiento, todos los médicos Suk parecían propensos a tomarse demasiado en serio.

—Este Elas Yungar me recuerda más a un artista de circo que a un respetado profesional de la medicina —dijo Shaddam, mientras tomaba nota de las cejas arqueadas, los ojos negros y la coleta de un gris acerado—. Espero que sepa lo que hace. Sólo quiero los mejores cuidados para mi pobre padre enfermo.

A su lado, Hesban dio un tirón a su largo bigote, pero no dijo nada. Llevaba un largo manto azul con adornos dorados. Durante años, Shaddam había detestado a aquel hombre pomposo pegado siempre a la sombra de su padre, y se había jurado nombrar a un nuevo chambelán después de ascender al trono. Y mientras aquel médico Suk no encontrara explicaciones para el progresivo empeoramiento de Elrood, la preponderancia de Shaddam estaría asegurada.

Hasimir Fenring había hecho hincapié en que ni siquiera todos los recursos de la afamada Escuela Interior Suk lograrían detener lo que se había puesto en marcha. Ningún detector de venenos era capaz de localizar el elemento químico catalizador implantado en el cerebro del anciano, puesto que en realidad no era un veneno, sino que se transformaba en una sustancia peligrosa en presencia de la cerveza de especia. Y a medida que se sentía peor, Elrood consumía cada vez más cerveza.

El diminuto médico, que no medía más de un metro de estatura, tenía la piel suave pero los ojos de un anciano, debido a los inmensos conocimientos médicos almacenados en su cerebro. Un diamante negro tatuado señalaba el centro de su mente arrugada. Su coleta, recogida en la nuca con un aro de plata Suk, era más larga que la de una mujer, y llegaba casi hasta el suelo.

Elas Yungar se dejó de cumplidos y fue al grano, como era costumbre en su profesión.

—¿Tenéis preparada nuestra minuta? —Miró al chambelán y luego al príncipe heredero, sobre el cual se entretuvo—. Hay que saldar cuentas antes de iniciar el tratamiento. Teniendo en cuenta la edad del emperador, nuestros cuidados pueden ser muy prolongados… e infructuosos a la larga. Ha de pagar sus facturas, como cualquier otro ciudadano. Rey, minero, tejedor de cestas, eso nos da igual. Todos los humanos quieren estar sanos, y no podemos tratar a todo el mundo. Nuestros cuidados están a disposición únicamente de los que quieren y pueden pagarnos.

Shaddam apoyó una mano en la manga del chambelán.

—Ay, sí, no repararemos en gastos por la salud de mi padre, Aken. Todo está arreglado.

Se encontraban dentro de la puerta arqueada de la sala de audiencias imperial, bajo los frescos pintados en el techo que representaban acontecimientos épicos de la historia de la familia Corrino: la sangre de la Jihad, la desesperada resistencia en el puente de Hrethgir, la destrucción de las máquinas pensantes. Shaddam siempre había considerado pesada y aburrida la historia imperial antigua, de escasa relevancia para sus actuales objetivos. Daba igual lo que hubiera sucedido siglos y siglos atrás. Sólo esperaba que no fuera necesario tanto tiempo para que tuviera lugar un cambio en palacio.

En la sala poblada de ecos, el magnífico trono incrustado de joyas del emperador Padishah se alzaba invitadoramente vacío. Funcionarios de la corte y algunas Bene Gesserit vestidas con sus hábitos negros remoloneaban en hornacinas y pasadizos laterales, procurando pasar desapercibidos. Un par de guardias Sardaukar armados hasta los dientes estaban inmóviles al pie de la escalinata, atentos a todo cuanto sucedía alrededor. Shaddam se preguntó si le obedecerían en aquel preciso instante, sabiendo que su padre se encontraba recluido en sus aposentos, enfermo. Decidió no averiguarlo. *Demasiado pronto.*

—Todos estamos familiarizados con las promesas —dijo el médico—. En cualquier caso, deseo recibir el pago antes que nada.

Tono obstinado, mirada impertinente que no se apartaba de Shaddam, aunque el príncipe heredero apenas había hablado. A Yungar le gustaba practicar extraños juegos de poder, pero pronto sería expulsado de su fraternidad.

—¿Pagar incluso antes de ver al paciente? —exclamó el chambelán—. ¿Cuáles son vuestras prioridades, hombre?

Por fin, el doctor Yungar se dignó mirar a Hesban.

—Ya habéis tratado con nosotros en ocasiones anteriores, chambelán, y sabéis lo que cuesta formar a un médico Suk, condicionado y adiestrado por completo.

Como heredero del Trono del León Dorado, Shaddam estaba familiarizado con el Condicionamiento Imperial Suk, que garantizaba absoluta lealtad al paciente. En siglos de historia médica nadie había conseguido corromper a un graduado de la Escuela Interior.

A ciertos miembros de la corte real les había costado mucho reconciliar la legendaria lealtad Suk con su codicia inagotable. Los médicos jamás habían renunciado a su tácita postura de no tratar a nadie, ni siquiera a un emperador, a cambio de la simple promesa de una remuneración. Los médicos Suk no fiaban. El pago debía ser en metálico y en el acto.

Yungar habló con un gimoteo irritado.

—Si bien no somos tan importantes como los Mentats o las Bene Gesserit, la Escuela Suk sigue siendo una de las más grandes del Imperio. Tan sólo mi equipo es más costoso que una docena de planetas. —Yungar indicó un maletín que flotaba a su lado—. No recibo vuestro pago para mi beneficio particular, por supuesto. Sólo soy un custodio, una persona de confianza. Cuando regrese, vuestros créditos irán conmigo a la Escuela Suk, en beneficio de la humanidad.

Hesban le miró con odio. Su rostro enrojeció y sus bigotes temblaron.

—Digamos en beneficio de la parte de humanidad que puede permitirse vuestros servicios.

—Correcto, chambelán.

Los aires de importancia que se daba el médico provocaron que Shaddam se estremeciera. Cuando ocupara el trono, ¿sería capaz de iniciar cambios que pusieran en cintura a aquellos Suk? *Todo a su debido tiempo.*

Suspiró. Su padre había permitido que muchos hilos de control se le escurrieran entre los dedos. Aunque Shaddam detestaba mancharse las manos de sangre, quitarse de encima al anciano emperador era una acción necesaria.

—Si los gastos del tratamiento constituyen vuestra preocupación fundamental —dijo el médico Suk, al tiempo que aguijoneaba con discreción al chambelán—, podéis contratar a un médico menos caro para el emperador del Universo Conocido.

—Basta de discusiones —interrumpió Shaddam—. Venid conmigo, doctor.

Yungar asintió y dio la espalda al chambelán, como si fuera un ser despreciable.

—Ahora sé por qué lleváis un tatuaje en forma de diamante en vuestras frentes —gruñó Hesban mientras les seguía—. Siempre lleváis tesoros en vuestras mentes.

El príncipe heredero les precedió hasta una cámara protegida y atravesó una cortina eléctrica para entrar en una cripta interior. Sobre una mesa de oro situada en el centro de la estancia había colgantes de opafuego, danikins de melange y bolsas entreabiertas que revelaban piedras soo centelleantes.

—Esto será suficiente —dijo el Suk—. A menos que el tratamiento sea más complicado de lo que suponemos. —El médico volvió sobre sus pasos, flanqueado por su maletín flotante—. Ya conozco el camino a la habitación del emperador.

Sin dar más explicaciones, Yungar atravesó una puerta y subió una escalinata que conducía a los aposentos custodiados donde descansaba el emperador.

Guardias Sardaukar permanecieron ante el campo de fuerza que protegía la cripta del tesoro, mientras Shaddam y Hesban seguían al médico. Fenring ya estaba esperando junto al lecho del enfermo, emitiendo sus ruiditos irritantes y procurando que el tratamiento no surtiera efecto.

El arrugado emperador yacía en una amplia cama imperial, bajo un dosel de las mejores sedas merh, bordadas siguiendo el antiguo método terráqueo. Los postes eran de ucca tallada, una madera dura autóctona de Elacca. Fuentes relajantes, dispuestas en hornacinas de las paredes, chorreaban agua fresca, que susurraba y burbujeaba. Globos luminosos perfumados, encendidos al mínimo, flotaban en los rincones de la habitación.

Mientras Shaddam y Fenring observaban, el médico Suk despidió con un gesto a un criado vestido con librea y subió los dos estrechos peldaños que conducían al lecho. Tres hermosas concubinas imperiales acechaban detrás del enfermo, como si su sola presencia pudiera revitalizarle. El hedor del anciano impregnaba el aire, pese a la ventilación y el incienso.

El emperador Elrood vestía ropas de satén y un gorro de dormir anticuado que cubría su cráneo, salpicado de manchas de edad. Estaba tendido sobre las sábanas, puesto que se había quejado de un calor excesivo. El hombre tenía un aspecto demacrado y apenas podía mantener abiertos los ojos.

Shaddam se sintió complacido al comprobar cuánto había empeorado la salud de su padre desde la visita del embajador Tleilaxu. De todos modos, Elrood tenía días buenos y malos, además del irritante hábito de recuperar su vitalidad después de una recaída importante como ésta.

Una jarra alta de cerveza de especia descansaba sobre una bandeja, junto a su mano engarfiada y repleta de anillos, al lado de una segunda jarra vacía. Montado sobre el dosel de la cama, Shaddam reparó en los brazos de insecto de un detector de venenos.

Debes de estar sediento, padre, pensó Shaddam. *Bebe un poco más de cerveza.*

El médico abrió su maletín y dejó al descubierto instrumentos brillantes, escáneres y frascos de colores para analizar líquidos. Yungar introdujo la mano en el maletín y extrajo un pequeño aparato blanco, que entregó a Elrood.

Después de quitarle el gorro de dormir y revelar una calva sudorosa, el doctor Yungar escaneó el cráneo de Elrood y levantó la cabeza del anciano para examinarla. El emperador gruñó, con aspecto frágil, débil y viejo.

Shaddam se preguntó qué aspecto tendría él mismo después de vivir ciento cincuenta años... preferiblemente al final de un largo y glorioso reinado. Durante el examen reprimió una sonrisa y contuvo el aliento. A su lado, Fenring permanecía tranquilo y reservado. Sólo el chambelán presenciaba la escena con semblante hosco.

El médico guardó su escáner y después estudió el cubo que contenía el historial médico del paciente. Por fin, anunció al atontado anciano:

—Ni siquiera la melange puede conservaros joven eternamente, señor. A vuestra edad es natural que la salud empiece a declinar. A veces con suma rapidez.

Shaddam exhaló un suspiro inaudible de alivio.

Elrood se incorporó con dificultad, y sus concubinas dispusieron almohadas con borlas para que apoyara la espalda. Profundas arrugas aparecieron en su rostro ceniciento y abotargado.

—Pero hace sólo unos meses me sentía mucho mejor.

—La vejez no es una perfecta gráfica en declive. Hay picos y valles, recuperaciones y recaídas. —El médico tuvo la audacia de utilizar un tono de sabelotodo, como insinuando que el emperador no podía comprender conceptos tan complicados—. El cuerpo humano es una sopa química y bioeléctrica, y acontecimientos en apariencia inconsecuentes pueden provocar grandes cambios. ¿Habéis estado sometido a tensiones últimamente?

—¡Soy el emperador! —replicó Elrood como si el Suk fuera insufriblemente estúpido—. Tengo muchas responsabilidades. Esto provoca tensiones, por supuesto.

—En tal caso, empezad a delegar más funciones en el príncipe heredero y en vuestros ayudantes de confianza, como Fenring. No vais a vivir eternamente. Ni siquiera un emperador puede hacerlo. Planead el futuro. —El médico cerró el maletín con aire relamido. Shaddam tuvo ganas de abrazarle—. Os dejaré una prescripción y aparatos para que os sintáis mejor.

—La única prescripción que deseo es más especia en mi cerveza.

Elrood tomó un largo y ruidoso sorbo de su jarra.

—Como gustéis —dijo el esquelético doctor Suk. Sacó una bolsa del maletín y la dejó en la mesa—. Estos aparatos sirven para descansar los músculos, por si los necesitáis. Cada aparato contiene sus instrucciones. Que vuestras concubinas los utilicen para mitigar vuestros dolores.

—De acuerdo, de acuerdo —dijo Elrood—. Dejadme de una vez. Tengo trabajo que hacer.

El doctor Yungar bajó los peldaños de la cama e hizo una reverencia.

—Con vuestro permiso, señor.

El emperador, impaciente, agitó una mano nudosa en señal de despedida. Las concubinas susurraron entre sí, con los ojos abiertos de par en par. Dos de ellas cogieron los aparatos para descansar los músculos y jugue-tearon con los controles.

Shaddam susurró a un sirviente que acompañara al médico con el chambelán Hesban, quien se encargaría de pagarle. Era evidente que Hesban quería quedarse en la antecámara y hablar de ciertos documentos, tratados y otros asuntos de Estado con el anciano, pero Shaddam, convencido de que era capaz de manejar dichas materias, quería sacarse de encima al pesado consejero.

Cuando el Suk se hubo ido, Elrood dijo a su hijo:

—Tal vez el médico tenga razón, Shaddam. Hay un asunto que quiero discutir contigo y con Hasimir. Un proyecto político que deseo llevar adelante, con independencia de mi salud. ¿Te he hablado de nuestros planes sobre Ix, y de la toma del poder por parte de los Tleilaxu?

Shaddam puso los ojos en blanco. *¡Pues claro, viejo idiota! Fenring y yo nos hemos ocupado de casi todo el trabajo. Fue idea nuestra enviar Danzarines Rostro Tleilaxu a Ix, para que se disfrazaran e infiltraran entre la clase trabajadora.*

—Sí, padre. Conocemos los planes.

Elrood les indicó que se acercaran, y las facciones del anciano se ensombrecieron. Shaddam vio por el rabillo del ojo que Fenring expulsaba a las concubinas, y que después se acercaba para escuchar las palabras del emperador.

—Esta mañana he recibido un mensaje cifrado de nuestros agentes en Ix. Ya conoces la enemistad que me enfrenta al conde Vernius.

—Ah, sí... la conocemos, padre —dijo Shaddam. Carraspeó—. Una vieja afrenta, una mujer robada...

Los ojos húmedos de Elrood se iluminaron.

—Al parecer nuestro audaz Dominic ha estado jugando con fuego, entrenando a sus hombres con meks de batalla móviles que analizan a los contrincantes y procesan datos, tal vez mediante un cerebro informatizado. También ha estado vendiendo estas «máquinas inteligentes» en el mercado negro.

—Sacrilegio, señor —murmuró Fenring—. Eso es contrario a las ordenanzas de la Gran Convención.

—En efecto —corroboró Elrood—, y ésta no es la única infracción. La Casa Vernius también ha estado desarrollando sofisticadas optimizaciones cyborg. Repuestos corporales mecánicos. Podemos utilizar eso en nuestro beneficio.

Shaddam arrugó la frente, se acercó más al anciano y percibió el olor amargo de la cerveza de especia en su aliento.

—¿Cyborgs? Son mentes humanas acopladas a cuerpos robóticos, y por lo tanto no violan la Jihad.

Elrood sonrió.

—Pero nosotros entendemos que han existido ciertos... compromisos. Cierto o no, es el tipo ideal de excusa que nuestros impostores necesitan para liquidar la faena. El momento de actuar es ahora. La Casa Vernius se encuentra al borde de la destrucción, y un empujoncito la derribará.

—Hummmm, eso es interesante —dijo Fenring—. Entonces, los Tleilaxu se apoderarán de las sofisticadas instalaciones ixianas para sus investigaciones.

—Esto es muy importante, y ya veréis cómo manejo esta situación —dijo Elrood—. Observa y aprende. Ya he puesto mi plan en marcha. Los trabajadores suboides ixianos están, digamos, preocupados, por estos desarrollos, y nosotros estamos... —hizo una pausa para apurar su jarra de cerveza de especia y chasqueó los labios— alentando su descontento por mediación de nuestros representantes.

Elrood dejó la jarra vacía y se sumergió en una letargia repentina. Acomodó sus almohadas, se tendió de espaldas y se durmió.

Shaddam intercambió una mirada de complicidad con Fenring y pensó en la conspiración dentro de la conspiración: su participación secreta en los acontecimientos de Ix, y que Fenring y él habían sido los responsables de poner al Maestro Tleilaxu en contacto con Elrood. Ahora, los Bene Tleilax, utilizando sus metamorfos genéticamente modificados, estaban azuzando el fervor religioso y el descontento entre las clases inferiores de Ix. Para los fanáticos Tleilaxu, cualquier atisbo de una máquina pensante, y de los ixianos que las creaban, era obra de Satanás.

Cuando los dos jóvenes abandonaron la habitación del emperador, Fenring sonrió, absorto en pensamientos similares. «Observa y aprende», había dicho el viejo idiota.

Elrood, bastardo condescendiente, tú sí que tienes que aprender..., y no te queda mucho tiempo para ello.

Los líderes de la Jihad Butleriana no definie-
ron con precisión la inteligencia artificial, ni pre-
vieron todas las posibilidades de una sociedad
imaginativa. En consecuencia, contamos con zo-
nas grises sustanciales en las que maniobrar.

Opinión legal ixiana confidencial

Aunque la explosión fue lejana, la onda expansiva
hizo temblar la mesa a la que Leto y Rhombur estaban
sentados, estudiando. Fragmentos de plasmento del techo, donde había aparecido una larga grieta, llovieron
sobre ellos. Un rayo se dibujó en uno de los amplios
ventanales de plaz, que se fracturó al instante.

—¡Infiernos carmesíes! ¿Qué ha sido eso? —exclamó Rhombur.

Leto ya se había puesto en pie de un brinco. Tiró los
libros a un lado y buscó el origen de la explosión. Vio
el lado opuesto de la gruta subterránea, donde varios
edificios se habían convertido en escombros. Los dos
jóvenes intercambiaron miradas de perplejidad.

—Prepárate —dijo Leto, alarmado.

—¿Para qué?

Leto lo ignoraba.

Habían asistido juntos a una de las aulas del Grand
Palais, primero para estudiar Filosofía de los Cálculos
y las bases del Efecto Holtzman, y después sistemas de

fabricación y distribución ixianos. En las paredes colgaban cuadros antiguos dentro de marcos cerrados herméticamente, incluyendo obras de los viejos maestros terráqueos Claude Monet y Paul Gauguin, con placas interactivas que permitían a artistas ixianos ampliarlos. Desde que Leto había informado de su aventura en los túneles de los suboides, no había tenido noticia de discusiones o investigaciones posteriores. Tal vez el conde confiaba en que el problema se resolviera por sí solo.

Otra onda expansiva hizo vibrar la habitación, y ésta fue más potente y cercana. El príncipe de Ix agarró la mesa para impedir que volcara. Leto corrió hacia la ventana agrietada.

—¡Mira, Rhombur!

Alguien gritó en una de las calles que comunicaban los edificios de estalactitas. A la izquierda, una cápsula de transporte fuera de control se estrelló en el suelo, entre una nube de cristales astillados y miembros mutilados de pasajeros.

La puerta del aula se abrió con estrépito. El capitán Zhaz de la Guardia Imperial irrumpió como una exhalación, armado con uno de los nuevos rifles láser de asalto modulados por impulsos. Le siguieron cuatro subordinados, todos armados de la misma guisa, todos vestidos con los uniformes plateados y blancos de la Casa Vernius. Nadie en Ix, en especial el conde, había pensado que Leto o Rhombur necesitarían la protección de guardaespaldas.

—¡Venid con nosotros, jóvenes amos! —dijo Zhaz, casi sin aliento.

Los ojos oscuros del hombre, enmarcados por su cuadrada barba castaña, brillaron de asombro cuando reparó en los fragmentos de piedra caídos del techo, y después en el ventanal agrietado. Aunque estaba dispuesto a luchar hasta la muerte, era evidente que Zhaz no entendía qué estaba ocurriendo en la ciudad de Vernii, por lo general tan pacífica.

—¿Qué está pasando, capitán? —preguntó Rhombur, mientras los guardias les sacaban al pasillo, donde las luces parpadeaban. Su voz se quebró un momento, y después sonó con más energía, como cabía esperar del heredero del conde—. Decidme, ¿mi familia está a salvo?

Otros guardias y miembros de la corte ixiana corrían de un lado a otro, lanzando gritos estridentes, en contrapunto con otra explosión. Desde abajo les llegó el tumulto de una muchedumbre enfurecida, tan lejana que parecía un murmullo profundo. Entonces, Leto distinguió el zumbido de disparos de fusiles láser. Antes de que el capitán contestara a Rhombur, Leto adivinó el origen de los disturbios.

—¡Hay problemas con los suboides, mis señores! —gritó Zhuz—. No os preocupéis, pronto los tendremos controlados. —Tocó un botón de su cinturón, y una puerta invisible hasta ese momento se abrió en la pared recubierta de mármol. El capitán y la guardia de la Casa se habían preparado durante tanto tiempo contra ataques externos a gran escala, que no sabían cómo lidiar con una revuelta interna—. ¡Seguidme y os pondré a salvo! Estoy seguro de que vuestra familia os estará esperando.

Cuando ambos jóvenes se agacharon para pasar por la media puerta oculta tras los cristales, el portal se cerró a sus espaldas. A la luz amarilla de los globos luminosos de emergencia, Leto y Rhombur corrieron junto a una vía electromagnética, mientras el capitán de la guardia gritaba frenéticamente por un comunicador manual. El instrumento proyectaba una luz lavanda, y Leto oyó el sonido metálico de la voz que respondía.

—¡La ayuda está de camino!

Segundos después, un coche blindado apareció en la vía y se detuvo con un chirrido. Zhaz subió con los dos jóvenes herederos y un par de guardias, mientras los restantes hombres de seguridad se quedaban para defender su huida. Leto se dejó caer en un asiento, mientras Zhaz y Rhombur se apretujaban delante. El coche empezó a moverse.

—Los suboides han volado dos columnas de diamante —dijo Zhaz, mientras consultaba la pantalla del comunicador—. Parte de la corteza superior se ha derrumbado. —Su rostro palideció de incredulidad. Se rascó la barba—. Esto es imposible.

Leto, que había visto las señales de la tormenta que se avecinaba, sabía que la situación debía ser aún peor de lo que el capitán imaginaba. Los problemas de Ix no iban a resolverse en una hora.

Se oyó un informe emitido por una voz de timbre metálico, que sonaba desesperada.

«¡Los suboides están ascendiendo en masa desde los niveles inferiores! ¿Cómo es…? ¿Cómo es posible que se hayan organizado tan bien?»

Rhombur maldijo, y Leto dirigió una mirada significativa a su corpulento amigo. Había intentado advertir a los ixianos, pero la Casa Vernius se había negado a considerar la gravedad de la situación.

Una red de seguridad cayó sobre Leto en cuanto se acomodó, y el vehículo siguió acelerando con un zumbido, mientras subía por cavernas ocultas en el techo de roca. El capitán Zhaz activó un tablero de comunicaciones encastado en la parte delantera del compartimiento, y sus dedos bailaron sobre las teclas. Un resplandor azul rodeó sus manos. A su lado, Rhombur observaba al capitán con suma atención, como consciente de que se esperaba de él que asumiese el mando.

—Estamos en una cápsula de escape —explicó un guardia a Leto—. De momento ambos estáis a salvo. Los suboides no podrán atravesar nuestras defensas superiores, una vez las hayamos activado.

—Pero ¿y mis padres? —preguntó Rhombur—. ¿Y Kailea?

—Tenemos un plan para este caso. Vos y vuestra familia deberíais encontraros en un punto de reunión. Por todos los santos y pecadores, espero que mis hombres recuerden lo que deben hacer. Es la primera vez que no se trata de un simulacro.

El vehículo cambió varias veces de vía, aceleró todavía más y ascendió a oscuras. Al cabo de poco, la vía se niveló y una luz bañó el coche, cuando pasó ante un inmenso ventanal de plaz blindado unidireccional. Vislumbraron fugazmente los disturbios que se desarrollaban en el suelo: los destellos de incendios espontáneos y las manifestaciones que invadían la ciudad. Otra explosión, y una de las pasarelas peatonales transparentes superiores estalló en mil pedazos, que cayeron al fondo de la caverna. Figuras diminutas como muñecas de peatones se precipitaron hacia su fin.

—¡Parad aquí, capitán! —gritó Rhombur—. He de ver lo que está ocurriendo.

—Por favor, señor, no os demoréis más de unos segundos —suplicó el capitán—. Los rebeldes podrían abrir una brecha en esa pared.

A Leto le costó creer lo que estaba oyendo. ¿Rebeldes? ¿Explosiones? ¿Evacuaciones de emergencia? Ix se le había antojado tan sofisticado, tan pacífico, tan… ajeno a las discordias. Aun insatisfechos con su suerte, ¿cómo habían podido los suboides planificar un ataque tan masivo y coordinado? ¿De dónde habían obtenido los recursos?

A través del panel unidireccional, Leto vio que los soldados de Vernius luchaban una batalla perdida contra enjambres de enemigos en el suelo de la caverna. Los suboides arrojaban explosivos caseros o bombas incendiarias, mientras los ixianos repelían las turbas con haces púrpura de sus fusiles láser.

—El mando dice que los suboides se están rebelando en todos los niveles —dijo Zhaz con incredulidad—. Gritan «Jihad» cuando atacan.

—¡Infiernos carmesíes! —exclamó Rhombur—. ¿Qué tiene que ver esto con la Jihad? ¿Qué tiene que ver con nosotros?

—Hemos de alejarnos del ventanal —insistió Zhaz, al tiempo que tiraba de la manga de Rhombur—. Es preciso llegar al punto de reunión.

Rhombur se apartó de la ventana, justo en el momento en que parte de una calle enlosada se derrumbaba bajo ella, y oleadas de suboides surgían de los túneles.

El vehículo aceleró y giró a la izquierda en la oscuridad, para luego ascender una vez más. Rhombur asintió para sí, con el rostro tenso y descompuesto.

—Tenemos centros de mando secretos en los niveles superiores. Se han tomado precauciones para este tipo de situaciones, y a estas alturas nuestras unidades militares habrán rodeado los centros de fabricación vitales. No tardarán mucho en sofocar el alzamiento.

El hijo del conde hablaba como si intentara convencerse.

Zhaz se inclinó sobre el tablero de comunicaciones, y la luz pálida bañó su rostro.

—¡Mirad, nos aguardan problemas más adelante, señor!

Manipuló los controles. El vehículo osciló y Zhaz tomó una vía lateral. Los otros dos guardias prepararon sus armas para disparar, al tiempo que escudriñaban la oscuridad que les rodeaba.

—La Unidad Cuatro ha sido aniquilada —dijo el capitán Zhaz—. Los suboides se han abierto paso a través de las paredes laterales. ¡Voy a llamar a la Tres!

—¿Aniquilada? —dijo Rhombur, y su rostro se ruborizó de vergüenza o miedo—. ¿Cómo han podido conseguir eso los suboides?

—El mando dice que los Tleilaxu están implicados, y también algunos de sus Danzarines Rostro. Van armados hasta los dientes. —Lanzó una exclamación cuando vio los informes que llegaban—. ¡Dios nos proteja!

Una avalancha de preguntas asaltó a Leto. *¿Los Tleilaxu? ¿Por qué atacan a Ix? Es un planeta mecanizado... y los Tleilaxu son fanáticos religiosos. ¿Temen tanto a las máquinas ixianas que han utilizado a sus metamorfos creados en contenedores para infiltrarse entre el proletariado suboide? Eso explicaría la coordinación. Pero ¿a qué viene tanto interés?*

Mientras el vehículo avanzaba, Zhaz mantenía la vista fija en el tablero de comunicaciones, donde recibía los informes de la batalla.

—¡Por todos los santos y pecadores! Ingenieros Tleilaxu han volado las tuberías que transmiten calor desde el núcleo fundido del planeta.

—Pero necesitamos esa energía para que las fábricas funcionen —gritó Rhombur.

—También han destruido las líneas de reciclaje que sirven para verter los desechos industriales y los gases de escape en el manto. —La voz del capitán sonó más indignada—. Están atacando al corazón de Ix, paralizando nuestra capacidad de fabricación.

Mientras Leto pensaba en lo que había aprendido durante los meses pasados en el planeta, las piezas del rompecabezas empezaron a encajar en su mente.

—Pensadlo bien —dijo—, todo esto puede repararse. Sabían exactamente dónde debían golpear para debilitar a Ix sin causar daños permanentes... —Leto asintió con aire sombrío, ahora que lo había comprendido todo—. Los Tleilaxu quieren conservar este planeta y sus instalaciones intactas. Quieren adueñarse del control.

—No seas ridículo, Leto. Jamás entregaríamos Ix a los repugnantes Tleilaxu.

Rhombur parecía más perplejo que irritado.

—Puede que… no nos quede otra alternativa, señor —dijo Zhaz.

Cuando Rhombur ladró una orden, un guardia abrió el compartimiento y extrajo un par de pistolas de dardos y cinturones escudo, que entregó a los dos príncipes.

Leto se ciñó el cinturón sin hacer preguntas y tocó un botón para confirmar que el aparato funcionaba. Notó el tacto frío del arma de proyectiles en su mano. Echó un vistazo al cargador de dardos mortíferos, aceptó dos que le tendió el guardia y los embutió en compartimientos del cinturón.

El vehículo se internó en un túnel largo y oscuro. Leto vio luz al fondo. Recordó lo que su padre le había dicho acerca de los Tleilaxu: «Destruyen todo aquello que se parece a una máquina pensante.» Ix era un objetivo natural para ellos.

La luz le deslumbró, y penetraron en ella como una exhalación.

La religión y la ley que gobiernan a las masas han de ser una y la misma. Un acto de desobediencia ha de constituir un pecado, y exige un castigo religioso. Esto producirá el doble beneficio de generar mayor obediencia y mayor valentía. Hemos de depender no tanto de la valentía individual, como de la valentía de toda la población.

PARDOT KYNES, discurso dirigido a los
representantes de los sietches más importantes

Indiferente al destino que habían decidido para él, Pardot Kynes paseaba por los túneles, acompañado de sus ahora fieles seguidores Ommun y Turok. Los tres fueron a visitar a Stilgar, que descansaba y se restablecía en los aposentos familiares.

En cuanto vio a su visitante, Stilgar se incorporó en la cama. Aunque su herida tendría que haber sido fatal, el joven Fremen se había recuperado casi por completo en un espacio muy breve de tiempo.

—Te debo el agua de mi vida, planetólogo —dijo, y escupió ritualmente en el suelo de la caverna.

Kynes se sobresaltó un momento, pero luego creyó comprender. Conocía la importancia del agua para aquella gente, sobre todo de la preciada humedad contenida en el cuerpo de una persona. Para Stilgar, sacrificar una gota de saliva significaba rendirle un gran honor.

—Yo… agradezco tu agua, Stilgar —dijo Kynes con una sonrisa forzada—. Pero puedes conservar el resto. Quiero que te restablezcas.

Frieth, la silenciosa hermana de Stilgar, estaba junto a la cama del joven, siempre ocupada, y sus ojos de un azul profundísimo se movían de un sitio a otro, en busca de algo nuevo que hacer. Miró por un largo momento a Kynes, como si le estuviera analizando, pero su expresión era indescifrable. Luego salió en silencio para traer más ungüentos que acelerarían la recuperación de su hermano.

Más tarde, mientras Kynes paseaba por los pasadizos del sietch, muchos curiosos se congregaron para seguirle y escucharle. Enfrascados en sus tareas cotidianas, la presencia del alto y barbudo planetólogo seguía constituyendo una novedad interesante. Sus locas pero visionarias palabras tal vez sonaran ridículas, como una absurda fantasía, pero hasta los niños del sietch pisaban los talones del forastero.

La parlanchina y perpleja multitud acompañó a Kynes mientras soltaba su discurso, hacía ademanes y miraba al techo como si pudiera ver el cielo. Por más que se esforzaban, los Fremen eran incapaces de imaginar las nubes que se apelotonaban para verter agua sobre el desierto. *¿Gotas de humedad que caen del cielo vacío? ¡Absurdo!*

Algunos niños rieron sólo de pensar que podía llover en Dune, pero Kynes siguió hablando, explicando los pasos de su procedimiento para extraer vapor de agua del aire. Recogería hasta la última gota de rocío de los lugares sombreados, con el fin de remodelar Arrakis de la forma precisa y preparar el camino de una ecología nueva y brillante.

—Tenéis que pensar en este planeta en términos de

ingeniería —dijo Kynes, con el tono de un profesor que se dirige a sus alumnos. Le gustaba tener un público tan atento, aunque no estaba seguro de que entendieran demasiado—. En su conjunto, este planeta es una mera expresión de la energía, una máquina impulsada por su sol. —Bajó la voz y miró a una niña que le observaba con los ojos abiertos de par en par—. Hace falta remodelarlo de manera que se adapte a nuestras necesidades. Contamos con la capacidad de hacer eso en... Dune. Pero ¿contamos con la energía y la autodisciplina necesarias?

Levantó la vista y miró a otro oyente.

—Sólo nosotros podemos decirlo.

A aquellas alturas, Ommun y Turok habían escuchado casi todas las conferencias de Kynes, y al final sus palabras habían arraigado. Ahora, cuanto más averiguaban acerca de su entusiasmo desbordante y su absoluta sinceridad, más empezaban a creer. ¿Por qué no soñar? A juzgar por la expresión de sus oyentes, era evidente que los demás Fremen también empezaban a considerar las posibilidades.

Los ancianos del sietch calificaban a estos conversos de crédulos y optimistas. Kynes, impertérrito, continuaba propagando sus ideas, por extravagantes que parecieran.

El naib Heinar, con expresión sombría, entornó su único ojo y extendió el crys sagrado, todavía envainado. El corpulento guerrero que se erguía inmóvil ante él alzó las manos para recibir el regalo.

El naib entonó las palabras rituales.

—Uliet, Liet mayor, has sido elegido para la tarea por el bien de nuestro sietch. Eres un consumado caballero de la arena y uno de los mayores guerreros Fremen.

Uliet, un hombre de edad madura y facciones como talladas en la roca inclinó la cabeza. Siguió con las manos extendidas. Esperó sin pestañear. Aunque era un hombre de profundas convicciones religiosas, procuró disimular su fervor.

—Coge este crys consagrado, Uliet.

Heinar empuñó el pomo tallado y extrajo la larga hoja blanca de su funda. El cuchillo era una reliquia sagrada para los Fremen, fabricado a partir del diente de cristal de un gusano de arena. Aquel arma en particular se adaptaba al cuerpo de su propietario, de forma que cuando éste moría, el cuchillo se disolvía.

—Tu hoja ha sido impregnada en la ponzoñosa Agua de Vida, y bendecida por Shai-Hulud —continuó Heinar—. Tal como señala nuestra tradición, la sagrada hoja no puede envainarse de nuevo hasta que haya probado la sangre.

Uliet cogió el arma, abrumado de repente por la importancia de la tarea para la que había sido elegido. De naturaleza muy supersticiosa, había observado a los gigantescos gusanos del desierto y montado sobre ellos muchas veces. Pero nunca había llegado al extremo de familiarizarse con aquellos seres fabulosos. No podía olvidar que eran manifestaciones del gran creador del universo.

—Obedeceré la voluntad de Shai-Hulud.

Uliet aceptó el cuchillo de punta envenenada y lo sostuvo en alto.

Los demás ancianos estaban congregados detrás del naib tuerto, firmes en su decisión.

—Llévate a dos aguadores —dijo Heinar— para recoger el agua del planetólogo y utilizarla en beneficio de nuestro sietch.

—Tal vez deberíamos reservar una pequeña cantidad para plantar un arbusto en su honor —propuso Aliid, pero nadie lo secundó.

Uliet salió de la cámara erguido en toda su estatura y con aire orgulloso, un verdadero guerrero de los Fremen. No tenía miedo del planetólogo, aunque el forastero hablaba con fervor de sus ridículos y extravagantes planes, como guiado por una visión divina. Un estremecimiento recorrió la espina dorsal del asesino.

Uliet entornó sus ojos azules y apartó tales pensamientos mientras recorría los pasillos en sombras. Dos aguadores le seguían, cargados con garrafas vacías para recoger la sangre de Kynes, y con paños absorbentes para secar hasta la última gota que cayera al suelo de la caverna.

No fue difícil encontrar al planetólogo. Un séquito le seguía con expresión de arrobo o escepticismo teñido de asombro. Kynes, que sobresalía sobre los demás, caminaba sin rumbo, hablaba y movía los brazos. Su rebaño le seguía a una prudente distancia. Algunos hacían preguntas, pero la gran mayoría se limitaba a escuchar.

—La gran pregunta del hombre no es cuántos sobrevivirán dentro del sistema —estaba diciendo Kynes cuando Uliet se acercó esgrimiendo el cuchillo bien visible y la misión pintada en su cara—, sino qué clase de existencia será posible para los supervivientes.

Uliet avanzó entre la multitud. Los oyentes del planetólogo vieron al asesino y su cuchillo. Se alejaron e intercambiaron miradas de astucia, algunos decepcionados, otros atemorizados. Enmudecieron. Así eran las costumbres del pueblo Fremen.

Kynes no se dio cuenta de nada. Trazó un círculo en el aire con un dedo.

—Aquí es posible encontrar agua en la superficie, mediante un cambio leve pero viable. Podremos conseguirlo si me ayudáis. Pensad en ello: caminar al aire libre sin un destiltraje. —Señaló a los dos niños más cercanos. Retrocedieron con timidez—. Imaginad esto: tanta humedad en el aire que ya no necesitaréis destiltrajes.

—¿Te refieres a que habrá agua en los estanques y podremos beber de ella siempre que queramos? —ironizó uno de los observadores más escépticos.

—Desde luego. Lo he visto en muchos planetas, y nada impedirá que también lo hagamos en Dune. Gracias a trampas de viento podremos apoderarnos del agua del aire y utilizarla para plantar hierba, arbustos, cualquier cosa que almacene el agua en las células y las raíces, y la conserve. De hecho, detrás de esos estanques podremos plantar huertos de árboles frutales.

Uliet continuó avanzando, como en trance. Los aguadores se rezagaron. No serían necesarios hasta después de que el asesinato se hubiera consumado.

—¿Qué clase de fruta? —preguntó una niña.

—Oh, la que quieras —dijo Kynes—. Antes que nada, tendríamos que examinar el estado del suelo y la humedad. Uvas, quizá, en las pendientes rocosas. Y portyguls, naranjas redondas. ¡Ay, cómo me gustan! Mis padres tenían un árbol en Salusa Secundus. Los portyguls tienen una piel dura y correosa, pero fácil de pelar. El fruto está dividido en gajos, dulces y jugosos, y del naranja más intenso que podáis imaginar.

Uliet sólo veía una neblina rojiza. Tenía su misión grabada a fuego en el cerebro, y oscurecía todo lo demás. Las órdenes del naib Heinar resonaban en su cerebro. Entró en la zona vacía hacia la cual había retrocedido la gente para escuchar las palabras del planetólogo. Uliet procuraba no escuchar los sueños, procuraba no pensar en las visiones que Kynes conjuraba. Estaba claro que aquel hombre era un demonio enviado para pervertir las mentes de sus oyentes…

Uliet clavó la vista al frente, mientras Kynes continuaba recorriendo el pasillo, ajeno a todo. Describía con gestos exuberantes pastos, canales y bosques. Pintaba cuadros en su imaginación. El planetólogo se humedeció los labios, como si ya estuviera saboreando el vino de Dune.

Uliet se plantó ante él y alzó el cuchillo envenenado.

A mitad de una frase, Kynes reparó en el desconocido. Como irritado por la distracción, parpadeó una vez y se limitó a decir:

—Apártate.

Pasó de largo y continuó hablando.

—¡Ay, los bosques! Verdes y exuberantes hasta perderse de vista, cubren colinas, bajíos y valles. En los viejos tiempos, la arena invadía las plantas y las destruía, pero en el nuevo Dune será al revés: el viento transportará las semillas por todo el planeta, y crecerán más plantas y árboles, como niños.

El asesino estaba inmóvil, estupefacto por el hecho de haber sido desechado con tanta espontaneidad. *Apártate.* La importancia de su misión le paralizaba. Si mataba a ese hombre, las leyendas Fremen llamarían a Uliet el Destructor de Sueños.

—No obstante, antes hemos de instalar trampas de aire en las rocas —continuó Kynes, sin aliento—. Son sistemas sencillos, fáciles de construir, y se apoderarán de la humedad, la canalizarán hasta lugares donde podamos utilizarla. A la larga, tendremos inmensas cisternas subterráneas para toda el agua, un paso más para devolver el agua a la superficie. Sí, he dicho devolver. En otro tiempo, el agua corría libremente por Dune. He visto las señales.

Uliet contempló desolado el cuchillo envenenado, incapaz de creer que aquel hombre no le temiese. *Apártate.* Kynes se había enfrentado a la muerte y pasado de largo. *Guiado por Dios.*

Uliet continuaba quieto, con el cuchillo en la mano, y la espalda desprotegida del servidor imperial se burlaba de él. Sería muy fácil hundirle el cuchillo en la columna.

Pero el asesino no podía moverse.

Vio la confianza del planetólogo, como si algún

guardián sagrado le protegiera. La visión del gran futuro que aquel hombre auguraba para Dune ya había cautivado a aquella gente. Y los Fremen, por su dura vida y las generaciones de enemigos que les habían expulsado de planeta en planeta, necesitaban un sueño.

Tal vez les habían enviado por fin un guía, un profeta. ¡El alma de Uliet se condenaría para siempre si osaba matar al mensajero enviado por Dios, esperado durante tanto tiempo!

Pero había aceptado la misión encomendada por el líder del sietch, y sabía que el cuchillo no podía volver a envainarse sin que hubiera probado la sangre. En este caso, el dilema no podía resolverse mediante un corte sin importancia, porque la hoja estaba envenenada. Un mero rasguño le mataría.

Eran hechos irreconciliables entre sí. La mano de Uliet tembló sobre la empuñadura del cuchillo tallado.

Sin darse cuenta de que todo el mundo había enmudecido a su alrededor, Kynes siguió perorando sobre el emplazamiento de las trampas de viento, pero su público, consciente de lo que iba a suceder, miraba al reputado guerrero.

Entonces, a Uliet se le hizo la boca agua. Intentó no pensar en ello, pero, como en un sueño, tuvo la impresión de que saboreaba el dulce y pegajoso zumo de portyguls, fruta fresca que podía cogerse de un árbol y comer... un bocado de pulpa lujuriosa trasegado con agua pura de un estanque. Agua para todo el mundo.

Uliet retrocedió un paso, y luego otro, con el cuchillo alzado en un gesto ceremonial. Retrocedió un tercer paso, mientras Kynes hablaba de trigo, llanuras cubiertas de centeno y chubascos de lluvia en la primavera.

El asesino dio media vuelta, aturdido, pensando en la palabra que el mensajero le había dicho: «Apártate.»

Contempló el cuchillo que sostenía ante él. Entonces Uliet se meció, paró, y volvió a mecerse hacia adelante, y de forma deliberada cayó sobre su cuchillo. Sus rodillas no se doblaron, ni tampoco se encogió ni intentó evitar su destino, mientras se dejaba caer de bruces sobre el cuchillo. La punta envenenada se hundió por debajo del esternón hasta alcanzar su corazón. Su cuerpo tembló, tendido en el suelo. Al cabo de unos momentos, Uliet murió. Sangró muy poco.

Los Fremen gritaron, impresionados por el presagio que acababan de presenciar, y retrocedieron. Ahora, cuando miraron a Kynes con fervor religioso, el planetólogo vaciló y calló por fin. Se volvió y vio el sacrificio que aquel Fremen acababa de hacer por él, el derramamiento de sangre.

—¿Qué ha pasado aquí? —preguntó—. ¿Quién cra este hombre?

Los aguadores se apresuraron a recoger el cadáver de Uliet. Cubrieron al asesino caído con mantas, toallas y paños, y se alejaron para llevarle a los destiladores de muertos y empezar el proceso.

Los otros Fremen miraron a Kynes con reverencia.

—¡Mirad! Dios nos ha indicado lo que hemos de hacer —exclamó una mujer—. Él ha guiado a Uliet. Él ha hablado a Pardot Kynes.

—*Umma* Kynes —dijo alguien. Profeta Kynes.

Un hombre se levantó y miró a los demás congregados.

—Seríamos unos locos si no le escucháramos ahora.

Algunas personas salieron corriendo en todas direcciones del sietch. Como no comprendía la religión Fremen, Kynes no se enteraba de nada.

Sin embargo, a partir de ese momento pensó que no le costaría nada encontrar oyentes.

Ningún forastero ha visto jamás a una mujer Tleilaxu y vivido para contarlo. Considerando la propensión de los Tleilaxu a la manipulación genética (véanse, por ejemplo, informes anexos sobre clones y gholas), esta simple observación suscita un sinfín de preguntas adicionales.

Análisis de la Bene Gesserit

Una mujer ixiana sin aliento, provista de las credenciales de Correo, llegó a Kaitain con un importante comunicado para el emperador. Entró en el palacio como una tromba. Ni siquiera Cammar Pilru, embajador oficial de Ix, estaba enterado del mensaje ni de las estremecedoras noticias sobre la revuelta de los suboides.

Como las comunicaciones instantáneas en el espaciopliegue no existían entre planetas, los Correos oficiales tomaban pasaje en Cruceros expresos, portadores de comunicaciones memorizadas al instante para entregarlos en persona a sus destinatarios. El resultado era infinitamente más veloz que por radio u otras ondas electrónicas, que tardarían años en cruzar un espacio tan inmenso.

Escoltada por dos hombres de la Cofradía, la Correo Yuta Brey solicitó una entrevista inmediata con el emperador. La mujer se negó de plano a revelar nada, ni siquiera a su propio embajador, que se enteró del revuelo y corrió a la sala de audiencias. El magnífico Trono del León Dorado estaba vacío. Elrood volvía a sentirse enfermo y fatigado.

—Sólo puedo comunicar este mensaje al emperador, una solicitud urgente del conde Dominic Vernius —dijo Brey al embajador Pilru. La Cofradía y la CHOAM utilizaban diversas técnicas de choque para adoctrinar a los Correos oficiales, con el fin de asegurar precisión y lealtad—. Sin embargo, no os alejéis mucho, embajador. También traigo noticias vitales referentes a la posible caída de Ix. Debéis estar informado de la situación.

El embajador Pilru lanzó una exclamación ahogada y suplicó más información, pero la mujer guardó silencio. Dejó a sus escoltas de la Cofradía y al diplomático ixiano en la sala de audiencias. Guardias de elite Sardaukar examinaron sus credenciales y la condujeron a una antecámara adyacente al dormitorio del emperador.

El emperador, con aspecto demacrado y envejecido, llevaba un manto con el emblema imperial en la solapa. Estaba derrumbado en una butaca de respaldo alto, con los pies apoyados sobre una otomana calefactora. A su lado se erguía un hombre alto de bigotes caídos, que se identificó como el chambelán Aken Hesban.

Sorprendió a Brey ver al anciano sentado de aquella forma tan vulgar, y no en el majestuoso trono. Sus ojos teñidos de azul estaban invadidos por la enfermedad, y apenas podía mantener la cabeza erguida sobre su cuello esquelético. Daba la impresión de que podía fallecer en cualquier momento.

Se presentó con una breve reverencia.

—Soy la Correo Yuta Brey de Ix, señor, con una importante solicitud del conde Dominic Vernius.

El emperador frunció el entrecejo cuando oyó el nombre de su rival, pero no dijo nada, preparado para asestar su golpe. Tosió y escupió en un pañuelo de encaje.

—Te escucho.

—Sólo puede oírlo el emperador —replicó la mujer, y miró con insolencia a Hesban.

—Ah, ¿sí? —dijo Elrood con una tensa sonrisa—. Últimamente no oigo muy bien, y este distinguido caballero es mis oídos. ¿O debería decir «son mis oídos»? ¿Se utiliza el plural en estos casos?

El chambelán se inclinó y susurró algo al emperador.

—Acabo de ser informado de que es mis oídos —dijo Elrood con un firme asentimiento.

—Como gustéis —dijo Brey.

Recitó las palabras memorizadas, utilizando incluso las entonaciones empleadas por el conde Dominic Vernius.

—Somos atacados por los Bene Tleilax, bajo la falsa guisa de disturbios internos. Mediante Danzarines Rostro infiltrados, los Tleilaxu han fomentado una insurrección entre nuestra clase obrera. Gracias a estos medios traicioneros, los rebeldes han contado con la ventaja de la sorpresa. Muchas de nuestras instalaciones defensivas han sido destruidas o sitiadas. Como dementes, gritan «¡Jihad! ¡Jihad!».

—¿Guerra Santa? —preguntó Hesban—. ¿Por qué? ¿Qué ha hecho ahora Ix?

—No tenemos ni idea, señor chambelán. Es bien sabido que los Tleilaxu son fanáticos religiosos. Nuestros suboides son creados para seguir instrucciones, de lo cual se desprende que es fácil manipularlos. —Yuta Brey vaciló—. El conde Dominic Vernius solicita respetuosamente la inmediata intervención de los Sardaukar del emperador contra este acto ilegal.

Expuso abundantes detalles sobre las posiciones militares ixianas y Tleilaxu, incluyendo el alcance de la rebelión, las fábricas inutilizadas y los ciudadanos asesinados. Una de las víctimas más importantes era la esposa del embajador, una banquera de la Cofradía, muerta a causa de una explosión en el edificio de la embajada de la Cofradía.

—Han ido demasiado lejos. —Hesban, indignado, parecía dispuesto a dar la orden de defender Ix. La solicitud de la Casa Vernius era de lo más razonable. Miró al emperador—. Señor, si los Tleilaxu desean acusar a Ix de violar las normas de la Gran Convención, que lo hagan en un tribunal del Landsraad.

Pese al incienso y las bandejas de canapés especiados, Brey aún percibía un agrio olor a enfermedad en el aire viciado de la antecámara. Elrood se removió bajo su pesado manto. Entornó los ojos.

—Tomaremos en consideración tu solicitud, Correo. En este momento, necesito descansar un poco. Órdenes de los médicos, ya sabes. Hablaremos del asunto mañana. Te ruego que tomes un refrigerio y elijas una cámara en los aposentos de nuestros dignatarios visitantes. Puede que también desees reunirte con el embajador ixiano.

Una mirada de alarma apareció en los ojos de la mujer.

—Esta información es de hace varias horas, señor. Nuestra situación es desesperada. Tengo instrucciones de deciros que el conde Vernius considera fatal cualquier retraso.

Hesban respondió en voz alta, todavía confuso por la falta de iniciativa de Elrood.

—Al emperador no se le dice nada, joven. Se le solicita, y punto.

—Mis más sinceras disculpas, señor. Os ruego que perdonéis mi agitación, pero hoy he visto a mi planeta alcanzado por un golpe mortal. ¿Qué respuesta debo dar al conde Vernius?

—Ten paciencia. Me pondré en contacto con él a su debido tiempo, cuando haya considerado mi respuesta.

El color abandonó el rostro de Brey.

—¿Puedo preguntar cuándo?

—¡No! —tronó Elrood—. Tu audiencia ha concluido. —La fulminó con la mirada.

El chambelán Hesban se hizo cargo de la situación: apoyó una mano en el hombro de Brey y la condujo hacia la puerta, mientras miraba al emperador.

—Como gustéis, señor.

Brey hizo una reverencia, y los guardias de elite la acompañaron fuera de la habitación.

Elrood había observado ira y desesperación en la expresión de la Correo cuando comprendió que su misión había fracasado.

Pero todo había funcionado a la perfección.

En cuanto la Correo ixiana y el chambelán de la corte se marcharon, el príncipe heredero Shaddam y Fenring entraron en la antesala. Elrood sabía que habían estado escuchando a escondidas.

—Menuda educación estáis adquiriendo, ¿eh? —dijo—. Observa y aprende.

—Has manejado la situación con mano maestra, padre. Los acontecimientos se están desarrollando exactamente como predeciste.

Con una buena ayuda invisible de Fenring y yo.

El emperador sonrió, y luego sufrió un acceso de tos.

—Mis Sardaukar habrían sido más eficientes que los Tleilaxu, pero no podía correr el riesgo de que mi mano se notara demasiado pronto. Una protesta oficial de Ix ante el Landsraad provocaría problemas. Hemos de librarnos de la Casa Vernius y poner en su lugar a los Tleilaxu como títeres, con legiones Sardaukar para encargarse de la represión y garantizar la conquista.

—Hummmm, quizá sería preferible referirse a ello como «procurar una suave y ordenada transición». Evitemos utilizar la palabra «represión».

Elrood sonrió con sus labios exangües y exhibió los dientes, de tal forma que su cabeza pareció más que nunca una calavera.

—Bien, Hasimir, estás aprendiendo a ser un político... pese a tus métodos bastante directos.

Si bien los tres conocían los verdaderos motivos de la rebelión en Ix, ninguno habló de los beneficios que recibirían después de que Hidar Fen Ajidica hubiera iniciado las investigaciones tendentes a obtener especia artificial.

El chambelán Hesban entró como una tromba en la habitación.

—¿Me disculpáis, señor? Cuando dejé a la Correo con sus escoltas de la Cofradía, les informó que os habíais negado a actuar, según señalan las regulaciones imperiales. Ya se ha reunido con el embajador Pilru para solicitar una audiencia con los miembros del Consejo del Landsraad.

—Hummmm, se os está adelantando, señor —dijo Fenring.

—Absurdo —replicó el anciano emperador, y luego buscó su ominipresente jarra de cerveza—. ¿Qué sabe una mensajera de regulaciones imperiales?

—Aunque no acceden al adiestramiento completo de un Mentat, los Correos Licenciados tienen una memoria perfecta, señor —señaló Fenring, al tiempo que se acercaba al emperador para situarse en la posición que siempre ocupaba el chambelán Hesban—. No puede procesar los conceptos, pero es muy posible que tenga acceso en su cerebro a todas las regulaciones y codicilos.

—Ah, sí, pero ¿cómo puede oponerse a la decisión del emperador, cuando ni siquiera la ha tomado? —preguntó Shaddam.

Hesban se retorció el bigote, y frunció el ceño en dirección al príncipe heredero, pero se abstuvo de reprender a Shaddam por su ignorancia de la ley imperial.

—Por mutuo acuerdo entre el Consejo Federado del Landsraad y la Casa Corrino, el emperador ha de prestar auxilio inmediato, o bien convocar una reunión urgente del Consejo de Seguridad para tratar el asunto. Si vuestro padre no actúa antes de una hora, el embajador ixiano tiene pleno derecho de convocar al Consejo sin más.

—¿El Consejo de Seguridad? —Elrood hizo una mueca y miró al chambelán Hesban, y después a Fenring—. ¿Qué regulación está citando esa infernal mujer?

—Volumen treinta, sección seis punto tres, de la Gran Convención.

—¿Qué dice?

Hesban respiró hondo.

—Está relacionada con situaciones de guerra entre Casas, en las cuales una de las partes en litigio apela al emperador. La regulación fue redactada para prohibir que los emperadores tomaran partido. En tales asuntos, debéis actuar como árbitro neutral. Neutral, sí, pero… debéis actuar. —Movió los pies—. Señor, temo que no comprendo vuestro deseo de retrasar la intervención. ¿No desearéis secundar a los Tleilaxu?

—Hay muchas cosas que no comprendes, Aken —dijo el emperador—. Limítate a cumplir mis deseos.

El chambelán pareció ofendido.

—Hummmm. —Fenring se paseó detrás de la butaca de respaldo alto, y luego cogió una pasta de fruta caramelizada de una bandeja—. Técnicamente, la Correo tiene razón, señor. No podéis retrasar la decisión uno o dos días. La regulación también dice que, si es convocada, la reunión del Consejo de Seguridad no puede concluir sin una decisión firme. —Fenring apoyó un dedo sobre sus labios mientras pensaba—. Los bandos hostiles y sus representantes tienen derecho a asistir. En el caso de los ixianos, su representante podría ser tanto la Cofradía Espacial como el embajador Pilru, quien, debo añadir, tiene un hijo amenazado por la revuelta de Ix, y otro hijo que acaba de ingresar en la Cofradía.

—Recordad también que la esposa del embajador ha sido asesinada durante los disturbios —añadió Hesban—. Está muriendo gente.

—Teniendo en cuenta nuestros planes para utilizar las instalaciones de Ix, sería mejor mantener la Cofradía al margen de los acontecimientos —dijo Shaddam.

—¿Planes? —El chambelán pareció alarmado al descubrir que le habían ocultado ciertas decisiones importantes. Se volvió hacia Elrood—. ¿Qué planes son ésos, señor?

—Más tarde, Aken. —El emperador frunció el entrecejo y se ciñó el manto sobre su pecho hundido—. ¡Maldita sea esa mujer!

—Los hombres de la Cofradía están esperando en el salón —insistió Hesban—. El embajador Pilru ha solicitado una audiencia con vos. Dentro de escasos momentos, otras Casas se enterarán de los acontecimientos, sobre todo las que tienen directorios en la CHOAM. Los disturbios de Ix provocarán graves consecuencias económicas, al menos en un futuro inmediato.

—Traedme las regulaciones y a dos Mentats que efectúen análisis independientes. ¡Encontrad a alguien que nos saque de este lío! —El emperador pareció reanimarse de repente, alentado por la crisis—. La Casa Corrino no ha de interferir en la conquista de Ix por los Tleilaxu. Nuestro futuro depende de ello.

—Como gustéis, señor.

Hesban hizo una reverencia y salió a toda prisa, aún perplejo, pero dispuesto a obedecer las órdenes.

Minutos después un criado entró en la antesala con un proyector y una pantalla oval de plaz negro. El criado montó el aparato sobre una mesa. Fenring la movió para que el emperador la viera bien.

Hesban regresó, flanqueado por dos Mentats, con

los labios manchados de zumo de safo. Guardias Sardaukar impidieron que varios representantes se introdujeran en la estancia. Bailaron imágenes sobre la mesa, palabras negras impresas en galach. Shaddam, al lado de su amigo, escudriñó las profundidades de la ley, como dispuesto a localizar algo que hubiera pasado desapercibido a todo el mundo.

Los dos Mentats se mantuvieron inmóviles, con los ojos clavados en la lejanía, mientras llevaban a cabo diferentes análisis de la ley y sus códigos subsidiarios.

—Para empezar —dijo uno de ellos—, echad un vistazo a seis punto tres.

Las palabras desfilaron por el proyector, y luego se pararon en una página concreta. Un párrafo estaba subrayado en rojo, y una segunda holocopia del mensaje apareció en el aire. El duplicado flotó hasta posarse sobre el regazo del emperador, para que él y los demás pudieran leerla.

—No dará resultado —dijo el segundo Mentat—. Remite a setenta y ocho punto tres, volumen doce.

Elrood leyó la regulación y pasó una mano sobre la página, que desapareció.

—Maldita Cofradía —masculló—. Les obligaremos a arrodillarse en cuanto…

Fenring carraspeó para impedir que el emperador se fuera de la lengua.

El holoproyector se puso a buscar de nuevo, mientras los Mentats guardaban silencio. El chambelán Hesban se acercó para estudiar las páginas que pasaban ante él.

—¡Malditas sean estas regulaciones! Me gustaría dinamitar todas las leyes. —Elrood no conseguía calmarse—. ¿Soy yo el gobernador del Imperio, o no? He de complacer al Landsraad, he de respetar los caprichos de la Cofradía… Un emperador no debería inclinarse ante otros poderes.

—Estáis en lo cierto, señor —reconoció Hesban—, pero estamos atrapados en una maraña de tratados y alianzas.

—Puede que aquí haya algo —dijo Fenring—. Apéndice Jihad diecinueve cero cero cuatro. —Hizo una pausa—. En cuestiones relacionadas con la Jihad Butleriana y las prohibiciones establecidas con posterioridad, se concede al emperador la facultad de tomar decisiones en lo tocante al castigo de los que quebrantan la prohibición contra las máquinas pensantes.

Los hundidos ojos del emperador se iluminaron.

—Ah, y como se ha suscitado cierta duda sobre posibles violaciones ixianas, tal vez podamos proceder legalmente «con las debidas precauciones». Sobre todo porque hemos recibido informes inquietantes sobre ciertas máquinas nuevas.

—¿Sí? —repuso el chambelán.

—En efecto. ¿Recuerdas los meks de combate autodidactas que se venden en el mercado negro? Eso merece una investigación minuciosa.

Shaddam y Fenring intercambiaron una sonrisa. Todos sabían que tal actividad no resistiría una investigación prolongada, pero de momento bastaba con que Elrood retrasara la toma de su decisión. En un día o dos, los Tleilaxu consolidarían su conquista. Sin apoyo externo, la Casa Vernius estaba perdida.

Hesban asintió mientras estudiaba el texto.

—Según este apéndice, el emperador Padishah es el «Santo Guardián de la Jihad», encargado de protegerla y a todos sus representantes.

—Ah, sí. En este caso, podríamos pedir ver las supuestas pruebas al embajador Tleilaxu, y después conceder un tiempo limitado a Pilru para contestar. —Shaddam hizo una pausa y miró a Fenring como en busca de apoyo—. Cuando acabe el día, el emperador podría pedir un cese temporal de las hostilidades.

—Para entonces será demasiado tarde —dijo el chambelán Hesban.

—Exacto. Ix caerá y no podremos hacer nada por remediarlo.

Como muchas delicias culinarias, la vengan-
za es un plato que se saborea mejor lentamente,
después de una preparación larga y minuciosa.

Emperador ELROOD IX
Reflexiones en su lecho de muerte

Media hora después, Shaddam vio entrar en la antecámara del emperador a los dos embajadores enemigos
con el fin de celebrar una audiencia privada destinada a
«solucionar el problema». A sugerencia de Fenring, iba
ataviado con una vestimenta más oficial, adornada con
galas militares, de modo que mientras su padre exhibía
un aspecto desaliñado y enfermizo, él tenía la apariencia de un líder.

El embajador ixiano tenía la cara ancha, de piel lisa
y mejillas sonrosadas. Todo su cuerpo parecía arrugado
en un mono de estameña, de solapas anchas y cuello
blando. Se había peinado a toda prisa. Como admitía
que no conocía la situación de Ix al detalle, trajo consigo
a la Correo Yuta Brey, como testigo ocular.

El único delegado Tleilaxu que pudieron encontrar,
Mofra Tooy, era un hombre de corta estatura, pelo naranja enmarañado y piel grisácea. El hombre proyectaba una rabia contenida, y sus pequeños ojos oscuros
fulminaron a su colega ixiano. Tooy había recibido instrucciones precisas sobre lo que debía decir.

El embajador Pilru seguía consternado y confuso por la situación, y sólo ahora empezaba a asimilar la muerte de su esposa, con el consiguiente dolor. Todo se le antojaba irreal. Una pesadilla. Se removió en su sitio, preocupado por su planeta, su cargo y su hijo desaparecido, C'tair. La mirada del embajador vagaba por la sala en busca de apoyo entre los consejeros y funcionarios del emperador. Sintió un escalofrío al ver sus inflexibles miradas.

Dos agentes de la Cofradía, de aspecto inexpresivo, esperaban en la parte posterior de la antecámara. Uno de ellos tenía la cara rubicunda y surcada de cicatrices. La cabeza del otro era deforme, abombada en la nuca. Shaddam había visto gente similar en anteriores ocasiones, gente que había emprendido la preparación para Navegantes de la Cofradía pero que no había soportado los rigores del proceso de selección.

—Primero escucharemos a Mofra Tooy —dijo el emperador con voz ronca—. Quiero que explique las sospechas de su pueblo.

—¡Y el motivo de que hayan emprendido una acción tan violenta y sin precedentes! —intervino Pilru. Los demás hicieron caso omiso de su exabrupto.

—Hemos descubierto actividades ilegales en Ix —empezó el Tleilaxu con voz aguda—. Los Bene Tleilax consideramos fundamental detener esta calamidad, antes de que otra insidiosa inteligencia mecánica se propague por el Imperio. De haber esperado, quizá la raza humana habría padecido otro milenio de esclavitud. No tuvimos otra alternativa que actuar como lo hicimos.

—¡Mentiroso! —rugió Pilru—. ¿Por qué os erigís en defensores de la ley y el orden sin someteros al procedimiento legal exigido? Carecéis de pruebas, porque no se han producido actividades ilegales en Ix. Nos hemos adherido respetuosamente a todas las directrices de la Jihad.

Con notable calma para un Tleilaxu, Tooy mantuvo la mirada fija en los presentes, como si el embajador ni siquiera fuese merecedor de su desprecio.

—Nuestras fuerzas iniciaron una acción necesaria antes de que las pruebas pudieran ser destruidas. ¿Acaso no hemos aprendido de la Gran Revolución? Una vez activada, una inteligencia mecánica adquiere tendencias vengativas, y es capaz de desarrollar la capacidad de autocopiarse y esparcirse como un incendio incontrolado. Ix es el origen de todas las mentes mecánicas. Nosotros, los Tleilaxu, hemos continuado la Guerra Santa con el objetivo de liberar al universo de este enemigo.

—Aunque el embajador ixiano le sacaba dos cabezas, Tooy le gritó—: ¡Jihad! ¡Jihad!

—Ya lo veis, señor —dijo Pilru, al tiempo que retrocedía varios pasos—. Este comportamiento es incalificable.

—«No construirás una máquina a semejanza de la mente humana» —citó el Tleilaxu—. ¡Vos y la Casa Vernius seréis destruidos por vuestros pecados.

—Calmaos.

Elrood contuvo una sonrisa, e indicó a Tooy que regresara a su posición anterior. El diminuto delegado obedeció a regañadientes.

Pilru y la Correo ixiana conferenciaron en voz baja antes de que el embajador volviera a tomar la palabra.

—Pido al emperador que exija pruebas de dichas violaciones. Los Bene Tleilax, actuando como bandoleros, han destruido nuestra base comercial sin presentar primero sus acusaciones ante el Landsraad. —Y se apresuró a añadir—: Ni ante el emperador.

—Se están reuniendo las pruebas —replicó Tooy—. Incluirán el verdadero motivo de los actos criminales cometidos por los ixianos. Vuestros márgenes de beneficios son falsos, y ponen en peligro vuestra condición de miembros de la CHOAM.

Ajá, pensó Shaddam, e intercambió una mirada de complicidad con Fenring. *¡Esos informes que falsificamos con tanta maestría!* Nadie manipulaba los documentos mejor que Fenring.

—Es mentira —dijo Pilru—. Nuestros beneficios son mayores que nunca, gracias al nuevo diseño de los Cruceros. Preguntad a la Cofradía. Vuestro pueblo no tiene derecho a incitar tal violencia...

—Teníamos todo el derecho de proteger al Imperio de otro período de dominación de las máquinas. Vuestros subterfugios no engañan acerca del motivo de fabricar mentes mecánicas. ¿Son más valiosos vuestros beneficios que el bienestar de la humanidad? ¡Habéis vendido vuestras almas!

Las venas se marcaron en las sienes de Pilru, que perdió toda su calma de diplomático.

—¡Estáis mintiendo, enano bastardo, esto no es más que una monstruosa farsa! —Se volvió hacia Elrood—. Señor, os pido que enviéis Sardaukar a Ix para proteger a nuestro pueblo de una invasión ilegal llevada a cabo por las fuerzas de los Bene Tleilax. No hemos quebrantado ninguna ley.

—Violar la Jihad Butleriana es una acusación muy grave —dijo el emperador con tono pensativo, aunque todo aquello le importaba un bledo. Se tapó la boca cuando volvió a toser—. No se puede tomar a la ligera una acusación semejante. Pensad en las consecuencias...

Elrood hablaba con deliberada lentitud, cosa que Shaddam encontró divertida. El príncipe heredero no podía por menos que admirar algunas facetas de su padre, pero Elrood ya no era un jovencito, y había llegado el momento de que sangre nueva tomara las riendas del poder.

La Correo habló.

—Emperador Elrood, los Tleilaxu intentan ganar tiempo mientras las batallas se suceden en Ix. Utilizad vuestros Sardaukar para imponer un cese de las hostilidades, y después cada bando presentará su caso y las pruebas ante el tribunal.

El emperador arqueó las cejas y la miró.

—Como simple Correo, no estás cualificada para discutir conmigo. Se dirigió a los guardias Sardaukar—: Expulsad a esta mujer.

La desesperación se transparentó en la voz de la mujer.

—Perdonad, señor, pero conozco muy de cerca la crisis de Ix, y mi señor Vernius me instruyó para que diera todos los pasos necesarios. Exigimos que los Bene Tleilax presenten pruebas de inmediato o retiren sus fuerzas. No están reuniendo pruebas. ¡Se trata de una táctica dilatoria!

—¿Cuándo podréis presentarme las pruebas? —preguntó el emperador, mirando a Tooy.

—Presuntas pruebas —corrigió Pilru.

—En el plazo de tres días imperiales, señor.

Los ixianos protestaron.

—Pero señor, en ese lapso de tiempo pueden fortalecer sus conquistas militares y falsificar pruebas. —Los ojos de Pilru centellearon—. Ya han asesinado a mi esposa, destruido edificios… Mi hijo ha desaparecido. ¡No permitáis que sigan saqueando durante tres días más!

El emperador reflexionó mientras los reunidos guardaban silencio.

—Estoy seguro de que exageráis la gravedad de la situación para obligarme a tomar una decisión precipitada. Teniendo en cuenta las acusaciones, me inclino por esperar a las pruebas, o a su ausencia. —Miró a su chambelán—. ¿Qué dices, Aken? ¿Es esto conforme a la ley imperial?

Hesban murmuró su aprobación.

Elrood asintió en dirección a Pilru, como si le estuviera concediendo un favor increíble.

—No obstante, opino que las pruebas deberían presentarse en un plazo de dos días, no de tres. ¿Podréis conseguirlo, embajador Tooy?

—Será difícil, señor, pero… como gustéis.

Pilru enrojeció de cólera.

—Mi señor, ¿es posible que os pongáis de parte de estos asquerosos Tleilaxu?

—Embajador, vuestros prejuicios no son bien recibidos en mi antecámara imperial. No siento otra cosa que el mayor respeto por vuestro conde… y por su dama Shando, por supuesto.

Shaddam miró a los agentes de la Cofradía, al fondo de la sala. Estaban conversando en su lenguaje secreto. Una violación de la Jihad Butleriana era algo muy serio para ellos.

—Pero dentro de dos días mi planeta estará perdido.

Pilru dirigió una mirada suplicante a los hombres de la Cofradía para lograr su apoyo, pero los agentes permanecieron en silencio y no le miraron.

—¡No podéis hacer esto! ¡Condenaréis a nuestro pueblo a la destrucción! —gritó Yuta Brey a Elrood.

—Mensajera, eres muy impertinente, al igual que Dominic Vernius. No pongas más a prueba mi paciencia. —Elrood miró con severidad al representante de los Tleilaxu—. Embajador Tooy, traedme pruebas incontrovertibles en un plazo de dos días, o retirad vuestras fuerzas de Ix.

Mofra Tooy hizo una reverencia. Una sonrisa se insinuó en las comisuras de su boca.

—Muy bien —dijo el embajador ixiano, tembloroso de rabia—. Solicito ahora mismo que el Consejo de Seguridad del Landsraad se reúna de inmediato.

—Y así será, según dictan las leyes —replicó Elrood—. Ya he actuado de la manera que, en mi opinión, sirve mejor al Imperio. Mofra Tooy se dirigirá al Consejo en un plazo de dos días, y vos podéis hacer lo mismo. Si en el ínterin deseáis regresar a vuestro planeta, un Crucero estará a vuestra disposición. Os advierto, empero, que si estas acusaciones son ciertas, embajador, la Casa Vernius tendrá que responder de muchas cosas.

Dominic Vernius, con la calva cubierta de sudor, estudió a su embajador en Kaitain. Pilru acababa de transmitir un informe estremecedor al conde y su dama. Era evidente que el hombre estaba ansioso por ir en busca de su hijo, perdido en el caos de la ciudad subterránea, aunque hacía menos de una hora que había llegado al planeta. Se encontraban en un centro de operaciones subterráneo, en las profundidades del techo de roca, pues el Despacho Orbital transparente era demasiado vulnerable en tiempos de guerra. Se oían ruidos de maquinaria, transportes que trasladaban tropas y equipos a través de las catacumbas de la corteza planetaria.

Los ataques defensivos no habían surtido efecto. Gracias a sabotajes bien planificados y a barricadas erigidas estratégicamente, los Tleilaxu controlaban la mayor parte del mundo subterráneo, y los ixianos iban siendo arrinconados en zonas cada vez más pequeñas. El número de los suboides rebeldes sobrepasaba con mucho al de los defensores ixianos, ventaja que aprovechaban al máximo los invasores Tleilaxu, que manipulaban con facilidad a los obreros.

—Elrood nos ha traicionado, mi amor —dijo Dominic, abrazando a su esposa. Sólo conservaban las ropas que vestían y algunos objetos que habían conseguido rescatar. El conde había comprendido la magnitud de la conspiración—. Sabía que el emperador me odiaba, pero nunca esperé un comportamiento tan vil, ni siquiera de él. Ojalá tuviera pruebas.

La dama Shando, con aspecto pálido y frágil, aunque en sus ojos destellaba una determinación de hierro, respiró hondo. Delicadas arrugas circundaban su boca y ojos exquisitos, la única indicación de su avanzada edad, sutiles recordatorios que servían a Dominic para amar cada día más su belleza, amor y carácter. La mujer le tomó del brazo.

—¿Y si fuera a verle y me entregara a su merced? Tal vez se mostrara razonable debido a los recuerdos que conserva de mí...

—No te lo permitiré. Ahora te odia, y a mí por casarme contigo. Roody desconoce el significado de la palabra compasión. —Dominic cerró los puños y escrutó el rostro del embajador Pilru, pero no descubrió en él la menor esperanza. Miró a Shando de nuevo—. Conociéndole como le conozco, no me cabe duda de que se halla inmerso en intrigas tan complejas que no podría dar marcha atrás ni aunque quisiera.

»Nunca recibiremos compensaciones de guerra, aunque saliéramos victoriosos. La fortuna de mi familia será confiscada, y el poder me será arrebatado. —Bajó la voz e intentó disimular su desesperación—. Y todo para vengarse de mí por haberle robado a su mujer hace muchísimo tiempo.

—Haré lo que me pidas, Dominic —dijo Shando en voz baja—. Me hiciste tu esposa en lugar de tu concubina. Siempre te he dicho...

Su voz enmudeció.

—Lo sé, mi amor. —Apretó su mano—. Yo también haría cualquier cosa por ti. Ha valido la pena... pese a esto.

—Espero vuestras órdenes, mi señor —dijo el embajador Pilru, muy agitado. C'tair tenía que estar en algún sitio, escondido, luchando, tal vez muerto.

Dominic se mordisqueó el labio.

—Es evidente que se ha ordenado la destrucción de la Casa Vernius, y sólo nos queda una alternativa. Todas esas acusaciones inventadas no significan nada, al igual que el papel en que están escritas las leyes. El emperador intenta destruirnos, y no podemos luchar contra la Casa Corrino, sobre todo contra traiciones como ésta. El Landsraad dará largas al asunto, y luego se precipitará sobre los despojos de la guerra. —Cuadró los hombros y se alzó en toda su estatura—. Cogeremos las armas atómicas y escudos de la familia y huiremos, donde el Imperio no pueda alcanzarnos.

Pilru lanzó un grito.

—¿Convertiros en... un renegado, mi señor? ¿Qué será de nosotros?

—Por desgracia, no nos queda elección, Cammar. Es la única forma de escapar con vida. Ponte en contacto con la Cofradía y pide un transporte de emergencia. Invoca cualquier favor que nos deban. Los hombres de la Cofradía estuvieron presentes durante tu audiencia con el emperador, de modo que conocen nuestra situación. Diles que queremos llevarnos a nuestras fuerzas militares, las pocas que nos quedan. —Dominic inclinó la cabeza—. Nunca hubiera imaginado que llegaría este momento... expulsados de nuestro palacio y nuestras ciudades...

El embajador asintió y abandonó la estancia.

Una pared del centro administrativo destelló y aparecieron cuatro proyecciones, en otros tantos paneles, de las batallas que se libraban en todo el planeta, escenas en color transmitidas por visicoms. Las bajas ixianas continuaban aumentando.

Dominic meneó la cabeza.

—Debemos hablar con nuestros amigos y colaboradores más íntimos e informarles de los peligros que afrontarán si nos acompañan. Será más difícil y peligroso huir con nosotros que ser sojuzgados por los Tleilaxu. Nadie será obligado a acompañarnos; sólo quiero voluntarios. Siendo una Casa renegada, todos nuestros familiares y partidarios serán blanco de los cazadores de gloria.

—Cazadores de recompensas —corrigió Shando con voz ahogada por la pena y la ira—. Tendremos que separarnos, Dominic, para borrar nuestra pista y aumentar nuestras probabilidades de sobrevivir.

En la pared, la imagen de dos paneles se desvaneció cuando los Tleilaxu destruyeron los visicoms.

Dominic suavizó su voz.

—Más tarde, cuando hayamos recuperado nuestra Casa y nuestro planeta, recordaremos lo que hicimos aquí y qué se dijo. Esto es historia. Voy a contarte un cuento, un caso paralelo al que nos ocupa.

—Me gustan tus cuentos —dijo la mujer, con una dulce sonrisa en su rostro enérgico pero delicado. Sus ojos de color avellana destellaron—. Muy bien, ¿qué contaremos a nuestros nietos?

Por un momento, el conde Vernius se concentró en una grieta aparecida en el techo y en el agua que resbalaba por una pared.

—En tiempos remotos Salusa Secundus era la capital del Imperio. ¿Sabes por qué la trasladaron a Kaitain?

—¿Algún problema con las armas atómicas? —contestó Shando—. Salusa quedó destruida.

—Según la versión imperial, fue un desafortunado accidente, pero la Casa Corrino dice eso porque no quiere dar ideas a la gente. La verdad es que otra familia renegada, una Gran Casa cuyo nombre fue borrado de los archivos históricos, consiguió aterrizar en Salusa con las armas atómicas de su familia. Durante un audaz ataque bombardearon la capital y provocaron una catástrofe ecológica. El planeta todavía no se ha recuperado.

—¿Un ataque con armas atómicas? No lo sabía.

—Con posterioridad, los supervivientes trasladaron el trono imperial a Kaitain, en un sistema diferente, más seguro, donde el joven emperador Hassik III reconstruyó el gobierno. —Al advertir preocupación en el rostro de su mujer, la abrazó con fuerza—. Nosotros no fracasaremos, amor mío.

Los restantes paneles murales se apagaron cuando los Tleilaxu desactivaron los últimos visicoms.

En el Imperio existe el «principio de lo indi-
vidual», noble pero muy pocas veces utilizado,
por el cual una persona que viola una ley escrita
en una situación de extremo peligro o necesidad
puede solicitar una sesión especial de la corte de
jurisdicción, con el fin de explicar y sustentar la
necesidad de sus actos. Cierto número de proce-
dimientos legales derivan de este principio, entre
ellos el Jurado Drey, el Tribunal Ciego y el Jui-
cio de Decomiso.

Ley del Imperio: Comentarios

Pese a las desastrosas pérdidas militares durante la
inesperada revuelta, en Ix continuaban existiendo muchos
lugares secretos. Siglos atrás, durante los tiempos para-
noicos posteriores al momento en que la Casa Vernius se
hizo cargo de las operaciones mecánicas, ingenieros lla-
mados en secreto habían construido una colmena secreta de habitaciones impermeables a transmisiones, cámaras de algas y escondites imposibles de descubrir gracias
al notable ingenio ixiano. Un enemigo tardaría siglos en
encontrarlos. Hasta la Casa gobernante había olvidado la
mitad de ellos.

Guiados por el capitán Zhaz y los guardaespaldas
privados, Leto y Rhombur se ocultaron en una cámara
cuyas paredes estaban cubiertas de algas, a la que se

entraba mediante un túnel que se internaba en la corteza del planeta. Los escáneres rutinarios del enemigo sólo detectarían las señales de vida de las algas, puesto que potentes campos de desactivación rodeaban el resto de la cámara.

—Sólo tendremos que quedarnos aquí unos días —dijo Rhombur, que se esforzaba por recuperar su habitual optimismo—. Para entonces, fuerzas del Landsraad o del Imperio habrán acudido en nuestro rescate, y la Casa Vernius empezará a reconstruir Ix. Todo saldrá bien.

Leto guardó silencio. Si sus sospechas eran fundadas, podrían tardar mucho más que eso.

—Esta cámara es un simple punto de reunión, maese Rhombur —dijo el capitán Zhaz—. Esperaremos al conde y seguiremos sus órdenes.

Rhombur asintió.

—Sí, mi padre sabrá lo que hay que hacer. Se ha encontrado en muchas situaciones militares difíciles. —Sonrió—. En algunas de ellas con tu padre, Leto.

Éste apoyó una firme mano en el hombro del príncipe, como muestra de solidaridad. Pero ignoraba cuántas veces Dominic Vernius había participado en campañas defensivas desesperadas como ésta. Leto tenía la impresión de que todas las victorias pasadas de Dominic habían consistido en cargas imparables contra grupos de rebeldes desperdigados.

Recordando lo que su padre le había enseñado («estudia los detalles de tu entorno en cualquier circunstancia difícil»), Leto inspeccionó el escondite. Buscó rutas de escape, puntos vulnerables. La cámara había sido excavada en cristal de roca macizo, con una capa exterior de espesa vegetación que dotaba al aire de un acre toque, orgánico. La cavidad contaba con cuatro apartamentos, una amplia cocina con provisiones de supervivencia y una nave de emergencia capaz de alcanzar una órbita planetaria baja.

Silenciosas máquinas antifricción controlaban recipientes de entropía nula en el núcleo de la caverna, encargados de mantener comida y bebida frescos. Otros recipientes contenían ropas, armas, videolibros y juegos de ingenio ixianos, para que los refugiados no se aburrieran. La inacabable espera podía ser la parte más difícil de aquel refugio protegido, pero los ixianos habían tomado todas las precauciones necesarias.

Ya era de noche, según sus cronos. Zhaz situó a sus guardias en los pasillos exteriores y en la puerta camuflada. Rhombur le ametralló con un sinfín de preguntas, la mayoría de las cuales el capitán no supo contestar: ¿Qué estaba pasando fuera? ¿Podían albergar la esperanza de ser liberados por ixianos leales, o los invasores Tleilaxu les encarcelarían, o algo aún peor? ¿Vendría un ixiano a notificarle la muerte de sus padres? ¿Por qué no habían aparecido todavía los demás en el punto de reunión? ¿Tenía idea de cuánta extensión de la capital permanecía intacta? Si no, ¿quién podría averiguarlo?

Una alarma le interrumpió. Alguien intentaba entrar en la cámara.

El capitán Zhaz activó un monitor manual, apretó un botón que iluminó la sala y activó una videopantalla. Leto vio tres rostros conocidos muy cerca de los visicoms del corredor secundario: Dominic Vernius y su hija Kailea, con el vestido desgarrado y el cabello revuelto. Entre los dos sostenían a la dama Shando, que parecía apenas consciente, con los brazos y el cuerpo vendados toscamente.

—Permiso para entrar —dijo Dominic con una voz que sonó metálica por los altavoces—. Abre, Rhombur. ¡Zhaz! Necesitamos atención médica para Shando. —Tenía los ojos sombríos.

Rhombur Vernius se precipitó hacia los controles, pero el capitán de la guardia le detuvo con un gesto imperioso.

—¡Por todos los santos y pecadores, acordaos de los Danzarines Rostro, amo!

Leto recordó que los metamorfos Tleilaxu eran capaces de asumir guisas familiares y penetrar en la zona más segura. Leto cogió del brazo al príncipe ixiano, mientras Zhaz interrogaba y recibía una contraseña. Por fin, apareció un mensaje procedente del escáner de identidad biométrica. «Confirmado: el conde Dominic Vernius.»

—Permiso concedido —dijo Rhombur por el transmisor de voz—. Entrad. Madre, ¿qué ha sucedido?

Kailea parecía afligida, como si aún no diera crédito a la repentina destrucción de todos sus planes de futuro. Los recién llegados olían a sudor, humo y miedo.

—Tu hermana estaba reprendiendo a los suboides y diciéndoles que volvieran a trabajar —dijo Shando con una sombra de alegría a pesar del dolor—. Una estupidez.

—Y algunos de ellos estaban a punto de hacerlo... —dijo la joven, y sus mejillas se ruborizaron de ira.

—Hasta que uno sacó una pistola maula y abrió fuego. Menos mal que tenía mala puntería.

Shando se tocó el brazo y el costado, y se encogió de dolor.

Dominic apartó a los guardias y abrió un botiquín de primeros auxilios para curar las heridas de su mujer.

—No es grave, amor mío. Volveré a besarte las cicatrices más tarde. No tendrías que haberte expuesto tanto.

—¿Ni siquiera para salvar a Kailea? —Shando tosió, y brillaron lágrimas en sus ojos—. Tú habrías hecho lo mismo para protegerme a mí o a tus hijos, incluso a Leto Atreides. No intentes negarlo.

Dominic evitó su mirada y asintió de mala gana.

—Pero todavía me tiene trastornado... lo cerca que has estado de morir. No me habría quedado nada por que luchar.

—Te equivocas, Dominic. Aún te habría quedado mucho.

Leto intuyó lo que había impulsado a una joven y bella concubina a abandonar a su emperador, y por qué un héroe de guerra había incurrido en la ira de Elrood por casarse con ella.

En el pasillo oculto exterior, media docena de soldados armados tomaron posiciones ante la puerta cerrada. Por el monitor exterior, Leto vio que los restantes (tropas de choque por si se producía una incursión violenta rebelde) disponían cañones láser, sensores y equipo de defensa sónico en el túnel de acceso a la cámara.

Rhombur, aliviado por fin al ver que su familia estaba a salvo, abrazó a sus padres y a su hermana.

—Todo saldrá bien —dijo—. Ya lo veréis.

Pese a su herida, la dama Shando se mostraba orgullosa y valiente, aunque alrededor de sus ojos enrojecidos había trazos de lágrimas. Kailea miró con timidez a Leto. Parecía derrotada y frágil, sin su habitual comportamiento altivo. Leto tuvo ganas de consolarla, pero vaciló. Todo parecía demasiado inseguro, demasiado aterrador.

—No tenemos mucho tiempo, niños —dijo Dominic, secándose el sudor de la frente—, y esta vez serán necesarias medidas desesperadas. —Su cráneo rasurado estaba manchado de sangre. ¿Aliada o enemiga?, se preguntó Leto. El emblema desgarrado de la hélice colgaba de su solapa.

—En ese caso, no es momento para llamarnos «niños» —repuso Kailea para sorpresa de todos—. Nosotros también debemos luchar.

Rhombur se irguió en toda su estatura, majestuoso al lado de su corpulento padre, en lugar de malcriado y rechoncho.

—Y estamos dispuestos a ayudarte a reconquistar Ix. Vernii es nuestra ciudad y volverá a nuestras manos.

—No, vosotros tres os quedaréis aquí. —Dominic alzó una manaza callosa para acallar las protestas de Rhombur—. Lo primero es salvar a los herederos. No admito discusiones. Cada momento de discusión me aleja de mi pueblo, y en este momento necesitan mi liderazgo con desesperación.

—Sois demasiado jóvenes para combatir —dijo Shando, y una expresión dura e inflexible apareció en su delicado rostro—. Sois el futuro de vuestras respectivas Casas.

Dominic se plantó ante Leto y le miró a los ojos por primera vez, como si al fin lo considerara un hombre.

—Leto, tu padre nunca me perdonaría si algo le pasa a su hijo. Ya hemos enviado un mensaje al viejo duque y le hemos informado de la situación. En respuesta, tu padre ha prometido ayuda limitada y ha enviado una misión de rescate para llevaros a ti, Rhombur y Kailea sanos y salvos a Caladan. —Dominic apoyó sus manazas sobre los hombros de sus dos hijos—. El duque Atreides os protegerá, os concederá asilo. Es lo único que puede hacer de momento.

—Eso es ridículo —dijo Leto, y sus ojos grises destellaron—. Vos también deberíais refugiaros en la Casa Atreides, mi señor. Mi padre nunca os daría la espalda.

Dominic sonrió apenas.

—No me cabe duda de que Paulus haría lo que dices, pero no puedo, porque eso significaría condenar a mis hijos.

Rhombur miró a su hermana, alarmado. La dama Shando asintió y continuó. Su marido y ella ya habían discutido las diversas posibilidades.

—Rhombur, si Kailea y tú vivís exiliados en Caladan, estaréis a salvo. Nadie se preocupará por ello. Sospecho que esta sangrienta revuelta ha sido planificada con apoyo e influencia del Imperio, y todas las piezas han encajado en su sitio.

Rhombur y Kailea intercambiaron una mirada de incredulidad.

—¿Apoyo del Imperio?

—Ignoro qué desea el emperador de Ix —dijo Dominic—, pero la inquina de Elrood va dirigida contra mí y vuestra madre. Si os acompaño a la Casa Atreides, los cazadores nos perseguirán. Encontrarán alguna excusa para atacar Caladan. No, tu madre y yo hemos de encontrar una manera de desviar esta lucha de vosotros.

Rhombur estaba indignado. Su piel pálida enrojeció.

—Podemos resistir aquí una temporada, padre. No quiero abandonarte.

—Todo está hablado, hijo mío. Aparte de la operación de rescate de los Atreides, no recibiremos ninguna ayuda. Ni Sardaukar imperiales, ni ejércitos del Landsraad que rechacen a los Tleilaxu. Los suboides son simples peones. Hemos enviado peticiones a todas las Casas Mayores y al Landsraad, pero nadie reaccionará con la rapidez suficiente. Alguien ha sido más listo que nosotros...

La dama Shando mantenía la cabeza erguida, pese al dolor y a su apariencia desaliñada. Había sido la dama de una Gran Casa, y concubina imperial antes de eso, pero había nacido de clase humilde. Shando sería feliz incluso sin las riquezas de un gobierno ixiano.

—Pero ¿qué será de vosotros dos? —preguntó Leto, pues ni Rhombur ni Kailea tenían valor para preguntarlo.

—La Casa Vernius se declarará... renegada.

Shando dejó colgar la palabra un segundo en el estupefacto silencio.

—¡Infiernos carmesíes! —dijo por fin Rhombur, y su hermana lanzó una exclamación ahogada.

Shando besó a sus hijos.

—Nos llevaremos lo que podamos salvar, y después Dominic y yo nos separaremos y ocultaremos. Tal vez durante años. Algunos de los más leales nos acompañarán, otros huirán, y unos cuantos se quedarán aquí, para bien o para mal. Empezaremos una nueva vida, y a la larga la suerte nos sonreirá.

Dominic dio un torpe apretón de manos a Leto, no al estilo imperial sino como en la Vieja Tierra, puesto que el Imperio, desde el emperador a todas las Casas Mayores, había abandonado a la Casa Vernius. Una vez se declarara renegada, la familia Vernius ya no pertenecería al Imperio.

Shando y Kailea sollozaron quedamente y se abrazaron, mientras Dominic aferraba a su hijo por los hombros. Poco después, el conde Vernius y su esposa se internaron en el túnel de acceso a la cámara, acompañados por un contingente de guardias, mientras Rhombur y su hermana les observaban por el monitor del visicom.

A la mañana siguiente, los tres refugiados estaban sentados en incómodas pero eficientes sillas flotantes, comiendo barritas energéticas y bebiendo zumo de Ixap. Y esperando.

Kailea hablaba poco, como si hubiera perdido la energía necesaria para oponerse a las circunstancias. Su hermano mayor intentaba levantarle el ánimo, sin el menor éxito. Aislados, no sabían nada de lo que sucedía en el exterior, ignoraban si habían llegado refuerzos, si la ciudad continuaba ardiendo...

Kailea se había lavado, efectuado un valiente esfuerzo por reconstruir su vestido roto y el encaje desgarrado, y exhibía su apariencia alterada como un símbolo.

—Esta semana tenía que asistir a un baile —dijo con voz inexpresiva—. El solsticio de Dur, uno de los acontecimientos sociales más importantes de Kaitain. Mi madre dijo que podría ir cuando fuera mayor. —Miró a Leto y emitió una triste carcajada—. Como este año habrían podido prometerme a un marido apropiado, supongo que ya soy mayor para asistir a un baile. ¿No crees?

Pellizcó su manga de encaje rota. Leto no sabía qué decir. Intentó pensar en lo que habría contestado Helena a la hija de Vernius.

—Cuando lleguemos a Caladan, diré a mi madre que celebre un gran baile para daros la bienvenida. ¿Te gustaría, Kailea?

Sabía que lady Helena desconfiaba de los ixianos debido a sus creencias religiosas, pero estaba seguro de que su madre se ablandaría, teniendo en cuenta las circunstancias. Al menos, jamás cometería una torpeza social.

Los ojos de Kailea centellearon, y Leto se encogió.

—¿Con los pescadores bailando una giga obscena y los arroceros entregados a algún rito de fertilidad?

Sus palabras eran hirientes, y Leto pensó que su planeta y su herencia eran inadecuados para alguien como ella.

No obstante, Kailea se ablandó y tocó el brazo de Leto.

—Lo siento, Leto. Lo siento muchísimo. Es que tenía muchas ganas de ir a Kaitain, de ver el palacio imperial, las maravillas de la corte.

Rhombur habló con semblante hosco.

—Elrood nunca lo habría permitido, aunque sólo fuera porque aún está enfadado con nuestra madre.

Kailea se levantó y paseó de un lado a otro.

—¿Por qué tuvo que dejarle? Podría haberse quedado en palacio, rodeada de lujos… Y en cambio eligió esta… pocilga. Una pocilga invadida ahora por sabandijas. Si nuestro padre la hubiera amado de verdad, ¿le habría pedido que sacrificara tanto? Es absurdo.

Leto intentó consolarla.

—¿No crees en el amor, Kailea? He visto la forma en que tus padres se miraban.

—Pues claro que creo en el amor, Leto. Pero también creo en el sentido común, y hay que sopesar los pros y los contras.

Kailea buscó en los archivos de entretenimiento algo que la divirtiera. Leto decidió no insistir y se volvió hacia Rhombur.

—Tendríamos que aprender a conducir el ornitóptero. Por si acaso.

—No hace falta. Yo sé pilotarlo —dijo Rhombur.

Tras tomar un sorbo del zumo, Leto apretó los labios.

—Pero ¿y si te hieren, o algo peor? ¿Qué haremos entonces?

—Tiene razón —dijo Kailea, sin levantar sus ojos esmeralda de los archivos de entretenimiento. Su voz sonaba frágil y cansada—. Vamos a enseñarle, Rhombur.

El heredero de la Casa Vernius miró a Leto.

—Bien, ¿sabes cómo funciona un ornitóptero o una lanzadera?

—Aprendí a pilotar ornitópteros cuando tenía diez años, pero las únicas lanzaderas que he visto eran robocontroladas.

—Máquinas descerebradas que realizan funciones prefijadas. Odio esas cosas…, aunque nosotros las fabricamos. —Cogió un pedazo de barrita energética—. Bueno, las fabricábamos. Antes de que llegaran los Tleilaxu.

Levantó la mano derecha y frotó el anillo que le identificaba como heredero de la casa ixiana.

A su señal, un amplio cuadrado descendió del techo y se posó sobre el suelo. Leto miró por el hueco y vio una esbelta forma plateada almacenada.

—Acompañadme. —Rhombur subió sobre el panel y Kailea le imitó—. Comprobaremos los sistemas.

Cuando Leto subió, sintió un tirón hacia arriba. Los tres atravesaron el techo y ascendieron por el costado de una nave plateada, hasta una plataforma montada sobre el fuselaje.

El ornitóptero recordó a Leto una lancha espacial, un pequeño aparato de cuerpo estrecho y ventanales de plaz. La ornave, una combinación de ornitóptero y nave espacial, podía funcionar en el planeta o en órbita baja. Como violaban el monopolio de la Cofradía sobre los viajes espaciales, las ornaves se contaban entre los secretos más celosamente guardados de Ix, y sólo se empleaban como último recurso.

Se abrió una escotilla en el costado del aparato, y Letó oyó que los sistemas de la nave le rodeaban con un zumbido de maquinaria y aparatos eléctricos. Rhombur les precedió hasta un centro de mando provisto de dos asientos de respaldo alto y brillantes paneles táctiles situados ante cada uno de ellos. Se acomodó en un asiento, y Leto en el otro. El flexible material sensiforme se amoldó a sus cuerpos. Tenues luces verdes brillaron sobre los paneles táctiles. Kailea se situó detrás de su hermano, con las manos apoyadas sobre el respaldo de la butaca.

—Pondré el tuyo en modo tutelar. La propia nave te enseñará a pilotarla.

El panel de Leto adquirió un tono amarillo. Mientras se interrogaba acerca de los tabúes sobre las mentes mecánicas de la Jihad Butleriana, arrugó el rostro, confuso. ¿Hasta qué punto podía pensar aquella nave por sí misma? Su madre le había advertido que no diese por sentado demasiadas cosas, sobre todo cosas ixianas. A través del parabrisas de plaz, fuera sólo vio roca gris en la rugosa superficie interior de la cámara de algas.

—¿Piensa con autonomía, como esos meks de adiestramiento que me enseñaste?

Rhombur hizo una pausa.

—Sé lo que estás pensando, Leto, pero esta máquina no imita los procesos de pensamiento humanos. Los suboides no entienden nada. Al igual que nuestro mek de combate autodidacta, que analiza al adversario para tomar decisiones, no piensa, sólo reacciona a la velocidad de la luz. Lee tus movimientos, se anticipa y reacciona.

—A mí eso me parece igual que pensar.

En el panel que había ante Leto bailaban miríadas de luces.

Kailea suspiró, frustrada.

—Hace miles de años que finalizó la Jihad Butleriana, y la humanidad todavía se comporta como si fuéramos roedores aterrorizados que se esconden de las sombras. Existen prejuicios antiixianos en todo el Imperio porque construimos máquinas complejas. La gente no comprende lo que hacemos, y los malentendidos alimentan las sospechas.

Leto asintió.

—Pues entonces ayudadme a entender. Empecemos.

Miró el panel de control y procuró no impacientarse. Después de lo sucedido los últimos días, todos sufrían los efectos de la tensión acumulada.

—Coloca tus dedos sobre las placas de identificación —dijo Rhombur—. No toques el panel. Deja los dedos unos centímetros por encima.

Después de hacerlo, Leto quedó rodeado de un pálido resplandor amarillento que provocó un hormigueo en su piel.

—Está asimilando los componentes identificativos de tu cuerpo: la forma de tu cara, cicatrices diminutas, huellas dactilares, folículos del cabello, huellas retinianas. He ordenado a la máquina que acepte tus datos. —La luz se desvaneció—. Ya estás autorizado. Activa el tutelar pasando tu pulgar derecho sobre la segunda hilera de luces.

Leto obedeció, y una pantalla de realidad sintética apareció ante sus ojos, mostrando una vista aérea que pasaba sobre montañas escarpadas y gargantas rocosas, el mismo paisaje que había visto meses atrás, el día en que le habían desembarcado sin más de la lanzadera de la Cofradía.

De pronto vio chispas en la cámara oculta de abajo. Explosiones y estallidos de estática le ensordecieron. La imagen sintética del paisaje se hizo borrosa, volvió a enfocarse y desapareció. Los oídos le retumbaban.

—Siéntate —ladró Rhombur—. Esto ya no es una simulación.

—¡Nos han localizado!

Kailea se dejó caer en un asiento bajo, detrás de Leto, y un campo de seguridad personal la rodeó al instante. Leto sintió que el calor de otro CSP le envolvía, mientras Rhombur intentaba inmovilizarse en el asiento del piloto.

Rhombur vio en la pantalla de vigilancia de la ornave que soldados Tleilaxu y suboides armados invadían el túnel de acceso a la cámara oculta, al tiempo que disparaban sus fusiles láser para destruir las puertas escondidas. Los atacantes ya habían superado la segunda barrera. El capitán Zhaz y algunos de sus hombres yacían en el suelo, formando montículos humeantes.

—Tal vez tus padres habrán conseguido huir —dijo Leto—. Espero que estén a salvo.

Rhombur se preparó para el despegue. Leto se apretó contra el asiento, mientras intentaba conservar la calma. La simulación externa aún llenaba sus ojos, le distraía con visiones de los prístinos paisajes ixianos.

Una luz azul destelló en el exterior de la nave. Una explosión les sacudió. Rhombur lanzó un grito al tiempo que se derrumbaba en su asiento. Un reguero de sangre resbalaba por su cara.

—¿Qué demonios ocurre? —gritó Leto—. ¡Rhombur!

—¡Esto es real, Leto! —chilló Kailea—. Sácanos de aquí.

Leto manipuló el panel para pasar de modo tutelar a activo, pero Rhombur aún no había terminado de preparar la nave. Otra explosión voló la pared de la cámara, y fragmentos de roca cubiertos de algas salieron disparados por los aires. Ominosas figuras aparecieron en la sala principal.

Rhombur gimió. Abajo, los suboides gritaron y señalaron la nave de los tres fugitivos. Disparos de fusil láser dieron en las paredes de piedra y en el casco de la ornave. Leto activó la secuencia de autolanzamiento. Pese a sus anteriores preocupaciones, deseaba que la mente informática interactiva de la nave funcionara con absoluta eficacia.

La ornave ascendió por un canal, atravesó un pico rocoso, una capa de nieve y salió por fin a cielo abierto, sembrado de nubes cegadoras. Leto esquivó un haz de rayos láser, defensas automáticas en poder de los rebeldes. Entornó los ojos para protegerlos de la luz solar.

Leto divisó un Crucero en una órbita planetaria baja. Dos chorros de luz surgieron de la nave, como dos uves, una señal familiar para Leto: naves Atreides.

Leto envió una señal de identificación en el lenguaje de guerra especial que su padre y sus profesores le habían enseñado. Naves de rescate aparecieron a cada lado de la ornave, a modo de escoltas. Los pilotos hicieron señales de que le habían reconocido. Un chorro purpúreo disparado desde la nave de estribor pulverizó una nube bajo la que se ocultaban aparatos enemigos.

—¿Te encuentras bien, Rhombur?

Kailea examinó las heridas de su hermano.

El joven se removió, se llevó una mano a la cabeza y gruñó. Una caja de componentes electrónicos montada en el techo le había caído en la cabeza.

—¡Infiernos carmesíes! No activé a tiempo el maldito CSP.

Parpadeó y se enjugó la sangre de la cara.

Leto siguió a la escolta hasta la seguridad del Crucero, donde vio dos grandes fragatas de batalla Atreides. Mientras la ornave entraba en la bodega, llegó un mensaje en galach por el sistema de comunicaciones, pero reconoció el acento caladano.

—Menos mal que hemos esperado una hora más de lo convenido. Bienvenido a bordo, príncipe Leto. ¿Se encuentran bien vuestros acompañantes? ¿Cuántos supervivientes hay?

Miró a Rhombur, que se acariciaba el cráneo dolorido.

—Tres, más o menos ilesos. Sacadnos de Ix.

Una vez la ornave quedó aparcada entre los escoltas Atreides, dentro de la inmensa bodega del Crucero, Leto miró a cada lado. Por las portillas de las naves más grandes vio soldados Atreides uniformados de verde y negro, con el emblema del halcón. Exhaló un profundo suspiro de alivio y miró a Rhombur, cuya hermana estaba ayudándole a recuperarse.

—Bien —dijo el príncipe ixiano—, olvida las simulaciones, amigo. Siempre es mejor aprender con la práctica.

Entonces perdió el conocimiento y se derrumbó a un lado.

Hasta la Casa más pobre puede ser rica en lealtad. La lealtad que ha de comprarse mediante sobornos o salarios es hueca y débil, y puede romperse en el peor de los momentos. Sin embargo, la lealtad que surge del corazón es más fuerte que el diamantino y más valiosa que la melange más pura.

Duque PAULUS ATREIDES

En los confines de la galaxia, en el interior de la bodega de carga de otro Crucero, un anónimo transporte espacial ixiano descansaba entre las naves abarrotadas. El transporte fugitivo había saltado de una ruta de carga a otra, y en cada ocasión había cambiado de nombre.

Dentro de la nave, Dominic y Shando iban sentados como pasajeros entre los restos de sus fuerzas armadas. Muchos guardias de la familia habían muerto, y muchos no habían llegado a tiempo a la nave. Otros habían decidido quedarse y padecer las consecuencias de la revolución.

El criado personal de la dama Shando, Omer, se removió y encogió sus hombros estrechos. Llevaba el tieso cabello negro cortado por la línea del cuello, pero ahora, tanto el pelo como el cuello parecían algo desaliñados. Omer era el único criado de la dama que había elegido acompañar a la familia al exilio. Hombre tímido, aborrecía la perspectiva de empezar una nueva vida entre los Tleilaxu.

Los sucintos informes del embajador Pilru habían dejado claro que no podían esperar ayuda de las fuerzas militares del Landsraad o del emperador. Al declararse renegados, habían cortado todos los lazos y obligaciones con la ley imperial.

Los asientos, contenedores y armarios de la nave renegada estaban llenos de joyas y objetos de valor, cosas que podían ser vendidas por dinero en metálico. Su exilio tal vez durara mucho tiempo.

Dominic, sentado al lado de su esposa, enlazaba su mano pequeña y delicada. Arrugas de preocupación se dibujaban en su frente.

—Elrood enviará comandos en nuestra persecución —dijo—. Nos cazarán como animales.

—¿Por qué no nos deja en paz de una vez? —murmuró Omer—. Ya lo hemos perdido todo.

—No es suficiente para Roody —dijo Shando, y se volvió hacia su criado. Estaba sentada con la espalda recta, majestuosa—. Nunca me ha perdonado por convencerle de que me dejara marchar. Nunca le mentí, pero piensa que le engañé.

Miró por la estrecha portilla, bordeada de sercromo centelleante. La nave ixiana era pequeña, sin distintivos de la Casa Vernius. Un vehículo sencillo utilizado para subir carga o aceptar pasajeros de tercera clase. Shando apretó la mano de su marido y trató de no pensar en lo bajo que habían caído.

Recordó el día de su partida de la corte imperial, bañada, perfumada y engalanada con flores recién cortadas de los invernaderos de Elrood. Las demás concubinas le habían regalado broches, joyas, pañuelos multicolores que brillaban por obra del calor corporal. Por entonces era joven y entusiasta, y su corazón estaba henchido de gratitud por los recuerdos y experiencias, y también ansioso por iniciar una nueva vida junto al hombre al que amaba.

Shando había guardado en secreto su romance con Dominic, y se había separado de Elrood de una forma que ella consideraba amistosa. El emperador le había dado su bendición. Elrood y ella habían hecho el amor por última vez, hablado con afecto de los recuerdos que compartían. Elrood no había comprendido su deseo de abandonar Kaitain, pero tenía muchas más concubinas, al fin y al cabo. La pérdida de Shando había significado poco para él... hasta que averiguó que le había dejado por el amor de otro hombre.

Ahora, el vuelo errante de Shando desde Ix era muy diferente de aquel que la había alejado de Kaitain. Suspiró con amargura.

—Después de un reinado de siglo y medio, Roody ha aprendido a esperar el momento de su venganza.

Dominic, sin el menor asomo de celos, rió al oír el mote.

—Bien, ahora ha saldado cuentas con nosotros. Tendremos que ser pacientes y encontrar alguna forma de recuperar la fortuna de nuestra Casa. Si no por nosotros, por nuestros hijos.

—Confío en que Paulus Atreides los cuide bien —dijo Shando—. Es un buen hombre.

—Sin embargo, no podemos confiar en que nadie se ocupe de nosotros —le recordó Dominic—. Va a ser una prueba muy dura para los dos.

Dominic y Shando no tardarían en separarse, adoptar nuevas identidades y ocultarse en planetas aislados, sin dejar de confiar en reunirse algún día. Habían pagado un enorme soborno a la Cofradía, de modo que no existían registros de sus respectivos destinos. Marido y mujer se abrazaron, conscientes de que a partir de ese momento no habría nada seguro en sus vidas.

Ante ellos se extendía un espacio inexplorado.

Solo entre los restos de la martirizada Ix, C'tair Pilru se había ocultado en una diminuta habitación a prueba de transmisiones. Confiaba en que los suboides no le encontrarían. Creía que era su única posibilidad de sobrevivir a la carnicería.

Su madre le había enseñado este lugar escondido tras la pared de una mazmorra del Grand Palais, encerrado en la gruesa corteza. Como miembros de la corte de Vernius, e hijos del embajador en Kaitain, se había asignado a C'tair y D'murr un lugar para su seguridad personal en caso de emergencia. Con la misma metódica eficacia que mostraba a diario como banquera de la Cofradía, S'tina lo había preparado para cualquier eventualidad y procurado que sus hijos lo recordaran. Sudoroso, hambriento y aterrorizado, C'tair había experimentado un inmenso alivio al descubrir el escondite secreto intacto entre el caos, los disparos y las explosiones.

Después, a salvo y aturdido, la conmoción de lo que estaba padeciendo su ciudad, su planeta, le había golpeado con toda su rudeza. No podía creer todo lo que ya se había perdido, cuánta grandeza transformada en polvo, sangre y humo.

Su hermano gemelo había desaparecido, arrebatado por la Cofradía para ser adiestrado como Navegante. En su momento había lamentado la pérdida, pero al menos eso significaba que D'murr estaba a salvo de la revolución. C'tair no deseaba aquel mal trago a nadie... pero confiaba en que su hermano se hubiera enterado de la noticia. ¿La habrían ocultado los Tleilaxu?

C'tair había intentado ponerse en contacto con su padre, pero el embajador había quedado atrapado en Kaitain en plena crisis. Entre incendios, explosiones y bandas de suboides asesinos, C'tair se había encontrado con pocas opciones, salvo esconderse y sobrevivir. El joven de cabello oscuro moriría si intentaba llegar a los centros administrativos de la Casa Vernius.

Su madre ya había muerto.

C'tair se escondía en su estrecha habitación con los globos luminosos apagados, y oía el tenue estruendo de los combates lejanos y los sonidos, mucho más estentóreos, de su propia respiración, de los latidos de su corazón. Estaba vivo.

Tres días antes, había visto a los revolucionarios destruir un ala del edificio de la Cofradía, la sección del bloque grisáceo que albergaba todas las instalaciones bancarias ixianas. Su madre estaba allí. D'murr y él habían visitado sus oficinas muchas veces durante su infancia.

Sabía que S'tina se había parapetado en las bóvedas de los registros, incapaz de escapar y reticente a creer que los suboides rebeldes osarían atacar una sede neutral de la Cofradía. Pero los suboides no entendían de política ni de las sutiles ramificaciones del poder. S'tina había enviado a C'tair una transmisión final, aconsejándole que se escondiera, que no se arriesgara, y concertado una cita para cuando la violencia remitiera. Ninguno de los dos había creído que la situación pudiera empeorar.

Pero mientras C'tair miraba, explosivos colocados por los suboides rebeldes habían destruido parte del edificio, que se desprendió de sus cimientos en el techo de la caverna y cayó al suelo de la gruta, matando a cientos de rebeldes, así como a los banqueros y funcionarios de la Cofradía. A todos los que estaban dentro.

El aire se llenó de humo y chillidos, y las escaramuzas continuaron. Comprendió que sería inútil bajar en busca de su madre, y al darse cuenta de que todo su mundo se estaba viniendo abajo, corrió al único refugio que conocía.

Escondido en su guarida, durmió en posición fetal y despertó con una vaga sensación de determinación, embotada en parte por la rabia y el dolor. C'tair encontró las provisiones guardadas en las cámaras de almacenamiento de entropía nula y llevó a cabo un inventario. Comprobó el estado de las anticuadas armas que contenía un pequeño armario. Al contrario que las cámaras de algas, más grandes, este lugar secreto carecía de ornave. Confiaba en que el cubículo no estuviera incluido en ningún plano, secreto o no. De lo contrario, los Tleilaxu y sus seguidores suboides le localizarían.

C'tair, atontado y apático, se escondía y dejaba transcurrir el tiempo, inseguro de cuándo podría escapar, o al menos enviar un mensaje. No creía que ninguna acción militar externa llegara a tiempo de salvar Ix. Ya tendría que haber sucedido. Su padre había marchado a tiempo. Algunos rumores amedrentados afirmaban que la Casa Vernius había huido, y se había declarado renegada. El Grand Palais ya estaba abandonado y saqueado, y pronto se convertiría en el cuartel general de los nuevos amos de Ix.

¿Habría partido Kailea con su familia, huyendo de la destrucción? C'tair así lo esperaba, por su bien. En caso contrario, habría sido uno de los blancos predilectos de los enfurecidos revolucionarios. Era una joven muy hermosa, educada para festejos cortesanos, lujos e intrigas palaciegas, no para luchar por la supervivencia con uñas y dientes.

Le ponía enfermo pensar en su amada ciudad, saqueada y arrasada. Recordó los pasadizos elevados de cristal, los edificios en forma de estalactita, los magníficos logros conseguidos en la construcción de Cruceros, naves que podían desaparecer como por arte de magia gracias a los poderes de los Navegantes de la Cofradía. Cuán a menudo D'murr y él habían explorado los largos túneles, explorado las enormes grutas, observado la prosperidad de la que disfrutaban todos los habitantes de Ix. Ahora, los suboides habían destruido todo. ¿Y por qué? Dudaba incluso que ellos lo comprendieran.

Tal vez C'tair descubriría un pasaje que condujera a la superficie, se pondría en contacto con una nave de transporte, utilizaría créditos robados para comprar un pasaje a Ix y partiría hacia Kaitain, donde localizaría a su padre. ¿Era todavía embajador Cammar Pilru, de un gobierno en el exilio? Probablemente no.

No, C'tair no podía marcharse y abandonar el planeta a su suerte. Ix era su hogar, y se negó a huir. Juró que sobreviviría de alguna manera. Haría lo que fuera menester. En cuanto el polvo se asentara, se pondría ropas viejas y fingiría ser uno más de los ixianos derrotados, sojuzgado por los nuevos amos del planeta. Sin embargo, dudaba de estar a salvo.

No, si intentaba proseguir la lucha...

Durante las semanas siguientes, C'tair consiguió salir de su escondite durante las noches subterráneas programadas, gracias a un rastreador de vida ixiano que le permitía esquivar a los guardias Tleilaxu y demás enemigos. Desolado, vio a la magnífica Vernii derrumbarse ante sus ojos.

El Grand Palais estaba ocupado ahora por repugnantes enanos, traicioneros usurpadores de piel gris que se habían apoderado de todo un planeta ante los ojos indiferentes del Imperio. Sus furtivos representantes habían invadido la ciudad subterránea. Patrullas de invasores semejantes a hurones registraban los edificios en forma de estalactitas en busca de nobles ocultos. Los pelotones de Danzarines Rostro demostraban una eficacia muy superior a la de las clases inferiores.

Abajo, los suboides haraganeaban por las calles, sin saber qué hacer. Pronto se aburrieron y volvieron con semblante hosco a sus antiguos trabajos. Como los Danzarines Rostro ya no les decían lo que debían desear o exigir, los suboides no organizaban asambleas y no tomaban decisiones. Sus vidas retornaron a la antigua rutina, bajo la dirección de amos diferentes, con cuotas de producción más rígidas. C'tair observó que los nuevos capataces Tleilaxu tenían que obtener enormes beneficios con el fin de compensar los costes materiales de su conquista.

C'tair vagaba por las calles de la ciudad subterránea sin que nadie se fijara en él, entre el populacho derrotado, supervisores de turnos y familias de trabajadores de rango medio que habían sobrevivido a las purgas y no tenían adónde ir. Vestido con andrajos, recorría pasarelas deterioradas, se adentraba en los niveles superiores de la ciudad y tomaba ascensores que bajaban hasta los escombros de los centros de fabricación. No podía ocultarse eternamente, pero tampoco podía permitir que le vieran.

C'tair se negaba a aceptar que la batalla estuviera perdida. Los Bene Tleilax tenían pocos amigos en el Landsraad, y no podrían resistir el embate de una resistencia coordinada. No obstante, daba la impresión de que no existía algo semejante en Ix.

Un día, camuflado entre un pequeño grupo de transeúntes acobardados en una pasarela lateral, vio desfilar a una columna de soldados rubios, de facciones como cinceladas. Vestían uniformes grises con adornos plateados y dorados. No eran ixianos o suboides, ni tampoco Tleilaxu. Altos y estirados, los altivos soldados portaban aturdidores, cascos antidisturbios negros, y mantenían el orden. Un nuevo orden. Los reconoció, horrorizado.

¡Los Sardaukar del emperador!

C'tair se enfureció al ver que tropas imperiales colaboraban con los usurpadores, y comprendió más detalles de la conspiración, pero disimuló sus sentimientos. No podía permitir que nadie se fijara en él. Oyó los gruñidos de los ixianos nativos. Pese a la presencia de los Sardaukar, ni siquiera las clases medias estaban contentas con la nueva situación. El conde Vernius había sido un gobernante bondadoso, aunque algo despreocupado. Los Bene Tleilax, por su parte, eran fanáticos religiosos con normas brutales. Muchas de las libertades que los ixianos daban por garantizadas desaparecerían pronto bajo el gobierno Tleilaxu.

C'tair deseaba vengarse de aquellos traicioneros invasores. Juró que se dedicaría a aquella tarea todo el tiempo que fuera preciso.

Mientras caminaba por las calles tristes y deterioradas del suelo de la gruta, se entristeció al ver edificios ennegrecidos y caídos del techo. La ciudad superior había sido destruida. Dos de las columnas de diamante que sostenían el inmenso techo de roca habían volado en pedazos, y las avalanchas habían sepultado bloques enteros de viviendas suboides.

C'tair reprimió un gemido, consciente de que casi todas las obras de arte públicas ixianas habían sido destruidas, incluyendo el estilizado modelo del Crucero de la Cofradía que embellecía la Plaza de la Cúpula. Incluso el hermoso cielo de fibra óptica que recubría el techo de roca había resultado dañado, y las proyecciones eran borrosas ahora. Era cosa sabida que los austeros y fanáticos Tleilaxu nunca habían apreciado el arte. Para ellos era un simple estorbo.

Recordó que Kailea Vernius era aficionada a la pintura y las esculturas móviles. Había hablado con C'tair acerca de determinados estilos que hacían furor en Kaitain, y había asimilado con ansia todas las imágenes turísticas que su padre traía de los lugares adonde le llevaban sus deberes de embajador. Pero ahora el arte había desaparecido, y también Kailea.

Una vez más, C'tair se sintió paralizado por su soledad.

Mientras se deslizaba entre las ruinas de una dependencia de lo que había sido un jardín botánico, C'tair se detuvo de repente, estupefacto. Vislumbró algo y forzó la vista.

De los escombros humeantes emergió la imagen borrosa de un anciano conocido, apenas visible. C'tair parpadeó. ¿Eran imaginaciones suyas, un holograma tembloroso de un disco-diario... u otra cosa? No había comido en todo el día, y estaba tenso, indeciblemente cansado. Pero la imagen seguía allí.

Entre el humo y los vapores acres reconoció la forma frágil del viejo inventor Davee Rogo, el genio tullido amigo de los gemelos, a los cuales había enseñado sus innovaciones. Cuando C'tair lanzó una exclamación ahogada, la aparición empezó a susurrar con voz débil y entrecortada. ¿Era un fantasma, una visión, una loca alucinación? Daba la impresión de que el excéntrico Rogo decía a C'tair lo que debía hacer, los componentes tecnológicos que necesitaba y cómo ensamblarlos.

—¿Eres real? —susurró C'tair, al tiempo que se acercaba—. ¿Qué me estás diciendo?

Por algún motivo, la borrosa imagen del viejo Rogo no contestó a sus preguntas. C'tair no le entendió, pero escuchó. A sus pies había cables y piezas metálicas, pertenecientes a una máquina destruida por explosivos indiscriminados. *Éstos son los componentes que necesito.*

Se agachó, buscó con la vista observadores indeseables y recogió las piezas que perduraban en su mente, junto con otros restos tecnológicos: fragmentos de metal, cristales de plaz y células electrónicas. El viejo le había proporcionado una especie de inspiración.

C'tair guardó el material en sus bolsillos y debajo de la ropa. Ix cambiaría mucho bajo la nueva dictadura Tleilaxu, y cualquier resto del precioso pasado de su civilización podría ser valioso. Si los Tleilaxu le detenían, se lo confiscarían todo...

Durante los siguientes días de obsesivas exploraciones, C'tair no volvió a ver la imagen del anciano, nunca llegó a comprender muy bien qué había pasado, pero se esforzó en engrosar su colección tecnológica, sus recursos. Continuaría la batalla... solo, si fuera necesario.

Cada noche pasaba ante las narices del enemigo. Saqueaba secciones vacías, tanto de la ciudad superior como de la inferior, antes de que equipos de reconstrucción se deshicieran de reliquias molestas.

Con el recuerdo de lo que la visión de Rogo había susurrado en su imaginación, empezó a construir... algo.

Cuando las naves de rescate Atreides regresaron a Caladan y se acercaron al espaciopuerto de Cala City, el viejo duque preparó una bienvenida poco espectacular. Los tiempos y las circunstancias eran demasiado tristes para que los ministros de protocolo, la orquesta y los portaestandartes ofrecieran un gran espectáculo.

El duque Atreides se erguía al aire libre, y forzó la vista cuando las naves aterrizaron. Llevaba su capa favorita de piel moteada para protegerse del fuerte viento, aunque no hacía juego con su manto. Todos los criados y soldados convocados aguardaban en posición de firmes junto a la plataforma de recibimiento, pero le daba igual su atuendo o la impresión que causara. Paulus se alegraba de que su hijo volviera a casa sano y salvo.

Lady Helena estaba a su lado, con la espalda bien rígida, ataviada con atuendo y capa oficiales, impecable. Cuando la fragata se inmovilizó en la zona de aterrizaje del espaciopuerto, Helena miró a su marido con una expresión de superioridad, como diciéndole «ya te lo había dicho yo», y después exhibió una sonrisa de bienvenida. Ningún observador sospecharía que se habían enzarzado en varias discusiones a gritos mientras el Crucero estaba en ruta, con su hijo a bordo.

—No entiendo cómo puedes ofrecer asilo a ese par —dijo la mujer, en voz baja pero fría. Sus labios seguían sonriendo—. Los ixianos han violado las prohibiciones de la Jihad, y ahora están pagando el precio. Es peligroso interferir en los castigos de Dios.

—Los hijos de Vernius son inocentes, y serán huéspedes de la Casa Atreides todo el tiempo necesario. ¿Por qué me sigues llevando la contraria? Ya he tomado la decisión.

—No hace falta que grabes en piedra tus decisiones. Si me escuchas, tal vez te quitarás el velo de los ojos y verás el peligro que afrontamos por culpa de su presencia. —Helena estaba tan cerca de su marido como cabía esperar—. Estoy preocupada por nosotros y por nuestro hijo.

La nave extendió sus puntales y se inmovilizó. Paulus, exasperado, se volvió hacia su mujer.

—Helena, estoy en deuda con Dominic Vernius más de lo que imaginas, y yo no rehúyo mis obligaciones. Aun sin la deuda de sangre que nos unió para siempre después de Ecaz, ofrecería asilo a sus hijos. Lo hago tanto por amor como por sentido del deber. Ablanda tu corazón, mujer. Piensa en lo que habrán sufrido esos niños.

Una ráfaga de viento alborotó su cabello castaño rojizo, pero Helena ni siquiera se inmutó. Irónicamente, fue la primera en levantar la mano para saludar cuando la puerta de la nave se abrió. Habló por una comisura de la boca.

—Paulus, estás desnudando tu cuello al verdugo imperial, y sonríes al mismo tiempo. Pagaremos por esta locura de formas inimaginables. Sólo quiero lo mejor para todo el mundo.

Los guardias que les rodeaban fingían no oír la discusión. Una bandera verde y negra ondeó en la brisa. La rampa de la nave se extendió.

—¿Acaso soy el único que piensa en el honor de nuestra familia, en lugar de en política? —gruñó Paulus.

—¡Shhh! No alces la voz.

—Si basara mi vida sólo en decisiones prudentes y alianzas ventajosas, no sería un hombre, y mucho menos un hombre merecedor de ser duque.

Los soldados formaron un pasillo para dejar pasar a los desterrados de Ix. Leto fue el primero en salir. Respiró hondo, para absorber el aire fresco procedente del mar, y parpadeó bajo el sol neblinoso de Caladan. Se había lavado y puesto ropas limpias, pero sus movimientos aún denotaban cansancio. Su piel parecía grisácea, tenía el pelo revuelto, y los recuerdos habían dibujado arrugas en la frente que se alzaba sobre sus ojos perspicaces.

Leto aspiró otra profunda bocanada de aire, como si no hubiera absorbido bastante el olor salobre del mar cercano, el aroma a pescado y humo de leña. Miró a su padre, alegre por ver a su hijo de nuevo, pero lleno de rabia e indignación por la suerte de la Casa Vernius.

Rhombur y Kailea se situaron junto a Leto, vacilantes, en lo alto de la rampa. Los ojos esmeralda de Kailea estaban inquietos, y paseó la mirada por el nuevo mundo, como si el cielo fuera demasiado inmenso. Leto quiso consolarla. Una vez más, se reprimió, esta vez debido a la presencia de su madre.

Rhombur se irguió en toda su estatura y llevó a cabo un visible esfuerzo por cuadrar los hombros y atusar su rebelde cabello rubio. Sabía que ahora era lo que quedaba de la Casa Vernius, el rostro que todos los miembros del Landsraad verían, mientras su padre, el conde renegado, se ocultaba en algún lugar ignoto. Sabía que la lucha acababa de empezar. Leto apoyó una fuerte mano en el hombro de su amigo y le animó a caminar hacia la plataforma de recepción.

Al cabo de un momento de inmovilidad, Leto y Paulus avanzaron el uno hacia el otro al mismo tiempo. El duque apretó su barba veteada de gris contra la cabeza de su hijo. Se palmearon la espalda una vez, sin decir palabra. Se separaron, y Paulus posó sus anchas y callosas manos sobre los bíceps de su hijo, sin dejar de mirarle.

Leto vio a su madre detrás de ellos, con una cálida, aunque forzada, sonrisa de bienvenida. La mirada de la mujer se desvió un instante hacia Rhombur y Kailea, y luego volvió hacia él. Leto sabía que lady Helena Atreides recibiría a los dos exiliados con todo el ceremonial reservado para las visitas de dignatarios importantes. No obstante, reparó en que había elegido joyas y colores resplandecientes con las insignias de la Casa Richese, rival de Ix, como para asestar una puñalada a los exiliados. El duque Paulus parecía no darse cuenta.

El viejo duque dedicó un vigoroso saludo a Rhombur, quien aún llevaba vendada la herida de la cabeza.

—Bienvenido, muchacho, bienvenido —dijo—. Tal como prometí a tu padre, tú y tu hermana os quedaréis con nosotros, protegidos por el poder de la Casa Atreides, hasta que todo se solucione.

Kailea miraba las nubes apelotonadas como si nunca hubiera visto el cielo. Se estremeció, como extraviada.

—¿Y si nunca se soluciona?

Lady Helena, conforme a sus obligaciones, avanzó para coger a la hija de Vernius por el brazo.

—Ven, hija. Os ayudaremos a instalaros.

Rhombur estrechó la mano del viejo duque a la usanza imperial.

—No sé cómo expresaros mi agradecimiento, señor. Kailea y yo somos conscientes del peligro que corréis al concedernos asilo.

Helena miró a su marido, que no le hizo caso.

Paulus señaló el castillo posado sobre los riscos.

—La Casa Atreides valora la lealtad y el honor muy por encima de la política. —Miró con preocupación a su agotado hijo. Leto exhaló un profundo suspiro, mientras recibía la lección como una estocada—. Lealtad y honor —repitió Paulus—. Así ha de ser siempre.

Sólo Dios puede crear seres vivos y conscientes.

Biblia Católica Naranja

En la Sala de Partos número uno del complejo de Wallach IX, una niña recién nacida berreaba sobre una mesa. Una hija con la estirpe genética del barón Vladimir Harkonnen. El olor a sangre y desinfectante impregnaba el aire, envuelto en el crujido de ropas limpias y esterilizadas. Globos luminosos proyectaban su fuerte luz, que se reflejaba en las toscas paredes de piedra y las superficies metálicas bruñidas. Muchas hijas habían nacido aquí, muchas hermanas nuevas.

Con más emoción de las que solían exhibir las Bene Gesserit, las reverendas madres de hábito oscuro pincharon con sus instrumentos a la niña, y hablaron de ella con preocupación. Una hermana extrajo una muestra de sangre con una hipoaguja, mientras otra raspaba una zona de piel con una cureta. Nadie alzaba la voz. *Tono de piel extraño, bioquímica pobre, bajo peso...*

Gaius Helen Mohiam, empapada en sudor, intentaba recuperar el control sobre los maltratados tejidos de su cuerpo. Si bien su conservación disimulaba su edad real, parecía demasiado mayor para tener hijos. El parto le había costado mucho, más que los ocho anteriores. Ahora se sentía anciana y acabada.

Dos acólitas corrieron a su cama y la empujaron hasta un lado del portal arqueado. Una de ellas apoyó un trapo húmedo sobre su frente, y la otra acercó una esponja mojada a sus labios, para exprimir unas gotas de líquido en su boca seca. Mohiam ya había cumplido su parte; la Hermandad se encargaría del resto. Si bien desconocía los planes trazados para la niña, sabía que su hija debía sobrevivir.

En la mesa de inspección, incluso antes de secar la sangre y los mocos de su piel, dieron vuelta al bebé y lo apoyaron contra la superficie del escáner empotrado en la pared. La niña, aterrorizada, chilló, y su voz sonaba más débil a cada momento.

Señales electrónicas enviaron los biorresultados a una unidad central, que mostró una columna de datos en el monitor, datos que fueron analizados por las expertas Bene Gesserit. Las reverendas madres estudiaron los resultados, y los compararon con una segunda columna que mostraba las cifras óptimas.

—Esta disparidad es muy sorprendente —dijo Anirul en voz baja, con los ojos abiertos de par en par en su rostro de cierva. La decepción de la joven madre Kwisatz pendía sobre sus hombros como un peso sólido.

—Y muy inesperada —dijo la madre superiora Harishka.

Sus ojos de pájaro brillaban entre las arrugas de su cara. Junto con los tabúes que impedían a las Bene Gesserit utilizar medios artificiales de fertilización en sus programas de reproducción, otros tabúes les prohibían inspeccionar o manipular fetos *in utero*. La anciana meneó la cabeza con amargura y miró de reojo a Mohiam, que aún continuaba su recuperación sobre la mesa cercana a la puerta.

—Los datos genéticos son correctos, pero esta... niña no. Hemos cometido un error.

Anirul se inclinó sobre la niña para examinarla con

detenimiento. El bebé tenía una palidez enfermiza y huesos faciales deformes, así como un hombro dislocado o malformado. Tardarían más en localizar otras deficiencias, tal vez crónicas.

¿Y se supone que ha de ser la abuela del Kwisatz Haderach? La debilidad no engendra fuerza.

Anirul se devanaba los sesos intentando decidir qué había salido mal. Las proyecciones de los registros de reproducción habían sido precisas, y tajante la información de la Otra Memoria. Aunque engendrada por Vladimir Harkonnen, la niña no era lo que se esperaba. El raquítico bebé no podía ser el siguiente paso en el sendero genético que debía culminar, tan sólo dos generaciones más tarde, en el Santo Grial del programa de reproducción de las Bene Gesserit, su superser.

—¿Podía existir algún error en el índice de apareamiento? —preguntó la madre superiora, al tiempo que desviaba los ojos del bebé—. ¿O se trata de una aberración?

—La genética nunca es segura, madre superiora —dijo Anirul, mientras se alejaba unos pasos del bebé. Su confianza se había esfumado, pero procuró no dar excusas. Pasó una mano nerviosa sobre su corto cabello de color bronce—. Las proyecciones son correctas. Temo que, esta vez, el linaje no ha colaborado.

La madre superiora miró a las doctoras, a las demás hermanas. Todo comentario y todo movimiento sería registrado y almacenado en los archivos de Wallach IX, así como en la Otra Memoria, para que las generaciones posteriores los examinaran.

—¿Estás sugiriendo que volvamos a probarlo con el barón? No fue un sujeto muy colaborador.

Anirul sonrió apenas. *Qué forma más suave de decirlo.*

—Nuestras proyecciones nos proporcionan la probabilidad más alta. Ha de ser el barón Harkonnen, y ha de ser Mohiam. Miles de años de cuidadosa selección nos han conducido a este punto. Tenemos otras opciones, pero ninguna tan buena como ésta... así que debemos probar de nuevo. —Intentó hablar con aire filosófico—. Ya han ocurrido otras equivocaciones antes, madre superiora. No podemos permitir que un fallo signifique el final de todo el programa.

—Por supuesto que no —replicó Harishka—. Hemos de ponernos en contacto otra vez con el barón. Envía a nuestra mejor y más persuasiva representante mientras Mohiam se recupera.

Anirul miró a la niña tendida en la mesa. Agotada, guardaba silencio, flexionando las diminutas manos y pataleando. Ni siquiera podía llorar durante mucho rato. *Material de reproducción deficiente.*

Mohiam hizo un esfuerzo por incorporarse y miró con ojos brillantes a la recién nacida. Reparó al instante en la deformidad, en la debilidad. Gimió y se derrumbó sobre las sábanas.

La madre superiora Harishka acudió a consolarla.

—Necesitamos tu fuerza ahora, hermana, no tu desesperación. Tendrás otra oportunidad con el barón.

Cruzó los brazos sobre el pecho, y salió con un revoloteo del hábito de la sala de partos, seguida por sus ayudantes.

En sus aposentos de la fortaleza Harkonnen, el barón se admiraba desnudo ante el espejo, algo que hacía con frecuencia. Había muchos espejos en su extensa ala de apartamentos, y mucha luz, de modo que disfrutaba constantemente de la perfección de formas que la Naturaleza le había concedido. Era delgado y musculoso, con un buen tono de piel, sobre todo cuando sus amantes la frotaban con ungüentos perfumados. Pasó los dedos sobre su liso abdomen. *Magnífico.*

No era de extrañar que las brujas le hubieran pedido que se apareara con ellas por segunda vez. Al fin y al cabo, su belleza era extraordinaria. Con sus programas de reproducción, era natural que desearan los mejores genes. El primer hijo que había engendrado con aquella cerda de Mohiam debía de ser tan perfecto que deseaban otro. Si bien la perspectiva no le agradaba, se preguntó si en verdad era tan horrible.

Deseaba saber si su progenie encajaba en los proyectos a largo plazo de aquellas mujeres tortuosas y reservadas. Tenían múltiples programas de reproducción, y al parecer sólo una Bene Gesserit era capaz de entenderlos. ¿Podía utilizarlo para su provecho… o albergaban la secreta intención de volver a su hija contra él más adelante? Habían tenido la cautela de no engendrar ningún heredero bastardo, con el fin de evitar disputas dinásticas, aunque de todos modos le daba igual. Pero ¿qué ganaba él con todo esto? Ni siquiera Peter de Vries le había podido ofrecer alguna explicación.

—No nos habéis dado vuestra respuesta, barón —dijo desde atrás la hermana Margot Rashino-Zea. Su desnudez no parecía incomodarla.

Miró por el espejo a la hermosa hermana de cabello rubio. ¿Creían que su belleza, su cuerpo bien formado, sus espléndidas facciones, podrían tentarle? ¿Preferiría copular con ella antes que con la otra? Ninguna de ambas perspectivas le atraía.

Margot, como representante de la Hermandad, acababa de hablar de la «necesidad» de copular por segunda vez con la bruja Mohiam. Ni siquiera había pasado un año. ¡Qué desfachatez la de aquellas criaturas! Al menos, Margot ofrecía palabras elegantes y cierta distinción, en lugar de las brutales exigencias que Mohiam le había espetado aquella lejana noche. Al menos, esta vez las brujas habían enviado una mejor portavoz.

Rehusó cubrir su desnudez ante la hermosa mujer,

sobre todo después de escuchar la petición. Desnudo, se exhibió delante de ella, pero fingió no darse cuenta. *Seguro que a esta belleza le encantaría revolcarse con alguien como yo.*

—Mohiam era demasiado vulgar para mis gustos —dijo cuando se volvió hacia la emisaria de la Hermandad—. Dime, bruja, ¿mi primogénito fue una hija, tal como se me prometió?

—¿Significaría alguna diferencia para vos?

Los ojos verdegrises de Margot seguían clavados en los suyos, pero adivinó que deseaba contemplar su cuerpo, sus músculos y su piel dorada.

—Yo no he dicho eso, estúpida, pero soy de linaje noble y te he hecho una pregunta. Contéstame o muere.

—Las Bene Gesserit no temen a la muerte, barón —dijo Margot con tono sereno. Su calma le irritaba e intrigaba al mismo tiempo—. Sí, vuestro primogénito fue una niña, barón —continuó—. Las Bene Gesserit podemos influir en estas cosas. Un hijo varón no nos habría servido de nada.

—Entiendo. ¿Por qué habéis vuelto?

—No estoy autorizada a revelar nada más.

—Considero la segunda petición de las Bene Gesserit profundamente ofensiva. Dije a la Hermandad que no volviera a molestarme. Podría haberte matado por desafiarme. Estoy en mi planeta y en mi fortaleza.

—Recurrir a la violencia no sería prudente. —Un tono firme, teñido de amenaza. ¿Cómo podía ser tan fuerte y monstruosa, con aquel cuerpo adorable?

—La última vez amenazasteis con revelar mis supuestas reservas de especia. ¿Habéis imaginado algo nuevo, o vais a utilizar el mismo chantaje de antes?

—Si lo deseamos, las Bene Gesserit siempre podemos encontrar nuevas amenazas, barón, aunque las pruebas de vuestros informes fraudulentos sobre la producción de especia bastarían para desatar la furia del emperador.

El barón enarcó una ceja y cogió un manto negro del respaldo de una silla.

—Sé de buena fuente que varias Grandes Casas poseen sus propias reservas de melange. Algunos dicen que hasta el emperador Elrood no desdeña esa práctica.

—Últimamente el emperador no goza de buena salud ni de buen humor. Por lo visto, está muy preocupado por Ix.

El barón Harkonnen meditó unos instantes. Sus espías en la corte imperial de Kaitain le habían informado que el viejo Elrood se mostraba cada vez más inestable y colérico, con síntomas de paranoia. Su mente divagaba y su salud se resquebrajaba, y esto provocaba que fuera más malvado que nunca, como demostraba el que hubiera permitido la destrucción de la Casa Vernius.

—¿Qué crees que soy? —preguntó el barón—. ¿Un toro semental salusano?

No tenía nada que temer, porque las brujas ya no poseían pruebas fehacientes contra él. Había diseminado sus reservas de especia en escondites perdidos en las montañas aisladas de Lankiveil, y ordenado la destrucción de todas las pruebas que existían en Arrakis. La operación se había llevado con gran pericia, al mando de un ex auditor de la CHOAM empleado a su servicio. El barón sonrió. Ex empleado, de hecho, puesto que De Vries ya se había encargado de él.

Aquellas Bene Gesserit podían amenazar todo lo que quisieran, pero carecían de pruebas de peso. La certeza le proporcionaba un nuevo poder, una nueva forma de oponerles resistencia.

La bruja seguía mirándole con impertinencia. Tuvo deseos de apretar la esbelta garganta de Margot y acallarla para siempre. Pero eso no solucionaría su problema, aunque sobreviviera al enfrentamiento. Las Bene Gesserit enviarían a otra emisaria, y luego a otra. Necesitaba darles una lección que no olvidaran.

—Si tanto insistes, envíame a tu hermana engendradora. Estaré preparado para ella.

Sabía muy bien lo que iba a hacer. Su Mentat Piter de Vries, y tal vez su sobrino Rabban, le ayudarían muy complacidos.

—Muy bien. La reverenda madre Gaius Helen Mohiam partirá hacia aquí dentro de quince días.

Dicho esto, Margot salió. Su resplandeciente cabello rubio y su piel lechosa parecían demasiado radiantes para ser constreñidos por el hábito de la Hermandad.

El barón llamó a De Vries. Tenían que ponerse a trabajar.

Sin un objetivo, la vida no vale nada. A veces, el objetivo se convierte en la vida del hombre, una pasión devastadora. Pero cuando se consigue el objetivo, ¿qué sucede? Oh, pobre hombre, ¿qué sucede entonces?

Diario personal de
lady HELENA ATREIDES

Después de los duros años de infancia pasados en Giedi Prime, el joven Duncan Idaho consideró un paraíso el exuberante planeta de Caladan. Había aterrizado sin plano alguno en una ciudad que se encontraba en la parte del planeta opuesta al castillo de Caladan. El amigo de Janess, el segundo de a bordo Renno, se había desentendido del muchacho, abandonándolo en las calles del espaciopuerto.

Sin hacerle caso, la tripulación bajó a tierra su cargamento de productos reciclables y residuos industriales, y luego subió a bordo un cargamento de arroz pundi en bolsas hechas de fibras de grano. Sin despedirse, sin ofrecerle consejos ni desearle buena suerte, Renno había regresado al Crucero en órbita.

Duncan no podía quejarse: al menos había escapado de los Harkonnen. Lo único que debía hacer ahora era encontrar al duque Atreides.

El muchacho, abandonado entre desconocidos en un mundo desconocido, vio que la nave ascendía hacia el cielo nublado. Caladan era un planeta de aromas intensos y atractivos, de aire impregnado de humedad y salitre, del olor a pescado y la fragancia de flores silvestres. Nunca había conocido algo semejante cuando vivía en Giedi Prime.

En el continente sur, las colinas eran empinadas, cubiertas de hierba verde y jardines terraplenados, tallados en las laderas como peldaños construidos por un borracho. Grupos de agricultores trabajaban bajo el sol amarillento, pobres pero felices. Vestidos con ropas viejas, transportaban al mercado las frutas y verduras frescas sobre plataformas antigravitatorias.

Mientras Duncan miraba con ojos hambrientos a los agricultores que pasaban, un bondadoso anciano le dio un pequeño melón paradan, y el niño lo comió con voracidad. Entre sus dedos resbaló el dulce jugo. Era el manjar más delicioso que había probado jamás.

Al ver la energía y desesperación del muchacho, el agricultor le preguntó si querría trabajar en los campos de arroz durante unos días. El anciano no le ofreció ninguna paga, tan sólo un lugar donde dormir y algo de comida. Duncan accedió de buen grado.

De camino, el muchacho contó al anciano la historia de sus batallas contra los Harkonnen, la detención y asesinato de sus padres, su elección para las cacerías de Rabban, su huida del planeta.

—Ahora debo presentarme ante el duque Atreides —terminó Duncan—. Pero no sé dónde está ni cómo encontrarle.

El anciano agricultor le escuchó con atención y asintió con gravedad. Los caladanos conocían las leyendas que rodeaban a su legendario duque, habían sido testigos de su más arriesgada corrida de toros con motivo de la partida de su hijo Leto a Ix. El pueblo honraba a su líder, y les parecía razonable que cualquier ciudadano pudiera pedirle una audiencia.

—Te explicaré dónde vive el duque —dijo el anciano—. El marido de mi hermana tiene un plano de todo el planeta. Lo que no sé es cómo llegarás allí. Está muy lejos.

—Soy joven y fuerte. Lo conseguiré.

El agricultor asintió y lo condujo hasta los campos de arroz.

Duncan se hospedó cuatro días con la familia del anciano, y trabajó hundido hasta la cintura en los campos de arroz. Vadeó el agua, practicó canales y sembró semillas en el barro. Aprendió las canciones y cánticos de los plantadores de arroz pundi.

Una tarde, observadores apostados en las ramas inferiores de los árboles golpearon sus sartenes, en señal de alarma. Momentos después, ondulaciones en las aguas turbosas anunciaron la aproximación de un banco de peces pantera, habitantes de los pantanos que nadaban en busca de presas. Podían desollar a un hombre en unos segundos.

Duncan trepó al tronco de un árbol para unirse a los demás agricultores, presas del pánico. Se quedó en una rama baja, y apartó a un lado el barbón mientras contemplaba las ondulaciones que se acercaban. Bajo el agua distinguió seres de gran tamaño, provistos de numerosos colmillos y enormes escamas. Varios de los peces dieron vueltas alrededor del tronco donde Duncan había buscado refugio.

Algunos animales se alzaron sobre sus codos cubiertos de escamas, brazos rudimentarios con aletas frontales que se habían transformado en torpes garras. Los peces carnívoros se impulsaban hacia arriba, grandes y mortíferos, buscando alcanzar al niño que se mantenía a pocos centímetros fuera de su alcance. Duncan trepó a una rama más elevada. Los peces pantera se sumergieron de nuevo y desaparecieron entre los campos de arroz.

Al día siguiente, Duncan tomó la frugal colación que la familia del agricultor le había preparado y marchó en dirección a la costa, donde encontró trabajo como manipulador de redes en un barco de pesca que faenaba en los mares del sur. Por fin, el barco le condujo al continente donde estaba el castillo de Caladan.

Trabajó durante semanas con las redes, destripó el pescado y comió hasta saciarse en la cocina. El cocinero utilizaba muchas especias desconocidas para Duncan, pimientas y mostazas de Caladan que se le subían a la nariz y los ojos. Todos reían de sus problemas, y le dijeron que no sería un hombre hasta que fuera capaz de comer pescado condimentado de aquella manera. Ante su sorpresa, el joven Duncan aceptó el desafío, y no tardó en pedir la comida más especiada. Al cabo de poco tiempo, soportaba las comidas picantes más que cualquier otro miembro de la tripulación. Los pescadores dejaron de tomarle el pelo y empezaron a alabarle.

Antes de que finalizara el viaje, el grumete de la litera de al lado calculó su edad en nueve años y seis semanas.

—Me siento mucho mayor —contestó Duncan.

No había esperado tardar tanto tiempo en llegar a su destino, pero su vida había mejorado, pese al agotador trabajo que realizaba. Se sentía a salvo, más libre que nunca. Los hombres de la tripulación eran su nueva familia.

Bajo cielos encapotados, el barco arribó por fin a puerto, y Duncan se despidió del mar. No pidió paga alguna, ni se despidió del capitán. Se marchó sin más. La travesía del océano había sido un simple paso en su viaje. Ni en un solo momento se había desviado de su objetivo principal de presentarse ante el viejo duque. No se aprovechó de nadie y trabajó hasta la extenuación a cambio de la hospitalidad recibida.

En una ocasión, un marinero de otro barco intentó

sodomizarle en una callejuela del puerto, pero Duncan le repelió con músculos de acero y reflejos veloces como el rayo. El agresor se dio a la fuga, derrotado por la fuerza salvaje del muchacho.

Duncan hizo autostop y fue recogido por vehículos terrestres y coches, y se coló sin pagar en trenes bala y ornitópteros de carga. Atravesó el continente en dirección al oeste, en dirección al castillo de Caladan, cada vez más cercano a medida que transcurrían los meses.

Durante las frecuentes lluvias, se refugiaba bajo los árboles, pero incluso mojado y hambriento no se sentía tan mal, porque recordaba la terrible noche pasada en el Puesto de la Guardia Forestal. Después de eso, estaba seguro de sobrevivir a estos pequeños infortunios.

A veces entablaba conversación con otros viajeros y escuchaba historias sobre su popular duque, fragmentos de la historia de los Atreides. En Giedi Prime nadie hablaba de tales asuntos. La gente se guardaba sus opiniones y no ofrecía la menor información, como no fuera sometida a tortura. Aquí, sin embargo, los habitantes hablaban sin ambages de su situación. Una tarde que viajaba con tres actores, Duncan llegó a la sorprendente conclusión de que el pueblo de Caladan amaba a su líder.

En cambio, respecto de los Harkonnen sólo había oído historias espantosas. Conocía el miedo del populacho y las brutales consecuencias de cualquier resistencia, real o imaginaria. En este planeta, no obstante, el pueblo respetaba más que temía a su líder. Contaron a Duncan que el viejo duque paseaba con la única compañía de una guardia de honor por los pueblos y mercados, visitaba a la gente sin llevar protección y sin miedo de que le atacaran.

Ni el barón Harkonnen ni Glossu Rabban hubieran osado tamaña hazaña.

Quizá me guste este duque, pensó Duncan una noche, aovillado bajo una manta que le había prestado uno de los actores.

Por fin, tras meses de viaje, llegó al pueblo situado al pie del promontorio sobre el cual se alzaba el castillo de Caladan. El magnífico edificio se erguía como un centinela que vigilara el sereno mar. En su interior vivía el duque Paulus Atreides, que ya se había convertido en una figura legendaria para el muchacho.

El frío de la mañana estremeció a Duncan, que respiró hondo. La niebla se alzaba sobre la costa, y transformaba el sol naciente en una bola de intenso color naranja. Abandonó el pueblo e inició el largo ascenso hacia el castillo, su punto de destino.

Mientras andaba, hizo lo que pudo por adquirir una apariencia presentable: sacudió el polvo de su ropa y se metió su arrugada camisa dentro de los pantalones. Se sentía confiado, a pesar de su aspecto, porque el duque le aceptaría o expulsaría. En cualquier caso, Duncan Idaho sobreviviría.

Cuando llegó a las puertas del gran patio, los guardias le impidieron entrar, convencidos de que era un mendigo.

—No soy un pedigüeño —anunció Duncan con porte erguido—. He venido desde el otro confín de la galaxia para ver al duque y contarle mi historia.

Los guardias prorrumpieron en carcajadas.

—Te traeremos algunas sobras de la cocina, pero nada más.

—Sería muy amable por vuestra parte, señores —admitió Duncan, mientras su estómago gruñía de hambre—, pero no he venido para eso. Haced el favor de enviar un mensaje al castillo. —Intentó recordar la frase que uno de los cantantes ambulantes le había enseñado—. Decid que Duncan Idaho solicita una audiencia con el duque Paulus Atreides.

Los guardias volvieron a reír, pero el muchacho advirtió cierto respeto reticente en su expresión. Uno se fue y volvió con unos huevos escalfados para Duncan, que los devoró, se lamió los dedos y se sentó en el suelo a esperar. Pasaron horas.

Los guardias le miraban y sacudían la cabeza. Uno le preguntó si portaba armas, o dinero, a lo que Duncan respondió que no. Mientras una constante fila de peticionarios entraban y salían, los guardias charlaban entre sí. Duncan les oyó hablar de una revuelta ocurrida en Ix, y de la preocupación del duque por la Casa Vernius, sobre todo porque el emperador había ofrecido una recompensa por Dominic y Shando Vernius. Al parecer Leto, el hijo del duque, había escapado de Ix con dos refugiados reales. El castillo estaba muy alborotado.

Duncan siguió esperando.

El sol desapareció tras el horizonte del gran mar. El muchacho pasó la noche acurrucado en una esquina del patio, y cuando a la mañana siguiente se produjo el cambio de guardia, repitió su historia y solicitó audiencia. Esta vez contó que había escapado de un planeta Harkonnen y que deseaba ofrecer sus servicios a la Casa Atreides. El nombre Harkonnen llamó la atención de los guardias, que le registraron en busca de armas una vez más.

A primera hora de la tarde, después de haber sido cacheado y sondeado, primero por un escáner electrónico que localizaba dispositivos letales ocultos y luego por un detector de venenos, Duncan fue conducido al interior del castillo, un antiguo edificio de piedra cuyos corredores y estancias estaban adornados con ricos tapices, recubierto por una pátina de historia y elegancia decadente. Las tablas de madera crujían bajo sus pies.

Al llegar a una amplia arcada de piedra, dos guardias le obligaron a pasar a través de escáneres más sofisticados, que tampoco revelaron nada sospechoso. Era un niño, sin nada que ocultar. Finalmente indicaron a Duncan que entrara en una amplia sala de techos abovedados, sostenidos por vigas oscuras y pesadas.

El viejo duque examinó a su visitante. Paulus, un hombre fuerte y con apariencia de oso, de barba poblada y brillantes ojos verdes, estaba sentado en una butaca de madera, no en un trono ostentoso. Era un lugar donde se sentía a gusto durante horas mientras se ocupaba de los asuntos de Estado. El respaldo, justo por encima de la cabeza del patriarca, tenía tallada una cabeza de halcón.

A su lado se sentaba su hijo Leto, de piel olivácea, delgado y con aspecto de cansancio, como si aún no se hubiera recobrado de su odisea. Duncan miró a los ojos grises de Leto, y pensó que los dos tenían mucho que contarse, mucho que compartir.

—Tenemos aquí a un muchacho muy insistente, Leto —dijo el viejo duque a su hijo.

—A juzgar por su aspecto, desea algo diferente a todos los peticionarios que hemos escuchado hoy. —Leto enarcó las cejas. Tenía apenas cinco o seis años más que Duncan pero daba la impresión de que ambos habían sido arrojados por la fuerza a la madurez—. No parece hambriento.

La expresión de Paulus se suavizó cuando se inclinó hacia adelante en su butaca.

—¿Desde cuándo estás esperando, muchacho?

—Oh, eso da igual, mi señor duque —contestó Duncan, confiando en utilizar las palabras adecuadas—. Ahora estoy aquí. —Se rascó la barbilla, nervioso.

El viejo duque lanzó una mirada malhumorada al guardia que había escoltado al niño.

—¿Habéis dado de comer a este joven?

—Me han dado muchas cosas, señor. Gracias. Y también he dormido muy bien en vuestro confortable patio.

—¿En el patio? —Miró al guardia de nuevo, esta vez con el entrecejo fruncido—. ¿Para qué has venido, jovencito? ¿Has llegado de algún pueblo de pescadores?

—No, mi señor. Vengo de Giedi Prime.

Las manos de los guardias se tensaron sobre sus espadas. El duque y su hijo intercambiaron una mirada de incredulidad.

—En ese caso, será mejor que nos cuentes tu historia —dijo Paulus, y su rostro se ensombreció cuando Duncan lo hizo sin omitir detalles.

Los ojos del duque se abrieron de par en par. Vio la expresión de inocencia del muchacho y miró a su hijo, convencido de que el relato no era ficticio. Leto asintió. Ningún niño de nueve años podía inventar una historia semejante.

—Y así llegué aquí, señor —terminó Duncan—, para veros.

—¿En qué ciudad de Caladan aterrizaste? —preguntó el duque—. Descríbenosla.

Duncan no recordaba su nombre, pero explicó lo que había visto, y el viejo duque admitió que debía de venir del otro extremo del planeta.

—Me dijeron que viniera a veros, mi señor, y os pidiera trabajo. Odio a los Harkonnen, señor, y juraría lealtad a la Casa Atreides si pudiera quedarme aquí.

—Le creo, padre —dijo Leto en voz baja, mientras estudiaba los ojos verdeazulados del niño—. ¿O se trata de una lección que intentáis enseñarme?

Paulus se reclinó en la butaca, con las manos enlazadas sobre el regazo, y su pecho sufrió espasmos. Duncan se dio cuenta de que estaba reprimiendo la risa. Cuando el viejo duque ya no pudo contenerse más, rió a pleno pulmón y se dio palmadas en las rodillas.

—Muchacho, admiro lo que has hecho. ¡Un joven con unas pelotas tan grandes ha de entrar forzosamente a mi servicio!

—Gracias, señor —dijo Duncan.

—Estoy seguro de que le encontraremos algún trabajo urgente, padre —dijo Leto con una sonrisa. Consideraba a aquel valiente y tozudo muchacho un cambio esperanzador, comparado con todo lo que había visto en los últimos tiempos.

El viejo duque se levantó de su butaca y llamó a los criados. Ordenó que proporcionaran al muchacho ropas nuevas, un baño y comida.

—Pensándolo bien —dijo, al tiempo que levantaba una mano—, preparad un banquete. Mi hijo y yo deseamos compartir la mesa con el joven maese Idaho.

Entraron en un comedor adyacente, donde apresurados camareros se aprestaban a prepararlo todo. Un criado cepilló el pelo oscuro y rizado del muchacho, y pasó un aspirador sobre sus ropas polvorientas. Paulus Atreides ocupó la cabecera de la mesa, con Duncan a su derecha y Leto a su izquierda.

—Tengo una idea, muchacho. Si has sido capaz de lidiar con esos monstruosos Harkonnen, ¿crees que podrás con un simple toro salusano?

—Claro, señor —dijo Duncan. Había oído hablar de los grandes espectáculos del duque—. Si deseáis que toree, lo haré con mucho gusto.

—¿Torear? No es eso lo que tengo en mente. —El duque se reclinó en su silla con una amplia sonrisa y miró a Leto.

—Creo que hemos encontrado un empleo para ti en el castillo de Caladan, joven —dijo Leto—. Trabajarás en los establos, bajo la guía del jefe de cuadras Yresk. Le ayudarás a cuidar de los toros de mi padre. Les darás de comer y si puedes los acicalarás. Yo lo he hecho. Te presentaré al jefe de cuadras. —Miró a su padre—. ¿Recordáis que me dejaba acariciar a los toros cuando tenía la edad de Duncan?

—Oh, este chico hará algo más que acariciar a esas

bestias —dijo el viejo duque. Enarcó una ceja gris cuando llegaron a la mesa bandejas de apetitosos manjares. Observó la expresión ávida de Duncan—. Y si haces un buen trabajo en los establos —añadió—, quizá te reserve tareas más interesantes.

La historia ha sido pocas veces clemente con aquellos que han de ser castigados. Los castigos de las Bene Gesserit son inolvidables.

Máxima Bene Gesserit

Una nueva delegación Bene Gesserit, que acompañaba a Gaius Helen Mohiam, llegó a Giedi Prime. Mohiam, que acababa de dar a luz a la hija deforme del barón Harkonnen, se encontró por segunda vez en la fortaleza del barón en el lapso de un año.

Esta vez llegó de día, aunque la capa de nubes y las columnas de humo que se elevaban de las fábricas carentes de filtros dotaban al cielo de una apariencia enfermiza, que apagaba hasta el último rayo de sol.

La lanzadera de la reverenda madre se posó en el mismo espaciopuerto de la vez anterior, con la misma solicitud de «servicios especiales». Pero en esta ocasión el barón se había jurado que las cosas serían muy diferentes.

Un regimiento de soldados salió al encuentro de la lanzadera, en número más que suficiente para intimidar a las brujas.

El burseg Kryubi, antiguo piloto en Arrakis y ahora responsable de seguridad de la Casa Harkonnen, se plantó ante la rampa de desembarco, dos pasos por delante de sus soldados. Todos iban uniformados de azul, color reservado para las recepciones oficiales.

Mohiam apareció en lo alto de la rampa, envuelta en su hábito y flanqueada por acólitas, guardias personales y otras hermanas. Frunció el entrecejo con desdén al ver al burseg y a sus hombres.

—¿Qué significa esta recepción? ¿Dónde está el barón?

El burseg Kryubi la miró.

—No intentéis utilizar vuestra Voz manipuladora conmigo, o se producirá una reacción desagradable por parte de mis hombres. He recibido órdenes de que sólo vos podréis ver al barón. Ni guardias, ni sirvientes ni acompañantes. —Señaló a las personas que aguardaban detrás de ella—. Nadie más podrá entrar.

—Ridículo —replicó Mohiam—. Exijo cortesía diplomática oficial. Todo mi séquito ha de ser recibido con el respeto que merece.

Kryubi no se inmutó. «Sé muy bien lo que desea la bruja —había dicho el barón—. Si cree que puede venir aquí cada vez que esté en celo, está muy equivocada», fuera cual fuera el significado de esas palabras.

El burseg la miró sin pestañear.

—Petición rechazada. —Le asustaban más los castigos del barón que las artes de aquella mujer—. Sois libre de marcharos si las condiciones no os satisfacen.

Mohiam resopló y bajó por la rampa tras dirigir una fugaz mirada a sus acompañantes.

—A pesar de todas sus perversiones, el barón se muestra muy mojigato —ironizó, más para los oídos de los Harkonnen que para los suyos—. Sobre todo en lo tocante a cuestiones de sexualidad.

La referencia intrigó a Kryubi, que no había sido informado de la situación, pero decidió que era mejor desconocer ciertas cosas.

—Dime, burseg —dijo la bruja con tono irritado—, ¿cómo sabrías si utilizó la Voz contigo?

—Un soldado nunca revela sus defensas.

—Entiendo. —El tono de la mujer era sensual.

Kryubi no se sintió impresionado, pero se preguntó si su farol había funcionado.

Aquel estúpido soldado lo ignoraba, pero Mohiam era una Decidora de Verdad, capaz de reconocer matices de falsedad y engaño. Permitió que el presuntuoso burseg la condujera por un túnel hasta el interior de la fortaleza. Una vez dentro, la reverenda madre adoptó su mejor porte de confianza altiva y caminó con afectada indiferencia. Sin embargo, todos sus sentidos se intensificaron para captar la menor anomalía. El barón despertaba sus mayores recelos. Sabía que estaba tramando algo.

El barón Harkonnen, que se paseaba de un lado a otro del Gran Salón, miró en derredor con ojos relucientes. El salón era amplio y frío, y la luz que proyectaban los globos luminosos alojados en las esquinas y en el techo, demasiado brillante. Mientras caminaba con sus botas negras puntiagudas, sus pasos resonaban, de forma que el salón parecía vacío. Un buen lugar para una emboscada.

Si bien la parte residencial de la fortaleza parecía abandonada, el barón había apostado guardias y visicoms electrónicos en diversos nichos. Sabía que no podría engañar a la puta Bene Gesserit durante mucho tiempo, pero daba igual. Aunque descubriera que la observaban, tal vez eso impediría que utilizara trucos insidiosos. La precaución podía proporcionarle unos segundos de ventaja.

Como esta vez no pensaba perder el control, el barón deseaba que su gente contemplara la escena. Les depararía un buen espectáculo, algo de lo que hablarían en los cuarteles y naves durante los años venideros. Mejor aún, pondría a las brujas en su sitio. *¡Chantajes a mí!*

Piter de Vries se deslizó tras él, con tal sigilo y silencio que sobresaltó al barón.

—¡No hagas eso, Piter!

—He traído lo que habéis pedido, barón. —El retorcido Mentat extendió la mano y le enseñó dos pequeños transmisores de ruido blanco—. Introducidlos en vuestros canales auditivos. Están diseñados para distorsionar cualquier Voz que ella intente utilizar. Oiréis la conversación normal, pero los aparatos desmodularán cualquier sonido indeseable e impedirán que llegue a vuestros oídos.

El barón emitió un profundo suspiro y flexionó los músculos. Los preparativos tenían que ser perfectos.

—Tú ocúpate de lo tuyo, Peter. Yo sé lo que hago.

Se acercó a una pequeña hornacina, cogió de un manotazo el decánter de coñac kirana y bebió de la botella. Después de sentir el ardor del líquido en su pecho, secó su boca y el gollete de la botella.

El barón ya había trasegado más alcohol de lo habitual en él, tal vez más de lo prudente, considerando el mal trago que le esperaba. De Vries, consciente de la angustia de su amo, lo miró con aire reprobador. El barón arrugó la frente y tomó otro trago, sólo para fastidiarlo.

El Mentat revoloteó a su alrededor, disfrutando por anticipado de su plan conjunto, ansioso por participar.

—Tal vez, barón, la bruja haya regresado porque vuestro primer encuentro le deparó gran placer. —Lanzó una risita—. ¿Creéis que os desea desde entonces?

El barón le miró ceñudo una vez más, con tal intensidad que el Mentat temió haber ido demasiado lejos, pero la labia de De Vries siempre le salvaba de reprimendas.

—¿Es ésta la mejor proyección que mi Mentat puede ofrecerme? ¡Piensa, maldito seas! ¿Por qué quieren las Bene Gesserit otro hijo de mí? ¿Intentan ahondar en la herida para que las odie aún más? —Resopló y se preguntó si aquella teoría era plausible.

Quizá necesitaban dos hijas por algún motivo. O tal vez algo salió mal con la primera... Los gruesos labios del barón se curvaron en una sonrisa desdeñosa. *Esta hija será la última, sin lugar a dudas.*

Ya no quedaban pruebas que las Bene Gesserit pudieran utilizar para chantajearle. Las montañas de Lankiveil ocultaban ahora el mayor tesoro de melange Harkonnen, ante las mismísimas narices de Abulurd. El muy idiota no tenía la menor idea de que le estaban utilizando para encubrir las actividades secretas del barón. Sin embargo, pese a ser blando y tonto, Abulurd todavía era un Harkonnen. Aunque descubriera el engaño, no se atrevería a revelarlo por temor a destruir las propiedades de su familia. Abulurd reverenciaba demasiado la memoria de su padre.

El barón se alejó del coñac kirana, y el sabor dulce y abrasador se tornó amargo en su garganta. Se cubría con un ancho pijama marrón y negro, ceñido en la cintura. Sobre la tetilla izquierda destacaba el emblema de la Casa Harkonnen, un grifo azul pálido. Iba en manga corta para exhibir sus bíceps. Llevaba el corto pelo rojo revuelto para que le confiriera un aspecto seductor.

Miró fijamente a De Vries. El Mentat tomó un sorbo de un botellín de zumo de safo.

—¿Estamos dispuestos, barón? La mujer espera fuera.

—Sí, Piter. —Se reclinó en su silla. Los pantalones de seda eran holgados, y los ojos agudos de la reverenda madre no detectarían el bulto de ningún arma... de ningún arma imprevisible. Sonrió—. Hazla entrar.

Cuando Mohiam entró en el salón principal de la fortaleza, el burseg Kryubi y sus soldados cerraron la puerta detrás de ella y se quedaron fuera. Los pestillos se cerraron con un clic. La mujer se puso en guardia de inmediato, y advirtió que el barón había preparado todos los detalles de su encuentro.

Los dos estaban solos en una larga sala, austera y fría, bañada por una luz cegadora. Toda la fortaleza transmitía la impresión de esquinas cuadradas y dureza sin fisuras que tanto agradaba a los Harkonnen. La estancia era más una sala de conferencias industrial que el salón de un suntuoso palacio.

—Saludos una vez más, barón Harkonnen —dijo Mohiam con una sonrisa que imponía cortesía a su desprecio—. Veo que habéis anticipado nuestro encuentro. ¿Tal vez estabais ansioso? —Se miró los dedos—. Es posible que esta vez os proporcione un poco más de placer.

—Tal vez.

La respuesta no agradó a Mohiam. *¿A qué juega?* Mohiam miró alrededor, percibió las corrientes de aire, escudriñó las sombras e intentó escuchar el latido del corazón de alguna persona agazapada. Había alguien más... pero ¿dónde? ¿Pensaban asesinarla? ¿Osarían? Controló su pulso para evitar que se acelerara.

El barón tenía en mente algo más que una simple colaboración. Jamás había esperado una victoria fácil, sobre todo esta segunda vez. Los jefes de algunas Casas Menores podían ser aplastados o manipulados (la Bene Gesserit sabía hacerlo muy bien), pero ése no sería el sino de la Casa Harkonnen.

Escrutó los ojos tenebrosos del barón, utilizó sus habilidades de Decidora de Verdad, pero fue incapaz de descubrir sus planes. Mohiam sintió una punzada de miedo. ¿Hasta dónde se atreverían a llegar los Harkonnen? El barón no podía oponerse a las exigencias de la Hermandad, en virtud de la información que poseía la Bene Gesserit. ¿Correría el riesgo de incurrir en la ira imperial? ¿O el riesgo de ser castigado por la Bene Gesserit? No era pecata minuta, en cualquier caso.

En otro momento le habría gustado seguirle el juego, porque era un adversario poderoso, tanto física como mentalmente. Era escurridizo, y podía torcer y doblar con más facilidad que romper. Pero ahora, el barón no era más que un semental a su servicio, porque la Hermandad necesitaba sus genes. Mohiam ignoraba por qué, o la importancia de esta hija, pero si regresaba a Wallach IX sin haber cumplido su misión, recibiría una severa reprimenda de sus superioras.

Decidió no perder más tiempo. Convocó los talentos de la Voz absoluta que las Bene Gesserit le habían enseñado, manipulaciones de tono y registro que ningún ser humano falto de adiestramiento podía resistir, y dijo:

—Colaborad conmigo. —Era una orden que debía ser obedecida.

El barón se limitó a sonreír. No se movió, pero sus ojos se desviaron. Mohiam se quedó tan estupefacta por la ineficacia de la Voz que comprendió, demasiado tarde, que el barón le había tendido una trampa.

Piter de Vries salió disparado de una hornacina oculta. La hermana se volvió, dispuesta a defenderse, pero el Mentat se movió con la misma rapidez de una Bene Gesserit.

El barón contempló la escena, complacido.

De Vries sostenía un arma tosca pero eficaz en sus manos. El desmodulador neurónico se comportó como un brutal aturdidor de alta potencia. Lanzó una descarga antes de que la mujer pudiera moverse. Las ondas crepitantes se estrellaron contra ella y cortocircuitaron el control de su mente y músculos.

Mohiam se tambaleó sacudida por violentos espasmos, cada centímetro de su piel devorado por hormigas imaginarias.

Un efecto delicioso, pensó el barón mientras miraba. La mujer cayó sobre el suelo de piedra pulida, abierta de brazos y piernas, como si un pie gigantesco la hubiera derribado. Su cabeza golpeó las duras baldosas, y sus oídos zumbaron a consecuencia del impacto. Sus ojos se clavaron en el techo abovedado, sin parpadear. Era incapaz de moverse, pese al control muscular *prana-bindu*.

Por fin, el gesto burlón del barón se cernió sobre ella. Impulsos nerviosos sacudieron sus brazos y piernas. Sintió una humedad tibia, y comprendió que su vejiga se había aflojado. Un hilo de saliva resbaló por su mejilla hasta la base de la oreja.

—Bien, bien, bruja —dijo el barón—, el aturdidor no te causará daños irreversibles. De hecho, recobrarás el control corporal dentro de veinte minutos. Tiempo suficiente para que lleguemos a conocernos.

Caminó a su alrededor, sonriente.

Elevó la voz para que los fonocaptores electrónicos transmitieran sus palabras a los observadores ocultos.

—Conozco el material fraudulento que habéis reunido contra la Casa Harkonnen, y mis abogados están preparados para rebatir las acusaciones en cualquier tribunal del Imperio. Habéis amenazado con utilizarlo si no os concedo otra hija, pero se trata de una amenaza inofensiva de unas brujas inofensivas.

Hizo una pausa y sonrió, como si acabara de ocurrírsele una idea.

—De todos modos, no me importa concederos la segunda hija que deseáis. Lo digo de veras. Pero entérate bien, bruja, y transmite mi mensaje a tu Hermandad: no podéis intentar doblegar al barón Vladimir Harkonnen a vuestro capricho sin padecer las consecuencias.

Mohiam utilizó su adiestramiento para concentrarse en la energía de determinados nervios y músculos, y recuperó el control de sus ojos. El desmodulador neurónico había sido muy eficaz, pues el resto de su cuerpo seguía indefenso.

El barón reprimió su asco y desgarró la falda de la mujer. Qué repugnante era su forma, carente de los músculos masculinos que tanto admiraba.

—Vaya, vaya, parece que ha ocurrido un pequeño accidente —dijo al ver la tela mojada de orina.

De Vries se colocó detrás de ella, y la miró con su rostro ancho y lánguido. Mohiam vio los labios manchados de rojo y el demencial brillo de los ojos del Mentat. El barón separó sus piernas y se frotó el miembro.

No vio lo que estaba haciendo, ni tampoco lo deseaba.

Embriagado por el éxito de su plan, no tuvo dificultades en alcanzar la erección. Estimulado por el coñac bebido, miró a la mujer y pensó que era la vieja bruja a la que acababa de sentenciar al más brutal de los pozos de esclavos de los Harkonnen. Esta mujer, que se imaginaba tan importante y poderosa, estaba ahora a su merced... ¡a su completa merced!

Violarla le proporcionó un placer indescriptible. Era la primera vez que gozaba con una mujer, aunque fuese poco más que un pedazo de carne fláccida.

Durante aquellos breves momentos Mohiam yació inmóvil, furiosa e impotente. Sentía cada movimiento, cada roce, cada embestida dolorosa, pero aún no había recuperado el control de sus músculos voluntarios. Tenía los ojos abiertos.

En lugar de malgastar sus energías, la reverenda madre se concentró en su bioquímica y la alteró. El efecto del aturdidor no había sido completo. Una cosa eran los músculos, y la química interna de su cuerpo otra muy diferente. El barón Vladimir Harkonnen se arrepentiría de esto.

Antes de emprender el viaje había manipulado su ovulación con el fin de alcanzar el pico de su fertilidad en esta hora exacta. Pese a la violación, nada le impediría concebir una nueva hija con el esperma del barón. Esto era lo más importante.

Técnicamente, no necesitaba nada más de aquel canalla, pero la reverenda madre Gaius Helen Mohiam tenía la intención de darle algo a cambio, una venganza lenta que no olvidaría jamás.

Nadie olvidaba nunca un castigo de las Bene Gesserit.

Si bien continuaba paralizada, Mohiam era una reverenda madre consumada. Su cuerpo albergaba armas heterodoxas que estaban a su disposición incluso en aquel momento, pese a su apariencia desvalida.

Gracias a las funciones sensibles de sus cuerpos, las Bene Gesserit podían crear antídotos para los venenos introducidos en sus sistemas. Eran capaces de neutralizar las enfermedades más espantosas así como destruir los peores virus patógenos... o conservarlos latentes en sus cuerpos como recursos para utilizar más adelante. Mohiam portaba en su interior algunos de ellos, y podía activarlos mediante el control de su bioquímica.

El barón, tendido sobre ella, gruñía como un animal, con la mandíbula tensa y una sonrisa burlona. Gotas de sudor pegajoso perlaban su rostro enrojecido. Mohiam le miró. Sus ojos se encontraron, y el barón la embistió con renovados ímpetus.

Fue en aquel momento cuando Mohiam eligió una enfermedad en especial, una venganza muy gradual, un desorden neurológico que destruiría el hermoso cuerpo de su adversario. Era evidente que el barón obtenía un gran placer de su físico, del cual estaba muy orgulloso. Mohiam podría haberle contagiado un sinnúmero de enfermedades fatales y supurantes, pero esta aflicción supondría un golpe mucho más doloroso para él, y de progresión mucho más lenta. El barón debería enfrentarse a su apariencia día tras día, cada vez más obeso y débil. Sus músculos degenerarían, su metabolismo enloquecería. En pocos años ni siquiera podría caminar sin ayuda.

No le costó nada hacerlo, pero los efectos se prolongarían hasta el fin de sus días. Mohiam imaginó al barón tan obeso que ni siquiera podría tenerse en pie sin ayuda, padeciendo terribles dolores.

Una vez finalizado el acto, convencido de que había dado una lección a la bruja, el barón se levantó.

—Piter, tráeme una toalla para secarme las babas de esta bruja.

El Mentat salió a toda prisa de la sala, al tiempo que lanzaba una risita. Las puertas se abrieron de nuevo. Guardias uniformados entraron para contemplar cómo Mohiam recuperaba el control de sus músculos, poco a poco.

El barón dedicó a la reverenda madre una cruel sonrisa.

—Di a las Bene Gesserit que nunca vuelvan a molestarme con sus intrigas genéticas.

Mohiam se apoyó sobre un brazo, recogió sus ropas desgarradas y se puso en pie con una coordinación casi absoluta. Alzó su barbilla con orgullo pero no pudo disimular su humillación. Y el barón no pudo ocultar su placer al mirarla.

Crees que has ganado, pensó la reverenda madre. *Eso ya lo veremos.*

Mohiam, satisfecha de la inevitabilidad de su terrible venganza, salió de la fortaleza Harkonnen. El burseg del barón la acompañó parte del camino, y después dejó que regresara sin escolta hasta la lanzadera, como un perro castigado. Había guardias en posición de firmes al pie de la rampa.

Mohiam se serenó mientras se acercaba a la nave, y al final se permitió una leve sonrisa. A pesar de lo sucedido, ahora portaba en su seno a otra hija Harkonnen. Y eso era lo único que deseaban las Bene Gesserit...

*Qué sencillas eran las cosas cuando nuestro
Mesías no era más que un sueño.*

STILGAR, naib del sietch Tabr

Para Pardot Kynes la vida no volvería a ser igual
desde que había sido aceptado en el seno del sietch.

El día de su boda con Frieth se acercaba, lo cual
exigía dedicar horas a los preparativos y la meditación,
y a aprender los rituales matrimoniales Fremen, en especial el *ahal*, la ceremonia mediante la cual una mujer
elegía a su pareja. No cabía duda de que Frieth había
sido la instigadora de la relación. Otras muchas fascina-
ciones distraían a Kynes, pero sabía que no podía cometer errores en un asunto tan delicado.

Para los líderes del sietch se trataba de una gran
ocasión, más espectacular que cualquier boda Fremen.
Nunca un forastero se había casado con una de sus
mujeres, si bien el naib Heinar había oído hablar de tales eventos ocasionales en otros sietch.

Después de que Uliet se autoinmolara, había corrido por el sietch (y sin duda entre las demás comunidades Fremen) el rumor de que Uliet había recibido una
visión verdadera de Dios, quien había dirigido sus actos.
El tuerto Heinar, así como los ancianos del sietch, Jerath, Aliid y Garnah, se sentían mortificados por haber

cuestionado las apasionadas palabras del planetólogo.

Aunque Heinar se ofreció a dimitir como naib, tras inclinarse ante el hombre al que ahora consideraba un profeta llegado de más allá de las estrellas, a Kynes no le interesaba convertirse en líder del sietch. Tenía demasiado trabajo que hacer, retos a una escala mucho mayor que la política local. Convenía a sus propósitos que le dejaran en paz para concentrarse en sus planes de terraformación y en el estudio de los datos recogidos, gracias a los instrumentos distribuidos por todo el desierto. Necesitaba comprender la gran extensión arenosa y sus sutilezas, antes de saber cómo cambiar la situación para mejor.

Los Fremen obedecían a pies juntillas las sugerencias de Kynes, por más absurdas que parecieran. Ahora creían en todo lo que decía. No obstante, tan preocupado estaba Kynes que no reparaba en su devoción. Si el planetólogo decía que era preciso tomar determinadas medidas, los Fremen recorrían el desierto, establecían puntos de recogida en regiones lejanas, volvían a abrir los puestos de análisis botánicos abandonados desde hacía tiempo inmemorial por el Imperio. Algunos devotos ayudantes llegaron a viajar a los territorios prohibidos del sur, utilizando un modo de transporte que no revelaron a Kynes.

Durante aquellas primeras frenéticas semanas de recogida de información, dos Fremen se perdieron, aunque Kynes nunca lo supo. Se deleitaba con la información que le llegaba. Era más de lo que había soñado durante los años de trabajar en solitario como planetólogo imperial. Se encontraba en un paraíso científico.

El día antes de su boda redactó su primer informe desde que se había unido al sietch, como culminación de semanas de trabajo. Un mensajero Fremen lo entregó en Arrakeen, desde donde fue transmitido al emperador. El trabajo de Kynes con los Fremen amenazaba con provocar un conflicto de intereses, pero debía conservar las apariencias. En ningún apartado del informe hablaba, ni siquiera de refilón, acerca de su nueva relación con el pueblo del desierto. Kaitain nunca debía sospechar que se había «convertido en un nativo».

En su mente, Arrakis ya no existía. El planeta era, y siempre lo sería, Dune. Después de vivir en el sietch, sólo lo imaginaba con su nombre Fremen. Cuanto más descubría, más intuía que aquel planeta seco y árido contenía más secretos de los que el emperador imaginaba.

Dune era un depósito de tesoros a la espera de ser abierto.

Stilgar se había recuperado por completo de su herida, e insistió en ayudar a Kynes en las tareas más tediosas. El joven Fremen afirmó que era la única forma de aliviar la pesada carga de agua que recaía sobre su clan. El planetólogo no creía que existiera tal obligación, pero se inclinó bajo la presión del sietch como un sauce bajo el viento. Los Fremen no pasarían por alto o perdonarían algo semejante.

Le ofrecieron como esposa a la hermana soltera de Stilgar. Casi sin que el planetólogo se diera cuenta, era como si la muchacha le hubiera adoptado. Remendaba sus ropas, le ofrecía comida antes de que él reparara en que estaba hambriento. Sus manos eran veloces, una viva inteligencia alumbraba en sus ojos azules, y le había ahorrado muchos pasos en falso, incluso antes de que pudiera reaccionar. Había considerado sus atenciones poco más que gratitud por haber salvado la vida de su hermano, y la había aceptado sin más.

Kynes nunca había pensado en el matrimonio; era un hombre demasiado solitario, demasiado absorto en su trabajo. Sin embargo, después de haber sido aceptado en la comunidad, empezó a reparar en que los Fremen se ofendían con mucha facilidad. Kynes no se atrevió a dar una negativa por respuesta. También comprendió que, teniendo en cuenta las numerosas restricciones políticas de los Harkonnen contra los Fremen, tal vez su matrimonio con Frieth allanaría el camino a futuros investigadores.

En consecuencia, cuando las dos lunas llenas se alzaron en el cielo, Pardot Kynes se reunió con los demás Fremen para celebrar el ritual del matrimonio. Antes de que la noche terminara sería un marido. Lucía ahora una fina barba, la primera de su vida. Daba la impresión de que a Frieth le gustaba, aunque no solía expresar sus opiniones.

Precedida por el tuerto Heinar, así como por la Sayyadina del sietch (una líder religiosa muy parecida a la reverenda madre), la comitiva nupcial descendió desde las montañas, tras una larga y cautelosa travesía, hasta las arenas sembradas de dunas. Las lunas bañaban el paisaje con un resplandor nacarado.

Mientras observaba las sinuosas dunas, Kynes pensó por primera vez en que le recordaban las suaves y sensuales curvas de una mujer. *Quizá he pensado más en el matrimonio de lo que sospechaba.*

Caminaron en fila india sobre las dunas, subieron por la parte expuesta al viento, y después trazaron una senda sobre la cumbre. Vigías del sietch se habían desplazado a puntos ventajosos para observar señales de gusanos o la aproximación de naves espía Harkonnen. Kynes se sentía seguro con esas precauciones. Ahora era uno de ellos, y sabía que los Fremen darían la vida por él.

Miró a la encantadora muchacha Fremen bañada por la luz de la luna, con su larguísimo cabello y sus ojos azules concentrados en él, que le analizaban o tal vez simplemente le amaban. Vestía la capa negra indicadora de que era una mujer prometida.

Durante horas, otras esposas Fremen habían trenzado el cabello de Frieth con sus anillos metálicos de agua, junto con los pertenecientes a su futuro marido, con el fin de simbolizar la comunión de sus existencias. Muchos meses antes, el sietch se había apoderado de todas las provisiones del vehículo terrestre de Kynes, y trasladado el agua contenida en ellas a sus principales almacenes. Una vez le aceptaron entre ellos, recibió un pago en agua por su contribución, y Kynes ingresó en la comunidad como un hombre relativamente rico.

Mientras Frieth miraba a su prometido, Kynes se dio cuenta por primera vez de lo hermosa y deseable que era, y después se reprendió por no haberse fijado antes. Las mujeres solteras Fremen corrieron sobre el campo de dunas, con el pelo ondeando en la brisa nocturna. Kynes las contempló iniciar el cántico y la danza matrimonial tradicionales.

Los miembros del sietch apenas le habían dado explicaciones sobre sus costumbres, la procedencia de sus rituales o su significado. Para los Fremen todo era simple. En el lejano pasado se habían desarrollado formas de vida por pura necesidad, durante las peregrinaciones de los Zensunni de planeta en planeta, y desde entonces las costumbres no habían variado. Nadie se preocupaba en cuestionarlas. ¿Por qué iba a hacerlo Kynes? Además, si en verdad era un profeta, debería asimilar tales cosas por pura intuición.

No era muy difícil comprender la costumbre de ceñir con anillos de agua las trenzas de una mujer prometida, mientras que las hijas solteras llevaban el pelo suelto. El grupo de mujeres solteras revoloteaba sobre la arena con los pies desnudos, como si flotaran en el aire. Algunas eran muy jóvenes, pero otras ya habían llegado a la edad casadera. Las bailarinas daban vueltas y vueltas y su cabello se agitaba en todas direcciones, como halos alrededor de sus cabezas.

El símbolo de una tormenta de arena, pensó. *Remolinos de Coriolis*. Gracias a sus estudios, sabía que tales vientos podían superar los ochocientos kilómetros por hora. Impulsaban las partículas de polvo y arena con fuerza suficiente para desollar a un hombre y dejarlo en los huesos.

Kynes, preocupado de repente, alzó la vista. Comprobó, aliviado, que el cielo de la noche estaba despejado y tachonado de estrellas. Una neblina de polvo se alzaría como precursora de cualquier tormenta. Los observadores Fremen advertirían cambios de tiempo con antelación suficiente para tomar las precauciones necesarias.

Las jóvenes continuaban bailando y cantando. Kynes se colocó detrás de su futura esposa, pero miró a las lunas gemelas, pensó en los efectos que causaban en las mareas, en cómo las sutiles variaciones de la gravedad habrían afectado a la geología y clima de aquel planeta. Tal vez las resonancias del núcleo le revelarían más de lo que necesitaba saber…

En los meses venideros deseaba tomar numerosas muestras de la capa de hielo del polo norte. Mediante la medición de los estratos y el análisis de los contenidos isotópicos, Kynes conseguiría trazar una historia climática precisa de Arrakis. Podría delinear los ciclos de calentamiento y fusión, así como las antiguas pautas de precipitación, y utilizaría dicha información para determinar el punto al que había ido a parar toda el agua.

Hasta el momento, la aridez del planeta era absurda. ¿Era posible que las reservas de agua de un planeta quedaran hidratadas en capas de roca sepultadas bajo la arena, en la mismísima corteza planetaria? ¿Un impacto astronómico? ¿Explosiones volcánicas? Ninguna de las opciones se le antojaba viable.

La complicada danza matrimonial finalizó, y el tuerto naib avanzó con la vieja Sayyadina. La mujer santa miró a la pareja y clavó la vista en Kynes, con unos ojos tan oscuros que, a la luz de la luna, semejaban las órbitas depredadoras de un cuervo: el azul absoluto de la adicción a la especia.

Después de comer alimentos Fremen durante meses, enriquecidos con melange, Kynes se había mirado en un espejo una mañana y observado que el blanco de sus ojos comenzaba a adquirir un tinte azul. Aquello le sorprendió.

De todos modos, se sentía más vivo, con la mente más aguda y el cuerpo lleno de energía. En parte podía ser consecuencia del entusiasmo por sus investigaciones, pero sabía que la especia estaba relacionada con ello.

La especia se encontraba en todas partes: en el aire, en los alimentos, en la ropa, en las colgaduras de las paredes, en las alfombras. La melange estaba entrelazada con la vida del sietch tanto como el agua.

Aquel día, Turok, que cada mañana acudía para guiarle en sus exploraciones, había reparado en los ojos de Kynes, en el nuevo tono azul.

—Te estás convirtiendo en uno de los nuestros, planetólogo. Llamamos a ese azul «Ojos de Ibad». Ahora te has integrado en Dune. Nuestro planeta te ha cambiado para siempre.

Kynes había sonreído vacilante, con cierta aprensión.

—Así sea —dijo.

Y ahora estaba a punto de casarse: otro cambio importante.

La misteriosa Sayyadina, de pie ante él, pronunció una serie de palabras en chakobsa, un idioma que Kynes no entendía, pero dio las respuestas que había memorizado. Los ancianos del sietch le habían preparado con sumo cuidado. Tal vez algún día comprendería los rituales que le rodeaban, el idioma antiguo, las misteriosas tradiciones. Por ahora sólo podía formular suposiciones razonadas.

Siguió preocupado durante el resto de la ceremonia, mientras pensaba en el análisis que llevaría a cabo en zonas arenosas y rocosas del planeta, mientras soñaba en las nuevas estaciones experimentales que erigiría, y en los jardines experimentales que plantaría. Tenía grandes planes en mente, y toda la mano de obra necesaria. Costaría un inmenso esfuerzo volver a despertar al planeta, pero ahora los Fremen compartían su sueño, y Pardot Kynes sabía que era factible.

Sonrió, y Frieth le miró, sonriente a su vez, aunque sus pensamientos debían de ser muy diferentes a los suyos. Casi ajeno a las actividades que se sucedían en derredor, y sin prestar atención a su importancia, Kynes se encontró casado al estilo Fremen casi antes de darse cuenta.

Los poderosos construyen castillos, tras cuyos
muros esconden sus dudas y temores.

Máxima Bene Gesserit

La niebla matutina arrastraba olor a yodo desde el mar. Por lo general, Paulus Atreides la consideraba plácida y vigorizante, pero hoy se le antojó inquietante.

El viejo duque estaba en uno de los balcones, respirando aire puro. Amaba este planeta, en especial sus amaneceres. El silencio le proporcionaba más energía que una buena noche de sueño.

Incluso en tiempos tan turbulentos como éstos.

Se envolvió en un grueso manto adornado con lana verde de Canidar. Su esposa se detuvo detrás de él, respirando con lentitud, como siempre que discutían. Como Paulus no protestó, se acercó y se acodó junto a él para contemplar su mundo. Tenía los ojos cansados y parecía ofendida. El duque la abrazó y ella se apretó contra él, pero después intentó proseguir la discusión. Insistió en que la Casa Atreides corría un grave peligro por culpa de lo que él había hecho.

Hasta sus oídos llegaron gritos y carcajadas ahogadas procedentes del patio. El duque observó complacido que su hijo Leto ya había iniciado sus ejercicios de entrenamiento con el príncipe exiliado de Ix. Ambos

413

portaban escudos corporales que zumbaban y destellaban a la luz anaranjada del amanecer. Blandían romos
cuchillos aturdidores en la mano izquierda y espadas de
entrenamiento en la diestra.

Durante las semanas transcurridas desde su llegada
a Caladan, Rhombur se había recobrado por completo.
El ejercicio y el aire puro habían mejorado su salud, su
tono muscular y su tez. No obstante, el corazón y el
estado de ánimo del musculoso joven tardarían mucho
más en curar. Aún parecía aturdido por los terribles
acontecimientos que había vivido.

Los dos se movieron en círculos y entrechocaron las
espadas para calcular la rapidez con que podían mover
las armas sin que los campos protectores las desviaran.
Desafiaban y atacaban de súbito y las hojas rebotaban
en los campos relucientes.

—Menudo despliegue de energía a estas horas
—comentó Helena mientras se frotaba los ojos enrojecidos. Un comentario prudente, que no podría suscitar
ninguna protesta. Dio un paso más—. Rhombur incluso ha perdido peso.

El viejo duque la miró y reparó en sus delicadas facciones, afiladas por la edad, en las escasas mechas grises
de su cabello oscuro.

—Es la mejor hora para entrenarse. Se lo enseñé a
Leto cuando apenas era un niño.

Oyó el tintineo de una boya indicadora de arrecifes
y el rumor de los remos de una barca de pesca, hechas
de mimbre con cascos impermeables. En la lejanía vio
las luces de niebla de una jábega que atravesaba los bancos de niebla mientras recogía algas meloneras.

—Sí, los chicos se están ejercitando —dijo Helena—,
pero ¿has visto a Kailea sentada allí? ¿Por qué crees que
se ha levantado tan temprano?

El tono de su pregunta le hizo pensar dos veces.

El duque bajó la vista y reparó en la hermosa hija de

la Casa Vernius. Kailea estaba repantigada en un banco de coral pulido, bajo el sol, mientras comía lánguidamente de una bandeja de frutas. Tenía su ejemplar forrado de la Biblia Católica Naranja al lado (regalo de Helena), pero no la leía.

Paulus se rascó la barba.

—¿Siempre se levanta tan temprano esa chiquilla? Sospecho que aún no se ha adaptado a los días caladanos.

Helena miró cómo Leto atacaba con furia el escudo de Rhombur y conseguía deslizar su cuchillo aturdidor entre sus ondas, de modo que el príncipe ixiano recibió una leve descarga eléctrica. Rhombur lanzó un aullido y rió mientras retrocedía. Leto alzó su espada de entrenamiento como si hubiera sumado un punto. Miró fugazmente a Kailea, y tocó su frente con la punta de la espada a modo de saludo.

—¿No te has fijado en la forma en que tu hijo la mira, Paulus? —La voz de Helena era severa y desaprobadora.

—No, no me había fijado.

El viejo duque paseó la vista entre su hijo y la muchacha una vez más. Para él, Kailea, la hija de Dominic Vernius, no era más que una niña. La había visto por última vez en su infancia. Tal vez su mente perezosa no había percibido la veloz llegada de la madurez. Ni la de Leto.

—Las hormonas del muchacho están llegando a su culmen —dijo—. Hablaré con Thufir. Encontraremos mozas apropiadas para él.

—¿Como tus amantes? —Helena apartó la vista de su marido con expresión ofendida.

—No tiene nada de malo. —Rogó que no volviera a tocar el tema—. Siempre que no se llegue a nada serio.

Como cualquier señor del Imperio, Paulus tenía sus devaneos. Su matrimonio con Helena, una de las hijas de la Casa Richese, había sido convenido por motivos estrictamente políticos, después de muchas consideraciones y regateos. Se había esforzado todo lo posible, incluso la había amado en un tiempo, lo cual le había sorprendido. Pero después Helena se había alejado de él, cada vez más absorta en la religión y en sus sueños perdidos, desgajada de la realidad.

Con sigilo y discreción, Paulus había vuelto con sus amantes, a las que trataba como un caballero pero con cuidado de no engendrar bastardos. Nunca hablaba de ello, pero Helena lo sabía. Siempre lo sabía.

Y tenía que vivir con esa realidad.

—¿Siempre que no se llegue a nada serio? —Helena se inclinó sobre la barandilla para ver mejor a Kailea—. Temo que Leto siente algo por esa chica. Se está enamorando de ella. Te dije que no le enviaras a Ix.

—No es amor —dijo Paulus, que fingió prestar atención a los movimientos del duelo a espada y escudo. Los chicos poseían más energía que destreza. Era necesario mejorar su técnica. El guardia Harkonnen más torpe podría acabar con ellos en un santiamén.

—¿Estás seguro? —preguntó Helena—. Nos estamos jugando cosas muy importantes. Leto es el heredero de la Casa Atreides, el hijo de un duque. Ha de proceder con cautela y elegir sus objetivos románticos con prudencia. Consultar con nosotros, negociar las condiciones, conseguir lo máximo que pueda…

—Lo sé —murmuró Paulus.

—Demasiado bien —repuso su mujer con tono seco y frío—. Tal vez una de tus queridas no sea una idea tan mala, después de todo. Al menos le alejará de Kailea.

Abajo, la joven comía una fruta con parsimonia, admirando a Leto, y rió al ver una extravagante maniobra del muchacho. Rhombur contraatacó, los escudos entrechocaron y saltaron chispas. Cuando Leto se volvió para dedicarle una sonrisa, Kailea clavó la vista en su bandeja con fingida altivez.

Helena reconoció los movimientos de la danza del galanteo, tan complicada como cualquier duelo a espada.

—¿Ves cómo se miran?

El viejo duque sacudió la cabeza con pesar.

—En otra época la hija de la Casa Vernius me habría parecido una excelente esposa para Leto.

Le entristecía el hecho de que su amigo Dominic Vernius hubiera sido puesto fuera de la ley por un decreto imperial. El emperador Elrood, como si hubiera perdido la razón, había declarado a Vernius no sólo renegado y exiliado, sino también traidor. Ni el conde Dominic ni lady Shando se habían puesto en contacto con Caladan, pero Paulus confiaba en que siguieran con vida. Ambos se habían convertido en presa codiciada de los cazadores de recompensas.

La Casa Atreides había corrido un gran riesgo al dar cobijo en Caladan a los dos muchachos. Dominic Vernius había recordado los favores prestados a las Casas del Landsraad, las cuales habían confirmado a los jóvenes exiliados en su situación protegida, siempre que no aspiraran a recobrar el antiguo título de su Casa.

—Jamás accedería a un matrimonio entre nuestro hijo y… ella —dijo Helena—. Mientras tú te divertías con corridas de toros y desfiles, yo no he perdido el contacto con la realidad. Hace años que la Casa Vernius cayó en desgracia. Te lo dije, pero tú no me hiciste caso.

—Ay, Helena —dijo Paulus con voz apacible—, tu herencia richesiana te impide contemplar a Ix con imparcialidad. Vernius siempre ha sido rival de tu familia, y os derrotaron sin remisión en las guerras comerciales.

A pesar de sus desavenencias, intentaba concederle el debido respeto a una dama de una Gran Casa.

—Está claro que la ira de Dios ha caído sobre Ix —dijo su mujer—. No puedes negarlo. Deberías deshacerte de Rhombur y Kailea. Envíales lejos, o mátales… Les harías un favor.

El duque Paulus se encrespó. Sabía que su mujer volvería al tema tarde o temprano.

—¡Helena! Vigila tus palabras. —La miró con incredulidad—. Es una sugerencia ultrajante, aun partiendo de ti.

—¿Por qué? Su Casa provocó su propia destrucción cuando violó las normas de la Gran Revolución. La Casa Vernius desafió a Dios con su arrogancia. Cualquiera es capaz de verlo. Te advertí antes de que Leto partiera hacia Ix. —Sujetó el borde de su manto, temblorosa de indignación, mientras intentaba formular una súplica razonable—. ¿Acaso la humanidad no ha aprendido la lección? Piensa en los horrores que padecimos, el esclavismo, la exterminación casi total. Nunca más hemos de apartarnos del camino correcto. Ix intentaba resucitar las máquinas pensantes. «No crearás una máquina a...»

—No hace falta que me cites versículos —interrumpió el duque. Cuando Helena hacía gala de su mentalidad rígida y fanática, ninguna refutación podía atravesar sus anteojeras.

—Escúchame —rogó ella—. Te enseñaré los pasajes del Libro...

—Dominic Vernius era mi amigo, Helena —dijo Paulus—. Y la Casa Atreides defiende a sus amigos. Rhombur y Kailea son mis invitados en el castillo de Caladan, y no seguiré hablando de esto contigo.

Aunque Helena se marchó al dormitorio, Paulus sabía que en otro momento intentaría convencerle de nuevo. Suspiró.

Aferró la barandilla y miró hacia el patio, donde los muchachos continuaban sus ejercicios. Era una especie de riña, en la que Leto y Rhombur reían y corrían malgastando sus energías.

Pese a su santurronería, Helena había acertado en algunos aspectos. Era la clase de brecha que sus enemigos tradicionales, los Harkonnen, utilizarían para intentar destruir la Casa Atreides. Si la Casa Vernius había violado los preceptos de la Jihad Butleriana, la Casa Atreides sería considerada culpable por complicidad.

Pero la suerte estaba echada, y Paulus aceptaría el reto. De todos modos, se encargaría de tomar precauciones para que nada terrible sucediera a su hijo.

Los muchachos seguían combatiendo en broma, aunque el viejo duque sabía que Rhombur ardía en deseos de aniquilar a los enemigos que habían expulsado a su familia del hogar ancestral. Para eso, no obstante, ambos jóvenes necesitaban adiestramiento, no sólo la brutal instrucción en el uso de armas personales, sino en las habilidades requeridas para guiar hombres y en las abstracciones del gobierno a gran escala.

El duque sonrió sin humor, pues sabía lo que convenía hacer. Rhombur y Kailea habían sido puestos bajo su tutela. Había prometido que velaría por su seguridad, por el juramento de sangre que le hermanaba con Dominic Vernius. Debía proporcionarles todas las posibilidades.

Envió a Leto y Rhombur a su Maestro de Asesinos, Thufir Hawat.

El Mentat guerrero parecía una columna de hierro mientras contemplaba a sus dos nuevos pupilos. Aguardaban de pie sobre un acantilado situado a unos kilómetros al norte del castillo de Caladan. El viento se estrellaba contra las rocas y ascendía a gran velocidad, agitando la hierba. Gaviotas grises volaban en círculos sobre sus cabezas, chillando y buscando pecios comestibles en la playa rocosa. Cipreses enanos se encorvaban como jorobados, inclinados por la constante brisa del océano.

Leto no sabía quién era Thufir Hawat. El nervudo

Mentat había entrenado al joven duque Paulus. Su piel era correosa, por haber estado expuesta a los ambientes más crueles de muchos planetas durante anteriores campañas Atreides, desde el calor más infernal al frío más entumecedor, pasando por tormentas aterradoras y los rigores de los grandes espacios abiertos.

Thufir Hawat cruzó los brazos sobre su peto de piel arañada. Sus ojos eran como armas, su silencio un acicate.

Leto estaba al lado de su amigo, inquieto. Tenía los dedos tan helados que deseó haberse puesto guantes. *¿Cuándo vamos a empezar el entrenamiento?* Rhombur y él se miraron, impacientes, a la espera.

—¡Miradme! —ordenó Hawat—. Habría podido destriparos en el instante en que intercambiasteis esa pretenciosa mirada.

Dio un paso amenazante en dirección a los dos.

Leto y Rhombur llevaban ropas cómodas pero de aspecto majestuoso. La brisa sacudía sus capas. La de Leto era de una seda merh esmeralda brillante, ribeteada de negro, mientras que la del príncipe de Ix exhibía los tonos púrpura y cobre de la Casa Vernius.

Después de un largo silencio, Hawat alzó la barbilla, preparado para empezar.

—Antes que nada, quitaos esas ridículas capas.

Leto levantó la mano hacia el cierre de la garganta, pero Rhombur vaciló. En aquella fracción de segundo, Hawat desenvainó su espada corta y cercenó el diminuto cordón, a escasos milímetros de la yugular del príncipe. El viento arrebató la capa púrpura y la lanzó por el acantilado. La prenda cayó como una cometa hasta posarse en las aguas turbulentas.

—¡Eh! —exclamó Rhombur—. ¿Por qué habéis…?

Hawat desestimó sus protestas.

—Habéis venido aquí para aprender el manejo de las armas. ¿Por qué os habéis vestido como si fuerais a un baile del Landsraad o a un banquete imperial? —El Mentat resopló, y después escupió en la dirección del viento—. Luchar es un trabajo sucio, y a menos que intentéis ocultar las armas entre esas capas, llevarlas es una estupidez. Es como ir cubiertos con vuestro propio sudario.

Leto aún sostenía la capa verde en sus manos. Hawat agarró el extremo de la tela y al mismo tiempo inmovilizó la mano derecha de Leto. Tiró con fuerza y golpeó con el pie el tobillo del joven, que cayó sobre el suelo rocoso.

Leto jadeó para recuperar el aliento. Rhombur se rió de su amigo.

Hawat lanzó la capa al aire para que fuera a reunirse con la de Rhombur en el mar.

—Cualquier cosa puede transformarse en un arma —dijo—. Portáis espadas, y también cuchillos. Además, tenéis escudos. Sin embargo, deberíais llevar oculto un buen surtido de juguetes: agujas, campos aturdidores, puntas envenenadas. Mientras vuestro enemigo fija la atención en el arma visible —Hawat cogió una espada larga de adiestramiento y acuchilló el aire—, podéis utilizarla como cebo para atacar con algo todavía más mortífero.

Leto se incorporó, al tiempo que se sacudía el polvo de la ropa.

—Pero, señor, no es noble utilizar armas ocultas. ¿No atenta eso contra las normas de…?

Hawat chasqueó los dedos como un pistoletazo ante la cara de Leto.

—No me habléis de las reglas del asesinato. —La piel curtida del Mentat enrojeció todavía más, como si apenas pudiera contener su ira—. ¿Cuál es vuestra intención, pavonearos ante las damas o eliminar a vuestro enemigo? Esto no es un juego.

Se volvió hacia Rhombur y le miró con tal fijeza que el joven retrocedió un paso.

—Corren rumores de que hay una recompensa imperial por vuestra cabeza, príncipe, si abandonáis el refugio de Caladan. Sois el hijo exiliado de la Casa Vernius. Vuestra vida no es la de un ciudadano vulgar. No sabéis cuándo se abatirá el golpe mortal, así que debéis estar preparado en todo momento. Las intrigas cortesanas y la política poseen sus propias normas, pero en ocasiones no todos los jugadores respetan las reglas.

Rhombur tragó saliva.

Hawat se volvió hacia Leto.

—Muchacho, vuestra vida corre peligro también, como heredero de la Casa Atreides. Todas las Grandes Casas han de estar en alerta constante contra el asesinato.

Leto clavó la vista en el instructor.

—Comprendo, Thufir, y quiero aprender. —Miró a Rhombur—. Queremos aprender.

—Por algo se empieza —dijo el instructor—. Ha de haber torpes zoquetes trabajando para otras familias del Landsraad, pero vosotros, hijos míos, tenéis que convertiros en preclaros ejemplos. No sólo aprenderéis a luchar con escudo y cuchillo, así como las artes sutiles del asesinato, sino también las artimañas de la política y el gobierno. Debéis aprender a defenderos de la retórica, así como de los golpes físicos. —El Mentat cuadró los hombros y se puso firmes—. Yo os lo enseñaré.

Conectó su escudo corporal. Blandía un cuchillo en una mano y una larga espada en la otra.

Leto conectó instintivamente el escudo de su cinturón, y el parpadeante campo Holtzman brilló delante de él. Rhombur se esforzó por imitarle, justo cuando el Mentat fingía atacar y se contenía en el último segundo.

Hawat se pasó las armas de una mano a otra, como demostración de que podía matar con cualquiera de ellas.

—Sed cautelosos. Tal vez algún día vuestra vida dependa de ello.

Cualquier camino que limite futuras posibilidades puede convertirse en una trampa mortal. Los humanos no se abren paso a través de un laberinto. Escudriñan un inmenso horizonte repleto de oportunidades únicas.

Manual de la Cofradía Espacial

Empalme era un planeta austero de paisajes monótonos y estricto control climático, con el fin de eliminar inconveniencias molestas. Un lugar práctico, elegido como sede de la Cofradía Espacial por su localización estratégica más que por sus paisajes.

Aquí, los aspirantes aprendían a convertirse en Navegantes.

Bosques renacidos cubrían millones de hectáreas, pero se limitaban a boj y robles enanos. Crecían en abundancia ciertas hortalizas de la Vieja Tierra, cultivadas por los nativos (patatas, pimientos, berenjenas, tomates y diversas hierbas), pero tendían a ser alcaloides, y sólo eran comestibles después de un cuidadoso procesamiento.

Después de su examen a mente abierta, aturdido por las nuevas perspectivas que le ofrecía la melange, D'murr Pilru había sido llevado allí sin poder despedirse de su hermano gemelo ni de sus padres. Al principio se había disgustado, pero las exigencias del entrenamiento le depararon tantos prodigios que olvidó todo lo demás. Descubrió que podía concentrarse en las cosas mucho mejor, y olvidar con más facilidad.

Los edificios de Empalme (enormes formas abultadas con protuberancias redondas y angulares) eran del diseño normal de la Cofradía, muy parecidos a la embajada de Ix: prácticos en extremo y enormes. Cada edificio contaba con un escudo con la insignia del infinito. Las infraestructuras mecánicas eran de procedencia ixiana y richesiana, instaladas siglos antes y todavía en funcionamiento.

La Cofradía Espacial prefería entornos que no interfirieran en sus importantes tareas. Para un Navegante, cualquier distracción significaba un peligro en potencia. Cada estudiante de la Cofradía aprendía la lección muy pronto, como el joven aspirante D'murr: lejos de casa y absorto en sus estudios, hasta obviar cualquier preocupación por los problemas de su antiguo planeta.

En mitad de un campo de hierbanegra, estaba inmerso en su contenedor de gas de melange. Medio nadaba medio reptaba, mientras su cuerpo continuaba cambiando y sus sistemas físicos se alteraban para adaptarse al bombardeo de especia. Habían empezado a crecer membranas entre los dedos de sus manos y pies. Su cuerpo era más largo y fláccido que antes, e iba adoptando forma de pez. Nadie le había explicado el alcance de los inevitables cambios, y no hizo preguntas. Le daba igual. Tal cantidad de universo se había abierto ante él, que consideraba modesto el precio a pagar.

Los ojos de D'murr se habían empequeñecido y perdido las pestañas. También habían desarrollado cataratas. Ya no los necesitaba para ver, puesto que tenía otros ojos, los de la visión interna. El universo se desplegaba ante él. En el proceso experimentaba la sensación de estar dejando algo atrás, y no le molestaba.

A través de la neblina, D'murr veía el campo de

hierbanegra cubierto con pulcras hileras de aspirantes en sus contenedores, con los Navegantes que les preparaban. Una vida por contenedor. Los contenedores expulsaban gases de la melange filtrados, que remolineaban alrededor de ayudantes humanoides protegidos con mascarillas, que esperaban para mover los contenedores cuando se lo ordenaran.

El Instructor Jefe, un Timonel Navegante llamado Grodin, flotaba en el interior de un contenedor de marco negro que había sido izado sobre una plataforma. Los aprendices le veían más con la mente que con los ojos. Grodin acababa de llegar del espaciopliegue con un aspirante, cuyo contenedor estaba al lado del suyo, conectados ambos mediante un tubo flexible para que sus gases se mezclaran.

D'murr ya había realizado vuelos cortos en tres ocasiones. Le consideraban uno de los mejores aspirantes. En cuanto aprendiera a viajar por el espaciopliegue solo, recibiría el título de Piloto, el Navegante de rango más inferior, pero muchísimo más superior de lo que había sido cuando era un simple ser humano.

Los viajes por el espaciopliegue del Timonel Grodin eran legendarias exploraciones a través de incomprensibles nudos dimensionales. La voz del Instructor Jefe surgía de un altavoz situado dentro del contenedor de D'murr, y utilizaba un lenguaje de orden superior. Describió una ocasión en que había transportado seres similares a dinosaurios en un anticuado Crucero. Ignoraba que los monstruos podían alargar el cuello hasta distancias increíbles. Mientras el Crucero se encontraba en vuelo, uno de esos seres se había abierto camino, devorando todo a su paso, hasta la cámara de navegación, de modo que su cara apareció ante el contenedor de Grodin, al que miró con ojos desorbitados...

Se está muy bien aquí, pensó D'murr mientras oía la historia. Inhaló una profunda bocanada de melange. Los humanos, debido a sus sentidos embotados, comparaban aquel aroma penetrante con la canela más potente, pero la melange era mucho más que eso, infinitamente más compleja.

D'murr ya no necesitaba preocuparse por los asuntos mundanos de los seres humanos, tan triviales, limitados y faltos de previsión: maquinaciones políticas, superpoblación, las vidas que brillaban y se apagaban en apenas un instante, como chispas de una fogata. Su vida anterior no era más que un recuerdo vago y difuso, sin nombres ni rostros concretos. Veía imágenes, pero hacía caso omiso de ellas. Nunca podría volver al pasado.

En lugar de terminar su relato sobre el ser en forma de dinosaurio, el Timonel Grodin cambió de tema y habló sobre los aspectos técnicos de lo que el aspirante seleccionado había logrado en su viaje interestelar, y de que habían utilizado matemáticas de alto nivel y cambios dimensionales para escrutar el futuro, al igual que el monstruo de cuello largo había examinado su contenedor.

—Un Navegante ha de hacer mucho más que observar —dijo por el altavoz la voz chirriante de Grodin—. Un Navegante utiliza lo que ve con el fin de guiar naves espaciales a través del vacío. El hecho de no aplicar ciertos principios básicos puede conducir a la destrucción del Crucero y de todas las vidas que transporta.

Antes de que ninguno de los nuevos adeptos, como D'murr, llegaran a ser Pilotos, debían aprender a dominar determinadas crisis, como un espacio sólo plegado en parte, la presciencia fallida, un ataque de alergia a la especia, generadores Holtzman defectuosos, e incluso sabotaje deliberado.

D'murr intentó imaginar el sino que habían padecido algunos de sus infortunados predecesores. En contra de la creencia popular, los Navegantes utilizaban su limitada presciencia para elegir rutas seguras de navegación. Una nave podía atravesar el vacío sin su guía, pero ese peligroso juego de acertijos conducía de manera inevitable al desastre. Un Navegante de la Cofradía no garantizaba un viaje seguro, pero las probabilidades aumentaban de manera sustancial. Había problemas cuando surgían acontecimientos imprevistos.

Estaban entrenando a D'murr hasta el límite de los conocimientos de la Cofradía, lo cual no incluía todas las eventualidades. El universo y sus habitantes se hallaban en un estado de cambio constante. Todas las antiguas escuelas lo sabían, incluyendo la Bene Gesserit y los Mentats. Los supervivientes aprendían a adaptarse al cambio, a esperar lo inesperado.

En el límite de su conciencia, su contenedor de melange empezó a desplazarse sobre su campo suspensor y se alineó detrás de los contenedores de los demás aspirantes. Oyó que un ayudante del instructor recitaba pasajes del *Manual de la Cofradía Espacial*. Mecanismos de circulación del gas zumbaban a su alrededor. Cada detalle parecía nítido, definido, importante. ¡Jamás se había sentido tan vivo!

Inhaló la melange de tono anaranjado y notó que sus preocupaciones empezaban a disiparse. Sus pensamientos recuperaron la armonía y se deslizaron con suavidad por los caminos neuronales de su cerebro.

—D'murr... D'murr, hermano mío...

El nombre remolineó con el gas, como un susurro en el universo, un nombre que ya no utilizaba, ahora que le habían asignado un número de navegación de la Cofradía. Los nombres se asociaban con la individualidad. Los nombres imponían limitaciones e ideas preconcebidas, relaciones familiares e historias pasadas, imponían la antítesis de lo que significaba ser un Navegante. Un hombre de la Cofradía se fundía con el cosmos y veía rutas seguras a través de los recovecos del destino, visiones prescientes que le permitían guiar materia de un lugar a otro, como piezas de ajedrez en un tablero cósmico.

—¿Me oyes, D'murr? ¿D'murr?

La voz llegaba desde el altavoz situado dentro de su contenedor, pero también desde una enorme distancia. Distinguió algo familiar en su tono. ¿Había olvidado tantas cosas? D'murr. Casi había borrado el nombre de su mente.

El cerebro de D'murr efectuó conexiones que cada vez consideraba menos importantes, y su boca fláccida formó palabras gorjeantes.

—Sí, te oigo.

Empujado por el ayudante, el contenedor de D'murr se deslizó por un camino pavimentado en dirección al enorme edificio bulboso donde vivían los Navegantes. Nadie parecía oír la voz.

—Soy C'tair —continuó la transmisión—. Tu hermano. ¿Me oyes? Este trasto ha funcionado por fin. ¿Cómo estás?

—¿C'tair?

El Navegante en ciernes sintió que su mente se replegaba hacia los restos de su perezoso estado pre Cofradía. Intentaba ser humana de nuevo, siquiera por un instante. ¿Era importante?

El proceso era penoso y limitado, como un hombre que se pusiera anteojeras, pero la información era precisa: sí, su hermano gemelo. C'tair Pilru. Humano. Recibió imágenes fugaces de su padre vestido de embajador, de su madre con el uniforme del Banco de la Cofradía, de su hermano cuando jugaban y exploraban juntos. Aquellas imágenes habían sido proscritas de sus pensamientos, como casi todo lo perteneciente a aquel reino... pero no por completo.

—Sí —dijo D'murr—. Te conozco. Me acuerdo.

En Ix, refugiado en el cubículo donde utilizaba su aparato de transmisión improvisado, C'tair hablaba encorvado, temeroso de ser descubierto, pero valía la pena correr el riesgo. Resbalaban lágrimas sobre sus mejillas, y tragó saliva. Los Tleilaxu y los suboides habían continuado sus redadas y purgas, destruyendo cualquier residuo de tecnología desconocida que encontraban.

—Te separaron de mí en la cámara de exámenes de la Cofradía —susurró C'tair—. No me dejaron verte ni decirte adiós. Ahora me doy cuenta de la suerte que tuviste, D'murr, teniendo en cuenta lo que ha pasado en Ix. Verlo ahora te partiría el corazón. —Respiró hondo—. Nuestra ciudad fue destruida poco después de que la Cofradía te separara de nosotros. Han muerto cientos de miles de personas. El poder ha pasado a manos de los Bene Tleilax.

D'murr hizo una pausa para adaptarse a la comunicación limitada de persona a persona.

—He guiado un Crucero a través del espaciopliegue, hermano. Abarco la galaxia con mi mente, veo matemáticas. —Sus palabras indolentes consiguieron formar frases—. Ahora sé por qué... Sé... Ay, tu conexión me produce dolor. ¿Cómo es posible, C'tair?

—¿Esta comunicación te hace daño? —C'tair se apartó del transmisor y contuvo el aliento, temeroso de que espías Tleilaxu le oyeran—. Lo siento, D'murr. Quizá debería...

—No es importante. El dolor oscila, como una jaqueca... aunque de manera diferente. Recorre mi mente y la trasciende. —D'murr hablaba con voz lejana y etérea—. ¿Qué clase de transmisión es ésta? ¿Qué aparato utilizas?

—¿No me has oído, D'murr? Ix ha sido destruido. Nuestro planeta, nuestra ciudad, es un campo de concentración. Nuestra madre murió a causa de una explosión. No pude salvarla. He estado escondido aquí, y corro un gran peligro por culpa de esta transmisión.

Nuestro padre está en el exilio, no sé dónde... en Kaitain, creo. La Casa Vernius se ha declarado renegada. ¡Estoy atrapado aquí!

D'murr continuó concentrado en lo que consideraba la cuestión más importante.

—¿Comunicación directa a través del espaciopliegue? Imposible. Explícamelo.

Sorprendido por la ausencia de preocupación de su gemelo acerca de las horrendas noticias, C'tair decidió seguirle la corriente. Al fin y al cabo, D'murr había sufrido cambios mentales radicales, y nadie podía culparle de su estado actual. C'tair nunca entendería lo que su gemelo había padecido. Él había fracasado en los exámenes de la Cofradía. Se había comportado con excesivo temor y rigidez. De lo contrario, ahora también sería un Navegante.

Contuvo el aliento, oyó un crujido en el pasadizo que corría por encima de su cabeza, pasos que se alejaban. Voces susurrantes. Luego volvió el silencio y pudo continuar la conversación.

—Explícate —repitió D'murr.

C'tair habló a su hermano del aparato que había ensamblado.

—¿Te acuerdas de Davee Rogo, el viejo inventor que nos invitaba a ir a su laboratorio para enseñarnos las cosas en que trabajaba?

—Tullido... muletas suspensoras. Demasiado decrépito para andar.

—Sí, hablaba a menudo de comunicación por medio de longitudes de onda de energía de neutrinos, una red de varillas envueltas en cristales de silicato.

—Ay... Dolor otra vez.

—¡Estás sufriendo! —C'tair miró alrededor, consciente del peligro que estaba corriendo—. No me extenderé mucho más.

D'murr quería saber más.

—Continúa la explicación. He de saber cómo es este aparato.

—Un día, durante los disturbios, cuando tenía muchas ganas de hablar contigo, recordé fragmentos de conversaciones. Creí ver, entre los escombros de un edificio derruido, una imagen borrosa de Rogo. Fue como una visión. Hablaba con aquella voz vieja y quebrada, y me dijo lo que debía hacer, qué piezas necesitaba y cómo ensamblarlas. Me proporcionó las ideas que necesitaba.

—Interesante.

La voz del Navegante era monótona e indiferente.

La falta de emoción y compasión de su hermano inquietó a C'tair. Intentó formular preguntas sobre las experiencias de D'murr en la Cofradía Espacial, pero su hermano no tuvo paciencia y contestó que no podía divulgar los secretos de la Cofradía, ni siquiera a su hermano. Había viajado a través del espaciopliegue, y era increíble. No pensaba revelar nada más.

—¿Cuándo podremos volver a hablar? —preguntó C'tair. Notó el aparato peligrosamente caliente, como si estuviera a punto de estallar. Tendría que desconectarlo muy pronto. D'murr emitió un gruñido de dolor, pero no dio una respuesta concreta.

Pese a ser consciente del malestar de su hermano, C'tair experimentaba la necesidad humana de decir adiós, aunque ya no fuera así en el caso de D'murr.

—Hasta pronto, pues. Te echo de menos.

Mientras pronunciaba aquellas palabras contenidas desde hacía tanto tiempo, notó un aplacamiento de su dolor, una sensación curiosa, pues ya no estaba seguro de que su hermano le comprendiera como antes.

C'tair cortó la comunicación, sintiéndose culpable. Después estuvo sentado un rato en silencio, abrumado por emociones contradictorias: alegría por haber hablado con su hermano, y tristeza por las reacciones ambivalentes de D'murr. ¿Hasta qué punto había cambiado su hermano?

D'murr tendría que haber lamentado la muerte de su madre y los trágicos acontecimientos ocurridos en Ix. El estado de ánimo de un Navegante de la Cofradía afectaba a toda la humanidad. ¿No debería ser un Navegante más sensible, más proclive a la defensa de la humanidad?

En cambio, daba la impresión de que el joven había cortado todos los lazos y quemado todos los puentes. ¿Transmitía D'murr la filosofía de la Cofradía, o estaba tan absorto en sus nuevas capacidades que se había convertido en un megalomaníaco? ¿Era necesario que se comportara de aquella manera? ¿Había cortado D'murr todo contacto con la humanidad? No había forma de saberlo.

C'tair experimentaba la sensación de haber perdido a su hermano por segunda vez.

Se quitó los contactos de la máquina de bioneutrinos que durante un rato había expandido sus poderes mentales, amplificado sus pensamientos y permitido comunicarle con la lejana Empalme. Mareado de repente, volvió a su escondite y se tumbó en la estrecha litera. Con los ojos cerrados, imaginó el mundo que se extendía más allá de sus párpados, y se preguntó cómo lo veía su gemelo. Su mente zumbaba con un extraño residuo del contacto, secuela de la expansión mental.

La voz de D'murr había sonado como si hablara sumergido en el agua, a través de filtros de comprensión. C'tair empezó a desentrañar significados subyacentes, sutilezas e ingeniosidades. Durante toda la noche, en el aislamiento de su habitación oculta, pensamientos encadenados recorrieron su mente, le abrumaron como presa de una posesión demoníaca. El contacto había activado algo en su cerebro, una reacción asombrosa.

No salió de su refugio durante días, absorto en sus

recuerdos, y utilizó el aparato para concentrar su pensamiento hasta extremos de lucidez obsesiva. Hora tras hora, la conversación reproducida se le hacía más clara, las palabras y los dobles significados estallaban como los pétalos de una flor, como si atravesara su espaciopliegue particular de mente y memoria. Los matices de la conversación sostenida con D'murr adquirían mayor transparencia, significados que C'tair no había captado al principio. Lo cual sólo le proporcionó un indicio de lo que su hermano había llegado a ser.

Lo encontró emocionante. Y aterrador.

Por fin, cuando recobró la conciencia varios días después, observó desparramados a su alrededor los paquetes de comida y bebida. La habitación hedía. Se miró en un espejo y le sorprendió ver que una barba había crecido en su cara. Tenía los ojos inyectados y el cabello desgreñado. C'tair apenas se reconoció.

Si Kailea Vernius le viera ahora, retrocedería presa del horror o el desprecio, y le enviaría a trabajar a los niveles inferiores más inmundos, con los suboides. No obstante, por algún proceso ignoto, después de la tragedia de Ix y la violación de su hermosa ciudad subterránea, su enamoramiento infantil de la hija del conde se le antojaba irrelevante. De todos los sacrificios que C'tair había hecho, aquél era el más insignificante.

Y estaba seguro de que le aguardaban otros mucho mayores.

Antes de lavarse o de ordenar el escondite, inició los preparativos para llamar de nuevo a su hermano.

Las percepciones rigen el universo.

Máxima Bene Gesserit

Una lanzadera robocontrolada abandonó el Crucero que giraba en órbita en el sistema de Laoujin y descendió hacia la superficie de Wallach IX, al tiempo que transmitía los códigos de seguridad correctos que desactivarían las defensas primarias de la Hermandad. El hogar de las Bene Gesserit era una etapa más en su larga ruta entre las estrellas del Imperio.

Gaius Helen Mohiam, cuyo espeso cabello empezaba a encanecer, y cuyo cuerpo empezaba a traicionar su edad, pensó que era estupendo volver a casa después de meses dedicada a otras tareas, cada una de ellas un hilo en el inmenso tapiz de las Bene Gesserit. Ninguna hermana comprendía la configuración en su totalidad, el entrelazado de acontecimientos y personas, pero Mohiam cumplía su parte.

La Hermandad la había llamado de vuelta, debido a su avanzado embarazo, para que permaneciera en la Escuela Materna hasta el momento de dar a luz. Sólo la madre Kwisatz Anirul conocía su verdadero valor para el programa de reproducción, la forma en que todo dependía de la niña que portaba en su seno. Mohiam, por su parte, sabía que la niña era importante, pero incluso los susurros de la Otra Memoria, a la que siempre podía convocar para que le ofreciera una cacofonía de consejos, guardaba un silencio deliberado sobre el tema.

Era la única pasajera de la lanzadera. Los fabricantes richesianos del robopiloto, que trabajaban bajo el espectro de la Jihad, se habían superado para pergeñar un aparato de aspecto estrafalario, cubierto de remaches, que ni emulaba a la mente humana ni parecía humano, ni siquiera sofisticado.

El robopiloto transportaba pasajeros y materiales de una nave a la superficie de un planeta, para regresar de nuevo a la nave nodriza dentro de una cadena de actividades bien programada. Sus funciones incluían una flexibilidad apenas suficiente para capear las pautas de tráfico aéreo o las condiciones meteorológicas adversas. El robopiloto conducía la lanzadera en una secuencia rutinaria: desde el Crucero al planeta, desde el planeta al Crucero...

Mohiam, sentada junto a una ventanilla de la lanzadera, reflexionaba sobre la deliciosa venganza que se había tomado del barón. Ya habían transcurrido varios meses y no cabía duda de que el hombre no abrigaba la menor sospecha, pero una Bene Gesserit podía esperar mucho tiempo. Con los años, con su preciado cuerpo debilitado y acosado por la enfermedad, un Vladimir Harkonnen derrotado por completo podía incluso barajar la idea del suicidio.

Tal vez la vengativa acción de Mohiam había sido impulsiva, pero era justa y equitativa, visto lo que el barón había hecho. La madre superiora Harishka no habría permitido que la Casa Harkonnen quedara sin castigo, y Mohiam pensaba que su idea espontánea había sido cruelmente adecuada. Ahorraría a la Hermandad tiempo y problemas.

Mientras la nave se internaba en la capa de nubes, Mohiam confió en que su nueva hija sería perfecta, porque el barón ya no les serviría de nada. En caso contrario, la Hermandad siempre contaba con otras opciones y planes. Tenían diversos programas de reproducción.

Mohiam era del tipo que se consideraba óptimo para cierto programa genético misterioso. Conocía los nombres de algunas candidatas, pero no de todas, y también sabía que la Hermandad no deseaba embarazos simultáneos en el programa, pues temía que tal circunstancia perjudicara al índice de apareamientos. No obstante, Mohiam se preguntaba por qué había sido elegida de nuevo, después de su primer fracaso. Sus superioras no se lo habían explicado, y sabía que no debía preguntar. Además, las Voces de la Otra Memoria también guardaban el secreto.

¿Importan los detalles?, se preguntó. *Llevo la hija exigida en mi útero.* Un parto perfecto elevaría el prestigio de Mohiam, incluso podría llevarla a ser elegida madre superiora por las superintendentes, cuando fuera mucho más vieja, dependiendo de la auténtica importancia de esta hija.

Presentía que la niña sería muy importante.

Notó un repentino cambio de movimiento en la lanzadera robotripulada. Miró por la estrecha ventanilla y vio que el horizonte de Wallach IX se bamboleaba, mientras el aparato daba vueltas y descendía en picado, sin control. El campo de seguridad que rodeaba su asiento emitió un brillo amarillento, desconocido y desconcertante. Los sonidos mecánicos, hasta entonces apenas un suave zumbido, aumentaron de volumen hasta ensordecerla.

Parpadearon luces en el módulo de control. Los movimientos del robot eran erráticos e inseguros. Mohiam había sido preparada para afrontar cualquier crisis, y su mente trabajó con rapidez. Sabía que en estas lanzaderas se producían averías ocasionales, intrascendentes desde un punto de vista estadístico pero exacerbadas por la falta de pilotos con capacidad de pensamiento y reacción. Cuando un problema se presentaba, y Mohiam se sentía protagonista de uno, las probabilidades de que terminara en desastre eran altas.

La lanzadera cayó en picado entre las nubes. El robopiloto efectuó los mismos movimientos circulares, incapaz de probar algo nuevo. El motor emitió un estertor extraño y enmudeció.

No puede ser, pensó Mohiam. *Ahora no, embarazada de esta niña.* Sentía en sus entrañas que, si lograba sobrevivir, su hija sería sana, la que tanto necesitaba la Hermandad.

Pero la asaltaron oscuros pensamientos, y empezó a temblar. Los Navegantes de la Cofradía, como el del Crucero en órbita sobre su cabeza, utilizaban cálculos dimensionales de alto orden, con el fin de ver el futuro y poder conducir la nave sana y salva a través de los peligrosos vacíos del espaciopliegue. ¿Había descubierto la Cofradía Espacial el secreto del programa Bene Gesserit y tenía miedo de él?

Mientras la lanzadera se precipitaba hacia el desastre, un desfile de posibilidades pasó por la mente de Mohiam. El campo de seguridad que la rodeaba se expandió y adoptó un tono más amarillento. Mohiam enlazó las manos sobre su útero para protegerlo y experimentó un desesperado deseo de vivir y de que su hija nonata viera la luz sin problema. Sus pensamientos trascendían las preocupaciones domésticas de una madre y una hija.

Se preguntó si sus sospechas serían erróneas. ¿Y si una fuerza que ni ella ni las demás hermanas eran capaces de imaginar era la causante de esto? ¿Con su programa de reproducción las Bene Gesserit estaban jugando a ser Dios? ¿Existía un verdadero Dios, pese al cinismo y el escepticismo de la Hermandad con respecto a la religión?

Sería una broma muy cruel.

Las deformidades de su primera hija, y ahora la muerte inminente de este feto y de Mohiam... Todo apuntaba a un significado escurridizo, pero ¿quién, o qué, estaba detrás del accidente?

Las Bene Gesserit no creían en accidentes ni en coincidencias.

—No debo temer —rezó con los ojos cerrados—. El miedo es el asesino de mentes. El miedo es la pequeña muerte que conduce a la destrucción total. Afrontaré mi miedo. Permitiré que pase sobre y a través de mí. Y cuando haya pasado, observaré su camino con el ojo interior. A donde el miedo haya ido, no habrá nada. Sólo quedaré yo.

Era la Letanía Contra el Miedo, compuesta en tiempos remotos por una hermana Bene Gesserit y transmitida de generación en generación.

Mohiam respiró hondo y notó que los temblores disminuían.

La lanzadera se estabilizó momentáneamente, con la ventanilla hacia el planeta. El motor chisporroteó de nuevo. Vio que la masa continental se acercaba a gran velocidad, y reveló el extenso complejo de la Escuela Materna, una ciudad laberíntica de edificios de estuco blanco y tejados color siena.

¿Iban a estrellarse contra el edificio principal, con un potente explosivo a bordo? Una sola colisión destruiría el corazón de la Hermandad.

Mohiam no consiguió liberarse del campo de seguridad, a pesar de sus esfuerzos. La lanzadera cambió de dirección y la tierra desapareció de su vista. La ventanilla se inclinó hacia arriba y reveló el sol blancoazulado, al borde de la atmósfera.

Entonces, el campo de seguridad perdió su tono amarillento, y Mohiam comprendió que la lanzadera se había enderezado. El motor funcionaba de nuevo. En la parte delantera del compartimiento, el robopiloto se movía con aparente eficiencia, como si no hubiera pasado nada. Por lo visto, uno de sus programas rutinarios de emergencia había funcionado.

Cuando la lanzadera se posó con suavidad delante de la gran plaza, Mohiam exhaló un largo suspiro de alivio. Corrió hacia la puerta, deseosa de alcanzar la seguridad del edificio más próximo, pero luego se calmó y salió con serenidad. Una reverenda madre tenía que guardar las apariencias.

Cuando se deslizó rampa abajo, hermanas y acólitas la rodearon como para protegerla. La madre superiora ordenó que la lanzadera fuera sometida a un riguroso examen, en busca de pruebas de sabotaje o para confirmar una simple avería. No obstante, una repentina transmisión desde el Crucero lo impidió.

La reverenda madre Anirul Sadow Tonkin esperaba a Mohiam, rebosante de orgullo, con un aspecto muy juvenil gracias a su cara de cervatilla y el corto cabello broncíneo. Mohiam nunca había comprendido la importancia de Anirul, aunque hasta la madre superiora le mostraba deferencia. Las dos mujeres se saludaron con un cabeceo.

Rodeada de las demás hermanas, Mohiam fue escoltada hasta un edificio. Un numeroso contingente de guardias armadas se ocuparía de su custodia. La mimarían y vigilarían hasta que diera a luz.

—Se han acabado los viajes para ti, Mohiam —dijo la madre superiora Harishka—. Te quedarás aquí hasta que tengas a tu hija.

En el ala de las concubinas del palacio imperial, máquinas de masaje palmeaban y amasaban la piel, y aplicaban aceites perfumados en todo el glorioso contorno de las mujeres del emperador. Sofisticados ingenios de mantenimiento físico extraían la celulitis, mejoraban el tono muscular, alisaban abdómenes y papadas, y suavizaban la piel mediante diminutas inyecciones. Todos los detalles debían adaptarse a las preferencias de Elrood, aunque ya no parecía muy interesado. Hasta la mayor de las cuatro mujeres, la septuagenaria Grera Cary, conservaba la figura de una mujer que tuviera la mitad de su edad, gracias en parte a frecuentes libaciones de especia.

La luz de la aurora se teñía de ámbar al filtrarse por las gruesas ventanas de plaz blindado. Cuando el masaje de Grera terminó, la máquina la envolvió en una toalla de khartan tibia y cubrió su cara con un paño refrescante, empapado en eucalipto y enebro. La cama de la concubina se transformó en una butaca sensiforme, que se amoldó perfectamente a su cuerpo.

Un equipo de manicura mecánico descendió del techo, y Grera susurró sus meditaciones diarias mientras le cortaban, pulían y pintaban de verde intenso las uñas de dedos y pies. La máquina se reintegró a su compartimiento del techo, la mujer se levantó y dejó caer la toalla. Un campo eléctrico pasó sobre su cara, brazos y piernas, y eliminó el vello apenas discernible.

Perfecta. Incluso para el emperador.

Del contingente actual de concubinas, sólo Grera era lo bastante mayor para recordar a Shando, un juguete que había abandonado el servicio imperial para casarse con un héroe de guerra y llevar una «vida normal». Elrood no había prestado mucha atención a Shando cuando se contaba entre sus numerosas mujeres, pero cuando se marchó había vituperado a las demás y lamentado su pérdida. Durante los años posteriores, muchas de sus concubinas favoritas fueron parecidas a Shando.

Mientras observaba a las demás concubinas someterse a similares procedimientos de cuidado corporal, Grera Cary pensó que las cosas habían cambiado mucho para el harén del emperador. Menos de un año antes, estas mujeres se habían reunido en muy contadas ocasiones, pues Elrood estaba casi siempre con alguna de ellas, cumpliendo lo que él llamaba sus «deberes imperiales». Una de las concubinas, natural de Eleccan, había bautizado al viejo fauno con un mote que perduró, Fornicario, una referencia a sus proezas y apetitos sexuales. Las mujeres sólo lo empleaban entre ellas, en son de burla.

—¿Alguna ha visto a Fornicario? —preguntó la más alta de las dos concubinas de menor edad, desde el otro extremo de la sala.

Grera intercambió una sonrisa con ella, y las mujeres rieron como colegialas.

—Temo que nuestro roble imperial se ha convertido en un sauce llorón.

El anciano apenas acudía ya al ala de las concubinas. Si bien pasaba tanto tiempo en la cama como antes, era por un motivo muy diferente. Su salud se había deteriorado con gran rapidez, y su libido ya había muerto. Sólo faltaba su mente.

De pronto, las mujeres enmudecieron, y se volvieron alarmadas hacia la entrada principal del ala de las concubinas. El príncipe heredero Shaddam entró sin anunciarse, seguido de su omnipresente acompañante Hasimir Fenring, a quien llamaban el Hurón por su cara estrecha y barbilla puntiaguda. Las mujeres cubrieron su desnudez a toda prisa y se quedaron inmóviles en señal de respeto.

—¿Cuál es el chiste, hummmm? —preguntó Fenring—. He oído risitas.

—Las chicas estaban bromeando —dijo Grera. Como era la mayor, solía hablar en nombre de las demás concubinas.

Se rumoreaba que aquel hombre de escasa estatura había matado a puñaladas a dos de sus amantes, y Grera lo creía, debido a su porte escurridizo. Gracias a sus muchos años de experiencia, había aprendido a reconocer a un hombre capaz de crueldades sin cuento. Se decía que los genitales de Fenring eran estériles y deformes, aunque sexualmente funcionales. Nunca se había acostado con él, ni lo deseaba.

Fenring la estudió con sus grandes y desalmados ojos y después se acercó a las dos rubias nuevas. El príncipe heredero se quedó cerca de la puerta que daba al solárium. Shaddam, delgado y pelirrojo, llevaba un uniforme gris Sardaukar ribeteado de plata y oro. Grera sabía que al heredero imperial le gustaba jugar a los soldaditos.

—Te ruego que me cuentes el chiste —insistió Fenring. Habló a la rubia más menuda, una adolescente algo más baja que él. Sus ojos recordaban a los de Shando—. El príncipe Shaddam y yo tenemos mucho sentido del humor.

—Era una conversación privada —contestó Grera al tiempo que avanzaba en ademán protector—. Cosas personales.

—¿Es que no sabe hablar? —replicó Fenring, y clavó los ojos en Grera. Llevaba un manto negro ribeteado de oro y muchos anillos en las manos—. Si ha sido elegida para entretener al emperador Padishah, estoy seguro de que sabrá contar un chiste, ¿hummmm?

—Ya lo ha dicho Grera —insistió la rubia—. Cosas de chicas. No vale la pena repetirlas.

Fenring agarró un extremo de la toalla que envolvía su cuerpo curvilíneo. Sorpresa y temor se traslucieron en la cara de la muchacha. Fenring tiró de la toalla y dejó al descubierto uno de sus pechos.

—Basta de tonterías, Fenring —dijo Grera, irritada—. Somos concubinas reales. Sólo el emperador puede tocarnos.

—Qué suerte tenéis.

Fenring miró a Shaddam.

El príncipe heredero asintió.

—Dice la verdad, Hasimir. Si quieres, te cederé a una de mis concubinas.

—Pero si no la he tocado, amigo mío. Sólo le estaba ajustando la toalla. —La soltó, y la muchacha volvió a cubrirse—. ¿Y el emperador ha… hummmm, utilizado vuestros servicios con frecuencia en los últimos tiempos? Nos han dicho que una de sus partes ya ha fenecido.

Fenring miró a Grera Cary, más alta que el Hurón.

Grera miró al príncipe heredero en busca de apoyo y protección, pero no los encontró. Los fríos ojos del hombre se desviaron de ella. Por un momento, la mujer se preguntó cómo sería en la cama el heredero imperial, si poseería las dotes sexuales de su padre. Lo dudaba. A juzgar por su aspecto frígido, incluso el viejo postrado en su lecho de muerte sería mejor amante.

—Anciana, tú vendrás conmigo, y seguiremos hablando de chistes —ordenó Fenring—. Hasta puede que intercambiemos algunos. Puedo ser un hombre muy divertido.

—¿Ahora, señor? —Indicó la toalla de khartan.

Los ojos llameantes de Fenring se entornaron ominosamente.

—Una persona de mi posición no tiene tiempo para esperar a que una mujer se vista. ¡Pues claro que ahora! —Cogió una punta de la toalla y la arrastró. Grera le siguió, esforzándose por mantener la toalla alrededor de su cuerpo—. Por aquí. Ven, ven.

Mientras Shaddam le seguía, divertido, Fenring tironeó de ella hacia la puerta.

—¡El emperador se enterará de esto! —protestó la mujer.

—Habla más alto, porque cada día está más sordo. —Fenring le dedicó una sonrisa diabólica—. ¿Quién se lo va a decir? Hay días en que ni siquiera se acuerda de su nombre. No se va a molestar por una arpía como tú.

Su tono provocó que un escalofrío recorriera la espina dorsal de Grera. Las demás concubinas vieron, confusas e indefensas, que su *grande dame* era sacada sin ceremonias al pasillo.

A aquellas tempranas horas no se veían miembros de la corte, sólo guardias Sardaukar en posición de firmes. Y con el príncipe coronado Shaddam presente, los guardias no veían nada. Grera les miró, pero para el caso habría podido ser invisible.

Como parecía que su voz nerviosa y tartamudeante irritaba a Fenring, Grera decidió que lo más prudente sería guardar silencio. El Hurón se comportaba de una manera extraña, pero como concubina imperial no debía temer nada de él. El furtivo hombre no osaría cometer la estupidez de hacerle daño.

Miró hacia atrás y descubrió que Shaddam había

desaparecido por algún pasadizo. Así pues, estaba sola con aquel hombre malvado.

Fenring atravesó una barrera de seguridad y empujó a Grera al interior de una habitación. Cayó sobre un suelo de mármolplaz blanco y negro. Se trataba de una amplia estancia, con una chimenea de piedra y cemento que dominaba una de las paredes, destinada en otro tiempo a cuarto de invitados, pero ahora desprovista de muebles. Olía a pintura fresca y a abandono.

La puerta se cerró a sus espaldas. Shaddam aún no había aparecido. ¿Qué se proponía aquel hombrecillo?

Fenring extrajo de su manto un óvalo incrustado de joyas verdes. Después de apretar un botón del costado, apareció una larga hoja verde, que centelleó a la luz de la araña.

—No te he traído aquí para interrogarte, arpía —dijo con tono suave. Alzó el arma—. De hecho, voy a probar esto contigo. Nunca me han gustado algunas rameras del emperador.

Fenring no era ajeno al asesinato, y mataba con las manos con tanta frecuencia como tramaba accidentes o pagaba asesinos a sueldo. A veces le gustaba derramar sangre, pero en otras ocasiones prefería sutilezas y engaños. Cuando era más joven, apenas contaba diecinueve años, salió del palacio imperial de noche y mató al azar a dos funcionarios sólo para probarse que era capaz de hacerlo. Aún intentaba mantenerse en forma.

Fenring siempre había sabido que poseía la voluntad de hierro necesaria para asesinar, pero le sorprendía lo mucho que disfrutaba. Matar a Fafnir, el anterior príncipe heredero, había constituido su mayor triunfo, hasta ahora. En cuanto el viejo Elrood muriera por fin, tendría otro motivo de orgullo. *No puedo aspirar a nada más alto.*

Pero debía estar al corriente de las nuevas técnicas y los nuevos inventos. Quién sabía cuándo podrían serle útiles. Además, aquel neurocuchillo era tan intrigante...

Grera miró con ojos desorbitados la brillante hoja verde.

—¡El emperador me ama! No podéis...

—¿Te ama? ¿A una concubina de tres al cuarto? Pasa más tiempo llorando por culpa de su amada Shando. Elrood está tan senil que ni siquiera se dará cuenta de tu desaparición, y las demás concubinas se alegrarán de ascender un rango.

Antes de que Grera pudiera escapar, Fenring saltó sobre ella y la atenazó.

—Nadie llorará tu pérdida, Grera Cary.

Alzó la hoja verde y, con un oscuro fulgor en sus ojos llameantes, la apuñaló repetidas veces en el torso recién aceitado y masajeado. La toalla de khartan cayó al suelo.

La concubina chilló de dolor, volvió a gritar, sufrió espasmos y estremecimientos y por fin enmudeció. Ni heridas ni sangre, sólo una agonía imaginaria. Todo el dolor, pero ninguna marca acusadora. ¿Podía existir una mejor forma de asesinar?

Mientras el placer ofuscaba su cerebro, Fenring se arrodilló junto a la concubina, examinó su cuerpo bien formado, derrumbado sobre la toalla. Buen tono de piel, músculos firmes, distendidos a causa de la muerte. Costaba creer que aquella mujer fuera tan vieja como afirmaba. Habría necesitado un montón de melange y mucho ejercicio. Buscó el pulso de Grera, pero no lo encontró. Decepcionante, en cierto sentido.

No había sangre en su cuerpo ni en la hoja verde, ni heridas profundas, pero la había matado a puñaladas. Al menos eso había pensado ella.

Un arma interesante, el neuropuñal. Era la primera vez que lo utilizaba. A Fenring le gustaba probar las herramientas de su profesión, porque no quería que una crisis le sorprendiera.

Llamado «ponta» por su inventor richesiano, era una de las pocas innovaciones recientes de aquel aburrido planeta que Fenring consideraba positivas. La imaginaria hoja verde se deslizó en su vaina con un chasquido muy realista. La víctima no sólo había pensado que la estaban apuñalando, sino que por mediación de una intensísima estimulación neuronal había experimentado una agresión lo bastante violenta para matarla. En cierto sentido, había sido la mente de Grera la que la había matado. Y ahora no había señales en su piel.

En ocasiones, la sangre verdadera añadía un toque estimulante a una experiencia ya de por sí emocionante, pero limpiarla era bastante molesto.

Reconoció ruidos familiares detrás de él: una puerta que se abría y un campo de seguridad desactivado. Se volvió y vio a Shaddam, que le estaba mirando.

—¿Era necesario, Hasimir? Qué desperdicio... De todos modos, había sido útil más tiempo del normal.

—Creo que la pobrecilla ha sufrido un infarto. —Fenring extrajo de un pliegue de su manto otra ponta, ésta adornada con rubíes y de hoja roja—. Debería probar ésta también —dijo—. Tu padre está aguantando más de lo que imaginábamos, y esto acabaría con él en un abrir y cerrar de ojos. No encontrarían ni una marca en el cuerpo. ¿Por qué esperar a que el *n'kee* continúe su trabajo?

Sonrió.

Shaddam meneó la cabeza, como si se le hubiera ocurrido algo por fin. Miró alrededor, se estremeció y trató de aparentar severidad.

—Esperaremos todo lo que haga falta. Convinimos en no dar pasos bruscos.

Fenring odiaba al príncipe cuando intentaba pensar demasiado.

—¿Hummmm? ¡Pensaba que estabas ansioso! Ha tomado terribles decisiones comerciales, despilfarra el dinero de los Corrino sin ton ni son. —Sus grandes ojos centellearon—. Cuanto más se conserve en este estado, más le recordará la historia como un gobernante patético.

—No puedo infligirle más daños —dijo Shaddam—. Temo las consecuencias.

Hasimir Fenring hizo una reverencia.

—Como gustéis, mi príncipe.

Salieron de la habitación, dejando el cadáver de Grera a la merced de quien lo encontrara. No era la primera vez que Fenring se comportaba con tal descaro, pero las demás concubinas no osarían desafiarle. Sería una advertencia para ellas, y se pelearían entre sí para convertirse en la nueva favorita del viejo impotente, aprovechando la situación.

Cuando el emperador se enterara, ni siquiera se acordaría del nombre de Grera Cary.

*El hombre no es más que un guijarro arroja-
do a un estanque. Y si no es más que un guijarro,
sus obras no pueden ser superiores a él.*

Aforismo Zensunni

Leto y Rhombur se entrenaban largas horas cada
día, al estilo Atreides. Se entregaban a la rutina con todo
su entusiasmo y determinación. El corpulento príncipe
ixiano recuperó su vigor, perdió algo de peso y endureció sus músculos.

Los dos jóvenes se entendían muy bien y formaban
una buena pareja de entrenamiento. Como confiaban el
uno en el otro, Leto y Rhombur no se ponían límites,
seguros de que nada malo les sucedería.

Aunque se entrenaban con vigor, el viejo duque
confiaba en transformar al príncipe exiliado en algo más
que un guerrero competente. También quería que el hijo
de su amigo fuera feliz y se sintiera como en casa. Paulus sólo podía imaginar los horrores que los padres renegados de Rhombur padecerían en los confines de la
galaxia.

Thufir Hawat permitía que los dos jóvenes lucharan
con imprudencia y abandono, para que pulieran sus
habilidades. Leto no tardó en notar ostensibles mejoras,
tanto en él como en el heredero de los restos de la Casa
Vernius.

Siguiendo los consejos del Maestro de Asesinos acerca de las armas de la cultura y la diplomacia, tanto como de la esgrima, Rhombur se interesó por la música. Dudó entre varios instrumentos antes de decantarse por los tonos tranquilizadores pero complicados del baliset de nueve cuerdas. Apoyado contra un muro del castillo, interpretaba canciones sencillas, melodías que tocaba de oído, recuerdos de su infancia, o agradables tonadas que componía él mismo.

A menudo, su hermana Kailea le escuchaba tocar mientras estudiaba sus lecciones de historia y religión, dedicación tradicional de las jóvenes nobles. Helena Atreides la ayudaba en sus estudios a instancias del duque Paulus. Kailea estudiaba con perseverancia, resignada a su situación de prisionera política en el castillo de Caladan, pero también intentaba imaginar un futuro mejor.

Leto sabía que el resentimiento de su madre sobrevivía bajo las serenas aguas de su apariencia. Helena era una maestra severa con Kailea, pero la joven respondía con determinación.

Una noche, Leto subió a la habitación de la torre después de que sus padres se hubieran retirado. Quería pedir a su padre que le dejara pilotar una goleta para recorrer la costa. Sin embargo, cuando se acercó a la puerta que daba acceso a los aposentos ducales, oyó al duque y a Helena enzarzados en una violenta discusión.

—¿Te has esforzado por encontrar un nuevo hogar para ese par? —Por el tono de su madre, Leto adivinó a quién se refería—. No me cabe duda de que una Casa Menor les acogería si pagaras un generoso soborno.

—No tengo intención de enviar a esos niños a ningún sitio, y ya lo sabes. Son nuestros invitados y aquí se encuentran a salvo de esos odiosos Tleilaxu. —Su voz se convirtió en un gruñido—. No entiendo por qué Elrood no envía a sus Sardaukar para expulsar a esas sabandijas de las cavernas de Ix.

—A pesar de sus desagradables cualidades —dijo Helena con voz crispada—, los Tleilaxu devolverán las fábricas de Ix al recto sendero, y obedecerán las normas impuestas por la Jihad Butleriana.

Paulus emitió un resoplido de exasperación, pero Leto sabía que su madre hablaba muy en serio, y eso le aterró todavía más. Su voz adquirió un tono más ferviente cuando intentó convencer a su marido.

—¿No puedes entender que todo estaba escrito? Nunca tendrías que haber enviado a Leto a Ix. Ya ha sido corrompido por sus costumbres, sus orgullosas ideas, su completa ignorancia de las leyes de Dios. Menos mal que la conquista de Ix nos lo ha devuelto. No vuelvas a cometer la misma equivocación.

—¿Equivocación? Estoy encantado con todo lo que ha aprendido nuestro hijo. Algún día será un duque estupendo. Deja de preocuparte. ¿No sientes pena por los pobres Rhombur y Kailea?

—Por culpa de su orgullo, el pueblo de Ix violó la ley, y lo ha pagado caro. ¿Debería sentir pena por ellos? No lo creo.

Paulus dio un puñetazo a un mueble y Leto oyó el chirrido de una silla empujada a un lado.

—¿Debo creer que conoces lo suficiente el funcionamiento interno de Ix para emitir tales juicios? ¿O has llegado a esa conclusión basándote en lo que quieres escuchar, sin que te preocupe la falta absoluta de pruebas? —El duque rió, y su tono se suavizó—. Además, parece que estás trabajando bastante bien con la joven Kailea. Tu compañía le gusta. ¿Cómo puedes decir esas cosas de la muchacha, y luego fingir amabilidad con ella?

Helena repuso en tono razonable:

—Los chicos no pueden evitar ser lo que son, Paulus. No pidieron nacer allí ni crecer allí, expuestos a enseñanzas perversas. ¿Crees que han leído alguna vez la Biblia Católica Naranja? No es culpa suya. Son lo que son, y no puedo odiarlos por ello.

—Entonces ¿qué…?

Ella le replicó con tal vehemencia, que Leto dio un paso atrás, sorprendido.

—Tú eres el que ha tomado una decisión, Paulus. La que no debías. Y eso te costará caro, y a tu Casa también.

—No había otra alternativa, Helena. Por mi honor y por mi palabra, no había otra alternativa.

—Pero fuiste tú quien tomó la decisión, pese a mis advertencias y mis consejos. Sólo tú. —Su voz transmitía una frialdad aterradora—. Has de vivir con las consecuencias, y padecerlas.

—Oh, cálmate y vete a dormir, Helena.

Leto, turbado, se marchó con sigilo, sin esperar a que apagaran las luces.

Al día siguiente, una mañana calma y soleada, Leto y Rhombur se asomaron a una ventana y admiraron los muelles construidos en la base del promontorio. El océano se extendía como una pradera verdeazulada que se curvaba en el lejano horizonte.

—Un día perfecto —dijo Leto, al darse cuenta de lo mucho que añoraba su amigo la ciudad subterránea de Vernii, y de que tal vez estaba cansado de tanta intemperie—. Creo que ha llegado el momento de que te enseñe Caladan.

Los dos descendieron la angosta escalera del acantilado y evitaron el musgo resbaladizo y las incrustaciones blancas de espuma salada.

El duque tenía varias embarcaciones amarradas en el muelle, y Leto eligió su favorita, una lancha motora blanca de unos quince metros de eslora. Su casco, ancho y reluciente, albergaba una espaciosa cabina en la proa y aposentos para dormir abajo, a los que se accedía mediante una escalera de caracol. A popa de la cabina había dos cubiertas, en medio del barco y en la popa, con bodegas de carga debajo. Era una embarcación excelente para pescar o navegar. Módulos auxiliares guardados en tierra podían instalarse para cambiar las funciones de la embarcación: aumentar el espacio de la cabina o convertir las bodegas de carga en camarotes adicionales.

Los criados les prepararon la comida, mientras tres marineros comprobaban todos los sistemas de a bordo, en preparación para la travesía. Rhombur vio que Leto trataba a aquella gente como amigos.

—¿Está mejor la pierna de tu mujer, Jerrik? ¿Has terminado el tejado de tu ahumadero, Dom?

Mientras Rhombur contemplaba los preparativos con curiosidad y emoción, Leto le palmeó en el hombro.

—¿Recuerdas tu colección de rocas? Tú y yo vamos a bucear para coger gemas coralinas.

Aquellas piedras preciosas, que se encontraban en los arrecifes de coral, eran muy populares en Caladan, pero de manejo peligroso. Se decía que las gemas coralinas contenían diminutos seres vivos, que hacían bailar y brillar sus fuegos internos. Debido al peligro y la valía de su contenido, las gemas no eran muy codiciadas para la exportación, teniendo en cuenta la alternativa más rentable de las piedras soo de Buzzell. De todos modos, eran encantadoras.

Leto quería regalar una a Kailea. Debido a la riqueza de la Casa Atreides, podía permitirse el lujo de comprar a la hermana de Rhombur tesoros de mucho mayor valor si así lo deseaba, pero el regalo sería más significativo si él lo conseguía por sus propios medios. En cualquier caso, ella se lo agradecería.

Cuando los preparativos estuvieron terminados,

Rhombur y él subieron a la embarcación de mimbre. Mientras los marineros soltaban amarras, uno de ellos preguntó:

—¿Podréis pilotarla vos solo, mi señor?

Leto rió.

—Jerrik, sabes que hace años que piloto estas barcas. El mar está en calma y llevamos a bordo un comunicador. De todos modos, gracias. No te preocupes, no iremos muy lejos, sólo hasta los arrecifes.

Rhombur intentó ayudar, siguiendo las indicaciones de Leto. Nunca había subido a un barco expuesto al aire libre. Los motores les condujeron lejos de los acantilados, hasta salir a mar abierto. La luz del sol centelleaba sobre la superficie rizada del agua.

El príncipe de Ix se acodó en la proa, mientras Leto manipulaba los controles. Rhombur, sonriente, paladeaba la experiencia del agua, el viento y el sol. Aspiró una profunda bocanada de aire.

—Me siento tan solo y tan libre aquí.

Rhombur vio masas flotantes de algas marinas y frutas redondas parecidas a calabazas.

—Melones paradan —explicó Leto—. Si quieres uno, cógelo. No desperdicies la oportunidad, aunque para mí son demasiado salados.

A lo lejos, hacia estribor, un banco de murmones nadaba como troncos peludos. Se trataba de peces grandes pero inofensivos, que derivaban con las corrientes oceánicas y cantaban para sí, como si ulularan.

Leto pilotó la lancha durante una hora, consultando cartas y planos por satélite, en dirección a un grupo de arrecifes. Entregó unos prismáticos a Rhombur e indicó una mancha espumosa y tumultuosa. Negras crestas rocosas aisladas sobresalían entre las olas, como el lomo de un monstruo dormido.

—Eso es el arrecife —dijo Leto—. Echaremos el ancla a medio kilómetro para no correr riesgos. Después bucearemos. —Abrió un compartimiento y sacó una bolsa y un pequeño cuchillo en forma de espátula para cada uno—. Las gemas coralinas no crecen a demasiada profundidad. Bucearemos sin botellas de oxígeno. —Palmeó a Rhombur en la espalda—. Ya es hora de que empieces a pagarte la manutención.

—Bastante hago con evitar que, er, te metas en líos —replicó Rhombur.

Una vez arrojada el ancla, Leto indicó un escáner que silueteaba los contornos de los arrecifes.

—Mira esto —dijo, y se apartó para que su amigo observara la pantalla—. ¿Ves esas grietas y cuevas diminutas? Ahí es donde encontrarás las gemas coralinas.

Rhombur asintió.

—Cada una está incrustada en una cáscara, una especie de costra orgánica que le crece alrededor. No parece muy atractiva hasta que la abres y ves las perlas más hermosas de toda la creación, como lágrimas fundidas de una estrella. Hay que conservarlas siempre en agua, porque el aire las oxida al instante y se convierten en extremadamente pirofóricas.

—Ah —dijo Rhombur, sin saber qué significaba aquello, pero su orgullo le impidió preguntar. Se ciñó el cinturón, con el cuchillo y una pequeña linterna.

—Te las enseñaré cuando bajemos —dijo Leto—. ¿Cuánto tiempo aguantas sin respirar?

—El mismo que tú —dijo el príncipe de Ix—, naturalmente.

Leto se quitó la camisa y los pantalones, mientras Rhombur se apresuraba a imitarle. Los dos jóvenes se zambulleron al mismo tiempo. Leto se hundió en el agua tibia, hasta que sintió la presión alrededor del cráneo.

El ancho arrecife formaba un intrincado paisaje submarino. Borlas de coral oscilaban a merced de las suaves corrientes, y las diminutas bocas de sus hojas absorbían fragmentos de plancton. Peces multicolores entraban y salían por los agujeros del coral.

Rhombur señaló una larga anguila purpúrea, que pasaba agitando una cola engalanada con los colores del arco iris. El ixiano tenía un aspecto cómico con las mejillas hinchadas, intentando contener el aire.

Leto avanzaba paralelo a la barrera coralina, escudriñando las grietas con su linterna. Cuando ya le dolían los pulmones, llegó por fin a una protuberancia descolorida e hizo señas a Rhombur, que se acercó. Sin embargo, mientras sacaba el cuchillo para desprender la gema coralina, Rhombur agitó los brazos y ascendió a la mayor rapidez posible, a punto de ahogarse.

Leto continuó bajo el agua, aunque el corazón le martilleaba. Por fin, soltó el nódulo, que debía contener una gema de tamaño mediano y nadó hacia la superficie, con los pulmones a punto de estallar. Encontró a Rhombur, jadeante, aferrado al borde de la masa coralina.

—He encontrado una —dijo Leto—. Mira.

Sujetó la cáscara bajo el agua y la golpeó con el cuchillo hasta que ésta se partió. En su interior, un ovoide algo deforme proyectaba una luz perlífera. Minúsculas manchitas brillantes circulaban como arena fundida atrapada en el interior de la epoxia transparente.

—Exquisita —dijo Rhombur.

Leto salió y subió a la cubierta, bajó un cubo al agua, lo llenó y dejó caer la gema dentro, antes de que se secara en sus manos.

—Ahora te toca encontrar la tuya.

El príncipe asintió, con el cabello rubio pegoteado a la cabeza por culpa de las algas, respiró varias veces y volvió a sumergirse. Leto le siguió.

Al cabo de una hora habían recogido medio cubo de hermosas gemas.

—Buena pesca —dijo Leto, acuclillado en la cubierta al lado de Rhombur, el cual, fascinado por el tesoro, hundió las manos en el cubo—. ¿Te gustan?

Rhombur gruñó. Un placer infantil brillaba en sus ojos.

—Tengo hambre —dijo Leto—. Iré a preparar las bolsas alimenticias.

—Yo también estoy famélico. Er, ¿necesitas ayuda?

Leto se levantó y alzó su nariz aguileña con aire altivo.

—Señor, soy el heredero del ducado, y un largo historial a mis espaldas atestigua mi capacidad para preparar una bolsa alimenticia.

Se encaminó a la cocina, mientras Rhombur clasificaba las gemas, como un niño que jugara con canicas.

Algunas eran esféricas, otras deformes y picadas. Rhombur se preguntó por qué algunas poseían un brillo candente interior, en tanto otras parecían apagadas en comparación. Dejó las tres más grandes sobre la cubierta del medio y vio la luz del sol brillar sobre ellas, una pálida sombra comparada con el resplandor atrapado en su interior. Observó sus diferencias y se preguntó qué harían con aquel tesoro.

Echaba de menos su colección de gemas y cristales, ágatas y geodas de Ix. Se había aventurado en cuevas, túneles y pozos para encontrarlas. De esa forma había aprendido mucha geología… pero los Tleilaxu le habían expulsado a él y a su familia del planeta. Se había visto obligado a abandonarlo todo. Rhombur decidió que, si alguna vez volvía a ver a su madre, podría hacerle un maravilloso regalo.

Leto se asomó por la puerta de la cocina.

—La comida está preparada. Ven a comer antes de que se enfríe.

Rhombur fue a sentarse a la pequeña mesa, mientras Leto servía dos cuencos humeantes de sopa de ostras caladana, regada con vino de los viñedos de la Casa Atreides.

—Mi abuela inventó esta receta. Es una de mis favoritas.

—No está nada mal. Aunque la hayas hecho tú. —Rhombur sorbió del cuenco y se lamió los labios—. Me alegro de que, er, mi hermana no haya venido —dijo, intentando disimular el tono burlón—. Seguro que habría venido vestida de punta en blanco y no habría podido nadar con nosotros.

—Desde luego —contestó Leto, poco convencido—. Tienes razón.

Era evidente para todo el mundo que Kailea y él flirteaban, si bien Rhombur comprendía que, debido a los aspectos políticos, un romance entre ellos sería imprudente en el mejor de los casos, y peligroso en el peor.

El sol caía a plomo sobre la cubierta del medio, calentaba las tablas de madera, secaba el agua salpicada… y exponía las frágiles gemas coralinas al aire oxidante. De súbito, y al unísono, las tres gemas más grandes estallaron en llamaradas incandescentes.

Leto se puso en pie de un brinco, volcando su cuenco de sopa. Llamas anaranjadas y azules se elevaron y prendieron fuego a la cubierta, incluido el bote salvavidas. Una de las gemas coralinas estalló y lanzó fragmentos incandescentes en todas direcciones.

Al cabo de unos segundos, dos gemas más agujerearon la cubierta y cayeron en la bodega de carga, donde devoraron las cajas. Una hizo estallar el depósito de combustible de reserva, mientras la segunda horadaba el fondo para apagarse en el agua. El casco de mimbre, aunque tratado con un producto químico anticombustión, no soportaría tal calor.

Leto y Rhombur salieron de la cocina y gritaron sin saber qué hacer.

—¡Fuego! ¡Hemos de apagar el fuego!

—¡Son las gemas coralinas! —Leto buscó algo que

le sirviera para extinguir las llamas—. Desprenden mucho calor y no se apagan con facilidad.

La embarcación osciló cuando algo estalló en la bodega. El bote salvavidas estaba rodeado de llamas.

—Podríamos hundirnos —dijo Leto—, y estamos demasiado lejos de la costa.

Cogió un extintor y roció las llamas.

Sacaron mangueras y bombas de agua de un compartimiento y rociaron el barco con agua marina, pero la bodega de carga ya estaba inundada. Un humo negro y grasiento surgía por las grietas de la cubierta superior. Un pitido de alarma indicó que estaba penetrando demasiada agua.

—¡Nos hundimos! —gritó Rhombur mientras leía los instrumentos. Tosió a causa del humo acre.

Leto le arrojó un chaleco salvavidas y se ciñó otro alrededor de la cintura.

—Ve al comunicador. Anuncia nuestra posición y envía un SOS. ¿Sabes cómo funciona?

Rhombur asintió, mientras Leto utilizaba otro extintor químico, sin el menor éxito. Rhombur y él quedarían atrapados allí. Tenían que llegar a tierra.

Recordó los sermones de su padre: «Cuando te encuentres en mitad de una crisis imposible, preocúpate primero de lo que pueda solucionarse. Luego, cuando hayas agotado todas las posibilidades, dedícate a los aspectos más difíciles.»

Rhombur chillaba por el comunicador y repetía la llamada de socorro. Leto hizo caso omiso del incendio. El barco se estaba hundiendo y pronto estaría sumergido. Miró hacia babor y vio agua espumeante alrededor del arrecife. Se precipitó hacia la cabina.

Antes de que el fuego llegase a los motores de popa, puso en marcha la embarcación, utilizó el cortador de emergencia para partir el ancla y se lanzó hacia el arrecife. La embarcación en llamas era como un cometa en el agua.

—¿Qué estás haciendo? —gritó Rhombur—. ¿Adónde vamos?

—¡Al arrecife! Intentaré encallar para no hundirnos. Después apagaremos el fuego.

—¿Vas a estrellarnos contra el arrecife? ¡Eso es una locura!

—¿Prefieres hundirte aquí?

Como para subrayar sus palabras, otro pequeño depósito de combustible estalló en la bodega, y toda la cubierta se estremeció.

Rhombur se agarró a la mesa apuntalada de la cocina para conservar el equilibrio.

—Como quieras.

—¿Has recibido respuesta por el comunicador?

—No. Espero, er, que nos hayan oído.

Leto dijo que lo siguiera intentando, cosa que Rhombur hizo, pero en vano.

Las olas se ensortijaban a su alrededor, hasta la barandilla del puente. Humo negro se elevaba hacia el cielo. El fuego llegó al compartimiento de máquinas. La embarcación se hundió un poco más. Leto forzó las máquinas, siempre en dirección a las rocas. Ignoraba si iba a ganar la apuesta.

Como impulsadas por un demonio, se alzaron cabrillas ante ellos, amenazando con formar una barrera, pero Leto no varió el rumbo.

—¡Aguanta!

En el último momento, el fuego envolvió los motores. El barco continuó avanzando por efecto de la inercia y se estrelló contra el dentado arrecife. Leto y Rhombur cayeron al suelo. Rhombur recibió un golpe en la cabeza y se levantó, aturdido. Manaba sangre de su frente, muy cerca de la vieja herida recibida durante la huida de Ix.

—¡Vámonos! ¡Por la borda! —chilló Leto.

Agarró a su amigo y le sacó a empujones de la cabina. Extrajo del compartimiento delantero mangueras y bombas de agua portátiles, que tiró a las aguas espumeantes.

—Hunde el extremo de esta manguera a la mayor profundidad posible. Intenta no cortarte con el arrecife.

Rhombur trepó a la barandilla, seguido por Leto, que intentó conservar el equilibrio. El barco estaba inmovilizado, así que de momento ahogarse estaba descartado. Sólo había que preocuparse de la incomodidad.

Las bombas se pusieron en acción, y los dos muchachos utilizaron sus mangueras. Una espesa cortina de agua cayó sobre las llamas. Rhombur se secó la sangre que cegaba sus ojos y continuó trabajando. Rociaron la embarcación con incontables torrentes, hasta que al fin las llamas empezaron a retroceder.

Rhombur tenía un aspecto patético y zarrapastroso, pero Leto experimentaba un extraño júbilo.

—Ánimo, Rhombur. Piensa que en Ix tuvimos que escapar de una revolución que casi destruyó el planeta. En comparación, este pequeño contratiempo parece un juego de niños, ¿no?

—Er, de acuerdo —dijo Rhombur con tono lúgubre—. Hacía siglos que no me divertía tanto.

Los dos se sentaron sumergidos hasta la cintura en agua, mientras continuaban utilizando las mangueras. El humo se elevaba hacia el cielo despejado de Caladan como una señal de auxilio.

No tardaron en oír el lejano rugido de motores potentes, y momentos después apareció a la vista una embarcación de alta velocidad, provista de alas y doble casco, capaz de alcanzar grandes velocidades sobre el agua. Se acercó, a prudente distancia de las rocas. En la cubierta de proa, Thufir Hawat meneaba la cabeza en señal de desaprobación, mirando a Leto.

*Entre las responsabilidades del gobierno se
cuenta la necesidad de castigar..., pero sólo cuando la víctima lo exige.*

Príncipe RAPHAEL CORRINO, *Discursos sobre
liderazgo en un imperio galáctico*, 12.ª edición

La mujer, con el cabello desgreñado, las ropas desgarradas e inadecuadas para el desierto, corría por la
arena buscando un modo de escapar.

Janess Milam miró hacia lo alto y parpadeó para
contener las lágrimas que acudían a sus ojos. Cuando
vio la sombra de la plataforma suspensora que albergaba al barón Harkonnen y a su sobrino Rabban, apretó
el paso. Sus pies se hundieron en la arena y perdió el
equilibrio. Se tambaleó hacia la extensión abierta, más
tórrida, más seca, más letal.

El martilleador, enterrado a sotavento de una duna
cercana, vibraba, latía... llamaba.

Intentó encontrar un refugio de rocas, cavernas frescas, incluso la sombra de un peñasco. Al menos quería
morir sin que la vieran, para que no pudieran reírse de
ella. Pero los Harkonnen la habían arrojado en medio
de un mar de dunas.

Desde la plataforma suspensora, el barón y su sobrino observaban los penosos esfuerzos de la mujer, una
diminuta figura humana en la arena. Los observadores

iban vestidos con destiltrajes, con las mascarillas bajadas.

Habían regresado a Arrakis desde Giedi Prime unas semanas antes, y Janess había llegado en la nave prisión del día anterior. Al principio, el barón había pensado en ejecutar a la traidora en Barony, pero Rabban había querido que sufriera ante sus ojos, en las arenas calcinadas, como castigo por haber ayudado a escapar a Duncan Idaho.

—Parece tan insignificante ahí abajo, ¿verdad? —comentó el barón, sin interés. A veces su sobrino tenía ideas espléndidas, aunque carecía de la concentración necesaria para llevarlas a la práctica—. Esto es mucho más satisfactorio que una simple decapitación, y beneficioso para los gusanos. Comida para ellos.

Rabban emitió un sonido gutural.

—Ya no debería tardar. Estos martilleadores siempre atraen a algún gusano.

El barón iba erguido en toda su estatura sobre la plataforma, sintiendo el calor del sol y el sudor en su piel. Le dolía el cuerpo, una sensación que experimentaba desde hacía varios meses. Impulsó la plataforma hacia adelante, para poder ver mejor a la víctima.

—Ese chico se ha convertido en un Atreides —musitó—, por lo que me han dicho. Trabaja con los toros salusanos del duque.

—Si vuelvo a verle, es hombre muerto. —Rabban se secó el sudor de su frente tostada por el sol—. A él y a los demás Atreides que pille.

—Eres como un buey, Rabban. —El barón aferró el fuerte hombro de su sobrino—. Pero no malgastes energías en cosas insignificantes. Nuestro verdadero enemigo es la Casa Atreides, no un simple mozo de cuadras. Un mozo de cuadras… hummm…

Janess resbaló de bruces por la pendiente de una duna y se puso en pie de nuevo. El barón rió.

—Nunca conseguirá alejarse del martilleador a tiempo —comentó.

Las vibraciones resonantes continuaban latiendo bajo tierra, como el lejano tamborileo de una canción de muerte.

—Aquí hace demasiado calor —gruñó Rabban—. Podías haber traído un dosel.

Se llevó el tubo del destiltraje a la boca y sorbió un poco de agua.

—Me gusta sudar. Es bueno para la salud, purifica los venenos del sistema.

Rabban se removió, inquieto. Cuando se cansó de contemplar los inútiles esfuerzos de la mujer, miró hacia la lejanía en busca del monstruo.

—Por cierto, ¿qué ha sido de ese planetólogo que el emperador nos envió? Una vez le llevé a cazar gusanos.

—¿Kynes? Quién sabe. —El barón resopló—. Siempre está en el desierto, viene a Carthag para entregar informes cuando le da la gana, y luego desaparece otra vez. Hace tiempo que no sé nada de él.

—¿Y si sufre algún daño? ¿No podríamos meternos en líos por perderle de vista?

—Lo dudo. La mente de Elrood ya no es lo que era. —El barón emitió una risita despectiva—. Claro que la mente del emperador no era gran cosa ni en su mejor momento.

La mujer de cabello oscuro, cubierta ahora por una capa de polvo, seguía corriendo entre las dunas. Cayó y volvió a levantarse, sin querer rendirse.

—Esto me aburre —se quejó Rabban—. Estar aquí mirando no es nada emocionante.

—Algunos castigos son fáciles —observó el barón—, pero fácil no siempre es suficiente. Liquidar a esa mujer no sirve para borrar la mancha que ha dejado en el honor de la Casa Harkonnen... con la ayuda de la Casa Atreides.

—Pues hagamos algo más —propuso Rabban con una sonrisa de oreja a oreja—. A los Atreides.

El barón notaba el calor en su cara descubierta y el silencio atronador del desierto. Cuando sonrió, la piel de sus mejillas pareció que iba a agrietarse.

—Tal vez lo hagamos.

—¿El qué, tío?

—Tal vez haya llegado el momento de deshacernos del viejo duque. Basta de espinas en nuestro costado.

Rabban gorjeó de impaciencia.

Con una calma pensada para poner nervioso a su sobrino, el barón enfocó sus prismáticos y barrió la distancia con distintos aumentos. Confiaba en localizar al gusano, antes que fiarse de los ornitópteros. Por fin, sintió los temblores que se acercaban. Su pulso se sincronizó con el martilleador: tump... tump... tump...

Un alargado montículo móvil se destacó en el horizonte, una cresta de arena como si un pez monstruoso nadara debajo de la superficie. En el aire inmóvil y silencioso, el barón captó el sonido rasposo y abrasivo de la bestia. Cogió por el codo de Rabban y señaló.

La unidad de comunicación gorjeó en el oído de Rabban, y una voz filtrada habló en voz tan alta que el barón oyó las palabras. Rabban dio un golpe al aparato.

—¡Lo sabemos! Lo hemos visto.

El barón continuó sus meditaciones mientras el gusano se acercaba como una locomotora.

—He mantenido mis contactos con... ciertos individuos de Caladan, ¿sabes? El viejo duque es una persona apegada a sus hábitos. Y los hábitos pueden ser peligrosos. —Sonrió y entornó los ojos para protegerlos del resplandor—. Ya hemos enviado algunos agentes, y tengo un plan.

Janess giró en redondo y corrió, presa del pánico. Había visto al gusano.

El montículo llegó al martilleador. Como si una ola

gigantesca engullera un muelle, el martilleador desapareció en una inmensa boca flanqueada de dientes de cristal.

—Mueve la plataforma —urgió el barón—. ¡Síguela!

Rabban manipuló los controles y se elevó sobre el desierto para gozar de una mejor vista.

El gusano cambió de dirección, para seguir las vibraciones de los pasos de la mujer. La arena se onduló de nuevo cuando el gigante se hundió bajo ella y se lanzó como un tiburón en busca de una nueva presa.

Janess se derrumbó en lo alto de una duna, temblorosa. Procuró no hacer el menor ruido. La arena resbaló a su alrededor. Contuvo el aliento.

El monstruo se detuvo. Janess rezó en silencio, muerta de terror.

Rabban condujo la plataforma hasta situarse encima de la mujer atrapada. Janess miró a los Harkonnen, con la mandíbula tensa, los ojos como dagas, sintiéndose como un animal acorralado.

El barón Harkonnen cogió una botella de licor de especia, vaciada durante la larga espera de la ejecución. Alzó la botella de cristal marrón como si fuera a brindar, sonriente.

El gusano esperaba bajo tierra, alerta al menor movimiento.

El barón arrojó la botella a la mujer. El cristal dio vueltas en el aire y se estrelló en la arena a escasos metros de los pies de Janess.

El gusano se precipitó hacia ella.

Janess corrió colina abajo, mientras profería maldiciones contra los Harkonnen, seguida por una pequeña avalancha de arena, pero la tierra se abrió bajo ella, como una trampilla bostezante.

La boca del gusano se abrió, una caverna de dientes centelleantes bajo la luz del sol, para engullir a Janess y todo cuanto la rodeaba. Una nube de polvo se levantó cuando la gigantesca criatura se enterró en la arena, como una ballena bajo el mar.

Rabban tocó su unidad de comunicación y preguntó si la nave de rastreo había tomado holos de alta resolución.

—Ni siquiera he visto su sangre, no la he oído chillar. —Parecía decepcionado.

—Puedes estrangular a uno de mis criados, si eso te consuela —ofreció el barón—. Pero sólo porque estoy de buen humor.

Contempló desde la plataforma las dunas, consciente del peligro y la muerte agazapados bajo ellas. Deseó que su viejo rival, el duque Paulus Atreides, hubiera ocupado el lugar de la mujer. Habría utilizado todas las holocámaras disponibles, para poder disfrutar desde todos los ángulos y saborear la experiencia una y otra vez, como hacía el gusano.

Da igual, se dijo el barón. *Tengo pensado algo igual de interesante para el viejo.*

Di la verdad. Siempre es más fácil, y con frecuencia es el argumento más poderoso.

Axioma Bene Gesserit

Duncan Idaho miró al monstruoso toro salusano a través de los barrotes que creaban un campo de fuerza activado en su jaula. Sus ojos de niño se clavaron en los multifaceteados del feroz animal. Tenía un lomo negro erizado de escamas, múltiples cuernos y dos cerebros que albergaban un solo pensamiento: *destruye cualquier cosa que se mueva.*

Hacía semanas que el muchacho trabajaba en los establos, y se esforzaba al máximo en las tareas más despreciables. Daba de comer y beber a los toros de lidia, los cuidaba y limpiaba sus jaulas mientras los animales eran retenidos tras barricadas de fuerza.

Le gustaba su trabajo, pese a que otros lo consideraban degradante. Duncan no opinaba así. Consideraba más que suficiente su paga de libertad y felicidad. Debido a la generosidad de su anciano benefactor, el duque Paulus Atreides, lo amaba de todo corazón.

Duncan comía bien, disponía de una habitación confortable y ropa limpia. Aunque nadie se lo exigía, trabajaba hasta dejarse la piel. Siempre había momentos para relajarse, y él y los demás empleados tenían un gimnasio y una sala de esparcimiento. También podía ir a bañarse al mar, y un hombre cordial de los muelles lo llevaba a pescar de vez en cuando.

El viejo duque tenía cinco toros mutantes para sus corridas. Duncan había querido congraciarse con los animales, intentaba domarlos con sobornos de hierba verde y fruta fresca, pero un exasperado Yresk, el responsable de los establos, le había pillado con las manos en la masa.

—El viejo duque los quiere para sus corridas. ¿Crees que los prefiere mansos? —Sus ojos hinchados se habían dilatado de rabia. Había aceptado al muchacho obedeciendo las órdenes del duque, pero a regañadientes, y no le dispensaba ningún trato especial—. Quiere que ataquen, no que ronroneen en la plaza de toros.

Duncan había bajado los ojos. Siempre obediente, no volvió a intentar amansar a los toros.

Había visto holograbaciones de las corridas del duque, así como de las faenas de otros famosos matadores. Si bien le entristecía la muerte de sus magníficos pupilos, la valentía y seguridad en sí mismo del duque Atreides le asombraban.

La última corrida celebrada en Caladan había tenido lugar con motivo de la partida de Leto Atreides a otro planeta. Ahora, después de muchos meses, habría otra, pues el viejo duque la había anunciado para agasajar a sus invitados de Ix, que se habían instalado en Caladan como exiliados. *Exiliados.* En cierto sentido, Duncan también lo era...

Aunque su dormitorio estaba en un edificio anexo comunal, donde vivían muchos trabajadores del castillo, Duncan pasaba la noche a veces en los establos, para oír los sonidos que producían los animales. Había soportado circunstancias mucho peores en su vida. Los establos eran cómodos, y le gustaba estar a solas con los animales.

Siempre que dormía allí oía los movimientos de los toros en sus sueños. Se adaptaba a sus estados de ánimo e instintos. No obstante, desde hacía días notaba un nerviosismo creciente en los animales, como si supieran que su antigua némesis, el viejo duque, pensaba celebrar otra corrida.

De pie ante las jaulas, Duncan observó marcas recientes, donde los toros salusanos habían arremetido para liberarse o para atacar a enemigos imaginarios.

No era normal. Duncan lo sabía. Había pasado tanto tiempo estudiando a los toros que creía comprender sus instintos. Conocía sus reacciones, sabía cómo provocarlos y calmarlos, pero aquel comportamiento era inusual.

Cuando lo comentó a Yresk, el enjuto hombre pareció alarmarse. Se mesó su escaso cabello blanco pero luego su expresión cambió. Clavó sus ojos suspicaces en Duncan.

—Escucha, a esos toros no les pasa nada. Si no te conociera bien, pensaría que eres otro Harkonnen dispuesto a crear problemas. Continúa con tus tareas.

—¡Harkonnen! Los odio.

—Has vivido con ellos, rata de establo. A los Atreides nos han enseñado a vivir siempre vigilantes. —Propinó un codazo a Duncan—. ¿Has terminado ya tus tareas, o quieres que te busque más?

Yresk había venido de Richese muchos años antes, de modo que no era un verdadero Atreides. Aun así, Duncan no quiso contradecirlo, pero siguió en sus trece.

—Fui su esclavo. Intentaron cazarme como si fuera un animal.

Yresk frunció sus espesas cejas. Debido a su cuerpo larguirucho y su cabello pajizo y desgreñado parecía un espantapájaros.

—La vieja enemistad entre las Casas perdura todavía, incluso entre la gente humilde. ¿Cómo sé que no me engañas?

—No os he hablado de los toros por ese motivo, señor —dijo Duncan—. Estoy preocupado, eso es todo. No sé nada sobre enemistades entre Casas.

Yresk rió.

—Las rencillas entre los Harkonnen y los Atreides son milenarias. ¿No sabes nada acerca de la Batalla de Corrin, la gran traición, el Puente de Hrethgir? ¿Que un cobarde antepasado Harkonnen casi frustró la victoria de los humanos sobre las odiadas mentes mecánicas? Corrin fue nuestro último baluarte, y habríamos perecido si un Atreides no nos hubiera salvado.

—Nunca aprendí mucha historia —admitió Duncan—. Bastante trabajo me costaba encontrar comida.

Tras los pliegues de piel arrugada, los ojos del administrador eran grandes y expresivos, como si intentara fingir que era un hombre viejo y afable.

—Bien, bien, la Casa Atreides y la Casa Harkonnen fueron aliadas en otro tiempo, incluso amigas, pero todo se acabó con aquella traición. La enemistad ha perdurado desde entonces, y tú, muchacho, llegaste de Giedi Prime. Del planeta natal de los Harkonnen. —Yresk encogió sus huesudos hombros—. No esperarás que confiemos en ti por completo, ¿verdad? Ya puedes estar agradecido por la confianza que el viejo duque ha depositado en ti.

—Pero yo no tuve nada que ver con la Batalla de Corrin —protestó Duncan, que no entendía nada—. ¿Qué tiene que ver eso con los toros? Sucedió hace muchos siglos.

—No tengo tiempo para más chácharas. —Yresk cogió un escarbador de estiércol que colgaba de la pared—. A partir de ahora, guárdate tus sospechas para ti.

Aunque Duncan se había esforzado y había hecho lo posible por ganarse su manutención, su procedencia de un planeta dominado por los Harkonnen no dejaba de causarle problemas. Otros mozos de cuadra, no sólo Yresk, le trataban como si fuera un espía... si bien Duncan ignoraba qué habría esperado Rabban de un infiltrado de nueve años. Sin embargo, nunca se había sentido tan ofendido por los prejuicios.

—Algo les pasa a los toros, señor —insistió—. Es necesario que el duque lo sepa antes de la corrida.

Yresk rió de nuevo.

—Cuando necesite el consejo de un niño para cumplir mi trabajo te lo pediré, joven Idaho.

El responsable de los establos se marchó, y Duncan volvió a observar a los fieros toros salusanos, que le devolvieron la mirada con sus encendidos ojos faceteados.

Algo terrible estaba pasando. Lo sabía, pero nadie le hacía caso.

Si se contemplan desde el punto de vista ade-
cuado, las imperfecciones pueden ser muy valio-
sas. Las Grandes Escuelas, con su búsqueda ince-
sante de la perfección, consideran difícil de
comprender este postulado, hasta que se demues-
tra que nada en el universo es azaroso.

De *Las filosofías de la Vieja Tierra*,
uno de los manuscritos recuperados

En la oscuridad del dormitorio aislado y protegido
que le habían asignado en el complejo de la Escuela Materna, Mohiam se incorporó en la cama y palpó su vientre
abultado. Sintió la piel tensa y correosa, sin la flexibilidad
de la juventud. Su camisón estaba empapado de sudor y la
pesadilla continuaba grabada en su mente. Visiones de sangre y llamas palpitaban en el fondo de su cabeza.

Había sido un presagio, un mensaje… una aterradora premonición que ninguna Bene Gesserit podía ignorar.

Se preguntó cuánta melange le habría administrado
su enfermera, si habría interactuado con otros medicamentos. Aún notaba el amargo sabor a canela y jengi-
bre en su paladar. ¿Cuánta especia podía tomar una
mujer embarazada? Mohiam se estremeció. Por más que
intentaba racionalizar su terror, no podía ignorar la
importancia del mensaje.

Sueños… pesadillas… predicciones… Terribles acontecimientos que sacudirían al Imperio durante milenios. ¡Un futuro que debía abortarse! No se atrevía a desechar el aviso, pero ¿lo había interpretado de la manera correcta?

La reverenda madre Gaius Helen Mohiam era un simple guijarro en el inicio de una avalancha.

¿Sabía la Hermandad lo que estaba haciendo? ¿Sabía algo sobre el bebé que crecía en su interior, que nacería dentro de un mes? El núcleo de la visión se había concentrado en su hija. *Algo importante, algo terrible…* Las reverendas madres no se lo habían contado todo, y ahora hasta las hermanas de la Otra Memoria estaban asustadas.

Fuera estaba lloviendo y las viejas paredes de yeso rezumaban humedad. Aunque radiadores de una precisión absoluta mantenían su habitación a una temperatura confortable, el calor más hogareño procedía de las brasas de un fuego que ardía frente a su cama, un anacronismo ineficaz, pero el aroma a leña y el resplandor amarilloanaranjado de los carbones inspiraba una especie de complacencia primigenia.

Las hogueras de la destrucción, las llamas de un infierno que se propagan de un planeta a otro a través de la galaxia. ¡Jihad! ¡Jihad! Ése sería el destino de la humanidad si los planes de la Bene Gesserit para su hija se torcían.

Mohiam se serenó y efectuó una veloz comprobación de sus sistemas corporales. Ninguna emergencia, todo funcionaba con normalidad, todas las lecturas bioquímicas eran óptimas.

¿Había sido tan sólo una pesadilla… o algo más?

Más racionalización. Sabía que no debía excusarse, sino atender a las enseñanzas de la premonición. La Otra Memoria sabía la verdad.

Las hermanas sometían a Mohiam a una estricta

observación. Una luz púrpura en la esquina de la habitación estaba conectada a un visicom de visión nocturna, con monitores en el otro extremo que informaban a la reverenda madre Anirul Sadow Tonkin, la joven que parecía poseer más importancia de la que le otorgaba su edad. En el sueño de Mohiam, las Voces de la Otra Memoria habían insinuado el papel de Anirul en el proyecto. La pesadilla les había soltado la lengua, había transformado sus recuerdos reticentes en veladas explicaciones.

Kwisatz Haderach. El camino más corto. El mesías y superser de las Bene Gesserit, anhelado y esperado durante tanto tiempo.

La Hermandad contaba con numerosos programas de reproducción, diseñados a partir de diversas características de la humanidad. Muchos carecían de importancia, algunos eran meras falacias o diversiones. Ninguno poseía la trascendencia del programa del Kwisatz Haderach.

Al principio del proyecto, que se remontaba a cien generaciones atrás, las reverendas madres que conocían sus misterios habían jurado guardar silencio, incluso en la Otra Memoria, salvo para revelar todos los detalles a hermanas muy especiales de cada generación.

Anirul era una de ellas, la madre Kwisatz. Sabía todo acerca del programa. *¡Por eso hasta la madre superiora le presta atención!*

Ni siquiera Mohiam había recibido información al respecto, pese a que la niña que crecía en su útero se encontraba a sólo tres pasos de la culminación. A estas alturas, el verdadero plan genético ya era una realidad. El futuro dependería de esa niña. Su primera hija, la defectuosa, había sido un paso en falso, una equivocación. Y cualquier equivocación podía desencadenar el terrible futuro que había visto en su sueño.

La pesadilla de Mohiam le había mostrado el destino de la humanidad si el plan tomaba un camino erróneo. La premonición había sido como un regalo, y pese a la dificultad de la decisión, no podía desecharla. No se atrevía.

¿Conoce Anirul mis pensamientos, el terrible acto predicho en mi sueño? ¿Una advertencia, una promesa, o una orden?

Pensamientos… La Otra Memoria… Una multitud de memorias ancestrales que le ofrecían consejos, temores, advertencias. Ya no podían silenciar sus conocimientos sobre el Kwisatz Haderach, como siempre habían hecho. Ahora Mohiam podía convocarlas, y acudían a discreción, individualmente o en multitud. Podía pedirles su asesoramiento colectivo, pero no quería hacerlo. Ya le habían revelado lo suficiente para despertarla con un chillido en los labios.

No debemos permitir equivocaciones.

Mohiam debía tomar una decisión sin ayuda externa, elegir su propio camino y determinar la mejor manera de atajar el espantoso y sangriento destino que había visto en su sueño.

Se levantó de la cama y se encaminó con pasos fatigados hasta la habitación contigua, la guardería donde cuidaban de los bebés. Su vientre hinchado le dificultaba los movimientos. Mohiam se preguntó si las espías de la Hermandad la estarían vigilando.

Ya dentro de la guardería, detectó la respiración irregular de su primera hija Harkonnen, de nueve meses de edad. En su útero, su segunda hija pataleó y se agitó. ¿Le estaba dando ánimos? ¿Había desencadenado el bebé la premonición?

La Hermandad necesitaba una hija perfecta, fuerte y saludable. Las crías defectuosas eran irrelevantes. En cualquier otra circunstancia, la Bene Gesserit habría encontrado una utilidad a aquel ser tullido, pero Mohiam había comprendido su papel fundamental en el programa Kwisatz Haderach, y también lo que sucedería si el programa se desviaba por un sendero errado.

El sueño estaba vivo en su mente, como un holoesquema. Tenía que obedecerlo sin pensar, así de sencillo. *Hazlo.* El consumo continuado de melange desencadenaba a veces visiones prescientes, y Mohiam no albergaba la menor duda acerca de lo que había visto. La visión era tan clara como un cristal de Hagal: millones de personas asesinadas, el Imperio derrocado, la Bene Gesserit casi destruida, la galaxia arrasada por otra Jihad. Todo eso ocurriría si el plan iba mal. ¿Qué importaba una vida no deseada ante la posibilidad de tales amenazas?

Su primera hija del barón Harkonnen se interponía en el camino, significaba un peligro. Podía interferir en la progresión correcta de la escalera genética. Mohiam debía eliminar toda posibilidad de que se produjera dicho error, de lo contrario sus manos se mancharían con la sangre de millones de personas.

¿Mi propia hija?

Se recordó que en realidad no le pertenecía. Era un producto del índice de apareamiento de la Bene Gesserit, y propiedad de todas las hermanas que se habían comprometido (a sabiendas o no) con el programa de reproducción global. Había dado a luz otras hijas para la Hermandad, pero sólo dos podían ser portadoras de una combinación de genes tan peligrosa.

Dos. Pero sólo podía haber una. De lo contrario, el peligro era demasiado grande.

Esta niña debilucha nunca se adaptaría al plan maestro. La Hermandad ya la había desechado. Tal vez algún día la niña sería educada para criada o cocinera de la Escuela Materna, pero nunca llegaría a nada importante. En cualquier caso, Anirul apenas se acercaba a mirarla, y recibía escasas atenciones de las demás hermanas.

Te quiero, pensó Mohiam, y al punto se reprendió por aquel arrebato de emoción. Era preciso tomar decisiones difíciles y pagar ciertos precios. Una fría oleada de recuerdos procedentes de la visión la invadió, y afirmó su determinación.

Masajeó con suavidad el cuello y la sien de la niña, pero luego retiró las manos. Una Bene Gesserit no sentía ni demostraba amor, ni romántico ni familiar. Eran sentimientos que se consideraban peligrosos e impropios.

Mohiam culpó una vez más a los cambios químicos acaecidos en su cuerpo de embarazada, y trató de analizar sus sentimientos, de reconciliarlos con las enseñanzas recibidas durante toda su vida. Si no quería a la niña porque el amor estaba prohibido… ¿por qué no…? Tragó saliva, incapaz de traducir en palabras la terrible idea. Y si quería a la niña, contra todos los dictados, más motivos todavía para obrar como debía.

Elimina la tentación.

¿Sentía amor por la niña o sólo compasión? No quería comentar aquellos pensamientos con ninguna hermana. Sentía vergüenza de experimentarlos, pero no por lo que iba a hacer.

Actúa con rapidez. ¡Acaba de una vez!

El futuro exigía que Mohiam procediera de aquella manera. Si no actuaba espoleada por el presagio, planetas enteros morirían. Un inmenso destino aguardaba a su nueva hija, y para asegurar ese destino debía sacrificar a la otra.

Pero Mohiam dudaba todavía, como si una gran carga maternal la lastrara.

Acarició la garganta de la niña. Piel cálida, respiración lenta y regular. En las sombras, Mohiam no podía ver los huesos faciales deformes y el hombro hundido. La piel era pálida. La niña parecía tan débil… Se removió y lloriqueó. —Mohiam sintió la respiración tibia del bebé contra su mano. Cerró el puño y luchó por recuperar el control de sus emociones.

—No debo temer —susurró—. El miedo es el asesino de la mente… —Pero estaba temblando.

Vio otro visicom por el rabillo del ojo, el cual proyectaba un resplandor púrpura en la oscuridad de la guardería. Interpuso el cuerpo entre la cámara y la niña, dando la espalda a los monitores. Concentró su atención en el futuro, no en lo que estaba haciendo. En ocasiones, hasta una reverenda madre tenía conciencia…

Mohiam hizo lo que el sueño le había ordenado, y apretó una almohada contra la cara de la niña, hasta que sonidos y movimientos cesaron.

Una vez concluida su misión, todavía temblorosa, alisó las sábanas sobre el pequeño cuerpo, apoyó la cabeza de la niña muerta sobre la almohada y cubrió sus brazos y el hombro deforme con una manta. De pronto se sintió muy vieja. Mucho más de lo que era.

Ya está. Mohiam apoyó la palma de la mano sobre su vientre hinchado. *No debes fallarnos, hija.*

El que gobierna asume una responsabilidad
irrevocable hacia los gobernados. Es un adminis-
trador. En ocasiones, eso exige un acto desintere-
sado de amor que puede ser divertido sólo para
los gobernados.

Duque PAULUS ATREIDES

En el elegante palco de la plaza de toros reservado
a la Casa Atreides, Leto eligió un asiento almohadillado de verde, al lado de Rhombur y Kailea. Lady Helena Atreides, poco aficionada a tales exhibiciones públicas, aún no había llegado. Para la ocasión, Kailea
Vernius iba ataviada con sedas y cintas, velos de colores
y un voluptuoso vestido especialmente confeccionado
para ella. Leto pensó que estaba arrebatadora.

Los cielos encapotados no amenazaban lluvia, pero
la temperatura era fresca y el aire húmedo. Incluso desde aquella altura podía oler el polvo y la sangre seca del
ruedo, los cuerpos apretujados del populacho, la piedra
de las columnas y bancos.

Paulus Atreides había dedicado la corrida de toros
a los hijos exiliados de la Casa Vernius, acontecimiento anunciado a todo Caladan mediante la red de prego-
neros. Torearía en su honor, simbolizando de dicha
manera su repulsa contra la conquista ilegal de Ix.

Al lado de Leto, Rhombur se inclinó, ansioso, con

su barbilla cuadrada apoyada en las manos y la vista clavada en el ruedo. Habían cortado y peinado su cabello rubio, pero aun así parecía desgreñado. Esperaron el paseo con impaciencia y cierta preocupación por la seguridad del duque.

Banderas de colores ondeaban en el aire, además de los estandartes con el halcón de los Atreides en el palco real. En esta ocasión, el jefe de la Casa Atreides no ocupaba su asiento, pues iba a ser el protagonista de la fiesta.

Los gritos de los espectadores retumbaban en la plaza. La gente vitoreaba y aplaudía. Una orquesta tocaba balisets, flautas de hueso e instrumentos de viento, música animada que aumentaba la excitación de la multitud.

Leto paseó la vista mientras escuchaba la música y el bullicio de los espectadores. Se preguntó cuál sería la causa del retraso de su madre. La gente no tardaría en notar su ausencia.

Por fin, rodeada de sus damas, lady Helena llegó. Caminaba con paso brioso, la cabeza erguida, pero su expresión era sombría. Las damas la dejaron a la puerta del palco y volvieron a sus asientos del nivel inferior.

Helena, sin dirigir palabra a su hijo ni saludar a sus invitados, tomó asiento en la alta silla tallada situada junto a la de su esposo. Había ido a la capilla una hora antes para encomendarse a su Dios. Era tradicional que el matador dedicara cierto tiempo a la meditación religiosa antes de la corrida, pero el duque Paulus prefería comprobar su equipo y ejercitarse.

—Tuve que rezar por tu padre, para que se salve de su estupidez —murmuró a Leto—. Tuve que rezar por todos nosotros. Alguien ha de hacerlo.

—Estoy seguro de que él lo agradecerá —sonrió Leto, no muy convencido.

La mujer meneó la cabeza, suspiró y miró el ruedo

cuando por los altavoces que rodeaban la plaza sonó una fanfarria de trompetas.

Los mozos de cuadra, ataviados con inusual elegancia, enarbolaban banderas y pendones de vivos colores mientras corrían a través del ruedo. Momentos después, el duque Paulus apareció montado sobre un corcel blanco, una entrada majestuosa que siempre llevaba a cabo con exquisitez. Plumas verdes adornaban el arreo del animal, y las cintas de su jaez flotaban alrededor de las manos y los brazos de su jinete.

El duque vestía un deslumbrante traje magenta y negro con lentejuelas, una faja color esmeralda brillante y la montera típica de matador, adornada con emblemas Atreides que indicaban el número de toros que había matado. Los pantalones y mangas abombados ocultaban el aparejo de su escudo corporal protector. Una capa púrpura caía desde sus hombros.

Leto buscó con la vista a Duncan Idaho, que con tanto atrevimiento había logrado entrar al servicio del duque. Tendría que haber participado en el paseo, pero Leto no le vio.

El corcel blanco galopó en círculo, mientras el duque levantaba su mano enguantada para saludar a sus súbditos. Se detuvo ante el palco y dedicó una reverencia a su esposa, que estaba sentada muy tiesa. Como era de esperar, agitó una flor roja y sopló un beso. La gente prorrumpió en vítores, tal vez imaginando imposibles historias románticas entre el duque y su dama.

Rhombur se inclinó en su incómoda silla y dijo a Leto:

—Nunca había visto nada semejante. Me muero, er, de impaciencia.

En los establos, tras los barrotes del campo de fuerza, el toro salusano emitió un bramido y cargó contra la pared. La madera se astilló y los soportes de hierro reforzados chirriaron.

Duncan retrocedió aterrorizado. Los ojos del animal eran de un rojo cobrizo, como si en sus órbitas ardieran brasas. El aspecto del toro era rabioso y malvado, la pesadilla de un niño convertida en realidad.

El niño iba vestido con sedas merh blancas y verdes que el duque había regalado a los mozos de cuadra para festejar el acontecimiento. Duncan nunca había llevado, ni siquiera tocado, prendas tan elegantes, y se sentía incómodo con ellas en los sucios establos. Pero aún estaba más inquieto por otra cosa.

Los criados le habían restregado, cortado el pelo y limpiado las uñas. Sentía la piel en carne viva a causa de las friegas. Encaje blanco rodeaba sus muñecas, por encima de sus manos callosas. Al trabajar en los establos, su inmaculado aspecto no duraría mucho.

A una distancia prudencial del toro, Duncan se enderezó la montera. Contempló a la bestia mientras resoplaba, pateaba el suelo y atacaba una vez más la pared de la jaula. Duncan meneó la cabeza, alarmado.

Se volvió y vio a Yresk. El responsable de los establos señaló al feroz toro salusano.

—Parece que está ansioso por enfrentarse a nuestro duque.

—Algo no va bien, señor —insistió Duncan—. Nunca he visto a este animal tan furioso.

Yresk enarcó sus pobladas cejas y se mesó el cabello cano.

—¿Quieres decir en todos tus años de experiencia? Ya te he dicho que dejaras de preocuparte.

El sarcasmo encrespó a Duncan.

—¿Es que no os dais cuenta, señor?

—Los toros salusanos se crían para ser feroces, rata de establo. El duque sabe lo que se hace. —Yresk cruzó sus brazos de espantapájaros sobre el pecho, pero no se acercó a la jaula—. Además, cuanto más nervioso esté, mejor luchará, y a nuestro duque le gusta ofrecer un buen espectáculo. Al pueblo le encanta.

Como para subrayar las palabras de Yresk, el toro se precipitó contra el campo de fuerza, al tiempo que emitía un profundo bufido. Se había hecho cortes en la cabeza y el lomo a causa de su obstinación en arremeter contra todo lo que aparecía ante su vista.

—Deberíamos elegir otro toro, maese Yresk.

—Paparruchas —contestó el hombre, cada vez más impaciente—. El veterinario de los establos ha realizado análisis de tejido y lo ha comprobado todo. Deberías estar preparado para el paseo, en lugar de causar problemas aquí. Vete ahora mismo, si no quieres perdértelo.

—Sólo intento evitar problemas, señor —insistió Duncan—. Yo mismo iré a hablar con el duque. Quizá él me escuche.

—No harás nada, rata de establo. —Yresk se movió con la velocidad de una anguila y le agarró por las solapas de su traje—. Ya he tenido bastante paciencia contigo, pero no puedo permitir que estropees la corrida. ¿No ves a toda esa gente?

Duncan se revolvió y pidió auxilio, pero los demás mozos ya se habían agrupado ante las puertas para el desfile alrededor del ruedo. La fanfarria emitió una nota ensordecedora y la multitud chilló de impaciencia.

Yresk le arrojó al interior de un establo vacío, y después activó el campo de fuerza. Duncan cayó sobre un montón de estiércol pisoteado.

—Puedes asistir al espectáculo desde ahí —dijo Yresk con semblante triste—. Debí suponer que un simpatizante de los Harkonnen como tú me causaría problemas.

—¡Pero yo odio a los Harkonnen!

Duncan se levantó, tembloroso de rabia. Sus prendas de seda se habían ensuciado por completo. Se lanzó contra los barrotes, al igual que el toro, pero no tenía la menor oportunidad de escapar.

Yresk se sacudió la ropa para estar presentable y se encaminó hacia la entrada. Antes de salir miró a Duncan.

—El único motivo de que estés aquí, rata de establo, es que le caes bien al duque. Pero yo he dirigido establos durante más de veinte años, y sé muy bien lo que me hago.

En la jaula contigua a la de Duncan, el toro salusano echaba chispas como una caldera a punto de estallar.

El duque se erguía en el centro del ruedo. Dio media vuelta con parsimonia y absorbió energía del entusiasmo de la multitud. Dirigió a sus admiradores una sonrisa radiante, rebosante de confianza. La respuesta fue un rugido de aprobación. ¡Cuánto amaba su pueblo las diversiones!

Paulus conectó su escudo corporal parcialmente. Tendría que proceder con cautela. En una mano sujetaba la muleta, que utilizaría para distraer al animal. Tenía a su disposición banderillas impregnadas en veneno para utilizarlas en caso necesario. Se acercaría al animal y se las clavaría en el cogote. Inyectarían un neuroveneno que debilitaría poco a poco al toro hasta que él le asestara el golpe de gracia.

Paulus había toreado docenas de veces, sobre todo con motivo de las principales festividades de Caladan. Se mostraba en plena forma delante de la multitud y le gustaba exhibir sus habilidades y valentía. Era su forma de agradecer la devoción de sus súbditos. En apariencia, cada vez que se enfrentaba a uno de aquellos rabiosos animales alcanzaba la plenitud de sus facultades físicas. Confiaba en que Rhombur y Kailea disfrutaran y se sintieran como en casa.

Sólo una vez, cuando era mucho más joven, Paulus se había sentido amenazado. Un toro perezoso le había incitado a desconectar el escudo durante una sesión de prácticas, pero luego se había convertido en un torbellino de cuernos y cascos. Esos animales mutantes no sólo eran violentos, sino que contaban con la inteligencia de dos cerebros, y Paulus había cometido el error de olvidarlo. El toro le había abierto el costado de una cornada. Paulus había caído en la arena y habría muerto destrozado si su compañero de prácticas no hubiera sido el joven Thufir Hawat.

Al ver el peligro, el Mentat se había lanzado contra el animal. El feroz toro había infligido una larga herida en la pierna de Hawat, que le dejó una cicatriz permanente. La cicatriz se había convertido para todo el mundo en un recordatorio de su intensa devoción al duque.

Ahora, bajo el cielo nublado y rodeado de sus súbditos, el duque saludó y respiró hondo. Una fanfarria indicó que la corrida iba a empezar.

La Casa Atreides no era la familia más poderosa del Landsraad, ni la más rica. Aun así, Caladan proporcionaba muchos recursos: los campos de arroz pundi, los abundantes peces de los mares, la cosecha de algas marinas, todos los frutos y productos de las tierras cultivables, instrumentos musicales hechos a mano y tallas de hueso realizadas por los pueblos aborígenes del sur. En años recientes había aumentado la demanda de tapices tejidos por las hermanas del Aislamiento, un grupo religioso confinado en las colinas terraplenadas del continente este. En conjunto, Caladan proporcionaba todo cuanto su pueblo podía desear, y Paulus sabía que la fortuna de su familia estaba asegurada. Le complacía mucho saber que un día legaría todo eso a Leto.

El toro mutante cargó.

—¡Eh, toro!

El duque rió e hizo un pase de muleta. Uno de los

cuernos se movió con lentitud suficiente para atravesar el campo Holtzman pulsátil, y el duque saltó a un lado, de modo que el cuerno apenas rozó su armadura.

El público lanzó una exclamación ahogada al ver lo cerca que había pasado el cuerno de su amado líder. La bestia se detuvo y pateó la arena. Paulus sostuvo la muleta con una mano y cogió una banderilla.

Echó un vistazo al palco ducal y se llevó la punta de la banderilla a la frente en señal de saludo. Leto y el príncipe Rhombur se pusieron en pie, pero Helena continuó sentada, con expresión preocupada y las manos enlazadas sobre el regazo.

El toro giró en redondo y volvió a orientarse. Por lo general, los toros salusanos se quedaban aturdidos después de fallar su objetivo, pero aquél no. Paulus comprendió que su rival poseía más energía, vista y furia que todos los anteriores. De todos modos, sonrió. Derrotar a aquel poderoso enemigo le depararía su mejor momento y constituiría un tributo apropiado para sus exiliados ixianos.

El duque efectuó unos cuantos pases más, siempre lejos del alcance de los cuernos, con el fin de complacer a los emocionados espectadores. El escudo parcial brillaba a su alrededor.

Cuando casi había transcurrido una hora, y al ver que el toro no se cansaba y seguía obsesionado con matarle, el duque decidió llegado el momento de poner fin a la corrida. Utilizaría su escudo, un truco que le había enseñado uno de los mejores matadores del Imperio.

La siguiente vez que el toro atacó, sus cuernos rebotaron en el escudo personal del duque, y la colisión desorientó al animal.

Paulus clavó una banderilla en el lomo de la bestia. La sangre manó de la herida. El duque soltó la banderilla. En teoría, el veneno empezaría a actuar de inmediato y quemaría los neurotransmisores del doble cerebro del animal.

La multitud prorrumpió en vítores y el toro rugió de dolor, tambaleante cuando sus patas parecieron ceder. El duque pensó que era efecto del veneno pero, para su sorpresa, el toro salusano se puso en pie una vez más y se abalanzó sobre él. Paulus lo esquivó pero el animal consiguió enredar la muleta entre sus múltiples cuernos y la hizo pedazos.

El duque entornó los ojos. Iba a ser más difícil de lo esperado. El público lanzó un grito de consternación y se vio forzado a dedicarle una valiente sonrisa. *Sí, las faenas difíciles son las mejores, y el pueblo de Caladan recordará ésta durante muchísimo tiempo.*

Paulus alzó su segunda banderilla, hendió el aire como si fuera un florete y se volvió hacia el toro. Había perdido la muleta, de modo que el principal objetivo de la furia del animal sería su cuerpo. Su única arma era la banderilla, y su única protección el escudo parcial.

Vio que los guardias, incluso Thufir Hawat, se levantaban preparados para ayudarle. El duque levantó una mano para detenerles. Debía hacerlo sin ayuda. No podía permitir que una turba de soldados fueran en su rescate cuando las cosas se ponían mal.

El toro pateó el suelo y le miró con sus ojos multifacetados, y el duque percibió un destello de comprensión en ellos. El animal sabía muy bien quién era, y quería matarle. Claro que Paulus albergaba similares intenciones.

El toro cargó a gran velocidad. Paulus se preguntó por qué la neurotoxina aún no le había afectado. *¿Cómo es posible? Yo mismo impregné las banderillas en veneno. Pero ¿era en verdad veneno?*

Mientras se preguntaba si estaba siendo víctima de un sabotaje, alzó la banderilla para recibir al toro, de cuya nariz y boca brotaba espuma.

Cuando se encontraban a escasos metros de distancia, la bestia se desvió a la derecha. El duque blandió la banderilla, pero el animal le atacó desde una dirección diferente. Esta vez, la banderilla alcanzó una protuberancia de la piel pero no se hundió, sino que cayó sobre la arena.

Por un momento Paulus quedó desarmado. Retrocedió y recuperó la banderilla. Cuando dio la espalda al toro, oyó que se detenía y volvía a la carga, pero a una velocidad tan imposible que se le vino encima en un instante, con los cuernos dispuestos.

Paulus saltó a un lado pero el toro pasó la cabeza bajo su escudo parcial. Sus cuernos, largos y curvos, se hundieron en la espalda del duque, rompieron sus costillas y penetraron en sus pulmones y corazón.

El toro emitió un bufido de triunfo. Para horror de la multitud, levantó en vilo a Paulus y lo zarandeó. La arena se tiñó de sangre. El duque se agitó como un muñeco empalado en los cuernos.

El público guardó un silencio de muerte.

Thufir Hawat y los guardias saltaron al ruedo y sus fusiles láser convirtieron al toro en un montón de carne chamuscada. Fragmentos de su cuerpo volaron en todas direcciones. La cabeza decapitada, pero por lo demás intacta, cayó sobre la arena con un ruido sordo.

El cuerpo del duque describió piruetas en el aire y aterrizó en la arena pisoteada.

En el palco ducal, Rhombur lanzó un grito de incredulidad. Kailea rompió a llorar. Lady Helena hundió la barbilla en el pecho y sollozó.

Leto se puso en pie, pálido como un muerto. Abrió y cerró la boca, pero no encontró palabras para describir sus emociones. Estuvo a punto de saltar al ruedo, pero comprendió que sería inútil. No podía hacer nada por su padre.

El duque Paulus Atreides, aquel magnífico gobernante, había muerto.

Aullidos ensordecedores surgieron de las gradas. Leto sintió que las vibraciones hacían vibrar el palco ducal. No podía apartar los ojos de su padre, destrozado y ensangrentado sobre la arena, y sabía que aquella visión de pesadilla le perseguiría hasta el fin de sus días.

Thufir Hawat se hallaba de pie junto al duque, pero ni siquiera un Mentat podía hacer nada ya.

La voz serena de su madre se alzó sobre el clamor de la multitud, y Leto oyó sus palabras con claridad, como punzones de hielo.

—Leto, hijo mío —dijo—. Ahora eres el duque Atreides.

Principio de la vacuna antimáquinas: todo
ingenio tecnológico contiene las herramientas de
su contrario, y por ende de su propia destrucción.

GIAN KANA,
Zar de las Patentes Imperiales

Los invasores no tardaron en provocar cambios permanentes en las prósperas ciudades subterráneas. Muchos ixianos inocentes murieron y muchos desaparecieron, mientras C'tair esperaba a que alguien le descubriera y matara.

Durante sus breves escapadas, C'tair averiguó que Vernii, la antigua capital de Ix, había sido rebautizada Hilacia por los Tleilaxu. Los fanáticos usurpadores habían llegado al extremo de cambiar los registros imperiales para llamar Xuttuh al noveno planeta del sistema Alkaurops, en lugar de Ix.

C'tair ardía en deseos de estrangular al primer Tleilaxu que encontrara pero decidió concebir un plan más sutil.

Los Bene Tleilax estaban destrozando la ciudad, para reconvertirla en un infierno.

Detestaba los cambios, la osadía de los Tleilaxu. Además, a juzgar por lo que veía, los Sardaukar imperiales habían colaborado en la abominación.

De momento, C'tair no podía hacer nada al respecto. Tenía que aguardar el momento apropiado. Estaba solo. Su padre se había exiliado a Kaitain y temía regresar, su madre había sido asesinada y la Cofradía se había apoderado de su hermano gemelo. Sólo él permanecía en Ix, como una rata oculta entre las paredes.

Pero hasta las ratas podían ocasionar daños considerables.

A lo largo de los meses, C'tair aprendió a pasar desapercibido, un acobardado e insignificante ciudadano más. Mantenía la vista baja, las manos sucias, la ropa y el pelo desaliñados. Nadie podía imaginar que era el hijo del ex embajador en Kaitain, que había servido fielmente a la Casa Vernius, cosa que aún haría si descubría una manera. Había paseado con entera libertad por el Grand Palais, había escoltado a la mismísima hija del conde. Actos semejantes, si llegaran a descubrirse, significarían su sentencia de muerte.

Sobre todo, no podía permitir que los invasores, enemigos acérrimos de los avances tecnológicos, descubrieran su escondite y los aparatos que ocultaba. Tal vez constituían la última esperanza de Ix.

En sus recorridos por las grutas de la ciudad, C'tair vio que habían arrancado señales, rebautizado calles y barrios, y los enanitos (todos hombres, ni una mujer) habían ocupado todos los centros de investigación para adaptarlos a sus secretas y nefastas operaciones. Las calles, pasarelas e instalaciones estaban custodiadas por diligentes Sardaukar, apenas disfrazados, o por los Danzarines Rostro invasores.

Poco después de consolidar su victoria, los Amos Tleilaxu habían aparecido en público para alentar a los suboides rebeldes a descargar su ira sobre objetivos cuidadosamente seleccionados. C'tair había visto a los obreros agruparse alrededor de la instalación que había fabricado los nuevos meks de combate autodidactas.

—¡La Casa Vernius ha sido la culpable de este desastre! —gritó un carismático agitador suboide—. Resucitaron las máquinas pensantes. ¡Destruid este lugar!

Mientras los ixianos supervivientes contemplaban horrorizados la escena, los suboides destrozaron las ventanas de plaz y arrojaron bombas térmicas contra la pequeña fábrica. Henchidos de fervor religioso, aullaron y arrojaron piedras.

Un Maestro Tleilaxu, erguido sobre una plataforma elevada, lanzó consignas mediante altavoces y amplificadores.

—Somos vuestros nuevos amos, y nos encargaremos de que las fábricas de Ix se adapten a las normas de la Gran Convención. —Las llamas continuaban crepitando, y algunos suboides lanzaron vítores, pero la mayoría daba la impresión de no estar escuchando—. Hemos de reparar estos daños lo antes posible y devolver este planeta a su funcionamiento normal, con mejores condiciones para los suboides, por supuesto.

C'tair vio el edificio en llamas y se sintió desolado.

—Por consiguiente, toda la tecnología ixiana será controlada por una junta religiosa, con el fin de velar por su idoneidad. Toda tecnología cuestionable será erradicada. Nadie os pedirá que pongáis en peligro vuestras almas trabajando en máquinas heréticas.

Más aplausos, más plaz destrozado, algunos gritos.

El precio de la conquista sería enorme para los Tleilaxu, incluso con apoyo imperial. Como Ix era uno de los motores económicos más poderosos del Imperio, los nuevos gobernantes no podían permitir que las cadenas de producción disminuyeran su ritmo. Los Tleilaxu, como ejemplo de sus buenas intenciones, destruirían algunos productos dudosos, como los meks autodidactas, pero C'tair dudaba que desecharan los aparatos ixianos más productivos.

Pese a las promesas de los nuevos amos, los suboides habían vuelto al trabajo, para lo cual habían sido creados, pero esta vez siguiendo sólo órdenes de los Tleilaxu. C'tair comprendió que muy pronto las fábricas volverían a vomitar mercancías, y toneladas de solaris engrosarían las arcas de los Bene Tleilax como recompensa por su costosa aventura militar.

No obstante, el secretismo y las medidas de seguridad impuestas por generaciones de la Casa Vernius se tornarían en su contra. Ix siempre había estado envuelto en misterio, de modo que ¿quién notaría la diferencia? En cuanto los clientes se sintieran satisfechos con las exportaciones, a nadie le importaría un comino la política interna de Ix. Todo el mundo olvidaría lo sucedido allí. La tragedia sería borrada.

Los Tleilaxu debían de contar con eso, pensó C'tair. Todo el planeta de Ix (nunca se refería a él como Xuttuh) estaba aislado del Imperio y considerado un enigma, al igual que durante siglos los planetas natales de los Bene Tleilax.

Los nuevos amos prohibieron los viajes a otros planetas e impusieron el toque de queda. Los Danzarines Rostro localizaron a «traidores» en escondites muy parecidos a los de C'tair, y los ejecutaron sumariamente. La represión proseguía, pero C'tair juró que no cejaría en su empeño. Aquél era su planeta, y lucharía por su libertad con las armas que tuviera a su alcance.

No dijo a nadie su nombre, procuró pasar desapercibido, pero escuchaba, absorbía todos los rumores, al tiempo que imaginaba planes. Como no sabía en quién confiar, dio por sentado que todos cuantos le rodeaban eran confidentes, ya fueran Danzarines Rostro o simples renegados. A veces era fácil reconocer a un confidente por sus preguntas directas: «¿Dónde trabajas? ¿Dónde vives? ¿Qué estás haciendo en esta calle?»

Pero otros no eran tan fáciles de detectar, como la deforme anciana con la que había iniciado una conversación. Sólo quería preguntar la dirección de una obra a la que había sido asignado. La mujer no le había sondeado sino que había intentado parecer inofensiva... como un niño con una granada en el bolsillo.

—Una interesante selección de palabras —dijo, pero C'tair ni siquiera recordaba su frase—. Y tu acento... ¿Acaso eres de la nobleza ixiana?

Dirigió una mirada significativa a los edificios estalactita calcinados del techo.

C'tair había tartamudeado una respuesta.

—N-no, pero he tr-trabajado de criado toda mi vida, y tal vez se me han contagiado sus repugnantes costumbres. Le ruego me disculpe.

Se había marchado a toda prisa después de hacer una reverencia, sin esperar a que le explicara cómo llegar a la dirección que había preguntado.

Su reacción había sido torpe, incluso perjudicial para sus intenciones, de modo que se desembarazó de las ropas que había llevado y no volvió a pasar por aquella estrecha calle. Después procuró cambiar su forma de hablar. Siempre que podía, evitaba conversar con desconocidos. Asombraba al joven que muchos ixianos oportunistas hubieran entregado su lealtad a los nuevos amos y renegado de la Casa Vernius en menos de un año.

En los primeros días de confusión posteriores a la conquista, C'tair se había apoderado de fragmentos tecnológicos abandonados, con los cuales había construido el transceptor transdimensional «Rogo». Al cabo de poco tiempo, la tecnología más primitiva había sido confiscada y declarada ilegal. C'tair robó todo cuanto pudo. Creía que valía la pena correr ese riesgo.

Su lucha podía continuar durante años, tal vez décadas.

Pensó en la infancia compartida con D'murr y el inventor tullido, Davee Rogo, que había brindado su amistad a los dos muchachos. En su laboratorio priva-

495

do, oculto en una veta de carbón de la corteza superior, el viejo Rogo había enseñado a los jóvenes muchos principios interesantes, así como algunos de sus prototipos fallidos. El inventor reía, con ojos centelleantes, cuando animaba a los chicos a montar y desmontar algunos de sus complicados inventos. C'tair había aprendido muchas cosas bajo la tutela del tullido.

C'tair recordó la falta de interés que había mostrado su hermano Navegante cuando le habló de la visión que se le había aparecido entre los escombros. Tal vez el fantasma de Rogo no había regresado de entre los muertos para darle instrucciones. Nunca había visto una aparición semejante, pero la experiencia, fuera un mensaje sobrenatural o una alucinación, le había permitido llevar a cabo una acción muy humana: seguir en comunicación con su hermano gemelo, mantener el vínculo de amor aunque D'murr estuviera inmerso en los misterios de la Cofradía.

C'tair, acorralado en sus diversos escondites, tenía que vivir de una forma vicaria, y se ponía en contacto con la mente de su hermano siempre que era posible mediante el transceptor. Siguió con orgullo y emoción los primeros viajes en solitario de D'murr por el espaciopliegue, como piloto aprendiz y en su propia nave de la Cofradía. Luego, hacía pocos días, habían concedido autorización a la primera misión comercial de D'murr, el cual pilotaría un transporte colonial sin tripulación que plegaría el vacío a gran distancia del Imperio.

Si su destacado trabajo para la Cofradía continuaba, el Navegante Cadete que había sido D'murr Pilru sería ascendido, de modo que transportaría mercancías y personal entre los principales planetas de las Casas Mayores, y tal vez por las codiciadas rutas de Kaitain. Se transformaría en un Navegante, y tal vez llegara a ser Timonel...

Pero el aparato de comunicaciones presentaba constantes problemas. Los cristales de silicato tenían que ser rebanados con un cortador a rayos y ensamblados con precisión. Sólo funcionaban breves minutos antes de desintegrarse a causa de la tensión. Grietas delgadas como pelos los inutilizaban. C'tair había utilizado el artilugio en cuatro ocasiones para ponerse en contacto con su hermano, y cada vez tuvo que cortar y ensamblar nuevos cristales después de la comunicación.

C'tair estableció cautelosos lazos con grupos del mercado negro, que le proporcionaban lo que necesitaba. Los cristales de silicato de contrabando llevaban la aprobación, grabada en láser, de la Junta de Supervisión Religiosa. Los grupos del mercado negro habían descubierto la forma de falsificar las marcas de aprobación, y las grababan en todas partes, frustrando así los esfuerzos de las fuerzas de ocupación.

De todos modos, trataba con los furtivos vendedores lo menos posible, para disminuir las probabilidades de ser capturado, cosa que, por otra parte, limitaba el número de veces que podía hablar con su hermano.

C'tair esperaba detrás de una barrera con otras personas inquietas y sudorosas, que rehusaban reconocerse. Miró hacia los astilleros, donde descansaba el esqueleto del Crucero inacabado. En lo alto, fragmentos del cielo proyectado seguían a oscuras y averiados, y los Tleilaxu no parecían inclinados a repararlo.

Focos y altavoces ingrávidos flotaban sobre la multitud, que esperaba un anuncio y más instrucciones. Nadie quería preguntar, nadie quería escuchar.

—Este Crucero es de un diseño Vernius no autorizado. —Los altavoces flotantes transmitieron una voz asexuada que resonó contra las paredes de roca—, y no respeta las normas de la Junta de Supervisión Religiosa. Vuestros amos Tleilaxu van a recuperar el diseño anterior, y esta nave ha de ser desmantelada de inmediato.

Susurros de frustración se elevaron de la muchedumbre.

—Hay que recuperar las materias primas y formar nuevas cuadrillas de trabajadores. La construcción se reanudará dentro de cinco días.

La mente de C'tair dio vueltas, mientras organizadores vestidos con mantos marrón paseaban entre la multitud y formaban las cuadrillas. Como hijo de un embajador había tenido acceso a información no disponible para otros jóvenes de su edad. Sabía que el Crucero antiguo tenía una capacidad de carga mucho menor y funcionaba con menos eficacia. ¿Qué objeción religiosa podía haber contra el aumento de los beneficios? ¿Qué ganaban los Tleilaxu con un transporte espacial menos eficaz?

Entonces recordó una historia que su padre le había contado en épocas más felices, referente a que al viejo emperador Elrood le había desagradado la innovación, pues reducía sus ingresos por impuestos. Las piezas empezaban a encajar. La Casa Corrino había enviado tropas Sardaukar camufladas para mantener sojuzgada a la población ixiana, y C'tair comprendió que adoptar el anterior diseño de los Cruceros podía ser la forma que los Tleilaxu habían elegido para agradecer al emperador su apoyo militar.

Engranajes dentro de engranajes dentro de engranajes...

Se sintió desolado. En caso de ser cierto, un motivo insignificante y trivial había provocado la pérdida de miles de vidas, la destrucción de las gloriosas tradiciones de Ix, el derrocamiento de una noble familia y la erradicación de una forma de vida planetaria. Estaba furioso con todos los implicados, incluso con el conde Vernius, que debería haberlo previsto y tomado medidas para no crearse enemigos tan poderosos.

La orden de empezar a trabajar fue transmitida por el sistema de megafonía, y C'tair fue asignado a una de las cuadrillas de suboides encargadas de desmantelar la nave inacabada y recuperar sus piezas. Se esforzó por mantener el rostro inexpresivo. Agarró un láser para cortar componentes y se secó el sudor de la frente. Tuvo ganas de utilizar el láser contra los Tleilaxu. Otras cuadrillas iban apilando las vigas maestras y las planchas metálicas, con destino al nuevo proyecto.

C'tair recordó una época mejor y más ordenada, cuando estaba con Kailea y D'murr en la cubierta de observación superior. Parecía haber transcurrido una eternidad desde entonces. Habían visto a un Navegante partir de la gruta en el último Crucero nuevo construido. Tal vez sería la última nave de esas características, a menos que C'tair pudiera derrotar a los usurpadores.

La magnífica nave fue desmontada poco a poco. Los ruidos ensordecedores y los olores químicos eran horribles. ¿Siempre trabajaban así los suboides? En ese caso, empezaba a comprender por qué se habían rebelado. Lo que no creía era que la violencia hubiera sido incitada por los propios trabajadores.

¿Había sido instigada por el propio emperador Elrood, con el fin de destruir a la Casa Vernius y aplastar el progreso? C'tair ignoraba cómo y dónde encajaban los Bene Tleilax en aquella red de intrigas. De todas las razas, era la más odiada de toda la galaxia conocida. No cabía duda de que Elrood habría podido encomendar a cualquier Gran Casa que continuara los trabajos en Ix sin perjudicar la economía del Imperio. ¿Qué más había tramado el emperador Padishah con aquellos fanáticos religiosos? ¿Por qué se ensuciaba las manos con ellos?

C'tair, asqueado, advirtió otros cambios en la gruta, instalaciones modificadas, mientras continuaba trabajando en el desmantelamiento del Crucero. Los nuevos señores Tleilaxu eran seres inquietos que corrían de un lado a otro con movimientos furtivos, montaban operaciones clandestinas en los edificios más grandes de Ix, cerraban antiguas instalaciones, rompían ventanas, erigían vallas aturdidoras y campos de minas. *Protegen sus sucios secretos.*

C'tair consideraba su misión averiguar todos aquellos secretos, utilizando los medios que fueran necesarios, por más tiempo que le llevara. Los Tleilaxu debían sucumbir...

La pregunta definitiva: ¿por qué existe la vida? La respuesta: por el puro placer de vivir.

ANÓNIMO,
de supuesto origen Zensunni

Dos reverendas madres estaban hablando en lo alto de un montículo desprovisto de árboles. Tras las nubes, el pálido sol, Laoujin, proyectaba las largas sombras de sus hábitos negros colina abajo. A lo largo de los siglos, un número indeterminado de reverendas madres habían elegido el mismo punto, bajo el mismo sol, para discutir de temas graves relacionados con su época.

Si las dos mujeres lo deseaban, podían revisitar aquellas crisis del pasado mediante la Otra Memoria. La reverenda madre Anirul Sadow Tonkin efectuaba tales viajes mentales con mayor frecuencia que las demás. Cada circunstancia significaba un ínfimo paso adelante en el largo y tortuoso camino. Durante el último año se había dejado crecer el pelo castaño broncíneo, y ahora sus bucles le colgaban hasta la barbilla.

Estaban construyendo un edificio de cemenblanco. Como abejas industriosas, las obreras, cada una con una reproducción exacta en su mente, manejaban el pesado equipo que iba a colocar en su sitio los módulos del techo. Para los escasos observadores externos, Wallach IX, con sus bibliotecas y escuelas Bene Gesserit, siempre parecía igual, pero la Hermandad vivía una constante adaptación para la supervivencia.

—Trabajan con demasiada lentitud. Ya tendrían que haber terminado —dijo Anirul mientras se masajeaba la frente. Padecía jaquecas crónicas desde hacía un tiempo. Ahora que Mohiam estaba a punto de salir de cuentas, las responsabilidades de Anirul como Madre Kwisatz eran tremendas—. ¿Te das cuenta de los pocos días que faltan para el nacimiento?

—No culpes a nadie más que a ti, Anirul. Ordenaste que no fuera una sala de partos normal —dijo con severidad la madre superiora Harishka—. Todas las hermanas conocen la importancia del acontecimiento. Muchas sospechan que no se trata de una niña más, que no se perderá en la telaraña de nuestros programas de reproducción. Incluso algunas han hablado del Kwisatz Haderach.

Anirul se colocó un mechón de cabello broncíneo detrás de la oreja.

—Es inevitable. Todas las hermanas conocen nuestro sueño, pero pocas sospechan lo cerca que está de convertirse en realidad. —Se recogió las faldas y tomó asiento sobre la hierba. Señaló la construcción, de cuyo interior surgían ruidos de carpintería—. Mohiam dará a luz dentro de una semana, madre superiora, y aún no tenemos el tejado.

—Terminarán, Anirul. Cálmate. Todo el mundo se esfuerza al máximo en cumplir tus órdenes.

Anirul reaccionó como si la hubieran abofeteado, pero lo disimuló. *¿Me considera la reverenda madre una chica incontrolable e impetuosa?* Tal vez había sido demasiado insistente con las instrucciones para la instalación, y a veces la madre superiora la miraba con cierto resentimiento. *¿Estará celosa de que la Otra Memoria me eligiera para dirigir un programa tan ambicioso? ¿Se siente agraviada por el alcance de mis conocimientos?*

—No soy tan joven como me tratas —dijo Anirul, a sabiendas de que era un error. Muy pocas Bene Gesserit portaban el peso de la historia como ella. Muy pocas conocían todas las maquinaciones, todos los pasos del programa del Kwisatz Haderach, todos los fracasos y éxitos durante milenios, todas las desviaciones del plan durante más de noventa generaciones—. Poseo los conocimientos necesarios para triunfar.

La madre superiora la miró con ceño.

—Pues ten más fe en nuestra Mohiam. Ya ha entregado nueve hijas a la Hermandad. Confío en que controle el momento exacto que elija para dar a luz, incluso en que retrase el parto si es necesario. —Unos cabellos frágiles escaparon de su toga y aletearon sobre la mejilla de la anciana—. Su papel en esto es mucho más importante que cualquier pabellón de partos.

Anirul no se arredró por el tono de reprimenda.

—Es cierto, y no debemos padecer otro fracaso, como el último.

Ni siquiera una reverenda madre podía dominar todas las facetas del desarrollo embrionario. Podía adaptar su metabolismo mediante sus procesos internos, pero no el metabolismo del niño. Elegir el sexo del bebé exigía una corrección de la química de la madre, consistente en elegir el óvulo y esperma precisos. Pero en cuanto el zigoto empezaba a crecer en el útero, el feto se independizaba e iniciaba un proceso de separación de la madre.

—Intuyo que esta niña será fundamental —dijo Anirul—, un punto crítico.

Se oyó un impacto estruendoso, y Anirul hizo una mueca. Una de las secciones del tejado había caído en el interior del edificio y las obreras se apresuraron a corregir el error.

La madre superiora profirió una blasfemia.

Gracias a hercúleos esfuerzos, el pabellón de partos se terminó a tiempo, mientras la Madre Kwisatz Anirul paseaba de un lado a otro. Apenas unas horas antes del parto, obreras y robots dieron los últimos toques a la construcción. Trasladaron y conectaron equipo médico. Globos de luz, camas, mantas… hasta un reconfortante fuego en la arcaica chimenea que Mohiam había pedido.

Mientras Anirul y Harishka inspeccionaban la obra, que aún olía a polvo y materiales de construcción, se detuvieron para contemplar la ruidosa entrada de una camilla motorizada que transportaba a una Gaius Helen Mohiam a punto de dar a luz. Estaba consciente y ya empezaba a experimentar contracciones. Las reverendas madres y enfermeras uniformadas de blanco la acompañaban, y todas cloqueaban como gallinas.

—Nos ha ido por los pelos, madre superiora —dijo Anirul—. No me gusta que aparezcan tensiones adicionales en una tarea ya de por sí compleja.

—Estoy de acuerdo —dijo Harishka—. Las hermanas serán reprendidas por su letargia. Claro que si tus planes hubieran sido menos ambiciosos…

Anirul, sin hacer caso de la madre superiora, tomó nota de los adornos y decoración del cuarto, con sus incrustaciones de perla y marfil y las tallas de madera. Tal vez habría debido ordenarles que se concentraran más en la funcionalidad que en la extravagancia…

Harishka cruzó sus delgados brazos sobre el pecho.

—El diseño de esta nueva instalación es similar al de antes. ¿Era realmente necesario?

—No se parece en nada —replicó Anirul. Su rostro enrojeció, y eliminó el tono defensivo de sus palabras—. La antigua sala de partos ya no servía para nada.

La madre superiora dibujó una sonrisa condescendiente. Comprendía la necesidad de un edificio incontaminado, sin recuerdos antiguos ni fantasmas.

—Anirul, gracias a nuestra Missionaria Protectiva manipulamos las supersticiones de los pueblos atrasados... pero se supone que las hermanas no somos supersticiosas.

Anirul encajó el comentario con buen humor.

—Os aseguro, madre superiora, que tal conjetura es ridícula.

Los ojos color avellana de la anciana centellearon.

—Según otras hermanas, pensabas que la sala de partos antigua estaba maldita, y que eso provocó las deformidades de la niña... y su misteriosa muerte.

Anirul se irguió en toda su estatura.

—No es el momento más adecuado para hablar de esto, madre superiora.

Examinó los frenéticos preparativos: Mohiam acostada en la cama de parto, las hermanas haciendo acopio de toallas calientes, líquidos y almohadillas. Los monitores de la incubadora parpadeaban en la pared. Comadronas de primera clase se movían de un lado a otro, tomando precauciones por si surgían complicaciones imprevistas.

Mohiam parecía serena, concentrada en su importante tarea, pero Anirul observó su aspecto envejecido, como si hubiera perdido los últimos vestigios de juventud.

Harishka apoyó una mano nervuda sobre el brazo de Anirul, en un despliegue sorprendente de intimidad.

—Todas cargamos con nuestras supersticiones primordiales, pero hemos de dominarlas. De momento, no te preocupes por otra cosa que no sea esta niña. La Hermandad necesita una hija sana, depositaria de un futuro poderoso.

El personal médico comprobó el equipo y tomó posiciones alrededor de Mohiam, que inhaló profundamente. Sus mejillas estaban enrojecidas a causa del cansancio. Dos comadronas la colocaron en la postura de parto ancestral. Mohiam empezó a canturrear para sí, y una mueca de dolor apareció en su rostro cuando las contracciones se sucedieron a mayor velocidad.

Anirul pensó en lo que la madre superiora acababa de decirle. En secreto, un mes atrás Anirul había consultado a un maestro de Feng Shui sobre el antiguo pabellón de partos. Era un hombre arrugado de facciones terráqueas, y practicaba una antiquísima filosofía Zensunni según la cual la arquitectura, la disposición de los muebles y la potenciación del color y la luz se combinaban para aumentar el bienestar de los habitantes de una casa o instalación. El hombrecillo asintió, afirmó que la antigua instalación no estaba bien armonizada y enseñó a Anirul lo que debía hacerse.

Ahora, mientras observaba la abundante luz que bañaba la cama de Mohiam, procedente de ventanas y claraboyas, en lugar de globos de luz artificial, Anirul se dijo que no había sido «supersticiosa». El Feng Shui enseñaba a armonizarse con la naturaleza y a ser muy consciente del propio entorno, una filosofía que, en último extremo, se parecía mucho a la manera Bene Gesserit.

Se acercó a la cama de Mohiam y miró a la paciente. Anirul confiaba en que el anciano tuviera razón. Esta hija era su última oportunidad.

Ocurrió muy deprisa, en cuanto Mohiam se concentró en ello.

El llanto de un bebé invadió la habitación, y Anirul levantó a una niña perfecta, para que la madre superiora la viera. Hasta las voces de la Otra Memoria se elevaron en un grito de victoria. Todo el mundo sonreía, satisfecho por el anhelado nacimiento. La niña pataleaba y agitaba los bracitos.

Las hermanas envolvieron en toallas a madre e hija,

y dieron a Mohiam un gran vaso de zumo para restaurar sus fluidos corporales. Anirul le tendió la niña. Con la respiración todavía entrecortada debido a los esfuerzos, Mohiam la cogió, la miró y luego se permitió una sonrisa de orgullo.

—Se llamará Jessica, que significa «salud» —anunció Mohiam. Cuando las demás hermanas se alejaron, Mohiam miró a Anirul y Harishka, que estaba a su lado. Dijo en un susurro apenas audible—: Sé que esta niña es un elemento fundamental del programa del Kwisatz Haderach. Las voces de la Otra Memoria me lo han confirmado. He tenido una visión, y sé que nos espera un futuro horrible si fracasamos.

Anirul y la madre superiora intercambiaron una mirada de inquietud. Harishka respondió en voz baja, y miró de soslayo como si esperara que la revelación espontánea debilitara el control de la Madre Kwisatz sobre el programa.

—Has de guardar el secreto. Tu hija será la abuela del Kwisatz Haderach.

—Lo sospechaba. —Mohiam se derrumbó sobre las almohadas y meditó sobre la responsabilidad de aquella revelación—. Tan pronto...

Se oyeron aplausos y vítores delante del edificio, pues la noticia había corrido como un reguero de pólvora. Las galerías situadas sobre las secciones de la biblioteca y las salas de discusión se llenaron de acólitas y profesoras, que festejaban el dichoso evento, aunque sólo un puñado conocía el auténtico significado de la niña en el programa de reproducción.

Gaius Helen Mohiam entregó la niña a las comadronas, para evitar cualquier tipo de vínculo maternal prohibido por la Bene Gesserit. Aunque mantenía la compostura, se sentía exhausta, agotada hasta los huesos. Jessica era la décima hija que daba a la Hermandad, y esperaba que sus deberes en ese sentido hubieran terminado para siempre. Miró a la reverenda madre Anirul Sadow Tonkin. No podía hacer nada mejor que lo que acababa de hacer. Jessica... Su futuro.

En verdad soy afortunada por participar en este acontecimiento, pensó Anirul mientras miraba a la agotada madre. Le resultó extraño que, de entre todas las hermanas que habían trabajado por este objetivo durante miles de años, de entre todas las que ahora observaban ansiosas en la Otra Memoria, fuera ella la encargada de supervisar el nacimiento de Jessica. La propia Anirul guiaría a la niña durante sus años de aprendizaje hasta la trascendental unión sexual a la que estaba destinada, con el fin de impulsar el programa de reproducción hasta el penúltimo peldaño.

La niña, envuelta en una manta, había dejado de llorar por fin y yacía pacíficamente en la protectora calidez de su cuna.

Anirul miró por el plaz protector y trató de imaginar el aspecto de Jessica cuando fuera adulta. Recreó el rostro alargado y delgado del bebé, y visualizó una dama alta de gran belleza, con las facciones nobles de su padre, el barón Harkonnen, labios gruesos y piel suave. El barón nunca conocería a su hija ni sabría su nombre, pues éste sería uno de los secretos más celosamente guardados de la Hermandad.

Un día, cuando Jessica fuera mayor, recibiría la orden de engendrar una hija, y esta niña sería presentada al hijo de Abulurd Harkonnen, el hermanastro menor del barón. En aquel momento, Abulurd y su esposa sólo tenían un hijo, Rabban, pero Anirul había puesto en marcha un medio de sugerir que tuvieran más. Esto aumentaría las probabilidades de que un varón sobreviviera hasta alcanzar la madurez. También mejoraría la selección genética, así como las probabilidades de un acoplamiento sexual positivo.

Anirul contemplaba un inmenso rompecabezas en el

que cada una de las piezas constituía un acontecimiento diferente dentro del increíble programa de reproducción de las Bene Gesserit. Ahora sólo faltaba encajar unos pocos componentes, y el Kwisatz Haderach se convertiría en una realidad palpable, el varón todopoderoso que salvaría los abismos del espacio y el tiempo, la herramienta definitiva de la Bene Gesserit.

Anirul se preguntó, como en tantas ocasiones anteriores, si un hombre semejante podía provocar que las Bene Gesserit recuperaran el verdadero fervor religioso, como el fanatismo de la familia Butler. ¿Y si los demás le reverenciaban como a un Dios?

Imagínate, pensó. Las Bene Gesserit, que utilizaban la religión para manipular a los demás, seducidas por su propio líder mesiánico. Dudaba que eso fuera a suceder.

La reverenda madre Anirul fue a unirse a la celebración con las demás hermanas.

El método más seguro de guardar un secreto es convencer a la gente de que ya lo sabe.

Antigua sabiduría Fremen

—Has logrado muchas cosas, Umma Kynes —dijo el tuerto Heinar.

Los dos hombres estaban sentados sobre un promontorio rocoso que dominaba el sietch. El naib le trataba de igual a igual, incluso con un exagerado respeto. Kynes había dejado de discutir con la gente del desierto cada vez que le llamaban «Umma», que quería decir «profeta».

Heinar y él contemplaban el ocaso cobrizo, que se desparramaba sobre las dunas del Gran Erg. A lo lejos, una neblina borrosa colgaba sobre el horizonte, los últimos restos de la tormenta de arena del día anterior.

Potentes vientos habían barrido las dunas, aplanado su superficie y vuelto a perfilar el paisaje. Kynes se apoyó contra la roca y bebió su taza de café de especia picante.

Cuando vio que su marido se disponía a salir del sietch, una embarazada Frieth había corrido detrás de los dos hombres. Un trabajado servicio de café descansaba entre ambos sobre una piedra lisa. Lo había llevado Frieth, junto con una selección de los crujientes pastelillos de sésamo que tanto gustaban a Kynes. Cuando se acordó de darle las gracias por su amabilidad, Frieth ya había desaparecido como una sombra en la caverna.

Tras una larga pausa, Kynes asintió al comentario del naib.

—Sí, he logrado muchas cosas, pero aún me queda mucho por hacer.

Pensó en los complicados planes necesarios para plasmar su sueño de un Dune renacido, un nombre apenas conocido en el Imperio.

El Imperio. Casi nunca pensaba ya en el viejo emperador. Sus propias prioridades, el énfasis de su vida, habían cambiado de una forma radical. Kynes nunca podría volver a ser un simple planetólogo imperial, sobre todo después de sus vivencias con el pueblo del desierto.

Heinar sujetó la muñeca de su amigo.

—Dicen que el ocaso es un momento adecuado para la reflexión y el análisis. Fijémonos en lo que hemos conseguido, y no permitamos que el abismo vacío del desierto nos sobrecoja. Llevas en este planeta poco más de un año, pero ya has encontrado una nueva tribu y una nueva esposa. —Heinar sonrió—. Y pronto tendrás tu primer hijo, tal vez un varón.

Kynes le devolvió la sonrisa con expresión anhelante. Faltaba muy poco para que Frieth diera a luz. De alguna manera, le sorprendía que se hubiera quedado embarazada, porque se ausentaba con mucha frecuencia. Aún no estaba seguro de cómo reaccionaría ante su inminente papel de padre primerizo. Nunca se lo había planteado.

Sin embargo, el nacimiento encajaba a la perfección con el plan que había desarrollado para este sorprendente planeta. Su hijo, que sería el líder de los Fremen después de que él hubiera muerto, continuaría sus esfuerzos. El plan maestro se prolongaría durante siglos.

Como planetólogo, tenía que pensar a largo plazo, cosa que los Fremen no hacían, si bien, teniendo en cuenta su largo y tortuoso pasado, deberían haberse acostumbrado a ello. El pueblo del desierto contaba con una historia oral que se remontaba a miles de años. En el sietch se contaban historias que describían sus interminables peregrinaciones de planeta en planeta, un pueblo esclavizado y perseguido, hasta que por fin decidieron fundar un hogar donde nadie soportaba vivir.

Las costumbres Fremen eran conservadoras, habían cambiado poco de generación en generación, y este pueblo no estaba habituado a pensar en términos de progreso. Como daban por sentado que su entorno era inalterable, se habían convertido en sus prisioneros, cuando deberían ser sus dueños.

Kynes confiaba en cambiar todo eso. Había delineado su gran plan, incluyendo toscos calendarios para plantar árboles y acumular agua, piedras angulares de cada logro sucesivo. Dune sería rescatado del desierto, hectárea a hectárea.

Sus patrullas exploraban la superficie, tomaban muestras del Gran Bled, especímenes geológicos del Pequeño Erg y la Llanura Funeral, pero muchos factores de terraformación continuaban siendo variables desconocidas.

Cada día iban encajando algunas piezas. Cuando expresó el deseo de contar con mejores mapas de la superficie del planeta, se quedó estupefacto al averiguar que los Fremen ya tenían detallados planos topográficos, incluso estudios sobre el clima.

—¿Por qué no me fueron facilitados? —preguntó—. Era el planetólogo imperial, y los mapas cartográficos efectuados por satélite eran de lo más imprecisos.

El viejo Heinar había sonreído y guiñado su único ojo.

—Pagamos un soborno generoso a la Cofradía Espacial para impedir que nos observen con demasiada atención. El coste es alto, pero los Fremen somos libres y los Harkonnen siguen en la inopia, junto con el resto del Imperio.

Kynes se quedó atónito, pero le complació el saber que contaba con la información geográfica que necesitaba. Envió de inmediato a comerciantes para que llegaran a un trato con los contrabandistas y obtuvieran semillas modificadas genéticamente de plantas del desierto resistentes. Tenía que diseñar y construir todo un ecosistema a partir de la nada.

Durante masivas asambleas del consejo, los Fremen preguntaron a su «profeta» cuál sería el próximo paso, cuánto duraría el proceso, cuándo Dune se convertiría en un lugar verde y exuberante. Kynes había examinado sus cálculos. Como un maestro cuando contesta a la pregunta absurda de un niño, Kynes se había encogido de hombros y contestado:

—Tardará entre trescientos y quinientos años. Tal vez tarde un poco más.

Algunos Fremen emitieron gemidos de desesperación, mientras el resto escuchaba con estoicismo al Umma, para luego empezar a satisfacer sus peticiones. *Entre trescientos y quinientos años.* No vivirían para verlo. Los Fremen tenían que cambiar sus hábitos.

Como si hubiera recibido una visión de Dios, Uliet se había sacrificado por aquel hombre. Desde aquel momento, los Fremen se convencieron de la inspiración divina de Kynes. Sólo tenía que señalar con el dedo, y los Fremen del sietch obedecían.

Otra persona habría abusado de aquella posición de poder, pero Pardot Kynes se limitó a seguir trabajando. Imaginaba el futuro en términos de eones y planetas, no de individuos o territorios.

Ahora, mientras el sol desaparecía detrás de las arenas en una sinfonía de color, Kynes apuró su café de especia y se pasó el brazo por la barba. A pesar de lo que Heinar había dicho, consideraba difícil reflexionar con paciencia sobre el último año... Las exigencias de los siglos venideros se le antojaban más importantes.

—Heinar, ¿cuántos Fremen hay? —preguntó con la vista clavada en la lejanía. Había oído historias acerca de otros sietch, había visto a Fremen aislados en ciudades y pueblos Harkonnen, pero parecían fantasmas de una especie en vías de extinción—. ¿Cuántos hay en todo el planeta?

—¿Quieres que contemos nuestros números, Umma Kynes? —preguntó Heinar, no con incredulidad sino para clarificar una orden.

—Necesito saber la extensión de la población para proyectar nuestras actividades de terraformación. He de saber cuántos trabajadores hay disponibles.

Heinar se levantó.

—Así se hará. Contaremos nuestros sietch y a sus habitantes. Enviaré a caballeros de la arena y ciélagos distrans a todas las comunidades, y pronto tendrás las cifras.

—Gracias.

Kynes cogió su taza, pero antes de que pudiera recoger los platillos, Frieth salió corriendo de la cueva y recogió todas las piezas del servicio de café. Su embarazo no había disminuido su velocidad.

El primer censo Fremen, pensó Kynes. *Una ocasión histórica.*

Stilgar, con expresión anhelante, se presentó en los aposentos de Kynes a la mañana siguiente.

—Estamos haciendo las maletas para tu largo viaje, Umma Kynes. Muy al sur. Hemos de enseñarte cosas importantes.

Desde que se había recuperado de la herida, Stilgar se había convertido en uno de los seguidores más devotos de Kynes. Daba la impresión de que su relación con el planetólogo, su cuñado, aumentaba su prestigio social. En cualquier caso, Stilgar no trabajaba para su beneficio, sino para el de todos los Fremen.

—¿Cuánto durará el viaje? —preguntó Kynes—. ¿Adónde vamos?

El joven sonrió de oreja a oreja.

—¡Es una sorpresa! Debes verlo con tus propios ojos, de lo contrario no lo creerías. Considéralo un regalo.

Kynes, curioso, echó un vistazo a su rincón de trabajo. Se llevaría sus notas para documentar el viaje.

—Pero ¿cuánto durará?

—Veinte martilleadores —contestó Stilgar en la terminología del desierto profundo, y después gritó por encima del hombro mientras salía—: ¡Muy al sur!

Frieth, la esposa de Kynes, a quien faltaba muy poco para dar a luz, dedicaba largas horas a trabajar en los telares y en los bancos de reparación de destiltrajes. Kynes terminó el desayuno, sentado a su lado, aunque hablaban poco entre sí. Frieth se limitaba a mirarle, y Kynes pensaba que no entendía nada.

Al parecer, las mujeres Fremen vivían en su mundo particular, poseían su propio lugar en la sociedad de aquellos moradores del desierto, sin ninguna relación con la interacción que Kynes había presenciado a lo largo y ancho del Imperio. No obstante, se decía que las mujeres Fremen eran las guerreras más implacables en el campo de batalla, y que si un enemigo herido quedaba a su merced más le valía darse muerte en el acto.

Por otra parte, existía el misterio de las Sayyadinas, las mujeres santas del sietch. Hasta el momento, Kynes sólo había visto a una, vestida con un largo hábito negro como las Bene Gesserit, y ningún Fremen parecía deseoso de hablarle de ellas. *Diferentes mundos, diferentes misterios.*

Kynes pensaba que algún día sería interesante compilar un estudio sociológico sobre cómo reaccionaban y se adaptaban las diferentes culturas a entornos extremos. Se preguntaba cómo afectarían las crueles realidades de un planeta a los instintos naturales y los roles tradicionales de los sexos. Pero ya tenía bastante trabajo. Además, no era un sociólogo sino un planetólogo.

Kynes finalizó el desayuno y besó a su mujer. Palmeó su vientre abultado.

—Stilgar dice que debo acompañarle en un viaje. Volveré lo antes posible.

—¿Cuánto durará? —preguntó Frieth, pensando en el nacimiento inminente del niño. Al parecer, obsesionado con su visión a largo plazo de los acontecimientos que sucederían en el planeta, Kynes no había tomado nota de la fecha teórica del parto, y no lo había incluido en sus planes.

—Veinte martilleadores —dijo, aunque ignoraba qué significaba aquella distancia.

Frieth enarcó las cejas en señal de sorpresa. Luego bajó la vista y empezó a despejar la mesa.

—Hasta el viaje más largo transcurre con celeridad cuando el corazón está contento. —Su tono traicionaba cierta decepción—. Esperaré tu regreso, esposo mío. —Vaciló—. Elige un buen gusano.

Kynes no supo a qué se refería.

Momentos después, Stilgar y dieciocho jóvenes más, con la indumentaria típica del desierto, guiaron a Kynes por tortuosos pasadizos hasta salir al enorme mar oriental de arenas. Kynes sintió una punzada de preocupación. La árida extensión parecía demasiado inmensa y peligrosa. Se alegraba de no estar solo.

—Cruzaremos el ecuador y seguiremos hacia el sur, Umma Kynes, hasta las tierras de otros Fremen, donde ocultamos nuestros proyectos secretos. Ya lo verás.

Los ojos de Kynes se abrieron de par en par. Había oído relatos terribles y escalofriantes sobre las deshabitadas regiones del sur. Clavó la vista en la distancia, mientras Stilgar echaba un vistazo al destiltraje del planetólogo, apretaba los cierres y ajustaba los filtros a su entera satisfacción.

—Pero ¿cómo viajaremos?

Kynes sabía que el sietch tenía su propio ornitóptero, que en realidad era un simple deslizador, sin capacidad para albergar a tanta gente.

Stilgar le miró con expresión expectante.

—Montados, Umma Kynes. —Indicó con un cabeceo al joven que había trasladado a Stilgar, después de ser herido, en el coche terrestre de Kynes—. Hoy, Ommun se convertirá en nuestro caballero de la arena. Es un gran acontecimiento para nuestro pueblo.

—Estoy seguro —dijo Kynes, picado por la curiosidad.

Los Fremen avanzaron en fila india. Bajo los mantos llevaban destiltrajes, y calzaban botas *temag* para el desierto. Sus ojos de un azul añil miraban desde un pasado muy remoto.

Una figura oscura se adelantó al grupo y corrió sobre la cresta de una duna. Cogió una estaca larga y la hundió en la arena, manipuló los controles, y al final Kynes oyó el *tump* retumbante de una vibración repetida.

Kynes ya había escuchado aquel sonido durante la frustrada cacería de gusanos de Glossu Rabban.

—¿Intenta atraer a un gusano?

Stilgar asintió.

—Dios lo quiera.

Ommun, arrodillado en la arena, extrajo un paquete de herramientas envuelto en tela. Las seleccionó y apartó con sumo cuidado. Largos garfios de hierro, picanas afiladas y rollos de cuerda.

—¿Qué está haciendo? —preguntó Kynes.

El martilleador seguía emitiendo su ritmo regular. Los Fremen, cargados con mochilas y suministros, esperaban.

—Ven. Hemos de estar preparados para la llegada de Shai-Hulud.

Stilgar indicó al planetólogo que les siguiera, mientras tomaban posiciones. Los Fremen susurraron entre sí.

Al poco, Kynes percibió lo que sólo había experimentado una vez, el siseo inolvidable, el rugido veloz de un gusano de arena que se acercaba, atraído inexorablemente por la vibración del martilleador.

Ommun se acuclilló sobre la duna, aferrando los ganchos y las picanas. Largos rollos de cuerda colgaban de su cintura. Mantenía una inmovilidad absoluta. Sus compañeros esperaban sobre una duna cercana.

—¡Allí! ¿Lo ves? —dijo Stilgar, incapaz de contener la emoción. Señaló hacia el sur, donde la arena se ondulaba como si una nave de guerra subterránea se dirigiera en línea recta hacia el martilleador.

Kynes no sabía qué estaba pasando. ¿Intentaba Ommun luchar con la gran bestia? ¿Era una especie de ceremonia o sacrificio previo a su largo viaje a través del desierto?

—Prepárate —dijo Stilgar, y aferró el brazo de Kynes—. Te ayudaremos en todo lo que podamos.

Antes de que el planetólogo pudiera hacer otra pregunta, un rugiente vórtice de arena se formó alrededor del martilleador. Ommun se replegó, preparado para saltar.

Entonces, la enorme boca del gusano de arena emergió de las profundidades y engulló el martilleador. El enorme lomo del animal surgió del desierto.

Ommun corrió tras el gusano y saltó sobre su lomo arqueado y con los ganchos y garfios se izó sobre uno de sus segmentos.

Kynes contemplaba la escena estupefacto, incapaz de organizar sus pensamientos o comprender lo que estaba haciendo aquel joven osado. *Esto no puede estar sucediendo*, pensó. *Es imposible.*

Ommun hincó uno de sus garfios en la hendidura que separaba dos segmentos y luego tiró con fuerza, separando los bien protegidos anillos y dejando al descubierto la piel de debajo.

El gusano se retorció, pero Ommun trepó a cuatro patas y plantó otro garfio, de forma que el gusano se vio obligado a emerger más del subsuelo. En el punto más elevado del lomo, detrás de su cabeza, el joven Fremen clavó una estaca y dejó caer las largas cuerdas, para que colgaran por los lados. Se irguió orgulloso sobre el gusano e indicó a los demás que se acercaran.

Los Fremen lanzaron vítores y corrieron hacia el gusano, junto con Kynes, que hacía lo posible por no perder el equilibrio. Tres jóvenes escalaron las cuerdas y clavaron más garfios para impedir que el gusano se hundiera. El enorme animal empezó a avanzar, confundido, como si no entendiera qué estaban haciendo aquellos molestos seres.

Mientras los Fremen corrían, tiraban suministros hacia lo alto. Las mochilas fueron subidas al lomo del gusano mediante más cuerdas. Los primeros jinetes montaron una estructura lo más rápido posible. Azuzado por Stilgar, un perplejo Kynes corría junto al descomunal gusano. El planetólogo notó calor de fricción que surgía de debajo, y trató de imaginar qué improbables fuegos químicos formaban un horno en las entrañas del gusano.

—¡Arriba, Umma Kynes! —gritó Stilgar al tiempo que le ayudaba a introducir los pies en los lazos de las cuerdas. Kynes trepó con torpeza, y sus botas encontraron asidero en la piel áspera del gusano. Subió y subió. La energía interna de Shai-Hulud provocaba que perdiera el aliento, pero Stilgar le ayudó a reunirse con los demás Fremen, aglutinados detrás de la cabeza del gusano.

Le habían improvisado una tosca plataforma con un asiento, un palanquín. Los demás Fremen sujetaban las cuerdas para contener al animal, como si fuera un ciervo furioso. Kynes, agradecido, se derrumbó en el asiento y aferró los brazos. Experimentaba una desconcertante sensación, como si fuera a caer de un momento a otro y romperse la cabeza. El movimiento ondulante del gusano revolvió su estómago.

—Por lo general, estos asientos se reservan para nuestras Sayyadinas —explicó Stilgar—. Pero sabemos que aún eres incapaz de montar en Shai-Hulud, de modo que éste será un lugar de honor para nuestro profeta. No hay de qué avergonzarse.

Kynes asintió y miró al frente. Los demás Fremen felicitaron a Ommun, que había coronado con éxito aquel importante rito de iniciación. Ahora, era un respetable caballero de la arena, un verdadero hombre en el sietch.

Ommun tiró de las cuerdas y los garfios para guiar al gusano.

—¡Haiii-yoh!

La enorme criatura aceleró el paso en dirección al sur...

Kynes viajó durante todo el día, mientras el viento azotaba su rostro y el sol se reflejaba en la arena. No tenía forma de calcular la velocidad del gusano, pero sabía que debía de ser impresionante.

Percibió el olor de corrientes de oxígeno y piedra quemada que dejaba a su paso el gusano. Dada la escasez de manto de vegetación en Dune, el planetólogo comprendió que los gusanos debían generar gran parte del oxígeno atmosférico.

Era lo único que podía hacer, aposentado en su palanquín. No podía sacar sus notas y cuadernos, que guardaba en la mochila colgada a su espalda. Qué magnífico informe resultaría de aquel lance, aunque sabía que jamás podría proporcionar tal información al emperador. Sólo los Fremen conocían este secreto, y así continuaría. *¡Vamos montados en un gusano!* Ahora tenía otras obligaciones, lealtades nuevas y más importantes.

Siglos antes, el Imperio había emplazado centros de análisis biológicos en puntos estratégicos de la superficie de Dune, pero esas instalaciones ya no funcionaban. Kynes las había reabierto y había utilizado algunas fuerzas imperiales destinadas en el planeta para mantener las apariencias. La mayoría de centros estaban ocupados por sus propios Fremen. Le asombraba la facilidad de los hermanos del sietch para infiltrarse en el sistema, descubrir cosas y emplear la tecnología. Era una raza que se adaptaba de maravilla, y adaptarse era la única forma de sobrevivir en un lugar como Dune.

Bajo la dirección de Kynes, los obreros Fremen desmontaban el equipo de las aisladas estaciones biológicas, volvían con las piezas necesarias para los sietch y llenaban formularios para informar de la pérdida o deterioro de los materiales. El Imperio, ignorante de lo que sucedía, sustituía los instrumentos perdidos por otros nuevos, y los encargados de las estaciones podían continuar con su trabajo.

Tras horas de rápido viaje a través de la Gran Extensión, el enorme gusano empezó a mostrarse remiso, muy fatigado, y a Ommun le costó ejercer el control. El bicho parecía querer enterrarse bajo el suelo, aunque ello supusiera exponer su sensible tejido a las hirvientes arenas.

Por fin, Ommun lo obligó a detenerse. Los hombres del desierto saltaron al suelo, mientras Kynes bajaba poco a poco. Ommun tiró las restantes mochilas y desmontó, dejando que el gusano, demasiado cansado para revolverse y atacarlos, se hundiera en la arena. Los Fremen quitaron los garfios para que el gusano, su Shai-Hulud, pudiera recuperarse.

Los hombres corrieron hacia una línea de rocas, donde había cuevas y refugio, así como un pequeño sietch que les dio la bienvenida y la promesa de comida y conversación para la noche. Rumores sobre el propósito del planetólogo se habían esparcido por todos los lugares secretos de Dune, y el líder del sietch les dijo que era un gran honor recibir al Umma Kynes.

Al día siguiente, el grupo se puso en marcha a lomos de otro gusano, y luego de otro. Kynes, poco a poco, empezó a comprender lo que significaba un viaje de «veinte martilleadores».

El viento era fresco y la arena brillante, y los Fremen disfrutaban mucho con su gran aventura. Kynes iba sentado en su palanquín como un emperador, sin dejar de contemplar el paisaje. Para él, las dunas constituían un espectáculo fascinante.

Un mes antes, cerca del sietch de Heinar, Kynes había volado en su pequeño ornitóptero imperial para explorar sin rumbo fijo. Una pequeña tormenta le había desviado de su curso. Recuperó el control, pese a las fuertes rachas de viento, pero se quedó atónito al mirar el punto en que la tormenta había dejado al descubierto una depresión llana y blanca: una salina.

Kynes había visto salinas en otros planetas, pero nunca en Dune. La formación geológica semejaba un óvalo blanco que reflejaba el sol, y señalaba las fronteras de lo que, miles de años antes, había sido un mar abierto. Le emocionó pensar que, en el pasado, aquella salina tal vez había sido un ancho océano interior.

Kynes había aterrizado para examinar el polvillo. Se arrodilló y hundió los dedos en la blanca superficie. Se lamió un dedo para confirmar sus sospechas. *Sal amarga*. Ahora no le cupo duda de que en otro tiempo había habido extensiones de agua pero, por algún motivo, habían desaparecido.

A medida que sucesivos gusanos les transportaban hasta cruzar la línea del ecuador y se adentraban en el hemisferio sur del planeta, Kynes vio muchas otras cosas que le recordaron su descubrimiento: depresiones deslumbrantes que tal vez eran los restos de antiguos lagos. Mencionó esto a sus guías Fremen, pero sólo explicaron su existencia mediante mitos y leyendas carentes de rigor científico. Sus compañeros de viaje parecían más interesados en su punto de destino.

Por fin, después de largos y agotadores días, abandonaron al último gusano y se adentraron en los paisajes rocosos de las regiones más australes de Dune, cerca del círculo antártico, adonde los enormes Shai-Hulud se negaban a viajar. Si bien algunos mercaderes de agua habían explorado los casquetes polares del norte, las latitudes más bajas seguían casi deshabitadas, envueltas en el misterio. Nadie iba, excepto estos Fremen.

Cada vez más entusiasmado, el grupo caminó durante un día sobre terreno de grava, hasta que Kynes vio al fin lo que tantas ganas tenían de enseñarle sus compañeros. Allí, los Fremen habían creado un inmenso tesoro.

No lejos del diminuto casquete polar, en una región donde se decía que el clima era demasiado frío e inhóspito para la vida, los Fremen de varios sietch habían montado un campamento secreto. Siguiendo el lecho de un riachuelo, se adentraron en un cañón escarpado. El suelo estaba compuesto de piedras redondeadas por el agua que había corrido milenios antes. El aire era frío, pero más cálido de lo que el planetólogo suponía en el círculo antártico.

Desde un risco abrupto, donde el hielo y el viento

frío que soplaba en la cumbre daban paso a un aire más suave en el fondo, resbalaba agua por las grietas de la roca que, cuando llegaba la estación, corría por el lecho del riachuelo que habían seguido para llegar a aquel punto. Los Fremen habían instalado cristales y amplificadores solares en las paredes del risco con el fin de calentar el aire y fundir la escarcha del suelo. Y allí, en el suelo rocoso, habían crecido plantas.

Kynes se quedó sin habla. ¡Era su sueño, delante de sus propios ojos!

Se preguntó si la fuente podrían ser aguas termales, pero al tocarla comprobó que estaba demasiado fría. La probó, y descubrió que no era sulfurosa, sino fresca, la mejor que había bebido desde que llegara a Dune. Agua pura, no reciclada mil veces mediante filtros y destiltrajes.

—He aquí nuestro secreto, Umma Kynes —dijo Stilgar—. Lo hemos hecho en menos de un año.

Matojos de hierba robusta crecían diseminados por el lecho del arroyo, girasoles del desierto de un amarillo brillante, incluso las enredaderas de una calabacera. Pero lo más asombroso eran las hileras de palmeras datileras jóvenes, que se aferraban a la vida, absorbían la humedad que se filtraba entre las grietas de la roca y ascendía desde un nivel freático enterrado bajo el suelo del cañón.

—¡Palmeras! —exclamó—. Ya habéis empezado.

—Sí, Umma —asintió Stilgar—. Aquí se vislumbra el futuro de Dune. Tal como nos prometiste, puede hacerse. Fremen de todo el planeta ya han empezado la tarea de dispersar hierba en las laderas favorecidas por el viento de las dunas.

Kynes resplandecía. ¡Le habían hecho caso, a pesar de todo! Aquella hierba dispersa desplegaría sus raíces, almacenaría el agua y estabilizaría las dunas. Con equipo robado de las estaciones de análisis biológicos, los

Fremen podrían continuar el trabajo de practicar sumideros, erigir trampas de viento y descubrir nuevas formas de apoderarse de cada gota de agua transportada por el viento...

El grupo permaneció varios días en el cañón, y lo que vio allí aturdió a Kynes. Fremen de otros sietch aparecían a intervalos. El lugar parecía un nuevo punto de encuentro del pueblo escondido. Llegaron emisarios para contemplar con reverencia las palmeras y las plantas que crecían al aire libre, para aspirar el tenue olor a humedad que se desprendía de las rocas.

Una noche llegó un caballero de la arena con sus herramientas, en busca del Umma Kynes. El recién llegado, sin aliento, bajó los ojos respetuosamente.

—Siguiendo tus órdenes, la cuenta ha terminado —anunció—. Hemos recibido información de todos los sietch y ahora sabemos cuántos Fremen hay.

—Estupendo —dijo Kynes sonriente—. Necesito un número aproximado para planificar nuestro trabajo.

Esperó, expectante. El joven alzó la vista y le miró a los ojos.

—El número de sietch supera los quinientos.

Kynes suspiró. ¡Muchos más de los que esperaba!

—Y los Fremen que viven en Dune son, aproximadamente, diez millones. ¿Necesitas las cifras exactas, Umma Kynes?

Kynes lanzó una exclamación ahogada. ¡Increíble! Los cálculos imperiales y los informes de los Harkonnen barajaban las cifras de unos cientos de miles de Fremen, un millón a lo sumo.

—¡Diez millones!

Abrazó al estupefacto mensajero, jubiloso. *¡Con este ejército de obreros podremos remodelar todo el planeta!*

El mensajero sonrió y retrocedió con una reverencia, para agradecer el honor que el planetólogo le había concedido.

—Y hay más noticias, Umma Kynes —dijo el joven—. Me han ordenado comunicarte que tu esposa
Frieth ha dado a luz a un niño fuerte y sano, que sin
duda será algún día el orgullo del sietch.

Kynes emitió otra exclamación de júbilo. ¡Era padre! Miró a Ommun, Stilgar y los demás miembros de
su expedición. Los Fremen alzaron las manos y le col-
maron de felicitaciones. No había permitido que la idea
revoloteara en su mente hasta ahora, pero sintió que una
oleada de orgullo se imponía a su sorpresa.

Mientras pensaba en su felicidad, Kynes miró las
palmeras, la hierba y las flores, y luego el fragmento
de cielo azul enmarcado entre las paredes del cañón.
¡Frieth le había dado un hijo!

—Ahora, los Fremen son diez millones uno —dijo.

El odio es un sentimiento tan peligroso como el amor. La capacidad de experimentar uno significa la capacidad de experimentar su contrario.

«Instrucciones cautelares para la Hermandad»,
Archivos Bene Gesserit, Wallach IX

Los dos mortecinos soles del sistema binario de Kuentsing brillaban en los sombríos cielos de Bela Tegeuse. El más próximo, rojo como la sangre, teñía de púrpura el cielo del atardecer, mientras el primario, blanco como el hielo, demasiado lejano para proporcionar calor o luz en exceso, colgaba como un agujero iluminado en el crepúsculo. Un planeta poco atractivo y de superficie árida, no figuraba en las principales rutas transespaciales de la Cofradía y pocos Cruceros hacían escala en él.

En aquel lugar tétrico, la señora supervisaba sus huertos y se recordaba que era su hogar provisional. Incluso después de transcurrido casi un año, aún se sentía una extraña.

Miró a sus aparceros contratados. Bajo falso nombre había utilizado parte de sus bienes restantes para comprar una pequeña propiedad, con la esperanza de vivir allí hasta poder reunirse con los demás. Desde su desesperada huida no les había visto ni sabía nada de ellos, y tampoco había bajado la guardia ni un instante.

Elrood todavía vivía, y los cazadores seguían al acecho.

Platillos luminosos bañaban los campos de luz, mimando las hileras de verduras y frutas exóticas que se disputarían los funcionarios ricos.

Más allá del linde de los campos, la vegetación autóctona de Bela Tegeuse era robusta y áspera, muy poco prometedora. La luz solar de Kuentsing no era suficiente para facilitar la fotosíntesis de las delicadas plantas de la señora.

Notó el frío que zahería su cara. Su piel sensible, que en otro tiempo había acariciado un emperador, estaba ahora agrietada y despellejada debido a la dureza de los elementos. Pero había jurado ser fuerte, adaptarse y resistir. Le habría resultado más fácil si hubiera podido comunicar a sus seres queridos que estaba viva. Ansiaba verles, pero no se atrevía a establecer contacto, por el peligro que suponía para ella y los que la habían acompañado en su huida.

Maquinaria de recolección traqueteaba a lo largo de las filas de cultivos y cosechaba los frutos. Los platillos luminosos extendían sombras similares a seres furtivos que recorrían los campos. Algunos de los trabajadores contratados cantaban a coro mientras iban cosechando productos demasiado frágiles para la recolección mecánica. Cestas ingrávidas preparadas para el mercado esperaban en el centro de recogida.

Sólo algunos de sus criados más fieles la habían seguido en esta nueva vida. No había querido dejar cabos sueltos, nadie que pudiera informar a los espías imperiales, y tampoco había querido poner en peligro a sus fieles compañeros de exilio.

Sólo osaba hablar con extrema cautela con sus escasos vecinos. Sólo conversaciones furtivas, miradas fugaces y sonrisas. En cualquier parte podía haber agentes o visicoms.

La señora, gracias a una serie de documentos de identidad falsificados, se había convertido en una mujer respetable llamada Lizett, una viuda cuyo marido ficticio (comerciante local y funcionario de poca categoría de la CHOAM) le había dejado suficientes recursos económicos para administrar la modesta propiedad.

Toda su existencia había cambiado: se acabaron las actividades frívolas en la corte, la música, los banquetes, las recepciones, su cargo en el Landsraad, hasta las tediosas reuniones del Consejo. Vivía al día, añorando los viejos tiempos, sin otro remedio que aceptar aquella nueva vida como la mejor que podía obtener.

Lo peor era la posibilidad de no volver a ver a sus seres queridos.

Como un general que pasa revista a sus tropas, la señora paseó entre los cultivos y examinó los frutos espinosos de color bermejo que colgaban de las enredaderas. Se había esforzado por memorizar los nombres de los productos exóticos que cultivaba. Lo importante era mostrar una fachada convincente y poder entablar conversaciones triviales sin despertar sospechas.

Siempre que salía de su casa llevaba un hermoso collar de manufactura ixiana, un hologenerador camuflado. Cubría su cara con un campo que deformaba sus bellas facciones, suavizaba sus pómulos, ensanchaba su delicada barbilla, alteraba el color de sus ojos. Se sentía a salvo... hasta cierto punto.

Vio una lluvia de estrellas fugaces cerca del horizonte. En la lejanía brillaban las luces de las granjas y de una aldea, pero esto era muy distinto. ¿Fuegos artificiales? ¿Transportes o lanzaderas?

Bela Tegeuse no era un planeta populoso. Sus fortunas y recursos eran escasos, así como oscuro y sangriento su legado histórico. Mucho tiempo atrás había albergado colonias de esclavos, pueblos valientes y rebeldes que proporcionaban esclavos a otros planetas. Ella también se sentía prisionera, pero al menos tenía una vida y sabía que su familia estaba a salvo.

«Pase lo que pase, nunca bajes la guardia, amor mío —le había advertido su marido antes de separarse—. Nunca.»

En este constante estado de alerta, la dama observó las luces de posición de tres ornitópteros que se acercaban desde el lejano espaciopuerto. Habían encendido sus faros de búsqueda, aunque ésta era la mejor luz de día que Bela Tegeuse podía ofrecer, en el cenit del doble atardecer.

Sintió miedo pero continuó inmóvil, envuelta en una capa azul. Habría preferido los colores de su Casa, pero no se atrevía a guardar en su ropero tales prendas.

Una voz llamó desde la casa.

—¡Madame Lizett! ¡Alguien se acerca, y se niega a responder a nuestros saludos!

Se volvió y vio la figura de hombros estrechos de Omer, uno de sus criados de los viejos tiempos, un hombre que la había acompañado porque no se le ocurrió nada mejor que hacer. No había alternativa más importante y satisfactoria, le había asegurado Omer, y ella agradecía por su devoción.

La señora barajó la idea de huir de los ornitópteros, pero la desechó. Si los intrusos eran quienes temía, no tenía ninguna posibilidad de escapar. Y si no lo eran, no debía temer nada.

Los ornitópteros llegaron con estruendo de motores. Aterrizaron sobre sus campos cultivados, derribaron los platillos luminosos y aplastaron la cosecha.

Cuando las puertas de los tres aparatos se abrieron y los soldados salieron, supo que estaba condenada.

Como en un sueño, pensó en un momento más feliz, la llegada de otros soldados. Había sido durante su juventud en la corte imperial, cuando la sensación embriagadora de ser una cortesana real empezaba a desvanecerse. El emperador había pasado mucho tiempo con ella durante una temporada, pero luego su interés se disipó y prefirió a otras concubinas, como cabía esperar. Pero no se había sentido repudiada, porque Elrood continuó proporcionándole sustento y cobijo.

Sin embargo un día, después de que la rebelión de Ecaz hubiera sido aplastada, había presenciado un desfile victorioso de soldados imperiales por las calles de Kaitain. Las banderas eran brillantes, los uniformes perfectos e inmaculados, los hombres gallardos. A la cabeza de la columna, vislumbró por primera vez a su futuro marido, un orgulloso guerrero de anchos hombros y amplia sonrisa. Aun desde aquella distancia, su presencia la deslumbró, y notó que su pasión despertaba de nuevo, y en ese momento le consideró el más grande de todos los soldados que regresaban…

Los soldados que acababan de llegar a Bela Tegeuse eran muy diferentes, mucho más aterradores, con el uniforme gris y negro de los Sardaukar.

Un burseg se adelantó y mostró la insignia de su rango. Con un gesto brusco indicó a sus hombres que tomaran posiciones.

La señora se aferró a la impostura, con sólo un hilo de esperanza, y se adelantó a recibirlo con la barbilla alzada.

—Soy madame Lizett, la propietaria de esta finca. —Su voz adoptó un tono de dureza cuando desvió la vista hacia las cosechas aplastadas—. ¿Vos o vuestros superiores repararéis todos los daños causados por vuestra torpeza?

—¡Cierra el pico! —ladró un soldado, al tiempo que la apuntaba con su fusil láser.

Idiota, pensó la dama. *Podría llevar un escudo.* En tal caso, si el soldado hubiera disparado, aquella parte de Bela Tegeuse habría desaparecido por obra de una explosión seudoatómica.

El comandante burseg alzó la mano para detener al soldado, y la señora comprendió la farsa: un soldado fanfarrón e incontrolado para intimidarla, y un firme oficial para hacerla entrar en razón. El soldado bueno y el soldado malo.

—Venimos aquí cumpliendo órdenes imperiales —dijo el burseg—. Estamos investigando el paradero de los supervivientes traidores de cierta Casa renegada. Apelamos al derecho de conquista y exigimos vuestra colaboración.

—Desconozco los aspectos legales —dijo la señora—, pero no sé nada de renegados. Sólo soy una viuda que intenta sacar adelante una modesta granja. Permitid que mis abogados hablen con vos. Me complacerá colaborar en lo que pueda, pero temo que os llevaréis una decepción.

—No será así —gruñó el soldado fanfarrón.

Los aparceros habían cesado en sus actividades, petrificados. El burseg avanzó y se plantó ante la mujer, que no se inmutó. El hombre estudió su rostro y frunció el entrecejo. La señora sabía que su apariencia camuflada no coincidía con la que el hombre esperaba encontrar. Sostuvo su mirada sin pestañear.

De pronto el hombre le arrancó el collar ixiano, haciendo desaparecer su disfraz.

—Así me gusta más —dijo el burseg—. Conque no sabéis nada de renegados, ¿eh? —Lanzó una carcajada desdeñosa.

Ella le fulminó con la mirada. Más soldados Sardaukar saliendo de los tres ornitópteros y tomaron posiciones alrededor. Algunos se dirigieron al interior de la casa, mientras otros registraban el granero, el silo solar y otros edificios adyacentes. ¿Acaso sospechaban que ocultaba todo un ejército? Según su estilo de vida habitual, daba la impresión de que apenas podía permitirse ropa nueva y comida caliente.

Otro Sardaukar de rostro sombrío la agarró del brazo. Ella intentó zafarse, pero el hombre le subió la manga de la capa y la rozó con una pequeña cureta. La señora lanzó una exclamación, pensando que el soldado la había envenenado, pero el Sardaukar se limitó a analizar la muestra de sangre que había tomado.

—Identidad confirmada, señor —anunció a su comandante—. Lady Shando Vernius de Ix.

Los soldados retrocedieron, pero Shando no se movió. Sabía lo que se avecinaba.

Durante más de un año, el viejo emperador se había comportado de una manera cada vez más irracional. Su mente y su cuerpo se deterioraban. Elrood padecía más delirios de grandeza que de costumbre y acumulaba más odio del que un cuerpo podía contener, pero seguía siendo el emperador, y sus decretos se cumplían al pie de la letra.

Lo único que temía era que la torturasen para arrancarle información sobre el paradero de Dominic, el cual desconocía. Tal vez se limitarían a rematar la faena.

Omer salió por una puerta lateral de la casa, gritando. Blandía una tosca arma de caza que había encontrado en un armario. *Qué idiota*, pensó. *Valiente, entregado y leal, pero idiota al fin y al cabo.*

—¡Mi señora! —gritó Omer—. ¡Dejadla en paz!

Algunos Sardaukar le apuntaron a él y a los demás trabajadores, pero la mayoría no desvió sus fusiles de ella. Miró al cielo y pensó en sus amados esposo e hijos, y esperó que no encontraran un final similar. Incluso en ese momento admitió que, si pudiera elegir, obraría igual otra vez. No lamentaba la pérdida de prestigio y riquezas que abandonar la corte real le había acarreado. Shando había conocido un amor que pocos miembros de la nobleza llegaban a experimentar.

Pobre Roody, pensó con una punzada de pena. *Tú nunca comprendiste esa clase de amor.* Como de costumbre, Dominic había estado en lo cierto. Le visualizó mentalmente tal como le había conocido la primera vez: un joven y apuesto soldado que regresaba victorioso de la batalla.

Shando alzó una mano para tocar la visión del rostro de Dominic por última vez…

Entonces los Sardaukar abrieron fuego.

Debo gobernar con uñas y dientes, como un halcón entre aves inferiores.

Duque PAULUS ATREIDES,
la declaración Atreides

Duque Leto Atreides: Regente del planeta Caladan, miembro del Landsraad, cabeza de una Gran Casa... Esos títulos no significaban nada para él. Su padre había muerto.

Leto se sentía pequeño. Derrotado y confuso, no estaba preparado para las cargas que habían recaído sobre él, de una forma tan cruel, a la edad de quince años. Sentado en la butaca incómoda y demasiado grande, donde el afable viejo duque había concedido audiencias, Leto se sentía fuera de lugar, un impostor.

¡No estoy preparado para ser duque!

Había declarado siete días de luto oficial, durante los cuales había logrado soslayar los asuntos más difíciles como cabeza de la Casa Atreides. Hasta recibir las condolencias de las demás Grandes Casas era demasiado para él, sobre todo la carta oficial del emperador Elrood IX, escrita sin duda por su chambelán pero firmada por la mano temblorosa del anciano. «Un gran hombre del pueblo ha caído —rezaba la nota del emperador—. Recibid mis más sinceras condolencias y plegarias por vuestro futuro.»

Por alguna razón, Leto interpretó aquellas líneas como una amenaza. Algo siniestro en el sesgo de la firma, tal vez, o en la elección de las palabras. Leto había quemado el mensaje en la chimenea de sus aposentos privados.

Lo más importante para él fue recibir las muestras de dolor del pueblo de Caladan: flores, cestas de pescado, banderas bordadas, poemas y canciones escritos por aspirantes a bardos, tallas, dibujos y pinturas que plasmaban al viejo duque en toda su gloria, victorioso en el ruedo.

En privado, cuando nadie podía ser testigo de su debilidad, Leto lloraba. Sabía lo mucho que el pueblo quería al duque Paulus, y recordaba la sensación de poder que le invadió el día que su padre y él alzaron la cabeza de un astado en la plaza de toros. En aquel momento deseó ser duque, rodeado de amor y lealtad.

Ahora anhelaba cualquier otro destino.

Lady Helena se había recluido en sus aposentos, sin hacer caso de los criados que intentaban atenderla. Leto nunca había percibido demasiado amor o afecto entre sus padres, y en este momento ignoraba si el dolor de su madre era sincero o fingido. Sólo recibía a sus sacerdotes personales y consejeros espirituales. Helena se aferraba a los sutiles significados que extraía de los versículos de la Biblia Católica Naranja.

Leto sabía que necesitaba salir de aquella confusión. Tenía que sacar fuerzas de flaqueza y entregarse a la tarea de gobernar Caladan. El duque Paulus se habría burlado de la desdicha de Leto, y le habría reprendido por no asumir de inmediato las obligaciones de su nueva vida. «Llora en privado, muchacho —habría dicho—, pero nunca exhibas ningún signo de flaqueza por parte de la Casa Atreides.» El joven juró esforzarse al máximo. Sería el primero de los muchos sacrificios que exigiría su nuevo cargo.

El príncipe Rhombur se acercó a Leto, que seguía sentado en el trono de la vacía sala de audiencias. Leto tenía la vista clavada en la pared de enfrente, donde había un retrato de su padre ataviado de matador. Rhombur apretó el hombro de su amigo.

—¿Has comido, Leto? Tienes que conservar las energías.

Leto respiró hondo y se volvió hacia su camarada de Ix, cuyo ancho rostro reflejaba preocupación.

—No. ¿Quieres desayunar conmigo?

Se levantó con movimientos rígidos de la incómoda butaca. Había llegado el momento de afrontar sus deberes.

Thufir Hawat les acompañó durante un desayuno que se alargó durante horas, mientras trazaban planes y estrategias para el nuevo régimen. Cuando se hizo una pausa en la conversación, el Mentat inclinó la cabeza y clavó la vista en los ojos de Leto.

—Aunque no lo haya expresado con palabras, mi duque, os prometo mi entera lealtad y renuevo mi compromiso con la Casa Atreides. Haré cuanto esté en mi mano por ayudaros y aconsejaros. —Su expresión se endureció—. Pero tenéis que comprender que vuestras decisiones serán vuestras y sólo vuestras. Mi consejo puede ser contrario a la opinión del príncipe Rhombur o de vuestra madre, o de otros consejeros. En cada caso, vos decidiréis. Sois el duque. Sois la Casa Atreides.

Leto tembló y sintió la responsabilidad que recaía sobre sus hombros como un Crucero de la Cofradía a punto de estrellarse.

—Soy consciente de ello, Thufir, y necesitaré toda la ayuda posible.

Se enderezó en su silla y bebió el almíbar dulce de un cuenco de budín de arroz pundi caliente, preparado por un chef que conocía sus preferencias desde que era niño. Ya no sabía igual. Sus papilas gustativas parecían dormidas.

—¿Cómo avanza la investigación sobre la muerte de mi padre? ¿Fue un accidente, tal como aparenta, o fue preparada?

El Mentat frunció el entrecejo.

—No me atrevo a afirmarlo, mi duque, pero temo que fue un asesinato. Las pruebas apuntan a un plan tortuoso.

—¿Cómo? —exclamó Rhombur. Su rostro enrojeció—. ¿Quién atentó contra el duque? ¿Cómo?

No sólo sentía afecto por Leto, sino también por el patriarca Atreides que les había concedido asilo a él y su hermana. Un sentimiento visceral susurró a Rhombur que tal vez habían castigado a Paulus por su bondad para con los exiliados de Ix.

—Yo soy el duque, Rhombur —dijo Leto—. Serénate. Yo me encargaré de esto.

Leto casi oyó los engranajes que zumbaban dentro de la compleja mente del Mentat.

—Los análisis químicos de los tejidos musculares del toro descubrieron leves rastros de dos drogas —dijo Hawat.

—Pensaba que examinaban a las bestias antes de cada corrida.

Leto entornó los ojos y por un momento no consiguió alejar fugaces recuerdos de su infancia, cuando había ido a los establos para mirar a los enormes animales, y el responsable, Yresk, le había dejado dar de comer a los toros, para horror de los mozos de cuadras.

—¿Nuestro veterinario ha sido cómplice del complot?

—Antes del paseo se procedió a los análisis acostumbrados. —Thufir apretó sus labios manchados de rojo y tabaleó sobre la mesa mientras controlaba sus pensamientos y meditaba su respuesta—. Por desgracia, no se analizó lo que era pertinente. El toro fue enfurecido durante días mediante un poderoso estimulante que se acumuló en su cuerpo, administrado lenta e incesantemente.

—Eso no pudo ser suficiente —replicó Leto—. Mi padre era un buen matador. El mejor.

El Mentat sacudió la cabeza.

—También se administró al toro un agente neutralizador, un agente químico que contrarrestó la neurotoxina contenida en las banderillas del duque y, al mismo tiempo, liberó el estimulante. El animal se convirtió en una máquina de matar todavía más poderosa, justo cuando el duque empezaba a notar los efectos del cansancio.

Leto montó en cólera. Se levantó de la mesa y echó un vistazo al omnipresente detector de venenos. Se paseó de un lado a otro y dejó que el budín de arroz se enfriara. Después dio media vuelta y habló con tono crispado, recordando las técnicas de liderazgo que había aprendido.

—Mentat, dadme una proyección primaria. ¿Quién hizo esto?

Thufir entró en modo Mentat. Un chorro de datos pasó por el ordenador encerrado en su cráneo, un cerebro humano que duplicaba las capacidades de los antiguos y odiados enemigos de la humanidad.

—La posibilidad más probable: un ataque personal de un enemigo político de la Casa Atreides. Teniendo en cuenta el momento, sospecho que castigaron al viejo duque por su apoyo a la Casa Vernius.

—Justo lo que yo sospechaba —murmuró Rhombur. El hijo de Dominic Vernius parecía ya un adulto, endurecido y curtido. Desde su llegada a Caladan había madurado, fortalecido sus músculos. Sus ojos habían adquirido un brillo despiadado.

—Pero ninguna Casa nos ha declarado enemistad —repuso Leto—. El antiguo rito de la venganza exige requisitos y formalidades, ¿no es así, Thufir?

—No podemos confiar en que todos los enemigos del viejo duque hayan respetado tales formalidades —dijo Hawat—. Hemos de proceder con mucha cautela.

Rhombur enrojeció de ira y pensó en su familia, expulsada de Ix.

—Hay quienes manipulan las formalidades para satisfacer sus necesidades.

—Posibilidad secundaria —repuso el Mentat—. El objetivo pudo ser el duque Paulus en persona, no la Casa Atreides, el resultado de una pequeña venganza o resentimiento personal. El culpable pudo ser un peticionario local que estuvo en desacuerdo con una decisión del duque. Si bien este asesinato posee consecuencias galácticas, puede que la causa haya sido algo trivial, aunque parezca irónico.

Leto meneó la cabeza.

—No puedo creerlo. El pueblo quería a mi padre. Ninguno de sus súbditos se habría rebelado contra él, ni uno solo.

Hawat no se inmutó.

—Mi duque, no subestiméis el poder del amor y la lealtad, y no subestiméis el poder del odio personal.

—Er, ¿cuál es la posibilidad más segura? —preguntó Rhombur.

Hawat miró a su duque.

—Un ataque para debilitar a la Casa Atreides. La muerte del patriarca os deja, mi señor, en una posición vulnerable. Sois joven e inexperto.

Leto respiró hondo pero contuvo su ira.

—Vuestros enemigos considerarán inestable la Casa Atreides, y tal vez iniciarán una maniobra contra nosotros. Puede que vuestros aliados os consideren un engorro, y os apoyen con... limitado entusiasmo. Es un momento muy peligroso para vos.

—¿Los Harkonnen? —preguntó Leto.

Hawat se encogió de hombros.

—Es posible. O alguno de sus aliados.

Leto se apretó las sienes y respiró hondo de nuevo. Vio que Rhombur le miraba con inquietud.

—Continuad vuestras investigaciones, Thufir —dijo—. Como conocéis las drogas inyectadas al toro salusano, sugiero que concentréis vuestros interrogatorios en los establos.

El mozo de cuadras Duncan Idaho se erguía ante su nuevo duque. Hizo una reverencia orgullosa, dispuesto a jurar su lealtad de nuevo. Le habían bañado a conciencia, aunque seguía llevando las ropas propias de su oficio y tenía el pelo desgreñado.

Apenas era capaz de contener su rabia. Estaba seguro de que la muerte del duque Paulus habría podido evitarse si alguien le hubiera hecho caso. Su dolor era inmenso, y le embargaba la duda de que no se había esforzado al máximo. ¿Tendría que haber insistido más, o hablado con alguien más aparte del responsable de los establos? Se preguntó si debía revelar sus esfuerzos, pero de momento calló.

Leto Atreides, demasiado menudo para el gran trono, entornó sus ojos grises y miró a Duncan.

—Muchacho, recuerdo cuando viniste a esta casa. —Su cara parecía más delgada y mucho más vieja que cuando le vio por primera vez—. Fue después de que escapara de Ix con Rhombur y Kailea.

Los dos refugiados también estaban sentados en el salón del trono, junto con Thufir Hawat y un contingente de guardias. Duncan desvió la vista hacia ellos y luego devolvió la atención al joven duque.

—Me contaron historias sobre tu huida de los Harkonnen, Duncan Idaho —continuó Leto—, y sobre las torturas y encarcelamiento que padeciste. Mi padre confió en ti cuando te concedió un empleo en el castillo de Caladan. ¿Sabes que no lo hacía con frecuencia?

Duncan asintió.

—Sí, mi señor. —Notó que su rostro enrojecía, debido a la culpabilidad que sentía por haber fallado a su benefactor—. Sí, lo sé.

—Pero alguien drogó a los toros salusanos antes de la última corrida de mi padre, y tú eras uno de los encargados de cuidar los animales. ¿Por qué no te vi en el paseo cuando todos los demás desfilaron alrededor del ruedo? Recuerdo que te busqué con la mirada. —Su voz adquirió un tono mucho más penetrante—. Duncan Idaho, ¿fuiste enviado aquí, todo inocencia e indignación, como asesino camuflado al servicio de los Harkonnen?

Duncan retrocedió, consternado.

—¡De ninguna manera, mi señor! —exclamó—. Intenté advertir a todo el mundo. Sabía desde hacía días que algo les pasaba a los toros. Se lo dije una y otra vez a Yresk, el jefe de los establos, pero no hizo nada. Se rió de mí. Incluso discutí con él. Por eso no estuve en el paseo. Me disponía a advertir al viejo duque, pero el jefe de los establos me encerró en uno de los pesebres durante la corrida. —Las lágrimas acudieron a sus ojos—. Todas las hermosas prendas que vuestro padre me dio se ensuciaron. Ni siquiera le vi caer en el ruedo.

Leto, sorprendido, se irguió en el trono. Miró a Hawat.

—Lo comprobaré, mi señor —dijo el Mentat.

Leto estudió al niño. Duncan Idaho no demostraba temor, tan sólo profunda tristeza. Leto creyó leer franqueza y devoción en su joven rostro. En apariencia, el refugiado de nueve años parecía muy satisfecho de trabajar en el castillo de Caladan, pese a su humilde empleo de mozo de cuadras.

Leto Atreides no tenía muchos años de experiencia en el arte de juzgar a la gente hipócrita y sopesar el corazón de los hombres, pero intuía que podía confiar en aquel muchacho abnegado. Duncan era testarudo, inteligente e impetuoso, pero no un traidor.

Ve con cautela, duque Leto, se dijo. *El Imperio utiliza muchas artimañas, y ésta podría ser una más.* Pensó en el viejo jefe de establos. Yresk servía a Caladan desde el matrimonio de conveniencia de los padres de Leto... *¿Era posible que semejante plan hubiera permanecido en estado latente durante tantos años?* Supuso que sí. Las implicaciones le produjeron escalofríos.

Lady Helena, sin escolta, entró en la sala de audiencias con paso furtivo. Había profundas ojeras bajo sus ojos. Se sentó al lado de Leto, en el trono reservado para las ocasiones en que tomaba asiento junto a su esposo. La mujer, con la espalda recta y en silencio, examinó al niño que se erguía ante ambos.

Momentos después, el jefe de los establos Yresk fue introducido en el salón por los guardias. Tenía revuelta su mata de pelo blanco, y sus ojos hinchados parecían dilatados e inseguros. Cuando Thufir Hawat terminó de resumir la historia que Duncan Idaho había contado, el responsable de los establos rió y sus hombros huesudos se hundieron con alivio exagerado.

—Después de todos los años que os he servido, ¿vais a creer a esta rata de establo, a este Harkonnen? —Puso los ojos en blanco en señal de fastidio—. ¡Por favor, mi señor!

Exageradamente dramático, pensó Leto. Hawat también se dio cuenta.

Yresk se llevó un dedo a los labios, como si se le acabase de ocurrir una posibilidad.

—Ahora que lo decís, mi señor, es muy posible que el muchacho envenenara al toro. No podía vigilarle en todo momento.

—¡Eso es mentira! —gritó Duncan—. Quería advertir al duque, pero vos me encerrasteis en un pesebre.

¿Por qué no hicisteis nada? Os advertí una y otra vez, y ahora el duque está muerto.

Hawat escuchaba con ojos distantes, los labios manchados de rojo después de haber tomado un sorbo de zumo de safo. Leto se dio cuenta de que había entrado en modo Mentat para analizar todos los datos que recordaba sobre los acontecimientos relacionados con el joven Duncan y con Yresk.

—¿Y bien? —preguntó Leto al jefe de los establos. Se obligó a no pensar en los buenos momentos pasados con aquel hombre larguirucho, que siempre olía a sudor y estiércol.

—Puede que esa rata de establo me haya lloriqueado un poco, mi señor, pero porque tenía miedo de los toros. No puedo suspender una corrida porque un mocoso se asusta de los animales. —Lanzó un resoplido despectivo—. Me ocupé de este cachorro, le concedí todas las oportunidades...

—Pero no le hiciste caso cuando te advirtió sobre los toros, y ahora mi padre ha muerto —dijo Leto. Observó que, de repente, Yresk parecía asustado—. ¿Por qué lo hiciste?

—Proyección posible —anunció Hawat—. Por mediación de lady Helena, Yresk ha trabajado para la Casa Richese toda su vida. Richese ha mantenido lazos con los Harkonnen en el pasado, así como una relación de animadversión con Ix. Quizá no sea consciente de su participación en un plan global, o...

—¿Cómo? ¡Esto es absurdo! —insistió Yresk. Se mesó su cabello blanco—. No tengo nada que ver con los Harkonnen.

Desvió la vista hacia lady Helena, pero ella se negó a mirarle.

—No interrumpas a mi Mentat —advirtió Leto.

Thufir Hawat miró a lady Helena, que le contemplaba con expresión gélida. El Mentat clavó la vista en su hijo.

—Resumen: el matrimonio de Paulus Atreides con Helena, de la Casa Richese, fue peligroso, incluso en su momento. El Landsraad lo consideró una forma de debilitar los lazos entre los Richese y los Harkonnen, en tanto el conde Ilban Richese aceptó el matrimonio como una última tentativa de salvar parte de la fortuna familiar, en un tiempo en que estaba perdiendo Arrakis. En cuanto a la Casa Atreides, el duque Paulus recibió un puesto de director de la CHOAM y se convirtió en miembro del Consejo con derecho a voto, algo que esta familia jamás habría logrado de otra forma.

»Cuando el cortejo nupcial llegó aquí con lady Helena, quizá no todos los miembros juraron entera lealtad a la Casa Atreides. Pudo establecerse algún tipo de contacto entre agentes Harkonnen y el jefe de establos Yresk... sin el conocimiento de lady Helena, por supuesto.

—Eso son conjeturas infundadas, incluso para un Mentat —replicó Yresk.

Leto observó que buscaba apoyo en alguno de los presentes, con excepción de Helena, cuyos ojos parecía evitar ahora.

Leto miró a su madre, sentada en silencio a su lado y se fijó en la tensión de su mandíbula. Un escalofrío recorrió su espina dorsal. A través de la puerta cerrada de su dormitorio, Leto había oído sus palabras relativas a la política de su padre. «Tú eres el que ha tomado una decisión, Paulus. La que no debías.» Las palabras resonaron en la mente de Leto. «Eso te costará caro, y a tu Casa también.»

—Er, nadie vigila a un jefe de establos, Leto —señaló Rhombur en voz baja.

Pero Leto continuó observando a su madre. Yresk había llegado a Caladan con el cortejo nupcial de su madre. ¿Habría recurrido a él? ¿Qué clase de vínculo mantenía con aquel hombre?

La garganta se le secó cuando todas las piezas encajaron en su mente y alcanzó una certeza que debía de ser similar a la del Mentat. ¡Ella lo había hecho! Lady Helena Atreides había puesto en marcha el mecanismo. Tal vez había contado con alguna ayuda externa, posiblemente de los Harkonnen, e Yresk había sido el encargado de llevar el plan a la práctica.

Pero era ella quien había tomado la decisión de castigar a Paulus. Lo sabía en el fondo de su alma. Con un hijo de quince años, ahora controlaría Caladan y tomaría las decisiones que juzgara más pertinentes.

«Leto, hijo mío, ahora eres el duque Atreides.» Ésas habían sido las palabras de su madre, tan sólo momentos después de que su esposo muriera. Una curiosa reacción para una mujer abrumada por el dolor.

—Os ruego que no sigáis —dijo Yresk, retorciéndose las manos—. Yo nunca traicionaría a la Casa a la que sirvo, mi señor. —Señaló a Duncan—. Y esta rata de establo ha de ser un Harkonnen. Llegó de Giedi Prime no hace mucho tiempo.

Lady Helena estaba sentada muy rígida, y cuando por fin habló, miró desafiante a su hijo:

—Conoces a Yresk desde que eras un niño, Leto. ¿Acaso acusas a un miembro de mi séquito? No seas ridículo.

—Aún no he acusado a nadie, madre —dijo él con cautela—. Sólo estamos discutiendo este punto.

Como jefe de la Casa Atreides, debía esforzarse en distanciarse de su infancia, de cuando había sido un niño ansioso que preguntaba al jefe de establos si podía ver los toros. Yresk le había enseñado a domesticar a animales, montar en caballos viejos, hacer nudos y asegurar arneses. Pero aquel niño de ojos admirados era ahora el nuevo duque de la Casa Atreides.

—Hemos de estudiar las pruebas antes de extraer conclusiones.

El rostro de Yresk reflejó sentimientos encontrados,

y de repente, Leto tuvo miedo de lo que podía decir. Acorralado y temeroso por su vida, ¿implicaría a Helena? Los guardias escuchaban con atención. Kailea observaba y asimilaba cada detalle. No cabía duda de que otras personas escucharían y repetirían lo dicho en la sala. El escándalo sacudiría a Caladan, y tal vez al propio Landsraad.

Incluso si su madre había tramado el accidente de la corrida, incluso si Yresk había seguido órdenes o sido sometido a soborno o chantaje, Leto no quería que el hombre confesara en público. Necesitaba la verdad, pero en privado. Si corría la voz de que lady Helena era la instigadora de la muerte del viejo duque, la Casa Atreides se desgarraría. Su propia autoridad se vería perjudicada, y no le quedaría otra opción que dejar caer todo el peso de la justicia sobre su propia madre.

Se estremeció al pensar en la obra *Agamenón* y en la maldición de Atreo, que había perseguido a su familia desde los albores de la historia. Respiró hondo, consciente de que debía ser fuerte.

«Haz lo que debas, muchacho —había dicho su padre—. Siempre que tomes las decisiones justas, nadie te culpará.» Pero ¿cuál era la decisión justa ahora?

Helena se levantó y habló a Leto en un frío tono maternal.

—La muerte de mi esposo no fue una traición, sino un castigo de Dios. —Señaló a Rhombur y Kailea, que parecían estupefactos—. Mi amado duque fue castigado por su amistad con la Casa Vernius, por permitir que estos niños vivieran en el castillo. Su familia violó los mandamientos, y aun así Paulus los recibió con los brazos abiertos. Mi esposo fue víctima de su orgullo, no de un insignificante jefe de establos. Es así de sencillo.

—Ya he oído suficiente, madre —dijo Leto.

Helena le dirigió una mirada de indignación, como si aún fuera un niño.

—No he terminado de hablar. Ser duque significa más de lo que imaginas...

Leto procuró conservar la calma en su voz y en su compostura.

—Yo soy el duque, madre, y vos guardaréis silencio, de lo contrario ordenaré a los guardias que os saquen de la sala y os encierren bajo llave en una de vuestras torres.

Helena palideció y sus ojos se movieron de un lado a otro mientras intentaba disimular su sorpresa. No conseguía creer que su hijo le hubiese hablado de aquella manera, pero prefirió no insistir. Como de costumbre, se esforzó por mantener las apariencias. Había visto una expresión similar en el viejo duque, y no osó desencadenar la tormenta.

—Leto, muchacho —dijo Yresk, aunque más le habría valido guardar silencio—, no vais a creer a esta rata de establo antes que a mí...

Leto miró al hombre, tan parecido a un espantapájaros, y comparó su comportamiento con el de Duncan. El rostro de Yresk estaba perlado de sudor.

—Le concedo más crédito —dijo Leto—. Y no vuelvas a llamarme «muchacho».

Hawat se adelantó.

—Podríamos obtener más información mediante un interrogatorio a fondo. Yo interrogaré personalmente al jefe de establos.

—Será mejor en privado, Thufir —dijo Leto—. Con vos a solas.

Cerró los ojos por un breve momento y tragó saliva. Sabía que, más tarde, tendría que enviar un mensaje a Hawat para que el jefe de establos no sobreviviera al interrogatorio, por temor a lo que pudiera revelar. El casi imperceptible asentimiento del Mentat informó a Leto que había comprendido la insinuación. Toda información que Hawat extrajera al jefe de establos debía ser un secreto entre el duque y él.

Yresk aulló cuando los guardias le agarraron por los brazos, pero Hawat le tapó la boca con la mano.

Entonces, como si hubiera sido calculado para ocurrir en el momento de mayor confusión, los guardias abrieron las puertas principales del salón para dar paso a un hombre uniformado. Entró con paso decidido, la mirada clavada en Leto. Su placa de identificación electrónica revelaba que era un Correo oficial, recién desembarcado de un transporte en el espaciopuerto de Cala City. Leto se puso tenso, consciente de que aquel hombre no podía traer buenas noticias.

—Mi señor, soy portador de terribles nuevas.

Las palabras del Correo produjeron un escalofrío en todos los presentes. Los guardias continuaban sujetando a Yresk, y Hawat indicó con un gesto que lo sacaran antes del anuncio.

El mensajero avanzó hacia el trono y se quedó inmóvil, y después respiró hondo para prepararse. Como conocía la situación de Caladan, con el nuevo duque y los exiliados ixianos, eligió sus palabras con cautela.

—Es mi triste deber informaros que lady Shando, tildada de renegada y traidora por el emperador Elrood IX, fue localizada y, obedeciendo al decreto imperial, ejecutada por tropas Sardaukar en Bela Tegeuse. Todos los miembros de su séquito también fueron ajusticiados.

Rhombur se derrumbó sobre el pulido peldaño de mármol contiguo al trono real. Kailea, que había contemplado la escena en silencio, rompió a llorar. Se apoyó contra una pared y golpeó una columna de piedra con su frágil puño hasta sangrar.

Helena miró a su hijo con tristeza y asintió.

—¿Lo ves, Leto? Otro castigo. Yo tenía razón. Los ixianos y sus cómplices están condenados.

Leto le dirigió una mirada de odio y se volvió hacia los guardias.

—Acompañad a mi madre a sus aposentos, y ordenad a sus criados que preparen maletas para un largo viaje. —Controló el temblor de su voz—. Creo que la tensión de los últimos días exige que sea trasladada a un lugar tranquilo, muy lejos de aquí.

En circunstancias adversas todo ser se convierte en otra cosa, que evoluciona o degenera. Lo que nos hace humanos es saber lo que fuimos en otro tiempo, y recordar, esperemos, la forma de invertir el cambio.

Embajador CAMMAR PILRU,
Mensajes en defensa de Ix

El sistema de alarma silencioso de su escondite le despertó una vez más. C'tair, empapado de sudor por culpa de sus pesadillas recurrentes, se incorporó, preparado para luchar contra los enemigos que le asediaban.

Pero los Bene Tleilax aún no habían descubierto su refugio secreto, aunque habían estado cerca gracias a sus malditos escáneres. Su cubículo a prueba de transmisiones estaba equipado con un monitor interno automático que habría funcionado sin problemas durante siglos, pero los fanáticos investigadores utilizaban aparatos localizadores de tecnología para detectar el funcionamiento de máquinas prohibidas. Tarde o temprano le atraparían.

Procedió con sigilosa eficacia y desconectó todo: luces, ventilación y calefacción. Luego se sentó en la sofocante oscuridad, a la espera. No oyó nada, salvo su propia respiración. Nadie forzó la puerta camuflada.

Después de un largo rato se puso en movimiento.

Los escáneres aleatorios dañarían seriamente la capacidad de su escudo para ocultarle a él y a sus componentes tecnológicos. C'tair sabía que debía robar uno de esos artilugios. Si podía analizar el modo de funcionamiento de la tecnología Tleilaxu, montaría un sistema que contrarrestara sus efectos.

Casi todas las mañanas, los pasillos y salas públicas del antiguo Grand Palais (ahora un edificio de oficinas gubernamentales Tleilaxu) estaban vacíos. C'tair salió de un pozo de ventilación oculto a un almacén cercano al pasillo principal. Desde allí había poca distancia hasta un ascensor que salía del edificio, atravesaba otros edificios estalactita y descendía a niveles inferiores. Nada le impedía mantener las apariencias y seguir con vida, pero sus probabilidades aumentarían si podía neutralizar los escáneres de alta tecnología.

El investigador de turno podía seguir en esta instalación, o tal vez había sido trasladado a un nivel diferente. C'tair salió con cautela y escudriñó el corredor. Ya había descubierto todos los secretos de esa parte del edificio.

Si bien llevaba una pistola aturdidora y un fusil láser, temía que las redes sensoras de los Tleilaxu las detectaran. Entonces, patrullas especiales saldrían en su búsqueda. Por eso empuñaba un afilado cuchillo. Sería eficaz y silencioso. La mejor elección.

Por fin, divisó a un Tleilaxu calvo y de rostro enjuto que se acercaba por el pasillo. Sostenía con ambas manos una pequeña pantalla e iba tan absorto en sus lecturas que no reparó en C'tair, hasta que éste se precipitó sobre él con el cuchillo en alto.

C'tair quiso expresar a gritos su odio, pero se limitó a sisear. La boca del Tleilaxu dibujó una pequeña O, que dejó al descubierto dientes diminutos como perlas. Antes de que pudiera chillar, C'tair le rebanó la garganta.

El hombre cayó sobre un charco de sangre, pero

C'tair se apoderó del escáner antes de que tocara el suelo. Lo contempló con codicia, indiferente a las convulsiones del hombre que se desangraba sobre las losas relucientes de lo que había sido el Grand Palais de la Casa Vernius.

C'tair no experimentó el menor remordimiento. Ya había cometido numerosos delitos, por los cuales sería ejecutado si los fanáticos le capturaban. ¿Qué importaba uno más mientras su conciencia estuviera tranquila? ¿A cuántas personas habían aniquilado los Tleilaxu? ¿Cuánta historia y cultura ixianas había destruido su conquista? ¿Cuánta sangre habían derramado ya?

C'tair arrastró el cadáver hasta el pozo de acceso que conducía a su escondite y después limpió la sangre derramada. Agotado, se detuvo un momento cuando un fragmento de su vida anterior pasó por su endurecida mente. Se miró las manos ensangrentadas y se preguntó qué pensaría la dulce y delicada Kailea si le veía ahora. Cada vez que iban a visitarla, C'tair y su hermano se vestían de punta en blanco.

Dedicó un breve instante a lamentar aquello en que los Tleilaxu le habían obligado a convertirse, y después se preguntó si Kailea también había cambiado, qué pruebas atroces habría padecido. Reparó en que ignoraba si aún seguía con vida. C'tair tragó saliva.

Pero no sobreviviría mucho más si no borraba las huellas de su crimen y desaparecía en su escondite.

El investigador Tleilaxu pesaba mucho para su tamaño, lo cual sugería una estructura ósea compacta. Arrojó el cadáver de piel grisácea a un colector de entropía nula. El sol se alzaría en el cielo ixiano antes de que el cuerpo empezara a descomponerse.

Después de lavarse y cambiarse de ropa, C'tair se puso a trabajar en la tarea más inmediata. Trasladó el escáner robado a su banco de trabajo. Los mandos del aparato eran rudimentarios: un botón negro y una pantalla ámbar que identificaba máquinas y huellas tecnológicas. Había marcas en lenguaje codificado Tleilaxu, que descifró sin problemas pronunciando las palabras ante un descodificador que había llevado a su escondite en los inicios de la rebelión.

Comprender las complejidades del escáner Tleilaxu le llevó bastante más tiempo. C'tair tuvo que trabajar con muchas precauciones, debido a la probable existencia de un sistema antimanipulaciones capaz de fundir las piezas internas. No se atrevió a abrir el escáner con una herramienta. Tendría que utilizar métodos más sutiles.

Deseó una vez más que el espíritu del viejo Rogo reapareciera y le aconsejara. C'tair se sentía muy solo en aquella habitación secreta, y en ocasiones tuvo que reprimir la tentación de sumirse en la autocompasión. Extrajo fuerzas de la certeza de que estaba haciendo algo muy importante. El futuro de Ix podía depender de las batallas furtivas que lograra ganar. Y para proteger su refugio, C'tair necesitaba desentrañar el misterio del maldito escáner Tleilaxu...

Por fin, tras días de frustración, utilizó un aparato sondeador con la esperanza de crear un esquema reflejo del interior del escáner. Para su sorpresa, oyó un clic. Dejó el escáner sobre la mesa de trabajo y examinó el aparato con cautela. Una juntura se había abierto en un lado. Hizo presión en ambos lados y el escáner se abrió sin estallar ni fundirse. No sólo descubrió las entrañas del aparato, sino también un holoproyector activado mediante una clavija que reproducía en el aire una imagen de la Guía del Usuario, un hombre holográfico que explicaba complacido todo cuanto había que saber sobre el escáner.

A la Guía del Usuario no le preocupaba que la competencia robara la tecnología del aparato, pues dependía de un raro y preciado «espejo richesiano» que ningún extranjero había conseguido duplicar. Construidos a base de minerales y polímeros desconocidos, se creía que tales cristales contenían prismas geodómicos entrelazados con otros prismas.

Mientras C'tair examinaba el escáner, admiró su construcción y por primera vez sospechó que Richese estaba implicado en el complot contra Ix. Los odios eran inmarcesibles, y los richesianos habrían colaborado de buen grado en la destrucción de sus principales rivales...

C'tair debía utilizar su conocimiento intuitivo, las piezas de los componentes y el cristal richesiano para construir un artilugio que neutralizara el escáner. Después de repetidas preguntas a la fastidiosamente solícita Guía, empezó a pensar en una solución...

La reunión nocturna con los contrabandistas del mercado negro había destrozado sus nervios, con muchas miradas por encima del hombro, pero ¿qué otra cosa podía hacer? Sólo aquellos comerciantes ilegales podían procurarle los escasos componentes que precisaba para su neutralizador de escáneres.

Por fin, tras acabar sus compras, regresó al silencioso edificio de las alturas, y empleó una tarjeta de confundir identificaciones biométricas para engañar al puesto de entrada y hacerse pasar por un técnico Tleilaxu. Mientras subía en el ascensor hasta el antiguo Grand Palais, en dirección a su escondrijo, C'tair pensó en los numerosos dibujos que había dejado sobre su banco de trabajo. Estaba ansioso por reanudar su labor.

Cuando salió al pasillo, vio que se había equivocado de planta. En lugar de puertas sin ventanas y salas de almacenamiento, aquel piso albergaba numerosas oficinas de plaz transparente. Luces nocturnas anaranjadas brillaban en los despachos. En puertas y ventanas escritos en idioma Tleilaxu había ominosos letreros.

Se detuvo y examinó el entorno. No se había adentrado mucho en las capas de roca. En otro tiempo, pensó, aquellas habitaciones habían sido salas de conferencias, oficinas de embajadas, salas de reuniones para los miembros de la corte del conde Vernius. Ahora su aspecto era meramente funcional.

Antes de que pudiera retroceder, C'tair oyó algo a su izquierda, un ruido de pasos, y se deslizó hacia el ascensor para volver a su planta. Demasiado tarde. Le habían visto.

—¡Tú, desconocido! —gritó un hombre en galach con acento ixiano—. Acércate para que pueda verte.

Debía de ser uno de los colaboracionistas, un renegado ixiano que había vendido su alma al enemigo, a expensas de su propio pueblo.

C'tair manoseó su tarjeta de confundir identidades, y tembló al oír las pesadas botas que se acercaban. Pasó la tarjeta por el lector del ascensor. Se oyeron más voces. Temió que le dispararan en cualquier momento.

Tras un interminable instante el ascensor se abrió, pero al entrar a toda prisa C'tair dejó caer la bolsa con las piezas recién compradas. No tenía tiempo para recuperarlas.

Blasfemó y ordenó el piso correcto, con un susurro severo y autoritario. La puerta se cerró justo a tiempo, y las voces se desvanecieron. Temió que los guardias averiaran el ascensor o llamaran a los Sardaukar, de modo que necesitaba huir a toda prisa. El trayecto hasta su planta se le antojó eterno.

La puerta se abrió, y C'tair miró con cautela a derecha e izquierda. Nada. Volvió a entrar en el ascensor y lo programó para que se detuviera en los siguientes cuatro pisos, y después lo envió vacío hacia las alturas.

Segundos más tarde se detuvo, sudoroso, ante la puerta de su refugio, agradecido por haberse salvado, pero irritado consigo mismo por su descuido. Había perdido los preciosos componentes, y también había proporcionado a los Tleilaxu una pista de sus propósitos.

Ahora le buscarían.

Durante un tiempo, todos vivimos a la sombra de nuestros predecesores. No obstante, los que decidimos el destino de los planetas llegamos a un momento en que no nos convertimos en sombras, sino en la mismísima luz.

Príncipe RAPHAEL CORRINO,
Discursos sobre el liderazgo

Como miembro oficial del Consejo Federado de las Grandes y Menores Casas, el duque Leto Atreides se embarcó en un Crucero y viajó a Kaitain para participar en la nueva asamblea del Landsraad. Ataviado por primera vez con su manto oficial extraplanetario, se había recuperado lo suficiente de la muerte de su padre para hacer su primera aparición en público.

Después de que Leto tomara la decisión de acudir, Thufir Hawat y otros expertos en protocolo se habían encerrado con él en las salas de conferencias del castillo para impartirle un cursillo acelerado de diplomacia. Los consejeros le rodeaban como profesores severos e insistían en que para ser un buen gobernante debía comprender y analizar todos los factores sociales, económicos y políticos en juego. La luz áspera de los globos bañaba la habitación de piedra, en tanto la brisa marina entraba por la ventana, acompañada por el retumbar de las olas y los chillidos de las gaviotas. Leto prestaba atención a las clases.

El nuevo duque había insistido en que Rhombur se sentara a su lado durante las sesiones.

—Un día necesitará saber estas cosas, cuando su Casa sea restaurada —dijo. Algunos consejeros le habían mirado con escepticismo, pero no le llevaron la contraria.

Cuando partió del espaciopuerto de Cala City, acompañado sólo por Thufir Hawat como escolta y confidente, los consejeros de Leto le habían advertido que controlara su carácter impulsivo.

Leto se había ceñido la capa alrededor de los hombros.

—Comprendo —dijo—, pero mi sentido del honor me impulsa a cumplir mi deber.

La antigua tradición garantizaba a Leto el derecho a aparecer ante el fórum del Landsraad y presentar su solicitud. Una solicitud de justicia. Como nuevo duque, iba con intenciones ocultas, y suficiente ira e ingenuidad juvenil para creer en su triunfo pese a las advertencias de sus consejeros. Sin embargo, recordó con tristeza las pocas veces que su padre había presentado peticiones ante el Landsraad. Paulus siempre había vuelto a casa rojo de ira, expresando desprecio hacia la irritante burocracia.

Pero Leto empezaba de cero y con esperanzas impolutas.

Bajo los eternos cielos soleados de Kaitain, el enorme Salón de Oratoria del Landsraad se erguía, desmesurado e imponente, como el pico más alto en la cordillera de edificios legislativos y oficinas gubernamentales que rodeaban un terreno elipsoidal. El Salón había sido construido gracias a contribuciones de todas las Casas, y cada familia noble intentó superar a los demás en magnificencia. Los representantes de la CHOAM habían colaborado en la recaudación de fondos a lo largo y ancho del Imperio, y sólo gracias a una orden especial de un emperador anterior, Hassik Corrino III, se habían recortado los exorbitantes planes de construcción del Landsraad, para que no hiciera sombra al palacio imperial.

Tras el holocausto nuclear de Salusa Secundus y el traslado de la sede imperial, todo el mundo había esperado establecer un optimista nuevo orden. Hassik III había querido demostrar que, pese a la casi total destrucción de la Casa Corrino, el Imperio y sus asuntos continuarían funcionando a un nivel más dinámico que nunca.

Banderas de las Grandes Casas ondeaban como un arco iris de escamas de dragón a lo largo de las murallas exteriores del Salón del Landsraad. Leto intentó localizar la enseña verde y negra de la Casa Atreides, y al final lo consiguió. En cambio, los colores púrpura y cobre de la Casa Vernius habían sido arriados y quemados en público.

Thufir Hawat no dejaba solo en ningún momento al joven duque. Leto añoraba la presencia de su amigo Rhombur, pero aún no era prudente que el joven exiliado abandonara el refugio de Caladan. Dominic Vernius aún no había dado señales de vida, ni siquiera después de conocerse la noticia de la muerte de Shando. Leto sabía que estaría llorando la pérdida, y preparando su venganza…

En cualquier caso, Leto debería dar la cara sin ayuda. Su padre no habría esperado menos de él. Bajo el brillante sol de Kaitain, cuadró los hombros, pensó en la historia familiar y en todo lo sucedido desde los oscuros días de Atreo, y clavó la vista en el frente. Avanzó por las calles adoquinadas y no se permitió sentirse inferior ante la grandeza del Landsraad.

Cuando entraron en el Salón de Oratoria en compañía de los representantes de otras familias, Leto vio los colores de la Casa Harkonnen, con el símbolo del grifo blanco. Con sólo mirar las banderas, recordó los nombres de las demás familias: las Casas Richese, Teranos, Mutelli, Ecaz, Dyvetz y Canidar. En el centro de todas las banderas colgaba la enseña, mucho más grande, de la Casa Corrino, en escarlata y oro con el símbolo central del león.

La fanfarria que anunció su entrada y la de los demás representantes fue ensordecedora. Mientras los hombres y unas pocas mujeres entraban, un pregonero anunciaba el nombre y posición de cada persona. Leto sólo vio unos cuantos nobles de verdad. La mayoría de los presentes eran embajadores, líderes políticos o aduladores pagados.

Aunque poseía un título real, Leto no se sentía poderoso o importante. Al fin y al cabo, ¿qué era un duque de una Casa de categoría mediana, comparado con el primer ministro de una familia rica? Si bien controlaba la economía y la población de Caladan, así como las demás posesiones de los Atreides, muchas Grandes Casas poseían más riquezas y planetas. Por un momento se imaginó como un pececillo entre tiburones, pero al punto apartó tales pensamientos temiendo que mermaran su confianza. El viejo duque nunca se habría permitido el lujo de sentirse pequeño.

Ya en el enorme Salón, se preguntó dónde encontraría los asientos ocupados en otro tiempo por la Casa Vernius. Sólo le proporcionaba una pequeña satisfacción saber que, pese a su control sobre Ix, jamás se depararía a los Bene Tleilax tales honores. El Landsraad no permitiría que los despreciados representantes de los Tleilaxu entraran en aquel club tan exclusivo. Por lo general, Leto no habría aceptado esos prejuicios, pero en este caso hizo una excepción.

Cuando el Consejo se inició, entre interminables formalidades, se acomodó en un asiento negro y marrón situado a un lado, similar al de los dignatarios de las demás Casas. Hawat le acompañó, y Leto contempló el ritual acostumbrado, ansioso por aprender y preparado para intervenir, pero debía esperar a que le llamaran.

Los jefes de las familias reales no podían perder el tiempo con tales asambleas, y mientras se hablaba y discutía sobre temas triviales, Leto no tardó en comprender por qué. Poco se sacaba en claro de las interminables peroratas sobre detalles protocolarios o la ley imperial.

Sin embargo, Leto pensaba dar empaque oficial a aquella asamblea. Cuando el panel luminoso indicó que había llegado su turno de hablar, el joven cruzó la mareante extensión de suelo pulido y subió a un atril central. Intentó no aparentar su edad adolescente, recordó la imponente presencia de su padre y los vítores que le saludaban en el ruedo, cuando levantaba una cabeza de toro cercenada.

Leto contempló las caras aburridas y respiró hondo. Los amplificadores transmitirían sus palabras a los oyentes dispuestos a escuchar. Además, serían grabadas con propósitos documentales. Sería un discurso crucial para él. Casi ninguna de aquellas personas tenía la menor idea acerca de su personalidad, y muy pocos conocían su nombre. Leto comprendió que se formarían una impresión de él a partir de sus palabras, y sintió sobre sus hombros un peso aún más agobiante.

Esperó a estar seguro de haber captado la atención de todo el mundo, aunque dudaba que, después de tantas horas de reunión, alguien conservara energías como para concentrarse en algo nuevo.

—Muchos de vosotros erais amigos y aliados de mi padre Paulus Atreides —empezó—, que acaba de ser vilmente asesinado. —Desvió la vista de manera ostensible hacia los asientos reservados a la Casa Harkonnen. No sabía los nombres ni el título de los dos hombres que representaban a la Casa enemiga.

Su insinuación quedó muy clara, aunque no lanzó acusaciones concretas ni presentó pruebas tangibles. El jefe de cuadras Yresk, que no había sobrevivido al interrogatorio, tal como Leto había solicitado, había confirmado la complicidad de Helena, pero no pudo dar más detalles sobre los conspiradores. Las palabras del nuevo duque Atreides le ganaron la atención de los aburridos miembros de la cámara.

Los Harkonnen susurraron entre sí y lanzaron miradas nerviosas e irritadas hacia el estrado. Leto se volvió hacia el núcleo central de representantes.

Justo delante de él, en el asiento de la Casa Mutelli, reconoció al viejo conde Flambert, un anciano caballero cuya memoria se había eclipsado muchos años atrás. Iba acompañado de un ex candidato a Mentat de cabello rubio, que hacía las veces de memoria portátil del conde. La única misión del frustrado aspirante a Mentat era recordar cosas al anciano Flambert. Aunque jamás había finalizado su adiestramiento como ordenador humano, el fallido Mentat servía adecuadamente a las necesidades del senil conde.

La voz de Leto llegó a toda la asamblea, tan clara y concisa como el tañido de las campanas en una fría mañana de Caladan.

—En la puerta del emperador hay un letrero que reza: «La ley es la ciencia definitiva.» Por eso he acudido aquí en nombre de una antigua Gran Casa, que ya no puede expresarse por sí misma. La Casa Vernius era un fiel aliado de mi familia.

Varios asistentes resoplaron. Otros se removieron, inquietos. Ya habían escuchado demasiadas cosas sobre Vernius.

El joven Atreides continuó, impertérrito.

—El conde Dominic Vernius y su familia fueron obligados a declararse renegados tras la conquista ilegal de Ix por los Bene Tleilax, una raza que todos los aquí presentes consideramos depravada y repugnante, inmerecedora de estar representada ante esta augusta asamblea. Cuando la Casa Vernius pidió ayuda y apoyo contra la ultrajante rebelión, todos vosotros os escondisteis en las sombras. —Leto tuvo la cautela de no acusar explícitamente al emperador Elrood, aunque sabía quién había azuzado las hostilidades.

Un murmullo se elevó en el Salón del Landsraad, acompañado por expresiones de confusión e indignación. Leto comprendió que ahora le veían como un joven advenedizo, un rebelde descarado que desconocía el verdadero orden de las cosas en el seno del Imperio. Había tenido la desdichada ocurrencia de sacar a la luz asuntos muy desagradables.

—Todos considerabais a Dominic Vernius un hombre honorable, digno de confianza. Todos comerciabais con Ix. ¿Cuántos de vosotros llamasteis «amigo» a Dominic?

Paseó una rápida mirada alrededor, pero volvió a hablar antes de que alguien reuniera valor para levantar la mano.

—Aunque no soy miembro de la familia Vernius, los invasores Tleilaxu amenazaron mi vida. Pude escapar gracias a la ayuda de mi padre. El conde Vernius y su esposa también huyeron, abandonando todas sus posesiones, y hace muy poco lady Shando Vernius fue asesinada, tras ser acosada como un animal. —Sintió dolor e ira, pero respiró hondo y prosiguió—: Sabed, todos los que me oís, que albergo serias reservas hacia los Bene Tleilax y sus recientes actos ultrajantes. Han de ser llevados ante la justicia. La Casa Atreides no es aliada del gobierno ilegal de Ix. ¿Cómo se atreven a rebautizar al planeta Xuttuh? ¿Es civilizado el Imperio, o estamos hundidos en un mar de barbarie? —Aguardó. El pulso resonaba en su cabeza—. Si el Landsraad hace caso omiso de esta increíble tragedia, es que no se da cuenta de que puede sucederle lo mismo a cualquiera de vosotros.

Un representante de la Casa Harkonnen habló con brutal franqueza.

—La Casa Vernius se declaró renegada. En cumplimiento de la antigua ley, los Sardaukar del emperador y los cazadores de recompensas tenían derecho a perseguir y eliminar a la esposa del renegado. Id con cuidado, cachorro de duque. Sólo os concedemos derecho a dar asilo a sus hijos movidos por la bondad de nuestros corazones. Nada nos lo exige.

Leto creía que los Harkonnen estaban equivocados, pero no quería discutir un punto legal, sobre todo sin el asesoramiento de Thufir.

—¿De manera que cualquier Casa puede ser perseguida y sus miembros asesinados por los Sardaukar? Si un poder aniquila a una Gran Casa del Landsraad, ¿os limitaréis a taparos los ojos y a esperar no ser los siguientes?

—¡El emperador no actúa a capricho! —gritó alguien, y obtuvo eco en algunas voces aisladas.

Leto comprendió que aquella demostración de patriotismo y lealtad era una probable consecuencia de la salud declinante de Elrood. Hacía meses que el anciano no ejercía, acostado en su lecho y casi agonizante. Puso los brazos en jarras.

—Puede que sea joven, pero no ciego. Reflexionad sobre esto, miembros del Landsraad, con vuestras cambiantes alianzas y falsas lealtades. ¿Qué garantías podéis ofreceros mutuamente, si vuestras promesas se las lleva el viento? —Entonces, repitió las palabras con que su padre le había recibido cuando bajó de la nave de rescate procedente de Ix—: La Casa Atreides valora la lealtad y el honor por encima de la política.

Levantó una mano, y su voz adquirió autoridad y energía.

—Os conmino a recordar a la Casa Vernius. Puede sucederos a cualquiera de vosotros, y así será si no sois cautelosos. ¿En quién depositar vuestra lealtad, si cada Casa se vuelve contra la otra a la menor oportunidad?

Vio que sus palabras impresionaban a algunos representantes, pero en el fondo de su corazón sabía que, si solicitaba una votación para retirar el precio de sangre sobre la Casa Vernius, muy pocos le apoyarían. Leto respiró hondo. Dio media vuelta, pero añadió por encima del hombro:

—Tal vez todos deberíais pensar en vuestra situación particular. Preguntaos esto: ¿en quién puedo confiar a pies juntillas?

Se encaminó hacia el arco de entrada de la cámara del Consejo del Landsraad. No hubo aplausos… pero tampoco abucheos. Sólo un silencio tenso, y sospechó que había tocado la fibra sensible de algunos miembros. ¿O quizá sólo era puro optimismo? El duque Leto Atreides tenía mucho que aprender sobre asuntos de estado, como sin duda le diría Hawat durante el viaje de regreso, pero juró que jamás sería como los lacayos impostores de aquella cámara. Hasta el fin de sus días sería sincero y leal. A la larga, los demás se darían cuenta, incluso quizá sus enemigos.

Thufir Hawat se reunió con él en los portales, y ambos salieron del enorme Salón de Oratoria mientras el Landsraad continuaba la asamblea sin ellos.

*La Historia demuestra que el avance de la
tecnología no es una curva continua hacia arriba.
Hay períodos uniformes, repentinos repuntes e
incluso retrocesos.*

Tecnología del Imperio, 532.ª edición

Mientras dos figuras sombrías observaban, un doctor Yungar de rostro inexpresivo pasó un escáner Suk sobre el anciano, que yacía con el rostro macilento en su cama como ahogado en voluminosas mantas, sábanas bordadas y tejidos transparentes. El diagnosticador zumbaba.

Ya nunca más necesitará a sus concubinas, pensó Shaddam.

—El emperador ha muerto —anunció Yungar, mientras se echaba su larga coleta gris sobre el hombro.

—Ay, sí. Al menos ahora descansa en paz —dijo Shaddam en voz baja y ronca, si bien un escalofrío supersticioso recorrió su espina dorsal. ¿Habría descubierto Elrood, hacia el final, quién era el responsable de su muerte? Justo antes de expirar, los ojos reptilianos del viejo se habían clavado en su hijo. El príncipe heredero, con un nudo en el estómago, recordó aquel terrible día en que el emperador había descubierto la complicidad de Shaddam en el asesinato de Fafnir, su hijo mayor... y la risita ahogada del viejo cuando había averi-

guado que su hijo menor había mezclado anticoncepti-
vos en la comida de su propia madre, Habla, para que
no concibiera otro hijo que rivalizara con él.

¿Lo había sospechado Elrood? ¿Había maldecido a
su hijo antes de expirar?

Bien, ya era demasiado tarde para que cambiara de
opinión. El viejo regente había muerto, al fin, y Shaddam había sido el causante. No, él no. *Fenring*. En caso
necesario, sería el chivo expiatorio. Un príncipe heredero jamás admitiría dicha culpabilidad.

Pronto dejaría de ser príncipe heredero. Sería emperador, por fin. Emperador Padishah del Universo Conocido. Era necesario, no obstante, que disimulara su
entusiasmo. Tendría que esperar hasta después de la
coronación oficial.

—Era de esperar, por supuesto —dijo Hasimir Fenring a su lado, con su enorme cabeza gacha y la débil
barbilla apoyada en el pecho—. Hace tiempo que el
pobre hombre iba degenerando, hummmm.

El médico Suk cerró el instrumento y lo guardó en
el bolsillo de su manto. Habían ordenado que todos
salieran de los aposentos: las concubinas, los guardias,
incluso el chambelán Hesban.

—Sin embargo, hay algo raro en este caso —dijo
Yungar—. Hace días que me siento inquieto… No es
tan sólo que un anciano haya fallecido por causas naturales. Hemos de ser muy cautelosos con nuestros análisis, puesto que se trata del emperador…

—Se trataba del emperador —corrigió Shaddam.

—Eso quería decir.

El médico Suk se pasó una mano por el tatuaje en
forma de diamante de su frente. Shaddam se preguntó
si estaba disgustado porque ya no iba a recibir jugosos
honorarios por sus atenciones.

—Mi buen doctor, el emperador Elrood era viejo y
padecía grandes tensiones. —Fenring se inclinó y tocó

la frente fría del viejo, que recordaba a Shaddam una roca cubierta de pergamino, como si le estuviera bendiciendo—. Sus más íntimos hemos sido testigos de visibles cambios en su salud y capacidad mental desde hace, digamos, dos años. Sería mejor que no fuerais pregonando insinuaciones y sospechas infundadas, que sólo servirían para perjudicar la estabilidad del Imperio, sobre todo en tiempos difíciles, ¿hummmm? El emperador Padishah Elrood IX tenía más de ciento cincuenta años de edad, y ha sido protagonista de uno de los reinados más largos en la historia de los Corrino. Dejémoslo así.

Shaddam carraspeó.

—¿Qué otra cosa podría ser, doctor? La seguridad que rodeaba a mi padre es impenetrable, hay guardias y detectores de venenos por todas partes. Nadie pudo atentar contra él.

Yungar paseó su mirada inquieta entre el príncipe heredero y el hombre agazapado detrás de él.

—Identidad, móvil y oportunidad. Ésas son las preguntas, y aunque no soy detective, estoy seguro de que un Mentat podría responder a las tres. Reuniré mis datos y los someteré a una junta de revisión. Es una estricta formalidad, pero ha de hacerse.

—¿Quién haría eso a mi padre? —preguntó Shaddam, al tiempo que se acercaba más. La rudeza del doctor le provocaba, pero aquel Suk ya había hecho gala de su naturaleza pomposa. Daba la impresión de que el muerto les observaba desde su lecho, acusándoles con sus dedos engarfiados.

—Primero hay que reunir más pruebas, señor.

—¿Pruebas? ¿De qué tipo?

Se calmó. Su frente se perló de sudor, y pasó una mano por su pelo rojizo impolutamente peinado. Tal vez estaba exagerando la actuación.

Fenring parecía muy sereno y se desplazó al otro

lado de la cama, cerca de los restos de la última cerveza de especia que había tomado el emperador.

El doctor susurró a Shaddam:

—Como Suk leal es mi deber advertiros, príncipe Shaddam, de que tal vez vos también corráis peligros. Ciertas fuerzas, según informes que he visto, no quieren que la Casa Corrino continúe detentando el poder.

—¿Desde cuándo la Escuela Suk obtiene informes acerca de alianzas e intrigas imperiales? —preguntó Fenring, que se había acercado sigilosamente. No había oído las palabras concretas, pero hacía años había aprendido el valioso arte de leer los labios. Le ayudaba mucho en sus actividades de espionaje. Había intentado enseñar el truco a Shaddam, pero éste aún no había dominado el don.

—Tenemos nuestras fuentes —dijo el médico Suk—. Por desgracia, tales contactos son necesarios incluso para una escuela como la nuestra, dedicada a la curación. —Shaddam sonrió con ironía, recordando la insistencia del médico en que pagaran todos sus honorarios antes de ver al paciente—. Vivimos tiempos peligrosos.

—¿Sospecháis de alguien en particular? —preguntó Shaddam, siguiendo la mirada del médico. Tal vez podrían culpar al chambelán Hesban. Disponer pruebas falsas, esparcir rumores.

—En vuestra posición, sería prudente sospechar de todo el mundo, señor. Me gustaría practicar la autopsia al emperador Elrood. Con la ayuda de un colega de la Escuela Interior, analizaremos cada órgano, cada tejido, cada célula… sólo para asegurarnos.

Shaddam frunció el entrecejo.

—Me parece una terrible falta de respeto hacia mi padre. Le horrorizaba la… cirugía. Ay, sí. Mejor dejarle descansar en paz. Hemos de preparar de inmediato los funerales de Estado. Y mi ceremonia de coronación.

—Al contrario —insistió Yungar—, demostraremos

respeto a su memoria si intentamos descubrir lo ocurrido. Tal vez alguien implantó algo en su cuerpo hace tiempo, cuando su conducta empezó a cambiar, algo que causó una muerte lenta. Un médico Suk sería capaz de detectar los rastros más sutiles, incluso después de dos años.

—Sólo de pensar en la autopsia me pongo enfermo —dijo Shaddam—. Soy el heredero del Imperio, y lo prohíbo.

Miró al cadáver, y los brazos se le pusieron de carne de gallina, como si el fantasma del anciano flotara sobre su cabeza. Lanzó una mirada de preocupación a las sombras de los rincones y a la extinguida chimenea.

Había esperado experimentar júbilo cuando su padre le cediera por fin el Trono del León Dorado, pero ahora, consciente de que su chaumurky había sido el causante de su muerte, la piel de Shaddam se erizó.

—Según la ley imperial, podría insistir oficialmente en ello, señor —explicó el médico Suk con voz pausada—. Y debo hacerlo, por vuestro propio bien. Veo que carecéis de experiencia en el terreno de las intrigas, puesto que habéis crecido protegido en la corte. Me consideráis un estúpido, pero os aseguro que no me equivoco. Lo siento en las entrañas.

—Quizá el buen doctor esté en lo cierto —dijo Fenring.

—¿Cómo puedes...? —Shaddam advirtió un brillo peculiar en los ojos de Fenring y miró al médico—. He de consultar con mi consejero.

—Por supuesto.

Los dos hombres se retiraron hacia la puerta.

—¿Estás loco? —susurró Shaddam, cuando Fenring y él estuvieron a una distancia prudencial.

—Síguele la corriente, de momento. Después, por culpa de un... —Fenring sonrió y eligió la palabra precisa— malentendido, el viejo Elrood será incinerado antes de que le puedan abrir.

—Entiendo —dijo Shaddam, y se volvió hacia Yungar—. Llamad a vuestro colega y proceded a la autopsia. Mi padre será trasladado a la enfermería, donde se llevará a cabo.

—Hará falta un día para que llegue el otro médico —dijo el Suk—. ¿Ordenaréis congelar el cadáver?

Shaddam sonrió.

—Así se hará.

—En ese caso me despido de vos, señor.

El médico hizo una reverencia y se marchó a toda prisa. Su larga coleta de cabello gris, ceñida con un aro de plata, le colgaba sobre la espalda.

Cuando estuvieron solos, Fenring dijo con una sonrisa torcida:

—Era eso o matar al bastardo, y no debíamos correr ese riesgo.

Una hora después, debido a una desafortunada cadena de malentendidos, el emperador Elrood IX fue reducido a cenizas en el crematorio imperial, y sus restos se extraviaron. Un ordenanza y dos médicos de la corte pagaron con su vida la equivocación.

La memoria y la historia son las dos caras de la misma moneda. Sin embargo, con el tiempo la historia propende a presentar una opinión favorable de los acontecimientos, en tanto la memoria está condenada a preservar los peores aspectos.

Lady HELENA ATREIDES,
diario personal

Padre, no estaba preparado.

Las mareas nocturnas de Caladan eran violentas, y la lluvia impulsada por el viento tamborileaba sobre las ventanas de la torre del castillo. Otro tipo de tormenta se había desencadenado en el interior del duque Leto: la preocupación por el futuro de su Casa.

Había esquivado esta tarea durante demasiado tiempo… durante meses, de hecho. Aquella noche no deseaba otra cosa que sentarse en una habitación caldeada por un buen fuego, en compañía de Rhombur y Kailea. En cambio, había decidido examinar por fin algunos objetos personales del viejo duque.

Las cosas de su padre estaban guardadas en arcones alineados contra una pared. Los criados habían alimentado el fuego con gruesos troncos, y una jarra de vino caliente impregnaba la habitación con el aroma especiado de terrameg y un poco de la costosa melange. Cuatro globos luminosos proporcionaban luz suficiente.

Kailea había encontrado una capa de piel en un armario, y se envolvió con ella para calentarse, pero la dotaba de un aspecto impresionante. Pese a los cambios radicales acontecidos en su vida, la hija de Vernius era una superviviente nata. Daba la impresión de que, por pura fuerza de voluntad, Kailea modificaba para mejor todo cuanto la rodeaba.

Pese a los inconvenientes políticos derivados de cualquier romance con la familia renegada, el duque Leto, regente ahora de una Gran Casa, se sentía cada vez más atraído hacia ella, pero recordaba el consejo número uno de su padre: «Nunca te cases por amor, o traerás la ruina a nuestra Casa.» Paulus Atreides había machacado aquella máxima en su hijo tantas veces como cualquier otra directriz sobre liderazgo. Leto sabía que nunca podría desobedecer la orden del viejo duque. Estaba demasiado arraigada en su ser.

Pero se sentía atraído por Kailea, si bien hasta el momento no había reunido valor para expresarle sus sentimientos. Creía que ella lo sabía. Kailea poseía una mente fuerte y lógica. Lo leía en sus ojos esmeralda, en la curva de su boca gatuna, en las miradas furtivas que le dirigía.

Con permiso de Leto, Rhombur registró otros arcones en busca de recuerdos de guerra que hablaran de la amistad entre Paulus Atreides y Dominic Vernius. Sacó un mantón bordado y lo desdobló.

—¿Qué es esto? Nunca vi que tu padre lo llevara.

Leto examinó el dibujo y se dio cuenta de lo que era: el halcón de la Casa Atreides abrazando la lámpara richesiana del conocimiento.

—Creo que es su capa de bodas.

—Ah —dijo Rhombur—. Perdón.

Dobló la capa y volvió a guardarla en el arcón.

Leto meneó la cabeza y respiró hondo. Sabía que iba a encontrar muchos recuerdos que le conmoverían, pero debía superarlos.

—Mi padre no eligió morir, Rhombur. Mi madre tomó decisiones por su cuenta y riesgo. Podría haber sido una valiosa consejera para mí. En otras circunstancias, habría agradecido su ayuda y sabias directrices, pero en cambio... —Suspiró y miró con amargura a Kailea—. Como ya he dicho, tomó decisiones por su cuenta y riesgo.

Sólo Leto y el guerrero Mentat sabían la verdad sobre la complicidad de Helena en el asesinato, y era un secreto que Leto había jurado llevarse a la tumba. Como el jefe de establos había muerto durante el interrogatorio, Leto tenía las manos manchadas de sangre por primera —pero última— vez. Ni siquiera Rhombur y Kailea sospechaban nada.

Había enviado a su madre lejos del castillo de Caladan con dos de sus criados, elegidos por él. Para su «descanso y bienestar», lady Helena había sido conducida al continente este, donde viviría en condiciones primitivas con las hermanas del Aislamiento, una retrógrada comunidad religiosa. Helena, con altivez pero sin pedir explicaciones a su hijo, había aceptado el castigo.

Aunque lo disimulaba, Leto lloraba la pérdida de su madre, y le asombraba haberse quedado sin padres en cuestión de pocos meses. Sin embargo, Helena había cometido el acto de traición más aberrante contra su propia familia y su propia Casa, y Leto nunca podría perdonarla ni verla de nuevo. Matarla estaba descartado, la idea apenas si había cruzado por su mente. Al fin y al cabo, era su madre. Además, perderla de vista también era una cuestión práctica, porque tenía extensas posesiones que administrar, y el bienestar de los ciudadanos de Caladan era prioritario. Era preciso que se dedicara a gobernar.

Rhombur extrajo de otro arcón una vieja baraja de cartas hechas a mano y algunas reliquias del viejo duque, que incluían honores militares, un cuchillo mellado y una pequeña bandera manchada de sangre. Leto descubrió conchas marinas, un pañuelo de colores, un poema de amor anónimo, un mechón de pelo castaño rojizo (no era el color de Helena), un mechón de pelo rubio y brazaletes esmaltados diseñados para una mujer.

Sabía que su padre había tomado amantes, aunque Paulus no había llevado ninguna al castillo de Caladan como concubina oficial. Se había limitado a divertirse, y no cabía duda de que había obsequiado a sus mujeres con alhajas, telas o dulces.

Leto cerró la tapa del arcón. El duque Paulus tenía derecho a sus recuerdos, su pasado y sus secretos. Ninguno de aquellos recuerdos habían mermado la riqueza de la Casa Atreides. Necesitaba ocuparse de la política y los negocios. Thufir Hawat, otros consejeros de la corte y hasta el príncipe Rhombur estaban haciendo lo posible por guiarle, pero Leto se sentía como un recién nacido que debía aprender todo a partir de cero.

Mientras seguía lloviendo, Kailea sirvió una jarra de vino caliente y se la tendió a Leto, y después sirvió otras dos para ella y su hermano. El duque bebió con aire pensativo, saboreando el líquido especiado. El calor caló sus huesos y sonrió.

Kailea contempló la curiosa parafernalia y se ajustó un mechón detrás de la oreja. Leto observó que su labio inferior temblaba.

—¿Qué pasa, Kailea?

La joven respiró hondo y miró a su hermano, y después a Leto.

—Nunca podré revisar las cosas de mi madre como haces tú. Ni las del Grand Palais, ni las pocas que se llevó cuando huimos.

Rhombur abrazó a su hermana, pero ella siguió mirando a Leto.

—Mi madre guardaba regalos del propio emperador,

tesoros que le dio cuando abandonó su servicio. Tenía tantos recuerdos, tantas historias que contarme, pero yo no la escuchaba...

—No pienses así —dijo Rhombur, intentando consolarla—. Crearemos nuestros propios recuerdos.

—Y haremos que los demás nos recuerden —dijo Kailea con voz quebradiza.

Leto, conmovido y cansado, acarició el sello ducal que llevaba en el dedo. Aún lo notaba como un peso extraño, pero sabía que nunca se lo volvería a sacar, hasta que en un futuro lejano lo entregase a su hijo para que continuara la tradición de la Casa Atreides.

La lluvia arreció contra los muros y ventanas del viejo castillo de piedra, mientras el mar estrellaba olas espumeantes contra los acantilados. Leto se sentía muy pequeño, comparado con la inmensidad de Caladan. Aunque la noche era inhóspita, cuando el duque intercambió sonrisas con Kailea y Rhombur, se sintió cómodo y a gusto en su casa.

Leto se enteró de la muerte del emperador mientras él y tres criados intentaban colgar la cabeza del toro salusano en el comedor. Los criados utilizaban cuerdas y poleas para alzar el monstruoso trofeo hasta un punto de la pared carente de adornos.

Un sombrío Thufir Hawat observaba la escena, con las manos enlazadas a la espalda. El Mentat tocó con aire ausente la larga cicatriz de su pierna, un recuerdo del día en que salvó a un Paulus mucho más joven de otro toro rabioso. Esta vez, sin embargo, no había actuado con celeridad suficiente...

Kailea se estremeció cuando miró el feo animal.

—Será difícil comer en esta sala, con esa cosa mirándonos. Aún veo la sangre en sus cuernos.

Leto contempló el toro con mirada apreciativa.

—Yo lo entiendo como un recordatorio de que nunca hemos de bajar la guardia. Hasta un obtuso animal, gracias a la intervención de conspiradores humanos, puede aniquilar al líder de una Gran Casa del Landsraad. —Sintió un escalofrío—. Piensa en esa lección, Kailea.

—No es un pensamiento muy consolador —murmuró, con los ojos brillantes de lágrimas. Parpadeó para contenerlas y volvió a sus actividades.

Con una carpeta de cristal riduliano ante ella sobre la mesa, concentró sus energías en estudiar las cuentas de la casa. Aplicó lo que había aprendido en el Despacho Orbital de Ix y analizó los ingresos de las posesiones Atreides para determinar cómo se distribuían el trabajo y la productividad por los continentes y mares de Caladan. Leto y ella habían hablado del tema en profundidad, pese a su juventud. Kailea Vernius era muy hábil para los negocios, descubrió Leto con delectación.

—Ser duque no consiste sólo en esgrima y toreo —le había dicho en una ocasión Thufir Hawat, mucho antes de las recientes calamidades—. La administración de las pequeñas cosas es una batalla a menudo más difícil.

Por algún motivo, aquellas palabras se habían grabado en la mente de Leto, y ahora estaba descubriendo su sabiduría implícita...

El mensajero imperial, recién desembarcado de un Crucero de la Cofradía, entró en el comedor vestido con los colores escarlata y dorado imperiales.

—Solicito una audiencia con el duque Leto Atreides —dijo.

Leto, Rhombur y Kailea se quedaron petrificados, al recordar la horrible noticia que habían recibido la última vez que un heraldo había entrado en la sala de audiencias. Leto rezó para que no hubiera sucedido nada al fugitivo Dominic Vernius en su inacabable huida. Aquel mensajero oficial llevaba los colores de la Casa Corrino, y daba la impresión de que había repetido su mensaje docenas de veces.

—Es mi deber anunciar a todos los miembros de las Grandes y Menores Casas del Landsraad que el emperador Padishah Elrood IX ha muerto, tras una larga enfermedad en el año ciento treinta y ocho de su reinado. Que la historia recuerde con afecto su larga regencia, y que su alma encuentre la paz eterna.

Leto se quedó estupefacto. Uno de los criados casi dejó caer la cabeza del toro salusano, pero Hawat gritó al hombre que se concentrara en su trabajo.

El emperador había sido un complemento más de la galaxia durante la duración normal de dos vidas. Elrood vivía en Kaitain, rodeado de guardias, protegido de toda amenaza, esclavo de la especia geriátrica. Leto jamás había pensado que fuera a morir algún día, aunque durante los dos últimos años había oído rumores acerca de la creciente debilidad de Elrood.

Leto se volvió hacia el mensajero.

—Os ruego que transmitáis nuestras condolencias al príncipe heredero Shaddam. ¿Cuándo se celebrará el funeral de Estado? La Casa Atreides asistirá, por supuesto.

—No será necesario —contestó el mensajero—. A petición del trono, sólo habrá una pequeña ceremonia para los familiares inmediatos.

—Entiendo.

—Sin embargo, Shaddam Corrino, que pronto será coronado emperador Padishah del Universo Conocido, Shaddam IV, solicita vuestra presencia y vuestro juramento de lealtad en la ceremonia de toma de posesión del Trono del León Dorado. Se están dando los últimos retoques a los detalles de la coronación.

Leto dirigió una fugaz mirada a Thufir Hawat.

—Así se hará —contestó.

El mensajero continuó.

—Cuando se haya fijado el protocolo y el calendario oficial de festejos, Caladan será informado.

Hizo una reverencia, pasó la capa púrpura y dorada alrededor de sus brazos y dio media vuelta con un taconeo. Salió del salón, en dirección a un vehículo que le transportaría al espaciopuerto para seguir viaje hacia el siguiente planeta imperial, donde repetiría el mensaje.

—Bien, er… una buena noticia —dijo Rhombur con amargura. Su rostro se veía pálido, pero decidido—. De no haber sido por los celos y la intervención del emperador, mi familia habría podido superar la crisis de Ix. El Landsraad habría enviado ayuda.

—Elrood no quería que superáramos la crisis —dijo Kailea, al tiempo que levantaba la vista de los registros de cuentas—. Sólo lamento que mi madre no haya vivido para poder escuchar esta noticia.

Los labios de Leto se curvaron en una sonrisa de prudente optimismo.

—Esto nos proporciona una oportunidad inesperada. Pensadlo bien. Elrood era el único que albergaba una animadversión personal contra la Casa Vernius. Vuestra madre y él compartieron un doloroso pasado, y todos sabemos que ése es el verdadero motivo de su negativa a retirar el precio de sangre por vuestra familia. Era algo personal.

Hawat miró a Leto. Escuchaba en silencio, a la espera de lo que iba a sugerir su nuevo duque.

—He intentado hablar con el Consejo del Landsraad —dijo Leto—, pero son una pandilla de inútiles que no quieren comprometerse. No harán nada por ayudarnos. Pero mi primo Shaddam… —Se pasó la lengua por el labio inferior—. Sólo le he visto tres veces, pero mi abuela materna también era hija de Elrood. Puedo aducir lazos de sangre. Cuando Shaddam sea coronado nuevo emperador, solicitaré que os ofrezca una amnistía en señal de perdón. Cuando jure la lealtad eterna de la Casa Atreides, le pediré que recuerde la gran historia de la Casa Vernius.

—¿Por qué crees que accederá? —preguntó Kailea—. ¿Qué sale ganando?

—Sería un acto de justicia —dijo Rhombur.

Su hermana le miró como si hubiera perdido el juicio.

—Lo hará para establecer el tono de su reinado —dijo Leto—. Cualquier nuevo emperador desea forjarse una imagen, demostrar que es diferente de su predecesor, que no está influido por las viejas costumbres. Quizá Shaddam sea proclive al perdón. Dicen que no se entendía muy bien con su padre, y no me cabe duda de que querrá afirmar su propia personalidad después de más de cien años bajo la férula de Elrood.

Kailea se arrojó en brazos de Leto y le estrechó con torpeza.

—Sería maravilloso recuperar nuestra libertad, Leto, y las posesiones familiares. Al fin y al cabo, tal vez podamos hacer algo por salvar a Ix.

—No hay que perder la esperanza, Kailea —dijo Rhombur con cauteloso optimismo—. Si puedes imaginarlo, quizá suceda.

—No hemos de tener miedo de pedir —dijo Leto.

—De acuerdo —dijo Rhombur—. Si alguien puede lograrlo, ése eres tú, amigo mío.

Leto, inflamado de optimismo y determinación, empezó a desarrollar un plan para su viaje oficial a Ix.

—Haremos algo que no se esperarán —dijo—. Rhombur y yo apareceremos juntos en la coronación.

Vio la mirada alarmada del Mentat.

—Es peligroso llevar al hijo de Vernius, mi señor.

—Por eso no se lo esperarán.

¿De qué sentidos carecemos, que somos inca-
paces de ver y oír el otro mundo que nos rodea?

Biblia Católica Naranja

Algunos consideraban hermosa la aridez rocosa del Puesto de Guardia Forestal, una maravilla de la naturaleza, pero al barón Vladimir Harkonnen no le gustaba estar lejos de edificios cerrados, ángulos agudos, metal y plástico. El aire se le antojaba viciado y desagradable sin las emanaciones de la industria, los lubricantes y la maquinaria. Demasiado inquietante, demasiado hostil.

No obstante, el barón conocía la importancia de su destino, y se distraía contemplando la incomodidad, todavía mayor, de su retorcido Mentat. Piter de Vries, con un manto sucio y el cabello revuelto, se esforzaba por continuar erguido. A pesar de que su mente funcionaba como una máquina poderosa, su cuerpo era esquelético y débil, demasiado mimado.

—Todo es tan primitivo aquí, mi barón, tan sucio y frío —dijo De Vries con ojos desorbitados—. ¿Estáis seguro de que hemos de alejarnos tanto? ¿No existe otra alternativa?

—Algunas personas pagan mucho por visitar lugares como éste —contestó el barón—. Los llaman «reservas».

—Piter, cierra el pico y no te rezagues —dijo Rabban.

Ascendían una ladera empinada en dirección a un muro de piedra arenisca, cubierto de hielo y erizado de cuevas.

El Mentat frunció el entrecejo y replicó con su lengua afilada.

—¿No es éste el lugar donde aquel niño se burló de ti y de tus cazadores, Rabban?

El sobrino del barón se volvió y clavó la mirada en el Mentat.

—La próxima vez te cazaré a ti si no contienes tu lengua.

—¿Al preciado Mentat de tu tío? —repuso De Vries con tono indiferente—. ¿Dónde iba a encontrar un sustituto?

—Tiene razón —admitió el barón con una risita.

Rabban masculló algo para sí.

Previamente, los guardias y expertos en caza del barón habían peinado la aislada reserva de caza, una medida de seguridad para que los tres hombres pudieran ir solos, sin su séquito habitual. Rabban, armado con una pistola maula al cinto y un rifle de calor en bandolera, insistía en que podía dar cuenta de todos los perros de presa y demás depredadores que les atacaran. El barón no tenía tanta confianza en su sobrino, sobre todo considerando que un niño había demostrado ser más listo que él, pero al menos allí estaban a salvo de miradas indiscretas.

Al llegar a lo alto del montículo, los tres descansaron en un saliente, y luego ascendieron otra cuesta. Rabban abría la marcha, y fue apartando matorrales hasta que llegaron a una extensión de piedra arenisca. Una grieta de escasa profundidad dibujaba un espacio negro entre la piedra desmenuzada y el suelo.

—Es ahí —dijo Rabban—. Seguidme.

El barón se arrodilló y dirigió un anillo de luz hacia la abertura de la cueva.

—Sígueme, Piter.

—No soy un espeleólogo —contestó el Mentat—. Además estoy cansado.

—No estás en buena forma —replicó el barón, mientras respiraba hondo para sentir sus músculos—. Necesitas más ejercicio.

—Pero no me comprasteis para eso, barón.

—Te compré para que hicieras todo lo que yo quisiera.

Se agachó y pasó por la abertura. El diminuto pero poderoso rayo de luz del anillo sondeó las tinieblas.

Aunque el barón intentaba mantener su cuerpo en perfecto estado, había sufrido inesperados dolores y debilidades durante todo el año anterior. Nadie se había dado cuenta (o quizá nadie había osado hacer comentarios) de que también había empezado a engordar, pese a no cambiar de dieta. Su piel ofrecía una apariencia más lustrosa y fofa. Había considerado la posibilidad de plantear el problema a algún médico, incluso a un Suk, pese a los gastos exorbitantes de la consulta. Por lo visto, la vida era una cadena incesante de problemas.

—Aquí huele a meados de oso —se quejó De Vries mientras pasaba por el hueco.

—¿Cómo sabes a qué huele el meado de oso? —preguntó Rabban, y empujó al Mentat para abrirse paso.

—Te he olido a ti. No puede existir un animal salvaje más fétido.

Los tres se irguieron en el interior y el barón encendió un pequeño globo luminoso, que flotó hacia lo alto e iluminó el fondo de la cueva. Era un lugar inhóspito y cubierto de musgo y polvo, sin señales de haber sido habitado por seres humanos.

—Una estupenda proyección mimética, ¿verdad? —dijo el barón—. Lo mejor que nuestro pueblo ha hecho.

Extendió una mano erizada de anillos y la imagen de la pared se hizo borrosa.

Rabban localizó un pequeño saliente en la pared y lo apretó. Toda la pared se abrió, hasta revelar un túnel de acceso.

—Un escondite muy especial —dijo el barón.

Se encendieron las luces de un pasadizo que conducía al corazón del risco. Una vez entraron y cerraron a su espalda la proyección de la falsa pared, De Vries miró alrededor, asombrado.

—¿Habéis guardado este secreto incluso a mí, barón?

—Rabban descubrió esta cueva durante una de sus cacerías. Hemos hecho... algunas modificaciones utilizando una nueva tecnología, una técnica portentosa. Creo que comprenderás las posibilidades en cuanto te lo explique todo.

—Un escondite muy inteligente —admitió el Mentat—. Nunca sobran las preocupaciones en lo tocante a los espías.

El barón alzó la mano hacia el techo y gritó a pleno pulmón:

—¡Que el maldito príncipe heredero Shaddam sea arrojado a las letrinas! No, mejor a las cavernas del imperio más profundas, incrustadas de excrementos y abrasadas por la lava.

La blasfema exclamación sorprendió al propio De Vries, y el barón lanzó una risita.

—Aquí, Piter, como en ningún otro lugar de Giedi Prime, los espías no me preocupan en absoluto.

Les guió hasta la cámara principal.

—Los tres podríamos escondernos aquí y resistir incluso un ataque de ingenios atómicos de contrabando. Nadie nos encontraría. Los contenedores de entropía nula cuentan con una cantidad infinita de provisiones y armas. Aquí he depositado todo aquello vital para la

Casa Harkonnen, desde registros genealógicos hasta documentos económicos, pasando por el material reservado para los chantajes. Todos los detalles desagradables y fascinantes que hemos acumulado sobre las demás Casas.

Rabban se sentó a una mesa pulida y apretó un botón de un panel. De pronto, las paredes se hicieron transparentes y mostraron varios cadáveres distorsionados bajo una luz amarillenta, veintiuno en total, que colgaban entre hojas de plástico, como en exposición.

—Ésta es la cuadrilla de construcción —dijo Rabban—. Es nuestro... monumento especial en su memoria.

—Bastante faraónico —bromeó el barón.

Los cadáveres estaban descoloridos e hinchados, los rostros deformados en macabras muecas. Su expresión plasmaba más tristeza resignada que terror a la muerte inminente. Cualquiera que construyera una cámara secreta para los Harkonnen debía ser consciente de que estaba condenado desde el primer momento.

—Será un espectáculo desagradable cuando empiecen a pudrirse —dijo el barón—, pero a la larga se transformarán en espléndidos esqueletos.

En las demás paredes había grabados grifos azules Harkonnen, así como imágenes pornográficas de humanos copulando, de bestialismo, dibujos sugerentes y un reloj mecánico que habría ofendido a la mayoría de observadores. Rabban lanzó una risita, mientras partes masculinas y femeninas interactuaban siguiendo un ritmo eterno y continuo.

De Vries paseó la vista alrededor, analizó los detalles y los aplicó a su proyección Mentat.

El barón sonrió.

—La cámara está rodeada por una proyección protectora que hace un objeto invisible a las longitudes de onda. Ningún escáner puede detectar este lugar mediante visión, sonido, calor o tacto. Lo llamamos un «no-campo». Piensa en eso. Estamos en un lugar que no existe con respecto al resto del universo. Es el lugar perfecto para que hablemos de nuestros... deliciosos planes.

—No había oído hablar de un campo semejante —dijo De Vries—. ¿Quién lo inventó?

—Quizá te acuerdes del investigador de Richese que vino a visitarnos.

—¿Chobyn? —preguntó el Mentat, y después contestó a su propia pregunta—. Sí, así se llamaba.

—Acudió a nosotros en secreto, con una técnica revolucionaria desarrollada por los richesianos. Es una tecnología nueva y peligrosa, pero nuestro amigo Chobyn entrevió las posibilidades. Fue lo bastante inteligente para ofrecerla a la Casa Harkonnen a cambio de una remuneración generosa.

—Que le pagamos sin chistar —añadió Rabban.

—Valía hasta el último solari —continuó el barón. Tamborileó con los dedos sobre la mesa—. Aquí ni un alma puede oírnos, ni siquiera un Navegante de la Cofradía con su maldita presciencia. Chobyn está trabajando para nosotros en algo todavía mejor.

Rabban, impaciente, se sentó en uno de los asientos.

—Dejémonos de rodeos.

De Vries se sentó a la mesa con ojos brillantes, mientras sus capacidades de Mentat analizaban las implicaciones de una tecnología invisible, su posible utilización.

El barón paseó la vista entre su sobrino y el Mentat. *Qué gran contraste entre este par, que representan los extremos del espectro intelectual.* Tanto Rabban como De Vries necesitaban supervisión constante, el primero debido a sus escasas luces y carácter temperamental, y el segundo porque su brillantez podía ser igualmente peligrosa.

Pese a sus evidentes deficiencias, Rabban era el único Harkonnen que podía suceder al barón. Abulurd no estaba cualificado, desde luego. Aparte de aquellas dos hijas bastardas que la Bene Gesserit le había impuesto, el barón no tenía hijos. Por lo tanto, debía adiestrar a su sobrino en el uso y abuso apropiados del poder, y moriría satisfecho si sabía que la Casa Harkonnen continuaría como siempre.

Aún sería mejor si los Atreides fueran destruidos...

Tal vez Rabban debería tener dos Mentats que le guiaran, en lugar de uno solo. Debido a su naturaleza feroz, el gobierno de Rabban sería especialmente brutal, a una escala jamás vista en Giedi Prime, pese al largo historial de torturas y trato inhumano a los esclavos de los Harkonnen.

El barón adoptó una expresión sombría.

—Vaya al grano. Escuchadme, los dos. Piter, quiero que utilices tus capacidades de Mentat al cien por cien.

De Vries extrajo un frasco de zumo de safo de un bolsillo interior. Tomó un sorbo y apretó los labios de una forma que el barón consideró repulsiva.

—Mis espías me han proporcionado una información muy preocupante —dijo el barón—. Está relacionada con Ix y con algunos planes que el emperador concibió antes de morir. —Sus dedos tabalearon al ritmo de las abominaciones que pasaban por su cabeza—. Este plan tiene serias implicaciones para la fortuna de nuestra familia. Ni siquiera la CHOAM y la Cofradía están enteradas.

Rabban gruñó. De Vries se irguió muy tieso, a la espera de más datos.

—Parece que el emperador y los Tleilaxu han establecido una especie de alianza para llevar a cabo experimentos blasfemos e ilegales.

—La mierda y los gusanos son primos hermanos —dijo Rabban.

El barón rió de la analogía.

—Me he enterado de que nuestro bienamado emperador fue el instigador de la caída de Ix. Obligó a la Casa Vernius a declararse renegada y aupó a los Tleilaxu para que iniciaran las investigaciones y adaptaran sus métodos a las instalaciones ixianas.

—¿A qué investigaciones os referís, mi barón? —preguntó el Mentat.

El barón dejó caer su bomba:

—Buscan un método biológico de sintetizar la melange. Creen que pueden producir especia artificial de una forma barata, y así eliminarán a Arrakis, o sea a nosotros, de los canales de distribución.

Rabban resopló.

—Imposible. Nadie puede conseguirlo.

Pero la mente de De Vries daba vueltas mientras las piezas de la información iban encajando en su lugar.

—Yo no subestimaría a los Tleilaxu, sobre todo combinados con las instalaciones y la tecnología de Ix. Tendrán todo cuanto necesitan.

Rabban se levantó.

—Si el emperador es capaz de fabricar melange sintética, ¿qué será de nuestras posesiones? ¿Qué será de todas las reservas de especia que hemos acumulado durante años?

—Si la nueva especia es barata y eficaz, la fortuna de los Harkonnen, basada en la especia, se evaporará —explicó De Vries sin inmutarse—. De la noche a la mañana, como quien dice.

—¡Exacto, Piter! —El barón descargó su puño erizado de anillos sobre la mesa—. Cosechar especia en Arrakis es muy caro. Si el emperador cuenta con sus propias reservas de melange barata, el mercado se vendrá abajo y la Casa Corrino controlará el resto: un nuevo monopolio, exclusivo del emperador.

—A la CHOAM no le hará ninguna gracia —dijo Rabban con sorprendente perspicacia.

—En ese caso tendremos que pasar esta información a la Cofradía Espacial —sugirió De Vries—. Hemos de revelar las maniobras del emperador, y conseguir que Shaddam suspenda dichas investigaciones. Ni la CHOAM ni la Cofradía querrán perder sus inversiones en la producción de especia.

—¿Y si el nuevo emperador llega a un acuerdo con ellos, Piter? —preguntó el barón—. La Casa Corrino posee parte de la CHOAM. Shaddam querrá iniciar su reinado con un gesto espectacular. ¿Y si la CHOAM le convence de que les conceda acceso a la especia sintética con un descuento extraordinario, a cambio de su colaboración? A la Cofradía le encantaría tener un suministro más barato y de confianza. Incluso podrían abandonar Arrakis, si es demasiado difícil.

—Entonces, sólo nosotros quedaremos con el culo al aire —gruñó Rabban—. Todo el mundo pisoteará a la Casa Harkonnen.

El Mentat habló con los ojos semicerrados.

—Ni siquiera podríamos presentar una queja oficial ante las Casas del Landsraad. La noticia de un sustituto de la especia enloquecería a las familias federadas. Las alianzas políticas han cambiado en fecha reciente, y cierto número de Casas verían con buenos ojos el fin de nuestro monopolio. Si el precio de la melange cae en picado, no les quitaría el sueño. Los únicos que saldrían perdiendo serían los que han invertido en reservas secretas e ilegales de especia, o los que han invertido en las operaciones de recolección de especia en Arrakis.

—En otras palabras, de nuevo nosotros, y algunos de nuestros más firmes aliados —dijo el barón.

—A las Bene Gesserit, y a tu amorcito entre ellas, no les importaría conseguir suministros a bajo precio.

El barón fulminó con la mirada a su sobrino. Rabban emitió una risita.

—¿Qué podemos hacer?

De Vries contestó sin consultar al barón.

—La Casa Harkonnen tendrá que afrontar sola el problema. No podemos esperar ayuda de nadie.

—Recuerda que sólo somos un cuasifeudo de Arrakis —dijo el barón—. Nos fue concedido por permiso tácito de la CHOAM y el emperador. Ahora es como un gancho del que nos han colgado para secar. Hemos de ser muy precavidos.

—Carecemos de poderío militar para combatir contra tantos enemigos —dijo Rabban.

—Hemos de ser sutiles —dijo De Vries.

—¿Sutileza? —El barón enarcó las cejas—. De acuerdo, me encanta probar cosas nuevas.

—Hemos de interrumpir esas investigaciones Tleilaxu en Ix —dijo De Vries—, o mejor aún, destruirlas. Sugiero que la Casa Harkonnen liquide diversos bienes, acumule una reserva de dinero en metálico y extraiga los mayores beneficios de nuestra producción actual de especia, porque puede desaparecer en cualquier momento.

El barón miró a Rabban.

—Hemos de exprimirla al máximo. Ah, y le diré al idiota de tu padre que aumente la cosecha de pieles de ballena en Lankiveil. Hemos de llenar las arcas. Las batallas inminentes pueden ser muy lesivas para nuestros recursos.

El Mentat se secó una gota roja de los labios.

—Hemos de hacer todo esto en el más absoluto secreto. La CHOAM vigila nuestras actividades económicas, y detectaría cualquier maniobra inusual. No debemos permitir que la CHOAM y la Cofradía se alíen con nuestro nuevo emperador contra la Casa Harkonnen.

—Hemos de procurar que el Imperio siga dependiendo de nosotros —dijo el barón.

Rabban arrugó la frente, mientras intentaba abrirse paso torpemente entre la maraña de implicaciones.

—Pero si los Tleilaxu están atrincherados en Ix,

¿cómo vamos a interrumpir estas investigaciones sin revelar su auténtica naturaleza, sin delatar nuestra implicación y provocar que todos nuestros enemigos nos ataquen?

De Vries contempló las imágenes sexuales de las paredes. Los cuerpos podridos colgaban en los expositores como espías espectrales. Su mente no paraba de analizar datos.

—Alguien ha de pelear por nosotros, preferiblemente sin que lo sepa —dijo por fin.

—¿Quién? —preguntó Rabban.

—Para eso he traído a Piter —dijo el barón—. Necesitamos sugerencias.

—Proyección primaria —dijo De Vries—. La Casa Atreides.

Rabban se quedó boquiabierto.

—¡Los Atreides nunca lucharían por nosotros!

—El viejo duque ha muerto —replicó el Mentat—, y la Casa Atreides se encuentra en una situación inestable. Leto, el sucesor de Paulus, es un jovencito impetuoso. Carece de amigos en el Landsraad, y hace poco pronunció un discurso bastante embarazoso en el Consejo. Volvió a casa humillado.

El barón esperó, impaciente por saber las ideas de su Mentat.

—Segundo punto: la Casa Vernius, firme aliada de los Atreides, ha sido expulsada de Ix por los Tleilaxu. Dominic Vernius es un fugitivo de la ley y se ofrece una recompensa por su cabeza, mientras que Shando Vernius fue ejecutada hace poco, debido a su condición de renegada. La Casa Atreides ha acogido a los dos hijos de Vernius. Son carne y uña con las víctimas de los Tleilaxu.

De Vries alzó un dedo para relacionar los puntos.

—Ahora, el impulsivo Leto es amigo íntimo del príncipe exiliado de Ix. El duque Leto culpa a los Tleilaxu de la caída de Ix, de la muerte de Shando y de la situación de su familia. «La Casa Atreides antepone la lealtad y el honor a la política», dijo Leto ante el Landsraad. Tal vez considere su deber ayudar a Rhombur Vernius a reconquistar Ix. ¿Quién mejor para actuar en nuestro favor?

El barón sonrió.

—Así que... ¡iniciar una guerra entre la Casa Atreides y los Tleilaxu! De esa forma, la Casa Atreides y la investigación de la especie sintética serán destruidas.

A Rabban le costaba imaginar todo aquello. A juzgar por la expresión concentrada de su rostro, el barón comprendió que su sobrino se esforzaba al máximo por pensar y no perderse detalle del plan.

El Mentat asintió.

—Si actuamos con cautela, podríamos lograrlo de tal forma que la Casa Harkonnen quedaría completamente al margen de las hostilidades. Conseguiremos nuestro objetivo sin ensuciarnos las manos.

—¡Brillante, Piter! Me alegro de no haberte ejecutado todas esas veces que me has irritado demasiado.

—Y yo también —dijo De Vries.

El barón abrió una cámara de entropía nula y extrajo una botella de coñac kirana.

—Hemos de brindar. —Sonrió con astucia—. Porque acabo de darme cuenta de cuándo y cómo lo lograremos.

Sus dos oyentes no podían estar más atentos.

—El nuevo duque está abrumado por las complejidades de administrar sus posesiones. Asistirá a la coronación de Shaddam IV, por supuesto. Ninguna Gran Casa osaría ofender al nuevo emperador Padishah despreciándole en su día más glorioso.

De Vries captó la idea de inmediato.

—Cuando el duque Leto se desplace a la coronación... será nuestra oportunidad de dar el golpe.

—¿En Kaitain? —preguntó Rabban.

—Algo más interesante que eso, sospecho —dijo De Vries.

El barón bebió un sorbo del añejo coñac.

—Ay, será una venganza deliciosa. Leto ni siquiera se enterará, no sabrá de dónde vienen los tiros.

Los ojos de Rabban se iluminaron.

—¡Le haremos retorcerse, tío!

El barón tendió una copa balón a su sobrino y otra al Mentat. Rabban apuró su coñac de un solo trago, mientras De Vries se limitó a contemplarlo, como si estuviera realizando un análisis químico visual.

—Sí, Rabban, se retorcerá y retorcerá, hasta que una gran bota imperial le aplaste.

Sólo un Tleilaxu puede poner el pie en Bandalomg, la ciudad santa de los Bene Tleilax, pues su suelo sagrado está fanáticamente custo- diado, purificado por su Dios.

Diplomacia en el Imperio,
una publicación del Landsraad

El edificio, que aún mostraba huellas del incendio, otrora había sido una fábrica de meks de combate ixia- na, una de las sacrílegas industrias que desafiaban los mandamientos de la Jihad Butleriana. *Pero ya no.* Hidar Fen Ajidica contempló las filas de contenedores y ayu- dantes, satisfecho de ver que el lugar había sido purifi- cado y dedicado a un buen uso. *Dios lo aprobará.*

Tras la victoria Tleilaxu, la instalación había sido vaciada de su ponzoñosa maquinaria y bendecido por Maestros con hábito de gala, con el fin de ser utilizada para los elevados propósitos de los Bene Tleilax. Pese al apoyo del viejo emperador Elrood, ya fallecido, Ajidi- ca nunca había considerado aquel proyecto como per- teneciente al Imperio. Los Tleilaxu no actuaban en be- neficio de nadie más que de ellos y su Dios. Abrigaban sus propios propósitos, que nunca serían comprendidos por corrompidos extranjeros.

—La estrategia Tleilaxu siempre se teje en una red de estrategias, cualquiera de las cuales puede ser la auténtica estrategia —entonó el axioma de su pueblo—. La magia de nuestro Dios es nuestra salvación.

Cada contenedor de axlotl albergaba los ingredientes de un experimento diferente, y cada uno representaba una alternativa a la solución del problema de la melange artificial. Ningún extranjero había visto jamás un contenedor de axlotl, y ninguno comprendía su verdadera función. Para producir la preciosa melange, Ajidica sabía que era preciso utilizar métodos inquietantes. *Otros se horrorizarían, pero Dios lo aprobará*, repitió en su alma secreta. A la larga producirían la especia en cantidades masivas.

Al comprender la complejidad del proyecto, el Maestro Investigador había llamado a expertos tecnológicos de Tleilax Uno, hombres sabios con puntos de vista muy divergentes sobre la forma de alcanzar el objetivo. En aquel momento temprano del proceso había que considerar todas las opciones, estudiar todas las pruebas para introducir pistas directamente en el ADN de las moléculas orgánicas, que los Tleilaxu llamaban el Lenguaje de Dios.

Todos los expertos tecnológicos se mostraron de acuerdo en que la especie artificial debía crecer como una sustancia orgánica en un contenedor de axlotl, porque los contenedores eran fuentes sagradas de vida y energía. Los Maestros Investigadores habían llevado a cabo incontables programas previos con resultados asombrosos, desde baceres a clones pasando por gholas… si bien se habían producido muchos fracasos desafortunados.

Estos exóticos recipientes constituían el descubrimiento Tleilaxu más sagrado, y ni siquiera el príncipe heredero Shaddam, sus acólitos y los Sardaukar conocían su funcionamiento. Tanto secreto y seguridad en Ix, ahora Xuttah, había sido una exigencia contenida en el pacto con el emperador Elrood. El viejo había accedido con ironía despreciativa. Debía de haber supuesto que se apoderaría de aquellos secretos cuando le viniera en gana.

Mucha gente albergaba tales suposiciones ridículas acerca de los Tleilaxu. Ajidica estaba acostumbrado a que los idiotas le menospreciaran.

Sólo un Maestro Tleilaxu o un Investigador Tleilaxu de pura cepa podían acceder a este conocimiento. Ajidica aspiró el olor a productos químicos fétidos, el desagradable hedor húmedo que era una consecuencia inevitable del funcionamiento de los contenedores. Olores naturales. *Siento la presencia de mi Dios*, pensó, formando las palabras en islamiyat, el antiquísimo idioma que nunca se hablaba en voz alta fuera de los *kehls*, los consejos secretos de su raza. *Dios es misericordioso. Sólo él puede guiarme.*

Un globo luminoso flotaba ante sus ojos, con un parpadeo rojo... largo, largo, corto, pausa... largo, corto, el rojo vira al azul... cinco rápidos parpadeos y vuelta al rojo. El emisario del príncipe heredero estaba ansioso por verle. Hidar Fen Ajidica sabía que no debía hacer esperar a Hasimir Fenring. Si bien no poseía ningún título de nobleza, el impaciente Fenring era el amigo más íntimo del heredero imperial, y Fenring comprendía las manipulaciones del poder personal mejor que la mayoría de líderes del Landsraad. Ajidica sentía incluso cierto respeto por el hombre.

Ajidica se volvió, resignado, y atravesó sin problemas una zona de identificación que habría sido mortal para cualquiera que no tuviera el permiso pertinente. Ni siquiera el príncipe heredero podría cruzarla sin peligro. Ajidica sonrió al pensar en la superioridad de su pueblo. Los ixianos utilizaban máquinas y campos de fuerza por motivos de seguridad, como habían descubierto los torpes y despiadados suboides... provocando espantosas detonaciones y daños colaterales. Los Tleilaxu, por su parte, usaban agentes biológicos liberados mediante ingeniosas interacciones, toxinas y gases nerviosos que acababan con los infieles *powindah* en cuanto ponían el pie donde no debían.

En la zona de espera, un sonriente Hasimir Fenring saludó a Ajidica cuando salió de la zona de identificación. Desde algunos ángulos, el hombre de barbilla débil parecía una comadreja, y desde otros un conejo, inofensivo en apariencia pero en realidad peligrosísimo. Los dos se miraron en lo que había sido un vestíbulo ixiano, conectado mediante una intrincada red de ascensores de plaz transparente. Aquel asesino imperial sacaba más de una cabeza al Maestro Investigador.

—Ah, mi querido Fen Ajidica —ronroneó Fenring—, ¿vuestros experimentos van bien, hummmm? El príncipe heredero Shaddam anhela recibir las últimas noticias, ahora que va a iniciar la obra de su Imperio.

—Estamos haciendo buenos progresos, señor. Nuestro emperador no coronado ha recibido mi regalo, supongo.

—Sí, muy bonito, y os envía su agradecimiento. —Fenring dibujó una sonrisa tensa al pensar en el obsequio: un hermazorro de piel plateada, capaz de autorreplicarse, un peculiar juguete viviente que no servía absolutamente para nada—. ¿De dónde habéis sacado un ser tan interesante?

—Somos adeptos a las fuerzas de la vida, señor.

Los ojos, pensó Ajidica. *Vigila sus ojos. Revelan sentimientos peligrosos.* Malvados, en este momento.

—¿Así que os gusta jugar a ser Dios?

—Sólo hay un Dios Todopoderoso —replicó Ajidica con indignación controlada—. No se me ocurriría ocupar su lugar.

—Claro que no. —Los ojos de Fenring se entornaron—. Nuestro nuevo emperador os envía su gratitud, pero indica que habría preferido otro regalo: una muestra de especia artificial.

—Estamos trabajando con ahínco en el problema, señor, pero ya dijimos al emperador Elrood desde el primer momento que tardaríamos muchos años, tal vez décadas, en desarrollar un producto terminado. Hasta el momento, casi toda nuestra labor se ha concentrado en consolidar nuestro control sobre Xuttah y adaptar las instalaciones existentes.

—¿No habéis realizado progresos tangibles, pues? —El desprecio de Fenring era tan extremo que no pudo disimularlo.

—Aparecen muchas señales prometedoras.

—Bien, pues ¿puedo comunicar a Shaddam la fecha en que recibirá su regalo? Le gustaría que fuese antes de su coronación, dentro de seis semanas.

—Creo que no será posible, señor. Nos enviasteis una provisión de melange como catalizador hace menos de un Mes Normal.

—Os proporcioné suficiente especia para comprar varios planetas.

—Por supuesto, por supuesto, y trabajamos con la mayor celeridad posible, pero es preciso alimentar y modificar los contenedores de axlotl, probablemente durante varias generaciones. Shaddam ha de ser paciente.

Fenring estudió al diminuto Tleilaxu, sospechando que le engañaba.

—¿Paciente? Recordad, Ajidica, que un emperador no tiene paciencia ilimitada.

Al enano no le gustaba aquel depredador imperial. Algo en los ojos enormes y en las palabras de Fenring transmitía una amenaza latente, incluso cuando hablaba de temas triviales. *No te equivoques. Este individuo será el nuevo hombre fuerte del emperador... el que me asesinará si fracaso.*

Ajidica aspiró hondo, pero bostezó para no demostrar temor. Cuando habló, lo hizo con absoluta serenidad.

—Cuando Dios desee nuestro éxito, sucederá. Procedemos según sus planes, no los nuestros, ni los del príncipe Shaddam. Así es la costumbre del universo.

Un destello peligroso cruzó en los ojos de Fenring.

—¿Os dais cuenta de la importancia de esto? No sólo para el futuro de la Casa Corrino y la economía del Imperio... sino también para vuestra supervivencia personal.

—Desde luego. —Ajidica no reaccionó ante la amenaza—. Mi pueblo ha aprendido el valor de esperar. Una manzana cogida demasiado pronto puede ser verde y agria, pero si uno espera a que madure, es roja y deliciosa. Cuando esté perfeccionada, la especia artificial alterará toda la estructura de poder del Imperio. No es posible crear dicha sustancia de la noche a la mañana.

Fenring se encrespó.

—Hemos sido pacientes, pero esto no puede continuar.

—Si lo deseáis —dijo Ajidica con expresión de generosidad—, podemos fijar reuniones periódicas para mostraros nuestros trabajos y sus progresos. No obstante, tales distracciones no harían más que estorbar nuestros experimentos, nuestros análisis de sustancias y nuestras disposiciones.

—No, proseguid —gruñó Fenring.

Tengo al bastardo donde le quería, pensó Ajidica, *y a él no le hace ninguna gracia.* Aun así, tenía la impresión de que ese asesino le mataría sin vacilar. Incluso ahora, pese a la férrea vigilancia de los escáneres de seguridad, no cabía duda de que Fenring llevaba armas ocultas en la ropa, la piel y el pelo.

Atentará contra mí en cuanto ya no me necesiten, cuando Shaddam piense que tiene todo lo que desea.

También Hidar Fen Ajidica tenía sus armas ocultas. Había diseñado planes de contingencia para lidiar con los extranjeros más peligrosos, con el fin de asegurar el control de los Tleilaxu en todo momento.

Es muy posible que nuestros laboratorios descubran un sustituto de la especia, pensó, *pero ningún powindah averiguará jamás cómo se hace.*

Nuestro programa adquirirá la condición de fenómeno natural. La vida de un planeta es una inmensa tela, apretadamente entretejida. Al principio, los cambios en la vegetación y la fauna serán determinados por las fuerzas físicas que manipulemos. Cuando se estabilicen, nuestros cambios se transformarán en influencias controladoras por derecho propio, y también tendremos que encargarnos de ellas. No olvidéis que sólo hemos de controlar el tres por ciento de la superficie de energía, y sólo el tres por ciento, para volcar toda la estructura en nuestro sistema autosuficiente.

PARDOT KYNES, *Los sueños de Arrakis*

Cuando su hijo Liet cumplió un año y medio, Pardot Kynes y su esposa emprendieron un viaje al corazón del desierto. Vistieron a su silencioso hijo con un destiltraje hecho a medida, para proteger su piel del sol y el calor.

Complacía sobremanera a Kynes dedicar tiempo a su familia, enseñarles los adelantos en la transformación de Dune. Toda su vida dependía de que compartieran sus sueños.

Sus tres acólitos, Stilgar, Turok y Ommun, habían insistido en acompañarles para protegerle, pero Kynes se negó en redondo.

—He pasado más años solo en parajes desolados de los que cualquiera de vosotros vivirá. Un viaje de unos días con mi familia no representa ningún problema. —Hizo un gesto tranquilizador con las manos—. Además, ¿no os he encargado suficiente trabajo, o queréis todavía más?

—Si tienes más —dijo Stilgar—, lo haremos con sumo placer.

—Basta con que... os mantengáis ocupados —dijo Kynes, perplejo, y después partió a pie con Frieth y el joven Liet.

El niño iba montado en uno de los tres kulons, un asno domesticado del desierto introducido en Dune por contrabandistas y prospectores.

El precio en agua del animal era elevado, pese a su adaptación innata a un entorno árido y hostil. Los Fremen habían desarrollado un destiltraje modificado de cuatro patas para la bestia, que recogía toda la humedad que el animal exudaba. No obstante, tal aditamento dificultaba los movimientos del animal (por no hablar de su aspecto ridículo), y Kynes decidió prescindir de tales medidas extremas, lo cual exigía contar con agua extra para el viaje, que el animal cargaba en el lomo en litrojons.

Cuando aún no había amanecido, el alto y barbudo Kynes guió a su pequeño grupo por una senda serpenteante que sólo un Fremen habría llamado camino. Sus ojos, al igual que los de Frieth, eran del azul del Ibad. El asno del desierto ascendía mansamente por la empinada pendiente. A Kynes no le importaba andar. Lo había hecho durante casi toda su vida, cuando estudiaba la ecología de Salusa Secundus y Bela Tegeuse. Sus músculos eran fuertes y firmes. Además, cuando iba a pie podía concentrar más su vista en los guijarros y granos de arena que pisaban sus botas, antes que en las lejanas montañas o el sol abrasador.

Frieth, deseosa de complacer a su marido, desviaba su atención cada vez que Kynes señalaba una formación rocosa, estudiaba la composición de un pedazo de suelo o examinaba hendiduras protegidas, aptas para plantar vegetación en el futuro. Tras un rato de incertidumbre, ella también le indicó cosas.

—La mayor virtud de un Fremen reside en su capacidad de observación —dijo como citando un viejo proverbio—. Cuanto más observamos, más sabemos. Ese conocimiento nos proporciona poder, sobre todo si los demás son ciegos.

—Interesante.

Kynes sabía muy poco sobre la vida anterior de su esposa. Había estado demasiado ocupado para preguntarle detalles sobre su infancia y sus pasiones, pero ella no parecía ofendida por su concentración casi exclusiva en el proyecto de terraformación. En la cultura Fremen, los maridos y las esposas vivían en mundos diferentes, comunicados por escasos puentes, estrechos y frágiles.

Sin embargo, Kynes sabía que las mujeres Fremen tenían fama de feroces guerreras, implacables en el campo de batalla y más temidas que los soldados imperiales en el combate cuerpo a cuerpo. Hasta el momento no había descubierto aquella vena de ferocidad en Frieth, y confiaba en no descubrirla jamás. Sería tan formidable antagonista como amiga.

De pronto, una pequeña muestra de vegetación llamó su atención. Detuvo al kulon y se arrodilló para inspeccionar la diminuta planta verde que crecía en un hueco sombreado, donde el polvo y la arena se habían acumulado. Reconoció el espécimen como una planta rara, y sacudió el polvo de sus hojas cerúleas.

—Mira, Frieth —dijo como un profesor, con los ojos brillantes—. Maravillosamente tenaz.

Frieth asintió.

—Hemos arrancado esas raíces en épocas de necesidad. Se dice que un solo tubérculo puede proporcionar medio litro de agua, suficiente para que una persona sobreviva varios días.

Kynes se preguntó cuánto sabía sobre el desierto la hermana de Stilgar. Hasta ese momento no le había revelado nada. Era culpa suya, se dijo, por no prestarle la debida atención.

El kulon, ansioso por comer las hojas frescas de la planta, bajó el hocico hacia el suelo, pero Kynes lo apartó.

—Esta planta es demasiado importante para que te la zampes.

Exploró el terreno en busca de otros tubérculos, pero no vio ninguno. Por lo que había aprendido, sabía que aquellas plantas eran autóctonas de Dune, supervivientes del cataclismo que había secado o recluido la humedad del planeta.

Los viajeros hicieron un breve alto para dar de comer a su hijo. Mientras Frieth montaba una sombrilla flotante sobre un saliente, Kynes rememoró el trabajo de los meses recientes y los grandes progresos que su pueblo y él habían realizado como inicio de su proyecto, que tardaría siglos en fructificar.

En épocas lejanas Dune había sido una estación de análisis botánicos, una avanzadilla donde se habían plantado algunas muestras siglos atrás, en los días de la expansión imperial. Esto sucedió antes de que se descubrieran las propiedades prescientes y geriátricas de la melange, cuando el planeta era un desierto carente de uso práctico. Las estaciones botánicas habían sido abandonadas, así como toda forma de vida animal y vegetal.

Muchas especies habían sobrevivido y experimentado transformaciones, al tiempo que demostraban una resistencia y adaptabilidad notables: espadañas mutantes, cactos y otros tipos de vegetación propias de terrenos áridos. Kynes ya había establecido un acuerdo con los contrabandistas para que trajeran cargamentos de las semillas y embriones más prometedores. A continuación, cuadrillas de Fremen habían esparcido por las arenas las preciosas semillas, cada una de las cuales era germen de vida, un grano en el futuro de Dune.

Un mercader de agua había informado a Kynes de la muerte del emperador Elrood IX, lo cual le había recordado su audiencia en Kaitain, cuando el anciano gobernante le había encargado investigar la ecología de Arrakis. El planetólogo debía todo su futuro a ese único encuentro. Había contraído una deuda de gratitud con Elrood, pero dudaba que el anciano emperador se hubiera acordado de él durante el último año.

Tras enterarse de la sorprendente noticia, Kynes había pensado en desplazarse hasta Arrakeen, embarcarse en un Crucero y asistir a los funerales de Estado, pero decidió que se sentiría fuera de lugar por completo. Ahora era un habitante del desierto, ajeno a las complejidades de la política imperial. Además, Pardot Kynes estaba sumido en una tarea mucho más importante.

Muy al sur, lejos de espías Harkonnen, los Fremen habían plantado hierba resistente en laderas expuestas al viento, para que enraizaran de cara a los vientos del oeste predominantes. Una vez estabilizadas, crecieron y crecieron, los Fremen trasladaron la hierba y llegaron a construir sifs gigantescos que formaban una sinuosa barrera de muchos kilómetros, y algunos de ellos alcanzaban una altura de centenares de metros...

Absorto en sus pensamientos, Kynes oyó que su esposa se removía bajo la sombrilla flotante. Hablaba con dulzura al pequeño Liet, mientras éste mamaba a través de un pliegue del destiltraje.

Kynes reflexionó sobre la segunda fase del proceso de transformación ecológica, durante la cual su equipo y él plantarían espadañas más resistentes, añadirían fertilizantes químicos procesados, construirían trampas de viento y precipitadores de rocío. Más adelante, con cuidado de no violentar la nueva y frágil ecología, añadirían plantas más profundas, que incluirían amaranto, cenizo, retama negra y tamarisco enano, seguidas por iconos familiares del desierto como saguaro y cactos. El calendario se extendía hasta el horizonte, décadas y siglos en el futuro.

En las zonas habitadas del norte de Dune, los Fremen debían contentarse con pequeñas plantas y cosechas ocultas. La numerosa población Fremen conocía el secreto de la terraformación y trabajaba con su sangre y sudor colectivos, y conseguía ocultar a los ojos curiosos su tarea monumental y el sueño que la acompañaba.

Kynes tenía la paciencia de contemplar la lenta metamorfosis. Los Fremen habían depositado una gran fe en su Umma. Su confianza inquebrantable en los sueños de un solo hombre, y la colaboración que prestaban a sus difíciles exigencias, enternecían el corazón de Kynes, pero estaba decidido a ofrecerles algo más que sermones grandilocuentes y promesas vacías. Los Fremen merecían ver un brillo radiante de esperanza.

Había otros que conocían la Depresión de Yeso, por supuesto, pero quería ser el primero en enseñarla a su esposa Frieth y a su hijo Liet.

—Te llevo a ver algo increíble —dijo Kynes, mientras su mujer desmontaba el minicampamento—. Quiero enseñarte cómo puede ser Dune. Entonces comprenderás por qué trabajo tanto.

—Ya lo comprendo, esposo mío. —Frieth sonrió y cerró la cremallera de su mochila—. No tienes secretos para mí.

Le miró con una confianza extraña, y Kynes comprendió que no era preciso explicar sus sueños a los Fremen. A ningún Fremen.

Cuando divisó el sendero abrupto y difícil que les aguardaba, Frieth decidió llevar al niño en brazos, en lugar de cargarlo sobre el kulon.

Kynes, absorto de nuevo en sus pensamientos, empezó a hablar en voz alta con Frieth, como si fuera su más devoto estudiante.

—Lo que los analfabetos ecológicos no entienden de un ecosistema es que no es un sistema.

Se agarró a una roca de la muralla montañosa y se impulsó hacia adelante. No se volvió para observar las dificultades del kulon para avanzar. Sus cascos tropezaron con una roca suelta, pero continuaron adelante.

El pequeño Liet lloró brevemente en los brazos de su madre, que continuó escuchando a su marido.

—Un sistema mantiene cierta estabilidad variable, susceptible de ser destruida por un solo paso en falso. La menor equivocación provoca la destrucción total. Un sistema ecológico fluye de un punto a otro, pero si algo obstruye ese flujo, el orden se viene abajo. Una persona inexperta podría no ver el desastre inminente hasta que fuera demasiado tarde.

Los Fremen ya habían introducido formas de insectos y animales subterráneos, con el fin de que oxigenaran el suelo. Zorros, ratones canguro, y animales más grandes como liebres del desierto y terraplenes de arena, junto con sus correspondientes depredadores, el halcón del desierto y el búho enano, escorpiones, ciempiés y arañas trampilla, incluso el murciélago del desierto y avispas, todos interrelacionados en la red de la vida.

Ignoraba si Frieth comprendía lo que decía, o si le interesaba. Con su silencio, daba a entender su total aquiescencia. Por una sola vez, deseó que su esposa discutiera con él, pero Pardot Kynes era su marido y los Fremen le consideraban un profeta. Sus creencias inculcadas eran demasiado fuertes para cuestionar lo que decía.

Kynes respiró hondo a través de sus filtros nasales y continuó escalando la ladera de la montaña. Si no llegaban a la boca de la cueva antes del mediodía, el sol les abrasaría. Tendrían que buscar refugio y no llegarían a la Depresión de Yeso hasta el día siguiente. Kynes, ansioso por enseñarles su tesoro ecológico, aceleró el paso.

Las rocas se alzaban ante ellos y a su derecha como la nudosa espina dorsal de un lagarto hambriento, proyectando sombras y ahogando sonidos. El kulon trotaba incansable, olfateaba el suelo en busca de algo que comer. Frieth, que cargaba con el niño sin quejarse, se detuvo de repente. Sus ojos azules se dilataron y miraron de un lado a otro. Ladeó la cabeza para escuchar.

Kynes, cansado y acalorado pero impaciente por alcanzar su destino, caminó cinco metros más sin reparar en que su esposa se había detenido.

—¡Esposo! —susurró ella con la vista clavada en la barrera montañosa.

—¿Qué? —preguntó Kynes, y parpadeó.

Un ornitóptero blindado apareció por el otro lado de la muralla montañosa. Llevaba distintivos Harkonnen.

Frieth estrechó al bebé contra su seno y corrió en busca de refugio.

—¡Esposo! ¡Por aquí! —Introdujo al niño en una pequeña hendidura rocosa y corrió hacia Kynes antes de que éste consiguiera reaccionar—. ¡Harkonnen! ¡Hemos de escondernos!

Lo cogió por la manga de su destiltraje.

El ornitóptero, con capacidad para dos hombres, describió círculos cerca de la pared rocosa. Kynes comprendió que les habían visto. Atacar a los Fremen solitarios y cazarlos con total impunidad constituía una diversión para las tropas Harkonnen.

Surgieron armas del morro chato del aparato. La ventanilla lateral de plaz se abrió, y un sonriente Harkonnen uniformado asomó su fusil láser. Tenía espacio suficiente para elegir su blanco y apuntar con calma.

Cuando su mujer pasó junto al asno del desierto,

emitió un chillido aterrador y azotó los cuartos traseros del animal. La sobresaltada bestia se encabritó y corrió sendero arriba.

Frieth dio media vuelta y bajó la pendiente a toda prisa, con expresión concentrada. Kynes se esforzó por seguirla. Cayeron dando tumbos por la ladera, en busca de alguna sombra. Kynes no podía creer que hubiera dejado solo a Liet, hasta darse cuenta de que su hijo estaba mucho mejor protegido que ellos dos. El bebé, a salvo entre las sombras, había guardado un silencio instintivo y no se movía.

Se sentía torpe y expuesto, pero Frieth, al parecer, sabía lo que debían hacer. Se había educado como una Fremen, y sabía fundirse con el desierto.

El ornitóptero pasó sobre ellos y se dirigió hacia el aterrado kulon. Frieth debía de saber que los Harkonnen eliminarían primero al animal. El tirador asomó por la ventanilla su rostro sonriente y tostado por el sol. Disparó un rayo blancoanaranjado casi invisible, que convirtió al asno del desierto en trozos de carne humeante, varios de los cuales rodaron por la pendiente, en tanto la cabeza y las patas delanteras caían, chamuscadas, sobre el sendero.

Después, los disparos se cebaron en la pared rocosa, y fragmentos de piedra salieron despedidos en todas direcciones. Kynes y Frieth corrieron en zigzag, hasta que ella le empujó tras un saliente de lava rocosa, en la cual rebotaron los disparos. Kynes percibió el olor a ozono y piedra chamuscada.

El ornitóptero se acercó más. El tirador apuntó su propia arma, sin permitir al piloto que utilizara las armas del aparato.

En ese momento las tropas que protegían a Kynes abrieron fuego.

Muy cerca de la cueva, y desde almenas camufladas en la muralla rocosa, cañoneros Fremen dispararon con-

tra el casco blindado del ornitóptero. Brillantes rayos
láser cegaron la portilla de la cabina. Un defensor invisible utilizó un lanzacohetes anticuado, apoyándolo
sobre el hombro, para disparar pequeños explosivos
obtenidos de los contrabandistas. El proyectil alcanzó
la parte inferior del aparato, que osciló en el aire.

El tirador cayó al vacío y se estrelló contra las rocas,
seguido de su fusil láser.

Frieth estaba acurrucada contra la pared del risco,
abrazada a Kynes y asombrada por la inesperada aparición de los Fremen. Kynes adivinó que se habría enfrentado a los atacantes con las manos desnudas, pero por
fortuna no había sido necesario.

Mientras el ornitóptero daba vueltas en el aire, los
Fremen abrieron fuego contra sus componentes más
débiles. El aire olía a fuego y metal quemado. El piloto
intentó con desesperación estabilizar el aparato, envuelto en una nube de humo negro, pero el ornitóptero se
precipitó al suelo.

Se estrelló contra la pared del risco, se partió y siguió descendiendo en vertical. Las alas articuladas continuaron batiendo en vano, como músculos involunta-
rios, hasta que el aparato se deshizo contra el suelo.

—Que yo sepa, no hay ningún sietch por aquí
—dijo Frieth, sin aliento y confusa—. ¿Quiénes son
estas personas? ¿A qué tribu pertenecen?

—Son soldados a mis órdenes.

Observó que el piloto había sobrevivido a la colisión. Parte de la cubierta se abrió, y el herido se arrastró hacia fuera, con un brazo inerte. Al cabo de escasos
momentos, soldados Fremen con uniforme de camuflaje
salieron de las rocas y se precipitaron hacia los restos del
aparato.

El piloto intentó regresar a la dudosa seguridad del
ornitóptero, pero dos Fremen le retuvieron. Se produjo el destello blancoazulado de un crys, y el piloto

murió en el acto. Maestros de agua (manipuladores de cuerpos consagrados) se llevaron el cadáver para recuperar su agua. Kynes sabía que toda humedad o productos químicos fertilizantes extraídos de aquel cuerpo serían dedicados al proyecto de la Depresión de Yeso, en lugar de enriquecer una unidad familiar concreta.

—¿Qué puede haber tan importante aquí arriba? —preguntó Frieth—. ¿Qué estás haciendo, esposo?

Kynes le dedicó una sonrisa radiante.

—Ya lo verás. Quería que fueras nuestra primera visitante.

Frieth corrió a sacar al niño de su refugio. Lo alzó y comprobó que no tuviera heridas. El pequeño Liet ni siquiera lloraba.

—Es un auténtico Fremen —dijo la mujer con orgullo, y lo acercó a Kynes.

Equipos de hombres empezaban a desmantelar el ornitóptero, y a retirar el metal, los motores y las provisiones. Los Fremen más jóvenes escalaban la peligrosa pared del precipicio para recuperar el fusil láser.

Kynes y su esposa pasaron junto a los restos del kulon. Kynes exhaló un suspiro de tristeza.

—Comeremos carne por fin. No es algo frecuente, así que lo celebraremos en la cueva.

Los Fremen se esmeraban en eliminar las huellas de la colisión. Arrastraron los pesados componentes hasta túneles ocultos, camuflaron las marcas dejadas en las rocas y hasta peinaron la arena del suelo. Aunque Kynes convivía desde hacía tiempo con aquella gente, su eficacia todavía le asombraba.

Se puso al frente de la comitiva y condujo a Frieth hasta la abertura protegida. Pasaba del mediodía y el sol quemaba, agudizando con su línea de fuego amarillo la cresta mellada de las montañas. El olor a humedad y el frío que surgía de la cueva eran vivificantes.

Kynes se sacó los filtros y aspiró una profunda bocanada de aire. Indicó a su mujer que le imitara. Ella sonrió asombrada cuando escudriñó las sombras.

—Huelo a agua, esposo mío.

Kynes la cogió por el brazo.

—Ven conmigo. Esto es algo que quiero que veas.

Cuando doblaron una esquina angulosa, cuyo propósito era impedir la pérdida de luz y evaporación de la gruta, Kynes señaló con un gesto ampuloso el edén que había creado en la Depresión de Yeso.

Globos luminosos amarillos flotaban en el techo. El aire estaba impregnado de humedad, enriquecido con las fragancias de flores, arbustos y árboles. El dulce rumor del agua corriente llegaba desde estrechos canales. Brotes magenta y anaranjados estallaban en macizos de flores que parecían plantados al azar.

Sistemas de irrigación vertían gotitas de agua en depósitos repletos de algas, al tiempo que ventiladores agitaban el aire para mantener constante el nivel de humedad. La gruta bullía de vida con manchas de color aleteantes, mariposas, polillas y abejas, embriagadas por el tesoro de polen y néctar que las rodeaba.

Frieth lanzó una leve exclamación, y por un momento Kynes vislumbró lo que ocultaba la máscara de porcelana de su cara, y vio mucho más de lo que había advertido hasta entonces.

—¡Esto es el paraíso, amor mío!

Un colibrí revoloteó ante ella, pero se alejó enseguida. Los jardineros Fremen cuidaban de las plantas sin disimular su euforia.

—Un día, jardines como éste florecerán a lo largo y ancho de Dune, al aire libre. Esto no es más que la vitrina de una exposición, con cosechas, plantas, agua, árboles frutales, flores decorativas, hierba verde. Es un símbolo para todos los Fremen, el mensaje de mi visión. Cuando vean esto, se darán cuenta de lo que pueden lograr.

Resbalaba humedad por las paredes de la caverna, acariciando roca reseca que sólo había conocido sed durante incontables eones.

—Ni siquiera yo lo había comprendido por completo… hasta ahora —dijo Frieth.

—¿Comprendes ahora que vale la pena luchar, incluso morir, por esto?

Kynes paseó por la cueva, aspirando la fragancia de las hojas y las flores. Vio un árbol del que colgaban frutos similares a naranjas maduras. Cogió uno, grande y dorado. Ninguno de los trabajadores puso en duda su derecho a comerlo.

—Un portygul —dijo—, uno de los frutos de que hablé en el sietch de la Muralla Roja.

Lo entregó a Frieth como un presente, y ella lo sostuvo en sus manos bronceadas con reverencia, pues era el mayor tesoro que le habían ofrecido jamás.

Kynes hizo un ademán que abarcaba toda la gruta.

—Recuerda todo esto, esposa mía. Todos los Fremen han de verlo. Dune, nuestro Dune, puede ser así dentro de pocos siglos.

Hasta los inocentes cargan con su culpa a su manera. Nadie vive sin pagar, de una forma u otra.

Lady HELENA ATREIDES,
diario personal

En cuanto recibió la noticia de la primera coronación imperial en casi siglo y medio, la Casa Atreides empezó a trabajar en los preparativos. Desde el alba hasta el anochecer, los criados del castillo de Caladan iban del guardarropa al almacén, con el fin de reunir las prendas de vestir, alhajas y regalos necesarios para el viaje a la corte imperial.

En el ínterin, Leto vagaba por sus aposentos, intentaba dar consistencia a su plan y decidir la mejor forma de obtener la amnistía para Rhombur y Kailea. *El nuevo emperador, Shaddam, ha de atender mis súplicas.*

Sus consejeros de protocolo habían discutido durante horas sobre los colores adecuados de las capas, brazaletes y mantos de seda merh, si las joyas debían ser llamativas o discretas, caras gemas importadas de Ecaz o más sencillas. Por fin, debido a aquella memorable ocasión compartida con Rhombur, Leto insistió en llevar una pequeña gema coralina que flotara en una esfera transparente llena de agua.

Kailea tenía muchas ganas de ir. Visitar el palacio

imperial, donde su madre había prestado sus servicios, era el sueño de toda su vida. Leto percibía el anhelo en sus ojos verdes, la esperanza en su rostro, pero no tuvo otra alternativa que prohibírselo. Rhombur tenía que formar parte del séquito para defender la causa de su familia, pero si fracasaban el heredero de Vernius podría ser ejecutado por abandonar su refugio. La vida de Kailea también correría peligro.

No obstante, si su misión se saldaba con éxito, Leto juró a Kailea que la llevaría a la capital del planeta, unas vacaciones como nunca había soñado.

En la hora silenciosa que precede al amanecer, Leto se paseaba por su habitación, oyendo el crujido de las viejas vigas. Era el sonido confortable del hogar. ¿Cuántas veces habían hecho lo mismo otros duques mientras meditaban sobre cuestiones de Estado? No le cabía duda de que el duque Paulus había recorrido aquel suelo una y otra vez, preocupado por las revueltas de los primitivos en el continente sur, o por las exigencias del emperador de que aplastara rebeliones en otros planetas. En aquellos tiempos, Paulus Atreides había manchado de sangre su espada por primera vez y se había convertido en compañero de armas de Dominic Vernius.

Durante toda su vida, el viejo duque había servido al Imperio con talento y sutileza, había sabido cuándo ser implacable y cuándo indulgente. Había utilizado la dedicación, la ética y la estabilidad económica para moldear una población devotamente fiel y orgullosa de la Casa Atreides.

¿Cómo esperaba Leto ponerse a su altura?

Su voz resonó en la habitación.

—Padre, me has legado una carga muy pesada.

Respiró hondo y dejó de compadecerse, irritado. Haría todo cuanto estuviera en sus manos por Caladan y por la memoria del viejo duque.

En mañanas más tranquilas, Rhombur y él habrían bajado al patio de prácticas para ejercitarse con cuchillos y escudos bajo la mirada vigilante de Thufir Hawat. Hoy, sin embargo, Leto había confiado en descansar un poco más, esperanza que no se había materializado. Había dormido mal, atormentado por el peso de decisiones bajo cuyo peso, pensaba, las piedras del alto castillo rechinaban. El mar se estrellaba contra la orilla como dientes afilados, aguas turbulentas que reflejaban el estado de ánimo de Leto.

Se envolvió en una bata forrada de piel de ballena importada, se ciñó el cinturón y bajó descalzo la escalera que conducía al gran salón. Percibió el olor a café amargo, y el tenue aroma de la melange que añadiría a su taza. Leto sonrió, consciente de que el cocinero insistiría en que el joven duque recibiera una inyección adicional de energía.

Oyó ruidos en la cocina, pues estaban llenando las unidades de preparación de comida, disponiendo el desayuno y atizando las anticuadas chimeneas. El viejo duque siempre había preferido fuegos de verdad en algunas estancias, y Leto había continuado la tradición.

Cuando atravesó descalzo la Sala de las Espadas, camino del salón de banquetes, se topó con un personaje inesperado.

Duncan Idaho, el joven mozo de cuadras, había cogido una espada ceremonial de Paulus, larga y muy trabajada, de su armero. La sostenía con la punta apoyada contra el suelo de losas. Aunque la espada era casi tan alta como él, Duncan aferraba el pomo con decisión.

El niño giró en redondo, sobresaltado al ser descubierto. Leto se dispuso a preguntarle qué hacía allí, solo y sin permiso, pero vio los ojos desorbitados de Duncan, y las lágrimas que surcaban su rostro.

El muchacho, avergonzado pero henchido de orgullo, se irguió en toda su estatura.

—Lo siento mucho, mi señor duque. —Su voz expresaba un hondo pesar. Contempló la espada y luego el retrato de Paulus Atreides que colgaba en la pared del fondo del comedor. El patriarca miraba desde el cuadro con invencible determinación. Iba vestido de matador, como si nada en el universo pudiera desviarle de su propósito—. Le echo mucho de menos —dijo Duncan.

Leto sintió un nudo en la garganta y se acercó al muchacho.

Paulus había dejado su impronta en muchas vidas. Hasta este niño que trabajaba con los toros, un muchacho normal —que no obstante había logrado burlar a los cazadores Harkonnen y huir de Giedi Prime—, sentía la pérdida como una herida mortal.

No soy el único que todavía llora la muerte de mi padre, comprendió Leto. Apretó el hombro de Duncan, en un silencio más elocuente que una larga conversación.

Duncan se apoyó en la espada como si fuera una muleta. Su piel sonrojada recobró el tono normal, y respiró hondo.

—He venido… he venido a haceros una pregunta, mi señor, antes de que partáis para Kaitain.

Se oyó el tintineo de ollas a lo lejos, y movimientos apresurados de los criados. Alguien no tardaría en subir a los aposentos de Leto con la bandeja del desayuno. Encontrarían su cuarto vacío.

—Pregunta —dijo.

—Es sobre los toros, señor. Ahora que Yresk ha muerto, yo los atiendo cada día, yo y otros mozos de cuadra… pero ¿qué vais a hacer con ellos? ¿Torearéis como vuestro padre?

—¡No! —exclamó Leto, sintiendo un escalofrío de miedo—. No —repitió con más calma—. Creo que no. Los días de corridas de toros en Caladan han terminado.

—Entonces ¿qué voy a hacer yo, mi señor? ¿He de seguir cuidando de los animales?

Leto contuvo una carcajada. A su edad, aquel niño debería estar jugando, haciendo algunos recados, y con la cabeza llena de fantasías sobre las grandes aventuras que le aguardaban en la vida. Pero en los ojos de Duncan vio a una persona mucho mayor que su edad biológica.

—Escapaste de la ciudad prisión de los Harkonnen, ¿no es cierto?

Duncan asintió y se mordió el labio inferior.

—Luchaste contra ellos en su reserva forestal cuando sólo tenías ocho años de edad. Mataste a varios, y si recuerdo bien, te arrancaste un artilugio que te habían implantado en el hombro y tendiste una trampa a los cazadores Harkonnen. Humillaste al mismísimo Glossu Rabban.

Duncan asintió de nuevo, sin orgullo, sólo confirmando los hechos.

—Y atravesaste el Imperio y llegaste a Caladan, el lugar que considerabas tu destino. Ni la distancia de varios continentes te impidió llegar a nuestra puerta.

—Todo eso es cierto, mi duque.

Leto señaló la espada ceremonial.

—Mi padre utilizaba esa espada para ejercitarse. De momento es demasiado grande para ti, pero tal vez con un poco de instrucción te conviertas en un buen guerrero. Un duque siempre necesita guardias y protectores de confianza. —Se humedeció los labios—. ¿Crees que estás capacitado para ello?

Los ojos verdeazulados del muchacho brillaron. Sonrió.

—¿Me enviaréis a las escuelas de armas de Ginaz, para que pueda llegar a ser un maestro de la espada?

—¡Eh, eh! —Leto lanzó una súbita carcajada que le sorprendió, porque se parecía mucho a la de su padre—.

No nos precipitemos, Duncan Idaho. Te prepararemos hasta el límite de tus posibilidades, y después veremos si mereces tal recompensa.

Duncan asintió con solemnidad.

—La mereceré.

Leto llamó a los criados con un ademán. Desayunaría con el muchacho y continuarían charlando.

—Podéis contar conmigo, mi duque.

Leto aspiró profundamente. Ojalá poseyera la confianza inquebrantable de aquel niño.

—Sí, Duncan, te creo.

Da la impresión de que las innovaciones poseen vida y conciencia propias. Dadas las condiciones ideales, una idea radicalmente nueva, un cambio paradigmático, puede aparecer en muchas mentes al unísono. O bien puede permanecer oculto en los pensamientos de un hombre durante años, décadas, siglos... hasta que a otra persona se le ocurre lo mismo. ¿Cuántos descubrimientos brillantes mueren sin haber nacido, o permanecen dormidos, sin que el Imperio en su conjunto los acepte?

Defensor del Pueblo de Richese, *Impugnación contra el Landsraad, El verdadero dominio del intelecto: ¿Propiedad privada o riquezas para la galaxia?*

El transporte subterráneo depositó a sus dos pasajeros en las profundidades de la fortaleza Harkonnen y, con programada precisión, los impulsó por una vía de acceso.

La cápsula, que albergaba al barón y a Glossu Rabban, se precipitó hacia el caos hormigueante de Harko City, una mancha humeante en el paisaje donde los edificios se aglutinaban. Que supiera el barón, no existía mapa detallado del subsuelo de la ciudad, pues continuaba creciendo como un hongo. No estaba muy seguro de a dónde iban.

Mientras conspiraba contra los Atreides, había insistido en que Piter de Vries encontrara un espacio amplio para ubicar un laboratorio y una fábrica secretos. El Mentat lo había conseguido, y el barón no hizo más preguntas. El transporte, enviado por De Vries, les conducía a la instalación.

—Quiero conocer todo el plan, tío —dijo Rabban, que se removía inquieto a su lado en el compartimiento—. Dime qué vamos a hacer.

En el cubículo delantero, un piloto sordomudo conducía el aparato. El barón no prestaba atención a los oscuros edificios que dejaban atrás ni a los gases de escape y residuos que despedían las fábricas. Giedi Prime producía suficientes productos para autoabastecerse, e ingresaba sumas modestas procedentes del comercio de pieles de ballena en Lankiveil y de las minas de algunos asteroides. Sin embargo, los auténticos beneficios de la Casa Harkonnen, que empequeñecían a todos los demás, provenían de la explotación de la especia en Arrakis.

—El plan, Rabban, es sencillo —contestó por fin—, y tengo la intención de ofrecerte un papel fundamental en él. Si eres capaz de hacerlo.

Los ojos de su sobrino se iluminaron y sus gruesos labios se torcieron en una sonrisa. De manera sorprendente, supo guardar silencio y esperar a que el barón continuara. *Tal vez, con el tiempo aprenderá...*

—Si tenemos éxito, Rabban, nuestra fortuna aumentará de una forma drástica. Aún mejor, obtendremos una satisfacción personal al saber que hemos arruinado por fin a la Casa Atreides, después de tantos siglos de feudo.

Rabban se frotó las manos, pero los ojos negros del barón se endurecieron cuando continuó.

—Si fracasas, me encargaré de que seas trasladado a Lankiveil, donde recibirás la instrucción que tu padre desee, junto con cancioncillas y recitados de poemas sobre el amor fraternal.

Rabban sonrió.

—No fracasaré, tío.

El vehículo llegó a un laboratorio blindado y protegido con medidas de alta seguridad, y el sordomudo indicó por señas que salieran del vehículo. El barón no habría sido capaz de volver a la fortaleza Harkonnen ni aunque su vida hubiera dependido de ello.

—¿Qué es este lugar? —preguntó Rabban.

—Un centro de investigación —dijo el barón, e indicó que siguiera adelante—. Aquí estamos preparando una desagradable sorpresa.

Rabban se adelantó, ansioso por ver la instalación. El lugar olía a aceites de soldadura y residuales, fusibles quemados y sudor. Piter de Vries salió a recibirles, con una sonrisa en sus labios manchados. Su paso remilgado y sus movimientos sinuosos le daban la apariencia de un lagarto.

—Llevas semanas aquí, Piter. Será mejor que tengas algo bueno que mostrarnos. Te dije que no desperdiciaras el tiempo.

—No debéis preocuparos, mi barón —contestó el Mentat, e indicó que entraran en la zona principal del laboratorio—. Chobyn, nuestro mejor investigador, se ha superado a sí mismo.

—Pues yo pensaba que los richesianos eran mejores en imitaciones baratas que en innovaciones verdaderas —dijo Rabban.

—Siempre hay excepciones —repuso el barón—. Vamos a ver lo que Piter quiere enseñarnos.

Lo que De Vries había prometido llenaba casi toda la cámara: una nave de guerra Harkonnen modificada, de ciento cuarenta metros de diámetro. Esbelta y bruñida, había sido utilizada con éxito en batallas convencionales para golpear duro y huir a toda velocidad. Ahora había sido reconvertida siguiendo las especificaciones de Chobyn, con los estabilizadores verticales reducidos, el motor sustituido y una sección de la cabina de tropa eliminada para dejar sitio a la tecnología necesaria. Todos los registros de su existencia habían desaparecido de los archivos Harkonnen. Piter de Vries era un experto en manipulaciones semejantes.

Un hombre rechoncho, calvo y con una perilla grisácea salió del compartimiento de motores de la nave de combate, manchado de grasa y lubricantes.

—Mi barón, señor, me complace que hayáis venido a ver lo que he logrado para vos. —Chobyn guardó una herramienta en el bolsillo de su mono—. La instalación está terminada. Mi no campo funcionará a la perfección. Lo he sincronizado con la maquinaria de esta nave.

Rabban golpeó con los nudillos el casco, cerca de la cabina del piloto.

—¿Por qué es tan grande? Cabe de sobra un coche terrestre blindado. ¿Cómo vamos a trabajar en secreto con esto?

Chobyn enarcó las cejas, sin reconocer al corpulento hombre.

—¿Vos sois…?

—Es Rabban, mi sobrino —dijo el barón—. Ha formulado una pregunta interesante. Pedí una nave más pequeña y discreta.

—Es lo más pequeño que he podido lograr —contestó Chobyn con un bufido—. Ciento cuarenta metros es la capa de invisibilidad más pequeña que un generador de no campo puede proyectar. Las dificultades son… increíbles. Yo…

El inventor carraspeó, impaciente.

—Debéis aprender a superar vuestras ideas preconcebidas, señor. A comprender lo que tenemos aquí. La invisibilidad compensa con holgura cualquier disminución en la capacidad de maniobra. —Arrugó el entrecejo de nuevo—. ¿Qué más da el tamaño, si nadie puede verlo? Esta nave de ataque cabe holgadamente en la bodega de una fragata.

—Así será, Chobyn —dijo el barón—. Si funciona.

De Vries se paseaba junto al costado de la nave.

—Si nadie sabe de la existencia de la nave, Rabban, no correrás ningún peligro. ¡Imagina el caos que puede crear! Serás un asesino fantasma.

—¡Oh, sí! —De pronto, Rabban comprendió—. ¿Yo?

Chobyn cerró una escotilla de acceso detrás de los motores.

—Todo es sencillo y funcional. La nave estará dispuesta mañana, cuando partáis a la coronación del emperador Padishah.

—Lo he comprobado, barón —dijo De Vries.

—Excelente —dijo el barón—. Has demostrado ser muy valioso, Chobyn.

—¿Yo voy a pilotarlo? —preguntó Rabban otra vez, como si aún no diera crédito a la idea. Su voz se quebró de entusiasmo. El barón Harkonnen asintió. Su sobrino, pese a sus deficiencias, era al menos un piloto y tirador excelente, además de ser el teórico heredero del barón.

El inventor sonrió.

—Creo que tomé la decisión correcta cuando acudí a vos directamente, barón. La Casa Harkonnen comprendió de inmediato las posibilidades de mi descubrimiento.

—Cuando el emperador se entere, pedirá una no nave para él —señaló Rabban—. Hasta es posible que envíe a los Sardaukar a robárnosla.

—Tomaremos medidas para que de momento Shaddam no se entere —contestó Piter de Vries mientras se frotaba las manos.

—Debéis de ser un hombre brillante, Chobyn —dijo el barón—. ¡Inventar esto!

—De hecho, me limité a adaptar un campo Holtzman a nuestros fines. Hace siglos, las matemáticas de

Tío Holtzman se desarrollaron para campos y motores que plegaban el espacio. Yo sólo me he limitado a llevar los principios unos pasos adelante.

—Y ahora esperas convertirte en un hombre más rico de lo que jamás habías soñado, ¿verdad? —musitó el barón.

—Me lo merezco, ¿no creéis, señor? Mirad lo que he hecho por vos. Si me hubiera quedado en Richese y seguido los canales reglamentarios, tendría que haber soportado años de legalismos, consecución de títulos e investigaciones de patentes, tras lo cual mi gobierno se habría quedado con la parte del león de los beneficios derivados de mi invento, para no hablar de los plagiadores que hubieran puesto manos a la obra nada más enterarse de lo que yo estaba haciendo. Un ajuste sin importancia aquí, otro allí, y aparece alguien con una patente diferente, que logra en esencia lo mismo.

—¿Así que has guardado el secreto hasta que acudiste a nosotros? —preguntó Rabban—. ¿Nadie más conoce esta tecnología?

—Exacto. Poseéis los únicos generadores de no campo del universo.

Chobyn cruzó los brazos sobre su mono manchado.

—Quizá de momento —dijo el barón—, pero los ixianos eran muy listos, y también lo son los Tleilaxu. Tarde o temprano alguien conseguirá un artilugio como éste, si no lo tienen ya.

Rabban se acercó más al desprevenido richesiano.

—Sé a qué os referís, barón —dijo Chobyn con un encogimiento de hombros—. No soy un hombre codicioso, pero me gustaría obtener beneficios de mi invento.

—Eres un hombre prudente —dijo el barón, y dirigió una fugaz pero significativa sonrisa a su robusto sobrino—. Y mereces una buena recompensa.

—Es sabio guardar el secreto sobre cosas importantes —respondió Rabban.

Se había situado detrás del inventor, que se sentía muy halagado por los elogios. Rabban actuó con celeridad. Enlazó su musculoso brazo en el cuello de Chobyn y luego apretó como una prensa de tornillo. El inventor jadeó pero no pudo emitir el menor sonido. El rostro de Rabban enrojeció a causa del esfuerzo, pero no retiró el brazo hasta que oyó el agradable crujido de la columna vertebral al partirse.

—Todos hemos de ser cautelosos con nuestros secretos, Chobyn —murmuró el barón, sonriente—. Tú no lo has sido mucho.

Chobyn se desplomó como un muñeco. La fuerza hercúlea de Rabban le había impedido lanzar un grito final o una blasfemia gutural.

—¿Ha sido prudente, mi barón? —preguntó De Vries—. ¿No tendríamos que haber probado la nave primero, para asegurarnos de que somos capaces de reproducir la tecnología?

—¿Por qué? ¿No confías en nuestro inventor, el finado Chobyn?

—Funciona —dijo Rabban—. Además, estaba vigilado mediante visicoms, y tenemos los planos detallados y las holograbaciones que hizo durante el proceso de construcción.

—Ya me he ocupado de los obreros —dijo el Mentat—. No habrá filtraciones.

Rabban sonrió con ansiedad.

—¿Me has reservado alguno?

De Vries se encogió de hombros.

—Bien, yo ya me he divertido, pero no soy un cerdo. Te he dejado unos cuantos. —Indicó una hilera de sólidas puertas—. Segunda habitación empezando por la derecha. Hay cinco en camillas, drogados. Que te diviertas.

El Mentat palmeó en el hombro al corpulento Harkonnen.

Rabban avanzó un par de pasos hacia la puerta, pero luego vaciló y miró a su tío, que aún no le había dado permiso para marcharse. El barón estaba observando a De Vries.

El Mentat pervertido arrugó el ceño.

—Somos los primeros que tenemos una no nave, barón. Con la ventaja de la sorpresa, nadie sospechará de nuestras intenciones.

—*Mis* intenciones —corrigió el barón.

El Mentat asintió y luego utilizó un transmisor manual para hablar con varios trabajadores del laboratorio.

—Limpiad esta basura y trasladad la nave a la fragata antes de la hora de despegue de mañana.

—Quiero que confisques y pongas a buen recaudo todas las notas y registros tecnológicos —ordenó el barón cuando el Mentat apagó el comunicador.

—Sí, mi barón —dijo De Vries—. Me ocuparé de ello en persona.

—Ya puedes irte —dijo el barón a su impaciente sobrino—. Una o dos horas de relajación te sentarán bien para concentrar tu mente en el importante trabajo que nos espera.

Demuestran habilidades sutiles y muy efica-
ces en las artes relacionadas de la observación y la
recogida de datos. La información es su produc-
to comercial.

Informe imperial sobre las Bene Gesserit,
utilizado con propósitos pedagógicos

—Esto impresiona de verdad —dijo la hermana
Margot Rashino-Zea, mientras miraba los imponentes
edificios que se alzaban a cada lado del enorme óvalo
que formaba el ejido compartido por el Imperio y el
Landsraad—. Un espectáculo para todos los sentidos.

Tras largos años en el nublado y bucólico Wallach IX,
tanta belleza hería sus ojos.

Una niebla refrescante se alzaba de la fuente situada en el centro del ejido, una extraordinaria composición artística que medía cien metros de altura. La fuente,
construida en forma de nebulosa, estaba llena de planetas y otros cuerpos celestiales que proyectaban chorros
perfumados en miríadas de colores. Finos haces arrojados por focos creaban bucles irisados que bailaban en el
aire silencioso.

—Ah, sí, ya veo que nunca habíais estado en Kaitain
—dijo el príncipe heredero Shaddam, que paseaba con
parsimonia junto a la adorable Bene Gesserit rubia.

Guardias Sardaukar les seguían a una prudente distancia, convencidos de que estaban lo bastante cerca para impedir que algo ocurriera al heredero imperial. Margot reprimió una sonrisa, siempre complacida al ver lo mucho que subestimaban a la Hermandad las personas ajenas a ella.

—Oh, ya lo había visto antes, señor, pero la familiaridad no disminuye mi admiración por la magnífica capital del Imperio.

Margot, vestida con un nuevo hábito negro que crujía cuando se movía, iba flanqueada por Shaddam y Hasimir Fenring. No escondía su largo cabello dorado, su rostro fresco, su prístina belleza. La gente solía esperar que las Bene Gesserit fueran viejas brujas cubiertas con túnicas oscuras, pero muchas, como Margot Rashino-Zea, eran muy atractivas. Gracias a una exacta liberación de sus feromonas y a flirteos selectivos podía utilizar su sexualidad como un arma. Pero aquí no, todavía no. La Hermandad tenía otros planes para el futuro emperador.

Margot era casi de la misma estatura que Shaddam, y mucho más alta que Fenring. Detrás de ellos, fuera del alcance de sus oídos, les seguía un séquito de tres reverendas madres, mujeres que habían sido investigadas y registradas por el propio Fenring. El príncipe heredero ignoraba su papel en aquel encuentro, pero Margot iba a explicarle los motivos.

—Deberíais ver estos jardines por la noche —dijo Shaddam—. El agua parece una lluvia de meteoros.

—Ah, sí —dijo Margot con una leve sonrisa. Sus ojos verdegrises centellearon—. Es mi lugar favorito por las noches. He venido dos veces desde mi llegada... mientras esperaba esta entrevista privada con vos, señor.

Aunque intentaba entablar una conversación trivial con la representante de la poderosa Bene Gesserit, Shaddam se sentía inquieto. Todo el mundo quería algo, todo el mundo albergaba intenciones ocultas, y todos los grupos pensaban que se les debían favores o que poseían suficientes elementos de extorsión para modificar sus opiniones. Fenring ya se había ocupado de algunos de esos parásitos, pero llegarían más.

Su actual inquietud estaba menos relacionada con la hermana Margot que con sus preocupaciones por la creciente desconfianza y agitación que reinaba en las Grandes Casas. Incluso sin una autopsia de los Suks, varios miembros importantes del Landsraad habían suscitado incómodas preguntas sobre la misteriosa muerte del emperador. Las alianzas estaban cambiando. Importantes impuestos y diezmos de varios planetas ricos se habían retrasado, sin causa justificada. Y los Tleilaxu afirmaban que tardarían años en producir la prometida especia sintética.

Shaddam y su consejo interno volverían a hablar de la crisis en ciernes esa mañana, continuación de las reuniones que se habían encadenado durante toda la semana. La duración del reinado de Elrood había forzado una estabilidad (cuando no un entancamiento) a lo largo y ancho del Imperio. Nadie recordaba cómo llevar a cabo un traspaso ordenado de poderes.

En muchos planetas se habían incrementado las fuerzas militares y puesto en estado de alerta. Los Sardaukar de Shaddam no eran la excepción. Los espías estaban más ocupados que nunca, en todos los frentes. En algunos momentos se preguntaba si imponer un nuevo destino al leal chambelán Aken Hesban (confinado en un diminuto despacho de paredes de piedra situado en las entrañas de una mina asteroide) no había sido un error, pero le llamaría de inmediato si la situación empeoraba.

Pero hará frío en Arrakis antes de que eso suceda.

La inquietud de Shaddam le hacía asustadizo, incluso supersticioso. Su condenado padre había muerto, enviado a los infiernos descritos en la Biblia Católica

Naranja, pero aún sentía la sangre invisible en sus manos.

Antes de salir de palacio para reunirse con la hermana Margot, Shaddam había cogido una capa al vuelo, para calentarse los hombros de un frío imaginario. La capa dorada colgaba en el guardarropa, junto con otras muchas prendas que nunca había usado. Sólo ahora recordó que era una de las favoritas de su padre.

Al darse cuenta, se le puso piel de gallina. La fina tela le producía picores y le hacía temblar. Daba la impresión de que la delgada cadena de oro ceñía su cuello como un nudo.

Ridículo, se dijo. Los espíritus de los muertos no ocupaban objetos inanimados, no podían hacerle daño. Una Bene Gesserit sería capaz de percibir su malestar, y no podía permitir que aquella mujer acumulara tanto poder sobre él.

—Me gustan esas obras de arte —dijo Margot. Señaló un andamio fijo a la fachada del Salón de la Oratoria del Landsraad, donde un grupo de pintores trabajaban en un mural que plasmaba escenas de bellezas naturales y logros tecnológicos de todas partes del Imperio—. Creo que vuestro bisabuelo, Vutier Corrino II, fue en gran parte responsable.

—Ah, sí… Vutier fue un gran mecenas de las artes —dijo Shaddam con cierta dificultad. Resistió el impulso de quitarse la capa y arrojarla al suelo, y juró que a partir de aquel momento sólo llevaría las prendas que le pertenecieran—. Dijo que un espectáculo sin calidez o creatividad no significaba nada.

—Creo que deberíais ir al grano, hermana, os lo ruego —sugirió Fenring al observar la incomodidad de su amigo, aunque no acertó en la causa—. El tiempo del príncipe heredero es muy valioso. Se ha producido mucha agitación después de la muerte del emperador.

Shaddam y Fenring habían asesinado a Elrood IX.

El hecho nunca podría borrarse y, según los rumores, no habían escapado por entero a las sospechas. Cabía dentro de las posibilidades una guerra entre el Landsraad y la Casa Corrino, a menos que el príncipe heredero consolidara su posición, y pronto.

Margot había insistido tanto en la importancia de cierto asunto, para lo que había utilizado toda la sigilosa influencia de la Bene Gesserit, que le habían concedido audiencia al cabo de poco tiempo. El único período disponible era durante los paseos matutinos de Shaddam, hora que reservaba para la reflexión personal («para llorar a su padre muerto», según los rumores que Fenring había propagado por la corte).

Margot dedicó una deslumbrante sonrisa y un movimiento de su cabello color miel al hombre con cara de comadreja. Sus ojos verdegrises le estudiaron.

—Sabes muy bien de qué quiero hablar con tu amigo, Hasimir —dijo, empleando un tono familiar que asombró al heredero imperial—. ¿No le has preparado?

Fenring sacudió la cabeza y Shaddam vio que se debilitaba en presencia de la mujer. El mortífero hombre no era el de siempre. Hacía varios días que la delegación de la Bene Gesserit había llegado, y Margot Rashino-Zea había pasado mucho tiempo con Fenring, sumidos ambos en profundas discusiones. Shaddam ladeó la cabeza e intuyó cierto afecto, o al menos respeto mutuo, entre los dos. ¡Imposible!

—Hummmm, pensé que vos lo expresaríais mejor que yo, hermana —dijo Fenring—. Señor, la encantadora Margot ha traído una interesante propuesta para vos. Creo que deberíais escucharla.

La Bene Gesserit miró a Shaddam de una forma extraña. *¿Se ha dado cuenta de mi incomodidad?*, se preguntó aterrado. *¿Conoce los motivos de mi estado de ánimo?*

El suspiro de la fuente ahogó sus palabras. Margot

cogió las manos de Shaddam. Su tacto era suave y cálido. El futuro emperador clavó la vista en sus ojos sensuales y sintió que recuperaba la energía, todo un consuelo.

—Debéis tener una esposa, señor —dijo ella—. Y la Bene Gesserit puede proporcionaros la mejor candidata para vos y para la Casa Corrino.

Shaddam, sobresaltado, miró a su amigo y retiró las manos con brusquedad. Fenring sonrió, inquieto.

—Pronto seréis coronado emperador —continuó Margot—. La Hermandad puede ayudaros a consolidar vuestro poder, más que una alianza con una sola Gran Casa del Landsraad. En vida, vuestro padre estableció alianzas matrimoniales con las familias Mutclli, Hagal y Ecaz, así como con vuestra madre, de Hassika V. Sin embargo, en estos tiempos difíciles creemos que será más beneficioso para vos aliar vuestro trono con el poder y los recursos de la Hermandad Bene Gesserit. —Hablaba con firmeza y tono convincente.

Shaddam reparó en que el séquito de hermanas se había detenido y les miraba. Los Sardaukar seguían vigilantes pero inmóviles, como estatuas. Miró la cara perfecta de Margot, su cabello dorado, su presencia hipnótica.

Ella le sorprendió cuando de pronto le señaló con el dedo.

—¿Veis a la mujer del centro? ¿La del cabello broncíneo?

Al notar el gesto, una reverenda madre se adelantó. Shaddam forzó la vista y la encontró bastante atractiva. No tan adorable como Margot, por desgracia, pero parecía joven y fresca.

—Se llama Anirul, una Bene Gesserit de Rango Escondido.

—¿Qué significa eso?

—Sólo uno de nuestros títulos, señor, muy común en la Hermandad. No significa nada fuera de la orden

y es irrelevante para vuestra labor de emperador.
—Margot hizo una pausa—. Sólo necesitáis saber que
Anirul es una de nuestras mejores hermanas. Os la ofrecemos en matrimonio.

Shaddam se quedó boquiabierto.

—¿Cómo?

—Las Bene Gesserit son muy influyentes, como ya
sabéis. Podemos solventar bajo mano vuestras dificultades actuales con el Landsraad. Eso os dejaría las manos libres para dedicaros a vuestro trabajo de emperador y aseguraros un puesto en la historia. Algunos de
vuestros abuelos lo hicieron, y con resultados positivos.
—Entornó sus ojos verdegrises—. Conocemos los problemas a los que os enfrentáis, señor.

—Sí, sí, todo eso lo sé.

Shaddam miró a Fenring, como si el hombre con
cara de comadreja pudiera darle explicaciones. Luego
indicó a Anirul que avanzara. Los guardias se miraron
inquietos, sin saber si debían acompañarla.

La mirada de Margot se hizo más intensa.

—Ahora sois el hombre más poderoso del universo, señor, pero el poder político está equilibrado entre
vos, el Consejo del Landsraad, y las poderosas fuerzas
de la Cofradía Espacial y la Bene Gesserit. Vuestro
matrimonio con una de las hermanas sería… mutuamente beneficioso.

—Además, señor —añadió Fenring, con los ojos
más grandes que de costumbre—, una alianza con otra
Gran Casa acarrearía cierto… bagaje. Vuestra unión con
una familia podría ofender a otra. No queremos provocar otra rebelión.

Aunque sorprendido, la sugerencia no desagradó a
Shaddam. Uno de los adagios de su padre sobre el liderazgo indicaba que un gobernante debía hacer caso a sus
instintos. La capa hechizada colgaba sobre sus hombros
como un peso abrumador. Tal vez los poderes brujeri-

les de la Hermandad podrían ahuyentar a cualquier fuerza malvada infiltrada en la prenda y en el palacio.

—Esa Anirul parece muy atractiva.

Shaddam observó a la mujer cuando avanzó y se paró ante él, con la vista gacha.

—Así pues, ¿consideraréis nuestra propuesta, señor? —preguntó Margot, y dio un respetuoso paso atrás, a la espera de la decisión.

—¿Considerarla? —Shaddam sonrió—. Ya lo he hecho. En mi posición hay que tomar decisiones rápidas y rotundas. —Miró a Fenring con los ojos entornados—. ¿No estás de acuerdo, Hasimir?

—Hummmm, eso depende de si elegís una nueva prenda o una esposa.

—Sabio consejo en apariencia —dijo Shaddam—, pero falto de ingenio, diría yo. Está claro que eres amigo de la hermana Margot, y tú has arreglado este encuentro, sabiendo muy bien la petición que presentaría. Por lo tanto, debo suponer que estás de acuerdo con la teoría de la Bene Gesserit.

Fenring hizo una reverencia.

—La decisión es vuestra, señor, independientemente de mi opinión o mis sentimientos hacia esta hermosa mujer que tengo a mi lado.

—Muy bien. Mi respuesta es... sí. —La reverenda madre Anirul ni siquiera sonrió—. ¿Crees que he tomado la decisión correcta, Hasimir?

Fenring, poco acostumbrado a ser pillado en falso, carraspeó.

—Es una dama hermosa, señor, y no me cabe duda de que será una soberbia esposa. Por otra parte, la Bene Gesserit sería un aliado excelente, sobre todo en estos difíciles tiempos de transición.

El príncipe heredero rió.

—Pareces uno de nuestros diplomáticos. Dime sí o no, sin subterfugios.

—Sí, majestad. O sea, digo sí, sin vacilar. Anirul es una dama de espléndida educación y disposición… Un poco joven, pero provista de una gran sabiduría. —Fenring miró a Margot—. Me habéis asegurado que es fértil.

—Los herederos reales fluirán de sus ingles —contestó Margot.

—¡Menuda imagen! —exclamó Shaddam con otra estentórea carcajada—. Traédmela, para que pueda conocerla.

Margot levantó la mano, y Anirul se acercó al príncipe heredero. Las otras Bene Gesserit emitieron murmullos de alegría.

Shaddam examinó a la mujer y observó que su futura esposa poseía facciones delicadas. Reparó en diminutas arrugas alrededor de los ojos de cierva, aunque la mirada era juvenil y los movimientos ágiles. De momento, continuaba con la cabeza gacha. Miró un momento al príncipe heredero, como con timidez, y desvió la cabeza.

—Habéis tomado una de las decisiones más importantes de vuestra vida, señor —dijo Margot—. Vuestro reinado se iniciará sobre una base firme.

—Esto es motivo de celebración, con toda la pompa y esplendor de que sea capaz el Imperio —dijo Shaddam—. De hecho, anunciaré que el matrimonio se celebrará el mismo día de mi coronación.

Fenring sonrió.

—Será el mayor espectáculo de la historia del Imperio.

Shaddam y Anirul intercambiaron una sonrisa y por primera vez se tocaron las manos.

Cuando el centro de la tormenta no se mue-
ve, es que estás en su camino.

Antigua sabiduría Fremen

La fragata Atreides partió del espaciopuerto de Cala City con un cargamento de estandartes, ropas exquisitas, joyas y regalos destinados a la coronación del emperador. El duque Leto quería contribuir de manera visible a la magnificencia de la ceremonia imperial.

—Es una buena táctica —dijo Thufir Hawat con semblante sombrío—. A Shaddam siempre le ha gustado la suntuosidad que conlleva su cargo. Cuanto mejor vestidos vayáis y más regalos le ofrezcáis, más impresionado se quedará… y por lo tanto se sentirá más inclinado a satisfacer vuestra petición.

—Por lo visto, valora más la forma que la sustancia —murmuró Leto—. Pero las apariencias engañan, y no me atrevo a subestimarle.

Kailea se había puesto su vestido azul cielo y lila para despedirles, pero se quedaría en el castillo, sin que nadie viera su hermoso atavío. Leto sabía cuánto ansiaba ir a la corte imperial, pero se negó a cambiar su decisión. El viejo Paulus también le había enseñado las virtudes de la tozudez.

Rhombur salió a la zona de espera con pantalones, una camisa de seda merh sintética y un ondeante manto púrpura y cobre, los colores de la Casa Vernius. Se irguió con orgullo, mientras Kailea lanzaba una exclamación al ver la valentía de su hermano, que exhibía la herencia familiar. Parecía mucho más adulto, musculoso y bronceado.

—Algunos podrían considerarlo arrogancia, mi duque —dijo Hawat, y señaló la vestimenta de Rhombur.

—Todo es un juego, Thufir. Hemos de recuperar la grandeza que se perdió cuando los traicioneros Tleilaxu obligaron a esta noble familia a declararse renegada. Hemos de demostrar la falta de perspicacia de la maliciosa decisión de Elrood. Hemos de ayudar a Shaddam a comprender que la Casa Vernius podría ser un gran aliado del trono imperial. Al fin y al cabo —señaló al orgulloso Rhombur—, ¿preferiríais tener de aliado a este hombre o a los asquerosos Tleilaxu?

El Maestro de Asesinos le recompensó con una leve y contenida sonrisa.

—Yo no diría eso en la cara a Shaddam.

—Lo diremos sin palabras —replicó Leto.

—Vais a ser un formidable duque, mi señor —dijo Hawat.

Salieron a la pista de aterrizaje, donde el habitual complemento de soldados Atreides, doblado en número para la ocasión, había terminado de subir a la fragata que les conduciría al Crucero que aguardaba.

Kailea dio un abrazo formal a Leto. Su vestido de colores pastel crujió con los movimientos, y Leto apretó la mejilla contra una peineta dorada de su cabello cobrizo oscuro. Sintió la tensión en los brazos de Kailea, e intuyó que ambos deseaban fundirse en un abrazo mucho más apasionado.

Después, con lágrimas en los ojos, la hija de Dominic y Shando Vernius abrazó a su hermano.

—Ten cuidado, Rhombur. Esto es muy peligroso.

—Tal vez sea la única manera de limpiar el nombre de nuestra familia —contestó él—. Hemos de entregarnos a la misericordia de Shaddam. Quizá sea diferente de su padre. No ganará nada manteniendo la sentencia contra nosotros, y tiene mucho que perder, sobre todo considerando la agitación que recorre el Imperio. Necesita el apoyo de todos sus amigos.

Sonrió y produjo un elegante remolineo con la capa púrpura y cobre.

—Los Bene Tleilax arruinarán Ix —observó Kailea—. No tienen ni idea de cómo llevar negocios a escala planetaria.

Leto, Rhombur y Hawat serían los representantes de Caladan. Insolentes, tal vez, e impertinentes en demasía… ¿o tomarían su actitud como una demostración de serenidad y confianza? Leto confiaba en esto último.

Como duque, sabía que desafiar abiertamente la política imperial era imprudente, pero su corazón le impulsaba a jugar si las apuestas eran altas, en especial cuando tenía la razón de su parte. Eso también se lo había enseñado el viejo duque.

Su padre le había enseñado que un farol ejecutado con intrepidez solía dar mejores resultados que un plan conservador y carente de imaginación. ¿Por qué no éste? ¿Habría hecho el viejo duque algo similar, o habría elegido un método más seguro, aconsejado por su esposa? Leto lo ignoraba, pero se alegraba de que ahora nadie se interpusiera en su camino, sobre todo la severa e inflexible lady Helena. Cuando decidiera casarse, su esposa no se parecería en nada a ella.

Había enviado un Correo oficial al convento de las hermanas del Aislamiento, para informar a su madre que Rhombur y él irían a Kaitain. No explicó su plan ni comentó los peligros que comportaba, pero quería que estuviera preparada para lo peor. Como no había más herederos, lady Helena se convertiría en la regente de la Casa Atreides si las cosas salían mal, si Leto era ejecutado o moría en un «accidente». Aunque era consciente de que ella había instigado la muerte de su padre, no le quedaba otra alternativa. Era una cuestión de forma.

Cargaron a bordo las últimas piezas del equipaje y al cabo de unos segundos la fragata surcó los cielos grises de Caladan. Este viaje sería diferente de los anteriores. De él dependía el futuro del linaje de Rhombur... y tal vez el suyo.

Teniendo en cuenta toda la fanfarria ceremonial, Leto había tenido la suerte de que le concedieran una audiencia cuatro días después de la coronación. En ese momento, Rhombur y él presentarían la petición oficial a Shaddam, explicarían el caso y se entregarían a su merced.

En los primeros días del nuevo régimen, ¿se arriesgaría el flamante emperador Padishah a enturbiar las festividades con la confirmación de una sentencia de muerte? Muchas Casas todavía veían presagios en cada acción, y se rumoreaba que Shaddam era tan supersticioso como cualquiera. Este presagio sería muy claro. Con su decisión, Shaddam establecería el talante de su reinado. ¿Querría empezar el emperador negando justicia? Leto esperaba que no.

La fragata ducal ocupó el lugar designado en la enorme y atestada bodega de carga del Crucero. Lanzaderas llenas de pasajeros maniobraban con cautela para ocupar su puesto, junto con transportes y naves de carga que albergaban los productos comerciales de Caladan: arroz pundi, medicamentos extraídos de algas marinas, tapices manufacturados y pescado congelado. Gabarras particulares aún estaban cargando mercancías en la bodega. La enorme nave de la Cofradía había ido de planeta en planeta en su ruta indirecta hacia Kaitain, y la bodega de carga estaba abarrotada de naves procedentes de otros planetas del Imperio, que iban a asistir a la coronación.

Mientras esperaban, Thufir Hawat miró el cronómetro montado en un mamparo de la fragata.

—Aún nos quedan tres horas antes de que el Cru-

cero esté preparado para la partida. Sugiero que utilice-
mos ese tiempo en adiestraros, mi señor.

—Vos siempre sugerís eso, Thufir —dijo Rhombur.

—Porque sois jóvenes y necesitáis mucha instrucción —replicó el Mentat.

La lujosa fragata de Leto contaba con tantas diversiones, que su séquito y él podían olvidar que estaban
fuera del planeta, pero ya se había relajado bastante, y
el nerviosismo le inyectaba una nerviosa energía que
quería descargar.

—¿Proponéis algo, Thufir? ¿Qué se puede hacer
aquí?

Los ojos del Maestro de Asesinos se iluminaron.

—En el espacio hay muchas cosas que un duque y
un príncipe —señaló a Rhombur— pueden aprender.

Una nave de combate sin alas, del tamaño de un ornitóptero, salió de la bodega de la fragata y se alejó del
Crucero. Leto manejaba los controles, en tanto Rhombur iba sentado en el asiento del copiloto. Leto recordó por un instante su breve intento de ejercitarse en la
nave orbital ixiana. Casi un desastre.

Hawat, detrás de ambos jóvenes, sostenía un protector móvil contra colisiones. Con su arnés de seguridad
parecía un pilar de sabiduría, y miraba con expresión
severa a sus dos pupilos. Un panel de emergencia flotaba ante Hawat.

—Esta nave es diferente de un bote en el mar, jóvenes señores —dijo Hawat—. Al contrario que en las
naves más grandes, aquí tenemos gravedad cero, con
todas las ventajas y restricciones que eso comporta.
Ambos habéis practicado con las simulaciones, pero
ahora estáis a punto de hacerlo en espacio real.

—Yo seré el primero en disparar —dijo Rhombur.
Era el acuerdo al que habían llegado.

—Y yo pilotaré —añadió Leto—, pero cambiaremos dentro de media hora.

—No es probable, señor duque —dijo Hawat—, que os encontréis en una situación que exija un combate, pero...

—Sí, sí, siempre debería estar preparado —le interrumpió Leto—. Si algo me habéis enseñado, Thufir, es eso.

—Primero tenéis que aprender a maniobrar.

Hawat hizo describir a Leto una serie de curvas y arcos pronunciados. Se mantenían a suficiente distancia del enorme Crucero, pero lo bastante cerca para que constituyera un verdadero obstáculo a aquella velocidad. En cierto momento, Leto reaccionó con demasiada rapidez y lanzó la nave en una incontrolada caída en espiral, que solucionó ajustando los motores de reacción en dirección contraria para que hiciesen las veces de frenos.

—Reacción y contrarreacción —aprobó Hawat—. Cuando vos y Rhombur sufristeis aquel accidente de barco en Caladan, pudisteis encallar en un arrecife para evitar que la situación empeorase. Aquí, sin embargo, no existe red de seguridad. Si perdéis el control, no lo recuperaréis hasta tomar las contramedidas pertinentes. Podríais caer y desintegraros en la atmósfera o, ya adentrados en el espacio, precipitaros en el vacío.

—Er, hoy no haremos nada de eso —dijo Rhombur. Miró a su amigo—. Me gustaría practicar un poco de tiro al blanco, Leto, si puedes mantener estable este trasto unos minutos.

—Ningún problema.

Hawat se acuclilló entre los dos jóvenes.

—He traído blancos de prácticas. Rhombur, intentad destruir tantos como podáis. Gozáis de libertad para utilizar las armas que deseéis. Rayos láser, explosivos convencionales o proyectiles de multifase. Pero antes, mi señor —apretó el hombro de Leto—, vayamos al otro lado del planeta, donde no tengamos que temer alcanzar al Crucero si los disparos de Rhombur fallan.

Leto lanzó una risita y voló sobre las nubes de Caladan en dirección a la cara oscura del planeta. Allá abajo, brillaban hileras de luces de las ciudades que bordeaban las lejanas costas. Detrás, el resplandor del sol de Caladan formaba un halo contra el eclipse oscuro del planeta.

Hawat lanzó al azar una docena de globos brillantes. Rhombur aferró el control de armas, una palanca provista de paneles multicoloreados, y disparó en todas direcciones. Casi todos los proyectiles erraron, aunque volatilizó un globo con un chorro del cañón multifase. Pero había sido una casualidad, y Rhombur no se enorgulleció.

—Paciencia y autodominio, príncipe —dijo Hawat—. Debéis utilizar cada disparo como si fuera el último. No despreciéis su importancia. Cuando hayáis aprendido a dar en el blanco, podréis ser más desprendido con las municiones.

Leto persiguió a los globos, mientras Rhombur disparaba a mansalva. Cuando consiguió eliminar por fin todos los blancos, Leto y él intercambiaron posiciones y siguieron practicando maniobras.

Dos horas transcurrieron en un abrir y cerrar de ojos, y al final el Mentat ordenó que regresaran al Crucero de la Cofradía, con el fin de acomodarse antes de que el Navegante plegara el espacio y guiara la nave hacia Kaitain.

Leto, repantigado en su butaca coronada con el motivo del halcón, contempló por la ventanilla las numerosas naves que llenaban la bodega del Crucero. Bebió un sorbo de vino caliente, que le recordó a Kailea y a la noche tormentosa en que habían examinado las posesiones del viejo duque. Anhelaba interludios plácidos y compañía cariñosa, aunque sabía que pasaría mucho tiempo antes de que su vida se serenara de nuevo.

—Las naves están muy juntas —dijo—. Me pone nervioso.

Dos transportes Tleilaxu tomaban posiciones cerca de la fragata Atreides. Al otro lado de los transportes, una fragata Harkonnen colgaba en el lugar que la Cofradía le había asignado.

—No hay nada de que preocuparse, mi duque —dijo Hawat—. Según las reglas de la guerra dictadas por la Gran Convención, nadie puede disparar un arma dentro de un Crucero. Cualquier Casa que violara esa norma no volvería a tener acceso a ninguna nave de la Cofradía. Nadie correría ese riesgo.

—¿Nuestros escudos están conectados, por si acaso? —preguntó Leto.

—¡Infiernos carmesíes, nada de escudos, Leto! —dijo Rhombur, y rió—. Tendrías que haber aprendido algo más sobre los Cruceros en Ix... ¿o es que te pasabas todo el rato mirando a mi hermana?

Leto enrojeció.

—A bordo de un Crucero —explicó Rhombur— los escudos interfieren con el sistema de propulsión Holtzman, e impiden que pliegue el espacio. Un escudo activo interrumpe el trance de navegación de un Navegante. Moriríamos en el espacio.

—También está prohibido por nuestro contrato de transporte con la Cofradía —añadió Hawat, como si ese motivo legal tuviera más peso.

—De modo que estamos aquí desprotegidos, desnudos y confiados —gruñó Leto, que seguía mirando la nave Harkonnen.

—Consigues que recuerde cuántas personas me desean ver muerto —dijo Rhombur con una mueca.

—Todas las naves que hay dentro de este Crucero son igualmente vulnerables, príncipe —dijo Hawat—, pero el mayor peligro os aguarda en Kaitain. De momento, incluso yo pienso descansar un poco. A bordo de nuestra fragata estamos a salvo.

Leto miró hacia el lejano techo del Crucero. En una minúscula cámara de navegación, un solo Navegante, en un contenedor de gas de especia anaranjado, controlaba la gigantesca nave.

Pese a las garantías de Hawat, Leto siguió intranquilo. A su lado, Rhombur también se removía, pero se esforzaba por disimular su nerviosismo. El joven duque exhaló un suspiro y se reclinó en su asiento, con la intención de calmar sus nervios y prepararse para la crisis política que iba a desencadenar en Kaitain.

Las tormentas engendran tormentas. La rabia engendra rabia. La venganza engendra venganza. Las guerras engendran guerras.

Aforismo Bene Gesserit

Las escotillas del casco externo del Crucero estaban selladas, las aberturas cerradas, y la nave preparada para partir. El Navegante no tardaría en caer en trance, y el viaje se iniciaría. El siguiente y último destino de su ruta sería Kaitain, donde representantes de las Grandes y Menores Casas del Landsraad habían empezado a llegar para asistir a la solemne coronación del emperador Padishah Shaddam IV.

El Navegante alejó el gigantesco Crucero del pozo gravitatorio de Caladan y salió al espacio, preparado para encender los enormes motores Holtzman que lo transportarían de salto en salto a través del espaciopliegue.

Los pasajeros de las fragatas alojadas en la bodega no advirtieron movimiento alguno, ni vibraciones de motores, ni cambio de posición, ni sonido. Las naves apiñadas colgaban en sus espacios aislados como tablillas de datos en el complejo de una biblioteca. Todas las Casas seguían las mismas normas, y depositaban su fe en la capacidad de un único ser mutante para encontrar una ruta segura.

Como ovejas giedi en un matadero, pensó Rabban, mientras subía a su nave de ataque invisible.

Podría haber volatilizado una docena de fragatas en un abrir y cerrar de ojos. Librado a sus instintos, Rabban habría disfrutado de tal matanza, de la jubilosa sensación de la violencia más extravagante...

Pero ése no era el plan, al menos por ahora.

Su tío había desarrollado una estratagema de extrema delicadeza. «Presta atención y aprende de esto», había dicho. *Buen consejo*, admitió Rabban. Había ido descubriendo los beneficios de la sutileza y el placer de la venganza saboreada durante largo tiempo.

Eso no significaba que Rabban renunciara a los métodos más burdos de violencia, en los cuales era un especialista. Al contrario, añadiría los métodos del barón a su repertorio homicida. Sería una persona muy capacitada cuando heredara el liderazgo de la Casa Harkonnen.

En cierto momento, las escotillas de la fragata Harkonnen se abrieron, y el campo de contención se desvaneció lo suficiente para permitir que la esbelta nave de guerra de Rabban descendiera al vacío hermético de la bodega del Crucero.

Antes de que nadie pudiera ver la nave, manipuló los controles como Piter de Vries le había enseñado y conectó el no campo. No advirtió la menor diferencia, no vio ningún cambio en las imágenes transmitidas por sus monitores. Pero ahora era un fantasma asesino: invisible, invencible.

Para cualquier observador, y para los sensores externos, todas las señales electromagnéticas que incidieran en el no campo rebotarían y transformarían su nave en un lugar vacío. Los motores de la nave de ataque, más silenciosos que un susurro, no emitían sonidos o vibraciones detectables.

Nadie sospecharía nada. Nadie era capaz de imaginar una nave invisible.

Rabban activó las toberas de maniobra y alejó en silencio el mortífero aparato de la fragata Harkonnen, en dirección al vehículo Atreides. La nave de Rabban era demasiado grande para su gusto, poco manejable y excesivamente voluminosa para desplazarse con velocidad, pero su invisibilidad y su silencio absoluto marcaban la diferencia.

Sus gruesos dedos manipularon los paneles de control, y experimentó una mezcla de alegría, poder, gloria y satisfacción. Pronto, una nave llena de asquerosos y sucios Tleilaxu sería destruida. Cientos de pasajeros morirían.

Antes, Rabban siempre había utilizado su posición en la Casa Harkonnen para conseguir lo que deseaba sin que nadie rechistara, para manipular a los demás y para matar a los pocos desdichados que se interponían en su camino. Claro que eso sólo había sido para divertirse. Ahora estaba llevando a cabo una función vital, un acto del que dependía el futuro de la Casa Harkonnen. El barón le había elegido para esta misión, y juró que lo haría bien. No quería que le enviara de vuelta con su padre.

Rabban maniobró la nave con suavidad, sin prisas. Tenía todo el viaje transespacial para desencadenar una guerra.

Rodeado por el no campo, se sentía como un francotirador. Claro que ésta era una clase de operación diferente, que exigía más sofisticación que aniquilar gusanos de arena en Arrakis, más delicadeza que cazar niños en la reserva forestal de los Harkonnen. En este caso, su trofeo sería un cambio en la política imperial. A la larga, colgaría los trofeos de mayor poder y fortuna para la Casa Harkonnen en su pared, disecados y montados.

La nave invisible se acercó a la fragata Atreides. Casi podía tocarla.

Rabban conectó sus silenciosos sistemas de armamento y comprobó que todos sus proyectiles de multifase estuvieran preparados. Dadas las circunstancias, la manipulación sería manual. A quemarropa era imposible fallar.

Rabban hizo girar su nave y apuntó las cañoneras hacia dos transportes Tleilaxu que, gracias a un generoso soborno pagado por los Harkonnen a la Cofradía, estaban estacionados junto a la fragata Atreides.

Llegados de Tleilax Siete, no cabía duda de que las naves portaban productos genéticos, la especialidad de los Bene Tleilax. Cada nave estaría al mando de Maestros Tleilaxu, con una tripulación de Danzarines Rostro, sus sirvientes metamorfos. La carga sería carne de bacer, injertos animales, o algunos de aquellos abominables gholas, clones cultivados a partir de seres humanos muertos y alimentados en contenedores de axlotl, para que familias afligidas pudieran ver de nuevo a sus seres queridos fallecidos. Tales productos eran muy caros, por eso los Tleilaxu eran riquísimos, pese al hecho de que jamás les sería concedido el rango de Gran Casa.

¡Esto era perfecto! Mientras todo el Landsraad escuchaba, el joven duque Leto Atreides había jurado venganza contra los Tleilaxu por todas las fechorías cometidas contra la Casa Vernius. Leto no se había andado con rodeos. Todo el mundo sabía cuánto odiaba a los ocupantes de aquellos transportes Tleilaxu.

Como regalo, el renegado Rhombur Vernius iba a bordo de la fragata Atreides, otra persona que quedaría atrapada en la red Harkonnen, otra víctima de la inminente y sangrienta guerra entre los Atreides y los Tleilaxu.

El Landsraad acusaría a Leto de haber perdido la cabeza, inducido a cometer actos ofensivos por sus amigos ixianos exiliados, y por el inconsolable dolor causado por la muerte de su padre. Pobre Leto, un joven tan poco preparado para lidiar con las presiones a las que era sometido...

Rabban sabía muy bien a qué conclusión llegaría el Landsraad y el Imperio, porque su tío y el Mentat pervertido se lo habían explicado con lujo de detalles.

Rabban se situó delante de la fragata Atreides, invisible y amparado en el anonimato. Apuntó a las naves Tleilaxu. Con una sonrisa en sus gruesos labios, tendió la mano hacia los controles.

Y abrió fuego.

*Tío Holtzman fue uno de los inventores
ixianos más fecundos de la historia. Solía caer en
trances creativos y se encerraba durante meses
para trabajar sin interrupciones. A veces, cuando
salía, pedía ser hospitalizado, y su cordura y
bienestar siempre eran preocupantes. Holtzman
murió joven, poco más de treinta años normales,
pero los resultados de sus esfuerzos cambiaron la
galaxia para siempre.*

Cápsulas biográficas, un videolibro imperial

Cuando Rabban partió de la fragata Harkonnen,
orgulloso de su importante misión, el barón se sentó en
una silla de observación elevada y contempló la inmensa
bodega del Crucero. El Navegante ya había encendido
los motores y enviado la gigantesca nave a través del
espacio plegado. Las naves más pequeñas estaban alinea-
das como leña apilada, ignorantes del desastre que se
cernía sobre ellas...

Aunque sabía a dónde mirar, no podía ver la nave
invisible, por supuesto. El barón consultó su cronómetro y supo que la hora se acercaba. Contempló a la fragata Atreides, silenciosa y arrogante en su amarradero,
y clavó la vista en la cercana nave Tleilaxu. Repiqueteó
con los dedos sobre el brazo de la silla, miró y esperó.

Pasaron largos minutos.

Mientras planeaba el ataque, el barón Harkonnen había querido que Rabban utilizara un cañón láser para atacar a las naves Tleilaxu, pero Chobyn, el diseñador richesiano de la nave experimental, había dejado una advertencia garrapateada en sus notas. El nuevo no campo estaba relacionado de alguna manera con el Efecto Holtzman primitivo, que había puesto los cimientos para los escudos. Hasta los niños sabían que, cuando el rayo de un cañón láser daba en un escudo, la explosión resultante semejaba una detonación atómica.

El barón no quería correr ese riesgo, pero como había eliminado al inventor richesiano, no podía hacerle más preguntas. Tal vez tendría que haberlo pensado antes.

Daba igual. No eran necesarios cañones láser para infligir daños a las naves Tleilaxu, pues a las naves transportadas en la bodega de un Crucero les estaba prohibido activar sus escudos. Los proyectiles de multifase (los proyectiles de artillería de alta potencia recomendados por la Gran Convención para disminuir los daños colaterales) se encargarían del trabajo. Esos proyectiles penetraban en el fuselaje de una nave y destruían su interior con una detonación controlada, tras la cual, las explosiones de las dos fases siguientes extinguían los incendios y salvaban los restos del fuselaje. Su sobrino no había comprendido los detalles técnicos del ataque. Rabban sólo sabía apuntar y disparar. Era todo cuanto necesitaba saber.

Por fin, el barón vio un diminuto estallido de fuego amarillo y blanco, y dos mortíferos proyectiles de multifase salieron disparados, como lanzados desde la parte delantera de la fragata Atreides. Los proyectiles, como fragmentos de llamas viscosas, hicieron impacto. Los transportes Tleilaxu se bambolearon y un resplandor rojo alumbró en su interior.

¡Oh, cómo deseaba el barón que otras naves hubieran presenciado la escena!

Un impacto directo incineró el casco de una nave en cuestión de segundos. El otro proyectil alcanzó la sección de cola de la segunda nave Tleilaxu, y la inutilizó sin matar a nadie. Eso proporcionaría a las víctimas una excelente oportunidad de replicar al fuego de los agresores Atreides. Entonces empezaría la escalada.

—¡Bien! —sonrió el barón, como si hablase con la frenética tripulación Tleilaxu—. Ahora ya sabéis qué debéis hacer. Seguid vuestro instinto.

Después de disparar, la nave de Rabban se alejó entre dos fragatas aparcadas.

Por una frecuencia de emergencia, oyó que la nave Tleilaxu transmitía urgentes mensajes de socorro.

—¡Transportes Bene Tleilax atacados por fragata Atreides! ¡Violación de la ley de la Cofradía! ¡Solicitamos ayuda inmediata!

En ese momento, el Crucero se encontraba en el vacío, en tránsito entre dos dimensiones. No podían esperar desquite ni intervención de la ley hasta que salieran del espaciopliegue y llegaran a Kaitain. Para entonces ya sería demasiado tarde.

Rabban confiaba en que se produjera algo más que una riña de taberna. Sus amigos y él acudían con frecuencia a bares de los pueblos cercanos a Giedi Prime. Armaban bulla, destrozaban unas cuantas cabezas y se lo pasaban en grande.

Una pantalla del panel de control le mostró una gráfica de la inmensa bodega de carga, en la que puntos grises representaban cada nave. Los puntos viraron al naranja cuando las naves de varias Grandes Casas conectaron sus armas, preparadas para defenderse en la inminente guerra total.

Rabban, que se sentía como un ratón invisible en el suelo de una sala de baile abarrotada, guió su no nave por detrás de un carguero Harkonnen, para que nadie viera que éste abría una escotilla y dejaba entrar al asesino invisible.

Ya a salvo dentro de la nave nodriza, Rabban desconectó el no campo, y la nave se hizo visible ante la tripulación Harkonnen. Se abrió la escotilla y saltó a la plataforma, mientras se secaba el sudor de la frente. Sus ojos brillaban de entusiasmo.

—¿Las demás naves ya han empezado a disparar?

Sonaron bocinas. Voces presa del pánico se oyeron por el sistema de comunicaciones, como metralla de una pistola maula. Voces frenéticas que hablaban en galach imperial y códigos de batalla resonaron por los comunicadores del Crucero.

—¡Los Atreides han declarado la guerra a los Tleilaxu! ¡Han disparado!

Rabban gritó a la tripulación:

—¡Activad las armas! ¡Vigilad que nadie nos dispare! ¡Esos Atreides son unos canallas! —Lanzó una risita por lo bajo.

Una grúa depositó la pequeña nave entre dos mamparos falsos. Unos paneles se cerraron sobre el hueco, que ni siquiera los escáneres de la Cofradía podían detectar. De todos modos, nadie buscaría la nave, puesto que no existían vehículos voladores invisibles.

—¡Defendeos! —gritó otro piloto por el sistema de comunicación.

A continuación se oyó un mensaje Tleilaxu.

—Anunciamos que tenemos la intención de responder a la agresión. Estamos en nuestro derecho. No ha habido provocación... Se ha producido una flagrante violación de las normas de la Cofradía.

Otra voz, ronca y profunda:

—Pero no se ven armas en la fragata Atreides. Puede que no hayan sido ellos los agresores.

—¡Es un truco! —chilló el Tleilaxu—. Una de nues-

tras naves ha sido destruida y la otra sufre graves des-
perfectos. ¿No lo veis con vuestros propios ojos? La
Casa Atreides ha de pagar cara su osadía.

Perfecto, pensó Rabban, admirado por el plan de su
tío. A partir de ese momento crucial podían ocurrir
varias cosas, pero el plan seguiría funcionando. Todos
sabían que el duque Leto era impetuoso, y creían que
había cometido un acto cobarde y ruin. Con suerte, su
nave sería destruida en un ataque de represalia, y el apellido Atreides se hundiría en la infamia por culpa de la
acción traicionera de Leto.

O bien podía ser el principio de una larga y sangrienta enemistad entre la Casa Atreides y los Tleilaxu.

En cualquier caso, el joven duque no podría zafarse.

En el puente de mando de la fragata Atreides, Leto hizo
un esfuerzo por calmarse. Como sabía que su nave no
había disparado, tardó unos momentos en comprender
las acusaciones que le dirigían.

—Los disparos se han producido muy cerca, mi
duque —dijo Hawat—, justo debajo de nuestra proa.

—¿Así que no ha sido un accidente? —repuso Leto,
abatido. La nave Tleilaxu destruida aún proyectaba un
resplandor anaranjado, mientras el piloto de la otra nave
no paraba de vociferar.

—¡Infiernos carmesíes! Alguien ha disparado contra los Bene Tleilax —dijo Rhombur, mientras miraba
por una ventanilla de plaz—. Y ya era hora, si quieres
saber mi opinión.

Leto oyó la cacofonía de la radio, incluyendo las
llamadas de auxilio de los Tleilaxu. Al principio se preguntó si debía ofrecer ayuda a las naves dañadas, pero
el piloto Tleilaxu empezó a acusar a los Atreides y a
pedir su sangre.

Observó el casco abrasado de la nave Tleilaxu destruida, y vio que los cañones de su compañero herido giraban hacia él.

—¡Thufir! ¿Qué está haciendo?

El comunicador reveló una furiosa discusión entre los Tleilaxu y quienes se negaban a creer en la culpabilidad de los Atreides. Poco a poco, más voces se fueron sumando a la postura Tleilaxu. Algunos afirmaban haber visto que la nave Atreides había disparado contra la Tleilaxu. Se estaba gestando una peligrosa situación.

—Infiernos carmesíes, creen que tú lo has hecho, Leto —dijo Rhombur.

Hawat ya se había precipitado hacia el panel de armas.

—Los Tleilaxu están preparados para contraatacar, mi duque.

Leto abrió un canal del sistema de comunicaciones. En cuestión de segundos, sus pensamientos se aceleraron y comprimieron de un modo que le asombró, porque no era un Mentat. Era como en un sueño, en que todo se comprime, o la increíble sucesión de imágenes que, según contaban, pasaba por la mente de una persona a las puertas de la muerte. *Un pensamiento muy negativo.* Tenía que encontrar una solución

—¡Atención! —gritó al micrófono—. Habla el duque Leto Atreides. No hemos disparado sobre las naves Tleilaxu. Niego todas las acusaciones.

Sabía que no le creerían y que no podría evitar un estallido de hostilidades que podría dar lugar a una guerra total. Y entonces supo qué debía hacer.

Rostros del pasado desfilaron por su mente, y se aferró a un recuerdo de su abuelo paterno, Kean Atreides, que le miraba con expectación, con un rostro surcado de arrugas que era como un mapa de las experiencias de su vida. Sus bondadosos ojos grises, iguales a los suyos, reflejaban una fuerza que sus enemigos solían pasar por alto, por desgracia para ellos.

Ojalá pudiera ser tan fuerte como mis antepasados...

—No dispares —dijo al piloto Tleilaxu, con la esperanza de que los demás capitanes le escucharan.

Otra imagen se formó en su mente: su padre, el viejo duque, con los ojos verdes y la misma expresión, pero en un rostro que tenía la edad de Leto, adolescente. Más imágenes desfilaron en un segundo: sus tíos y primos richesianos, los leales criados, sirvientes, miembros del gobierno y militares. Todos exhibían la misma expresión, como si fueran un organismo múltiple, y le estudiaban desde diferentes perspectivas, a la espera de tomar una decisión sobre él. No vio amor, aprobación ni falta de respeto en sus rostros, sino la indiferencia más absoluta, como si en verdad hubiera cometido un acto vil y ya no existiera.

Apareció fugazmente el rostro despectivo de su madre.

No confíes en nadie, pensó.

Le embargó una sensación de desaliento, y luego de absoluta soledad. En lo más profundo de su ser, Leto vio sus propios ojos grises, que le miraban inexpresivamente. Hacía frío allí, y se estremeció.

El liderazgo es una tarea solitaria.

¿Desaparecería la dinastía Atreides con él, en aquel momento, o engendraría hijos cuyas voces se sumarían a las de todos los Atreides, desde los días de los antiguos griegos? Intentó oír a sus hijos en la cacofonía, pero no sintió su presencia.

Los ojos acusadores no vacilaron.

Leto pensó: *El gobierno es una sociedad protectora. El pueblo está a tu cargo, prosperará o morirá según las decisiones que tomes.*

Las imágenes y los sonidos se desvanecieron, y su mente se transformó en un lugar oscuro y silencioso.

Su viaje mental apenas había durado un segundo, y ahora Leto sabía exactamente lo que debía hacer, sin pensar en las consecuencias.

—¡Activad los escudos! —gritó.

Rabban, que miraba una pantalla de observación situada en la panza de la en apariencia inocente fragata Harkonnen, se quedó sorprendido por lo que vio. Subió corriendo de una cubierta a la siguiente, hasta que se plantó, congestionado y sin aliento, delante de su tío. Antes de que el indignado pero tímido piloto Tleilaxu pudiera abrir fuego, un escudo empezó a brillar alrededor de la nave Atreides.

Pero los escudos estaban prohibidos por el contrato de transporte de la Cofradía, porque interrumpían el trance del Navegante y desorganizaban el campo del espaciopliegue. Los enormes generadores Holtzman del Crucero no funcionarían bien con la interferencia. Tanto Rabban como el barón maldijeron.

El Crucero vibró cuando salió del espaciopliegue.

En la cámara de navegación situada en lo alto del recinto de carga, el veterano Navegante sintió que su trance se disolvía. Sus ondas cerebrales se colapsaron, sin control.

Los motores Holtzman gruñeron, y el espaciopliegue ondeó a su alrededor, perdió estabilidad. Algo fallaba en la nave. El Navegante giró en su contenedor de melange. Sus pies y manos palmeados se agitaron, y presintió la oscuridad que se avecinaba.

La inmensa nave se desvió de su ruta y salió catapultada al universo real.

Mientras Rhombur caía al suelo alfombrado de la fragata, Leto se agarró a un mamparo para no perder el equilibrio. Murmuró una silenciosa plegaria. Su valiente tripulación y él sólo podían confiar en que el Crucero no emergiera dentro de un sol.

Thufir Hawat, como un árbol al lado de Leto, consiguió mantener el equilibrio por pura fuerza de voluntad. El maestro Mentat estaba en trance, atravesando oscuras regiones de lógica y análisis. Leto no estaba seguro de que sus proyecciones pudieran serles útiles en aquel momento. Tal vez las consecuencias de un desastre a raíz de activar un escudo dentro de un Crucero eran tan complicadas que exigían capas y capas de análisis.

—Primera proyección —anunció Hawat por fin. Se humedeció sus labios de color fresa con una lengua de idéntico tono—. Expulsados del espaciopliegue al azar, las probabilidades de colisionar contra un cuerpo celeste se calculan en una entre...

La fragata sufrió una sacudida, y algo golpeó bajo la cubierta. La conmoción ahogó las palabras de Hawat, y el hombre volvió a sumergirse en el reino secreto de su trance Mentat.

Rhombur se puso en pie y se ajustó unos auriculares sobre su despeinado pelo rubio.

—¿Activar escudos en un Crucero en movimiento? Es tan demencial como, er, que alguien disparara contra los Tleilaxu. —Miró a su amigo con ojos desorbitados—. Parece un día apropiado para cometer locuras.

Leto se inclinó sobre un panel de instrumentos y realizó algunos ajustes.

—No tuve elección —dijo—. Ahora lo comprendo. Alguien intenta aparentar que nosotros atacamos a los Tleilaxu, un incidente que podría desencadenar una guerra entre las facciones del Landsraad. Imagino a todos los antiguos feudos entrando en juego, estrategias de batallas planificadas aquí mismo, en el Crucero. —Se secó la frente. Había sentido la intuición en sus entrañas, como algo deducido por un Mentat—. Tuve que pararlo todo, Rhombur, antes de que las hostilidades estallaran.

El movimiento errático del Crucero cesó por fin. Los ruidos de fondo enmudecieron.

Hawat salió por fin del trance.

—Tenéis razón, mi duque. Casi todas las Casas tienen un representante a bordo de este Crucero, para asistir a la coronación y boda del emperador. Las estrategias bélicas planificadas aquí se habrían extendido al corazón del Imperio, se habrían convocado consejos de guerra y formado alianzas entre planetas y ejércitos. De forma inevitable, habrían surgido más facciones, como ramas de un jacarandá. Desde la muerte de Elrood las alianzas están cambiando, al tiempo que las Casas buscan nuevas oportunidades.

El rostro de Leto enrojeció. Su corazón martilleaba.

—Hay polvorines diseminados a lo largo y ancho del Imperio, y uno de ellos se encuentra en esta bodega de carga. Preferiría ver morir a todos los ocupantes del Crucero, porque eso no sería nada comparado con la alternativa. Conflagraciones en todos los rincones del universo. Millones de muertos.

—¿Nos han tendido una trampa? —preguntó Rhombur.

—Si la guerra estalla aquí, a nadie le importará si disparamos nosotros o no. Hemos de cortar las hostilidades de raíz, y después ya habrá tiempo para averiguar las respuestas verdaderas. —Leto cogió un micrófono y habló con voz firme y autoritaria—. El duque Leto Atreides llama al Navegante de la Cofradía. Responded, por favor.

La línea crepitó y una voz ondulante respondió, fuerte y distorsionada, como si el Navegante fuera incapaz de recordar cómo hablar con simples humanos.

—Todos habríamos podido morir, Atreides. —Pronunció el nombre de la Casa de una forma que recordó a Leto la palabra «traidor»—. Nos hallamos en sector desconocido. Espaciopliegue disuelto. Escudos impiden trance de navegación. Bajad los escudos de inmediato.

—No puedo hacerlo —contestó Leto.

Por el comunicador oyó que gritaban mensajes a la

cámara de navegación, acusaciones y exigencias airadas de las naves que viajaban a bordo.

El Navegante volvió a hablar.

—Atreides ha de desconectar escudos. Obedeced leyes y normas de la Cofradía.

—Negativo. —Leto continuaba firme, pero su tez había palidecido y su expresión apenas ocultaba su horror—. No creo que podáis sacarnos de aquí mientras mis escudos estén activados, de modo que nos quedaremos aquí, dondequiera que sea, hasta que accedáis a mi... petición.

—¡Después de destruir una nave Tleilaxu y activar vuestros escudos tenéis la desfachatez de efectuar una solicitud! —gritó una voz con acento Tleilaxu.

—Impertinente, Atreides. —Era la voz del Navegante, que sonaba como si estuviera sumergido en agua.

Siguieron más comunicaciones, que el Navegante silenció con brusquedad.

—Formulad petición, Atreides.

Leto paseó la vista por las miradas inquisitivas de sus amigos, y después habló por el sistema de comunicación.

—Primero, os aseguro que nosotros no disparamos contra los Tleilaxu, y nuestra intención es demostrarlo. Si bajamos nuestros escudos, la Cofradía ha de garantizar la seguridad de mi nave y mi tripulación, y transferir la jurisdicción de este asunto al Landsraad.

—¿Al Landsraad? La nave se encuentra bajo jurisdicción de la Cofradía Espacial.

—Estáis obligados por honor —dijo Leto—, como los miembros del Landsraad, como yo mismo. En el Landsraad existe un procedimiento legal conocido como Juicio de Decomiso.

—¡Mi señor! —protestó Hawat—. No podéis sacrificar la Casa Atreides, todos sus siglos de noble tradición...

Leto apagó el micrófono y apoyó una mano en el hombro del Mentat.

—Si han de morir millones de seres para conservar nuestro feudo, Caladan no vale ese precio. —Thufir Hawat bajó la vista en señal de aquiescencia—. Además, sabemos que nosotros no lo hicimos. A un Mentat de vuestra categoría no le costaría mucho demostrarlo.

Leto volvió a conectar el micrófono.

—Me someteré al Juicio de Decomiso, pero todas las hostilidades han de cesar de inmediato. No habrá revancha, o me negaré a desactivar mis escudos, y este Crucero permanecerá aquí, en mitad de la nada.

Leto pensó en echarse un farol: amenazar con disparar cañones láser contra sus propios escudos para provocar la temida interacción atómica que pulverizaría al Crucero. En cambio, decidió mostrarse razonable.

—¿De qué sirve prolongar la discusión? Me he rendido, y me entregaré al Landsraad en Kaitain para ser sometido al Juicio de Decomiso. Sólo intento impedir una guerra a gran escala por culpa de una conjetura errónea. Nosotros no hemos cometido este ataque. Estamos dispuestos a afrontar las acusaciones y las consecuencias, en caso de que nos declaren culpables.

La línea siguió muerta, y después volvió a la vida con un crujido.

—Cofradía Espacial acepta las condiciones. Garantizo seguridad de nave Atreides y tripulación.

—En tal caso, escuchad esto —dijo Leto—. Bajo las normas del Juicio de Decomiso, yo, duque Leto Atreides, renunciaré a todos mis derechos y me pondré a merced del tribunal. Ningún otro miembro de mi Casa podrá ser detenido o sometido a procedimiento legal. ¿Reconocéis la jurisdicción del Landsraad en esta materia?

—Sí —contestó el Navegante con tono más firme, más acostumbrado a hablar ahora.

Por fin, todavía nervioso, Leto desactivó los escudos de la fragata y se derrumbó en su sillón, tembloroso. Las demás naves desconectaron sus armas, aunque la ira de sus tripulaciones aún no había remitido.

Ahora empezaría la verdadera batalla.

En la larga historia de nuestra Casa, la desgracia nos ha perseguido incansablemente, como si fuéramos su presa. Casi podría creerse en la maldición de Atreo, que se remonta a la antigua Grecia de la Vieja Tierra.

Duque Paulus Atreides,
de un discurso a sus generales

En el paseo bordeado de prismas del palacio imperial, la prometida del príncipe heredero, Anirul, y su acompañante, Margot Rashino-Zea, se cruzaron con tres jóvenes damiselas de la corte imperial. La ciudad se extendía hasta el horizonte, y grandes obras llenaban las calles y edificios, preparativos para la espectacular ceremonia de coronación y la posterior boda del emperador.

El trío de cortesanas charlaba animadamente, pero apenas podían moverse con sus pesados vestidos, plumas ornamentales relucientes y pesadas joyas. No obstante, enmudecieron cuando las Bene Gesserit ataviadas de negro se acercaron.

—Un momento, Margot. —Anirul se detuvo ante las tres jóvenes de complicado peinado y les espetó, con apenas una pizca de Voz—: No perdáis vuestro tiempo con chismorreos. Haced algo productivo, para variar. Nos esperan muchos preparativos antes de que lleguen todos los representantes.

Los ojos de una mujer, una belleza de cabello oscuro, se encendieron de ira por un instante, pero luego se lo pensó mejor. Su rostro adquirió una expresión conciliadora.

—Tenéis razón, señora —dijo, y sin más condujo a sus acompañantes hacia una amplia arcada de roca de lava salusana que llevaba a los aposentos de los embajadores.

Margot intercambió una mirada con la secreta Madre Kwisatz.

—Pero ¿acaso los chismorreos no son consustanciales a las cortes imperiales, Anirul? —bromeó—. ¿No es su principal ocupación? Yo diría que esas damas estaban realizando su tarea de una manera admirable.

Anirul la miró ceñuda, y pareció más vieja de lo que pregonaban sus jóvenes facciones.

—Tendría que haberles dado instrucciones explícitas. Esas mujeres son meros adornos, como las fuentes enjoyadas. No tienen la menor idea de cómo ser productivas.

Tras años de vivir en Wallach IX, y de descubrir mediante la Otra Memoria la magnitud de los logros de las Bene Gesserit a lo largo y ancho de la historia imperial, consideraba preciosas las vidas humanas, cada una como una chispa diminuta en la hoguera de la eternidad. Pero esas cortesanas no aspiraban a otra cosa que ser bocados apetitosos para los hombres poderosos.

En realidad, Anirul no poseía jurisdicción sobre esas mujeres, ni siquiera como futura esposa del príncipe heredero. Margot apoyó una delicada mano en su brazo.

—Has de ser menos impulsiva, Anirul. La madre superiora reconoce tu talento y aptitudes, pero dice que has de controlarte. Todas las formas de vida que prosperan se adaptan a su entorno. Ahora estás en la corte imperial, y has de adaptarte a tu nuevo entorno. Las Bene Gesserit hemos de trabajar como si fuéramos invisibles.

Anirul sonrió con ironía.

—Siempre he considerado mi franqueza una de mis principales cualidades. La madre superiora Harishka lo sabe. Me permite hablar de temas polémicos y aprender cosas que, de otra forma, no habría aprendido.

—Si otros son capaces de escuchar.

Margot enarcó sus pálidas cejas.

Anirul continuó paseando, con la cabeza erguida como una emperatriz. Piedras preciosas brillaban en la diadema que cubría su cabello broncíneo. Sabía que las cortesanas cuchicheaban sobre ella, se preguntaban qué misión secreta había llevado a la corte a las Bene Gesserit, qué hechizos habían convocado para seducir a Shaddam. *Ay, si supieran.* Sus chismorreos y especulaciones sólo servirían para potenciar el atractivo de Anirul.

—Parece que nosotras también tenemos cosas que cuchichearnos —dijo.

—Por supuesto. ¿La hija de Mohiam?

—Y además el problema de los Atreides.

Cuando llegaron a un jardín, Anirul aspiró el aroma de un seto de rosas zafiro. La dulce fragancia despertó sus sentidos. Margot y ella se sentaron en un banco, desde el cual podían ver a toda la gente que se acercaba, si bien hablaron en susurros, por si había espías en los alrededores.

—¿Qué tienen que ver los Atreides con la hija de Mohiam?

La hermana Margot, una de las agentes más eficaces de la Bene Gesserit, conocía ciertos detalles sobre la siguiente fase del programa del Kwisatz Haderach, y la propia Mohiam también había sido informada.

—Piensa a largo plazo, Margot, piensa en las pautas genéticas, en la cadena de generaciones que hemos perfilado. El duque Leto Atreides se encuentra encarcelado, su título y su vida se hallan en peligro. Puede que parezca un noble insignificante de una Gran Casa poco importante, pero ¿has pensado en el desastre que esa situación podría significar para nosotras?

Margot respiró hondo cuando las piezas del rompecabezas encajaron en su mente.

—¿El duque Leto? No querrás decir que le necesitamos para… —No pudo pronunciar el más secreto de los nombres: Kwisatz Haderach.

—En la próxima generación hemos de contar con genes Atreides —dijo Anirul, repitiendo las palabras de las agitadas voces que hablaban en su cabeza—. La gente tiene miedo de apoyar a Leto en este asunto, y todos sabemos por qué. Puede que algunos magistrados simpaticen con su causa por razones políticas, pero nadie cree en la inocencia de Leto. ¿Por qué cometió esa estupidez? Es incomprensible.

Margot meneó la cabeza con tristeza.

—Si bien Shaddam ha expresado en público su neutralidad, en privado habla contra la Casa Atreides. No cree en la inocencia de Leto —dijo Anirul—. No obstante, puede que el asunto no sea tan sencillo. Puede que el príncipe heredero esté relacionado de alguna manera con los Tleilaxu, algo que no ha revelado a nadie. ¿Lo crees posible?

—Hasimir no me ha dicho nada. —Margot se dio cuenta de que había utilizado el nombre propio, y sonrió a su compañera—. Y comparte algunos secretos conmigo. Con el tiempo, tu hombre también los compartirá contigo.

Anirul pensó en Shaddam y en Fenring, que nunca paraban de conspirar.

—Así que están tramando algo. Juntos. ¿Tal vez el destino de Leto forme parte de su plan?

—Tal vez.

Anirul se inclinó en el banco de piedra para estar más protegida por el seto de rosas.

—Margot, nuestros hombres quieren que la Casa

667

Atreides caiga por algún motivo... pero la Hermandad ha de conseguir el linaje de Leto para la culminación de nuestro programa. En ello hemos depositado nuestras esperanzas, y el trabajo de siglos depende de ello.

Margot Rashino-Zea, que no lo entendía todo, miró a Anirul con sus ojos verdegrises.

—Nuestra necesidad de un heredero Atreides no depende de su consideración de Gran Casa.

—¿No? —Anirul explicó con paciencia sus peores temores—. El duque Leto no tiene hermanos ni hermanas. Si su estratagema fracasa y en el Juicio de Decomiso lo condenan, podría suicidarse. Es un joven muy orgulloso, y supondría un golpe terrible para él después de la muerte de su padre.

Margot entornó los ojos con escepticismo.

—Leto parece muy fuerte. Con su carácter, seguirá luchando, pase lo que pase.

Volaron unos pájaros cometa sobre sus cabezas, y sus cánticos parecían cristales al quebrarse. Anirul los siguió con la mirada.

—¿Y si un Tleilaxu vengativo le asesina, aunque el emperador le perdone? ¿Y si un Harkonnen ve la oportunidad de provocar un «accidente»? Leto Atreides no puede permitirse el lujo de perder la protección de su posición noble. Necesitamos que siga con vida, y preferiblemente en su posición de poder.

—Sé lo que quieres decir, Anirul.

—Hay que proteger a toda costa a este joven duque, y para empezar hemos de proteger el nivel social de su Gran Casa. No puede ser condenado.

—Tiene que haber una forma —dijo Margot con una tensa sonrisa—. Hasta Hasimir podría aplaudir mi idea, si se enterara, pese a su oposición instintiva. Claro que no le diremos ni una palabra, y tampoco a Shaddam, pero sumirá a todos los jugadores en la más absoluta confusión.

Anirul aguardó en silencio, pero sus ojos brillaban de curiosidad. Margot se acercó más a su compañera.

—Utilizaremos nuestra sospecha de la conexión Tleilaxu para un retorcido farol dentro de otro farol. La cuestión es: ¿podremos hacerlo sin perjudicar a Shaddam o a la Casa Corrino?

Anirul se puso rígida.

—Mi futuro esposo, incluido el Trono del León Dorado, son elementos secundarios en nuestro programa de reproducción.

—Tienes razón, por supuesto —asintió Margot, como sorprendida por su metedura de pata—. ¿Cómo hemos de proceder?

—Empezaremos enviando un mensaje a Leto.

La verdad es un camaleón.

Aforismo Zensunni

La segunda mañana del confinamiento de Leto en la prisión del Landsraad en Kaitain, un funcionario llegó para que firmara documentos importantes, la petición oficial de un Juicio de Decomiso y la entrega oficial de todas las propiedades de la Casa Atreides. Era el momento de la verdad para Leto, el momento en que debía ratificar el peligroso derrotero que había tomado.

Aunque no cabía duda de que era una prisión, la celda contaba con dos habitaciones, un cómodo sofá, un escritorio de jacarandá de Ecaz pulido, un lector de videolibros y otros complementos de similar calidad. Tales cortesías le habían sido concedidas por su posición en el Landsraad. Ningún líder de una Gran Casa sería tratado jamás como un delincuente vulgar, al menos hasta que perdiera todo como resultado del proceso o se declarara renegado como la Casa Vernius. Leto sabía que tal vez nunca volvería a disfrutar de tales lujos, a menos que pudiera demostrar su inocencia.

Su celda tenía calefacción, comida abundante y sabrosa, una cama confortable, aunque apenas había dormido mientras preparaba sus alegaciones. Albergaba escasas esperanzas de que el problema se solucionara con facilidad y rapidez. El Correo sólo podía traer más problemas.

El funcionario, un tecnócrata del Landsraad, llevaba un uniforme marrón y cerceta del Landsraad, con charreteras plateadas. Se dirigió a Leto como «monsieur Atreides», sin el título de duque, como si los documentos del decomiso ya hubieran sido procesados.

Leto prefirió no hacer hincapié en aquel fallo de protocolo, si bien seguía siendo oficialmente duque hasta que se firmaran los papeles y la sentencia estuviera sellada con la huella del pulgar de los magistrados del tribunal. En todos los siglos del Imperio, el Juicio de Decomiso sólo había sido invocado en tres ocasiones. En dos de los casos, el acusado había perdido, y las Casas en litigio se habían arruinado.

Leto confiaba en superar la situación. No podía permitir que la Casa Atreides cayera en desgracia menos de un año después de la muerte de su padre. Eso le garantizaría un puesto en los anales del Landsraad como el más incompetente líder de una Casa en la historia del Imperio.

Leto, ataviado con su uniforme negro y rojo de los Atreides, se sentó a una mesa de plaz azul. Thufir Hawat, en su condición de consejero Mentat, se sentó a su lado. Juntos, examinaron el legajo de papeles. Como en la mayoría de asuntos oficiales del Imperio, las declaraciones de los testigos y los documentos del juicio estaban grabados en hojas microdelgadas de papel de cristal riduliano, registros permanentes que perduraban miles de años.

Cuando las tocaba, cada hoja se iluminaba para permitir el examen del texto. El viejo Mentat grababa cada página en su memoria. Más tarde, asimilaría todo hasta el último detalle. Los documentos explicaban con precisión lo que ocurriría durante los preparativos y el juicio. Cada página llevaba las marcas de identificación de diversos funcionarios del tribunal, incluidas las de los abogados de Leto.

Como parte del heterodoxo procedimiento, habían liberado y permitido el regreso a Caladan de la tripulación de la fragata Atreides, aunque muchos leales seguidores se quedaron en Kaitain para ofrecer su apoyo silencioso. Cualquier culpabilidad individual o colectiva había sido asumida por su comandante, el duque Atreides. Además, se garantizaba la seguridad de los hijos de Vernius, con independencia de la categoría de la Casa. Aunque el juicio se saldara con el peor resultado, Leto podía consolarse con su pequeña victoria. Sus amigos continuarían a salvo.

Según las condiciones del decomiso, que ni siquiera su madre podía revocar desde su retiro con las hermanas del Aislamiento, el duque Leto entregaba todas las posesiones de la familia (incluidas las armas atómicas y la administración del planeta Caladan) a la administración del Consejo del Landsraad, mientras se preparaba para ser juzgado ante sus iguales.

Un juicio que podía volverse contra él.

No obstante, ganara o perdiera, Leto sabía que había evitado una conflagración a escala galáctica y salvado millones de vidas. Había actuado correctamente, sin pensar en las consecuencias que recaerían sobre él. El viejo duque Paulus habría hecho lo mismo en tales circunstancias.

—Sí, Thufir, todo esto es correcto —dijo Leto cuando volvió la última página de cristal riduliano. Se quitó el anillo de sello ducal, desprendió el halcón rojo de su uniforme y entregó los objetos al tecnócrata. Experimentó la sensación de que se había desmembrado.

Si perdía la partida, las posesiones de Caladan quedarían a merced del Landsraad, y los habitantes del planeta se convertirían en meros espectadores del latrocinio. Había sido despojado de todo, y su futuro y su fortuna depositados en el limbo. *Tal vez entreguen Caladan a los Harkonnen*, pensó con desesperación, *sólo para humillarnos.*

El tecnócrata le entregó una magnapluma. Leto apretó su dedo índice contra el diminuto artilugio de tinta y firmó los documentos de cristal. Notó un tenue chisporroteo de electricidad estática en la hoja, o tal vez fue obra de su propio nerviosismo. El tecnócrata añadió su huella de identificación como testigo. Hawat le imitó con reticencia.

Cuando el tecnócrata se marchó muy erguido, Leto anunció:

—Ahora soy un plebeyo, sin título ni feudo.

—Sólo hasta nuestra victoria —dijo Hawat—. Independientemente del resultado, siempre seréis mi honorable duque —añadió con un levísimo temblor en la voz.

El Mentat se paseó por la celda como una pantera de los pantanos cautiva. Se detuvo, de espaldas a un ventanuco que daba a una inmensa dependencia del palacio imperial. El sol de la mañana mantenía la cara de Hawat en la sombra.

—He estudiado las pruebas oficiales, los datos recogidos por los escáneres de la bodega del Crucero y las declaraciones de los testigos. Estoy de acuerdo con vuestros abogados en que la situación es desesperada, mi señor. Hemos de empezar con la presunción de que no instigasteis este acto, y trabajaremos a partir de ahí.

Leto suspiró.

—Thufir, si vos no me creéis, no tendremos la menor oportunidad en el tribunal.

—Doy por sentada vuestra inocencia. Bien, existen diversas posibilidades, que enumeraré en orden de probabilidad creciente. Primero, aunque se trata de una posibilidad muy remota, la destrucción de la nave Tleilaxu puede haber sido accidental.

—Necesitamos algo mejor que eso, Thufir. Nadie lo creerá.

—Bien, cabe que los Tleilaxu destruyeran su propia nave para acusaros. Sabemos que conceden escaso valor a la vida. Quizá la tripulación y los pasajeros eran sólo gholas, bienes fungibles. Siempre pueden cultivar más duplicados en sus contenedores de axlotl.

Hawat juntó los dedos de las manos.

—Por desgracia, el problema reside en la falta de móvil. ¿Urdirían los Tleilaxu un plan tan tortuoso sólo para vengarse de vos por haber dado cobijo a los hijos de la Casa Vernius? ¿Qué ganarían con eso?

—Recordad, Thufir, que manifesté una clara hostilidad contra ellos en el Salón del Landsraad. Puede que también me consideren su enemigo.

—Ya, pero no me parece una provocación suficiente, mi duque. No, esto es algo más importante, lo suficiente para que el autor corriera el riesgo de provocar una guerra a gran escala. —Hizo una pausa—. Soy incapaz de adivinar qué ganarían los Tleilaxu con la destrucción de la Casa Atreides. A lo sumo, sois un enemigo lejano para ellos.

Leto se devanó los sesos, pero si el Mentat era incapaz de descubrir una cadena asociativa, aún menos un simple duque.

—De acuerdo. ¿Cuál es la otra posibilidad?

—Sabotaje ixiano. Un ixiano renegado que quería atentar contra los Tleilaxu. Un torpe intento de ayudar al exiliado Dominic Vernius. También es posible que el propio Vernius esté implicado, aunque no se ha sabido nada de él desde que se declaró renegado.

—¿Sabotaje? ¿Cómo?

—Es difícil saberlo. La destrucción del interior de la nave Tleilaxu sugiere un proyectil de multifase. Los análisis de los residuos químicos también lo confirman.

Leto se reclinó en su incómoda silla.

—Pero ¿cómo? ¿Quién pudo disparar semejante proyectil? No olvidemos que los testigos afirman haber visto proyectiles lanzados desde nuestra fragata. Esa zona de la bodega estaba vacía. Vos y yo estábamos mirando. La nuestra era la única nave cercana.

—Las escasas respuestas que puedo proporcionar son muy improbables, mi duque. Una nave de ataque pequeña podría haber disparado ese proyectil, pero es imposible ocultar un vehículo de esas características. Hasta un individuo provisto de un aparato de respiración habría sido detectado en la bodega de carga, y no digamos ya un lanzamisiles manual. Además, durante el tránsito del espaciopliegue nadie puede salir de las naves.

—No soy un Mentat, Thufir, pero esto me huele a Harkonnen —musitó Leto, mientras dibujaba círculos con el dedo sobre la mesa de plaz azul. Tenía que pensar, tenía que ser fuerte.

Hawat le ofreció un conciso análisis.

—Cuando algo execrable ocurre, tres sendas principales conducen invariablemente al culpable: dinero, poder o venganza. Este incidente fue una celada, y su objetivo era destruir la Casa Atreides, y puede que esté relacionado con la conspiración que mató a vuestro padre.

Leto exhaló un profundo suspiro.

—Nuestra familia gozó de unos años de tranquilidad bajo la férula de Dmitri Harkonnen y su hijo Abulurd, que nos dejaron vivir en paz. Ahora temo que la vieja enemistad haya resucitado. Por lo que me han dicho, el barón está ansioso.

El Mentat sonrió sombríamente.

—Justo lo que yo pensaba, mi señor. Pero me desconcierta el método empleado, con tantas naves como testigos. Demostrar esta conjetura en el tribunal no será fácil.

Apareció un guardia ante la puerta provista de barrotes de energía y entró con un pequeño paquete. Sin pronunciar palabra ni mirar a Leto, lo dejó en la mesa y salió.

Hawat pasó un escáner sobre el sospechoso paquete.

—Un cubo de mensaje —dijo.

El Mentat indicó a Leto que se apartara, abrió el envoltorio y dejó al descubierto un objeto oscuro. No encontró marcas ni señas del remitente, pero parecía importante.

Leto cogió el cubo, que brilló después de que reconociera la huella de su pulgar. Desfilaron palabras ante su rostro, sincronizadas con los movimientos de sus ojos, dos frases que contenían una información sorprendente: «El príncipe heredero Shaddam, al igual que su padre antes que él, mantiene una alianza secreta e ilegal con los Bene Tleilax. Esta información puede ser muy valiosa para vuestra defensa, si os atrevéis a utilizarla.»

—¡Thufir! Mirad esto.

Pero las palabras se disolvieron antes de que el Mentat pudiera leerlas. A continuación el cubo se autodestruyó en su palma. No tenía ni idea de quién podía haber enviado semejante revelación. *¿Es posible que tenga aliados secretos en Kaitain?*

Inquieto de repente, casi paranoico, Leto empleó el código Atreides, el lenguaje secreto que el duque Paulus había enseñado a muy pocos miembros de su corte. El rostro aguileño del joven se ensombreció cuando refirió lo que había leído y preguntó quién podía haberlo enviado.

El Mentat reflexionó y contestó con sus propios signos.

«Los Tleilaxu no son famosos por sus proezas militares, pero esta relación explicaría su fácil victoria sobre los ixianos y su tecnología de defensa. Es posible que los Sardaukar hayan controlado en secreto al populacho bajo tierra. —Y añadió—: Shaddam está mezclado en esto, y no quiere que se sepa.»

Los dedos de Leto preguntaron:

«Pero ¿qué tiene que ver esto con el ataque en la bodega del Crucero? No veo la relación.»

Hawat se humedeció sus labios manchados y habló en un susurro.

—Quizá no exista, pero da igual, siempre que podamos utilizar la información en nuestra hora más baja. Os propongo un farol, mi duque. Un farol espectacular y desesperado.

En un Juicio de Decomiso, las normas habituales referentes a las pruebas no se aplican. No es obligatorio revelar las pruebas a la parte contraria ni a los magistrados antes del juicio en sí. Esto coloca a la persona que posee información secreta en una posición de poder privilegiada, directamente proporcional al peligro extremo que corre.

Reglas sobre las pruebas de Rogan, 3.ª edición

Cuando el príncipe heredero Shaddam leyó el inesperado cubo de mensaje de Leto Atreides, una oleada de rabia tiñó su rostro púrpura.

«Señor, la documentación de mi defensa incluye la revelación de todos los datos concernientes a vuestra relación con los Tleilaxu.»

—¡Imposible! ¿Cómo se habrá enterado?

Shaddam gritó una obscenidad y lanzó el cubo contra la pared. Fenring corrió a recoger los fragmentos, ansioso por leer el mensaje. Shaddam lo fulminó con la vista, como si todo fuera por culpa de su consejero.

Había caído la noche y ambos habían abandonado el palacio para ir al ático privado de Fenring y disfrutar de unos momentos de sosiego. Shaddam se paseó por la espaciosa pieza, seguido por Fenring como una sombra. Aunque aún no había sido coronado, Shaddam se sentó en una enorme butaca del balcón como si fuera un trono. El príncipe heredero miró a su Mentat.

—Bien, Hasimir, ¿cómo supones que mi primo se ha enterado de nuestro asunto con los Tleilaxu? ¿Qué pruebas posee?

—Hummmm, puede que sea un farol...

—Tal suposición no puede ser mera coincidencia. No vamos a considerarla un farol, aunque lo sea. No podemos correr el riesgo de que la verdad salga a relucir en el tribunal —gruñó Shaddam—. No apruebo el Juicio de Decomiso. Nunca lo he hecho. Arrebata la responsabilidad del reparto de los bienes de una Gran Casa al trono imperial, a mí. Creo que es una fórmula lamentable.

—Pero no se puede hacer nada al respecto, Shaddam. Es una ley que se remonta a los tiempos butlerianos, cuando la Casa Corrino fue elegida para gobernar las civilizaciones de la humanidad. Consuélate con saber que, en tantos miles de años, ésta es sólo la cuarta vez que se invoca. Parece que el intento desesperado de jugárselo todo a una carta no es muy popular.

Fenring se detuvo en el borde del balcón y miró las estrellas. Bajó la voz hasta convertirla en un ominoso susurro.

—Tal vez debería visitar a Leto Atreides en su celda, ¿hummmm? Para averiguar exactamente qué sabe y cómo lo averiguó. Es la solución más obvia para nuestro pequeño dilema.

Shaddam se reclinó en su silla, pero era demasiado dura para su espalda.

—El duque no te dirá nada. Tiene demasiado que perder. Tal vez esté dando palos de ciego, pero no me cabe duda de que cumplirá su amenaza.

Los enormes ojos del Mentat se oscurecieron.

—Cuando hago preguntas, Shaddam, obtengo respuestas. —Fenring apretó los puños—. Ya deberías saberlo, después de todo lo que he hecho por ti.

—El Mentat Thufir Hawat no dejará solo ni un instante a Leto, y es un adversario formidable. Le llaman el Maestro de Asesinos.

—Ése también es mi talento, Shaddam. Imaginaremos una forma de separarles. Ordénalo, y yo me encargaré de que se cumpla.

Estaba ansioso por la perspectiva de matar, y el reto que suponía aumentaba su placer. Los ojos de Fenring brillaban, pero Shaddam le disuadió.

—Si es tan listo como parece, Hasimir, habrá tomado toda clase de precauciones. Ay, sí. En cuanto Leto tema una amenaza, revelará lo que sabe, y quién sabe de qué medidas de seguridad se habrá rodeado, sobre todo si había planeado esto desde el primer momento.

«... de todos los datos concernientes a vuestra relación con los Tleilaxu...»

Una brisa fría cruzó el balcón, pero Shaddam no entró.

—Si nuestro proyecto se descubre, las Grandes Casas podrían prohibirme el acceso al trono, y una fuerza de ataque del Landsraad sería lanzada contra Ix.

—Ahora se llama Xuttah, Shaddam —murmuró Fenring.

—Como sea.

El príncipe heredero se pasó una mano por el cabello rojizo pegoteado con brillantina. El escueto mensaje del prisionero Atreides le había impresionado más que la destrucción de cien planetas. Se preguntó si la noticia habría preocupado mucho al viejo Elrood. ¿Más que la masiva revuelta en el sector de Ecaz, a principios de su reinado?

Observa y aprende.

¡Calla, viejo buitre!

Shaddam frunció el entrecejo.

—Piénsalo, Hasimir. Hasta parece demasiado evidente. ¿Existe alguna posibilidad de que Leto no destruyera las naves Tleilaxu?

Fenring pasó un dedo por su barbilla puntiaguda.

—Lo dudo, Shaddam. La nave Atreides estaba allí, tal como confirmaron los testigos. Las armas habían sido disparadas, y Leto no disimulaba su rabia contra los Bene Tleilax. ¿Recuerdas su discurso ante el Landsraad? Es culpable. Nadie podría creer lo contrario.

—Creo que hasta un crío de dieciséis años podría ser más sutil. ¿Por qué solicitó un Juicio de Decomiso? —Shaddam detestaba no poder comprender a la gente y sus actos—. Un peligro ridículo.

Fenring tardó unos segundos en dejar caer su idea como si fuera una bomba.

—¿Porque Leto sabía desde el primer momento que os enviaría ese mensaje?

Señaló los fragmentos del cubo. Tenía que subrayar lo obvio, porque Shaddam permitía con frecuencia que la rabia paralizara su mente. Se apresuró a continuar.

—Tal vez estás pensando al revés, Shaddam. Puede que Leto atacara a propósito a los Tleilaxu, consciente de que podría utilizar el incidente como pretexto para solicitar un Juicio de Decomiso, un foro público en el que revelaría todo lo que sabe sobre nosotros. Todo el Imperio estará escuchando.

—Pero ¿por qué, por qué? —Shaddam se estudió sus uñas bien manicuradas, ruborizado de confusión—. ¿Qué tiene contra mí? ¡Soy su primo!

Fenring suspiró.

—Leto Atreides es muy amigo del príncipe exiliado de Ix. Si descubrió nuestra participación en el golpe de Estado, y la investigación que llevan a cabo los Tleilaxu sobre la especia sintética, ¿no serían motivos suficientes? Heredó un profundo y equivocado sentido del honor de su padre. Pensad esto: Leto asumió la misión de castigar a los Bene Tleilax. Pero si permitimos que sea juzgado ante el Landsraad, es posible que revele nuestra implicación para arrastrarnos en su caída. Así de sencillo, ¿hummmm? Él cometió el crimen, a sabiendas de que le protegeríamos... para protegernos. En cualquier caso, nos habrá castigado. Al menos dejó una puerta abierta.

—Ah, sí. Pero eso es...

—¿Chantaje, Shaddam?

El príncipe heredero respiró hondo.

—¡Maldito sea! —Se levantó, al fin con aspecto imperial—. ¡Maldito sea! Si estás en lo cierto, Hasimir, no tendremos otro remedio que ayudarle.

La ley escrita del Imperio no puede cambiarse, con independencia de la Gran Casa que detente el poder o de qué emperador se siente en el Trono del León Dorado. Los documentos de la Constitución imperial están establecidos desde hace miles de años. Esto no quiere decir que cada régimen sea legalmente idéntico. Las variaciones emanan de sutilezas de interpretación y de lagunas jurídicas microscópicas, que llegan a ser lo bastante amplias para dejar paso a un Crucero.

Ley del Imperio: comentarios e impugnaciones

Leto estaba tendido en la cama de su celda. Sentía la tibia caricia de un mecanismo de masaje que trabajaba los músculos tensos de su cuello y espalda. Aún no sabía qué iba a hacer.

Hasta el momento no había recibido ninguna respuesta del príncipe heredero, y estaba convencido de que su farol no funcionaría. De todos modos, confiar en el mensaje secreto había sido un tiro a ciegas, pues Leto no tenía ni idea de qué significaba. Hora tras hora, su Mentat y él habían seguido discutiendo los méritos de su caso y la necesidad de confiar en sus aptitudes.

Se encontraba rodeado de artículos personales y comodidades para mitigar las largas horas de ansiedad, contemplación y aburrimiento: videolibros, ropa de calidad, instrumentos de escritura, hasta Correos que esperaban ante su celda para llevar cubos de mensaje personales a quien se le ocurriera. Todo el mundo sabía lo mucho que se jugaba en aquel juicio, y no todo el mundo en Kaitain quería que Leto ganara.

Desde un punto de vista técnico, debido a los procedimientos legales en que se había enmarañado, ya no poseía objetos personales. De todos modos, agradecía su uso. Los videolibros y la ropa proporcionaban una sensación de estabilidad, un vínculo con lo que él consideraba su «vida anterior». Desde el misterioso ataque acontecido en el interior del Crucero, se había visto inmerso en un estado caótico.

Todo el futuro de Leto, el destino de su Casa y sus posesiones de Caladan dependían del Juicio de Decomiso. Todo o nada. Si fracasaba, su Gran Casa se encontraría en una situación todavía peor que la de la renegada familia Vernius. La Casa Atreides ya no existiría.

En ese caso, al menos ya no tendré que preocuparme por negociar un matrimonio de conveniencia para establecer los mejores contactos con el Landsraad, pensó con ironía. Exhaló un profundo suspiro, pensó en Kailea y en sus sueños de un futuro que nunca llegaría. Si le despojaban de sus títulos y posesiones, Leto Atreides podría elegirla como esposa sin pensar en dinastías ni en política... pero ¿le querría ella si no era duque, con sus sueños de Kaitain y de la corte imperial?

«No sé cómo, pero siempre descubro algo positivo en cualquier contrariedad», había dicho Rhombur. Un poco del optimismo de su amigo no le iría mal en este momento.

Thufir Hawat, sentado ante el escritorio de plaz azul, pasaba las holopáginas proyectadas ante sus ojos, una compilación de las posibles pruebas que utilizarían contra Leto, así como análisis de la ley del Landsraad. Esta información incluía las conclusiones provisionales de los abogados de Leto y las proyecciones Mentat de Hawat.

El caso se apoyaba en pruebas circunstanciales, pero de mucho peso, empezando con el airado discurso de Leto ante el Consejo del Landsraad. Tenía un motivo evidente, y ya había declarado la guerra verbal contra los Tleilaxu.

—Todo apunta a mi culpabilidad, ¿verdad? —preguntó Leto. Se incorporó en la cama oscilante, y la máquina de masaje se detuvo al instante.

Hawat asintió.

—Con demasiada perfección, mi señor. Y las pruebas cada vez son peores. Los cañones de una de nuestras naves de combate fueron examinados durante la investigación, y descubrieron que habían sido disparados. Un resultado muy negativo, y que se suma a las demás pruebas.

—Thufir, sabemos que los proyectiles fueron disparados. Así lo declaramos desde un principio. Rhombur y yo salimos a practicar nuestra puntería antes de que el Crucero plegara el espacio. Todos los miembros de nuestra tripulación son testigos.

—Puede que los magistrados no nos crean. La explicación suena demasiado conveniente, como si fuera una coartada planificada. Pensarán que practicamos con el fin de explicar los posteriores análisis de las armas, porque sabíamos que íbamos a disparar contra los Tleilaxu. Un truco muy sencillo.

—Siempre fuisteis un experto en detalles retorcidos —dijo Leto con una sonrisa—. Examináis todo repetidas veces, analizáis cada aspecto, efectuáis cálculos y proyecciones.

—Eso es justo lo que necesitamos ahora, mi duque.

—No olvidéis que tenemos la verdad de nuestra parte, Thufir, y que es una aliada poderosa. Nos presentaremos ante el tribunal de nuestros iguales con la cabeza muy alta, y les contaremos lo sucedido y, sobre todo, lo que no sucedió. Han de creernos, o los siglos de honor y honradez Atreides no significarán nada.

—Ojalá poseyera vuestra energía y vuestro optimismo —contestó Hawat—. Demostráis una firmeza y serenidad notables. —Una expresión agridulce apareció en el rostro del Mentat—. Vuestro padre os enseñó bien. Estaría orgulloso de vos. —Apagó el holoproyector, y las páginas de las pruebas desaparecieron en el aire sofocante de la prisión—. Hasta el momento, entre los magistrados y miembros del jurado del Landsraad con derecho a voto, contamos con algunos que sin duda os declararán inocente, gracias a alianzas del pasado.

Leto sonrió, pero notó el nerviosismo de su Mentat. Se levantó de la cama y, cubierto con una bata azul, se paseó por la habitación descalzo. Sintió frío y subió la temperatura de la celda.

—Mucha gente nos creerá después de que hayan escuchado mi declaración y visto las pruebas.

Hawat lo miró como si fuera otra vez un niño.

—Contamos con la ventaja de que la mayoría de vuestros aliados votarán a favor de vuestra inocencia sólo porque desprecian a los Tleilaxu. Con independencia de su opinión sobre el caso, sois de sangre noble, miembro de una familia respetada del Landsraad. Sois uno de ellos, y no os destruirán para compensar a los Bene Tleilax. Varias Casas nos han prestado su apoyo por respeto a vuestro padre. Al menos un magistrado quedó impresionado por la valentía de vuestra primera aparición ante el Consejo del Landsraad, hace unos meses.

—Pero todo el mundo cree que he cometido un acto terrible. —Leto frunció el entrecejo—. Esos otros motivos son anecdóticos.

—No os conocen, sois poco más que un muchacho con fama de insolente e impulsivo. Por ahora, mi duque, lo que más ha de preocuparnos es el veredicto, no los motivos. Si triunfáis, tendréis muchos años para consolidar vuestra reputación.

—Y si pierdo, no importará para nada.

Hawat asintió con solemnidad y se irguió como un monolito.

—No existen reglas fijas para llevar a cabo un Juicio de Decomiso. Es un foro de estilo libre sin formalidades sobre las pruebas o los procedimientos, un contenedor sin contenido. Carente de los mecanismos normales, no hemos de revelar a la corte las pruebas que presentaremos, pero tampoco han de hacerlo los demás. No sabremos las mentiras que nuestros enemigos contarán, o si han falsificado pruebas instrumentales. No veremos con antelación las supuestas pruebas que poseen los Tleilaxu, ni conoceremos los testimonios de los testigos. Se dirán muchas cosas desagradables acerca de la Casa Atreides. Tenéis que estar preparado.

Leto alzó la vista cuando oyó un ruido, y vio a un guardia desconectar el campo de confinamiento para dejar paso a Rhombur. El príncipe ixiano vestía una camisa blanca con la hélice de Vernius en el cuello. Tenía la cara congestionada debido a la sesión que acababa de terminar en el gimnasio, y el pelo mojado de la ducha. El anillo de la opafuego destellaba en su mano derecha.

Leto pensó en las similitudes entre su situación y la de su amigo, las dos Casas presas del desorden, casi aniquiladas. Rhombur, que había recibido la protección provisional del tribunal, acudía a verle cada día a la misma hora.

—¿Has terminado tus ejercicios? —preguntó Leto con forzado tono risueño, pese al pesimismo de Hawat.

—Hoy he roto la máquina de entrenamiento físico —respondió Rhombur con una sonrisa pícara—. Debió construirla una de esas Casas Menores de mala fama.

Control de calidad inexistente. Nada que ver con la calidad ixiana.

Leto rió cuando Rhombur y él entrelazaron las yemas de los dedos en el semiapretón de manos del Imperio.

Rhombur se rascó su mojado cabello rubio.

—El ejercicio duro me ayuda a pensar. Estos días me cuesta concentrarme en algo. Er, mi hermana te ha enviado su apoyo con un Correo recién llegado de Caladan. Pensé que te gustaría saberlo. Quizá te anime.

Su expresión se hizo seria, revelando la tensión de su larga odisea, las sutiles señales de dolor y madurez forzada que un muchacho de dieciséis años no habría debido padecer. Leto sabía que su amigo estaba preocupado por su destino y el de Kailea, en el caso de que la Casa Atreides perdiera el juicio. Dos grandes y nobles familias destruidas en un lapso de tiempo insólitamente corto. Tal vez Rhombur y Kailea irían en busca de su padre renegado...

—Thufir y yo estábamos hablando de los méritos de nuestro caso —dijo Leto—. O de la falta de méritos, como dice él.

—Yo no he dicho eso, mi duque —protestó Hawat.

—Bien, pues traigo buenas noticias —anunció Rhombur—. La Bene Gesserit desea aportar Decidoras de Verdad al juicio. Esas reverendas madres pueden descubrir la falsedad de quien sea.

—Excelente —dijo Leto—. Esto terminará con el problema en un periquete. En cuanto yo hable, podrán verificar que digo la verdad. ¿Puede ser tan sencillo?

—Por lo general, el testimonio de una Decidora de Verdad sería inadmisible —advirtió Hawat—, pero es posible que en este caso se haga una excepción, aunque lo dudo. Las brujas albergan intenciones secretas, y los jurisconsultos afirman que, en consecuencia, son sobornables, lo que invalida su testimonio.

Leto parpadeó, sorprendido.

—¿Sobornables? No conocen a muchas reverendas madres. —Reflexionó al respecto y consideró varias posibilidades—. Pero ¿intenciones secretas? ¿Por qué haría ese ofrecimiento la Bene Gesserit? ¿Qué ganarán con mi inocencia o mi culpabilidad?

—Id con cuidado, mi duque —advirtió Hawat.

—Vale la pena probarlo —dijo Rhombur—. Aunque no es vinculante, el testimonio de una Decidora de Verdad daría más peso a la versión de los acontecimientos de Leto. Las Decidoras de Verdad podrían examinarte a ti y a todos los que te rodeaban, incluidos yo, Hawat, la tripulación de la fragata e incluso los criados de Caladan. Sabemos que sus historias coincidirán. Demostrarán nuestra inocencia sin sombra de duda. —Sonrió—. Estaremos de regreso en Caladan antes de que te des cuenta.

Hawat no parecía muy convencido.

—¿Quién se puso en contacto con vos, príncipe? ¿Qué hermana de la Bene Gesserit os comunicó este generoso ofrecimiento? ¿Qué pidió a cambio?

—No pidió, er, nada —contestó Rhombur.

—Aún no, tal vez —dijo Hawat—, pero esas brujas piensan a largo plazo.

El príncipe ixiano se rascó la sien.

—Se llama Margot. Forma parte del séquito de lady Anirul, y supongo que ha venido para asistir a la boda imperial.

A Leto se le ocurrió una idea.

—Una Bene Gesserit va a casarse con el emperador. ¿Será esto obra de Shaddam, en respuesta a nuestro mensaje?

—Las Bene Gesserit no son chicas de los recados —dijo Hawat—. Su independencia es legendaria. Han hecho este ofrecimiento porque han querido, porque les beneficia de alguna manera.

—No me pregunté por qué acudió a mí —dijo Rhombur—, pero pensad en esto: su ofrecimiento sólo podría beneficiarnos si Leto es inocente.

—¡Lo soy!

Hawat sonrió a Rhombur.

—Desde luego la Bene Gesserit sabe que Leto no miente, de lo contrario no habrían hecho esa sugerencia.

Se preguntó qué sabían las hermanas, y qué esperaban conseguir.

—A menos que quisieran ponerme a prueba —sugirió Leto—. Si acepto su Decidora de Verdad, sabrán que no mentía. Si la rechazo, se convencerán de que ocultaba algo.

Hawat miró por una ventana de la celda.

—Recordad que estamos pendientes de un juicio que sólo es una cáscara vacía. Existen prejuicios contra las Bene Gesserit, y contra sus métodos extraños y misteriosos. Las Decidoras de Verdad podrían traicionar su juramento y mentir, animadas por un propósito más importante. Brujería, hechicería... Tal vez no deberíamos aceptar su ayuda sin más.

—¿Creéis que es un truco? —preguntó Leto.

—Siempre sospecho engaño —dijo el Mentat. Sus ojos destellaron—. Es algo innato en mí. Puede que esas brujas sean recaderas del Imperio. ¿Qué alianzas nos están ocultando?

La peor clase de alianzas son las que nos de-
bilitan. Peor aún es cuando el emperador no re-
conoce tal alianza por lo que es.

Príncipe RAPHAEL CORRINO,
Discursos sobre el liderazgo

El príncipe heredero Shaddam no hizo nada para que el representante de los Tleilaxu se sintiera cómodo o acogido en el palacio. Shaddam detestaba estar en la misma habitación que él, pero la reunión era necesaria. Sardaukar armados hasta los dientes escoltaron a Hidar Fen Ajidica por un pasadizo, varios corredores de mantenimiento, escaleras semiocultas y una sucesión de puertas con barrotes.

Shaddam había elegido la habitación más privada, una cámara tan secreta que no aparecía en los planos del edificio. Mucho tiempo antes, pocos años después de la muerte del príncipe heredero Fafnir, Hasimir Fenring había descubierto la estancia durante sus habituales exploraciones. Por lo visto, la habitación secreta había sido utilizada por Elrood en los primeros tiempos de su interminable reinado, cuando había tomado concubinas extraoficiales, además de las reconocidas oficialmente.

Había una sola mesa en la gélida habitación. Las paredes y el suelo olían a moho. Las mantas y sábanas de la angosta cama pegada a la pared se habían reducido a fibras deshilachadas y pelusa. Un vetusto ramo de flores, ahora petrificado en hojas y tallos ennegrecidos, adornaba la esquina en que lo habían abandonado décadas atrás. El lugar transmitía la impresión deseada, aunque Shaddam sabía que los Bene Tleilax no eran famosos por prestar atención a las sutilezas.

Al otro lado de la sencilla mesa, Hidar Fen Ajidica, ataviado con sus ropajes marrones, enlazó las manos grisáceas sobre la superficie de madera. Parpadeó y miró a Shaddam.

—¿Me habéis hecho llamar, señor? Interrumpí mis investigaciones siguiendo vuestras órdenes.

Shaddam cogió una bandeja de carne de bacer gelatinosa que uno de los guardias había llevado, pues no había tenido tiempo para comer. Saboreó la salsa de setas con mantequilla, y después empujó el plato hacia Ajidica.

El pequeño hombre rehusó tocar la comida. Shaddam frunció el entrecejo.

—Vosotros fabricáis la carne de bacer. ¿No consumís vuestros propios productos culinarios?

Ajidica negó con la cabeza.

—Aunque nosotros criamos a esos seres, no los consumimos. Os ruego que me perdonéis, señor. Las cortesías huelgan. Hablemos de lo que haga falta. Estoy ansioso por regresar a Xuttah y a mis laboratorios.

Shaddam resopló y decidió ir al grano. Se frotó las sienes, donde su permanente dolor de cabeza amenazaba con empeorar por momentos.

—Debo formularos una solicitud… No, una exigencia, en mi calidad de emperador.

—Perdonadme, señor príncipe —le interrumpió Ajidica—, pero aún no habéis sido coronado.

Los guardias se pusieron tensos. Los ojos de Shaddam se abrieron de par en par.

—¿Hay algún hombre más poderoso que yo en todo el Imperio?

—No, mi señor. Sólo ha sido una precisión semántica.

Shaddam se inclinó sobre la mesa como un depredador, tan cerca que percibió los desagradables olores del otro hombre.

—Escúchame, Hidar Fen Ajidica, tu pueblo ha de retirar las acusaciones contra Leto Atreides. No quiero que este caso llegue a los tribunales. —Se reclinó de nuevo, tomó otro trozo de carne y continuó con la boca llena—. Retirad vuestras acusaciones y yo os enviaré una recompensa. Y asunto liquidado.

La solución era sencilla y hábil. Como el Tleilaxu no respondió de inmediato, Shaddam intentó hacerse el magnánimo.

—Después de hablarlo con mis consejeros, he decidido que los Tleilaxu sean compensados por sus pérdidas. —Hizo una mueca—. Sólo las pérdidas reales. Los gholas no cuentan.

—Entiendo, señor, pero lamento decir que pedís algo imposible —repuso Ajidica—. No podemos olvidar este crimen cometido contra el pueblo Tleilaxu y su honor.

Shaddam casi se atragantó con el trozo de carne.

—«Tleilaxu» y «honor» son palabras que no suelen cuajar.

Ajidica no hizo caso.

—Sin embargo, todo el Landsraad se ha enterado de este horrible acontecimiento. Si retiramos las acusaciones, la Casa Atreides se saldrá con la suya con total impunidad. —La punta de su nariz tembló—. Sin duda sois un gran estadista y sabéis que no podemos volvernos atrás.

Shaddam echaba humo. Su dolor de cabeza estaba empeorando.

—No te lo estoy pidiendo. Te lo estoy ordenando.

El hombre reflexionó unos segundos, y sus ojos oscuros centellearon.

—¿Puedo preguntar por qué el destino de Leto Atreides es tan importante para vos, señor? El duque representa a una Casa poco importante. ¿Por qué no le arrojáis a los lobos y nos concedéis un desagravio?

Shaddam emitió un gruñido.

—Porque Leto se ha enterado de vuestras investigaciones sobre la especia artificial en Ix.

De pronto las facciones inexpresivas de Ajidica denotaron alarma.

—¡Imposible! Hemos mantenido la seguridad más rigurosa.

—Entonces ¿por qué me envió un mensaje? —respondió Shaddam, a punto de levantarse de su asiento—. Leto utiliza este conocimiento para chantajearme. Si es declarado culpable en el juicio, revelará vuestros manejos y nuestra complicidad. El Landsraad se rebelará contra mí. Piensa en ello: mi padre, con mi ayuda, permitió que una Gran Casa del Landsraad fuera derrocada. ¡Algo sin precedentes! Y no sólo por una Casa rival, sino por vosotros los Tleilaxu.

El investigador pareció ofenderse, pero no replicó.

Shaddam gruñó, pero se recordó que debía guardar las apariencias.

—Si llega a saberse que hice todo esto con el fin de acceder a una fuente privada de especia artificial, dejando sin beneficios al Landsraad, a la Bene Gesserit y a la Cofradía, mi reino no durará ni una semana.

—Estamos en un callejón sin salida, señor.

—¡No, no lo estamos! —estalló Shaddam—. El piloto de la nave Tleilaxu superviviente es vuestro testigo clave. Obligadle a cambiar su testimonio. Tal vez no vio con tanta claridad como pensó al principio. Seréis bien recompensados, con fondos procedentes de mis arcas y de la Casa Atreides.

—No es suficiente, señor —dijo Ajidica, con una irritante expresión impasible—. Los Atreides han de ser humillados por sus tropelías. Han de ser humillados en público. Han de pagar.

El emperador miró con desprecio al investigador Tleilaxu.

—¿Quieres que envíe más Sardaukar a Ix? Estoy seguro de que algunas legiones más vigilarían muy de cerca vuestras actividades.

Ajidica continuó impertérrito.

La mirada de Shaddam se endureció.

—Mes tras mes he esperado, y aún no me habéis dado lo que necesito. Ahora decís que puede tardar décadas. Ninguno de nosotros durará tanto si Leto nos descubre.

El príncipe heredero apartó la bandeja. Aunque la preparación del plato era perfecta, apenas lo había saboreado porque su mente estaba en otra parte, embotada por el dolor de cabeza. ¿Por qué era tan difícil ser emperador?

—Haced lo que queráis, señor —dijo Ajidica—. Leto Atreides no será perdonado, y ha de ser castigado.

Shaddam arrugó la nariz y despidió al hombrecillo. A partir del momento en que fuera coronado emperador del Universo Conocido, tendría otras muchas cosas que hacer, cosas importantes.

Ojalá pudiera librarse de aquel maldito dolor de cabeza.

La peor clase de protección es la confianza.
La mejor defensa es la sospecha.

Hasimir Fenring

Thufir Hawat y Rhombur Vernius podían entrar y salir de la celda a voluntad, en tanto Leto había jurado por su honor —y en parte por su propia seguridad— no abandonarla. El Mentat y el príncipe ixiano salían con frecuencia para discutir los detalles de las declaraciones con diversos miembros de la tripulación de la fragata Atreides y con cualquiera que pudiera ayudar a su causa.

En el ínterin, Leto se sentaba ante su escritorio. Aunque el viejo Mentat le había advertido que nunca diera la espalda a la puerta, Leto pensaba que no corría peligro en aquella celda de alta seguridad.

Disfrutó de unos momentos de silencio y concentración, mientras examinaba las numerosas proyecciones de las pruebas que le habían preparado. Aun en el caso de que guardias Sardaukar le hubieran escoltado, se habría mostrado reticente a pasear por el palacio imperial, sabiendo que la sombra de la acusación pendía sobre él. No tardaría en comparecer ante sus iguales y proclamar su inocencia.

Oyó un ruido en el campo de confinamiento de la celda, a su espalda, pero no volvió la vista. Terminó sus anotaciones sobre la destrucción de la primera nave

Tleilaxu y agregó un detalle técnico que no había considerado antes.

—¿Thufir? —preguntó Leto—. ¿Habéis olvidado algo?

Miró hacia atrás.

Un alto guardia del Landsraad se erguía con su uniforme y una expresión extraña en su ancho rostro. Su piel parecía pastosa, como pintada. Leto advirtió una peculiar torpeza en sus movimientos. Un inquietante tono grisáceo en la piel de las manos, pero no de la cara...

Leto deslizó la mano por debajo del escritorio y empuñó el cuchillo que Hawat le había llevado a escondidas. No había sido difícil para el guerrero Mentat. Leto no cambió de postura ni su expresión afable.

Todas las lecciones que el Mentat le había enseñado afloraron a sus músculos, despiertos y preparados. Sabía que algo estaba pasando, y que su vida corría peligro.

De pronto, el hombre se despojó del uniforme, y cuando éste cayó, lo mismo hizo la cara inexpresiva. *¡Una máscara!* También se desprenden las manos y los brazos.

Leto brincó a un lado y se refugió tras el escritorio. Acuclillado, aferró el cuchillo y consideró sus posibilidades.

El cuerpo del guardia se partió por la cintura, revelando a un par de enanos Tleilaxu de rostro correoso. Uno saltó al suelo desde los hombros del otro. Ambos iban con ceñidas prensas negras que marcaban todos los músculos.

Los asesinos Tleilaxu empezaron a rodearle. Sus ojos diminutos brillaban como perdigones. Algo refulgía en sus manos: cuatro armas, sin duda letales. Uno de ellos se abalanzó sobre Leto.

—¡Muere, demonio *powindah!* —gritó.

Leto pensó en refugiarse bajo el escritorio o la mesa auxiliar, pero decidió que si mataba a un enano las probabilidades se igualarían. Sin vacilar, lanzó el cuchillo y cercenó la yugular del atacante.

Un dardo plateado pasó silbando junto a la oreja de Leto, que se lanzó detrás de la mesita auxiliar, que continuaba proyectando imágenes por encima del escritorio. Un segundo dardo se clavó en la pared, junto a su cabeza.

Entonces oyó el zumbido de un fusil láser. Un rayo de luz púrpura atravesó la habitación y el segundo Tleilaxu cayó fulminado. Su rostro se fundió, abrasado por el rayo. Un olor a carne quemada impregnó el aire.

—Han burlado nuestra seguridad —oyó decir al capitán, su inesperado salvador.

—Yo no llamaría a eso seguridad —replicó Hawat.

—A éste le han rajado la garganta con un cuchillo —dijo uno de los guardias.

—¿De dónde ha salido ese cuchillo? —El capitán ayudó a Leto a levantarse—. ¿Lo arrojasteis vos, señor?

Leto miró a su Mentat, pero dejó que Hawat contestara.

—Teniendo en cuenta vuestras eficaces medidas de seguridad, señor —ironizó Hawat—, ¿cómo podría alguien introducir un arma aquí?

—Forcejeé con uno de los atacantes —explicó Leto— y le maté con su propia arma. —Sus ojos grises parpadearon. Su cuerpo temblaba a causa de la adrenalina—. Imagino que los Bene Tleilax no quieren esperar al resultado del juicio.

—¡Infiernos carmesíes! —exclamó Rhombur al entrar y ver aquel desaguisado—. Sin duda esto no beneficiará a los Tleilaxu en el juicio. Si estaban tan seguros de ganar, ¿por qué han pretendido tomarse la justicia por su mano?

El capitán de la guardia se volvió hacia sus hombres y ordenó que sacaran los cuerpos.

—Los asesinos dispararon dos dardos —dijo Leto, y señaló los puntos donde se habían clavado.

—Tened cuidado cuando los manipuléis —advirtió Hawat—. Es posible que estén envenenados.

Cuando Leto, Rhombur y Hawat se quedaron a solas, el Mentat introdujo una pistola maula en el cajón inferior del escritorio.

—Por si acaso —dijo—. La próxima vez un cuchillo no será suficiente.

*Visto desde la órbita, el planeta Ix es pacífi-
co y prístino, pero bajo su superficie se desarrollan
proyectos inmensos y se coronan grandes obras.
De esta forma, nuestro planeta es una metáfora
del Imperio.*

DOMINIC VERNIUS,
Las explotaciones secretas de Ix

Hasimir Fenring tendió a Shaddam unos documentos escritos en el lenguaje secreto que el príncipe heredero y él habían inventado durante su infancia. Podían estar seguros de que sus secretos no serían descubiertos. Shaddam se sentó en el trono de la sala de audiencias, y la luz interior del dosel de cristal Hagal proyectó su resplandor, como una aguamarina iluminada por el fuego.

Fenring bullía de energía suficiente para los dos.

—Son los dossiers de las Grandes Casas del Landsraad que asistirán al Juicio de Decomiso. —Sus grandes ojos eran como agujeros negros en el laberinto de su mente—. He conseguido descubrir algo vergonzoso e ilegal en todas ellas. En suma, contamos con suficientes medios de persuasión.

Shaddam se inclinó en el trono, como sorprendido. Sus ojos, enrojecidos debido al insomnio, destellaron de ira.

Fenring ya le había visto al borde del pánico en anteriores ocasiones, cuando habían acordado la muerte de su hermano mayor, Fafnir.

—Cálmate, Shaddam, ¿hummmm? —susurró—. Me he ocupado de todo.

—¡Maldito seas, Hasimir! Si alguien llega a enterarse de nuestros intentos de soborno, la ruina caerá sobre la Casa Corrino. ¡No podemos permitir que nadie descubra nuestra implicación en este plan! —Shaddam meneó la cabeza, como si el Imperio ya se estuviera derrumbando—. Se preguntarán por qué nos hemos tomado tantas molestias para salvar a un duque insignificante.

Fenring sonrió para transmitir confianza al príncipe.

—El Landsraad está compuesto de Grandes Casas, muchas de las cuales son aliadas nuestras, Shaddam. Algunas insinuaciones entre los nobles, un poco de melange gratuita, algunos sobornos y amenazas...

—Siempre he seguido tus sugerencias, tal vez con demasiada frecuencia. Pero no tardaré en ser el emperador de un millón de planetas, y tendré que pensar sin ayudas. Y me dispongo hacerlo ahora mismo.

—Los emperadores tienen consejeros, Shaddam. Siempre. —Fenring comprendió que debía ser más cauteloso. Algo había inquietado a Shaddam, algo reciente. *¿Qué sabe él que yo no sepa?*

—Por una vez, no utilizaré tus métodos, Hasimir —repuso Shaddam—. Encontraremos otra forma.

Fenring, intrigado, se quedó al lado del príncipe heredero, como un igual. Sin embargo, por algún motivo, Shaddam había cambiado. ¿Qué había pasado? ¿Acaso de niños no habían mamado del mismo pecho, cuando la madre de Hasimir había sido el ama de leche de Shaddam? De adolescentes, ¿no habían recibido instrucción codo con codo? ¿De mayores no habían tramado planes y conspiraciones juntos? ¿Por qué se negaba ahora a escuchar sus consejos?

Fenring se acercó al oído del príncipe heredero. Procuró parecer contrito.

—Os ruego me disculpéis, señor, pero, hummmm... ya está hecho. Daba por sentada vuestra aprobación, y las notas fueron entregadas a los representantes apropiados, notas en que se solicita su apoyo al emperador cuando llegue el momento de votar en el juicio.

—¿Hasta ese punto ha llegado tu osadía? ¿Sin consultarme antes? —Shaddam enrojeció de indignación—. ¿Pensaste que me dejaría arrastrar por ti, planearas lo que planearas?

Shaddam se había encolerizado. ¿Qué más le molestaba? Fenring retrocedió un paso del trono.

—Por favor, señor. Estáis exagerando, perdéis la perspectiva.

—Al contrario, creo que estoy ganando perspectiva. —Las ventanas de su nariz se dilataron—. Crees que soy un tonto, ¿verdad, Hasimir? Desde que éramos niños me has explicado las cosas. Siempre pensabas más deprisa que yo, siempre eras más inteligente, más despiadado, o al menos lo aparentabas. Sin embargo, lo creas o no, puedo hacerme cargo de cualquier situación sin tu ayuda.

—Nunca he dudado de tu inteligencia, amigo mío. Gracias a tu posición en la Casa Corrino, tu futuro siempre ha estado garantizado, pero yo tuve que luchar día tras día para consolidar la mía. Quiero ser tu portavoz y tu confidente.

Shaddam se inclinó en su trono.

—Ah, sí. ¿Pensabas que eras el cerebro gris detrás del trono y que yo era tu títere?

—¿Títere? Por supuesto que no.

Fenring retrocedió otro paso. Shaddam era muy inestable, y Fenring no sabía qué ocurría. *Sabe algo que yo ignoro.* Shaddam nunca había cuestionado los actos de su amigo, ni le interesaban los detalles de los sobornos y la violencia.

—Hummmm... Siempre he pensado en la mejor forma de ayudarte a ser un gran gobernante.

Shaddam se puso en pie y miró al hombre con cara de comadreja que se erguía a un metro del trono. Fenring decidió no retroceder ni un paso más. *¿Qué sabe? ¿Qué noticia le han dado?*

—Nunca haría nada para perjudicarte, viejo amigo. Hace mucho tiempo que, hummmm, nos conocemos. —Se llevó la mano al corazón, al estilo del Imperio—. Sé cómo piensas y conozco tus... limitaciones, ¿hummmm? De hecho eres muy brillante. El problema es que te cuesta tomar decisiones difíciles, aunque necesarias.

Shaddam se acercó y le dijo:

—He de tomar una decisión difícil, Hasimir, y depende del resultado de tus maquinaciones.

Fenring esperó, temeroso de las ideas mal aconsejadas que el príncipe heredero pudiera albergar, pero no se atrevió a discutir.

—Entérate de esto: no voy a perdonar tu deplorable conducta. Si esta cadena de sobornos se vuelve contra nosotros, mi mano no vacilará cuando firme tu sentencia de muerte por traición.

Fenring palideció, y su expresión estupefacta satisfizo al príncipe. Teniendo en cuenta el voluble ánimo de su amigo, Fenring fue consciente de que sería capaz de firmar la orden. Apretó las mandíbulas y decidió poner fin a aquella locura.

—Lo que he dicho acerca de nuestra amistad es cierto, Shaddam. —Midió sus palabras—. Pero habría sido un loco de no haber tomado ciertas precauciones para revelar tu implicación en ciertas... hummmm, ¿cómo decirlo yo?... aventuras. Si algo me ocurre, todo saldrá a la luz: la causa de la muerte de tu padre, las actividades relacionadas con la especia artificial en Ix, hasta el asesinato de Fafnir cuando eras un adolescente. Si yo no hubiera envenenado a tu hermano, ahora estaría sentado en el trono. Tú y yo vamos de la mano. Arriba... o abajo.

Shaddam no pareció sorprendido.

—Ah, sí. Muy predecible, Hasimir. Siempre me advertiste que no se debe ser predecible.

Fenring tuvo el detalle de parecer avergonzado. Guardó silencio.

—Fuiste tú el que me enredó en un plan del que nadie sabe si alguna vez obtendremos algo tangible. —Los ojos de Shaddam destellaron—. ¡Especia sintética, nada menos! Ojalá no me hubiera mezclado nunca con los Tleilaxu. Y ahora pueden caerme encima las desagradables consecuencias de esta conspiración. ¿Ves a dónde nos ha llevado tu plan?

—Hummmm, no discutiré contigo, Shaddam. Pero ya conoces los riesgos que implica el proyecto, y las enormes ganancias en potencia. Has de tener paciencia.

—¿Paciencia? En este momento se abren ante nosotros dos posibilidades. —Se sentó de nuevo en el trono—. Como tú has dicho, o seré coronado, y tú y yo llegaremos a la cumbre, o caeremos juntos, al exilio o la muerte. —Suspiró—. Así pues, corremos un peligro mortal, todo por culpa de tu maldita conspiración de la especia.

Fenring recurrió a su última y desesperada idea, mientras sus grandes ojos se movían de un lado a otro en busca de una escapatoria.

—Habéis recibido una mala noticia, señor. Lo intuyo. Decidme qué ha sucedido.

En el palacio imperial ocurrían pocas cosas de las que Fenring no se enterara de inmediato.

Shaddam enlazó sus manos de largos dedos. Fenring se inclinó hacia adelante, con los ojos expectantes. El príncipe heredero suspiró, resignado.

—Los Tleilaxu enviaron dos asesinos para matar a Leto en su celda.

Fenring dio un respingo y se preguntó si la noticia era buena o mala.

—¿Lo lograron?

—No, no. Nuestro joven duque se defendió con éxito. Pero esto me causa una gran preocupación.

Fenring se encogió, sorprendido por la noticia.

—Pero eso es una locura. Pensaba que ya habías hablado con nuestro contacto Tleilaxu y ordenado que...

—Lo hice —interrumpió Shaddam—, pero al parecer ya no eres el único que se burla de mis órdenes. O Ajidica hizo caso omiso de mis instrucciones, o ya no controla a los suyos.

Fenring gruñó, aliviado por haber distraído la ira del príncipe.

—Hemos de responder con firmeza. Hazle saber a Hidar Fen Ajidica que ha de obedecer a pie juntillas las órdenes del emperador, o el castigo será implacable.

Shaddam le miró con ojos cautelosos, ya no tan francos y cordiales como antes.

—Sabes muy bien lo que hay que hacer, Hasimir.

Fenring aprovechó la oportunidad de congraciarse con el príncipe.

—Siempre lo sé, señor. —Y se alejó por la sala de audiencias.

Shaddam se paseó ante el trono, con el fin de calmarse y ordenar sus pensamientos. Cuando Fenring llegó a la arcada, de pronto el príncipe gritó:

—Nuestras diferencias no acaban aquí, Hasimir. Las cosas cambiarán cuando haya sido coronado.

—Sí, señor. Debéis hacer... hummmm, lo que consideréis apropiado.

Fenring hizo una reverencia y abandonó la sala, contento de salir con vida.

Cuando es preciso llevar a cabo determinadas acciones, siempre existen alternativas. Lo importante es cumplir la misión.

Conde HASIMIR FENRING,
Despachos desde Arrakis

El piloto Tleilaxu que había sobrevivido al ataque dentro del Crucero era un testigo material del juicio, y por tanto se vio obligado a permanecer en Kaitain. No era un prisionero, y se ocupaban de sus necesidades, aunque nadie buscaba su compañía. Los Bene Tleilax ni siquiera habían revelado su nombre. El hombre quería volver al trabajo, volver a la nave.

Sin embargo, debido al gran número de invitados que llegaban para asistir a la ceremonia de coronación y a la boda imperial, era difícil encontrarle acomodo. Los encargados de protocolo de Shaddam, secretamente complacidos, sólo pudieron ofrecerle una pequeña y austera habitación.

Al piloto no pareció importarle, lo cual irritó a los encargados de protocolo. No se quejó de nada mientras esperaba dar su testimonio ante la justicia y condenar así al abominable criminal Leto Atreides.

Las noches de Kaitain eran perfectas, claras y llenas de estrellas y lunas. La oscuridad nunca era completa, atenuada por sucesivas auroras. Aun así, casi toda la capital dormía durante ciertas horas.

Hasimir Fenring se introdujo con facilidad en la habitación del Tleilaxu. Se movía con sigilo y no hacía el menor ruido ni utilizaba iluminación alguna. Estaba acostumbrado a la noche: era su amiga.

Fenring nunca había visto a un Tleilaxu dormido, pero cuando se acercó a la cama, descubrió que el piloto estaba incorporado, despierto por completo. El hombre de piel gris le miró en la oscuridad como si pudiera ver mejor aún que el esbirro de Shaddam.

—Tengo una pistola fléchette apuntada a vuestro pecho —dijo el Tleilaxu—. ¿Quién sois? ¿Venís a matarme?

—Hummmm, no. —Fenring se recobró al instante—. Soy Hasimir Fenring, compañero inseparable del príncipe heredero Shaddam, y porto un mensaje y una petición.

—¿Cuál? —preguntó el piloto.

—El príncipe heredero Shaddam os ruega que reconsideréis los detalles de vuestro testimonio, ¿hummmm? Desea que reine la paz entre las Casas del Landsraad, y no quiere que una sombra así caiga sobre la Atreides, cuyos miembros han servido a los emperadores Padishah desde la época de nuestra Gran Revolución.

—Paparruchas —replicó el Tleilaxu—. Leto Atreides disparó contra nuestras naves soberanas, destruyó una y dañó la mía. Hay cientos de muertos. Ha provocado la peor tormenta política de los últimos tiempos.

—¡Claro, claro! —dijo Fenring—. Y vos podéis impedir que se propague más, ¿hummmm? Shaddam desea empezar su reinado con paz y prosperidad. ¿Sois incapaz de pensar en términos más amplios?

—Sólo pienso en mi gente, y que un solo hombre acabó con ellos. Todo el mundo sabe que el Atreides es culpable. Ha de pagar su delito. Sólo entonces nos sentiremos desagraviados. —Sonrió con sus labios delgados. La pistola no se había desviado ni un ápice. Fenring comprendió por qué aquel hombre había alcanzado el rango de piloto. Estaba claro que tenía agallas suficientes—. Después, Shaddam tendrá un reinado tan tranquilo como el que más.

—Me entristecéis —dijo Fenring con tono de decepción—. Transmitiré vuestra respuesta al príncipe heredero.

Cruzó los brazos e hizo una reverencia a modo de despedida, al tiempo que extendía las palmas hacia adelante. El movimiento disparó dos pistolas maula sujetas a sus muñecas, y dos dardos mortíferos se clavaron en la garganta del piloto.

El Tleilaxu apretó instintivamente el gatillo de la pistola fléchette, pero Fenring esquivó ágilmente las largas púas que se clavaron en la pared y se cimbrearon unos segundos. El ocupante de la habitación adyacente aporreó la pared para exigir silencio.

Fenring estudió su obra. Todas las pruebas se encontraban en la habitación, y los Bene Tleilax comprenderían el significado de aquello: después del indignante intento de asesinato de Leto Atreides, desoyendo las órdenes de Shaddam al respecto, Hidar Fen Ajidica tenía que andarse con cuidado.

Los Tleilaxu se enorgullecían de su capacidad para guardar secretos. No cabía duda de que eliminarían con discreción el nombre del piloto de la lista de testigos, y no volverían a mencionarlo. Y de ese modo sus alegaciones tendrían menos peso.

No obstante, Fenring confiaba en que este asesinato no encendiera aún más las ansias de venganza del hombrecillo. ¿Cómo reaccionaría Hidar Fen Ajidica?

Fenring salió de la habitación y se fundió en las sombras. Dejó el cuerpo, por si los Bene Tleilax querían resucitarle como ghola. Al fin y al cabo, debía de haber sido un buen piloto.

Al tramar cualquier acto de venganza, es conveniente saborear la fase previa y todos sus momentos, pues sucede con frecuencia que la forma de ejecución es muy diferente de la pensada en un principio.

HASIMIR FENRING,
Despachos desde Arrakis

El barón Vladimir Harkonnen no podía sentirse más complacido por el sesgo que habían tomado los acontecimientos. Aún se habría complacido más si el resto del Imperio pudiera apreciar las exquisitas complejidades de su plan, pero jamás podría revelarlas.

Al ser una Casa importante, así como los actuales administradores de la producción de especia en Arrakis, los Harkonnen fueron alojados en lujosas habitaciones de un ala aislada del palacio. Ya les habían entregado los pases para la coronación y la boda.

Sin embargo, antes de toda la pompa y la ceremonia, el barón tendría el triste deber de presenciar el terrible juicio de Leto Atreides. Tabaleó con los dedos sobre su pierna y se humedeció los gruesos labios. Ay, las cargas de la nobleza.

Estaba repantigado en una mullida butaca añil, y acunaba una esfera en su regazo. En el interior de la bola transparente brillaban holoimágenes de juegos artificiales y exhibiciones luminosas, previas a los festejos que viviría Kaitain dentro de unos días. En un rincón de la estancia, una chimenea musical desgranaba notas adormecedoras. En los últimos tiempos se sentía cansado con frecuencia, notaba el cuerpo débil y tembloroso.

—Quiero que abandones el planeta —dijo el barón a Glossu Rabban sin dejar de mirar la esfera de cristal—. No quiero que estés aquí durante el juicio y la coronación.

El hombre de anchos hombros se encrespó. Se había dejado el pelo muy corto, carente de elegancia, para su aparición en público, y llevaba un chaleco de piel almohadillado que le prestaba todavía más aspecto de barril.

—¿Por qué? Hice todo lo que me pediste, y nuestros planes se han visto coronados por el éxito. ¿Por qué me echas ahora?

—Porque no te quiero aquí —dijo el barón—. No puedo permitir que alguien te vea y piense que tuviste algo que ver con la triste situación del pobre Leto. Tu aspecto es demasiado... maligno.

El sobrino del barón frunció el entrecejo, todavía desafiante.

—Pero quiero mirarle a los ojos cuando oiga su sentencia.

—Por eso debes marcharte. ¿No lo entiendes? Te delatarás.

Rabban gruñó y se rindió por fin.

—¿Podré asistir a la ejecución, al menos? —Parecía a punto de hacer pucheros.

—Depende de cuándo sea. —El barón se miró los dedos llenos de anillos y repiqueteó con ellos sobre la suave superficie de la esfera.

—No te preocupes, me ocuparé de que el acontecimiento sea grabado para tu disfrute.

El barón se levantó de la butaca con un esfuerzo y

ciñó el cinturón de su bata. Suspiró y se paseó por la habitación descalzo. Vio la trabajada bañera, con sus complicados controles de masaje y temperatura. Como su cuerpo seguía atormentado por misteriosos dolores, decidió tomar un largo y sibarítico baño.

Rabban, todavía disgustado, siguió inmóvil en el umbral de los opulentos aposentos del barón.

—¿Qué debo hacer, tío?

—Aborda el primer Crucero disponible. Quiero que vayas a Arrakis y vigiles la producción de especia. Que los beneficios no cesen de aumentar. —Sonrió y movió los dedos para despedir a su sobrino—. No pongas esa cara. Diviértete cazando unos cuantos Fremen. Ya has cumplido tu parte en esta conspiración, y muy bien, por cierto. —Su voz sonó consoladora—. Pero hemos de ser cautelosos. Sobre todo ahora. Presta atención a lo que hago y trata de aprender de ello.

Rabban asintió y se marchó. Solo por fin, el barón empezó a pensar en la forma de localizar a algún jovencito de piel suave que le atendiera en el baño. Quería estar completamente relajado y preparado para el día siguiente.

Mañana no tendría nada mejor que hacer que observar y gozar del acontecimiento, cuando el joven Leto se encontrara atrapado en más trampas de las que podía imaginar.

Pronto la Casa Atreides dejaría de existir.

¿Qué es más importante, la forma que adopta la justicia o el resultado? Por más que el tribunal diseccione las pruebas, los cimientos de la verdad auténtica permanecen incólumes. Por desgracia para muchos acusados, con frecuencia sólo la víctima y el perpetrador conocen tal verdad genuina. Todos los demás han de tomar su propia decisión.

Ley del Landsraad, codicilos y análisis

La mañana del juicio, Leto Atreides se entretuvo en elegir su atuendo. Otros, en su misma situación, se habrían puesto sus prendas más caras, camisas de seda mehr, pendientes y colgantes, junto con capas forradas de piel de ballena y elegantes sombreros adornados con plumas y lentejuelas.

En cambio, Leto se decantó por unos pantalones sencillos, una camisa a rayas azules y blancas y una gorra de pescador, la sencilla vestimenta que debería adoptar si no seguía siendo duque. De su cinturón colgaba una bolsa con cebos para pescar y la vaina vacía de un cuchillo. Un plebeyo corriente, que tal sería si le declaraban culpable. Mediante esta actitud, Leto proclamaba al Landsraad que sobreviviría, cualquiera que fuese el resultado del juicio. Las cosas sencillas le bastarían.

Siguiendo el ejemplo de su padre, siempre había

intentado tratar bien a sus leales, hasta el extremo de que muchos soldados y criados le consideraban uno de los suyos, un camarada. Ahora, mientras se vestía, empezó a pensar en sí mismo como un hombre sencillo, y descubrió que la sensación no le disgustaba. Le hacía comprender el tremendo peso de la responsabilidad que recaía sobre sus hombros desde la muerte del viejo duque.

Ser un humilde pescador significaría un alivio, en cierto sentido. Ya no tendría que preocuparse por conspiraciones, alianzas inestables y traiciones. Por desgracia, Kailea nunca aceptaría ser la mujer de un pescador.

Además, no puedo decepcionar a mi pueblo.

En una breve carta enviada desde Caladan, su madre había expresado su desacuerdo con el Juicio de Decomiso. Para ella, la pérdida de posición social relacionada con la destrucción de la Casa Atreides sería un golpe mortal, aunque ahora (de forma transitoria, imaginaba ella) viviese con austeridad entre las hermanas del Aislamiento.

Debido a la decadencia de la Casa Richese, Helena había contraído matrimonio con un miembro de la Casa Atreides, con el fin de equilibrar la tambaleante fortuna de su familia, después de que el emperador Elrood les retirara el cuasifeudo de Arrakis y lo concediera a los Harkonnen.

En cuanto a la dote de Helena, la Casa Atreides había recibido poder político, un directorio en la CHOAM y el derecho a voto en el Landsraad. Pero el duque Paulus nunca había proporcionado a su mujer la fabulosa fortuna que ella deseaba, y Leto sabía que su madre aún abrigaba esperanzas de recuperar las pasadas glorias de su familia. Todo esto sería imposible para ella si Leto perdía el juicio.

Tras recibir la citación de comparecencia a media mañana, Leto se encontró con sus asesores legales en el pasillo: dos brillantes abogadas elaccanas, Clere Ruitt y Bruda Viol, famosas por sus éxitos. Las había recomendado el embajador ixiano en el exilio, Cammar Pilru, y Thufir Hawat las había interrogado minuciosamente.

Las abogadas llevaban trajes oscuros y se ceñirían a los formulismos legales, aunque en este peculiar juicio Leto sabía que todo dependía de él. Carecía de pruebas fehacientes en su favor.

Clere Ruitt le entregó una delgada hoja de cristal riduliano, que contenía una breve declaración.

—Perdonad, lord Leto. Esto acaba de llegar hace unos momentos.

Leto, asustado, leyó las palabras. A su lado, los hombros de Hawat se hundieron, como si hubiera adivinado el contenido del documento. Rhombur se acercó para intentar leer los grabados del cristal.

—¿Qué es, Leto? Déjame verlo.

—El tribunal ha decidido que ninguna Decidora de Verdad Bene Gesserit puede hablar en mi nombre. Tal testimonio no será tenido en cuenta.

Rhombur estalló de indignación.

—¡Infiernos carmesíes! ¡Pero si todo es admisible en un Juicio de Decomiso! No pueden hacer eso.

La otra abogada elaccana meneó la cabeza, inexpresiva.

—Han adoptado la postura de que las demás leyes imperiales actúan en su contra. Numerosas normas prohíben expresamente el testimonio de las Decidoras de Verdad. Tal vez los requisitos de las pruebas sean flexibles en un procedimiento como éste, pero los magistrados han decidido que esa flexibilidad no incluye a las Decidoras de Verdad.

—Así que... adiós Decidoras de Verdad. —Rhombur frunció el entrecejo—. Era nuestra mayor esperanza.

Leto alzó la cabeza.

—En tal caso tendremos que hacerlo sin ayuda. —Miró a su amigo—. Venga, casi siempre eres tú el que me transmite optimismo.

—Un elemento positivo —terció Bruda Viol— es que los Tleilaxu han eliminado al piloto superviviente de la lista de testigos. No han dado explicaciones.

Leto exhaló un suspiro de alivio, pero Hawat dijo:

—Aun así quedan muchos testimonios acusadores, mi duque.

A continuación se dirigieron hacia la atestada sala del tribunal del Landsraad. La abogada Ruitt se sentó al final de la larga mesa de la defensa, delante del alto estrado de los magistrados. Susurró algo al oído de Leto, pero éste estaba leyendo los nombres de los magistrados designados: siete duques, barones, condes y señores elegidos al azar entre las Grandes y Menores Casas del Landsraad.

Esos hombres decidirían su suerte.

Como los Tleilaxu no pertenecían a ninguna Casa real y habían sido expulsados del Landsraad después de la caída de Ix, no estaban representados. En los días anteriores al juicio, indignados dignatarios Bene Tleilax habían exigido a gritos justicia en los patios del palacio, pero después del atentado contra la vida de Leto, guardias Sardaukar los habían dispersado.

Los magistrados entraron con solemnidad en la sala. Tomaron asiento en el estrado curvo de madera maciza que se cernía sobre la mesa de la defensa. Las banderas y emblemas de sus Casas colgaban detrás de cada silla.

Leto, que había sido informado por sus abogadas y Hawat, los reconoció a todos. Dos magistrados, el barón Terkillian Sor de Anbus IV y lord Bain O'Garee de Hagal, habían sido fieles aliados económicos de la Casa Atreides. Uno, el duque Pard Vidal de Ecaz, era un enemigo jurado del viejo duque y aliado de los Harkonnen. Otro, el conde Anton Miche, tenía fama de aceptar sobornos, lo cual le convertía en fácil presa de los Harkonnen.

Empate, pensó Leto. Los otros tres magistrados

podían decantarse por cualquiera de ambos bandos, pero detectó el tufo de la traición en el aire. Lo vio en las frías expresiones de los magistrados, en la forma en que evitaban mirarle a los ojos. *¿Ya han decidido mi culpabilidad?*, se preguntó.

—Tenemos malas noticias, duque Leto —dijo Bruda Viol. Su cara era cuadrada y severa, desprovista de pasión, como si hubiera visto tantas injusticias y tejemanejes que ya nada la impresionaba—. Acabamos de descubrir que uno de los tres magistrados indecisos, Rincon de Casa Fazeel, perdió una inmensa fortuna a manos de Ix en una guerra comercial relacionada con las minas de los asteroides del sistema Klytemn. Hace cinco años, los consejeros de Rincon le impidieron declarar una guerra feudal contra Dominic Vernius.

La otra abogada asintió y bajó la voz.

—Ha llegado a nuestros oídos el rumor de que Rincon considera vuestra caída la única oportunidad de desquitarse de Ix, ahora que la Casa Vernius se ha declarado renegada.

Un hilo de sudor frío corrió por la espalda de Leto.

—¿Este juicio tiene alguna relación con lo que ocurrió realmente en el Crucero? —ironizó con amargura.

Tanto Bruda Viol como Clere Ruitt le miraron desconcertadas.

—Tres a dos, mi duque —dijo Hawat—. Por lo tanto, hemos de ganarnos a los dos jueces indecisos y no perder ninguno de los débiles apoyos que hemos conseguido.

—Todo saldrá bien —dijo Rhombur.

La sala del tribunal, blindada y carente de ventanas, había sido en otros tiempos cancillería ducal, durante las obras de construcción de Kaitain. Su techo gótico abovedado estaba adornado con frescos de tema militar y los emblemas y escudos de las Grandes Casas. Leto se concentró en el halcón rojo de los Atreides. Aunque intentaba conservar la calma, una terrible sensación de pérdida le invadió, un anhelo de lo que nunca volvería a existir. En poco tiempo había perdido todo cuanto su padre le había dejado, y la Casa Atreides se encontraba al borde de la ruina.

Cuando sintió que las lágrimas acudían a sus ojos, se maldijo por su momentánea debilidad. No todo estaba perdido. Aún podía ganar. ¡Ganaría! Apretó los labios y rechazó la oleada de desesperación. El Landsraad le estaba observando y tenía que ser lo bastante fuerte para afrontar todo lo que le cayera encima. No podía abandonarse a la desesperación, ni a ninguna otra emoción.

Los observadores llenaban la sala y hablaban con tono exaltado. Dos largas mesas flanqueaban la mesa de la defensa. Sus acusadores tomaron asiento a la mesa de su izquierda: representantes designados por los Tleilaxu, tal vez patrocinados por los Harkonnen y otros enemigos de los Atreides. El odiado barón y su séquito se acomodaron en la tribuna de los espectadores. En la otra mesa se sentaban los aliados y amigos de los Atreides. Leto saludó a cada uno con una sonrisa de confianza.

Pero sus pensamientos no eran tan audaces, pues debía admitir que su caso no llevaba las de ganar. Los fiscales presentarían la prueba de las armas disparadas desde la nave Atreides, docenas de testigos neutrales convencidos de que los disparos no podían haber venido de otra parte que de la nave de Leto. Aun sin el testimonio del piloto Tleilaxu, bastaría con los demás observadores. El testimonio de sus compañeros y de la tripulación no sería suficiente, ni el de los numerosos amigos de la familia que acreditarían su solvencia moral.

—Tal vez la proscripción de las Decidoras de Verdad nos proporcione motivos para una apelación —sugirió Clere Ruitt, pero eso no consoló a Leto.

De pronto, por un pasillo lateral, los Tleilaxu entraron con sus Mentats pervertidos. Llegaron con la mínima fanfarria, pero con el estrépito de un vehículo de aspecto diabólico. Rodaba sobre ruedas chirriantes, acompañado del ruido de engranajes. Se hizo el silencio en la sala y los espectadores estiraron el cuello para contemplar el ingenio más aterrador que habían visto en su vida.

Seguro que lo hacen adrede, pensó Leto, *para ponerme más nervioso*.

Los Tleilaxu pasaron con su ominoso vehículo delante de la mesa de la defensa y miraron a Leto con ojos oscuros y feroces. El público empezó a murmurar. A continuación, el cortejo Tleilaxu se detuvo bajo el estrado de los jueces.

—¿Qué significa eso? —exclamó uno de los magistrados, el barón Terkillian, y se inclinó hacia adelante con el entrecejo fruncido.

El líder de los Tleilaxu dirigió una mirada de odio a Leto y se volvió hacia el magistrado.

—Señorías, en los anales de la jurisprudencia imperial los Juicios de Decomiso son escasos, pero la ley es inequívoca: «Si la defensa del acusado es desestimada, éste perderá todas sus posesiones, sin excepción.» Todas.

—Lo sé. —Terkillian Sor continuaba hosco—. ¿Qué relación tiene eso con este artefacto?

El portavoz Tleilaxu respiró hondo.

—Pretendemos reclamar no sólo las posesiones de la Casa Atreides, sino también la persona del odioso criminal Leto Atreides, incluidas sus células y su material genético.

El público lanzó un murmullo de sorpresa, y los ayudantes Tleilaxu manipularon los controles de la máquina. Hojas de sierra empezaron a girar, y arcos eléctricos saltaron de una aguja larga a otra. Aquel artefacto era atroz y exagerado, sin duda a propósito.

—Con este ingenio desangraremos al duque Leto
Atreides en esta misma sala, hasta la última gota. Lo
despellejaremos, y le arrancaremos los ojos para dedi-
carlos a nuestros análisis y experimentos. Todas sus células serán nuestras, para los propósitos que decidamos.
—Sorbió por la nariz—. ¡Estamos en nuestro derecho!

Leto permaneció inmóvil, con un esfuerzo desesperado por ocultar su angustia. Un sudor frío descendió
por su espalda. Quería que sus abogados dijeran algo,
pero guardaron silencio.

—Tal vez el acusado descubra alguna ventaja en su
destino —sugirió el Tleilaxu con una sonrisa perversa—,
puesto que no tiene heredero: con sus células tenemos la
opción de resucitarle como un ghola.

Para obedecer todas tus órdenes, pensó Leto, horrorizado.

Rhombur lanzó una mirada desafiante a los Tleilaxu
desde la mesa de la defensa, mientras Hawat seguía sentado a su lado como una estatua. Las dos abogadas tomaban notas.

—Acabemos con este numerito —tronó lord Bain
O'Garee—. Ya decidiremos esta cuestión más tarde.
Empecemos el juicio. Quiero escuchar lo que el Atrei-
des ha de decir en su defensa.

Leto comprendió que estaba perdido, pero procuró
no demostrarlo. Todos los presentes en la sala sabían
que odiaba a los Tleilaxu y conocían su apoyo a la familia ixiana exiliada. Podía llamar a testigos que dieran
fe de su rectitud moral, pero nadie le conocía de verdad.
Era joven e inexperto, empujado por la tragedia al papel de duque. La única vez que los miembros del Landsraad habían visto a Leto era cuando había hablado ante
el Consejo dando muestra de su temperamento colérico.

Saltaron chispas de la máquina de vivisección de los
Tleilaxu, como una bestia hambrienta e impaciente.
Leto se dijo que no habría apelación.

Antes de que llamaran al primer testigo, las enormes puertas de latón talladas se abrieron de súbito y golpearon contra las paredes. Un murmullo recorrió la sala y Leto oyó el resonar de unas botas con tacones de metal sobre el suelo de marmolita.

Volvió la cabeza y vio al príncipe heredero Shaddam, ataviado con pieles púrpura y doradas, en lugar de su habitual uniforme Sardaukar. Seguido por una escolta de elite, el futuro emperador avanzó con paso decidido y concitó la atención de todo el mundo. Cuatro hombres armados hasta los dientes escrutaron al público, preparados para emplear la violencia ante cualquier desplante.

Un Juicio de Decomiso ya era bastante insólito en el tribunal del Landsraad, pero la aparición del futuro emperador Padishah carecía de precedentes.

Shaddam pasó junto a Leto sin apenas mirarle. Los Sardaukar tomaron posiciones detrás de la mesa de la defensa, lo cual aumentó la inquietud de Leto.

El rostro de Shaddam era impenetrable, y su labio superior se agitaba levemente. Era imposible saber sus intenciones. *¿Le habrá ofendido el mensaje?*, se preguntó Leto. *¿O piensa aceptar mi farol? ¿Me aplastará delante de todo el Landsraad? ¿Quién me defendería si lo hiciera?*

Shaddam llegó ante el estrado y alzó la vista.

—Antes de que el juicio empiece —anunció—, quiero hacer una declaración. ¿Lo permitirá el tribunal?

Aunque Leto no confiaba en su primo lejano, tuvo que admitir que el porte de Shaddam era majestuoso y elegante. Por primera vez vio a aquel hombre como una verdadera presencia por derecho propio, no sólo la sombra de su anciano padre Elrood. La coronación de Shaddam se celebraría dentro de dos días, seguida de su boda con Anirul, acontecimientos que tal vez Leto no viviría para ver. La poderosa Bene Gesserit había brindado su apoyo al inminente reinado de Shaddam, y todas las Grandes y Menores Casas querían estar de su lado.

¿Se siente amenazado por mí?, pensó.

El presidente del tribunal asintió efusivamente.

—Señor, vuestro interés en el caso nos honra. Por supuesto que este tribunal os escuchará. —Leto conocía sólo los datos básicos sobre aquel magistrado, el barón Lar Olin, del planeta Risp VII, rico en titanio—. Os ruego que habléis.

—Con el permiso de la corte —dijo Shaddam—, me gustaría que mi primo Leto Atreides se colocara a mi lado. Quiero comentar estas maliciosas acusaciones y espero evitar que el tribunal desperdicie el valioso tiempo de sus miembros.

Leto, estupefacto, miró a Hawat. *¿Qué está haciendo? ¿«Primo»? Tal como lo ha dicho, ha sonado como una palabra cariñosa... pero él y yo nunca hemos sido amigos.* Leto era el simple nieto de una de las esposas de Elrood, la segunda, ni siquiera de la madre de Shaddam. El árbol genealógico Corrino se extendía entre las Casas del Landsraad. Cualquier relación consanguínea significaría poco para Shaddam.

El magistrado asintió. Las abogadas de Leto estaban perplejas, sin saber cómo reaccionar. Leto se puso en pie con cautela y avanzó hacia el príncipe heredero con rodillas temblorosas. Se detuvo a un paso de él. Si bien eran de peso y rasgos faciales similares, iban vestidos de una forma muy diferente, ejemplificando los dos extremos sociales. Con su tosca indumentaria de pescador, Leto se sintió como una mota de polvo en medio de un huracán.

Hizo una reverencia, pero Shaddam salvó el abismo entre ambos, apoyando una mano en el hombro de Leto. El inmaculado manto del príncipe heredero se derramó como una cascada sobre el brazo del joven Atreides.

—Hablo desde el corazón de la Casa Corrino, la sangre de los emperadores Padishah —empezó Shaddam—, con las voces solidarias de todos mis antepasados que se han relacionado con la Casa Atreides. El padre de este hombre, el duque Paulus Atreides, luchó valientemente por la causa imperial contra los rebeldes de Ecaz. Ni en la batalla ni asediada por los mayores peligros la Casa Atreides ha cometido, que yo sepa, la menor traición ni acto deshonroso, hasta remontarnos a su heroísmo y sacrificio en el puente de Hrethgir, durante la Jihad Butleriana. Jamás han sido asesinos cobardes. Os desafío a que demostréis lo contrario.

Entornó los ojos, y los magistrados apartaron la vista, incómodos.

Shaddam paseó la vista de magistrado en magistrado.

—¿Quién de vosotros, conocedores de las historias de vuestras Casas, puede decir lo mismo? ¿Quién ha exhibido la misma lealtad, el mismo honor sin mácula? Pocos de nosotros, a decir verdad, podemos compararnos con la Casa Atreides. —Hizo una pausa significativa, sólo interrumpida por una aguda descarga de estática procedente de la ominosa máquina de vivisección Tleilaxu—. Ay, sí. Y por eso estamos aquí hoy, ¿no es así, caballeros? Por la verdad y el honor.

Algunos magistrados asintieron, porque era lo que se esperaba de ellos, pero parecían perplejos. Los líderes imperiales nunca aparecían de motu proprio ante los tribunales del Landsraad. ¿Por qué Shaddam se implicaba en un asunto de relativa importancia?

¡Ha leído mi mensaje!, comprendió Leto. *Y ésta es su respuesta.*

De todos modos, esperaba que alguna trampa asomara de un momento a otro. No entendía en qué se había metido, pero la intención de Shaddam no podía ser únicamente acudir en su rescate. De todas las Grandes Casas del Landsraad, la de Corrino era la más tortuosa.

—La Casa Atreides siempre ha seguido el camino recto —continuó Shaddam, y elevó un poco más su voz majestuosa—. ¡Siempre! El joven Atreides fue educado en este código ético familiar, y se vio obligado a ocupar su cargo antes de tiempo debido a la absurda muerte de su noble padre.

Shaddam avanzó un paso.

—En mi opinión, es imposible que este hombre disparara contra las naves Tleilaxu. Tal acto sería contrario a las creencias y principios de la Casa Atreides. Las pruebas que demuestren lo contrario han de ser falsas. Mis Decidoras de Verdad me lo han confirmado después de hablar con Leto y sus testigos.

Miente, pensó Leto. *¡Yo no he hablado con ninguna Decidora de Verdad!*

—Pero, alteza real —dijo el magistrado Prad Vidal, con el entrecejo fruncido—, los cañones de su nave mostraban señales de haber sido disparados. ¿Estáis insinuando que las naves Tleilaxu sufrieron daños a causa de un accidente? ¿Una demencial coincidencia?

Shaddam se encogió de hombros.

—Por lo que a mí concierne, el duque Leto ha explicado sus circunstancias a plena satisfacción. Yo también he volado en una nave de combate para practicar puntería. El resto de la investigación no es concluyente. Tal vez fue un accidente, sí, pero no provocado por los Atreides. Debió de ser un fallo mecánico.

—¿En las dos naves Tleilaxu? —preguntó Vidal con incredulidad.

Leto se quedó sin habla. Shaddam estaba a punto de iniciar su reinado. Si el emperador utilizaba su influencia a favor de Leto, ¿qué representante llevaría la contraria a la corona? Las repercusiones podían ser graves y duraderas.

Todo es una cuestión de política, juegos del poder del Landsraad, intercambio de favores, pensó Leto, y se esforzó por ofrecer una apariencia serena. *Nada de esto tiene relación con la verdad.* Ahora que el príncipe heredero había dejado clara su postura, cualquier magistrado que votara para condenar a Leto desafiaría de forma abierta al nuevo emperador. Ni siquiera los enemigos de la Casa Atreides osarían correr el riesgo.

—¿Quién sabe? —contestó Shaddam, con un gesto que equivalía a desechar la cuestión por irrelevante—. Tal vez restos de la primera explosión accidental alcanzaron a la otra nave.

Nadie se tragó esa explicación ni por un momento, pero el príncipe heredero les ofrecía una salida, una plataforma de papel sobre la cual posarse.

Los magistrados conferenciaron en voz baja entre ellos. Algunos admitieron que el razonamiento de Shaddam era plausible, pero Vidal no se contaba entre ellos. El sudor perlaba su frente.

Leto vio que el portavoz Tleilaxu meneaba la cabeza, manifestando en silencio su frustración. Parecía un niño disgustado.

El príncipe heredero continuó.

—Estoy aquí, por mi derecho y deber de comandante supremo, para interceder por mi primo, el duque Leto Atreides. Solicito que anuléis este juicio y le devolváis sus títulos y propiedades. Si accedéis a esta... solicitud, prometo enviar una delegación de diplomáticos imperiales para convencer a los Tleilaxu de que olviden el asunto y no se venguen de los Atreides en ningún sentido.

Shaddam miró fijamente a los Tleilaxu, y Leto tuvo la impresión de que el emperador también tenía al enano contra las cuerdas. Al ver que Shaddam apoyaba a la Casa Atreides, su arrogancia se había derrumbado.

—¿Y si los querellantes no se avienen? —preguntó Vidal.

Shaddam sonrió.

—Oh, se avendrán. Estoy dispuesto a abrir las arcas imperiales para ofrecer una compensación generosa por, hum, lo que sin duda fue un desgraciado accidente. Es mi deber mantener la paz y la estabilidad a lo largo y ancho del Imperio. No puedo permitir que esta enemistad destruya lo que mi querido padre forjó durante su largo reinado.

Leto captó la mirada de Shaddam y detectó un brillo de miedo bajo su pátina de bravuconería. Shaddam le advirtió con un gesto que se mantuviese en silencio, lo cual avivó todavía más la curiosidad del duque por las alarmas que su farol había disparado.

En consecuencia, calló, pero ¿le dejaría vivir Shaddam después de eso, sin saber qué pruebas poseía Leto contra él?

Tras un breve conciliábulo entre sus colegas, el barón Lar Olin carraspeó y anunció:

—Este tribunal decide que todas las pruebas contra Leto Atreides son circunstanciales. Teniendo en cuenta unas dudas tan extremas, no existen motivos suficientes para proceder a un juicio de consecuencias tan graves, sobre todo a la luz del extraordinario testimonio del príncipe heredero Shaddam Corrino. Por lo tanto, declaramos a Leto Atreides inocente y le devolvemos su título y sus propiedades.

Leto, asombrado, recibió la felicitación del futuro emperador, y después fue rodeado por sus amigos y partidarios. Todos estaban encantados, pero a pesar de su juventud Leto no era ingenuo: sabía que muchos estaban contentos únicamente por la derrota de los Tleilaxu.

Los asistentes prorrumpieron en vítores y aplausos, con la excepción de unos pocos que guardaron silencio. Leto se fijó en ellos, con la seguridad de que Thufir Hawat había hecho lo mismo.

—Leto, he de hacer algo más —dijo Shaddam, interrumpiendo el clamor.

Y a continuación extrajo de su manga un cuchillo con el mango incrustado de joyas, de un color verdeazulado traslúcido, como cuarzo de Hagal del trono imperial. Shaddam se acercó a Leto con rapidez y todo el mundo enmudeció. Thufir Hawat se puso en pie de un brinco, demasiado tarde.

Entonces, con una sonrisa, Shaddam deslizó el cuchillo en la vaina vacía de Leto.

—Mi regalo de enhorabuena para ti, primo —dijo—. Te hago entrega de este cuchillo en reconocimiento de los servicios que me has prestado.

*Hacemos lo que es debido. Malditas sean la
amistad y la lealtad. ¡Hacemos lo que es debido!*

Diario personal de
lady HELENA ATREIDES

Hasimir Fenring meditaba en sus aposentos privados, perplejo. *¿Cómo ha podido hacerme esto Shaddam?*

La cápsula mensajera con el sello oficial imperial, el
león de cera de la Casa Corrino, yacía despanzurrada
sobre la cama. Había roto en pedazos el decreto de
Shaddam, pero no antes de memorizar cada palabra.

Un nuevo destino. ¿Un castigo? ¿Un ascenso?

«Hasimir Fenring, en reconocimiento a tus infatiga-
bles servicios al Imperio y al trono del emperador Padishah, te destino por la presente a un cargo recién creado como Observador Imperial en Arrakis. Debido a la
importancia vital de este planeta para la economía imperial, contarás con todos los recursos necesarios para
llevar a cabo tu misión.» Bla, bla, bla.

¿Cómo se ha atrevido? Qué forma estúpida de des-
perdiciar el talento del Mentat. Qué mezquina venganza
enviarlo a un pozo de arena, lleno de gusanos y gentuza.
Echaba chispas y ardía en deseos de comentar el asunto
con la fascinante Margot Rashino-Zea, en la que confiaba más de lo aconsejable. Al fin y al cabo, era una bruja
Bene Gesserit...

¡Debido a la importancia vital del planeta! Resopló, disgustado, y luego se dedicó a romper todo cuanto estaba al alcance de sus manos. Sabía que Shaddam le había castigado en un arrebato de indignación. El nuevo cargo era un insulto para un hombre de las aptitudes de Fenring, y le expulsaba del centro del poder imperial. Necesitaba estar aquí, en Kaitain, en el ojo del huracán de la política, no perdido en un olvidado rincón del espacio.

Pero nadie podía cuestionar o incumplir el decreto de Shaddam. Fenring tenía treinta días para presentarse en aquel árido planeta. Se preguntó si regresaría alguna vez.

Todas las personas están contenidas en un solo individuo, así como toda la eternidad en un momento, y todo el universo en un grano de arena.

Aforismo Fremen

El día de la coronación y boda de Shaddam IV, un ambiente festivo reinaba en todos los planetas del Imperio. Muchedumbres jubilosas se dedicaban a beber, bailar, asistir a espectáculos deportivos y exhibiciones de fuegos artificiales. El viejo Elrood había reinado durante tanto tiempo, que muy pocos recordaban la última vez que un nuevo emperador había sido coronado.

En Kaitain, la capital, las multitudes se agolpaban a lo largo de las magníficas avenidas, junto al camino que seguiría la comitiva imperial. Era un día soleado, como de costumbre, y los vendedores estaban agotando sus reservas de recuerdos, objetos conmemorativos y refrescos.

Banderas de la Casa Corrino ondeaban en la brisa. Para la ocasión, todo el mundo vestía los colores escarlata y oro. Guardias Sardaukar custodiaban el camino, ataviados con prendas de brocado dorado sobre sus uniformes gris y negro. Inmóviles como estatuas, sostenían sus rifles láser, indiferentes a la fanfarria y el bullicio de la multitud, preparados para reaccionar con presteza mortífera ante la menor insinuación de amenaza a la presencia imperial.

Cuando el príncipe heredero y lady Anirul pasaron en una carroza tirada por seis leones dorados de Harmonthep, miles de gargantas prorrumpieron en vítores. Los animales, cuyas magníficas crines agitaba la suave brisa, iban engalanados con joyas. Lacayos y piqueros corrían junto al carruaje real.

El aspecto de Anirul era suntuoso. Saludó y sonrió. Había renunciado a su hábito Bene Gesserit y llevaba una cascada de encajes, volantes y collares de perlas. El sol se reflejaba en los prismas y joyas incrustados en su diadema. A su lado, Shaddam parecía un auténtico emperador, con su cabello rojizo engominado y un uniforme rebosante de galones, charreteras y medallas.

Como el matrimonio del príncipe heredero no hacía presumir el menor favoritismo hacia ninguna Casa, el Landsraad había aceptado a Anirul como consorte imperial, aunque muchos habían cuestionado sus misteriosos orígenes y su pertenencia a la Bene Gesserit. Después de la muerte de Elrood, seguida por la coronación y la boda, el Imperio estaba inmerso en un mar de cambios. Shaddam confiaba en aprovecharse de esa circunstancia.

Con expresión paternal, arrojó solaris y paquetes de polvo de gemas a la multitud, a tenor de la tradición imperial. El pueblo le quería. Estaba rodeado de riqueza. Con un chasqueo de sus dedos, podía condenar a la aniquilación a planetas enteros. Así era como había imaginado la tarea de emperador.

Las trompetas emitieron sonidos jubilosos.

—¿No te vas a sentar conmigo, Hasimir? —preguntó la esbelta rubia, al tiempo que le dirigía una sonrisa coqueta durante la recepción previa a la coronación.

Fenring no supo si Margot Rashino-Zea había impostado una voz sensual o era la suya propia. El Mentat sostenía una bandeja de canapés exóticos. Detectores de venenos flotaban como mariposas sobre los invitados. La recepción se prolongaría durante horas y los invitados podrían tomar cuantos aperitivos desearan.

La hermana Margot Rashino-Zea era más alta que Fenring, y se acercaba mucho a él cuando hablaba. Su vestido coral y negro realzaba la exquisita perfección de su cuerpo y facciones. Llevaba un collar de perlas caladano y un broche incrustado de oro y piedras preciosas. Su piel recordaba leche mezclada con miel.

A su alrededor, en el vestíbulo de la galería del Gran Teatro, nobles de ambos sexos vestidos con elegancia charlaban y bebían excelentes vinos en copas de tallo alto. El cristal tintineaba cuando las copas entrechocaban en repetidos brindis. Al cabo de una hora, los congregados serían testigos del doble acontecimiento que se celebraría en el escenario principal: la coronación del emperador Padishah Shaddam Corrino IV y su enlace matrimonial con lady Anirul Sadow Tonkin, de la Bene Gesserit.

Fenring asintió con su enorme cabeza y dedicó una reverencia a su acompañante.

—Sería un honor para mí sentarme a tu lado, adorable Margot.

Se sentaron en el banco. Margot inspeccionó los canapés que él había elegido y cogió uno.

Era una fiesta alegre, pensó Fenring, sin los murmullos de descontento que tanto habían emponzoñado el palacio durante los últimos meses. Estaba satisfecho con sus esfuerzos en este sentido. Se habían cimentado alianzas clave, y las Casas Federadas ya no hablaban de rebelarse contra Shaddam. Las Bene Gesserit habían dado apoyo público a la estirpe de los Corrino, y no cabía duda de que las brujas habían continuado con sus maquinaciones secretas en otras Grandes Casas. Fenring consideraba curioso que muchos nobles que se habían mostrado suspicaces y deslenguados ya no se contaran entre los vivos, más curioso aún porque él no era el responsable.

El juicio de Leto Atreides había concluido gracias a la intervención del emperador, y los únicos que no habían quedado satisfechos con el veredicto eran los Bene Tleilax. Shaddam y él les acallarían muy pronto. El gran misterio que intrigaba a Fenring era que nadie parecía saber con exactitud qué había ocurrido a bordo del Crucero de la Cofradía.

Cuanto más observaba y consideraba la extraña cadena de acontecimientos, más empezaba a creer en la posibilidad de que alguien hubiera tendido una celada al joven Leto... pero ¿quién y cómo? Ninguna Casa se había jactado de ello, y como todo el mundo, casi sin excepción, había creído en la culpabilidad del Atreides, ni siquiera las lenguas más desbocadas habían difundido rumores.

Fenring ardía en deseos de saber qué había ocurrido, aunque sólo fuera para añadir el método a su propio repertorio. No obstante, en su nuevo destino en Arrakis tendría escasas oportunidades de descubrir el secreto.

Antes de continuar su agradable conversación con Margot, oyó los gritos de la muchedumbre congregada en el exterior y el resonar de trompetas.

—Shaddam y el séquito imperial están a punto de llegar —dijo ella al tiempo que movía su melena rubia—. Será mejor que vayamos a ocupar nuestros asientos.

Fenring sabía que el carruaje del príncipe estaba a punto de entrar en los terrenos del teatro y los edificios gubernamentales. Intentó disimular su decepción.

—Pero tú estarás en la sección reservada a las Bene Gesserit, querida mía. —La miró con ojos centelleantes, mientras mojaba un trozo de faisán de Kaitain en un cuenco de salsa de ciruelas—. ¿Te gustaría que me pusiera uno de tus hábitos y fingiera ser miembro de la

Hermandad? —Engulló la carne, saboreándola—. Lo haría, con tal de estar a tu lado, ¿hummmm?

Ella le dio unos leves golpecitos en el pecho.

—No cabe duda de que no eres lo que aparentas, Hasimir Fenring.

Él entornó sus enormes ojos.

—¿Qué quieres decir?

—Quiero decir que tú y yo tenemos mucho en común. —Apoyó uno de sus generosos pechos contra el brazo de Hasimir—. Quizá sería conveniente que los dos formalizáramos esta alianza que estamos creando.

Fenring paseó la vista en derredor, para ver si alguien estaba escuchando. Le fastidiaban los espías. Luego se acercó más a ella y dijo con voz inexpresiva:

—Nunca he querido casarme. Soy un eunuco genético, incapaz de engendrar hijos.

—Eso significa que deberemos hacer ciertos sacrificios, cada uno a su manera. pero no me preocupa, ¿sabes? —Enarcó sus cejas doradas—. Además, imagino que has descubierto otras maneras de complacer a una mujer. Yo, por mi parte, he sido preparada para todas las eventualidades.

Una sonrisa cruel cruzó el rostro de Fenring.

—Ah, ¿sí? Hummmm. Mi querida Margot, tengo la impresión de que estás sometiendo a mi consideración un acuerdo comercial.

—Y tú, Hasimir, pareces un hombre mucho más práctico que romántico. Creo que formamos una buena pareja. Los dos somos expertos en reconocer planes complejos, las enmarañadas madejas que relacionan acciones en apariencia independientes.

—Los resultados suelen ser mortíferos, ¿verdad?

Ella extendió su servilleta para secarle un poco de salsa de la comisura de la boca.

—Necesitas a alguien que te cuide.

Fenring estudió la refinada forma con que alzaba la

barbilla, la perfección y precisión de su lenguaje, que tanto contrastaba con sus vacilaciones y dificultades ocasionales. Sin embargo, percibió el brillo de los secretos ocultos tras aquellas pupilas deliciosas... muchos secretos. Podría dedicar años a desentrañar aquellos secretos, disfrutando de cada uno.

Fenring se recordó que aquellas brujas eran muy inteligentes. No emprendían acciones individuales. Las apariencias siempre engañaban.

—Tú y tu Hermandad tenéis en mente un propósito mucho más importante, mi querida Margot. Sé algunas cosas sobre la Bene Gesserit. Sois un organismo colectivo.

—He informado al organismo de mis deseos.

—¿Le has informado, o pedido permiso? ¿O te envió para seducirme?

La primera dama de la Casa Venette pasó con un par de perritos acicalados. Su vestido dorado era tan voluminoso que algunos invitados tuvieron que apartarse para dejarle paso. La mujer iba con la vista clavada al frente, como si tuviera miedo de perder el equilibrio.

Margot la contempló y después se volvió hacia Fenring.

—Existen indudables ventajas para todos nosotros, y la madre superiora Harishka ya me ha dado su bendición. Conseguirías una valiosa relación con la Hermandad, aunque no pienso revelarte todos nuestros secretos.

Le dio un codazo juguetón, y Fenring estuvo a punto de dejar caer la bandeja.

—Hummmm —dijo mientras sopesaba su figura perfecta—. Y yo soy la clave del poder de Shaddam. Soy la persona en la que más confía.

Margot enarcó las cejas, pensativa.

—¿Por eso te ha destinado a Arrakis? ¿Porque eres su confidente? Me han dicho que la nueva misión no te complace demasiado.

—¿Cómo lo has averiguado? —Frunció el entrecejo y experimentó la incómoda sensación de que pisaba terreno falso—. Me lo comunicaron hace sólo dos días.

—Hasimir Fenring, has de aprender a utilizar todas las circunstancias en tu favor. Arrakis es la clave de la melange, y la especia expande el universo. Nuestro nuevo emperador tal vez piense que te ha destinado a otra misión, pero en realidad te ha confiado algo de vital importancia. Piénsalo: Observador Imperial en Arrakis.

—Sí, y al barón Harkonnen no le hará ninguna gracia. Sospecho que ha estado ocultando pequeños detalles desde un principio.

La mujer le recompensó con una cálida sonrisa.

—Nadie puede ocultarte tales cosas, querido. Y tampoco a mí.

Fenring le devolvió la sonrisa.

—En ese caso, podemos aliviar los días de desdicha revelándonos mutuamente nuestros secretos.

Margot pasó sus finos y largos dedos sobre la manga de Fenring.

—Arrakis es un lugar muy difícil para vivir, pero… ¿lo soportarías en mi compañía?

Fenring adoptó cautela, como de costumbre. Si bien la multitud estaba plagada de vestidos extravagantes y plumajes exóticos, Margot era la mujer más bella de toda la sala.

—Tal vez, pero ¿qué me llama allí? Es un lugar horrible, en todos los sentidos.

—Mis hermanas lo describen como un planeta plagado de antiguos misterios, y mi estancia en él acrecentaría mi prestigio entre la Bene Gesserit. Podría significar un paso importante en mi preparación para convertirme en reverenda madre. Piensa: gusanos de arena, Fremen, especia. Podría ser muy interesante desentrañar sus misterios juntos. Tu compañía me estimula, Hasimir.

—Reflexionaré sobre tu... propuesta.

Se sentía atraído hacia ella tanto física como emocionalmente... unos sentimientos muy fastidiosos. Cuando los había experimentado en el pasado, había querido rechazar la atracción, deshacerse de ella como fuera. Pero Margot Rashino-Zea era diferente, o al menos lo parecía. El tiempo tendría la palabra.

Fenring había oído rumores sobre los programas de reproducción de la Bene Gesserit, pero debido a su deformidad congénita, la Hermandad no debía codiciar su línea genética. Tenía que haber algo más. Era evidente que los motivos de Margot trascendían sus sentimientos personales, si es que sentía algo por él. Debía de haber intuido oportunidades en él, tanto para ella como para las hermanas.

Pero Margot también le ofrecía algo, una nueva forma de acceder al poder. Hasta ahora, su única ventaja había sido Shaddam, su compañero de infancia. Sin embargo, la situación había cambiado desde que el príncipe se comportaba de una forma extraña. Shaddam había sobrevalorado sus propias aptitudes, intentado tomar decisiones solo y pensar por sí mismo. Una forma de actuar imprudente y peligrosa, y al parecer todavía no se había dado cuenta.

Dadas las circunstancias, Fenring necesitaba nuevos contactos en centros de poder. Como las Bene Gesserit.

Cuando la carroza imperial se detuvo en la entrada, los invitados empezaron a entrar en el Gran Teatro. Fenring dejó la bandeja sobre una mesa auxiliar y Margot le cogió del brazo.

—¿Te sentarás conmigo, pues? —dijo.

—Sí. —Fenring le guiñó un ojo—. Y tal vez haré algo más que eso.

Margot sonrió, y él pensó que, si alguna vez era necesario, le costaría mucho matar a esa mujer.

Cada Gran Casa había recibido una docena de invitaciones para el doble acontecimiento que tendría lugar en el Gran Teatro, mientras el resto de la población del Imperio lo vería retransmitido en directo. Todo el universo hablaría de los detalles de la magnífica ceremonia durante la década siguiente, tal como Shaddam deseaba.

Como representante de la Casa Atreides, el duque Leto se sentó con su séquito en los asientos de plaz negro de la segunda fila, nivel principal. El «querido primo» del emperador había mantenido las apariencias desde que el juicio había finalizado, pero no creía que aquella fingida amistad perdurara después de su regreso a Caladan, a menos que Shaddam intentara que le devolviera el favor. *Cuidado con lo que compras*, había dicho el viejo duque, *porque puede haber un precio secreto.*

Thufir Hawat estaba sentado a la derecha de Leto, y un orgulloso y efusivo Rhombur Vernius a su izquierda. Al otro lado de Rhombur se sentaba su hermana Kailea, que se había sumado a la delegación después del sobreseimiento de Leto. Había acudido a toda prisa a Kaitain para asistir a la coronación y prestar apoyo a su hermano. Sus ojos esmeralda brillaban de entusiasmo y lanzaba exclamaciones de admiración al ver tantas maravillas. El corazón de Leto se inflamaba al contemplar su alegría, sentimiento que no había expresado desde su huida de Ix.

Rhombur Vernius exhibía colores púrpura y cobre, en tanto Kailea se decantó por cubrir sus hombros con una capa Atreides adornada con el emblema del halcón rojo, igual que Leto. Kailea lo cogió del brazo y dejó que la acompañara a su asiento.

—He elegido estos colores por respeto al anfitrión que nos concedió asilo —dijo con dulzura—, y para celebrar que la Casa Atreides ha recuperado su fortuna.

Le besó en la mejilla.

Como la cuestión de la sentencia de muerte sobre la Casa Vernius todavía colgaba sobre el horizonte como una nube de tormenta, los descendientes asistieron a la festividad por su cuenta y riesgo. Sin embargo, dado el ambiente festivo, Thufir Hawat dedujo que estarían a salvo, siempre que no prolongaran su estancia. Cuando se lo dijo a Leto, éste rió.

—Thufir, ¿los Mentats siempre dan garantías?

Hawat no consideró divertido su comentario.

Aunque en ese momento Kaitain era uno de los lugares más seguros del universo, Leto dudaba de que Dominic Vernius hiciera acto de aparición. Incluso ahora, después de la muerte del vengativo Elrood, el padre de Rhombur no había osado salir de su escondite, ni tampoco les había enviado ningún mensaje.

Al fondo del amplio teatro, tanto en la platea como en los anfiteatros, se sentaban representantes de Casas Menores y de las diversas facciones, entre ellas la CHOAM, la Cofradía Espacial, los Mentats, los médicos Suk y otras bases de poder esparcidas entre un millón de planetas. La Casa Harkonnen se había aislado en un palco. El barón, acompañado de su sobrino Rabban, no miró ni un momento en dirección a los Atreides.

—Los colores, los sonidos, los perfumes, todo me aturde —dijo Kailea, y respirando hondo se acercó más a Leto—. Nunca había visto nada igual, ni en Ix ni en Caladan.

—Nadie en el Imperio había visto algo semejante en los últimos ciento cuarenta años —contestó Leto.

En la primera fila, justo delante de los Atreides, se sentó un grupo de Bene Gesserit vestidas con hábitos negros idénticos, incluida la marchita madre superiora Harishka. A un lado de la fila montaba guardia un contingente de Sardaukar, con uniformes ceremoniales.

La delegación de la Bene Gesserit saludó a la reverenda madre Anirul, la futura emperatriz, cuando pasó junto al grupo, acompañada por una numerosa guardia de honor y sus damas de compañía. Rhombur buscó con la mirada a la atractiva rubia que le había entregado el misterioso cubo de mensaje, y la descubrió sentada con Hasimir Fenring, en lugar de con las demás hermanas.

En el teatro se respiraba una atmósfera de expectación. Por fin, se hizo el silencio y todo el mundo se descubrió la cabeza.

Shaddam, ataviado con el uniforme oficial de comandante en jefe de los Sardaukar, adornado con charreteras plateadas y el emblema del León Dorado de la Casa Corrino, avanzó por el pasillo sobre una alfombra de terciopelo y damasco. Su engominado pelo oscuro brillaba. Le seguían miembros de la corte, ataviados de escarlata y oro.

Cerraba la comitiva el Sumo Sacerdote de Dur, que había coronado a todos los emperadores desde la caída de las máquinas pensantes. Pese a los diversos avatares de su antigua religión, el Sumo Sacerdote esparció con orgullo el polvillo rojo sagrado de Dur a derecha e izquierda.

Al ver el paso majestuoso y el inmaculado uniforme de Shaddam, Leto recordó el día en que el príncipe heredero había recorrido otro pasillo para testimoniar en su defensa, ataviado con las sedas y joyas propias de un emperador. Ahora tenía más apariencia castrense, de comandante en jefe de todas las fuerzas imperiales.

—Una evidente maniobra política —murmuró Hawat al oído de Leto—. ¿Os dais cuenta? Shaddam está dando a entender a los Sardaukar de que se considera uno más de su organización, de que son importantes para su reinado.

Leto asintió, pues conocía bien aquella práctica. Como su padre antes que él, el joven duque confraternizaba con sus hombres, comía con ellos y asistía a sus rutinas diarias para demostrar que nunca pediría a sus tropas lo que él no fuera capaz de hacer.

—A mí me parece más forma que fondo —dijo Rhombur.

—La tarea de gobernar un imperio siempre deja un resquicio para las exhibiciones —dijo Kailea.

Leto recordó con dolor la afición del viejo duque a las corridas de toros y otros espectáculos.

Shaddam se deleitaba en su esplendor, bañado en gloria. Hizo una reverencia cuando pasó ante su futura esposa y el contingente de Bene Gesserit. Antes se celebraría la coronación. Shaddam se detuvo en el lugar previsto y se volvió hacia el Sumo Sacerdote de Dur, quien sostenía la corona imperial sobre un cojín dorado.

Una amplia cortina se abrió detrás del príncipe heredero para descubrir el estrado imperial, que había sido trasladado allí. El macizo trono imperial había sido tallado de una sola pieza de cuarzo verdeazulado, la mayor joya de su clase jamás descubierta, que se remontaba a los tiempos del emperador Hassik III. Proyectores ocultos arrojaban láseres sintonizados hacia las profundidades del bloque de cristal, que refractaba una nova de arco iris. El público contuvo el aliento al contemplar la belleza del trono.

No cabe duda de que los ceremoniales cumplen una importante función en la vida del Imperio, pensó Leto. *Ejercen una influencia aglutinadora, convencen a la gente de que forma parte de algo significativo.*

Tales ceremonias cimentaban la impresión de que era la Humanidad, y no el Caos, quien gobernaba el universo. Hasta un emperador ególatra como Shaddam podía hacer el bien, pensó Leto... y lo deseó con fervor.

El príncipe heredero subió con paso solemne hacia el estrado real y se sentó en el trono, con la vista clavada al frente. A continuación, el Sumo Sacerdote se colocó detrás de él y alzó la corona sobre su cabeza.

—¿Juráis fidelidad al Sacro Imperio, príncipe heredero Shaddam Raphael Corrino IV?

La voz del sacerdote se oyó en todo el teatro, amplificada por altavoces de alta fidelidad. Esas mismas palabras fueron transmitidas a todo el planeta de Kaitain y a todo el universo.

—Sí —contestó Shaddam con voz retumbante.

El Sumo Sacerdote depositó el símbolo de su cargo sobre la cabeza del príncipe, convirtiéndolo en supremo monarca de pleno derecho.

—Os entrego al nuevo emperador Padishah Shaddam IV —dijo a los dignatarios—. ¡Que su reino brille tanto como las estrellas!

—¡Que su reino brille tanto como las estrellas! —coreó el público con entusiasmo.

Cuando Shaddam se levantó del trono con la destellante corona en la cabeza, lo hizo como emperador del Universo Conocido. Los miles de personas congregadas en el teatro le aplaudieron y vitorearon. Paseó la vista por el público, que era un microcosmos de todo cuanto gobernaba, y su mirada se posó en la dulce Anirul, inmóvil al pie del estrado con su guardia de honor y damas de compañía. El emperador extendió una mano para indicar que se reuniera con él.

Harishka, la madre superiora de la Bene Gesserit, condujo a Anirul hasta Shaddam. Las mujeres se movían como deslizándose, como si Shaddam fuera un imán que las atraía a su presencia. Luego, la anciana Harishka volvió a su asiento con las demás Bene Gesserit.

El sacerdote dirigió unas palabras a la pareja, mientras el nuevo emperador deslizaba dos anillos de diamantes en el dedo anular de Anirul, y a continuación una alianza de piedras soo rojas que había pertenecido a su abuela paterna.

Cuando fueron declarados marido y mujer, el Sumo Sacerdote de Dur les presentó a la asamblea. Hasimir Fenring se inclinó hacia Margot.

—¿Subimos y vemos si el Sumo Sacerdote es capaz de improvisar otra veloz ceremonia?

Margot lanzó una risita y le dio un codazo burlón.

Aquella noche, los festejos en la capital alcanzaron un punto álgido de adrenalina, feromonas y música. La pareja real asistió a un banquete, seguido de un gran baile, y después de una orgía culinaria, comparada con la cual el banquete no había sido más que un aperitivo. Cuando los recién casados se marcharon al palacio imperial, los nobles les lanzaron rosas de seda mehr y les persiguieron.

Por fin, el emperador Shaddam IV y lady Anirul se retiraron a su lecho matrimonial. En el pasillo, nobles y damas ebrios hacían sonar campanas de cristal y otros instrumentos, interpretando la tradicional serenata nupcial que auguraba fertilidad a la unión.

Esta clase de celebraciones no había cambiado mucho durante milenios, y se remontaban a los días prebutlerianos, hasta las mismas raíces del Imperio. Más de mil valiosos regalos fueron dispuestos sobre el césped del jardín. Las ofrendas serían recogidas por los criados y distribuidas posteriormente entre el populacho, y las festividades se prolongarían durante una semana.

Cuando todas las celebraciones terminaran, Shaddam podría dedicarse por fin a la tarea de gobernar su Imperio.

A la postre, el legendario acontecimiento lla-
mado «Gambito de Leto» cimentó la inmensa
popularidad del duque Atreides. Se proyectó
como un resplandeciente faro de honor sobre un
mar galáctico de oscuridad. Para muchos miem-
bros del Landsraad, la sinceridad y la ingenuidad
de Leto se transformaron en un símbolo de honor
que avergonzó a muchas Casas, de manera que
cambiaron su comportamiento... al menos du-
rante un breve tiempo, tras lo cual se impusieron
una vez más las antiguas pautas familiares.

Orígenes de la Casa Atreides: Semillas del
futuro en el Imperio Galáctico, por Bronso de Ix

Furioso por el fracaso de su conspiración, el barón
Harkonnen recorría de un lado a otro los pasillos de su
fortaleza de Giedi Prime. Ordenó a sus ayudantes que
le trajeran un enano para torturarle. Necesitaba dominar a alguien, aplastarle por completo.

Cuando Yh'imm, uno de los responsables de las
diversiones del barón, se quejó de que no era digno de
él castigar a un hombre basándose sólo en su tamaño, el
barón ordenó que amputaran las piernas a Yh'imm a la
altura de la rodilla. De esa manera no habría necesidad
de ir en busca de un enano.

Mientras Yh'imm era arrastrado entre aullidos y
súplicas hasta los quirófanos Harkonnen, el barón pidió

a su sobrino y a De Vries que se reunieran con él en su estudio para mantener una conversación de vital importancia.

El barón, que les esperaba tras una mesa llena de papeles e informes de cristal riduliano, tronó para sí:

—¡Malditos sean los Atreides, desde el joven duque hasta sus bastardos antepasados! Ojalá hubieran muerto todos en la batalla de Corrin. —Giró en redondo cuando De Vries entró en el estudio, y casi perdió el equilibrio debido a su torpe control muscular. Se agarró al borde de la mesa para no caer—. ¿Cómo pudo sobrevivir Leto al juicio? Carecía de pruebas, carecía de defensa. No tiene ni idea de lo que en verdad ocurrió.

Los rugidos del barón llegaron hasta los pasillos. Rabban venía corriendo.

—¡Y maldito sea Shaddam por mezclarse! ¿Se cree que por ser emperador tiene derecho a tomar partido? ¿Qué va a ganar?

Tanto Rabban como De Vries vacilaron en la entrada del estudio, sin el menor deseo de ser víctimas de la furia del barón. El Mentat cerró los ojos y se masajeó las frondosas cejas, mientras intentaba pensar qué decir o hacer. Rabban se acercó a una hornacina, se sirvió una copa de coñac kirana y se la zampó de un trago.

El barón se alejó de la mesa y se paseó a grandes zancadas, con extraños movimientos, como si le costara mantener el equilibrio. Debido a su reciente aumento de peso, las ropas le iban tirantes.

—Se suponía que iba a estallar una guerra y que yo recogería los restos después de la carnicería. Pero ese maldito Atreides lo impidió. Al insistir en que se celebrara ese Juicio de Decomiso, ¡malditos sean los antiguos ritos!, y por su deseo de sacrificarse por sus condenados amigos y tripulantes, Leto Atreides se ha ganado el favor del Landsraad. Su popularidad es inmensa.

Piter de Vries carraspeó.

—Tal vez, mi barón, fue un error enemistarles con los Tleilaxu. Nadie quiere a los Tleilaxu. Fue difícil provocar una sensación de indignación general. Nunca pensamos que este asunto desembocaría en un juicio.

—¡Nosotros no cometimos errores! —gruñó Rabban en defensa de su tío—. ¿Valoras en algo tu vida, Piter?

De Vries no contestó, pero tampoco demostró el menor temor. Era un formidable luchador y poseía trucos y experiencia como para acabar con el bravucón de Rabban si se enzarzaban en una lucha cuerpo a cuerpo.

El barón miró a su sobrino, decepcionado. *Pareces incapaz de captar cualquier cosa oculta bajo una fina capa de sutileza.*

Rabban fulminó con la mirada al Mentat.

—El duque Leto no es más que el impetuoso gobernante de una familia sin importancia. La Casa Atreides consigue sus ingresos vendiendo ¡arroz pundi!

—El hecho es, Rabban —repuso con suavidad el Mentat pervertido, con voz de serpiente—, que por lo visto ha caído bien a los miembros del Landsraad. Admiran lo que ha conseguido. Le hemos convertido en un héroe.

Rabban se sirvió otra copa, y la apuró.

—¿El consejo del Landsraad se ha hecho altruista? —resopló el barón—. Eso es aún más inconcebible que el hecho de que Leto ganara su caso.

Se oyeron sonidos ominosos desde los quirófanos, gritos de agonía que resonaron por los pasillos hasta el estudio del barón. Los globos de luz parpadearon pero mantuvieron su bajo nivel de iluminación.

El barón miró a De Vries y señaló con la mano en dirección a los quirófanos.

—Sería mejor que te hicieras cargo de esto, Piter. Quiero que ese idiota sobreviva a la cirugía… al menos hasta que me canse de torturarle.

—Sí, mi barón —dijo el Mentat, y se dirigió hacia los quirófanos.

Los chillidos se agudizaron con estridencia. El barón oyó el sonido de cortadores láser y una sierra.

El barón pensó en su juguete nuevo y en lo que haría a Yh'imm en cuanto el efecto de los sedantes empezara a remitir. ¿Era posible que los médicos hubieran llevado a cabo su tarea sin usar sedantes? Tal vez.

Extasiado, Rabban cerró los ojos para escuchar. Si le hubieran dejado elegir, habría preferido cazar al hombre en la reserva de Giedi Prime, pero el barón pensaba que eso representaría demasiadas molestias, tanto correr, rastrear y coronar rocas cubiertas de nieve. Además, desde hacía un tiempo padecía intensos dolores en las extremidades, sus músculos se habían debilitado y su cuerpo estaba perdiendo la forma...

De momento, el barón inventaría sus diversiones. En cuanto hubieran cauterizado los muñones de Yh'imm, fingiría que era el duque Atreides en persona. Sería muy divertido.

El barón recobró la calma y pensó que era absurdo disgustarse tanto por el fracaso de un solo plan. Durante incontables generaciones los Harkonnen habían tejido sutiles trampas para sus enemigos mortales, pero costaba acabar con los Atreides, sobre todo cuando se veían acorralados. La enemistad se remontaba hasta la Gran Revolución, la traición y las acusaciones de cobardía. Desde entonces los Harkonnen siempre habían odiado a los Atreides, y viceversa.

Y así sería siempre.

—Aún nos queda Arrakis —dijo el barón—. Todavía controlamos la producción de melange, aunque estemos bajo la férula de la CHOAM y el ojo vigilante del emperador Padishah.

Sonrió a Rabban, quien le correspondió maquinalmente.

El barón agitó un puño en el aire.

—Mientras controlemos Arrakis, controlaremos nuestra fortuna. —Apoyó la mano en el hombro almohadillado de su sobrino—. ¡Arrancaremos especia de las arenas hasta que Arrakis no sea más que un cascarón hueco!

El universo contiene fuentes de energía no utilizadas y, por tanto, inimaginables. Las tenéis ante vuestros propios ojos, pero no las veis. Están en vuestra mente, pero no las pensáis. ¡Mas yo sí!

Tío Holtzman,
Conferencias completas

En el planeta Empalme, perteneciente a la Cofradía Espacial, aquel que había sido D'murr Pilru fue conducido ante el tribunal de los Navegantes. No le explicaron el motivo, y pese a toda su intuición y comprensión del universo, no adivinó qué querían de él.

No le acompañaba ningún otro novato, ninguno de los nuevos Pilotos que habían aprendido el funcionamiento del espaciopliegue con él. En un extenso terreno de raquítica hierbanegra, los contenedores herméticos llenos de especia del alto tribunal estaban dispuestos en un semicírculo sobre losas, en las que todavía se podían ver las huellas de miles de convocatorias anteriores.

El contenedor de D'murr, más pequeño, se hallaba delante de ellos, solitario en el centro del semicírculo. Como su vida de Navegante era relativamente reciente, pues todavía era un piloto de rango inferior, conservaba casi toda su forma humana dentro del contenedor. Los miembros del tribunal, todos Timoneles, exhibían cabezas abultadas y ojos alterados de una forma monstruosa, que escudriñaban entre la neblina anaranjada y canela.

Algún día seré como ellos, pensó D'murr. En otro tiempo se habría encogido de horror. Ahora lo aceptaba como algo inevitable. Pensó en todas las revelaciones que le aguardaban.

El tribunal de la Cofradía le habló en su conciso lenguaje matemático, pensamientos y palabras comunicadas por mediación de la tela del espacio, mucho más eficaz que cualquier conversación humana. Grodin, el Instructor Jefe, actuaba de portavoz.

—Has sido vigilado —dijo Grodin.

Siguiendo un procedimiento establecido hacía mucho tiempo, los Instructores de la Cofradía colocaban aparatos de holograbación en las cámaras de navegación de todos los Cruceros y en todos los contenedores de adiestramiento de los aspirantes a Piloto. De vez en cuando, las grabaciones eran recuperadas de los transportes y las naves de carga, y enviadas a Empalme.

—Todas las pruebas son estudiadas en detalle.

D'murr sabía que los empleados del Banco de la Cofradía y sus socios comerciales de la CHOAM debían asegurarse de que se cumplieran a rajatabla las normas de navegación y se respetaran los dispositivos de seguridad. Le parecía bien.

—La Cofradía está perpleja por las transmisiones no autorizadas que han sido dirigidas a tu cámara de navegación.

¡El aparato de comunicaciones de su hermano! D'murr se removió en su contenedor, comprendiendo todas las implicaciones y los castigos que acaso debería afrontar. Tal vez se convertiría en uno de aquellos patéticos Navegantes fracasados, atrofiados e inhumanos, el precio físico pagado, pero sin ningún beneficio. No obstante, D'murr sabía que sus aptitudes eran muy apreciadas. Tal vez los Timoneles perdonarían...

—Sentimos curiosidad —dijo Grodin.

D'murr les contó todo, hasta el último detalle. Intentó recordar lo que C'tair le había dicho, e informó de las condiciones en el interior del aislado Ix, la decisión de los Tleilaxu de volver a los diseños de los Cruceros más primitivos. Tal decisión les inquietaba, pero el tribunal estaba más interesado en el funcionamiento del «transceptor Rogo».

—Nunca hemos tenido transmisiones instantáneas en el espaciopliegue —dijo Grodin. Durante siglos, todos los mensajes habían sido transportados por Correos, en forma física, en una nave física que atravesaba el espaciopliegue con mayor rapidez que cualquier otro método de transmisión—. ¿Podemos aprovechar esta innovación?

D'murr comprendió las posibilidades militares y económicas del ingenio, si alguna vez se demostraba viable. Si bien no conocía todos los detalles técnicos, su hermano había inventado un sistema que intrigaba sobremanera a la Cofradía Espacial. Lo quería para ella.

Un miembro del tribunal sugirió la posibilidad de utilizar un Navegante con la mente potenciada en cada uno de los extremos, en lugar de un simple ser humano como C'tair Pilru. Otro apuntó que quizá el vínculo era más mental que tecnológico, una conexión potenciada por la antigua intimidad de los gemelos y la similitud de sus pautas cerebrales.

Tal vez, entre los numerosos Pilotos, Navegantes y Timoneles, la Cofradía podría encontrar otros con similares conexiones mentales, aunque no era probable. Sin embargo, pese al coste y a las dificultades, este método de comunicación era un servicio que debía ponerse a prueba, para luego ofrecerlo al emperador a cambio de una gran suma.

—Puedes conservar tu rango de Piloto —dijo Grodin, y dio por terminado el interrogatorio.

Después de su regreso triunfal de Kaitain, el duque Leto Atreides y Rhombur Vernius habían esperado durante semanas la respuesta del nuevo emperador a su solicitud de audiencia. Leto estaba preparado para abordar una lanzadera y viajar al palacio imperial en cuanto un Correo llegara con la confirmación. Había jurado que no haría mención a su farol, decidido a no abundar en el tema de la conexión entre los Corrino y los Tleilaxu, pero Shaddam IV debía de sentir curiosidad.

Si pasaba otra semana sin recibir respuesta, Leto iría a Kaitain por iniciativa propia.

Aprovechando aquel momento de popularidad creciente, Leto deseaba plantear los asuntos de la amnistía y las reparaciones a la Casa Vernius. Creía que sería una buena oportunidad para zanjar la situación de una forma positiva, pero a medida que los días transcurrían, vio que la oportunidad se le escurría como arena entre los dedos. Hasta el optimista Rhombur se mostraba frustrado y nervioso, mientras Kailea se iba resignando a sus limitadas opciones vitales.

Por fin, mediante un comunicado normal transmitido por un Correo humano, el emperador sugería, pues casi no disponía de tiempo para reunirse con su primo, que utilizaran un método que acababa de ofrecerle la Cofradía Espacial, un procedimiento instantáneo llamado Cofradnet. Implicaba la conexión mental entre dos Navegantes de la Cofradía situados en sistemas estelares diferentes. Un Crucero en órbita alrededor de Caladan y otro sobre Kaitain podían, en teoría, facilitar una conversación entre el duque Leto Atreides y el emperador Shaddam IV.

—Al menos podré plantearle mis peticiones —dijo Leto, aunque jamás había oído hablar de aquel método de comunicación. Shaddam parecía muy dispuesto a probarlo, quizá porque de esta forma nadie sería testigo de su entrevista con Leto Atreides.

Los ojos esmeralda de Kailea se iluminaron, y ni siquiera hizo caso de la cabeza de toro que colgaba en el comedor. Fue a ponerse un vestido con los colores de Vernius, aunque no era probable que la vieran durante la transmisión. Rhombur se presentó a la hora convenida, acompañado por Thufir Hawat. Leto ordenó salir de la estancia a criados y guardias.

El Crucero que había traído al Correo continuaba en órbita geoestacionaria sobre Caladan. Otro ya esperaba sobre Kaitain. Los sofisticados Timoneles de la Cofradía a bordo de cada nave, separados por una distancia inmensa, utilizarían un misterioso procedimiento que les permitiría expandir sus mentes a través del vacío y acoplar pensamientos para crear una conexión. La Cofradía había puesto a prueba a cientos de tales Navegantes, antes de encontrar a dos capaces de establecer una comunicación directa, ya fuera mediante telepatía, presciencia alimentada por la melange o algún otro método aún por determinar.

Leto respiró hondo, molesto por no tener más tiempo para ensayar su discurso, pero ya había esperado demasiado. No se atrevía a solicitar un aplazamiento…

Shaddam habló desde un magnífico jardín botánico del palacio imperial rodeado de setos. Llevaba un micrófono en la barbilla, que transmitía sus palabras a los altavoces de la cámara de navegación del Crucero que sobrevolaba su planeta.

—¿Me oyes, Leto Atreides? Aquí hace una mañana soleada, y acabo de regresar de mi paseo matinal.

Tomó un sorbo de zumo almibarado.

Cuando las palabras del emperador llegaron a la cámara de navegación de la nave en órbita alrededor de Kaitain, el Timonel del Crucero de Caladan experimentó en su mente un eco de lo que su colega había oído e interrumpió la comunicación para repetir las palabras del emperador en el centelleante globo altavoz que flotaba dentro de su compartimiento lleno de especia. A su vez, Leto oyó las palabras en su propio sistema de megafonía, distorsionadas y a bajo volumen, sin matices emocionales. De todos modos, eran las palabras del emperador.

—Siempre he preferido el sol de las mañanas de Caladan, primo —contestó Leto, con la intención de iniciar la conversación en términos cordiales—. Algún día deberíais visitar nuestro humilde planeta.

El Navegante de Caladan estaba conectado de nuevo con su colega, y las palabras de Leto se oyeron en la otra nave y luego se transmitieron a Kaitain.

—Este nuevo sistema de comunicaciones es maravilloso —dijo Shaddam, sin contestar a la sugerencia de Leto. Sin embargo, aparentaba disfrutar con el Cofradnet, como si fuera un juguete nuevo—. Mucho más veloz que los mensajeros humanos, aunque supongo que el precio será prohibitivo. Ah, sí. Aquí se está gestando un monopolio más de la Cofradía. Espero que no cobren mucho por los mensajes urgentes.

Leto se preguntó si aquellas palabras iban dirigidas a él o a los espías de la Cofradía.

Shaddam emitió una tosecilla, sonidos que no se repitieron en el proceso de traducción.

—Hay muchos asuntos importantes en los planetas imperiales, y poco tiempo para analizarlos. Casi no dispongo de ocasiones para cultivar amistades como la tuya, primo. ¿De qué deseabas hablarme?

Leto respiró hondo y sus facciones aguileñas se ensombrecieron.

—Gran emperador Shaddam, os suplicamos que concedáis la amnistía a la Casa Vernius y la restituyáis al lugar que le corresponde por derecho propio en el Landsraad. El planeta Ix es vital para la economía, y no ha de continuar en manos de los Tleilaxu. Ya han destruido fábricas importantes y disminuido la producción de materiales vitales para la seguridad del Imperio. —Y, como si se refiriera a su farol, añadió—: Ambos sabemos lo que está pasando en realidad allí, incluso en estos momentos.

—No puedo hablar de tales asuntos a través de intermediarios —se apresuró a contestar Shaddam.

Los ojos de Leto se dilataron al comprender la posible equivocación de Shaddam.

—¿Estáis insinuando que la Cofradía es indigna de nuestra confianza, señor? Transporta ejércitos para el Imperio y las Grandes Casas. Descubre planes de batalla antes de que se lleven a la práctica. Cofradnet es incluso más seguro que una conversación cara a cara en la sala de audiencias imperial.

—Pero aún no hemos examinado los detalles de ese asunto —protestó Shaddam, a la defensiva.

Había sido testigo de la creciente popularidad e influencia de Leto Atreides. ¿Tendría aquel advenedizo contactos que llegaban hasta la Cofradía Espacial? Paseó la mirada por sus jardines vacíos y deseó que Fenring estuviera a su lado, pero el hombre con cara de comadreja estaba preparando su viaje a Arrakis. *Quizá fue un error salvar a Leto*, pensó.

Leto defendió con palabras precisas y concisas el caso de los ixianos, y aseguró que la Casa Vernius nunca había fabricado tecnología prohibida. Pese a sus promesas, los Tleilaxu no habían presentado pruebas al cuerpo gobernante del Landsraad, y habían puesto manos a la obra debido a su codicia por las riquezas de Ix. Gracias a conversaciones sostenidas con Rhombur, Leto proporcionó cifras aproximadas sobre el valor del feudo y los daños ocasionados por los Tleilaxu.

—Eso me parece excesivo —dijo Shaddam, con demasiada precipitación—. Los informes de los Bene Tleilax indican cifras muy inferiores.

Él ha estado allí, pensó Leto.

—La explicación es evidente, señor. Lo hicieron para minimizar la eventual indemnización que tendrían que pagar.

Leto prosiguió, comentó los cálculos estimados de vidas ixianas perdidas, y habló del precio de sangre que Elrood había ofrecido por la muerte de lady Shando. Después, con voz temblorosa de emoción, hizo algunas conjeturas sobre la desesperada huida del conde Vernius, que continuaba oculto en algún mundo lejano y desconocido.

Durante una pausa en la conversación, Shaddam echó chispas. Se preguntó cuánto sabía aquel descarado Leto sobre el asunto de los Tleilaxu. Había entremezclado insinuaciones, matices, pero ¿era un farol? Como nuevo emperador necesitaba proceder con celeridad para controlar la situación, pero no podía permitir que la Casa Vernius regresara a su hogar ancestral. La investigación sobre la especia sintética era esencial. La familia Vernius era una víctima inocente (a Shaddam le era indiferente el orgullo herido o las ansias de revancha de su padre), pero no podía perdonar a aquella gente, como si no hubiera pasado nada.

Por fin, el emperador carraspeó y habló.

—Lo máximo que podemos ofrecer es una amnistía limitada. Como Rhombur y Kailea se encuentran bajo tu tutela, Leto, les garantizamos protección y perdón totales. A partir de hoy ya no habrá recompensa por sus cabezas. Quedan absueltos de cualquier fechoría que hayan podido cometer. Te doy mi palabra.

Leto vio una expresión de júbilo incrédulo en los rostros de sus amigos.

—Gracias, señor —dijo—, pero ¿qué decidís sobre la restitución de la fortuna familiar?

—¡Nada de restituciones! —repuso Shaddam con un tono mucho más severo que el hombre de la Cofradía apenas logró imitar—. La Casa Vernius no recuperará su posición en Xuttah, antes Ix. Ah, sí. Los Bene Tleilax me han presentado abundante y concluyente documentación, y su veracidad me ha satisfecho. Por razones de seguridad imperial no puedo divulgar los detalles. Ya has puesto bastante a prueba mi paciencia.

—Cualquier prueba cuyo análisis se niega carece de validez, señor —replicó Leto, irritado—. Debería presentarse ante un tribunal.

—En cuanto a mi padre y a los demás supervivientes de la Casa Vernius —preguntó Rhombur por el micrófono que estaba utilizando Leto—, ¿serán amnistiados, sea cual sea su paradero? Mi padre no ha hecho daño a nadie.

La respuesta de Shaddam, dirigida a Leto, fue veloz y punzante, como la mordedura de una serpiente venenosa.

—He sido indulgente contigo, primo, pero te advierto que no tientes tu suerte. Si no estuviera favorablemente inclinado hacia ti, nunca me habría rebajado a testificar en tu favor, ni te habría concedido esta audiencia, ni privilegios para tus amigos. Amnistía para los dos muchachos, eso es todo.

Leto se enfureció al oír aquellas duras palabras, pero mantuvo la compostura. Estaba claro que no podía presionar más a Shaddam.

—Sugiero que aceptes estas condiciones mientras estemos de humor para concederlas —dijo Shaddam—. En cualquier momento podrían presentarse más pruebas contra la Casa Vernius, y me vería obligado juzgarles con menor benevolencia.

Leto conferenció con Rhombur y Kailea, lejos del micrófono. Los jóvenes aceptaron a regañadientes.

—Al menos hemos conseguido una pequeña victoria, Leto —dijo Kailea con su dulce voz—. Nos han garantizado la vida, y gozaremos de nuestra libertad personal, ya que no de nuestra herencia. Además, vivir aquí contigo no es tan terrible. Como suele decir Rhombur, las cosas siempre pueden mejorar.

Rhombur apoyó una mano en el hombro de su hermana.

—Si eso basta para Kailea, para mí también.

—Trato hecho —dijo Shaddam. La aceptación había sido transmitida por los intermediarios de la Cofradía—. Los documentos oficiales serán preparados. —Entonces sus palabras se convirtieron en cuchillos—: Espero no volver a oír hablar jamás de este asunto.

El emperador cortó con brusquedad la comunicación y los dos Navegantes interrumpieron su contacto mental. Leto abrazó a Rhombur y Kailea, sabiendo que por fin estaban a salvo.

Sólo los imprudentes dejan testigos.

HASIMIR FENRING

—Voy a echar de menos Kaitain —dijo Fenring con tono sombrío.

Al cabo de un día debía presentarse en Arrakis como Observador Imperial de Shaddam. *Exiliado en el desierto*, pensó con amargura. Pero Margot le había ayudado a comprender las oportunidades de que dispondría. ¿Cabía la posibilidad de que el emperador tuviera en mente algo más que un simple castigo? A la postre, ¿conseguiría auparse a una posición de poder?

Fenring había crecido al lado de Shaddam. Ambos eran dos décadas más jóvenes que Fafnir, el teórico heredero del Trono del León Dorado. Con un príncipe heredero y un montón de hijas de sus diversas esposas, Elrood no había esperado demasiado del segundo príncipe, y a sugerencia de su madre, una Bene Gesserit, había permitido que Fenring asistiera a clase con él.

Con los años, Fenring se había convertido en un «coordinador», una persona que realizaba tareas necesarias para su amigo Shaddam, por desagradables que fueran, incluyendo el asesinato de Fafnir. Ambos compartían muchos oscuros secretos, demasiados para separarse ahora sin que se produjeran graves repercusiones... y los dos lo sabían.

¡Shaddam está en deuda conmigo, maldita sea!

Cuando el emperador encontrara tiempo para reflexionar, comprendería que no podía permitirse el lujo de tener a Fenring por enemigo, ni siquiera como servidor imperial reticente. Shaddam no tardaría en llamarle de vuelta. Sólo era una cuestión de tiempo.

De alguna manera, descubriría una forma de manipular todas las circunstancias en su favor.

Lady Margot, con quien se había casado en una sencilla ceremonia tres días antes, se hizo cargo de los subchambelanes y demás criados. Dictó órdenes sin cesar para que los preparativos de la marcha se aceleraran. Como hermana Bene Gesserit, tenía pocas necesidades y carecía de gustos extravagantes, pero como era consciente de la importancia de las apariencias, envió una nave a Arrakis cargada de ropas y aderezos para su marido. Se instalarían en una residencia privada, lejos de Carthag, el centro de poder de los Harkonnen. Esta demostración de independencia y lujo acentuaría el poder de Shaddam y de sus ojos siempre vigilantes ante los gobernantes y funcionarios Harkonnen.

Fenring, sonriente, observaba a Margot mientras finalizaba los preparativos. Era como un torrente de alegres colores y hermoso cabello, sonrisas alentadoras y palabras severas para los que procedían con excesiva lentitud. *¡Una mujer magnífica!* Su nueva esposa y él guardaban secretos fascinantes, y el proceso de mutuo descubrimiento sería sumamente placentero.

Al anochecer partirían hacia el planeta desierto, que los nativos llamaban Dune.

Más tarde, Fenring se sentó ante la consola de juegos, a la espera de que el emperador Padishah Shaddam IV efectuara el siguiente movimiento. Se encontraban solos en una habitación de paredes de plaz situada en lo alto de un pináculo del palacio. A lo lejos se oía el zumbido de ornitópteros.

Fenring canturreaba para sí, aunque sabía que Shaddam odiaba aquella costumbre. Por fin, el emperador deslizó una varilla a través del escudo brillante a la velocidad precisa, ni muy deprisa ni muy despacio. La varilla activó un disco giratorio interior, y la bola negra que había en el centro del globo flotó en el aire. Shaddam liberó la varilla, y la bola cayó en el receptáculo del número 9.

—Habéis estado practicando, señor, ¿hummmm? —dijo Fenring—. ¿Acaso un emperador no tiene tareas más importantes? De todos modos, deberéis esforzaros más si queréis vencerme.

El emperador contempló la varilla que acababa de utilizar, como si le hubiera fallado.

—¿Queréis cambiar de varilla, señor? —ofreció Fenring en tono burlón—. ¿Ésa no funciona bien?

Shaddam meneó la cabeza.

—Me quedo con ésta, Hasimir. Será nuestra última partida durante un tiempo. —Respiró hondo—. Ya te dije que podía manejar las cosas por mí mismo. Pero eso no significa que ya no valore tus servicios.

—Por supuesto, señor. Por eso me habéis enviado a un pozo de polvo habitado por gusanos de arena y bárbaros malolientes. —Miró a Shaddam con frialdad—. Creo que es una grave equivocación, alteza. En estos primeros días de vuestro reinado, necesitáis consejos buenos y objetivos. No podéis enfrentaros solo a tales tareas, ¿y en quién podéis confiar más que en mí?

—La verdad es que he manejado la crisis de Leto Atreides bastante bien. Yo solo evité el desastre.

—Admito que el resultado fue positivo, pero aún no hemos averiguado qué sabe sobre nosotros y los Tleilaxu.

—No quería aparentar demasiada preocupación.

—Hummmm. Tal vez estéis en lo cierto, pero si habéis solucionado el problema, permitidme una pregunta. Si no fue Leto, ¿quién disparó contra las naves Tleilaxu? ¿Y cómo?

—Estoy reflexionando sobre ello.

Los grandes ojos de Fenring destellaron.

—Leto es muy popular en estos momentos, y tal vez un día sea una amenaza para vuestro trono. Tanto si provocó la crisis como si no, el duque Atreides la ha convertido en una victoria innegable para él y el honor de su Casa. Superó un obstáculo infranqueable con absoluta elegancia. Los miembros del Landsraad se dan cuenta de estas cosas.

—Ay, sí, es verdad, es verdad... pero no hay nada de que preocuparse.

—No estoy tan seguro, señor. Tal vez el descontento entre las Casas no se haya disipado todavía, pese a lo que nos han hecho creer.

—Tenemos a la Bene Gesserit de nuestra parte, gracias a mi esposa.

Fenring resopló.

—Con la cual os casasteis a sugerencia mía, señor. Porque las brujas digan una cosa, no significa que sea verdad. ¿Qué ocurrirá si la alianza no basta?

—¿Qué quieres decir?

Shaddam indicó con impaciencia a Fenring que era su turno de jugar.

—Pensad en lo impredecible que es el duque Leto. Tal vez esté gestando en secreto una alianza militar para atacar Kaitain. Su popularidad se traduce en más poder, y no cabe duda de que es ambicioso. Los líderes de las Grandes Casas están ansiosos por hablar con él. Vos, en cambio, carecéis de ese apoyo popular.

—Tengo a mis Sardaukar.

Arrugas de duda se dibujaron en el rostro del Mentat.

—Comprobad que no haya infiltrados entre las legiones. Voy a estar en Arrakis, y esas cosas me preocupan. Os creo cuando decís que podéis manejar la situación sin ayuda. Sólo os doy mi mejor consejo, como he hecho siempre, señor.

—Te lo agradezco, Hasimir, pero no puedo creer que mi primo Leto provocara la crisis del Crucero con el fin alcanzar este objetivo en particular. Era una acción demasiado torpe y peligrosa. No podía saber que yo iba a testificar en su favor.

—Sabía que haríais algo en cuanto averiguarais que poseía información secreta.

Shaddam meneó la cabeza.

—No. Las posibilidades de fracasar eran enormes. Estuvo a punto de perder todas las posesiones de su familia.

Fenring extendió un largo dedo.

—Pero pensad en la gloria que cosechó. Pensad en lo que ha sucedido. Dudo que lo planeara de esta manera, pero ahora Leto es un héroe. Su pueblo le ama, todos los nobles le admiran y los Tleilaxu han quedado como idiotas. Sugiero, señor, puesto que insistís en hacerlo solo, que vigiléis de cerca las ambiciones de la Casa Atreides.

—Gracias por tu consejo, Hasimir —dijo Shaddam mientras estudiaba la consola—. Ah, por cierto, ¿no te he dicho que voy a… ascenderte?

Fenring resopló.

—Yo no llamaría ascenso al hecho de ser destinado a Arrakis. «Observador Imperial» no suena muy impresionante, ¿verdad?

Shaddam sonrió y alzó la barbilla en un gesto muy imperial. Había confiado en provocar esa reacción.

—Ah, sí… pero ¿qué tal suena conde Fenring?

El Mentat se quedó estupefacto.

—¿Me vais a nombrar… conde?

Shaddam asintió.

—Conde Hasimir Fenring, Observador Imperial en Arrakis. La fortuna de tu familia se engrosará, amigo mío. A la larga, tenemos la intención de estableceros en el Landsraad.

—¿Con un directorio de la CHOAM, de propina?

Shaddam rió.

—Todo a su tiempo, Hasimir.

—Supongo que eso convierte a Margot en condesa, ¿no?

Sus grandes ojos brillaron cuando Shaddam asintió. Intentó disimular su placer, pero el emperador lo leyó en su cara.

—Y ahora te contaré por qué esta misión es tan importante, para ti y para el Imperio. ¿Te acuerdas de un hombre llamado Pardot Kynes, el planetólogo que mi padre envió a Arrakis hace años?

—Por supuesto.

—Bien, en los últimos tiempos no nos ha sido de gran ayuda. Algunos informes erráticos, incompletos y, al parecer, censurados. Uno de mis espías me ha informado que Kynes se ha congraciado demasiado con los Fremen, que tal vez haya cruzado la línea divisoria y ahora sea uno de ellos, un nativo.

Fenring arqueó las cejas.

—¿Un servidor imperial mezclado con esa raza repugnante y primitiva?

—Espero que no, pero me gustaría que descubrieras la verdad. En esencia, te nombro mi Zar de la Especia Imperial, que supervisará en secreto las operaciones de la melange en Arrakis así como los progresos de nuestros experimentos en Xuttah. Viajarás entre esos planetas y el palacio imperial. Transmitirás sólo mensajes codificados, y sólo a mí.

Cuando Fenring asimiló la magnitud de la misión y sus repercusiones, experimentó un inmenso júbilo. Sí, ahora comprendía las posibilidades. Ardía en deseos de contarlo a Margot. Con su mente Bene Gesserit, adivinaría sin duda las ventajas adicionales.

—Eso suena alentador, señor. Un reto digno de mis talentos peculiares. Hummmm, creo que resultará divertido.

Fenring se concentró en el juego, activó el disco giratorio interior y guió la bola flotante. Cayó en el receptáculo del número 8. Meneó la cabeza.

—Una pena —dijo Shaddam y, con un diestro movimiento, dejó caer la bola final en el número 10 y ganó la partida.

El progreso y el lucro requieren una inversión sustancial en personal, equipo y fondos. Sin embargo, el recurso que casi siempre se pasa por alto, pero que a la larga proporciona los mayores rendimientos, es la inversión en tiempo.

DOMINIC VERNIUS,
Las operaciones secretas de Ix

No quedaba nada que perder.

No quedaba nada en absoluto.

El conde renegado y héroe de guerra conocido en otro tiempo como Dominic Vernius había muerto, borrado de los registros y expulsado del seno del Imperio. Pero el hombre seguía viviendo bajo diferentes apariencias. Era una persona que nunca se rendía.

En el pasado, Dominic había luchado por la gloria de su emperador. En tiempos de guerra había matado a miles de enemigos con naves de combate y fusiles láser manuales. También había olido la sangre de las víctimas cuando utilizaba espadas, o incluso sus manos desnudas. Luchaba con todas sus fuerzas, trabajaba con todas sus fuerzas y amaba con todas sus fuerzas.

Y el pago por la inversión de toda su vida era el deshonor, el destierro, la muerte de su esposa, la desgracia de sus hijos.

Pese a todo, Dominic era un superviviente, un hombre con un objetivo. Sabía que debía esperar el momento adecuado.

Aunque el desalmado de Elrood había muerto, Dominic no le había perdonado. El poder del trono imperial había sido el causante de tantas desgracias y tanto dolor. Ni siquiera el nuevo emperador supondría una mejora...

Había observado Caladan desde lejos. Rhombur y Kailea se encontraban a salvo. Su refugio era intocable aun sin la presencia carismática del viejo duque. Había llorado la muerte de su amigo Paulus Atreides, pero no se atrevió a asistir a su funeral, ni a enviar mensajes codificados a Leto, el joven heredero.

Sin embargo, había sentido la tentación de presentarse en Kaitain durante el Juicio de Decomiso. Rhombur había abandonado Caladan y acudido a la corte imperial para apoyar a su amigo, pese al riesgo de ser detenido y ejecutado. Si las cosas se hubieran torcido, Dominic habría ido a la corte para sacrificarse por la vida de su hijo.

Pero no había sido necesario. Leto había sido eximido de todo cargo y puesto en libertad, y, con él, también Rhombur y Kailea. ¿Cómo había ocurrido? Dominic no acababa de entenderlo. Shaddam en persona había salvado a Leto. Shaddam Corrino IV, hijo del despreciable emperador Elrood que había destruido la Casa Vernius, había cerrado el caso como impulsado por un capricho. Dominic sospechaba que el veredicto implicaba sobornos y extorsiones, pero era incapaz de imaginar qué habría utilizado un inexperto duque de dieciséis años para chantajear al emperador del Universo Conocido.

No obstante, Dominic había decidido correr un riesgo. Cegado por el dolor, se había vestido con andrajos, teñido su piel de un tono rojizo y viajado solo a Bela Tegeuse. Antes de proseguir su tarea, debía ver el lugar donde su esposa había sido asesinada por los Sardaukar de Elrood.

Utilizó vehículos de aire y de tierra para explorar el planeta con sigilo, sin atreverse a hacer preguntas, aunque muchos informes proporcionaban pistas sobre el punto donde se había cometido la masacre. Por fin, encontró un lugar donde las cosechas habían sido arrasadas y el terreno sembrado de sal para que nunca más volviera a crecer nada. Habían incendiado una casa hasta los cimientos, que cubrieron después con cemento sintético. No vio ninguna tumba, pero sintió la presencia de Shando.

Mi amor ha estado aquí, pensó.

Bajo los dos soles mortecinos, Dominic se arrodilló sobre la tierra arrasada y lloró hasta perder la noción del tiempo. Cuando se vació de lágrimas, una inmensa soledad embargó su corazón.

Ahora estaba preparado para dar el siguiente paso.

Y así, Dominic Vernius viajó hasta los planetas más apartados del Imperio y reunió a un puñado de leales que habían escapado de Ix, hombres que prefirieron acompañarle, sin importarles su objetivo, antes que vivir monótonamente en planetas agrícolas.

Se puso en contacto con compañeros de armas que habían luchado con él durante la rebelión de Ecaz, gente a la que debía la vida una docena de veces. Ir en busca de esos hombres suponía un gran peligro, pero Dominic confiaba en sus antiguos camaradas. Pese a la generosa recompensa que se ofrecía por su cabeza, sabía que ninguno de ellos le traicionaría.

Dominic confiaba en que el nuevo emperador Padishah Shaddam IV no se enterara de los sutiles movimientos y desapariciones de hombres que habían luchado bajo el mando de Vernius, cuando Shaddam era apenas un adolescente y ni siquiera el heredero oficial del trono, cuando el príncipe heredero Fafnir era el primero en la línea sucesoria.

Habían transcurrido muchos años, suficientes para que la mayoría de aquellos veteranos se sentaran a hablar de los días de gloria, convencidos de que la guerra y el derramamiento de sangre habían sido más emocionantes y gloriosos de lo que eran en realidad. Alrededor de un tercio no quiso unirse a su causa, pero los demás aceptaron y esperaron órdenes.

Cuando Shando se había escondido, había borrado todos los registros, cambiado su nombre, utilizado créditos sin marcar para adquirir una pequeña propiedad en el mundo tenebroso de Bela Tegeuse. Su único error había sido subestimar la persistencia de los Sardaukar.

Dominic no cometería el mismo error de su esposa. Para alcanzar su objetivo, iría a un sitio donde nadie pudiera verle, un lugar desde el que acosar al Landsraad y convertirse en una espina para el emperador.

Era la única arma que le quedaba.

Preparado para iniciar su auténtico trabajo, Dominic Vernius se sentó al mando de una nave de contrabandistas tripulada por una docena de leales. Los camaradas habían reunido dinero y equipo para ayudarle a asestar un golpe mortal por la gloria y el honor, y tal vez por la venganza.

Después fue a buscar la reserva de armas atómicas de la familia Vernius, armas prohibidas pero que todas las Grandes Casas del Landsraad poseían. Prohibidas por la Gran Convención, las armas atómicas ixianas habían sido conservadas en secreto durante generaciones, almacenadas en la cara oscura de un pequeño satélite del quinto planeta del sistema Alkaurops. Los repugnantes Tleilaxu no sabían nada al respecto.

Ahora, la nave de Dominic iba cargada con armas suficientes para aniquilar un planeta.

«La venganza está en las manos del Señor», afirmaba la Biblia Católica Naranja. Después de todos sus padecimientos, Dominic no se sentía muy religioso, ni le importaban los detalles de la ley. Era un renegado, más allá del alcance del sistema legal.

Se imaginaba como el mayor contrabandista de la historia, oculto donde nadie podría localizarle pero capaz de infligir graves perjuicios económicos a todas las Casas que le habían traicionado y negado su ayuda.

Con aquellas armas atómicas, dejaría su impronta en la historia.

Dominic utilizó un escudo para pasar inadvertido a la anticuada red de satélites meteorológicos mantenida por la Cofradía, y llevó su nave y su cargamento atómico a una región polar deshabitada del planeta desierto Arrakis. Un fuerte viento frío azotó los uniformes raídos de sus hombres cuando pisaron aquella tierra desolada. *Arrakis*. Su nueva base de operaciones.

Pasaría mucho tiempo antes de que se volviera a oír hablar de Dominic Vernius. Pero cuando estuviera preparado, todo el Imperio le recordaría.

*Cuatro cosas constituyen los puntales de un
planeta: las enseñanzas de los sabios, la justicia de
los grandes, las oraciones de los virtuosos y el
valor de los valientes. Pero todas estas cosas no
valen nada sin un gobernante que conozca el arte
de gobernar.*

Príncipe RAPHAEL CORRINO,
Discursos sobre liderazgo galáctico

Leto descendía solo hasta la orilla, zigzagueando
por el empinado sendero del acantilado y la escalera que
llegaba a los antiguos muelles que se alzaban bajo el
castillo de Caladan.

El sol del mediodía se filtraba a través de capas de
nubes y arrancaba destellos de las plácidas aguas que se
extendían hasta el horizonte. Leto se detuvo sobre el
acantilado de piedra negra y se protegió los ojos para
mirar los bosques de algas marinas, las barcas de pesca
con sus tripulaciones cantarinas y la línea de los arrecifes, que esbozaban una topografía agreste sobre el mar.

Caladan: su planeta; abundante en mares y selvas,
tierra cultivable y recursos naturales. Había pertenecí-
do a la Casa Atreides durante veintiséis generaciones.
Ahora le pertenecía a él.

Amaba este lugar, el olor del aire, la sal del océano,
el aroma a algas y pescado. El pueblo siempre había tra-

bajado duro para su duque, y Leto intentaba hacer todo por él. Si hubiera perdido el Juicio de Decomiso, ¿qué habría sido de los buenos ciudadanos de Caladan? ¿Habrían observado alguna diferencia si estas posesiones hubieran sido entregadas al gobierno de, digamos, la Casa Teranos, la Casa Mutelli o cualquier otro miembro respetable del Landsraad? Tal vez sí... tal vez no.

En cualquier caso, Leto no podía imaginar otro lugar donde vivir, porque aquélla era la sede incuestionable de los Atreides. Aunque le hubieran despojado de todo, habría regresado a Caladan para vivir cerca del mar.

Aunque Leto sabía que era inocente, aún no comprendía qué había sucedido a las naves de los Tleilaxu dentro del Crucero. Carecía de pruebas para demostrar que él no había efectuado los disparos que habían amenazado con desencadenar una guerra total. Al contrario, tenía motivos más que sobrados, y por eso las demás Casas se habían mostrado reticentes a intervenir en su defensa, fueran aliadas o no. En tal caso habrían puesto en peligro su parte del botín si las posesiones de los Atreides hubieran sido decomisadas y divididas. No obstante, durante aquellos días, muchas Casas habían expresado en silencio su aprobación por la manera en que Leto había protegido a su tripulación y a sus amigos.

Y entonces, milagrosamente, el emperador Shaddam le había salvado.

Durante el vuelo desde Kaitain, Leto había hablado largo y tendido con Thufir Hawat, pero ni el joven duque ni el guerrero Mentat habían podido imaginar los motivos de Shaddam para acudir en ayuda de los Atreides, o por qué había tenido tanto miedo del farol de Leto. Aunque apenas era un muchacho, Leto había aprendido a no confiar en una explicación de puro altruismo, pese a lo que Shaddam había dicho ante el tribunal. Una cosa era segura: el emperador ocultaba algo. Algo que implicaba a los Tleilaxu.

Bajo la guía de Leto, Hawat había enviado espías Atreides a muchos planetas, con la esperanza de descubrir más información, pero el emperador, advertido por el mensaje misterioso y provocador de Leto, sería más cuidadoso que nunca.

En el conjunto del Imperio, la Casa Atreides todavía no era muy poderosa y no ejercía influencia sobre la familia Corrino, ni tenía motivos para buscar su protección. Los lazos de sangre no bastaban. Si bien Leto era primo de Shaddam, muchos miembros del Landsraad podían remontar su linaje, siquiera de manera parcial, hasta los Corrino, sobre todo si retrocedían hasta los días de la Gran Revolución.

¿Y dónde encajaban las Bene Gesserit? ¿Eran aliadas de Leto, o enemigas? ¿Por qué le habían ofrecido su ayuda? Y ¿quién había enviado la información sobre la implicación de Shaddam? El cubo de mensaje se había desintegrado. Leto había sospechado de la existencia de enemigos ocultos, pero no de aliados tan discretos. Pero lo más enigmático era quién había destruido las naves Tleilaxu.

Se alejó de los acantilados y atravesó una suave loma hasta llegar a los muelles silenciosos. Todos los barcos habían zarpado, excepto un pequeño bote y un yate, en cuya bandera descolorida ondeaba el halcón de los Atreides.

El halcón había estado al borde de la extinción.

Leto se sentó al final del muelle principal, escuchó el rumor de las olas y los graznidos de las gaviotas grises. Percibió el olor de la sal y el pescado, y del aire fresco. Recordó la ocasión en que Rhombur y él habían ido a recoger gemas coralinas, el incendio accidental y el percance casi mortal que habían sufrido en aquellos lejanos arrecifes. Nada importante, comparado con lo ocurrido más tarde.

Vio un cangrejo de roca adherido a un pilote del

muelle, pero luego desapareció en las profundidades verdeazuladas.

—¿Estás contento de ser duque, o preferirías ser un sencillo pescador? —La voz del príncipe Rhombur sonó alegre y teñida de buen humor.

Leto se volvió, y sintió el calor de las tablas bañadas por el sol en el fondillo de los pantalones. Rhombur y Thufir Hawat caminaban hacia él. Leto sabía que el Maestro de Asesinos le reprendería por dar la espalda a la playa, pues el rugido del océano ahogaría el ruido de alguien que se acercara con sigilo.

—Quizá pueda ser las dos cosas —dijo Leto, mientras se ponía en pie y sacudía la ropa—. Lo que sea mejor para entender a mi pueblo.

—«Comprender a tu pueblo pavimenta el camino que conduce a la comprensión del liderazgo» —recitó Thufir Hawat la vieja máxima Atreides—. Espero que estuvierais meditando sobre el arte de gobernar, pues nos espera mucho trabajo, ahora que todo ha vuelto a la normalidad.

Leto suspiró.

—¿Normalidad? Creo que no. Alguien intentó desencadenar una guerra con los Tleilaxu y de paso culpar a mi familia. El emperador tiene miedo de lo que imagina que yo sé. La Casa Vernius sigue siendo renegada, y Rhombur y Kailea son unos exiliados, aunque al menos fueron perdonados. Para colmo, mi buen nombre no ha sido exonerado del todo. Mucha gente piensa todavía que yo ataqué a esas naves. —Cogió un guijarro y lo arrojó al agua—. Si esto significa una victoria para la Casa Atreides, Thufir, es agridulce, a lo sumo.

—Tal vez —dijo Rhombur, de pie junto al bote—. Pero eso es siempre mejor que una derrota.

El viejo Mentat asintió, y el sol ardiente se reflejó en su piel correosa.

—Os comportasteis con un verdadero porte de honor y nobleza, mi duque, y la Casa Atreides se ha ganado el respeto de casi todo el Imperio. Esto es una victoria que no debéis menospreciar.

Leto alzó la vista hacia las altas torres del castillo de Caladan, que se erguían sobre el acantilado. Su castillo, su hogar.

Pensó en las antiguas tradiciones de su Gran Casa, y en cómo se apoyaría en ellas. Debido a su cargo, era un eje alrededor del cual giraban millones de vidas. La vida de un sencillo pescador habría sido más fácil y apacible, pero no para él. Siempre sería el duque Leto Atreides. Tenía su apellido, su título, sus amigos. Y la vida era agradable.

—Venid, jóvenes amos —dijo Thufir Hawat—. Es hora de otra lección.

Leto y Rhombur, muy animados, siguieron al Maestro de Asesinos de regreso al castillo.

EPÍLOGO

Durante más de una década corrieron rumores de que escribiría otra novela ambientada en el universo de Dune, una secuela al sexto libro de la serie, *Casa capitular de Dune*. Había publicado cierto número de novelas de ficción científica, pero no estaba seguro de querer embarcarme en algo tan inmenso y amilanador. Al fin y al cabo, *Dune* es una obra magna, una de las novelas más complejas e intrincadas jamás escritas. Versión actualizada del mito del tesoro del dragón, *Dune* relata la historia de gigantescos gusanos de arena que custodian el preciado tesoro de la melange, la especia geriátrica. Es una perla magnífica, con capas de brillo bajo su superficie que llegan hasta el núcleo.

Cuando se produjo la prematura muerte de mi padre, en 1986, estaba empezando a pensar en una novela que llevaba el título provisional de *Dune 7*, un proyecto que había vendido a Berkley Books, pero sobre el cual no existían notas o borradores conocidos. Mi padre y yo habíamos hablado en términos generales acerca de colaborar en una novela de Dune algún día, pero no habíamos fijado fecha, ni establecido detalles específicos ni directrices. Sería después de que terminara *Dune 7* y otros proyectos.

En los años posteriores pensé en la serie inacabada

de mi difunto padre, sobre todo después de que concluyera un proyecto que me llevó cinco años, *Dreamer Of Dune*, una biografía de este hombre complejo y enigmático, una biografía que me exigió analizar los orígenes y temas de la serie Dune. Después de muchas reflexiones, me pareció que sería fascinante escribir un libro sobre los acontecimientos que él había descrito de una forma tan tentadora en el Apéndice a *Dune*, una nueva novela en que yo retrocedería diez mil años en el tiempo, hasta la época de la Jihad Butleriana, la legendaria Gran Revolución contra las máquinas pensantes. Había sido un período mítico de un universo mítico, un período en el que se habían formado casi todas las Grandes Escuelas, incluidas la Bene Gesserit, los Mentats y los Maestros Espadachines.

Tras conocer mi interés, escritores famosos me abordaron con ofertas de colaboración, pero al dar vueltas a las ideas junto con ellos no vi que el proyecto pudiera cristalizar. Eran excelentes escritores, pero en combinación con ellos no sentía la sinergia necesaria para una tarea tan monumental. Me dediqué a otros proyectos y dejé de lado el más grande. Además, al tiempo que mi padre había dejado muchos cabos sueltos estimulantes en el quinto y sexto libro de la serie, había escrito un epílogo para *Casa capitular de Dune* que constituía una maravillosa dedicatoria a mi difunta madre, Beverly Herbert, su esposa durante casi cuatro décadas. Habían formado un equipo en el que ella corregía el trabajo de él y actuaba a modo de caja de resonancia de su torrente de ideas. Una vez fallecidos los dos, parecía una conclusión congruente abandonar el proyecto.

El problema era que un individuo llamado Ed Kramer no paraba de perseguirme. Editor de éxito y patrocinador de convenciones de ficción científica y fantasía, quería recopilar una antología de relatos breves ambientados en el universo de Dune, escritos por autores conocidos. Me convenció de que sería un proyecto interesante y significativo, y hablamos de editarlo al alimón. No se concluyeron todos los detalles, puesto que el proyecto presentaba numerosas complejidades, tanto legales como artísticas. Mientras estábamos en ello, Ed me dijo que había recibido una carta del famoso autor Kevin J. Anderson, que había sido invitado a colaborar en la antología. Sugirió lo que él llamó «una conjetura al azar», y me preguntó por la posibilidad de trabajar en una novela larga, a ser posible una secuela de *Casa capitular de Dune*.

El entusiasmo de Kevin por el universo de Dune se traslucía en su carta. De todos modos, aplacé la respuesta durante un mes, pues no estaba seguro. Pese a su demostrado talento, dudaba. Era una decisión muy importante. Yo quería implicarme a fondo en el proyecto, y necesitaba participar al cien por cien para asegurar la producción de una novela fiel a la serie original. Junto con *El señor de los anillos*, de J. R. R. Tolkien y un puñado de otras obras, *Dune* destacaba como uno de los más grandes logros creativos de todos los tiempos, y el mayor ejemplo de la construcción de un universo de ficción científica en la historia de la literatura. Para proteger el legado de mi padre, debía elegir a la persona adecuada. Leí todo cuanto cayó en mis manos de Kevin, y llevé a cabo más averiguaciones sobre él. Pronto tuve claro que era un brillante escritor, y que su reputación era impecable. Decidí llamarle por teléfono.

Congeniamos de inmediato, tanto en el plano personal como en el profesional. Aparte de que me caía muy bien, sentía una energía recíproca, un flujo notable de ideas que beneficiaría a la serie. Después de obtener la aprobación de mi familia, Kevin y yo decidimos escribir una *pre*cuela, pero no ambientada en la época antigua, mucho antes de *Dune*, sino incidir en los acontecimientos ocurridos treinta o cuarenta años antes del principio de *Dune*, la historia amorosa de los padres de Paul, el envío del planetólogo Pardot Kynes a Arrakis, los motivos de la terrible y destructora enemistad entre la Casa Atreides y la Casa Harkonnen, y muchos más.

Antes de escribir un esbozo detallado, releímos los seis libros de Dune, y yo asumí la tarea de redactar *Dune Concordance*, una enciclopedia de todos los personajes, lugares y maravillas del universo de Dune. Era de vital importancia determinar a dónde se dirigía mi padre con la conclusión de la serie. Estaba claro que se proponía materializar algo trascendental en *Dune 7*, y nos había dejado con un gran misterio. No había notas ni pistas, sólo mi recuerdo de que él había utilizado un rotulador amarillo en los ejemplares de bolsillo de *Herejes de Dune* y *Casa capitular de Dune* poco antes de su muerte, libros que nadie pudo localizar después de su fallecimiento.

A principios de mayo de 1997, cuando por fin conocí a Kevin J. Anderson y a su esposa, la autora Rebecca Moesta, nuevas historias florecieron en nuestras mentes. Como en estado de trance, los tres las garrapateamos y las grabamos en cinta. A partir de estas notas empezaron a desarrollarse escenas, pero aún discutíamos sobre el giro que mi padre pensaba imprimir a la serie.

En los dos últimos libros, *Herejes de Dune* y *Casa capitular de Dune*, introdujo una nueva amenaza, los vilipendiados Honorables Matres, que procedían a devastar gran parte de la galaxia. Al final de *Casa capitular*, los personajes se encontraban acorralados, derrotados por completo... y después el lector se enteraba de que los mismos Honorables Matres huían de una amenaza todavía más misteriosa, un peligro que acechaba a los protagonistas de la historia, casi todos ellos reverendas madres de la Bene Gesserit.

Dos semanas después de nuestro encuentro, recibí una llamada telefónica de un abogado que se había encargado de asuntos relacionados con mis padres. Me informó que dos cajas de seguridad pertenecientes a Frank Herbert habían aparecido en un banco de Seattle, cajas cuya existencia desconocíamos. Concerté una cita con los directivos del banco, y las cajas de seguridad fueron abiertas en un ambiente de gran emoción. Dentro había papeles y disquetes anticuados que incluían notas amplias para un *Dune 7* no publicado, la largamente esperada secuela de *Casa capitular de Dune*. Ahora, Kevin y yo sabíamos cuál era el objetivo de la serie y podíamos tejer los acontecimientos de nuestra *pre*cuela.

Nos dedicamos con renovado entusiasmo a la tarea de preparar una propuesta literaria que pudiera presentarse a los editores. Aquel verano había planeado un viaje a Europa, una celebración de aniversario que mi esposa Jan y yo acariciábamos desde hacía mucho tiempo. Me llevé mi ordenador portátil y una impresora de escaso peso, y Kevin y yo intercambiamos paquetes por correo urgente durante todo el verano. Cuando regresé a finales de verano, teníamos una propuesta de 141 páginas para una trilogía, la mayor que habíamos visto en nuestras vidas. Mi proyecto de *Dune Concordance* había rebasado la mitad, pero aún me esperaban meses de intenso trabajo antes de terminarlo.

Mientras esperaba la respuesta de alguna editorial, recordé las muchas sesiones de escritura que había disfrutado con mi padre, y mis primeras novelas de los años ochenta que él había recibido con cariñosas y atentas sugerencias para mejorarlas. Todo lo que había aprendido de él, y más, sería necesario para el inmenso proyecto de la *pre*cuela.

Brian Herbert

Nunca conocí en persona a Frank Herbert, pero le conocía bien gracias a sus libros. Leí *Dune* cuando tenía diez años, y lo releí diversas veces a lo largo de los años. Después, releí y gocé todas las secuelas. *Dios-emperador de Dune*, recién salido de la imprenta, fue la primera novela de tapa dura que compré en mi vida (acababa de entrar en la universidad). Después me zampé todas sus novelas: *El cerebro verde*, *Hellstrom's Hive*, *La barrera Santaroga*, *Los ojos de Heisenberg*, *Destination: Void*, *The Jesus Incident* y más y más y más.

Para mí, Frank Herbert era la cumbre de lo que la ficción científica debía ser: sugerente, ambiciosa, épica en proporciones, bien investigada y entretenida, todo en el mismo libro. Otras novelas del género acertaban en uno o dos de estos aspectos, pero *Dune* lo consiguió en todo. Cuando tenía cinco años, ya había decidido que quería ser escritor. Cuando tenía doce, sabía que quería escribir libros como los de Frank Herbert.

Durante mis años universitarios escribí un puñado de relatos breves, y después empecé mi primera novela, *Resurrection, Inc.*, un relato complejo situado en un mundo futuro donde los muertos eran resucitados para servir a los vivos. La novela estaba plagada de comentarios sociales, pinceladas religiosas, un largo reparto de personajes y un argumento intrincado. En esa época ya había reunido suficientes méritos para ingresar en la asociación de Escritores de Ciencia Ficción Norteamericanos, y uno de los principales beneficios fue encontrar allí la dirección de Frank Herbert. Me prometí que le enviaría el primer ejemplar firmado. La novela fue vendida casi de inmediato a Signet Books, pero Frank Herbert murió antes de su publicación.

Había leído con avidez los dos últimos libros de Dune, *Herejes* y *Casa capitular*, en los cuales Herbert había iniciado una serie de nuevos acontecimientos que alcanzaban un clímax febril, destruía literalmente toda vida sobre el planeta Arrakis y dejaba a la humanidad al borde de la extinción. Ahí abandonó la historia a causa de su muerte. Sabía que su hijo Brian era también un escritor profesional con varias novelas de ficción científica en su haber. Esperé, confiado, en que Brian terminara el borrador de un manuscrito, o al menos descubriera un boceto de su padre. Algún día, los fieles lectores de *Dune* tendrían una solución a este desenlace incierto.

Entretanto, mi carrera de escritor florecía. Fui nominado para el premio Bram Stoker y el premio Nebula. Estudios de Hollywood compraron o formularon opciones por dos de mis *thrillers*. Mientras continuaba escribiendo novelas, encontré un filón en las secuelas de universos establecidos, como *La guerra de las galaxias* y *Expediente X* (ambos me gustaban). Aprendí a estudiar las reglas y los personajes, para contar mis propias historias dentro de los límites y expectativas de los lectores.

Después, en la primavera de 1996, pasé una semana en el Valle de la Muerte (California), que siempre ha sido uno de mis lugares favoritos para escribir. Una tarde fui de excursión a un cañón aislado y lejano, absorto en el argumento que iba dictando. Al cabo de una hora descubrí que había tomado la senda equivocada, y tuve que emplear más kilómetros de los calculados en volver a mi coche. Durante aquel largo paseo, en mitad del desierto, mis pensamientos giraban en torno a *Dune*.

Habían transcurrido diez años desde la muerte de Frank Herbert, y ya había decidido que *Dune* siempre iba a terminar de una forma abierta. Aún quería saber cómo se desarrollaba la historia…, aunque tuviera que escribirla yo.

Nunca había conocido a Brian Herbert, ni siquiera tenía motivos para suponer que consideraría mi sugerencia. Pero *Dune* era mi novela favorita de ficción científica, y no se me ocurría un trabajo mejor. Decidí que preguntar no costaba nada…

Confiamos en que hayan disfrutado volviendo a visitar el universo de *Dune* a través de nuestros ojos. Ha sido un inmenso honor examinar miles de páginas de las notas originales de Frank Herbert, con el fin de recrear algunos de los vívidos ambientes que surgieron de su investigación, su imaginación y su vida. Aún considero *Dune* tan emocionante y estimulante como la primera vez que la leí, hace muchos años.

KEVIN J. ANDERSON

Un requisito de la creatividad es que contribuya a cambiar. La creatividad mantiene vivo al creador.

FRANK HERBERT, notas inéditas